SANGRE INTOCABLE

MARIBEL MEDINA

SANGRE INTOCABLE

Un despiadado asesino siembra el terror
en las calles de Benarés

MAEVA

Diseño e imagen de cubierta:
OPALWORKS

Fotografía de la autora:
© MAJOR BLACK

© Maribel Medina, 2015
© MAEVA EDICIONES, 2015
Benito Castro, 6
28028 MADRID
emaeva@maeva.es
www.maeva.es

ISBN: 978-84-16363-50-6
Depósito legal: M-21.681-2015
Fotomecánica: Gráficas 4, S.A.
Impresión y encuadernación: blackprint
A CPI COMPANY
Impreso en España / Printed in Spain

Para Andrés, que dibujó un corazón de tiza en la pared

Los escenarios indios de la novela

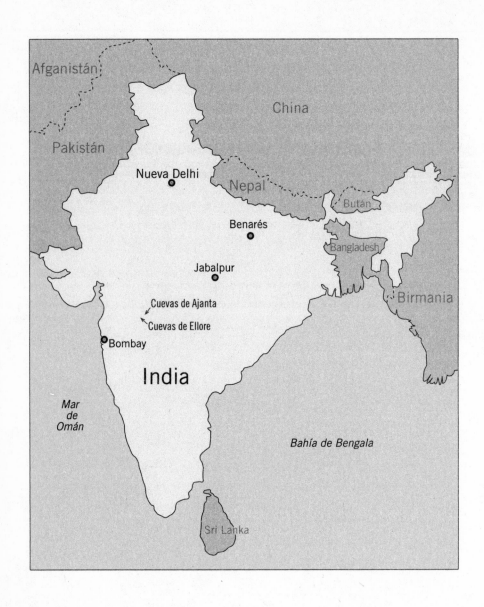

«Nos quedamos porque nos enamoramos. Nos vamos porque nos desencantamos. Regresamos porque nos sentimos solos. Morimos porque es inevitable.»

Película *Ordet*
(Director Carl Theodor Dreyer, 1955)

«Quien sana a un paciente pierde un cliente.»

Máxima farmacéutica

Al final del libro se ha incluido un glosario con los términos en hindi que aparecen en la novela.

Kali se presentó ante los demonios, oscura, con colmillos prominentes y un collar de cabezas humanas. Mató a los más débiles
con un suspiro y lamió la sangre derramada. Mas el mundo de los
hombres tembló cuando apareció el más poderoso de todos los demonios, Raktavija, hecho de sangre y semillas.

Kali rajó a Raktavija con las uñas, pero con cada gota de sangre
que caía al suelo nacía un nuevo demonio. Agotada, casi vencida,
con el sudor de sus brazos creó dos hombres, a quienes les dio un
trozo de tela.

Con ella, los hombres estrangularon un demonio tras otro sin
derramar una sola gota de sangre. No se detuvieron hasta dejar un
mar de cadáveres a sus pies.

1

Thomas caminaba entre las sombras sucias de la calle desierta. Cerca de él, algunos transeúntes atravesaban la Place du Change callados, con los hombros encorvados, como si sus cuerpos soportaran un peso terrible, un oscuro secreto que los aplastaba. Cruzó el puente de La Feuillé, destruido varias veces a lo largo de su historia, primero, por una barcaza que golpeó una de las columnas, después por los bombardeos alemanes. Notó la humedad del río Saona bajo sus pies y aligeró el paso. De repente, se vio sorprendido por el bullicio de la gente, los camiones que descargaban mercancía entre el Quai des Célestins y el Quai Saint-Antoine. Recordó que era sábado y, por lo tanto, día de mercado en Lyon. Contempló la multitud de puestos de frutas y verduras, los de marisco y ostras, de quesos, de pan. Sintió que el estómago le gruñía frente a los tenderetes todavía a medio montar.

El olor del aire frío de la mañana recién estrenada viajaba entre las calles. Una ráfaga gélida hizo que se encogiera en un intento de aplacar su aliento feroz y cortante. Entre las callejuelas, el viento de noviembre se calmó y Thomas respiró con envidia el olor a ciudad dormida, a sábanas tibias envueltas en sueños profundos.

El cadáver se encontraba en el camino Achille Lignon, en un estrecho sendero que se introducía en el parque La Tête d'Or. A un lado, la luz de las sirenas de los coches de policía se reflejaban en el lago creado a partir de un brazo del Ródano. Las aguas devolvían pequeñas olas teñidas del color de la sangre.

Estaba dentro de una gruesa bolsa negra. La cremallera que la cruzaba de arriba abajo estaba curvada en los extremos, adoptando una extraña posición de sonrisa dentada. Thomas se quedó detrás de la cinta que delimitaba la escena del crimen. Unos potentes focos iluminaban el bulto negro. Parecía que se estuviera rodando una película y que cada uno de los actores supiera a la perfección su papel. Observó que un técnico vestido con un mono blanco introducía las manos del muerto en unas bolsas de plástico y las cerraba con cinta adhesiva alrededor de las muñecas. Mientras, otro técnico tomaba una muestra de sangre del brazo. Unos faros alumbraron la espalda de Thomas, el coche de la funeraria se había acercado y sacaba una camilla de la parte trasera. Se sintió como un mirón, torpe, sin saber muy bien qué hacer. Un hombre vestido de traje con una libreta en la mano se dirigió a él.

–Disculpe, ¿es usted el señor Connors?

Thomas asintió con la cabeza y se metió las manos en los bolsillos de la gabardina.

–Perdone que lo hayamos llamado a una hora tan intempestiva. Soy el inspector Deruelle.

El inspector era un tipo delgado, de semblante pálido, con las mejillas muy marcadas. A Thomas le sorprendió su cabello rubio, parecido al de los surfistas, recogido en una coleta. Una pulsera artesanal de cuero trenzado, en la misma muñeca en la que llevaba un enorme reloj deportivo, contrastaba con el traje de corte impecable. Se estrecharon la mano con gesto adusto.

–No tiene ninguna importancia. Casualmente tengo una reunión dentro de una hora y ya estaba de camino hacia mi trabajo. Lo que no logro adivinar es por qué se me ha llamado.

El inspector anotó la última frase en una libreta.

–Lo sé, lo hemos hablado por teléfono, pero, si no es mucha molestia, me gustaría que viera el cadáver y me dijera si lo reconoce.

La mañana se desperezaba en el horizonte. Los bancos de niebla se esparcían como diminutos mechones de algodón sobre el agua y sobre el césped, brillante aún por el rocío nocturno. Ante ellos se extendía un enorme jardín compuesto de pequeños bosques de árboles gigantes.

Contempló con nerviosismo cómo el agente manipulaba el saco y vio aparecer un rostro pálido y amoratado, la boca entreabierta que dejaba el grito detenido, la mueca de sorpresa grabada para siempre. Se acordó de su hija en el depósito de cadáveres. Su sensación de intranquilidad aumentó al comprobar que esa cara le resultaba familiar.

–Me parece que es un antiguo compañero de colegio –dijo, intentando que su voz sonase calmada–. Si me pregunta si estoy seguro, le diría que no, han pasado muchos años. Me resulta incomprensible verlo aquí, en Lyon, muerto y a pocos metros del edificio de la Interpol, mi lugar de trabajo.

–¿Puede identificarlo?

Thomas permaneció pensativo durante unos instantes hasta que dijo:

–Se llamaba Sean Haggerty, era de Kilconnell.

–¿Dónde queda eso?

–Es un pequeño pueblo de Irlanda.

El inspector lo miraba con el bolígrafo suspendido en el aire, a la espera de más explicaciones.

–Es el pueblo donde nací.

–¿Crecieron juntos, eran amigos de la infancia?

–Nada de eso. Nos conocíamos de vista y alguna vez habíamos compartido algún partido de fútbol o de *hurling*. Poca cosa más.

–¿Lo había vuelto a ver?

Thomas asintió.

–Lo vi de pasada hace cuatro meses, cuando fui a Kilconnell a un entierro.

–¿Habló algo con él?

–No, ni tan siquiera nos saludamos. ¿Puedo saber por qué me ha llamado?

–Cerca del cadáver hemos hallado un USB. Hemos descargado la información en un ordenador portátil y hemos encontrado un único documento. En la parte superior estaban escritos su nombre y su apellido.

–¿Podría ver de qué se trata?

El inspector le mostró una hoja. Thomas reconoció su nombre y varias letras mayúsculas seguidas de números. Echó un vistazo a los primeros códigos.

```
VNS Z4-1  922318877
VNS Z1-3  910443455
VNS Z4-1  993222145
VNS Z4-1  981003366
```

—¿Le dice algo esta sucesión de letras y números?

—Absolutamente nada. Siento mucho no poder ayudarle. Pero le aseguro que hace años que no hablaba con esta persona y no alcanzo a entender por qué figura mi nombre. Para mí es un jeroglífico sin ningún sentido.

—¿Ha recibido últimamente alguna llamada extraña? ¿Ha tenido la sensación de que era observado o de que alguien lo seguía?

Contestó de manera negativa a ambas preguntas. El inspector anotó algo en la libreta. Thomas pensó que pronto el entorno se llenaría de curiosos y periodistas. Vio que los técnicos recogían sus útiles de trabajo. Estaban en cuclillas, de espaldas a él, parecían mantener una conversación animada. En un momento dado uno soltó una leve carcajada. No es que sonara aparatosa, más bien fue discreta, pero a Thomas le resultó estridente y fuera de lugar.

—¿Suele ir a trabajar siempre a esta hora? ¿Es normal que lo haga en sábado?

—Los sábados que acudo a trabajar son casos excepcionales; el de hoy lo es, ya que tenemos que preparar un congreso en la India y vamos un poco ajustados de tiempo. —Dio la espalda al cadáver, su visión le impedía concentrarse—. En cuanto a la hora, depende, no tengo un horario fijo de entrada ni de salida. Normalmente no voy tan temprano.

—¿Va andando?

—A veces.

—He leído que vive en la Rue Bombarde; es una larga caminata.

—Últimamente sufro de insomnio, así que me va bien andar para despejar la cabeza, y me gusta ver cómo se despierta la ciudad.

—¿Suele hacer el mismo recorrido?

—En absoluto. Según la hora, el día o el clima. Normalmente, si llueve o voy con retraso, utilizo el coche.

—Por lo que veo, no hay un patrón común, es decir, era imposible prever que usted trabajaría hoy.

—Exacto, a no ser que hubiera llamado a mi secretaria. Pero dudo mucho de que ella le hubiera dado esa información.

—Ahora lo comprobaremos. Por cierto, ¿a qué hora ha salido de su casa esta mañana?

Thomas dudó un instante.

—No lo recuerdo con exactitud, quizá a las cinco y cuarto, más o menos.

—¿Se levantó cuando oyó el despertador? Eso nos daría alguna pista.

—Ya le he comentado que sufro de insomnio, así que no suelo necesitarlo. Fue más tarde de las cinco porque hay un obrador cerca de mi casa y cuando pasé ya estaba abierto.

—¿Está seguro?

—No entiendo qué importancia tiene la hora, pero le puedo decir que sí, estoy seguro. Estaban las luces encendidas, el olor a pan recién hecho invadía la calle. Puede comprobarlo usted cualquier día —inquirió molesto.

—La hora de la muerte ha sido fijada entre las cuatro en punto y las cinco y media. Estamos esperando un primer informe forense que nos indicará la hora con mayor precisión.

Thomas asintió, incómodo; estaba deseando marcharse.

—Si no tiene ninguna pregunta más, me gustaría irme.

El inspector también asintió antes de cerrar la libreta.

—Gracias, señor Connors, nos ha sido de gran ayuda. Comprobaremos si el nombre y el apellido pertenecen a la persona fallecida.

—¿Podría decirme qué ha pasado? —preguntó aterido, subiéndose el cuello de la gabardina.

—Lo siento, pero por ahora solo son conjeturas. Lo único que puedo decirle es que no se trata de una muerte natural. Le voy a dar mi tarjeta por si se acuerda de algo —dijo y sacó una pequeña tarjeta blanca del bolsillo interior de la americana.

—Por curiosidad, ¿quién encontró el cadáver?

—Una chica que estaba haciendo *footing*, aquella que está sentada en las escaleras de la furgoneta.

Thomas echó un vistazo a su izquierda. El vehículo estaba aparcado entre los coches de policía. Vio a la chica, cabizbaja, envuelta en una manta marrón y con una taza entre las manos de la que salía humo. Hablaba con el psicólogo de la Policía, arrodillado frente

17

a ella. En un momento dado, la chica se puso de pie sin dejar de hablar y la manta que le cubría los hombros resbaló hasta caer al suelo. Quedó al descubierto una camiseta rosa en la que se leía «Guerreras Running». Las miradas de Thomas y la chica se cruzaron durante un instante. Thomas advirtió su miedo y su desconcierto, pero lo peor estaba reflejado en sus ojos: llevaban marcados la cara pálida del muerto. Sintió lástima. Se la imaginó feliz y relajada mientras corría por el parque antes de ir a trabajar. Hubiera querido acercarse, decirle que no se preocupase, que solo se trataba de un mal sueño, que enseguida volvería a correr sin sentir temor, sin pensar en el cadáver tirado entre la maleza; pero no podía mentirle, la realidad era que habían pasado casi cinco meses desde que él reconoció el cadáver de su hija y no existía un día sin que su rostro se le apareciera, ya fuera para saludarlo cuando tomaba un taxi o fuera para desearle buenas noches.

No pudo evitar volver a mirar la bolsa antes de marcharse. Sintió que el frío metálico de la camilla donde estaban colocando el cadáver le guiñaba un ojo. Los enormes troncos de los plataneros custodiaban impasibles al muerto. Se quedó quieto, como quien espera en el andén a que parta el tren y con él la persona que se va.

Los rayos de luz rasgaron la neblina de la ciudad sagrada y tiñeron las paredes de los *ghats* de un ocre intenso. Las embarcaciones desaparecían tras la fina tela de gotas de agua. El humo de las hogueras del crematorio principal ascendía en pequeñas columnas rompiendo la verticalidad del horizonte. Benarés levantaba con parsimonia el manto de quietud y silencio que había reinado durante la noche. Dulal, el superintendente más joven de la comisaría de Chetganj, miró a su novia de soslayo. Le besó el pelo con delicadeza antes de abandonar la habitación y salir a la calle. La tranquilidad de su casa dio paso al tráfico caótico y a una mezcla de olores; el *chapati* y el *chai* mezclados con los del óxido de nitrógeno y de hollín proveniente de los tubos de escape de los vehículos.

Se dirigió hacia el Dashashwamedh Ghat. Desde que se trasladó a Benarés, el paseo matutino hasta los *ghats* se había convertido en una necesidad. Era como asistir cada día a la proyección de una película irrepetible. Aquella mañana, un grupo de ancianos se desperezaba, resignados porque la muerte había pasado de largo una noche más, un niño pequeño reclamaba con el llanto el desayuno a su madre, los barberos afilaban las navajas, los astrólogos gritaban su clarividencia y los *sadhus,* ceremoniosos, saludaban al sol.

Dulal bajó con parsimonia la rampa que desembocaba en el río y se paró al comienzo de los escalones. Contempló ensimismado cómo los lavanderos golpeaban las ropas. Se sentó en la postura de Buda. Casi podía tocar el agua con las manos. Estuvo unos segundos con la mente ausente hasta que una barca cargada de turistas regresó a la orilla; uno de ellos le apuntó con el objetivo de la cámara. Molesto, se levantó y se alejó del lugar.

Mientras tanto, no muy lejos de los *ghats,* en el *slum* de Charbhuja Shahid, la luz del sol se filtraba entre los plásticos de la chabola de una familia *dalit* e iluminaba las ropas que colgaban de unos palos que hacían de vigas. Las paredes de la construcción estaban hechas de chapas y tablones, y con el discurrir del tiempo la familia de intocables había acumulado alrededor de la vivienda unos plásticos sobre otros en un intento por taponar una grieta o un agujero y así impedir que la lluvia pertinaz del monzón se colase en el interior. Tres ramas unidas con clavos y recubiertas de un saco de tela constituían la puerta. En la parte superior de la tienda había una gran lona azul envejecida por el sol. Dentro, la limpieza era absoluta. Una sábana separaba el dormitorio del resto. En la esquina más próxima a la puerta se alzaba un altar con una ilustración de Rama, el séptimo avatar de Vishnú. Su aspecto juvenil de piel azul claro, el *dhoti* amarillo, el cabello atado en un moño y su sonrisa hierática, contrastaba con la suciedad del exterior.

Karuna se despertó y se movió despacio. No quería perturbar el descanso de su marido y su hija. El dolor del estómago empeoraba cada día. Apoyó una de las manos en el suelo y con gran esfuerzo se incorporó. Se lavó la cara y las axilas con el agua de un cubo y se ajustó los seis metros del sari verde. Salió fuera de la tienda, recogió dos trozos secos de estiércol de vaca y unos palos y los introdujo en un pequeño horno de arcilla con una chimenea en forma de cuerno.

A esa hora, el frío y la niebla eran sus compañeros. Por un instante aparcó sus quehaceres y se dejó llevar por los retales violetas intercalados entre las chabolas y las montañas de basura. Una niña vestida solo con una camiseta enorme apareció en un montículo. Los mocos le llegaban hasta el mentón. Se entretenía mirando el efecto que producían las gotas al chocar con el agua. Karuna pensó en su propia hija, Tanika. Haría lo posible por que continuara en la escuela y tuviera lo que a ella se le había negado.

La primera vez que Karuna fue a la fábrica de alfombras tenía cinco años. Desconocía que su padre la había vendido para pagar el *paishgee*, un préstamo a cambio de su trabajo. Pronto supo que era una niña esclava, sin derechos ni capacidad para tomar sus propias decisiones. Trabajaba hacinada con otros niños en habitaciones sucias y débilmente iluminadas. Al principio le resultó difícil estar sentada tantas horas. Veía que otros que llevaban más tiempo que ella tenían deformada la columna; a los nueve años su espalda era igual que la de ellos, y eso era bueno, porque no dolía. Sin embargo, su vista empeoró y empezó a respirar con dificultad debido a la exposición al polvo y a la pelusa de la lana en aquel agujero sin ventilación. Trabajaba catorce horas en el telar y a cambio recibía una ración de comida y la posibilidad de dormir sobre una manta, en el suelo, en el mismo lugar donde tejía. Tenía las manos llenas de heridas: era necesario usar un cuchillo afilado para girar los nudos de la alfombra. Cuando se cortaba, debía alejarse del telar para que ninguna gota de sangre tocara los hilos. El patrón acudía solícito; curaba la herida con pegamento y la cauterizaba.

Las manos de Karuna, surcadas de cicatrices, se dedicaban a reproducir los gestos que antes habían repetido los tejedores persas. Procedente de Irán, el *tallim* era un sistema de signos compuesto por una decena de letras y acentos. Era una manera sencilla de transmitir a los obreros analfabetos el color, el número de nudos y el patrón que había que seguir en la confección de la alfombra. Cada acento correspondía a un color, cada punto era un hilo; así hasta completar el dibujo. Karuna empezó con los más simples, una hoja de diez signos. Tener manos pequeñas suponía una ventaja, y ella manejaba los hilos con habilidad. Utilizaba con destreza el *kangi*, el peine de acero con el que amontonaba los nudos. Sabía que su destino estaba atado a aquel telar pero disfrutaba con las risas de los niños que salían del colegio. Las escuchaba y sonreía a través de los muros de la fábrica. Cada tarde se repetía aquel jolgorio y Karuna lo recibía como un cántico de esperanza. En sus sueños era ella la que estaba al otro lado.

Amortizó la deuda cuando cumplió diez años. El patrón, que no quería perder a una de sus trabajadoras más productivas, llamó a su padre para renegociar el *paishgee*.

–Como sabe, su hija ha saldado la deuda y será libre la semana que viene –le recordó el patrón observando a la niña.

El patrón pertenecía a una casta superior, no solía dirigirse a los *chandalas* a menos que pudiese sacar algo de ellos.

–Su hija destaca entre los demás niños y creo que podemos llegar a un acuerdo.

Karuna estaba en cuclillas en un rincón. Su hermano se había casado, había tenido tres hijos y necesitaba una casa más grande.

–No le hago esta magnífica oferta a cualquiera, solo a los mejores trabajadores –continuó el patrón–. Estoy dispuesto a ofrecerle veinte mil rupias.

El padre de Karuna dudó si pedir algo más, pero su actitud de *chandala* hizo que el pensamiento no durase más que un latido. Movió la cabeza a un lado y a otro. El acuerdo estaba cerrado.

Karuna fue consciente de que la había sacrificado para que su hermano tuviera una vida más cómoda. Quiso llorar, pero el agujero que tenía en el estómago se había tragado las lágrimas; solo se le escapó un sonido lastimoso que la acompañaría los próximos años de su vida.

La niebla desapareció y el sol se estiró en el horizonte. Los ladridos de los perros y el eco de las voces del resto de los *dalits* despertaron a Manju. Era descendiente de un intocable, como su padre, su abuelo y su bisabuelo. Estaban contaminados. Su primer recuerdo de ser un estigmatizado fue cuando el maestro lo sentó al fondo de la clase como si tuviese una enfermedad contagiosa. Nada parecía haber cambiado con el paso del tiempo, pensó. La cuestión era sobrevivir un día más. Desde que la rueda de un *rickshaw* le pasó por encima de la pierna derecha, la intranquilidad había crecido al mismo ritmo que el dolor. Al principio lo aguantaba, pero con los años su trabajo en las calles lo dejó malherido como un animal inútil. Tenía que proporcionar comida a su familia, pero ese dolor los condenaba a la miseria. Observó a Tanika, cómo estiraba sus elegantes brazos con delicados movimientos. Su mayor temor era por ella. Demasiado bella e inteligente para recoger la basura de la calle como él.

–Mujer, ¿el *chai* está listo? –preguntó sacando la cabeza al exterior.

Karuna salió de su ensoñación y preparó el té con rapidez.

La niña se levantó, se puso una camiseta corta y se enrolló una tela amarilla desgastada que le cubrió la cadera y parte de las piernas. Manju se vistió con una camisa con un bolsillo a la altura del corazón que utilizaba para llenarlo de *bidi* y unos pantalones remendados. Se miró las palmas de las manos y recitó:

Lakshmi vive en la punta de mi palma,
Saraswathi vive en el medio
y Gowri vive en su base.
Así veo mi palma a primera hora de la mañana.

–Hija, tenemos que darnos prisa.

Tanika asintió. Cuando no tenía colegio participaba de la recogida de plásticos.

Los tres bebieron el *chai* tranquilamente. Para Tanika era de los pocos instantes en que veía a su madre, Karuna se dedicaba a barrer las calles hasta el anochecer, así que la niña trataba de tomarlo despacio.

Se fijó en la mano izquierda de su madre: llevaba un anillo en el dedo anular y otro en el índice; las cicatrices contrastaban con el brillo de las pulseras. En la muñeca izquierda, las verdes, que simbolizaban la suerte del matrimonio, y en la derecha, las amarillas, como símbolo de felicidad.

Tanika sabía que no era la mamá más bella de la ciudad pero sí la que tenía el pelo más bonito. Le gustaba hundir su cara entre los cabellos de su madre y quedarse ahí unos segundos, lo justo para tocar con sus labios las finas hebras y aspirar su olor.

Se acabó el té y agarró un saco de tela antes de salir al exterior. La tienda era una de tantas esparcidas por todo el *slum*. Escuchó los sonidos que formaban parte de su vida, como el de la lluvia que golpeaba los plásticos de las tiendas o el de los chillidos de las ratas. De todos ellos, el más repetido era el de la tos seca que provenía de los pulmones podridos por la tuberculosis o el tifus, o por el hollín y los gases de los tubos de escape de los automóviles.

Partieron hacia la ciudad vieja. Después de sortear la basura apilada en las entradas de las tiendas que los *harijans* acumulaban por miedo a que se la robasen, de bordear bidones vacíos, esquivar un sinfín de tubos de plástico negros, restos de chapas oxidadas y de evitar el pequeño canal de agua putrefacta, llegaron a las fronteras del *slum* y se adentraron en las calles más antiguas de la ciudad de la luz. Su padre se paró ante un pequeño templo dedicado a la Madre Tierra y recitó:

Saludos tu consorte de Vishnú,
quien es vestido por océanos
y es adornado bellamente por las montañas.
Perdóname, madre, por poner mis pies sobre ti.

Manju y su hija comenzaron a recoger botellas de plástico, envoltorios de tabaco, bolsas de comida; restos inertes que vendían al peso.

Tanika leía las palabras escritas en los envoltorios, frases que bendecían los productos más vendidos en la India. Se sabía la mayoría de memoria, por eso cuando encontraba alguno desconocido el corazón le daba un vuelco. Esa mañana tuvo suerte y se topó con un envoltorio nuevo, probablemente lo había traído consigo un turista.

–¡Tanika, no te entretengas! –le gritó su padre cuando la vio parada tratando de descifrar el significado de las palabras.

—Padre, he conseguido uno que no tenía, ¿me lo puedo quedar?

—Está bien, pero date prisa, tenemos que acabar antes de que las calles se llenen de gente.

Tanika dobló el plástico y se lo metió dentro de la camiseta. Pasaron entre peregrinos y turistas. Un babuino saltó de tejado en tejado con un trozo de dulce en la boca. Kâmadhenu apareció de improviso con paso lento sabedora de su carácter sagrado y obligó a los transeúntes a pegarse a las paredes. Cuando Manju dificultaba el paso, le golpeaban y lo apartaban con desprecio. A él no le importaba que lo tratasen peor que a una vaca, ellas alimentaban a toda la India con la leche, la mantequilla y el yogur, además la orina se empleaba como desinfectante y el estiércol les servía de combustible. Manju, sin embargo, apenas ganaba lo suficiente para dar de comer a su familia.

2

Rose entró en el despacho con las carpetas para el congreso de la India. No contaba con que su jefe hubiera llegado ya, y cuando lo vio los folios se le cayeron. Se puso de rodillas y trató de recoger de la manera más ágil las hojas desperdigadas en la tarima de madera.

–Señor Connors... –balbuceó al levantar la vista. Su mirada se detuvo un instante en las duras líneas del mentón y la boca–, no le esperaba tan pronto.

Sintió que la cara le quemaba y desvió la mirada para disimular su sonrojo.

–Me acaba de llamar la Policía para hacerme unas preguntas. Les he dicho que con mucho gusto los atendería después de la reunión –murmuró confundida.

–Me parece bien, así no iremos retrasados.

Thomas se agachó para ayudarle a recoger unos papeles que aún quedaban en el suelo. Estaban cerca el uno del otro y Rose pudo sentir el aroma que desprendía. Inconscientemente trató de acercarse un poco más a él, pero el pudor le ganó al instinto y al final se apartó.

–¿Sabe de qué se trata? –preguntó.

Recogió rápidamente las dos últimas hojas del suelo. Una de ellas quedó inservible, toda arrugada, hecha una pelota en su mano derecha.

Balbuceó un par de frases sin sentido y salió del despacho.

–No se preocupe, solo son unas preguntas. Perdone, Rose, ¿está bien? –preguntó Thomas mientras iba tras ella con los folios en la mano.

Tampoco a él le había pasado inadvertida la cercanía de Rose. Los labios carnosos pintados de rojo, su insinuante modo de andar, sus formas redondeadas y, sobre todo, el perfume, lo descolocaron un momento, lo justo para desearla.

–Perfectamente, señor Connors –respondió alineando nerviosa los bolígrafos de su mesa.

Sabía que debía dar por buena la respuesta de Rose. Su interés por él traspasaba su rostro, estaba presente en cada pequeño gesto que realizaba cuando se encontraba a su lado. Thomas trataba de ignorarlo, no en vano dominaba el arte de la indiferencia, prefería rozar solo la superficie de los sentimientos, cambiar una conversación y convertirla en banal antes de mostrar a su interlocutor una grieta por la que entrar en él. Sabía que en la vida decir palabras que pesan, poner alma a las palabras, tenía sus consecuencias, y una de ellas era la debilidad. En el mundo en el que se movía no era posible mostrarse vulnerable.

–No debe preocuparse por la Policía. Han hallado un cadáver en el parque y parece ser que esa persona se dirigía aquí con un propósito. Quieren averiguar si en estos días alguien ha llamado al despacho más de lo habitual o si ha notado algo fuera de lo normal –dijo dejando las hojas en la mesa.

Rose ojeó una pequeña libreta cuadrada.

–Alguien ha llamado de manera insistente. Aquí tiene el número. No sé si tendrá algo que ver. –Su voz sonó temerosa.

–¿Ha dejado algún mensaje? –preguntó Thomas pensativo.

–Ninguno.

–Gracias, Rose. Si es tan amable, le agradecería que me trajera un café.

La secretaria se dirigió a la cafetera no sin antes lanzar una mirada furtiva a la alta figura que ya entraba en el despacho.

Thomas marcó el número escrito en la libreta. Notó cómo su dedo temblaba. Reconoció de inmediato a la mujer que respondió al otro lado de la línea.

–¡Caramba, Claire, cuánto tiempo sin oír tu voz! –exclamó aliviado.

Se prometió a sí mismo que olvidaría el incidente del muerto.

–Hola, Thomas, la verdad es que no quería molestarte en el trabajo, pero perdí tu número y... Bueno, no es cierto, cuando me dejaste lo borré del móvil y de mi agenda.

Thomas soltó una carcajada. Enseguida se arrepintió de aquella risa hueca; sonaba falsa, intentaba dar a la conversación el aire despreocupado que en absoluto sentía. Su cabeza permanecía entre la maleza del camino, en aquella bolsa de plástico negra.

–Oye, no seas tonto. Me voy fuera una temporada y deseo despedirme de los amigos.

–¿Y yo estoy incluido en ese club de amigos? –preguntó incrédulo.

–Ajá, y como supongo que estás trabajando, he pensado que podríamos quedar en ese hotel que está muy cerca de la Interpol, el Warwick Reine Astrid.

–¡Claro! ¡Sería estupendo! Podríamos tomar algo y me cuentas esos nuevos planes.

–Yo estaba pensando en otra cosa...

La conversación quedó interrumpida de manera abrupta. Claire, porque esperaba una contestación, y él porque estaba más que sorprendido. En ese momento, Rose entró con el café. Thomas trató de que su tono sonara lo más profesional posible.

–Me parece bien –se oyó decir de repente–. Ahora tengo una reunión importante, pero podríamos quedar a la una. Creo que sobre esa hora habré terminado, si no fuera así, te avisaría.

Rose dejó discretamente la taza humeante sobre una pequeña mesa anexa al escritorio que ocupaba Thomas. Él se lo agradeció con un movimiento afirmativo antes de que ella saliera sin mirarlo.

–Entonces hasta luego. Te mandaré un mensaje con el número de la habitación –dijo Claire, y colgó.

–D´accord.

Pasó los brazos por detrás de su cabeza y con un pie giró la silla de despacho hasta que quedó de cara al gran ventanal. La mañana todavía aparecía en penumbra, con los colores difuminados, aplastados por la gasa casi transparente de la niebla. El gris plomizo del cielo se le antojaba opresivo y frío, como si un pintor hubiera sacado sus útiles y hubiera echado cubos de pintura sobre el paisaje dejándolo descolorido y triste. Se acordó de Sean Haggerty. ¿Para qué diablos querría verlo? Sintió un escalofrío al pensar que había sido asesinado cuando se dirigía a ese edificio. Imaginó que en esos momentos el asesino estaría intentando eliminar su rastro. O quizá andaba por las calles silbando, satisfecho del deber cumplido, o puede que no hiciera nada, simplemente estar tumbado en una cama esperando la llamada del jefe. Tal vez siguiera allí, escondido tras la niebla, contemplando con una sonrisa cómo se llevaban el cadáver en una bolsa de plástico negra.

Thomas tenía frío e inconscientemente se levantó para subir el termostato del despacho. El frío que conservaba desde la niñez no le había abandonado en la edad adulta y se mostraba casi obsesivo con la necesidad de caldear los lugares donde se encontraba. Era bien conocida entre sus compañeros de trabajo su manía por el calor, y lo que para él era la temperatura de confort, para el resto resultaba excesiva. Intentó pensar en algo más agradable. La llamada de Claire, además de sorprenderlo, lo reconfortaba. Asociaba el tiempo en el que había estado con ella a una época más feliz, o por lo menos sin grandes preocupaciones. Eso hacía que, en cierta manera, idealizara esa relación, que transformara a Claire en una compañera perfecta cuando la verdad es que era una mujer cabezota, mimada y consentida. Pero Thomas apreciaba su lado travieso y burlón, muy difícil de hallar en otras parejas que había tenido. El sexo era fabuloso, alegre y despreocupado, sin tabúes que perjudicaran el encuentro sexual. Lo cierto es que necesitaba distraerse y nada mejor que Claire para conseguirlo.

Alentado por las posibilidades de la tarde, se dio la vuelta, tomó el interfono y pidió a Rose que llamara a los diferentes departamentos para que comenzara la reunión. Se quitó la americana, la colgó detrás de la silla y se aflojó la corbata.

—Perdone, Rose, ¿está preparada la videoconferencia de Kiev y Ankara?

—Todo listo.

—Señores, en primer lugar quisiera agradecer su asistencia. Ya sé que es sábado y muchos de ustedes tienen familia, pero el congreso de Bombay se acerca y andamos bastante justos de tiempo.

La mayoría de los once asistentes sonrieron disculpándolo y todos coincidieron en que era parte del oficio.

–El curso de tres días de duración, del 27 al 29 de noviembre, lo hemos organizado en colaboración con la Oficina Central de Investigaciones de la India. Reunirá a unos noventa funcionarios de Policía y de servicios de aduanas y fiscales de todo el país, así como a representantes de Bangladesh, Bután, Nepal y Sri Lanka.

Rose, discreta, asistía a la reunión sentada en una esquina de la enorme mesa. Escuchaba atentamente las explicaciones de Thomas y tomaba notas de cuando en cuando. Necesitaba poner todos sus sentidos alerta, concentrarse para no perder el hilo, ya que a veces, sin ser consciente, su imaginación volaba y la llevaba a fantasías en las que ella era la protagonista y Thomas su acompañante. Así le sucedió en esa ocasión y se obligó a volver a la realidad no sin cierta pereza.

–... El curso cuenta con el apoyo de la Oficina de Patentes y Marcas de Estados Unidos, y con la participación de especialistas en delitos contra la propiedad intelectual procedentes de Australia, Tailandia, Japón y Estados Unidos. Tiene por objeto descubrir y desarticular las redes de delincuencia organizada que se dedican a la fabricación y distribución de productos ilícitos.

Thomas miró las caras de sus colaboradores con satisfacción. Cada uno de ellos realizaba una labor impecable en sus respectivos departamentos.

–Tenemos entre nosotros al jefe de la unidad de la Interpol dedicada a la lucha contra el tráfico de productos ilícitos. Nos explicará la Black Poseidón, una operación desarrollada en Europa del Este y que es una referencia para nosotros.

El señor Newton pasaba de los cincuenta, tenía el cabello canoso y llevaba unas gafas de montura de pasta negra al estilo Cary Grant.

–Gracias, Thomas. En esta operación, que duró todo el mes de mayo, participaron las oficinas centrales de la Interpol en Bielorrusia, Georgia, Moldavia, Turquía y Ucrania, en colaboración con investigadores y con agentes de la Policía Nacional. Se llevaron a cabo unas mil setecientas intervenciones en mercados, establecimientos comerciales, además de puertos y aeropuertos. Contamos con la inestimable ayuda de fiscales, personal de aduanas y especialistas en delitos contra la propiedad intelectual. A raíz de esta operación, mil cuatrocientas personas fueron detenidas y más de siete millones de artículos decomisados.

Un murmullo de satisfacción recorrió la habitación. Uno de los asistentes comentó:

—Es un número muy alto.

—Exacto. Por ello es necesario obtener un mayor grado de colaboración entre aduanas, organismos locales y Policía, y por supuesto con el sector privado, para desmantelar las redes que están detrás de estos delitos.

—Además —dijo Thomas interrumpiéndolo— tenemos que congratularnos por la decisión que tomó Philip Morris International el mes de junio al donar quince millones de euros durante un plazo de tres años al fondo de la Interpol, a fin de ayudar en la creación de un sólido programa de alcance mundial para combatir el tráfico.

Rose se ausentó un instante para volver a aparecer con un carrito en el que llevaba un refrigerio para los asistentes. La reunión se fue alargando hasta que discutieron todos los puntos necesarios, y la dieron por concluida tras la intervención por videoconferencia de Vasyl Nevolia, jefe de la Oficina Central Nacional de la Interpol en Ucrania y de Rafet Ufuk Önder, jefe de la OCN de Turquía.

Thomas miró la hora, se puso la americana y tomó del perchero la gabardina marrón; llegaba con el tiempo justo a su cita con Claire. Por suerte, el hotel estaba situado a menos de cien metros del edificio de la Interpol. Antes de entrar en el ascensor saludó al inspector Deruelle y a un agente de policía que en ese momento salían del otro.

—¿Alguna novedad? —preguntó con interés.

—Por ahora no. Pero no se preocupe, esto acaba de empezar.

Pero el inspector no le prestaba demasiada atención, estaba más atento a la figura de pelo corto negro y labios rojos que se acercaba.

A Thomas no le pasó desapercibido el ligero brillo en los ojos del hombre; fue un movimiento leve, sin embargo, su pudor posterior le desenmascaró totalmente. Vaya, vaya, pensó, al inspector le gusta Rose. Los presentó y antes de marcharse les sugirió ir a su despacho para que tuvieran más intimidad. Ellos permanecieron ignorantes a la pizca de maldad que contenía su invitación, que Rose aceptó despreocupada.

El día terminaba en el *slum* de Charbhuja Shahid. Karuna había gastado casi toda el agua en fregar los cuencos y pensó que no tendría suficiente para la mañana siguiente. Observó a su marido: miraba al techo y en su cara se reflejaba el mismo gesto de dolor del final de cada jornada. Mientras tanto, su hija se entretenía con el cuaderno del colegio, repetía en voz alta palabras en el idioma de los extranjeros. Dudó si abandonar la seguridad del hogar; la noche era el momento en que merodeaban los perros y las alimañas. En un arranque de valor se puso las sandalias y tomó el bidón de plástico.

–Voy a por agua, ahora vuelvo.

Al pasar por una de las calles se descalzó, era indigna de tocar el suelo que pisaban los elegidos, si no lo hacía se exponía a una paliza, o a la muerte.

El ánimo la acompañó, intacto, pero cuando no hubo más que campo y la luz moribunda se escondió detrás de las lomas, Karuna sintió miedo. Un grupo de babuinos saltó de rama en rama persiguiendo al líder de la manada y sus gritos removieron el silencio.

Karuna escuchó un ruido. Su corazón se aceleró antes de girar la cabeza. No vio a nadie. Avivó el paso y llegó a su destino. Dejó el bidón en el suelo, cogió la cuerda y lo ató con un nudo sencillo. Lo lanzó a la oquedad. El pozo era tan profundo que no se veía el final. Pensó que tenía que darse prisa si no quería encontrarse con los perros salvajes. Se acercó al borde para oír mejor el chapoteo del agua contra el plástico del bidón. Entonces experimentó el temor del que se ve al borde de un precipicio y sufre de vértigo.

Una sombra salió de detrás de los árboles y avanzó con sigilo.

El ruido del bidón al chocar contra las paredes del pozo ahogó cualquier sonido.

La sombra rodeó el cuello de Karuna con un trozo de tela y apretó con fuerza. Ella trató de zafarse moviendo el cuerpo hacia atrás, pero solo consiguió caer de rodillas.

De repente, la sombra escuchó una voz, creyó ver dos figuras que se aproximaban a lo lejos y dejó de apretar.

Karuna, sin conocimiento, se desplomó como un fardo. La sombra sacó una pequeña hacha afilada, la acercó a la cara de la *dalit* y recogió su trofeo. Después empujó el cuerpo al interior del pozo.

El impacto con el agua fue una bofetada en medio del sueño y Karuna recuperó el conocimiento. Un dolor insoportable le quemaba la boca. El sari la mantenía con la cabeza fuera del agua, pero tragaba de manera constante un líquido que parecía brotar de ella misma. Con una mano palpó la pared pero no encontró un saliente donde agarrarse. De repente, con los pies desnudos tocó una raíz sumergida. Se acercó a la pared en un intento desesperado por mantenerse a flote. Puso los pies encima de la raíz pero esta se dobló. La tela comenzó a pesarle y notó cómo la hundía. Asustada, se sujetó con dificultad a las paredes y dio la vuelta al pozo en busca de otra raíz; la encontró, sin embargo, era débil como un junco y no soportó su peso.

Quiso gritar pero no le salió ningún sonido. Golpeó las paredes con la desesperación del que se ve abandonado a su suerte. El eco de sus golpes retumbó en el pozo antes de esparcirse por el exterior.

Fuera, los ruidos de los animales nocturnos se elevaron presos de la excitación.

Tanika encendió la lámpara de aceite.

—¡Papá, despierta! Mamá no ha vuelto.

Manju abrió los ojos y se incorporó trabajosamente. En un estado de duermevela se acordó de que su esposa había salido a por agua. Miró a Tanika, que esperaba unas palabras que la reconfortaran, pero Manju las desconocía porque nadie se las había enseñado. Se quedó inmóvil observándola durante unos segundos. Había heredado la belleza de su madre. Se acordó del primer encuentro con su mujer.

Aquel día le cautivó el hermoso pelo que tenía, el rostro sereno y digno, pero, sobre todo, la profundidad que insinuaban sus ojos. Había soñado con unos ojos como los de Karuna desde que vio en el cine a la actriz Nargis Dutt en la película *Mother India*. Esos ojos se le quedaron grabados. Tenía que hacer todo lo posible para que fuese su esposa.

Desenterró el trapo que contenía los pendientes de oro que su madre le había dejado antes de morir. Los guardaba para comprar la madera necesaria para su cremación, pero los vendió en un puesto de las afueras de la ciudad. Con parte del dinero contrató a una casamentera; el resto lo utilizó como ofrenda a Lakshmi, la diosa de la buena fortuna; le pidió con todas sus fuerzas que la familia de Karuna aceptase que su hija se casara con él. Pasados dos meses, la diosa le concedió el deseo. Lo que no supo Manju fue que su dicha tuvo que ver más con el grosor de los dedos de Karuna para el manejo del *kangi* y con el resto del dinero que pagó por liberarla del *paishgee,* que con sus plegarias a la diosa. Esa misma tarde otra niña se sentó en el lugar de Karuna.

Se casaron el día que las cartas astrales marcaron como propicio. Karuna paseó por las calles de la ciudad a lomos de un caballo tan escuálido como ella. Un músico que tocaba una trompeta los acompañaba junto con el séquito que gritaba sus nombres, mientras los conductores de los *rickshaws* hacían sonar las bocinas estrepitosamente.

–¿Dónde está mamá? –preguntó Tanika.

El padre ya se había calzado las sandalias.

–No tardará en llegar; se habrá entretenido.

Pero no aparecía. Se impacientó.

–Voy a buscarla. No tardaré –dijo con cara compungida.

–Mamá es fuerte, ¿verdad, papá?

–Tan fuerte como una roca –le contestó el padre sin pensárselo dos veces.

–¿Puedo acompañarte? –preguntó asustada.

–Quédate aquí. No tardaré –le ordenó mientras agarraba el candil.

Una vez fuera, gritó a viva voz si alguien había visto a su esposa. Varias mujeres salieron de las tiendas.

–¿Qué ha pasado?

–Mi esposa ha salido a por agua y no ha vuelto.

Las mujeres avisaron a sus maridos, que provistos de palos se unieron a Manju en su camino al pozo. Dos perros callejeros corrieron asustados sin entender por qué había tanta gente a esas horas de la noche. Los hombres a duras penas iluminaban el suelo con sus lámparas de aceite. Alguno se separaba de los demás escudriñando una zanja o removiendo la maleza para después volver con el resto.

Al llegar al pozo, las lámparas enfocaron la abertura. La luz no llegaba hasta el fondo y se quedaba colgada en las paredes.

–No se ve nada, habrá que bajar.

El silencio se adueñó del grupo. Nadie quería ofrecerse voluntario.

–Yo lo haré –dijo Manju decidido.

Se descalzó. Le rodearon la cintura con una cuerda y la ataron con un nudo. En su descenso, la cuerda le apretaba las costillas y dificultaba su respiración; las rodillas golpeaban las piedras. Llevaba una linterna en una mano, con la otra intentaba alejarse de las paredes. Las voces del exterior pronto se convirtieron en ecos que retumbaban mientras descendía.

–¿Has llegado al fondo? ¿Ves algo? –le preguntaron desde arriba.

El agua le empapó el pantalón. El frío, el miedo y la oscuridad lo invadieron, pero por encima se impuso una certeza: Karuna estaba muerta.

El agua le llegaba ahora a la cintura. Gritó a los hombres que dejasen de soltar cuerda. Se puso en la boca el mango de la linterna y con las manos libres sondeó el agua negra. No había rastro de ella. Manju respiró aliviado. De repente, uno de sus pies rozó algo suave parecido a un liquen.

–¡Más cuerda! –gritó nervioso.

Manju, como la gran mayoría de los habitantes de la India, no sabía nadar. Sumergió la cabeza y estiró los brazos intentando abarcar todo el espacio posible. Un trozo de tela se le quedó enredado entre los dedos. Tomó aire, volvió a introducir la cabeza en el agua y con ayuda de las manos tiró con fuerza del tejido. Unos dedos le rozaron levemente.

–¡Está aquí! ¡Lanzadme otra cuerda! –vociferó histérico.

Después de varios intentos logró desenredar el sari y amarrar el cuerpo por los hombros. El esfuerzo lo dejó extenuado, pero la excitación hizo que el cansancio durase poco. Karuna se alzó a través de la boca del pozo, que como una luna negra se la tragó. Arriba, las luces deformaron los rostros de los *dalits* que sujetaban el cadáver.

Todavía con la cuerda atada a la cintura, Manju se arrodilló ante su mujer. No supo el tiempo que estuvo inmóvil incapaz de reaccionar.

Un oficial de Policía, con tres divisas en las hombreras, le tocó la espalda con una vara.

—¿Eres el marido?

—Sí —contestó automáticamente mientras seguía mirando la tela que tapaba la cara de Karuna.

—¿Qué ha pasado? —preguntó el policía molesto por haber tenido que desplazarse desde la comisaría de Chowk hasta el pozo.

—Fue a buscar agua y debió de resbalar —dijo Manju con voz extraña, como si sus palabras perteneciesen a otro.

—¡A estas horas y sola! ¿Cómo te explicas tanta sangre?

Manju no le escuchó. Tenía la ropa mojada y tiritaba. No sentía pena, ni dolor, solo frío y un vacío tan grande que no le dejaba pensar con claridad.

El oficial echó un vistazo al cuerpo y acto seguido apartó el sari de la cara con la vara. Un silencio apagó el murmullo del gentío. La mujer tenía la boca abierta, un hueco negro se asomaba en su garganta. Chitán, el oficial de policía, abrió con brusquedad la boca, de la que seguía manando sangre.

—Tendrás que acompañarnos a comisaría —dijo, y agarró a Manju con fuerza por el brazo.

—Pero ¿y mi mujer? ¿Qué será de ella?

—Tú —el oficial señaló a un agente—, quédate aquí hasta que venga el carro y se la lleve.

—¡Déjeme ir! Mi hija me espera en la tienda. ¡Está sola! —gritó Manju desesperado.

Una parte de la multitud permaneció junto al cadáver, cuchicheando; otra, alborotada, acompañó a Manju.

La sombra, satisfecha, se limpiaba las manos escondida en la oscuridad. Con veneración, dobló meticulosamente el pañuelo amarillo y se lo guardó. Entre rezos, se dirigió hacia el *slum*. Aún quedaba mucho trabajo por hacer.

3

A pesar de que el hotel se parecía a muchos otros, destacaba su bonita terraza rodeada de frondosos rosales, con suelos de madera de teca, amplios sofás beis y velas blancas como las de los barcos que, a modo de porches, se utilizaban para protegerse del sol en la época cálida.

La vio nada más entrar en el hall. Estaba sentada en el medio de un sofá de tres plazas leyendo la prensa del día. El periódico reposaba sobre la mesa de cristal y Claire pasaba con lentitud una de las hojas. Como si sintiera que la miraban, alzó los ojos y se encontró con los de Thomas. La expresión de sorpresa se unió a la sonrisa de sus labios. Él se acercó con paso enérgico y extendió los brazos dándole la bienvenida de manera anticipada. Entre ellos no existió el pudor ante la cercanía del otro, no hubo un momento de duda, algo que hubiera resultado comprensible después de meses sin verse. Se saludaron con naturalidad, como una pareja que lleva tiempo conviviendo y está habituada a la intimidad cotidiana. Se dirigieron juntos hacia el ascensor. Thomas descansó su mano sobre la espalda de Claire y ella se dejó empujar suavemente. Ya en la habitación, sin ningún tipo de preámbulo, se fue despojando de la camisa. Tenía aires de cabaretera pero no resultaba vulgar, más bien parecía una bailarina ejecutando armoniosamente cada movimiento. Su espalda se curvó produciendo un leve sonido cuando la camisa de seda se deslizó hasta el suelo. Se desabrochó la falda y dejó que resbalara para, a continuación, sacar un pie después del otro y dejarla tirada en el mismo sitio donde había caído.

—Me gusta tu forma de despedirte. Nunca me había pasado –dijo Thomas.

En su voz se adivinaba el placer que le causaba lo que estaba viendo.

–Contigo no podía ser de otro modo. Tenía que estar segura de que no me guardabas rencor por cómo acabó lo nuestro.

–Si esto es para que te perdone, tranquila, no tienes ninguna necesidad de acostarte conmigo. No me importa qué haces con tu vida y mucho menos con tus actuales parejas mientras yo no me vea involucrado. –Su voz se tornó áspera y dura.

–Lo cierto es que te echaba de menos y... –dijo ella mientras se quitaba las medias sentada en el borde de la cama– deseaba volver a verte.

Thomas la miraba como hipnotizado por sus movimientos delicados y gráciles.

–¿Adónde vas de viaje? –se interesó en un súbito acceso de curiosidad.

–Me voy a Tailandia.

–¿Y qué vas a hacer allí? –preguntó mientras se desanudaba la corbata.

–Acompaño a mi novio.

Thomas se detuvo un instante y la miró fijamente.

–¿A tu novio? ¿Tienes novio?

Claire asintió con un gesto de la cabeza.

–¿Vais en serio?

Claire volvió a repetir el gesto.

–Y ¿qué se supone que estás haciendo aquí, en esta habitación de hotel?

–Ya te lo he dicho, despedirme –respondió mostrando una amplia sonrisa.

Thomas hizo una mueca de incredulidad.

–Me sabía tan mal marcharme y no decirte adiós... –dijo con voz melosa quitándose las bragas y el sujetador–. Pero, como ya veo que no me guardas rencor, *mon chéri*... –susurró acercándose como una pantera sigilosa.

Thomas sonrió ante la teatralidad de Claire.

–Eres una tremenda lianta. ¿Cuándo te marchas? –preguntó mientras se dejaba desnudar.

–La semana que viene –contestó, y le desabrochó un botón de la camisa y lamió el trozo de piel que quedaba al descubierto.

–¿Necesitas algo? ¿En qué compañía vuelas?

–En la mejor..., vamos en su avión privado –respondió Claire con excitación.

Thomas le sujetó las manos antes de que le desabrochara el pantalón.

–¿Tiene un avión privado?

–Sí –respondió sin darle importancia.

–Si esto es un intento para darme celos, te equivocas –afirmó molesto.

–En absoluto –respondió ella dando un paso atrás, disgustada por el cariz que estaba tomando la conversación–. Para, Thomas, deja de darle vueltas. Simplemente quería verte porque voy a instalarme allí y me apetecía despedirme. Es así de fácil. No hay otra explicación.

–¿Lo quieres?

–Sí, ¿y qué? –preguntó desafiante echando la espalda hacia atrás.

–Que tienes una forma muy extraña de demostrarlo.

–¿Y qué diablos tiene que ver el amor con follar contigo?

Thomas la contempló, desnuda con los brazos en jarras y la cara enfadada, ¡qué hermosa!

–Tienes razón, qué tendrá que ver tu orgasmo con tu corazón –admitió derrotado por el argumento.

Sus murallas cayeron a los pies del cuerpo de Claire. No deseaba otra cosa que poseerla. Ella lo advirtió y un gesto de victoria recorrió su rostro.

–Ya veo que lo has entendido.

Thomas se desnudó con rapidez y la tumbó en la cama lleno de deseo. Se echó sobre ella y la levantó con fuerza como si no pesara. En un instante sus manos abandonaron el trasero y fueron en busca de los pezones erectos; los retorció con fuerza entre sus dedos. Claire suspiró de placer.

–Si supieras cuánto te he echado de menos...

Con una facilidad asombrosa, Thomas le dio la vuelta. Arañó su espalda suavemente hasta detenerse en las nalgas.

–Tienes un culo de escaparate –dijo excitado.

—Aprovéchalo, es todo tuyo, cariño —le dijo ella, a la vez que lo movió de un lado a otro.

Thomas no pudo menos que obedecer.

Manju miró a su alrededor asustado. La comisaría de Policía de Chowk era un edificio cuadrado de altos muros. En el interior, un potente foco encima de la puerta principal iluminaba un patio donde destacaba una mesa rectangular cubierta con un tapete azul, y apoyada sobre unos ladrillos, una pizarra donde aparecían enumerados los delitos y las penas correspondientes. A unos metros había una fuente con un abrevadero y un recipiente de barro lleno de agua; junto a él un perro tan quieto que parecía un dibujo.

—Siéntate al otro lado de la mesa —ordenó el oficial escupiendo las palabras.

Los dos guardias mandaron a la multitud que se asomaba por la enorme puerta de arco a que se dispersase. Unos pocos curiosos se quedaron cerca; el resto regresó a su casa.

Chitán tenía la cabeza voluminosa y el cuello corto, y unos ojos pequeños que miraban desafiantes a todo el que se cruzaba en su trayectoria. Cuidaba con mimo su bigote con forma de cuerno de búfalo, quizá en un intento por ocultar las marcas de la viruela, que le daban un aspecto siniestro.

Después de rellenar las casillas con los datos personales y tomarle las huellas dactilares, Chitán se levantó de la silla y agarró el brazo de Manju con fuerza. Se había propuesto hacer cumplir la ley y castigar a aquellos que la infringían. Como carecía de recursos materiales y humanos, pensaba que si infligía castigos severos a los delincuentes, estos desistirían de sus malas artes. Le complacía lanzar agua a la cara de los *dalits* y dejarlos sin respiración, o acercarles la llama de un candil a los genitales hasta que el olor a piel y pelo quemado se apoderaba de la habitación. También le causaba deleite apretar su carne ayudándose de dos pequeñas tablas unidas con un tornillo. Sin embargo, lo que le proporcionaba mayor satisfacción era propinarles golpes con la vara mientras les gritaba a viva voz palabras llenas de odio que llegaban a todos los rincones de la comisaría.

–¡Vamos dentro! –gritó, y empujó a Manju con violencia.

–Te suplico que me dejes ir. Tengo a mi hija en casa sola y es mi obligación quemar a mi mujer en la pira –repetía Manju como si se tratase de un mantra.

–¡Quemar a tu mujer! ¿Con qué? ¿Con trozos de plástico? –El oficial soltó una carcajada que contagió a los demás policías–. ¿De dónde vas a sacar las rupias que se necesitan?

Manju se soltó. Y por primera vez le plantó cara.

–No te lo voy a decir.

–Un *dalit* con un secreto. Es lo único que os podéis permitir.

–Tengo que llevar a mi mujer al *ghat* y purificar su alma.

–¿Purificar su alma? No me hagas reír. Ni en mil vidas lo conseguirías.

–Soy un *chandala*. Apiádate de mí. Y, si no, hazlo por Ghandi, que él lo haría.

El oficial se acercó a Manju, que por primera vez pudo ver de cerca las marcas de la viruela. Se estremeció ante su aspecto.

–Ghandi no vivió en Chowk.

Las últimas palabras salieron con pequeñas gotas de saliva que impactaron en la cara de Manju. No le dio tiempo a decir nada más. Chitán le golpeó la espalda con una vara. Los dos policías lo sujetaron y lo condujeron hasta el calabozo mientras recibía más golpes. Manju cayó al suelo y el oficial aprovechó para dejar la vara apoyada en la pared y patear al *dalit* hasta que pareció una oruga encogida. Le dio una patada con todas sus fuerzas en la cabeza y Manju se desmayó.

El calabozo era un espacio pensado para dos personas. Estaba diseñado como parte de los métodos del oficial: la reeducación de los presos y la disuasión de los delitos. Las camas eran unos salientes en la pared de hormigón. Las paredes antaño blancas estaban negras por la mugre, los escupitajos y los orines.

En la celda había otro preso. La luz proveniente del exterior apenas dejaba ver su silueta. Desprendía un olor a rancio y sudor. La falta de ventilación propagó el hedor hasta donde estaba Manju, que volvió a recuperar la consciencia. Le quemaba la herida de la cabeza. Se tocó la zona dañada. La sangre seca mezclada con el pelo había detenido la hemorragia.

–*Namaste*. –El preso salió de su escondite, se acercó y la luz le iluminó el torso. Su piel parecía un lienzo.

Manju se quedó quieto mirando sobrecogido los tatuajes que le cubrían por completo los dos brazos.

–*Namaste*. Me llamo Manju, soy un *chandala*. No sé qué hago aquí, tengo que irme, quiero llevar a mi mujer a los *ghats*, debo buscar a mi hija, está sola, tienes que ayudarme a salir de aquí –dijo de carrerilla hasta que le faltó el aire y tuvo que parar.

Sin darse cuenta, presa de la desesperación, Manju había agarrado al hombre por los hombros y lo sacudía como si fuera un saco de plásticos.

–Mira, *chandala* –dijo el hombre, que se quitó de un golpe las manos de Manjú de encima–, llevo tiempo encerrado en esta celda y te puedo asegurar que no saldrás hasta que confieses lo que has hecho, sea cierto o no.

Una rata cruzó a toda velocidad. Quedaban pocas horas para el amanecer. Manju se apoyó contra los barrotes pintados de naranja y comenzó a llorar. Que le pegaran no era nuevo; todas las semanas recibía su dosis de golpes en forma de palos o de insultos. Se lo merecía, era consecuencia de su vida anterior. Pero que el oficial no le dejase marchar para poder incinerar a su mujer y buscar a su hija, iba más allá de su condición de miserable.

En el centro de Benarés, en la calle de la Dasasvamedha Ghat, se encontraba la sede de la ONG que Navala fundó al acabar la carrera de Derecho. Ofrecía asistencia jurídica a los intocables. Debido a la persecución que sufrían las mujeres que denunciaban, también ofrecía alojamiento, educación y apoyo a las familias. En las paredes de la organización había lemas como: «Si os pegan, si os agreden sexualmente y no lo denunciáis, vuestros hijos harán lo mismo con sus esposas», «La India puede ser un país para las mujeres» o «Vosotras tenéis la fuerza».

Unas cincuenta intocables, la mayoría con niños, esperaban a que Navala comenzase a hablar. Había conseguido que perdieran poco a poco el miedo y acudiesen a denunciar los abusos, a pesar de que muchas de las *dalits* se encontraban con el desprecio de sus familiares, que no cuestionaban los abusos a los que estaban sometidas sino a ellas mismas.

Empezó su charla después de saludarlas y agradecerles su valentía por asistir.

—Es cierto que algunos de los casos más crueles y violentos del planeta se dan en este país. Todas conocéis algunos ejemplos. Pero esto tiene que acabarse. Estamos aquí para unirnos y luchar por nuestros derechos. Si somos muchas, nos tendrán en cuenta y podremos cambiar la realidad.

Un grupo de mujeres asintió con la cabeza.

—Si os insultan, os pegan, u os agreden sexualmente, no os amedrentéis. Venid aquí y os apoyaremos. Vosotras no sois culpables, sino las víctimas de los maltratos y la violencia. Vosotras alimentáis a vuestros hijos haciendo trabajos duros e insanos, os ocupáis de la casa, de las demandas de vuestros maridos, soportáis el dolor. Sois valientes. Sois el motor del país.

Un murmullo recorrió la sala.

—Contamos con un albergue con escuela. No estáis solas. Si vuestros hijos o hijas tienen entre doce y diecisiete años acercaos hasta aquí con ellos, les daremos educación sexual. Muchas de vosotras habéis sido madres cuando érais unas niñas. Eso debe cambiar.

Una de las mujeres se levantó y se marchó. La siguieron algunas más.

—Os ofreceremos alojamiento, educación para aprender un oficio —continuó Navala, ocultando una mueca de decepción—. Os prestaremos el dinero para abrir un pequeño negocio.

Era consciente de que los dos grandes problemas de la India eran el género y las castas. La solución estaba en acabar con las castas. La clave para el cambio, como le contó su abuelo, era cuestionar el sistema. Pero para eso necesitaba ganarse la confianza de las mujeres. Sabía que era un trabajo duro y que la mayoría de ellas estaban dominadas por su marido y la familia de este. Tenía que perseverar, ser cauta y paciente. Acabó la charla y les repartió una bolsa. Muchas solo iban por la comida.

El ruido de unas risas en el pasillo despertó a Thomas. Se había quedado dormido sobre la cama deshecha. Buscó con la mirada a Claire pero no la vio. Aguzó el oído por si se encontraba en el baño pero no oyó sonido alguno. Consultó el reloj y comprobó sorprendido que eran casi las cuatro de la tarde. Se quedó un rato tumbado, en silencio, mirando el techo, con las manos apoyadas en el pecho, sintiendo que su respiración era el único movimiento de la habitación. El olor del sexo invadía el cuarto, dulce, suave, como un postre recién sacado del horno. Todavía adormilado, aspiró ese aroma con un extraño deleite, satisfecho de placer. Entonces, sin motivo aparente, le cayó encima como una enorme losa la soledad, y con ella su pareja de póquer, la tristeza. Pensó que su vida se hallaba resumida en esa habitación: el olor que quedaba en ella era el olor que dejaban sus relaciones, que no pasaban de ser encuentros sexuales sin más transcendencia que el momento fugaz de la pasión; su poso era voluble y ligero, sin otro aliciente que el morbo de la caza y el triunfo de la conquista. En otro tiempo no había sido un problema, más bien un modo de vida, una manera diferente de disfrutarla, pero ahora la realidad se le aparecía de una forma cruda y le mostraba el mapa de su derrota más amarga: la soledad que arrastraba desde la muerte de su hija, su incapacidad para borrar su recuerdo y seguir con su vida. Se levantó y abrió la ventana. El olor de la hierba, de las hojas húmedas, de la noche que ya anunciaba su inminente llegada, inundó la habitación. Contempló el río Ródano, que brillaba extraño bajo la luz invernal de las farolas. El viento soplaba sobre la superficie y hacía que pequeños puntos de luz y sombra se movieran en suaves oleadas.

El estómago de Thomas protestó, llevaba sin probar bocado desde la mañana. Sentía un hambre atroz, así que se dio una ducha rápida y se dirigió al restaurante del hotel.

El comedor era una sala amplia, muy agradable, con sillas anchas de colores claros y cojines mullidos. A esas horas de la tarde estaba casi desierto, tan solo dos mesas estaban ocupadas en medio de la estancia con los restos de lo que parecía una larga sobremesa esparcida sobre el mantel, como si los comensales se hubieran puesto de acuerdo en acumular una gran cantidad de copas, vasos, tazas de café y botellas de licores variados. Thomas pasó a su lado y les deseó *bon appétit*. Se sentó junto a un gran ventanal y le pidió a un solícito camarero que descorriera las cortinas. Desde allí podía divisar la gran extensión del parque. Las barcas, huérfanas, acurrucadas entre los cisnes, se mecían al son del viento helado. Distinguió un resplandor y se imaginó que era la cabeza de oro situada en un extremo del lago que saludaba la llegada de la noche.

Miró la carta y se decidió por una ensalada lionesa y de segundo unos medallones de trucha y salmón ahumado con hierbas frescas, limón y aceite de oliva. Para beber, un Côtes du Rhône Village blanco. Durante la espera trató de recordar lo que sabía de Sean Haggerty.

Le había perdido la pista hacía más de veinticinco años, cuando abandonó Kilconnell para marcharse a Estados Unidos. Era callado, discreto, poco sociable. Recordaba haber hablado con él por última vez en el entierro de su mejor amigo, Albert. No habían mantenido contacto, ninguna llamada esporádica, ni tan siquiera una postal por Navidad. No recordaba que tuvieran amigos comunes. Todo se le hacía demasiado extraño; ver muerto a un casi desconocido y saber que lo había elegido a él para entregarle una información. Thomas no era policía; solo se dedicaba a labores de organización dentro de la Interpol.

Se sobresaltó cuando el camarero dejó el plato sobre la mesa. El placer de la comida hizo que abandonara sus pensamientos. La ensalada era un derroche de colores: las hojas verdes, los *croûtons* de pan, el beicon tostado, los arenques y el amarillo del huevo *poché* por encima del tomate rojo. Con una sonrisa, pinchó con el tenedor varios ingredientes y se los introdujo en la boca con satisfacción. Como siempre desde que había llegado a Lyon, la vinagreta estaba aliñada con un poco de mostaza. La primera vez que la probó no le gustó el sabor tan intenso, pero a fuerza de repetir se había acostumbrado.

Decidió volver a casa andando, no tenía prisa en llegar. Las nubes parecían una bandada de cuervos que extendían sus alas negras por el cielo. Thomas las observaba, sentía en su piel cómo avanzaba la noche. Por el horizonte se esparcían jirones de plumas muertas. En ese momento deseó poder charlar con alguien, alguien con quien compartir ese paseo hasta su casa en el Lyon viejo. Pensó en Laura. Con nadie hablaba tan a gusto como con ella. Lo cierto, pensó sonriendo para sí mismo, era que Laura había nacido para discutir, para desenmascarar a las personas engreídas y sus actos; con ella era difícil mantener una actitud hipócrita, decirle una mentira, sin que su mente avispada lo descubriera. Habían quedado para comer al día siguiente. Quería comprobar los progresos en su rehabilitación. Todavía se estaba recuperando de las secuelas, pero era una cabezota y estaba empeñada en volver cuanto antes a su trabajo de forense jefe en el hospital de Chablais.

El teléfono comenzó a sonar de modo insistente. Era su amigo George, la única persona que echaba de menos de su etapa como perfilador en Washington.

—Estoy jodido, tío.

—Buenos días, George —saludó Thomas con alegría al reconocer la voz.

—Buenosss días, quiero decir tardesss para ti, que estás en el culo del mundo, mi queridííísimo amigo.

—¿Qué tal por Washington?

—Estoy hasta las nariiiices de todo. Me dan ganas de quedarme, en una de las redadas antidroga que dirija con la DEA, con el alijo y passsarme a la coca.

Thomas, incrédulo, se detuvo y se apoyó en el respaldo de un banco del parque.

—Y... ese tono de voz, ¿qué te pasa, estás borracho? Pero si lo más fuerte que te he visto beber ha sido zumo de naranja envasado —dijo Thomas soltando una carcajada.

—Ríete, cabrón. De acuerdo, estoy pedo y...

—Jodido —lo interrumpió Thomas.

Supuso que algo no iba bien para que George lo llamara en ese estado. Pero, como una costumbre largamente adquirida, optó por no preguntar.

—Yo lo único que quiero es hacerle el amor a mi mujer. ¿No es mucho pedir, verdaaad?

Thomas sonrió cuando su amigo arrastró la vocal.

—Desde luego que no —le contestó.

—Me la he llevado a un hotel spa de los caros con la única intención de tener sexo.

—¿Y? –preguntó Thomas mientras observaba con envidia cómo un animado grupo de corredores pasaba delante de él.

—En lo que va de día, ya le he enseñado varias veces mi precioso pene erecto y te aseguro que no podía estar más empalmado, porque la señalaba direeectamente a ella.

—¿No sería al suelo?

—Para nada, al frente y, si me apuras, al cieeelo.

Thomas no podía evitar burlarse de él. Siempre había existido entre ellos ese grado de camaradería, ese intento por ridiculizar los sentimientos como un medio de evadirse de los problemas, por eso le contestó:

—Estoy impresionado.

—Y yo jodidoo.

—¿Y ahora dónde está la dama en cuestión?

—Nos hemos encontrado con un colega y en estosss momentos charla de lo más animada con él.

—Ten cuidado, hay muchos caraduras por el mundo.

—Me da igual. Si quiere, que me la caliente, que luego voy yo.

A Thomas le pareció que el tono de la conversación iba demasiado lejos, así que le preguntó:

—¿Tan mal están las cosas?

—Sí, tío. No la meto desde hace dos meses. Ella dice que es la premenopausia, que no tiene ganas, ni deseo.

—Y ¿qué piensas hacer? –preguntó con seriedad.

—Pues lo que he hecho hasta ahora, darle y darle en el baño de las niñas, que está vacío porque están en la universidad, ¿sabess, amigo?, incluso me masturbo en el trabajo.

—Es una racha, ya pasará.

—Y tú qué sabes, si lo más cerca que has estado y que han estado tus pelotas de una mujer ha sido en sueños. Dime, ¿cuándo has echado el último polvo? ¿Venga, giiigoló?

–Oye, no lo pagues conmigo –dijo mientras se ponía otra vez en marcha rumbo a casa. Tenía los pies fríos y los dedos de la mano que sujetaban el móvil, rígidos.

–No me has contestado, estaré borracho, pero no sordo.

–Este mediodía.

–Joooder..., por lo menos, por lo menos –repitió–, podías mentirme.

–Ha sido de casualidad, con una antigua novia, con Claire.

–Con la franchuuute.

–Exacto.

–No veas la pena que me das, qué lássstima. Ya veo que la has perdonado.

–Exacto.

–¿Está bueeeena?

–Exacto.

–¿Muuucho?

–Exacto.

–¿No me vas a dar más detalles, verdad?

–Exacto.

–Bueno, puess te dejo porque voy a echar un vistazo a ver si Catherine está ya dispuesta, y si no quiere nada conmigo, Internet me espera. Te aseguro que está salvando mi matrimonio.

–Yo, no sé qué decirte, salvo ánimo, y recordarte que compres aspirinas para el dolor de cabeza que vas a tener mañana.

–Gracias, Thomas. Eres un buen amigo. Te quiero muuucho.

Eran las ocho de la tarde y estaba cansado de trabajar. Hacía tiempo que no tenía noticias de sus padres y decidió llamarlos. Lo que en otros países pudiera parecer una hora intempestiva, en España resultaba temprana, aún faltaba tiempo para la cena. Nadie contestó al primer tono. Se tumbó en la cama y esperó; al segundo tono oyó la voz de su madre.

–Hola, Tommy, ¡qué sorpresa! Precisamente estaba pensando en ti y en que tenía que llamarte. ¿Cómo van las cosas, hijo? ¿Qué tal tiempo hace por allí? Supongo que un frío horroroso, no como aquí, que estamos en el paraíso. Ahora solo llevo puesta una chaqueta fina.

—Estoy muy bien. Oye, mamá, ¿te acuerdas de Sean Haggerty? El que vivía cerca del molino.

—¿El abuelo o el nieto?

—El nieto.

—Sí, claro, un chico raro y solitario. Se juntaba muy poco con los demás y siempre andaba pegado a las faldas de su madre, sobre todo cuando el padre murió. Coincidí con él en alguna comida de la iglesia en la que estaba ella. Muy buena mujer y muy trabajadora. Llevó como pudo la granja y el molino hasta que Sean se hizo mayor. Tú ya te habías ido... —Se detuvo. Los recuerdos todavía pesaban demasiado—. Él también se marchó a estudiar fuera, parece ser que valía, vamos, que el chaval tenía cerebro, para desgracia de su madre, que se quedó sola. Pero creo que el chico le ha salido generoso y la mantiene.

—¿Te lo ha contado hace poco?

—No. Es lo último que hablé con ella antes de marcharnos de Kilconnell. Como sabía que tú nos habías comprado la casa de España, se sintió en la necesidad de sumarse al club de las madres con hijos generosos.

—¿Te comentó dónde trabajaba su hijo?

—Ni idea, en algún país extranjero. Creo que estudió una de esas carreras largas. ¿Se puede saber por qué preguntas por él?

Thomas dudó si contarle la verdad; al final optó por algo intermedio.

—Hoy me he enterado de que ha muerto y sentía curiosidad.

—Pero ¿qué dices? Si era un chaval.

—Tenía mi edad...

—Pues eso, un crío, igual que tú.

—Tengo cuarenta y cuatro años.

—¿Qué le ha pasado? Seguro que fue un accidente. Tanto viajar de un lado para el otro... Es que hay mucho loco por las carreteras y la mayoría van drogados.

—No sé la causa.

—Bueno, Tommy, es la vida, tú cuídate y que no te pase nada. Te tengo que dejar porque he quedado para cenar y luego para ir a bailar. Una orquesta magnífica toca todas las noches, salvo los lunes, porque, claro, los pobres tienen que descansar, en un hotel que está al lado del paseo marítimo. Ya sabes, ese que es tan horroroso como un bloque de hormigón.

–¿Y papá cómo está? –preguntó interrumpiendo a su madre.

A la pregunta le sucedió un silencio inesperado. Thomas lo achacó a una razón técnica y miró si su móvil se había quedado sin batería, comprobó que estaba bien, aunque seguía sin oír la respuesta.

–¿Mamá, estás ahí?

–Sí, Tommy, cariño.

Y volvió el silencio. Una campana de alarma se encendió dentro de la cabeza de Thomas. Se incorporó y abandonó la cama.

–¿Qué pasa, mamá?

–Bueno, hijo, no sucede nada, solo que... Me he enamorado. Quiero que cuides de tu padre. Yo lo seguiría haciendo con mucho gusto, pero él no me lo permite. No desea volver a verme, y ese rechazo tan brutal me hace mucho daño. Por ahora es imposible que tengamos una conversación normal y civilizada. Parece un troglodita metido en su cueva a la espera de ¡Dios sabe qué!

–¿Se puede saber de qué estás hablando? –preguntó Thomas, estupefacto.

Su madre lo ignoró y continuó:

–Thomas, por favor, ven con tu padre. Le dejo la casa para que la venda y se quede con todo. Yo ya estoy viviendo en la de mi novio.

Si su madre hubiera dicho que estaba embarazada de un marciano, le hubiera parecido igual de extraño. Todavía en *shock,* se quedó mudo.

–No quiero morirme sin disfrutar cada día de este regalo. Yo he querido mucho a tu padre, pero eran otros tiempos, y él es tan frío, ya sabes, de la vieja escuela, y también muy bruto; muy trabajador, eso sí, y nunca me gritó de las maneras que ahora se ven en los programas de la televisión, y también tengo que decirte que es una buena persona. Pero ahora quiero más. Quiero ir de la mano por la calle, que me abracen, ir a bailar, que me regalen flores, ir al cine...

Y he descubierto cosas a mi edad que..., en fin, que tú no entenderías. Lo quiero todo. Tengo sesenta y cuatro años. Soy joven y me siento joven.

–¿Me estás diciendo que después de más de cincuenta años juntos, te separas de mi padre? Pero ¿qué ha pasado?, ¿cómo es que has tomado esta decisión, así tan de repente? ¿Te das cuenta de lo que implica?

Se le agolpaban las preguntas.

–¿Qué se supone que va a hacer papá? Una de las razones por las que vendió la casa y la granja fue por ti, porque estabas cansada del mal tiempo, de las corrientes de aire, de la humedad, en definitiva, de Irlanda.

–Puedes enfadarte conmigo si quieres, no me importa. A mi edad puedo hacer lo que me dé la gana, y si no me apoyas, y si no me entiendes, pues peor para ti. Creo que lo único que deseas es vivir tu vida sabiendo que yo cuido de tu padre, que soy su enfermera particular. Piensas que por habernos regalado la casa y llamarnos de vez en cuando ya cumples con tu papel de hijo, pero te equivocas, y mucho. Me entristece que no desees mi felicidad, solo tu comodidad...

–Eso es una tontería –la interrumpió Thomas.

–Déjame hablar –ordenó en tono autoritario–. Precisamente tú me estás dando lecciones de cómo vivir la vida y ¿qué hay de la tuya? ¿Cuándo piensas empezar a vivirla? Que sepas que sigo siendo tu madre y si me apetece todavía puedo ir allí y darte unos azotes merecidísimos.

Thomas se tocó la frente con los dedos de la mano. De repente había retrocedido en el tiempo, estaba en Kilconnell, volvía a ser el niño que corría descalzo por los prados húmedos y desoía los gritos de su madre que lo amenazaba con una buena tunda si no se calzaba. El estupor dio paso a la confusión y, sin saber muy bien qué decirle, cortó la llamada.

4

La ciudad despertaba. Los trabajadores iban a las fábricas de seda y alfombras. Los *rickshaws* transitaban por las calles. Los niños se dirigían a las escuelas con sus uniformes impolutos, los más pudientes a la universidad, los estudiantes de sánscrito a sus academias. Cerca de la comisaría, los puestos de comida preparaban el primer *chai* del nuevo día.

A las cinco y media de la mañana, un policía entró en el calabozo y sacó del bolsillo del pantalón un manojo de llaves. Introdujo una de ellas en el candado de la barra que horizontalmente bloqueaba las puertas de las celdas. La cerradura crujió a modo de protesta antes de que la llave diera media vuelta. Los presos salieron y se quedaron inmóviles esperando el recuento matinal; una vez finalizado, los llevó en fila hasta la letrina. Uno por uno desfilaron ante aquel agujero en el suelo lleno de orines y excrementos. Por último fueron hasta una mesa de madera vieja donde bebieron una taza de un té con un color parecido al agua sucia. El policía les dio dos *rotis* y desapareció por donde había entrado.

El compañero de celda de Manju se apropió de sus *rotis*.

—Será mejor que hoy no comas.

Manju no prestó atención. Sus pensamientos estaban cerca de la estación de tren, en el *slum* de Charbhuja Shahid, dentro de una de las miles de tiendas, junto a su hija. Deseaba que el tiempo pasase veloz. Ya habría corrido la voz y una niña sola de su edad era una presa fácil para los que hacen negocio de las desgracias humanas.

Chitán se presentó en la comisaría. Vestía el uniforme de los policías de Benarés: la gorra plana, una camisa caqui que ocultaba una espalda recia, unos pantalones blancos con un cinturón negro de hebilla plateada y unas botas a la altura del tobillo.

–¡Traedme al de anoche! –ordenó a dos agentes que charlaban despreocupados en el patio.

Fueron a buscar a Manju y lo plantaron ante su jefe. Este lo miró fijamente a los ojos antes de escupirle.

–Ayer no hablaste. Veremos si hoy te quedan fuerzas.

–Solo quiero ver a mi hija –se atrevió a decir sin levantar la mirada.

–¡No hables hasta que yo te dé permiso! –le gritó a la vez que le golpeaba con la vara.

Las rodillas de Manju se clavaron en las aristas de los adoquines del patio.

–Llevadlo a la tabla.

Los dos policías lo levantaron en el aire asiéndolo por las axilas. Manju encogió las piernas aproximando las rodillas hacia el pecho, como si fuera un erizo amenazado.

El cuarto olía a cuero húmedo y a gritos pegados en las paredes. Encima de unas tablas apoyadas en ladrillos había unas tenazas y, sin orden alguno, cuchillos, cadenas, aros de hierro y clavos de diversos tamaños.

Por un momento, a Manju le fallaron las piernas y se dejó caer. Los policías lo sentaron en una tabla y lo colocaron de un golpe boca arriba antes de atarlo. Chitán les ordenó que se marcharan.

–Te diré lo que te voy a hacer –le dijo sin dejar de mirarlo a los ojos.

El oficial tenía esa costumbre: enumerar las torturas extendiéndose en cada detalle. Sin perder de vista los gestos de la cara del reo, le mostró los instrumentos que iba a emplear, pero para su sorpresa, Manju escuchaba sin que un solo músculo del rostro se alterase; solo sus dedos hincándose en las palmas de las manos delataban su pánico.

El oficial descargó su ira y comenzó a atizarle fuertes varazos en los genitales. Manju gritó de dolor.

Navala conocía bien la comisaría y los métodos del oficial. Echó a correr en dirección a la sala de torturas. Los agentes la atraparon justo antes de que alcanzara la puerta.

–¡Soltadme! No me iré hasta que salga el oficial. Sé que está ahí dentro.

–¿Qué son esos gritos? –preguntó Chitán asomando medio cuerpo por la puerta.

Se fijó en la joven y en su gesto desafiante.

–¿Quién ha dejado entrar a esa *chandala?*

Insultó a los policías. Estos bajaron la cabeza como perros amaestrados. La joven Navala, en cambio, dio un paso al frente.

–Traigo una orden del juez para que sea puesto en libertad –dijo mientras trataba de ver por el hueco de la puerta.

El oficial cerró la puerta tras de sí con un fuerte golpe y se acercó a la abogada. Agarró la hoja y comprobó que llevaba el sello de la magistratura. No se explicaba cómo a esas horas de la mañana ya tenía la autorización firmada. Esta puta descendiente de intocables se ha ganado la confianza de los políticos, pensó con una cólera que le hizo dar una patada al suelo.

Navala pertenecía a una familia acomodada que se había librado de su pasado de intocable. Su abuelo se escapó de casa cuando tenía trece años. Viajó en un tren como polizón desde su pueblo hasta Benarés. Una vez allí, trabajó como vendedor de postales, dormía en la calle y se alimentaba de la comida que le daban en los templos. Los dioses le habían obsequiado con el don de la memoria y cuando cumplió diecisiete años ya hablaba varios idiomas. Entonces decidió mudarse a la estación principal en busca de mochileros necesitados de una cama y de información. Con el poco dinero que ahorró, alquiló un *rickshaw* a pedales. Trabajó sin descanso, apenas dormía, y cuando lo hacía era sobre el asiento de su vehículo. Comía solo una vez al día en los pequeños puestos de alimentación con la idea de ahorrar todo lo posible.

Una mañana de tantas, un hombre que vestía como un rico se acercó y le habló con amabilidad. Su nombre era Bhji Ramji Ambedkar. Durante el viaje, el hombre le confesó que había nacido *dalit;* pertenecía a la casta intocable de los Mahar. Le contó que en la escuela tenía que sentarse en un rincón para no contaminar con su aliento a las castas superiores y que sufría humillaciones por parte de los maestros, que rehusaban tocarlo por miedo al contagio. Sin embargo, eso no lo desanimó a abandonar la escuela, más bien lo contrario. Con mucho esfuerzo, se graduó en Bombay con honores, se marchó primero a Estados Unidos para estudiar Economía y después a Londres a estudiar Derecho. Al cabo de diez años regresó a la India. Al abuelo de Navala le impactó profundamente la vida de ese hombre. Cuando lo dejó en el hotel tenía la sensación de haber estado ante el mismo Buda. Así que el abuelo de Navala fue más allá de las paredes de la estación y de los puestos en los que comía y entró en la biblioteca de los pobres, un edificio gestionado por un extranjero. Después de meses de estudio y duro trabajo fue capaz de leer la biografía de Bhji Ramji Ambedkar.

El hombre era un líder para los intocables. Gracias al tiempo que pasó en Occidente, llegó a la conclusión de que tenía que abolir el sistema de castas y crear una nueva constitución. La primera tarea fue suprimir el estigma del contagio. Eso significaba que los intocables tendrían derecho a transitar por las calles donde vivían las castas superiores, podrían visitar los templos, participar de las ofrendas comunitarias y tener acceso al agua de los pozos reservados para las otras castas. Pero no tardó en encontrarse con la negativa de los que gobernaban. Así que un día quemó el libro sagrado conocido como *Mahad Sathyagraha,* en el que figuraban las castas y su reglamentación. A partir de ese momento animó a los *dalits* a que renunciaran a su religión. Proclamó que había nacido hindú pero que no moriría hindú.

Gracias a él, el abuelo de Navala se liberó de parte de las cadenas que lo mantenían anclado a la miseria. Decidió ofrecer a los clientes del *rickshaw* un vaso de *chai* como regalo. Algo tan nimio provocó un gran escándalo en su entorno. El intocable no toma la iniciativa, el paria se conforma, el intocable muere como nace, pobre y olvidado. Pero la semilla de Bhji Ramji había germinado en él y no tardó en diferenciarse y prosperar. Con las ganancias abrió una pequeña tienda de comestibles, y ahora poseía más de cincuenta por toda la ciudad. Navala había crecido con el ejemplo de Bhji Ramji Ambedkar presente en casa.

Para Chitán, sin embargo, la joven abogada se había convertido en su principal enemigo. Lo había denunciado en reiteradas ocasiones alertando a los poderosos. Los mismos políticos y policías que lo felicitaban cada año por la lucha contra el crimen, le aconsejaron que dejase aquellas prácticas o que las llevara a cabo de forma más discreta.

El oficial tenía la conciencia tranquila. Lo más importante era ser fiel a los principios. No iba a cambiar su modo de trabajar solo por una reprimenda de sus superiores o porque una *dalit* con estudios se inmiscuyese en sus métodos.

–Quiero que sepas que los brahmanes están molestos con lo que haces y no van a consentir que rompas el orden sagrado de los *Vedas* –le advirtió Chitán.

–¿Es una amenaza? –preguntó la joven, segura de sí misma.

El oficial, molesto, se dio la vuelta y murmuró algo.

–Trae al detenido ahora mismo –dijo Navala dando unos pasos hacia él.

–Es un *chandala,* y estaba a punto de confesar su crimen. Le ha cortado la lengua a su mujer y luego la ha empujado al pozo para que pareciese un accidente. ¿No te parece suficiente delito como para encerrarlo?

Sus ojos fulminaron a Navala y avanzó hasta colocarse a escasos centímetros de ella. La abogada, aunque estaba aterrorizada, no daba muestras de ello.

–Si tienes pruebas de que es culpable, demuéstralo, y si no, déjalo libre –dijo con tono sereno.

–Puedo retenerlo por resistirse –le escupió él.

–Ya sé qué métodos utilizas, no te diferencias de los delincuentes más sanguinarios –se atrevió a decir la joven sin medir sus palabras y sin tener en cuenta el sitio donde las había pronunciado.

El oficial levantó la vara con furia, por menos había golpeado a otros hasta arrancarles la piel. Navala no retrocedió, cerró lo ojos y se mantuvo firme esperando que cayera la vara sobre su cuerpo.

El oficial se arrepintió en el último momento y bajó el brazo. Esa zorra había convencido a algunos políticos y si la golpeaba sería el final de su carrera.

–No te inmiscuyas de nuevo en mi trabajo. Tú, que has vivido en la comodidad de los que no se ensucian las manos, no entiendes de lo que son capaces los que nada tienen que perder –le dijo con desprecio.

–No voy a consentir que continúes con tus torturas, no me das miedo –respondió ella alzando la voz.

El oficial apretó los dientes. Mandó a los policías que liberaran al intocable de sus ataduras. Aparecieron sujetando al *dalit* y cuando lo soltaron cayó al suelo. Tenía el pelo lleno de arena y la cara manchada de sangre. Navala fue a su encuentro.

–Vamos, tienes que ponerte de pie –le susurró la chica al oído.

Manju hizo un esfuerzo por levantarse. Navala lo agarró de los hombros.

–Todo ha pasado. Salgamos de aquí.

–Esta vez te has librado, pero ya nos veremos. Os devolveré a ti y a la perra de tu abogada al sitio al que pertenecéis –dijo el oficial en un tono amenazador.

Navala vio que el pobre hombre se frotaba las muñecas. Las tenía en carne viva.

Caminaron despacio ante las miradas de los demás presos. Navala sabía que Manju había tenido mucha suerte. La justicia en la India no estaba pensada para los intocables. Aquel mismo mes había defendido a un *dalit* cuyo jefe, un comerciante de trajes, le cortó una mano porque se había ausentado unas horas. No contento con arruinarle la vida, lo demandó por las pérdidas ocasionadas. Después de luchar contra una justicia lenta y corrupta, Navala logró que el trabajador manco no fuese a la cárcel.

La niña no estaba en la tienda. Manju se sentó en el suelo, sobrecogido. Navala temió lo peor y salió a por ella. Preguntó tienda por tienda y a quien se encontró en su camino. No tuvo éxito. Después de unas horas entre restos de basura, polvo y un sol hiriente, se dio por vencida. Buscó un lugar donde descansar y lo encontró en los hierros de la carrocería desnuda de un coche. Se sentó. Tenía sed y estaba cansada, apenas había dormido la noche anterior. Cuando el policía al que sobornaba le contó que acababan de llevar a un intocable por matar a su mujer, Navala corrió sin tiempo que perder a casa del juez.

Los jueces empezaban a verla como un incordio. Sus peticiones eran cada vez más frecuentes. Al principio alababan su espíritu de hacer justicia, pero estaba yendo demasiado lejos en su afán por denunciar las prácticas del oficial. Chitán era de la clase de policías a los que no había que molestar; era eficiente, aunque sus métodos fueran cuestionables.

—Esta vez te voy a ayudar —dijo el juez, que ya estaba perdiendo la paciencia—, pero a partir de hoy me llamas antes por teléfono o no atenderé tus peticiones.

—Sí, señoría. Así lo haré.

—Mañana a mediodía tendrás el documento firmado.

—Perdón, señoría, pero lo necesito antes de la seis de la mañana. Chitán tiene la costumbre de hacer hablar a sus detenidos nada más salir el sol.

El juez puso cara de disgusto.

—Ahora voy a cenar con mi familia. Luego veré mi serie favorita. Si mañana me levanto temprano, tendrás el documento, si no, estará al mediodía. Te mandaré un mensaje al móvil cuando esté listo. Ya te puedes marchar.

Navala asintió y desapareció de su vista.

Pasó la noche sin dormir. A las cinco de la mañana estaba frente a la puerta del magistrado. A las seis y media tenía el documento en sus manos y un juez con el cual no contar.

La niña tiene que estar en alguna parte, pensó Navala angustiada. Se levantó y, con la ayuda de un joven, regresó a la tienda con paso lento y sin esperanza de hallarla. Para su sorpresa, allí estaba la niña, abrazada a un sari de mujer.

—La ha traído una vecina hace poco —le dijo Manju.

Navala la miró. Sus enormes ojos se veían enrojecidos y ojerosos, reflejaban la pesadilla que estaba viviendo.

Como un animal herido, Tanika estaba agazapada en el rincón más oscuro de la tienda; con las manos abrazadas a las piernas, se mecía en un tranquilo compás. Era la imagen de la desolación que deja la orfandad.

Navala se acercó y agachándose tocó con suavidad el sari azul que sujetaba. Su calor traspasó la tela y llegó a la pierna de la niña. Aquel simple gesto hizo que Tanika se estremeciera y comenzara a llorar sin emitir sonido alguno. Navala la abrazó con ternura. De repente se apartó bruscamente, se levantó y giró la cabeza. No podía permitirse esa clase de sentimientos, no le hacían ningún bien.

Manju miraba la escena como si fuera una representación teatral. Una sensación lejana que asociaba a su niñez y creía olvidada lo llenó por completo. Trató de recordar de qué se trataba, pero como tantas otras sensaciones no supo descifrarla. Confundido, salió de la tienda. ¿Qué iba a hacer ahora? ¿Cómo se las iba a arreglar para ocuparse de las tareas del hogar y ganar el dinero suficiente para sobrevivir y alimentar a su hija? Pensó que tal vez a su esposa no la habrían incinerado, desconocía su paradero, tal vez podría purificar sus pecados, tal vez no era tarde. Demasiados tal vez para un *dalit* asustado.

Thomas volvió a mirar el despertador: aún no eran las seis de la mañana. Le dio la impresión de que el reloj le sonreía y con gesto burlón le recordaba que el tiempo no parecía pasar para él. Pensó que quizá no sería mala idea adelantar su viaje a Monthey. Antes del congreso de Bombay quería ayudar a su amiga Laura con la mudanza. Si se daba prisa, incluso podía llegar antes de las diez de la mañana. Dejó una nota para Lupe, su asistenta, metió lo imprescindible en una maleta sin olvidar el portátil y los cargadores de batería y emprendió la marcha.

Llegó a Suiza antes de lo previsto. Tenía sentimientos opuestos cada vez que iba a visitar a Laura. Por un lado, se sentía feliz por sus encuentros; por el otro, tremendamente culpable.

La vio antes de salir del coche. Permanecía absorta, sentada en los escalones delanteros del porche, con los codos apoyados sobre las rodillas y la cara entre las manos. Su espesa melena oscura brillaba con reflejos castaños. Thomas la observó a través de la ventanilla, admiró su tez blanca, pálida, la barbilla altiva en actitud orgullosa cual heroína de una batalla. Suspiró y salió del vehículo.

Conforme se acercaba no podía apartar la mirada de su rostro; le pareció solitario y triste, los labios carnosos aportaban sensualidad a esa belleza clásica. Hasta que no llegó a la puerta de entrada, Laura no alzó la vista; se cubrió los ojos para protegerse de la luz. Inconscientemente, el cuerpo se le tensó, con esfuerzo se puso de pie y retrocedió hasta que con la espalda tocó la pared. Un instante de desconcierto cruzó como una sombra su cara, transformó lo que antes era una imagen de placidez en un gesto severo y hosco. Cuando se dio cuenta de que era Thomas, se relajó y sonrió.

Como sucedía desde que la habían atacado en su casa, Thomas se sentía desolado y maldecía para sí mismo cada vez que la veía andar con ayuda de las muletas o era testigo de sus reacciones ante algún ruido extraño e inesperado.

–Llegas pronto –comentó Laura contenta–. Ha sido una sorpresa cuando me has llamado para decirme que ya venías para aquí.

Se abrazaron con cierto pudor, midiendo de forma casi matemática la intensidad del contacto y el tiempo de duración. Pasado ese momento de cortesía obligada, ese instante de intimidad forzada, ambos parecieron relajarse y entraron en la casa. Thomas, que estaba acostumbrado al orden, observó el caos que reinaba en el salón.

–Ya veo que necesitas ayuda.

–En absoluto –respondió Laura molesta. Y para reafirmar su respuesta se concentró en una colección de libros y de cedés, que al final, con un suspiro, decidió guardar en una caja.

–¿Cómo va la mudanza?

–Desesperante –reconoció ella, y se dejó caer en el sofá.

–Anda, descansa un poco. Estoy aquí para salvarte. Y no me pongas esa cara de fiera –dijo al advertir su ceño fruncido–. Me deshago de las cosas con gran rapidez. Si dudas sobre tirar un objeto es que no es demasiado importante, si hay alguna prenda de vestir que no te has puesto durante el último año, para la beneficencia.

Se agachó y con una facilidad sorprendente cargó con varias cajas hasta dejarlas en el jardín delantero. Laura lo observó de reojo disfrutando de la vista de sus fuertes brazos desnudos. Sin poder evitarlo se miró una de las piernas, todavía hinchada como consecuencia de las fracturas, y la curva incipiente de su tripa. ¿A quién quería engañar? La imagen que tenía de su cuerpo no era muy *sexy*. Observó a Thomas, impecable como siempre, vestido con unos vaqueros que le sentaban de maravilla y una camisa gris remangada hasta los codos. En ese momento miraba con interés unas fotos antiguas que había desechado. Desde la agresión, su vida había dado un vuelco, no solo en lo profesional, ya que todavía se estaba reponiendo y aún no trabajaba, sino en lo personal: estaba embarazada, era la futura mamá soltera de un bebé muy deseado. Sabía que Thomas se sentía culpable, que como profesional no había llevado bien la investigación, y que era ella, y no él, la que había salido peor parada. Lo notaba en sus gestos de preocupación, en sus acciones, en su manera de estar presente en su vida; al principio fingiendo que pasaba por ahí, aunque viviera en Lyon, a más de tres horas de Monthey; después sin disimulo, sin excusas. Su rostro meditabundo, a menudo cabizbajo, delataba lo mal que se sentía. Lo cierto es que ella se había dejado cuidar y mimar. Se aprovechaba de la situación y no se esforzaba en aligerar el peso de Thomas. A veces fantaseaba con que la tocaba y lograba romper esa barrera que existía entre ellos. ¿Por qué era tan frío? ¿Por qué se negaba de un modo tan rotundo a una relación? Ella se sentía viva, con las hormonas a pleno rendimiento, dispuesta a un encuentro sexual con él. Pero en todos estos meses no había existido un acercamiento, ni la más mínima pista de un interés que no fuera meramente fraternal.

—Me voy a quedar unos días por aquí para ayudarte con la mudanza.

—Si quieres puedes dormir en la habitación de invitados. Es un caos, pero con apartar los trastos, listo —sugirió Laura.

—Ya he reservado habitación en el hotel, pero gracias. No quiero molestarte, además pienso trabajar un poco.

Laura trató de que no se notara su decepción y miró un viejo calendario que había guardado porque le gustaban sus fotos de paisajes. Parpadeó más rápido de lo habitual y, por si acaso, levantó un instante la vista para detener una incipiente lágrima furtiva que se asomaba a sus ojos verdes. Sentía las emociones a flor de piel, era consciente de sus reacciones tan exageradas, casi ridículas, pero era incapaz de anularlas, solo lo justo para mantener su dignidad y no patalear como una niña. Cuando se repuso contestó:

—De acuerdo, como quieras. Vamos a ello. Yo te voy dando órdenes y tú serás mis manos. Es deprimente hacer una mudanza con los brazos apoyados en unas muletas.

Al instante se arrepintió. Se mordió el labio cuando vio la reacción de Thomas y su mirada de pesar. A veces eres de lo más bruta, se regañó Laura torciendo el gesto. El móvil de Thomas sonó de manera repetida hasta que lo encontró entre un montón de cajas.

—Hola, buenos días, ¿hablo con el señor Connors?

—Sí, soy yo.

—Aquí el inspector Deruelle. Lo llamaba para decirle que la identificación ha resultado positiva. El sujeto es Sean Haggerty, de cuarenta y cuatro años.

—¿Tienen ya alguna idea de por qué deseaba verme?

—Todavía es demasiado pronto. Sabemos que trabajaba para un laboratorio farmacéutico ubicado en Cracovia. Hace tres días se tomó unas vacaciones y ya no se le volvió a ver. Hemos consultado a las compañías aéreas, a las de trenes, autobuses, por si había utilizado alguno de estos transportes para dirigirse a Lyon, pero hasta ahora nuestras pesquisas han resultado infructuosas. Todavía estamos investigando los taxis, aunque esa opción está prácticamente descartada. Pensamos que vino en su coche, ya que no está en el garaje del edificio de apartamentos donde vivía. Agentes de la Policía se encargan de rastrear toda la zona del parque la Tête d'Or por si está aparcado en las inmediaciones. Nos hemos puesto en contacto con el servicio de autopistas, para que rastreen la matrícula en los peajes.

—¿Se le ha practicado la autopsia?

Laura levantó las cejas interrogativamente. Thomas le hizo un gesto con la mano de que luego se lo explicaría.

—Están en ello —respondió el inspector—. Por las marcas que tenía en la cara y la trayectoria de las heridas, sabemos que el agresor lo atacó por la espalda.También sabemos que era corpulento, bastante alto, ya que con la mano derecha le tapó la boca. Las marcas nos sugieren que sobrepasaba como mínimo en una cabeza a la víctima. Con la izquierda le asestó ocho puñaladas, tres de ellas mortales de necesidad.

–¿Era zurdo?

–Zurdo, y como le digo, un sujeto alto y fuerte, por lo menos metro ochenta y cinco, hemos encontrado huellas de un cuarenta y siete.

–¿Llevaba algo encima?

–Nada. Creemos que Haggerty tenía el USB en la mano. Cuando se produjo la agresión se le debió de caer y quedó oculto entre las hojas; no olvidemos que estamos en otoño y en el parque hay bastantes hojas mezcladas con el barro. Anteayer llovió durante gran parte de la noche y ello ayudó a empeorar el estado del suelo. El asesino se debió de llevar todo lo que portaba el cadáver, pero no pensó que una de las pruebas, quizá la más importante y por la que creemos que seguramente fue asesinado, se había caído entre la hojarasca. No obtuvimos nada nuevo por parte de su secretaria, en ningún momento recuerda haber facilitado a alguien ajeno a la Interpol la información de que usted estaría trabajando ese sábado.

–Ya le dije que era muy eficiente y discreta; una de las personas más válidas que conozco en el plano profesional –añadió Thomas, esperando que no se le notara demasiado su intención casamentera.

–Por supuesto, ya me di cuenta –comentó el inspector bajando la voz.

Thomas advirtió un ligero cambio de tono en su interlocutor, un cambio tan obvio que sonrió para sí mismo. Ya no le cabía duda del interés del inspector por Rose. Se obligó a volver al asunto de la conversación.

–He estado dando vueltas a la razón por la que Haggerty querría ponerse en contacto conmigo y le aseguro que no logro adivinarla. De todas formas seguiré pensando.

–Usted dijo que procedían del mismo pueblo.

–Así es.

–Entonces cabe la posibilidad de que sus familias hayan estado en contacto.

–Lo dudo. Mis padres abandonaron el pueblo hace algún tiempo, pero, si quiere, les preguntaré. De hecho, ayer hablé con mi madre; me aseguró que hace bastantes años que no sabe nada de los Haggerty.

–Preferiría que no. Si no le importa, me gustaría que me diera su teléfono; nosotros nos pondremos en contacto con ellos.

Thomas le dio el número de su madre y cortó la comunicación después de que el inspector le dijera:

–Tenemos una patrulla inspeccionando la casa familiar de Kilconnell y la de Cracovia. Además estamos visionando las cintas de las cámaras de seguridad instaladas en las cercanías del parque, quizá pronto tengamos una pista.

–¿De qué iba todo eso? ¿Has hablado de muertos, de cadáveres, de autopsias? Ese es mi territorio –protestó Laura.

–Si te parece, te lo cuento comiendo. Necesito una buena dosis de energía.

Como el punto fuerte de Laura no era la cocina, llamaron a un restaurante de comida a domicilio. Pidieron *kaese salad,* una ensalada de cuadraditos de queso y salchicha con salsa, y de segundo *rösti,* una especie de torta hecha al horno con una base de patatas y un poco de cebolla.

–¿Qué te apetece de postre, Thomas? Seguro que algo con chocolate –preguntó Laura con el teléfono en la mano.

–Nada, lo he comprado antes de venir para aquí. Hay un obrador cerca de mi casa que abre a las cinco de la mañana.

Laura asintió con una sonrisa. Antes de colgar le aseguraron que la comida estaría en su casa en una hora. Thomas puso la mesa en un intento de que el tiempo pasara más rápido y de que los manjares estuvieran lo antes posible en aquellos platos. Ella se sentó en una silla de la cocina y acomodó su pierna izquierda encima de un taburete. Él encendió la radio y la voz de Charles Aznavour cantando *Que c'est triste Venise* llenó la habitación de suavidad y melancolía. Echó un vistazo al interior del frigorífico y extrajo un queso típico suizo llamado *Tête de moine;* Laura le indicó dónde guardaba el pan de nueces y pasas para acompañarlo. Comieron con satisfacción el pequeño tentempié.

Thomas aprovechó para contarle lo sucedido. Ella lo escuchaba ensimismada replicando a cada cosa que él comentaba.

–Es muy extraño que quisiera verte, máxime cuando no habéis tenido ningún contacto. Además no eres policía y tampoco destacas como investigador.

–Gracias por el cumplido, pero tienes razón. No quiero darle vueltas, ya hay bastante gente ocupándose de la investigación, y hasta que no encuentren algo más no puedo hacer otra cosa que esperar.

–De todas formas, estaría bien saber qué tipo de trabajo realizaba en ese laboratorio farmacéutico.

A Thomas le pareció una buena idea, así que tomó el teléfono y llamó al inspector. No recibió contestación. Le dejó un mensaje en el buzón de voz.

–¿Cómo estás? –preguntó de repente Thomas cambiando de tema–. ¿Qué tal se porta el campeón o campeona?

–No tengo ninguna intención de conocer el sexo del bebé. La vida no suele deparar grandes sorpresas agradables y esta es una.

–No sé yo si vas a aguantar...

–Ya verás como resisto –contestó convencida–. Por lo demás, me encuentro muy bien. Todavía no me pesa demasiado la barriga y salvo cuando el bebé me despierta con sus patadas por las mañanas recordándome que tengo que desayunar, estoy de maravilla. La rehabilitación da sus frutos y cada día compruebo cómo mejoran mis piernas. La verdad es que una se acostumbra a todo. Antes me hubiera sido imposible reducir mi ritmo de vida y ahora, ya ves, hasta disfruto contemplando las nubes –dijo antes de beber un trago de leche.

En ese momento, fueron conscientes de que, por primera vez en mucho tiempo, Laura hablaba de forma natural de su estado. Thomas no oyó ni un solo matiz de reproche en sus palabras, ninguna nota de amargura en su explicación.

La cocina se llenó de deliciosos olores cuando llegó el pedido del restaurante.

Charlaron distendidamente. Thomas escuchaba con placer las anécdotas de la vida cotidiana de Laura, sus pequeñas victorias y sus planes de futuro.

–La casa que he alquilado en Aigle es preciosa. Estoy deseando abandonar esta y empezar de nuevo.

–¿Tiene jardín?

Laura asintió con la cabeza, acababa de introducirse en la boca un trozo de patata.

–Es pequeño, pero creo que tiene muchas posibilidades.

–¿Qué te parece si después de comer vamos a echar un vistazo? –sugirió Thomas.

–Después de comer me toca siesta, y después de la siesta, merendar, y después estaré libre.

–Vaya, parece la agenda de una diva –aseguró él en tono jocoso–. Me parece bien. Mientras descansas llevaré las cajas que quedan y guardaré la vajilla de la cocina.

–Perfecto –dijo ella con una gran sonrisa–. Y ahora que ya hemos planificado la tarde, ¿dónde está ese estupendo postre que has traído? Porque he dejado un hueco en este lado –dijo señalando la tripa.

Thomas se levantó y fue hasta el salón. Al instante apareció con una caja llena de extrañas formas rectangulares.

–Te he traído *coussins*. Son una especialidad de Lyon.

Laura abrió la caja con interés.

–Son bombones de chocolate y pasta de almendras. La capa exterior verde está perfumada con *curaçao*.

Introdujeron las manos a la vez en el interior de la caja y tomaron un bombón cada uno. Se miraban a los ojos mientras comían y, cuando terminaron, una sonrisa cómplice apareció en ambos, antes de abalanzarse sobre los dulces para repetir.

–¡Qué ricos! Además tienen una forma de lo más original –dijo Laura cuando se comía el tercero.

–Lo inventó la chocolatería Voisin –explicó Thomas saboreando otro–. Lo crearon en forma de cojín como conmemoración de un episodio que sucedió durante la epidemia de peste de 1643. Los consejeros municipales decidieron organizar una procesión a la colina de Fourvière para implorar ayuda a la Virgen y depositaron a sus pies, sobre un cojín de seda, un cirio de siete libras y un escudo de oro.

–De ahí su forma y su nombre –dijo Laura sosteniendo en sus manos el cuarto bombón. Después, permaneció callada durante un instante hasta que preguntó:

–¿Se te ocurre qué puede ser?

–¿A qué te refieres? Si no eres más específica...

–Sigo dándole vueltas a la información que llevaba el USB. Si la correlación de números comenzaba con las iniciales VNS es que son importantes. Deben de tener algún significado. Estaría bien averiguarlo.

–No tengo ni la menor idea –respondió Thomas con sinceridad–. Puede que sean números de cuenta corriente, y las letras, el código de un banco.

Laura utilizó su pierna buena para darse un impulso con la silla de ruedas en la que estaba sentada y desplazarse hasta la pequeña mesa auxiliar, donde estaba el ordenador portátil.

Introdujo las letras VNS en el buscador de Internet y esperó el resultado. En la primera página aparecieron esas siglas asociadas a *vagus nerve stimulation,* una terapia para tratar la epilepsia que utilizaba un pequeño dispositivo para estimular el nervio vago. Laura no creía que tuviera nada que ver, así que continuó con la segunda página, encontró más de lo mismo, excepto por una entrada que se refería a un grupo de artistas y activistas surgido a principios de los noventa en Australia llamado VNS Matrix y que escribió el primer manifiesto ciberfeminista.

–Me rindo. Esto es como encontrar la causa de la muerte de adictos por sobredosis. El óbito es precedido por convulsiones, hipertermia y signos de asfixia. Las maniobras burdas de respiración artificial practicadas para reanimarlos producen frecuentemente lesiones en labios, lengua, dientes y costillas.

Thomas la miró con incredulidad. Una mujer nunca utilizaría ese símil, diría que era tan difícil como encontrar una aguja en un pajar, o alguna cosa parecida. Esta Laura no dejaba de sorprenderle.

–El primer diagnóstico que haces a simple vista es el de muerte a golpes o asfixia mecánica, pero la cosa se complica si para combatir la hipertermia el sujeto se ha metido en la bañera. También es muy interesante y difícil encontrar la causa de la muerte por la extravagancia de ciertos suicidas, como arrojarse al agua previamente esposado o dispararse un tiro en la nuca.

De repente, Laura, al ver que Thomas contenía a duras penas la risa, preguntó, con los brazos en jarras:

–¿Se puede saber qué es tan gracioso?

–Tú.

–¿Yo?

Thomas dejó de reír y se sentó frente a ella. La miró con ternura mientras le retiraba un mechón de pelo de la frente.

–Eres única –afirmó antes de levantarse.

Aquel momento de inesperada intimidad la pilló desprevenida. El calor de los dedos de Thomas le quemó la piel; sintió un remolino en su estómago y cómo su sexo palpitaba. Mira que eres poco romántica, se dijo a sí misma. Lo cierto es que últimamente solo pensaba en el sexo. Vio que Thomas apagaba el ordenador.

–Pero ¿qué haces? –preguntó asombrada.

–No quiero problemas. Ya veo por dónde vas. No has perdido ni un segundo en intentar averiguar el significado de esas letras y números. Eres muy tozuda y, si de algo estoy seguro, es de que no voy a dejar que te enredes en una nueva investigación –explicó, y empezó a retirar los platos de la mesa.

–Eso es una tontería, solo lo he hecho por curiosidad. Y no necesito a nadie que cuide de mí, sé hacerlo muy bien solita.

–No lo dudo, doctora. Pero en estos momentos creo que tienes otras cosas en las que pensar y de las que preocuparte.

Laura sintió que la trataba como a una niña pequeña y no estaba dispuesta a tolerarlo. Cruzó los brazos por debajo del pecho y le preguntó:

–¿Qué te sucede, Thomas?

–Nada.

Thomas le dio la espalda y comenzó a sacar los platos de la alacena blanca. Uno a uno fue envolviéndolos en papel de periódico antes de introducirlos en una caja.

–Vale, y ese «nada», ¿qué significa? –inquirió sin cejar en su empeño.

–Que mi vida es un desastre y no quiero que te salpique a ti.

Laura intentó disimular su sorpresa.

–Pues no está mal para ser nada.

Thomas se detuvo un instante, el justo para pensar y sacar los platos de postre.

–No sé qué hacer. Es como si mi mundo se hubiera ido a la mierda. Existe tal cantidad de conflictos a mi alrededor que no sé cómo manejarlos. La verdad es que no sé lo que se espera de mí.

–¡Vaya! –exclamó Laura perpleja ante esa súbita revelación–. ¿Hay algún conflicto en particular que puedas contarme?

–¿Aparte de que ayer mataron a un hombre cerca de donde trabajo que llevaba algo para mí?

–Sí.

–Desde luego: mi madre ha abandonado a mi padre.

–¡No me digas! A su edad es un gesto de valentía.

–Por favor..., eso no es valentía. Llámalo inconsciencia, locura o estupidez. Me lo comunicó ayer por teléfono en medio de una conversación trivial. Incluso insinuó que había descubierto cosas... –dijo Thomas molesto.

Laura soltó un pequeño grito, divertida.

–Seguro que se trata del sexo y, si me apuras, del orgasmo en pareja –apuntó sin dejar de sonreír.

–Laura, te aseguro que no me estás ayudando –afirmó él antes de cerrar con cinta adhesiva la caja y escribir sobre la superficie la palabra «platos».

–Venga, Thomas, la sexualidad no entiende de edades y se puede mantener una vida sexual activa hasta que te mueres. Hay un estudio que afirma que el sesenta por ciento de los mayores de sesenta y cinco años mantiene relaciones sexuales una media de una vez a la semana.

–No quiero seguir oyéndote. Esto es ridículo. Muchos de los hombres que conozco ni tan siquiera se aproximan a esa cifra.

Laura lanzó una carcajada antes de añadir:

–Y las mujeres ni te cuento y... –lo interrumpió con un gesto de la mano antes de que él hablara– no lo digo por experiencia propia. Los tiempos han cambiado. Factores como el aumento de la esperanza de vida, variables sociales y cambios culturales han favorecido el hecho de que el sexo en la tercera edad no solo deje de ser un tabú, sino que se practique con mayor frecuencia. ¿Qué hay de ti, cómo te ves a los sesenta años?

–Déjalo, Laura. Me es difícil imaginar a mi madre de esa manera. Y ya que lo preguntas, me veo de monje en un monasterio, vestido con un saco y unas sandalias cultivando la huerta y dando de comer a los animales.

–Eso no te lo crees ni tú –afirmó ella mientras observaba a don impecable envolver las tazas de café.

Tras un momento de calma, Laura volvió a la carga.

–Mira, creo que en este asunto te equivocas. Pasada la sorpresa inicial por la noticia, ahora lo que tendrías que hacer es preocuparte por tu padre. Seguro que tu madre ha tomado esa decisión porque no le quedaba otro remedio. Debe de querer mucho a esa persona.

Se levantó con cierta dificultad, y al pasar al lado de Thomas le tocó el hombro y le dijo:

–Eres su hijo, compórtate como tal. Te dejo, me voy a echar un rato.

Thomas se quedó pensativo, y aunque intentaba apartar el problema no lo conseguía. ¿Qué podía hacer ante ese conflicto? Al final se trataba de un problema de pareja, aunque esa pareja fuera la de sus padres. Quizá debería llamarlo, pero lo frenaba el miedo a no saber qué decirle, al silencio al otro lado de la línea. No recordaba una conversación con su padre que no estuviera llena de palabras cotidianas, de ausencia de sentimientos. Él encarnaba la rectitud y el orden establecido. Si dentro de casa las acciones cotidianas giraban en torno a su madre, lo que ocurría fuera de ella era su territorio, que gobernada con disciplina. Su voluntad férrea a la hora de cumplir los horarios establecidos, como levantarse todos los días del año a las cinco de la mañana para ordeñar las ovejas o ir a misa los domingos, hacía que Thomas se sintiera culpable por no estar a su altura, por desear otra vida menos encorsetada. En definitiva, su padre era un absoluto desconocido. No quería involucrarse en ese conflicto, esperaba que con el transcurrir del tiempo el problema desapareciera. Su cabeza se quejó ante esa decisión: estaba claro que en su vida nada se solucionaba por sí solo.

En cambio decidió llamar a George.

–Hola, Thomas –dijo su amigo, que respondió al instante–. Ahora no puedo hablar contigo, estoy en un barco supervisando un cargamento de drogas, si no es muy importante, dejamos la conversación para otro momento.

–Tranquilo, solo es que han encontrado a un hombre muerto, mejor dicho, asesinado, cerca del edificio de la Interpol. El suceso no tendría más importancia si no fuera porque la Policía halló un USB con un único documento en su interior en el que estaba escrito mi nombre.

—¡Joder! ¿Conocías al fiambre?

—Desgraciadamente sí, y eso complica más la cosa. Crecimos juntos en Kilconnell.

—No sé qué os pasa a los irlandeses que estáis metidos en todo. En serio, Thomas, tengo que dejarte. Dime los datos del muerto y husmeo un poco.

Thomas le dijo lo poco que sabía.

—Esto no me gusta nada —le advirtió George antes de colgar—. La forma de matarlo, con ensañamiento, sin ningún tipo de escrúpulos, dice mucho del asesino y del que lo ha contratado. Pero lo que más me preocupa es que ya se habrán dado cuenta de que no han encontrado lo que buscaban. Ten mucho cuidado.

Thomas le prometió que se andaría con ojo.

Salió al porche delantero y se sentó en la mecedora de Laura. Algo nocivo rondaba a su alrededor, pensó con un mal presentimiento. Lo notó en su piel, en el ambiente tenso; en cada movimiento que realizaba, el aire crujía como huesos rotos.

5

A media hora de la comisaría de Chowk se encontraba la de Chetganj. Un edificio de estilo colonial de dos pisos con forma rectangular. Estaba separado de la carretera Lahurabir por una tapia de la altura de un *rickshaw*. Las paredes, que en su día fueron blancas, se habían convertido en una especie de lienzo manchado por los gases de los tubos de escape y los efectos del clima de las dos estaciones. En algunas zonas, la capa de yeso se había teñido de ocre; en otras, se había descascarillado por completo dejando a la vista la argamasa que recubría los ladrillos de los muros.

Tres policías salieron al mirador y se reclinaron sobre la balaustrada metálica para hacer un breve descanso en sus tareas burocráticas. Comenzaron un debate acalorado sobre quién era el mejor jugador de la selección india de críquet. Unos minutos más tarde, llegaba el Hyundai Accent del comisario. Se paró en la entrada, bajo la balaustrada donde estaban apoyados los agentes.

El comisario Umed tenía la tez oscura, con un ligero matiz azulado, y una nariz desproporcionada. Usaba gafas ovaladas y llevaba una gorra blanca que le tapaba por completo la frente. Aquella mañana había elegido uno de los cuatro uniformes que tenía, el de camisa de color caqui con bandas en las hombreras. La camisa ocultaba el exceso de grasa acumulada en su barriga sin llegar a disimular la forma redonda y flácida que se adivinaba tras ella. Un cinturón Sam Browne delimitaba el final de su panza y sujetaba el pantalón perfectamente planchado.

Se detuvo en la entrada del vestíbulo, frente a la bandera de la Policía de Uttar Pradesh, dividida por una raya diagonal que formaba dos triángulos perfectos. Debajo estaba escrito el lema de la Policía de la ciudad: «Protección del bien, destrucción del mal».

El comisario repitió dos veces en voz baja estas palabras: «Meditamos sobre el glorioso esplendor del divino Vivificador y que él mismo ilumine nuestras mentes».

–*Namascar* –lo saludaban los policías que encontraba a su paso.

En la primera planta estaba la oficina de denuncias, los vestuarios y los calabozos donde pululaban los agentes vestidos con sus uniformes desgastados por el uso y los lavados. Una puerta daba a un gran patio exterior. La temperatura ralentizaba a los policías veteranos, sobre todo en la estación seca, que pasaban la mayor parte del tiempo allí, sentados a la sombra de dos enormes ficus que competían en altura con el edificio.

El primer piso era un hervidero, los agentes de menos rango iban de un lado a otro con los encargos que les ordenaban sus superiores. Si esta planta era lo más parecido al andén de una estación de tren en vísperas de un día de fiesta, la segunda podía pasar por el vestíbulo de un banco a la hora de un partido de críquet. Cada oficial, superintendente, secretario, empleaba la mayor parte del tiempo en tramitar expedientes y multas en el más estricto silencio, respondiendo a una burocracia caduca y carente de sentido que convertía la más simple de las formalidades en un arduo y penoso cometido pero que justificaba los sueldos que recibían por parte del Estado.

Umed subió por las escaleras y entró en la estancia principal. La zona estaba dividida en dos por unas mamparas corredizas que hacían la función de tabiques. En una esquina, frente a una pared, como si estuviese castigado, se encontraba el superintendente Dulal tecleando en su ordenador portátil. Era un joven concienzudo con su trabajo y con un sexto sentido para encontrar pruebas donde solo había indicios; los policías de Lucknow, su destino anterior, estaban convencidos de que los mismísimos dioses lo habían bendecido con el don de la investigación.

Después de años de espera, Dulal había cumplido su sueño de estar cerca de Navala. La euforia inicial de reencontrarse con su amada se vio empañada por la decepción que supuso su nuevo puesto: el comisario Umed le informó de que le tenía reservado un quehacer burocrático de oficina. Pero Dulal se había hecho policía para desenmascarar asesinos y no era un joven al que se le podía hacer cambiar fácilmente de forma de pensar. Se dio cuenta de que la estrategia del comisario era acostumbrarlo a un sistema basado en la inoperancia y el servilismo. Una vez que descifró las intenciones de su jefe, buscó en su mente una película donde los personajes hubiesen resuelto un problema similar. Se acordó de la frase que decía Paul Newman en la película *Detective privado:* «Sí, yo antes era policía. Pero luego aprendí a leer y a escribir». Nada mejor que rememorar aquella frase para darse el ánimo que necesitaba. Dulal llevaba tiempo trabajando en un método de análisis para la resolución de casos. Una combinación del trabajo científico realizado por Ronal V. Claerk y John E. Eck para Scotland Yard y una base de datos propia basada en las tramas de películas que retenía en su memoria.

Creía que las películas estaban llenas de buenos detectives oscurecidos por la falta de visión de sus superiores. ¿Y qué hacían esos policías, se resignaban? ¿Se retiraban a su casa a lamerse las heridas? De ninguna manera, se contestaba él mismo. Apelaban a su orgullo, a su inteligencia y a su valor.

Dulal aprovechó su destierro para entender el modus operandi de los criminales y sus costumbres y añadirlo a su sistema de investigación. ¿Acaso se podía atrapar a un asesino sin pensar como él, sin conocer la naturaleza del crimen y todas sus facetas?, se preguntaba. No, no se podía, se respondía a sí mismo utilizando el método socrático que empleaba Guillermo de Baskerville con su ayudante Adso en la película *El nombre de la rosa.*

Dulal observaba la carretera desde una de las ventanas de la segunda planta. Parecía que el cielo flotase por encima del asfalto. Dentro, unos grandes ventiladores anclados al techo movían el aire. El sofocante ambiente de la tarde, impropio de aquella estación, no le afectaba como a los demás. Estaba contento. Su método estaba casi terminado. Le vinieron a la cabeza sus compañeros de menos rango, cumplían con su papel disuasorio mientras paseaban por las calles con los hombros erguidos, la porra en la mano y el silbato en el pequeño bolsillo de la camisa caqui. Se conformaban con dirigir el tráfico, amonestar a los alborotadores y hacer guardia en los templos y las estaciones. Y era suficiente en la mayoría de los casos. Los crímenes en Benarés estaban relacionados en general con robos, disputas familiares y asesinatos por la dote. No era necesario un gran conocimiento de la ciencia criminal para aclararlos. Pero, de vez en cuando, alguien era asesinado sin un motivo aparente. Y ahí empezaban los problemas. La falta de preparación de los superintendentes dejaba sin resolver gran parte de los asuntos a los que hacían frente. No tenían toda la culpa, en el fondo eran el resultado de su entorno, pensaba.

Se dio cuenta de que el comisario Umed también era una víctima más del sistema operante. Se había dejado derrotar por la falta de medios, la burocracia y, cómo no, por los estómagos agradecidos de sus superiores inmediatos. Pero Dulal había advertido que la personalidad del comisario no había sucumbido del todo. Umed era un hombre serio en el trato y ajeno a los chismes que circulaban por la segunda planta; por otro lado, no aceptaba sobornos como la mayoría de los agentes, no chillaba a los policías de rango inferior y se mostraba comprensivo con los errores de sus subordinados cuando estos estaban guiados por el cumplimiento del deber. Pensó que merecía la pena esforzarse para ayudar a su jefe y planeó una estrategia con el fin de revertir la situación. Su objetivo era despertar la curiosidad del comisario mediante comentarios sobre el método que había desarrollado.

Y poco a poco dio resultado. Un día Umed lo llamó a su despacho.

—Por lo que cuenta, ha creado un método para resolver los asuntos más complicados basado en observaciones y estadísticas de casos anteriores —dijo el comisario con una mezcla de curiosidad e incredulidad.

Dulal asintió con una amplia sonrisa.

—Bien, hay un caso sin resolver. Ocurrió hace unos tres años y creo que pondrá a prueba su método. Tendrá que solucionarlo con los informes que tengo y sin más ayuda que la que le proporciona su método —dijo con firmeza, y a continuación le contó los pormenores del asunto.

Dulal sintió un escalofrío que le recorrió la espalda y lo alejó del respaldo de la silla. Era la oportunidad que había estado esperando para demostrar su valía como investigador.

–Sin alguien que me ayude, no tengo la más mínima posibilidad de éxito. Necesito un enlace con el mundo exterior –se atrevió a decir.

La mirada del comisario estaba lejos del despacho, fuera de la ventana, seguía un carro tirado por bueyes que transportaba grandes bidones de plástico. Cuando desapareció de su espacio visual, se volvió de golpe y miró fijamente a Dulal.

–No puede ser, no puedo asignarle efectivos. Tendría que informar al comisionado y lo último que quiero es que se enteren de mis intenciones.

Dulal no le prestó atención. Su cerebro estaba ocupado en encontrar una solución en su acervo de películas. Entonces se acordó de *V. I. Warshawski,* con Kathleen Turner en el personaje de Victoria. La inteligente Victoria recurre a su experiencia y a su atractivo para tratar con los desechos humanos de los bajos fondos de Chicago y así resolver los casos.

Pocas personas sabían del amor de Dulal por las películas occidentales. Nació cuando su padre lo llevó por primera vez a un restaurante cuyo propietario había vivido durante años en Norteamérica y proyectaba en una sábana películas de su género favorito, el policíaco.

Con la pasión que solo los niños experimentan, Dulal encontró en el séptimo arte un pasatiempo que acabó por convertirse en su diversión favorita. Sus genes parecían estar hechos de celuloide y poliéster. Durante sus años de juventud memorizó personajes, escenarios y tramas. Primero las películas clásicas, que eran las más baratas y fáciles de conseguir: *El halcón maltés, Perdición, Sed de mal...* Con los años el propietario del restaurante pudo comprar *thrillers* actuales y a Dulal se le abrió un mundo de psicópatas, asesinos en serie y policías hasta entonces desconocido. Al acabar las proyecciones, los amantes del género se reunían para comentar la película sin percatarse de que un niño los escuchaba atentamente solo a unos metros de distancia.

Dulal pasó de ser un mero espectador a buscar correlaciones entre los personajes y las personalidades de los seres de carne y hueso de su entorno. En la comisaría, por ejemplo, convivía con el detective Marlowe, encarnado en la persona del comisario Umed, o con Jacques Clouseau, en las figuras de algunos policías.

–Señor, creo que he encontrado una forma de conseguir un ayudante. Puedo pedirle a mi novia que indague por mí –dijo satisfecho.

El comisario levantó la cabeza sorprendido.

–¿Tu novia? ¿Una mujer preguntando por las calles sobre los culpables de una violación y asesinato?

Dulal debía conducir la conversación con cautela.

–Perdone, comisario, si voy demasiado lejos, pero insisto en que...

–¡Joven superintendente! Le advierto de que está usted jugando con fuego.

Dulal estaba preparado para esa clase de fuego, tenía una especie de cubo imaginario como los que se colgaban en los andenes de las estaciones de tren para apagar los pequeños conatos de incendio, solo que, en vez de arena, el suyo estaba rebosante de argumentos.

–La chica del caso era una *dalit, ¿*no? –preguntó llevado por la emoción que sentía.

–Era hija de una sirvienta que la abandonó. Vivía en el *slum* de Sigra con la única compañía de un joven que dijo ser su novio. Lo interrogamos, pero tenía una coartada sólida.

El ruido del tráfico retumbaba en la sala, pero a ellos apenas los molestaba.

–Entonces, señor, perdone mi atrevimiento al insistir, pero si alguien es capaz de hacer hablar a los *dalits* es ella. Los conoce muy bien. Lleva muchos años defendiéndolos.

El comisario estudió los pros y los contras del asunto. Si seguía adelante y el comisionado se enteraba, era posible que lo apartase de su trabajo como responsable de la comisaría. Pero si por el contrario no hacía nada, estaba perdiendo una oportunidad para salir de esa espiral de indiferencia en la que se había metido hace años. Al final pudo más su temperamento que las consecuencias que podían derivarse de su decisión.

–De acuerdo, pero tengo que pedirle que lleve el caso con discreción.

–Así lo haré, señor.

–Podrá comunicarme los progresos nada más que cuando estemos a solas.

–Lo entiendo, señor.

–Otra cosa más, si tiene éxito le daré más casos.

–Lo resolveré, señor.

El comisario abrió uno de los cajones de su escritorio y le pasó el informe. Dulal lo recogió como si se tratase de un premio de fin de curso.

Dejó el despacho con una sonrisa que lo acompañó hasta su casa. Mientras tanto, el comisario trazó un plan para cambiar la inercia de los últimos años. Todo pasaba por que el método de Dulal tuviese éxito y resolviese el asesinato.

Reconfortada tras una siesta reparadora, Laura daba vueltas a su taza de cacao. Comprobó el excelente trabajo que su amigo había realizado.

–Gracias, sin ti hubiera tardado una eternidad. Por cierto –añadió mientras untaba mermelada en una tostada–, ¿qué te ha dicho tu padre?

–No me ha dicho nada porque no lo he llamado –respondió Thomas sacando la mantequilla del frigorífico.

–¿Se puede saber el motivo?

–No –respondió de manera abrupta.

–¿No? –repitió Laura sorprendida–. Necesito una razón y, si puede ser, lógica.

–He decidido esperar a que se suavice la situación –explicó mientras encendía la cafetera.

–Pero..., es ridículo. Los problemas no desaparecen porque los escondas en un cajón. Estamos vivos y relacionarnos con las personas conlleva consecuencias, y una de ellas es que nos hacen partícipes de sus problemas. No puedes dar la espalda cuando eso ocurre. Debes implicarte en la vida de los demás.

–¿No lo hago? Entonces, ¿qué estoy haciendo aquí? –preguntó Thomas molesto.

–Quizá estás aquí obligado por tu conciencia, porque aunque has intentado acallarla no lo has conseguido y no te ha quedado otro remedio para liberarte que afrontar este problema, es decir, yo.

Laura le habló mirándolo fijamente, sin desviarse ni un ápice. Sus ojos brillaban cargados de ira, de pasión. Thomas sabía que esa valentía estaba fuera de su alcance. Sin duda, la belleza de Laura residía en su coraje, pensó admirado.

–No sé cómo lo haces, pero me es imposible llevarte la contraria –admitió Thomas–. Desbaratas en un momento mis argumentos por muy elaborados que sean. De un plumazo borras mi palabrería y no me dejas otra opción que obedecerte. Admito las razones que has dado para que no haya llamado a mi padre, pero contigo te has equivocado. No me siento obligado. Estoy aquí porque quiero y porque estoy a gusto a tu lado.

Laura notó que el calor subía por sus mejillas, así que tomó lo primero que tenía a mano, un panfleto publicitario, y se abanicó.

–Te dejo que hagas tu llamada. Voy a ducharme. Seguro que no es tan difícil. A fin de cuentas, es tu padre.

Laura entró en la ducha con un sonido gutural de satisfacción. Cuando salió, se echó crema por todo el cuerpo haciendo especial hincapié en la tripa. Qué difícil se le hacía imaginarse con un bebé en su interior. La felicidad y la preocupación se mezclaban a partes iguales. Se vistió con un pantalón y un jersey holgado de punto. Se maquilló ligeramente con un poco de rímel y brillo de labios; no se puso colorete, desde que estaba embarazada sus mejillas lucían un suave rubor muy favorecedor. Se cubrió la cabeza con un gorro jaspeado en tonos vivos a juego con la bufanda y bajó la escalera apoyando una mano en la barandilla y la otra en una muleta.

Thomas la esperaba junto a la puerta de la casa. Mientras se ponía las botas le preguntó:

–¿Qué tal la conversación?

–Bien, ha ido como a mí me gusta: sencilla y corta –contestó, y buscó el abrigo.

–Estoy esperando que me cuentes. No te creas que me vas a dejar con las ganas.

–Eres una curiosa y una entrometida. Anda, de camino a Aigle te lo cuento todo.

–*D´accord*. Toma la *route* de Saint-Triphon y luego vas por la travesía de Ollon –indicó cuando entraba en el coche.

Thomas esperó a que estuviera cómodamente sentada para cerrar la puerta.

–Una de las cosas que más echo de menos es conducir –comentó ella resignada.

–No te preocupes, pronto volverás a ser el terror de las carreteras suizas.

Aigle estaba a pocos kilómetros, por lo que Thomas tuvo el tiempo justo para ponerla al corriente de la conversación mantenida con su padre que, para su sorpresa, estaba en Kilconnell. Llevaba varios días alojado en la pequeña localidad de Irlanda y todo su afán era encontrar una casa para quedarse allí. Se las había apañado bastante bien, y en vez de vender la casa de España, la había alquilado. Era una forma de ganar tiempo para poder largarse con dinero en el bolsillo.

–¿Ya está? ¿No habéis hablado de nada más?

Thomas se desvió a la derecha en la salida 17.

Entre los Alpes y el lago Leman, el pueblo de Aigle parecía acurrucado en el corazón de un frondoso viñedo. Situado en la falda de las montañas, se beneficiaba de un microclima especial debido al efecto föhn. Sobre la colina Blonaire se asomaba majestuoso el castillo de Aigle, en cuya entrada aparecía el escudo amarillo con dos águilas negras contrapuestas, símbolo de la villa. A sus pies, como si se tratara de siervos inclinados ante su señor feudal, se esparcían las grandes casas de piedra con los tejados de teja roja y las contraventanas de madera pintadas de vivos colores. Las cuestas eran suaves, amables, salvo las que accedían al castillo, más empinadas y hechas con cantos rodados.

Thomas ya no escuchaba a Laura. Imaginaba la belleza del pueblo en primavera. Vio los esqueletos de los árboles dormidos, de los arbustos de lilas, de las hiedras marchitas que cubrían algunas paredes, de las enredaderas de glicinas agarradas a las entradas de las casas. Contempló los leños depositados en perfecto orden apoyados en las paredes orientadas al sur. Hilos de humo andaban por caminos imaginarios hacia el cielo. Olía al fuego del hogar, a uva, a naturaleza húmeda.

–Thomas, estoy preguntándote si habéis hablado de algo más –insistió Laura, visiblemente molesta.

–No había nada más que decir. He comprobado que está bien y que tiene las cosas claras –dijo él mientras aparcaba en una plaza reservada al lado de la iglesia.

–A veces no te entiendo. Y si dejas el coche aquí, te van a multar –le aseguró ella cuando salía del vehículo.

–No te preocupes, estaré pendiente. Es imposible dejarlo en otro sitio. Ya he dado dos vueltas alrededor del pueblo y lo que no voy a hacer es aparcar lejos para que te canses.

–Puedes dejar el coche en el aparcamiento del castillo.

–Ni hablar. He visto la bajada hasta tu casa con el suelo de piedras y, además, está comenzando a helar. Me fío de tu equilibrio pero no del de la muleta.

Laura se quedó sin palabras ante la preocupación de Thomas.

–Este lugar me encanta. Estoy deseando ver tu casa. Ten mi brazo y vamos para allá.

La casa estaba situada entre la iglesia y el castillo. Una suave ascensión conducía a un terreno triangular delimitado por muros bajos de piedra. En la punta del triángulo se hallaba un precioso nogal. Unos sólidos maceteros alargados, construidos con pequeños cantos, bordeaban el muro en la zona interior. Un césped cuidado pintaba de verde el terreno.

–Aquí podría plantar pensamientos de varios colores, margaritas silvestres y coles ornamentales, y junto a la pared, unos bonitos tulipanes –explicó Thomas con entusiasmo.

–Para, para, ¿quién te ha nombrado jardinero del reino?

–Yo –contestó él sin hacerle mucho caso; seguía ensimismado imaginando las posibilidades del jardín.

–Podría aprender –sugirió Laura sin mucha convicción.

–¡Es una idea estupenda! –respondió Thomas–. La jardinería relaja y entretiene. Lo primero que haremos será voltear la tierra. Mira, si te fijas –escarbó con un palo en el interior de la maceta–, la tierra es amarillenta, esto quiere decir que tiene bastante arcilla, por lo que las plantas con flor no se desarrollarán bien. Iremos al mercado a comprar materia orgánica ya descompuesta y la mezclaremos con la arcilla, eso hará que la tierra vaya ahuecándose al tiempo que queda abonada.

–¿Algo más? –preguntó Laura con un deje sarcástico.

Thomas no le prestó atención y siguió concentrado en el diseño del jardín.

–En la parte central combinaremos pensamientos amarillos, naranjas y blancos. Alternaremos los colores para que el resultado final aporte luminosidad. Al fondo, plantaremos bulbos de tulipanes y narcisos, que tienen más altura. Delante... –Dudó–. Ya se me ocurrirá qué plantar, seguramente alguna flor muy pequeña y tupida.

Hacía rato que Laura había perdido el hilo de la explicación. Lo cierto es que le era totalmente indiferente.

–He pensado que me sigue gustando más abrir cadáveres que zanjas, así que te nombro jardinero mayor del reino. Desde este momento tomas posesión del cargo.

–Ya me lo imaginaba...

La conversación fue interrumpida por el sonido del teléfono de Thomas. Cruzó varias frases con su interlocutor y colgó.

–Era el inspector Deruelle. Está muy ocupado, pero me ha llamado para decirme a qué se dedicaba Haggerty: era bioquímico, trabajaba como técnico de laboratorio elaborando principios activos. No ha podido ser más específico.

–Es una pena que no te haya dicho nada más, como, por ejemplo, para quién trabajaba –murmuró Laura adentrándose en el jardín.

Thomas se reprendió porque no se le había ocurrido.

–Es cuestión de tiempo que tengamos todos los datos. La investigación acaba de comenzar –dijo, exculpándose antes de seguirla.

La casa se erguía en la parte más ancha del terreno. La base estaba formada por sillares de piedra y las paredes lucían un color blanco sucio. Las lajas de pizarra se asomaban desde el tejado enseñando sus dientes negros. Las contraventanas de madera verde y los grandes maceteros de mármol en forma de copa que custodiaban la entrada principal daban a la fachada un aire elegante. En la parte derecha, un pequeño camino de guijarros conducía hasta una gran leñera construida con tablones de madera largos y envejecidos y grisáceos a causa de la humedad. Un banco de hierro pintado de blanco se apoyaba sobre una de las paredes. Una sencilla valla de madera delimitaba el final del terreno que se abría a los viñedos.

–Quiero realizar varias reformas –dijo Laura señalando la edificación–. Lo primero que haré será eliminar los tres escalones de la entrada, no quiero que haya escaleras en esta casa. Este muro tan bajo da a la calle principal que conduce hasta el castillo, es un camino muy transitado por los turistas, así que me gustaría hacerlo más alto para tener privacidad y que el bebé no se escape. Quiero vallar este triángulo para que sea seguro, como si fuera un patio de recreo, y que el niño pueda entrar y salir sin que yo tenga que estar pendiente.

–Me parece muy buena idea. Es un sitio precioso. En la leñera puedes guardar las herramientas de jardinería. Se puede colocar una puerta con cerradura.

Laura mostró su acuerdo y movió afirmativamente la cabeza.

–La casa es bastante grande, por lo que mi intención es vivir en la planta de abajo y cerrar el resto. Además será más fácil calentarla. Es una pena, pero hasta dentro de una semana no tendré las llaves –se lamentó.

El viento se había levantado y la sensación de frío se acrecentó. Comenzó como suaves remolinos que jugueteaban entre las cepas desnudas, pero enseguida se transformó en un invitado incómodo. Empujaba con rabia las señales de tráfico y el tendido eléctrico. Barría con la lengua las hojas de la calle desierta amontonándolas en cualquier rincón.

–¿Qué te parece si nos acercamos a la posada que está enfrente de la iglesia y nos tomamos algo? –preguntó Thomas con el cuerpo encogido.

El silencio de la inminente noche se resquebrajaba por el sonido de sus pasos sobre los adoquines mojados, resplandecientes bajo un cielo gris que se marchitaba por la luz del anochecer.

—Me parece bien —respondió ella con desgana; no deseaba alejarse de su nueva casa.

La posada era acogedora y se estaba caliente. Laura comenzó a quitarse ropa antes de sentarse y no paró hasta quedarse en manga corta. Thomas la miró con una interrogación en los ojos.

—El embarazo me da calor, soy una calefacción andante —se justificó ella.

Thomas leyó la carta de vinos, todos ellos con denominación de origen de Aigle. Se producían blancos y tintos, esencialmente chasselas, gamay y pinot. Lo dejó a la elección del camarero. Laura se decidió por un zumo de melocotón.

—Volviendo al tema de tu padre, creo que tienes que ir a Irlanda. Deberías comprobar si realmente está bien y ayudarle en lo que necesite. Ya sabes que trasladarse, comenzar una nueva vida después de tantos años, aunque sea en su pueblo, es difícil. Tú deberías estar allí, sin duda —argumentó con convicción.

—Tengo mucho trabajo, y me voy a la India —dijo, y dio un trago de la copa de vino blanco que acababa de servirle el camarero.

—¿Cuándo te marchas?

—La semana que viene.

—Entonces tienes tiempo suficiente para visitar a tu padre. Los dos sabemos que son excusas baratas. Irlanda está aquí al lado.

—Demasiados problemas. En estos momentos todo mi esfuerzo está centrado en mi trabajo. Además, no estoy dispuesto a viajar por un desconocido.

—Joder, Thomas, es tu padre.

—Esa boca, doctora.

—Es que no te entiendo y eso me enfada. No puede ser que vayas por la vida como un tipo duro, es ridículo. Tu padre ha sido abandonado, ya no está con la mujer que eligió para compartir su vida. Ello conduce a que, por primera vez en muchos años, duerma en una cama fría, desayune en la más completa soledad, y tenga todo el día para darle vueltas a la cabeza. ¿Sigues pensando que no te necesita?

Thomas se pasó las dos manos entre el pelo moreno lentamente, con movimientos repetitivos, hasta que una quedó detenida sobre su frente. Cerró los ojos.

–No sabes lo que me estás pidiendo. Para mí supone un gran esfuerzo estar a solas con mi padre, algo que nunca he hecho, mi madre siempre ha estado entre los dos. Además, no deseo volver a Kilconnell. Me trae recuerdos que no quiero revivir –argumentó con una voz tan baja y controlada que Laura apenas lo entendió.

–Si quieres te acompaño –dijo ella resuelta–. Me siento con energía y el embarazo va estupendamente. Estaría bien que fuéramos a casa de Haggerty, quizá podamos averiguar algo.

Thomas daba vueltas con sus poderosas manos a la base de la copa. Tenía la cabeza gacha y Laura no lograba ver bien su cara. En un momento dado la levantó y dijo:

–De acuerdo, vayamos.

–¿Entonces mandamos a la mierda la mudanza durante unos días y nos vamos a las verdes y sobre todo húmedas praderas de Irlanda? –preguntó estudiando el rostro de su amigo atentamente.

Este asintió, pero su corazón, que tenía memoria, le pedía a gritos que no volviese al lugar donde se lo habían roto.

6

Navala aceptó ayudarle. Sabía cuánto valía como policía y no entendía que se callara ante su situación: los dioses le habían dado como cerebro el motor de un avión pero sus superiores lo utilizaban como *rickshaw*.

Dulal le contó que se habían encontrado restos de semen de cuatro jóvenes, aunque no había que descartar que estuviese implicado alguien más. Le enseñó las fotos del lugar donde encontraron el cadáver. En una de ellas se apreciaban huellas, como si a la joven la hubiesen arrastrado hasta el descampado. Estudió el mapa de la zona, en la linde había un pequeño templo. Era un templo poco concurrido, un sitio propicio para cometer una violación. Pidió a Navala que lo visitase durante unos días, a la misma hora en que se creía que se había cometido el asesinato.

Navala no tardó en fijarse en tres ancianas que adecentaban el templo a diario. Una tarde especialmente calurosa, las siguió hasta una casa que por su estado daba la impresión de que iba a venirse abajo en cualquier momento.

Golpeó la puerta con los nudillos.

–¿Quién es?

–*Namaste*.

La puerta se abrió y aparecieron las tres ancianas, tan juntas que parecían estar unidas con pegamento.

–*Namaste* –le respondieron dos de ellas.

–¿Puedo pasar? Soy abogada de *dalits* y ayudo a quien lo necesita sin pedir nada a cambio. Puedo mejorar las condiciones de su hogar. Dudo que aguante el próximo monzón.

Las tres ancianas se miraron sin saber qué decir, no estaban acostumbradas a la caridad por parte de una extraña. El brahmán les proporcionaba alimento a cambio de mantener el templo pulcro y en orden.

Navala se arrodilló e hizo el gesto de besar los pies de una de ellas en señal de respeto. La anciana de más edad la agarró del brazo para que se levantara.

Vivían en una casa de una planta con las paredes de cemento recubiertas con una mezcla de barro, paja y excrementos secos de vaca. El tejado era de chapa de uralita. La estancia estaba impoluta. Tres alfombras, un templo con un póster del dios Rama, hecho con una caja que habían forrado con una tela azul, y unos pocos cacharros amontonados en un rincón completaban el mobiliario. Navala miró el techo. Había agujeros por donde se filtraba la luz del sol. El calor era asfixiante.

—Soy una amiga de la joven que violaron hace tres años cerca de aquí —mintió.

Dos de las ancianas se miraron durante unos segundos y se dijeron algo, pero no hubo ningún gesto que denotase emoción alguna.

—¿Se acuerdan del día que la mataron?

Estaba acostumbrada al mutismo de los intocables. Después de unas preguntas más y de sus respectivos silencios, se dio por vencida. Era suficiente. Estaba incómoda, el sudor le empapaba la ropa. Casi no podía respirar. Le llegaban las oleadas de calor desde el tejado igual que si estuviese acercándose y alejándose de una hoguera. Tenía que salir.

—*Namascar*. Los trabajadores de la ONG vendrán a arreglar la casa esta semana.

Las mujeres dejaron escapar un gesto de agradecimiento. Cuando Navala llegó al umbral de la puerta, una de ellas le confesó que no mataron a la joven en el descampado sino en el templo.

—¿Por qué no fueron a la Policía? —le preguntó Navala.

—Las viudas traemos mala suerte.

Navala lo sabía muy bien. Había atendido a viudas jóvenes que pasaban a ser propiedad de sus cuñados. Las de más edad lo tenían peor; eran abandonadas a su suerte.

—Los chicos que abusaron de la chica conducían unos *rickshaws* a motor. Recuerdo que uno era negro con la capota amarilla.

—Como la mayoría en la ciudad —dijo Navala resignada.

–Sí, pero estas llevaban dibujadas dos grandes caras de tigre en la parte delantera.

Navala saltó de alegría y la viejecita rio por primera vez mostrando una boca sin dientes.

El comisario Umed detuvo al propietario del *rickshaw* y este confesó.

La chica salía de casa cuando la interceptó. La conocía del colegio. Habían tonteado, unas risas, unas miradas, lo típico en los jóvenes a esas edades. Pero aquella mañana no se conformó con eso y arrastró a la muchacha al templo después de llamar por teléfono a sus tres amigos. Los cuatro abusaron de ella. En un momento dado, la chica comenzó a gritar. Uno de ellos le golpeó la cabeza con una llave inglesa. Tuvieron una fuerte discusión. Dos se marcharon temerosos de que los descubrieran, los otros arrastraron el cadáver al descampado.

El comisario estaba orgulloso de Dulal. Incluso gastó varias bromas a su costa. Llegaron dos casos más que el joven solventó como si de un problema de álgebra se tratase. Al final, Umed informó al comisionado, el máximo responsable policial en Uttar Pradesh, del papel del superintendente en la resolución de los casos. No tardó en llamarlo. Le comunicó que iba a crear una brigada especial de investigación criminal cuyo responsable primero sería Umed y que tendría a Dulal como investigador principal. Fue el informe entusiasta que había mandado el comisario sobre los casos resueltos lo que había decidido a qué comisaría se le concedía una partida extra de dinero. Si tenían éxito con sus investigaciones, se renovaría anualmente.

–¡Y no sabe de cuánto dinero estoy hablando! –le dijo el comisionado abriendo los ojos como platos.

A esas horas la ciudad permanecía tan inmóvil como un cadáver. Escondido entre el laberinto de callejuelas, rodeado de árboles que nacían de las mismas piedras, entre multitud de pequeños templos y restos de inmundicias, había un *pakká mahal,* un edificio de dos alturas construido siglos atrás y terminado en una terraza; allí dormía una prostituta.

A sus treinta años era una privilegiada: su piel ocre se mantenía joven, sus pechos, pequeños y firmes, los músculos del abdomen estaban duros por la práctica de la danza y conservaba todos los dientes.

El sonido de la campana de la puerta acabó con su sueño. Pulsó el interruptor de la luz y se sentó en el borde de la cama.

¿Quién será a estas horas?, se preguntó. No podía ser uno de sus clientes. ¿Acaso su hermana? ¿Le había pasado algo a su madre? Últimamente su madre se encontraba más cansada de lo habitual. Se había desmayado varias veces. Parecía que los medicamentos no hacían efecto.

La campana volvió a sonar y su malestar se acrecentó. Bajó dejando tras de sí un rastro a sándalo.

–¿Quién es?

–Soy un cliente. Abre.

–No recibo a estas horas –dijo con alivio al saber que sus temores eran infundados.

Sus ojos, incrédulos, vieron cómo aparecía por debajo de la puerta el rostro de Mahatma Ghandi impreso en los billetes de mil rupias. Sonrió por el regalo inesperado.

Tenía que ser un hombre muy rico para pagar esa cantidad. Se esforzaría por hacer un buen trabajo. Quizá alguien le había hablado de su baile, estaba inspirado en las coreografías de la película *Gaja Gamini*. Había memorizado con exactitud matemática los movimientos de la actriz y bailarina, Madhuri Shankae.

Abrió la puerta. El cliente se tapaba la cara con un gran pañuelo y la cabeza con un turbante amarillo. Estaba acostumbrada, la mayoría pensaba que el aliento de una prostituta podía contaminarlos.

Lo hizo esperar en el piso de abajo mientras se preparaba. Se peinó. Su pelo lucía brillante como la crin del caballo de un marajá gracias al masaje con aceite de coco que se daba cada mañana. Con un lápiz negro bordeó el nacimiento de las pestañas del párpado superior y delineó la parte inferior con intensidad. Se aplicó sombra de ojos por todo el párpado y la difuminó con el trazo negro. Se pintó los labios de un color dorado mate. Se miró al espejo, parecía la mismísima Madhuri Shankar en persona. Se vistió con un sari de fina tela que transparentaba la figura de su cuerpo. Se colocó las *kangan,* las pulseras de vidrio, escogió las rojas, que simbolizaban energía, las negras, que significaban poder, y por último las verdes de la suerte. Se puso unas tobilleras de cuero con campanillas. Empezó, a modo de calentamiento, a bailar la danza que la había hecho tan popular. Los movimientos lentos y precisos de sus extremidades, el vaivén de su cadera, encendían el deseo de los hombres como la llama de una cerilla el aceite de un candil.

El cliente apareció de repente por su espalda y la sujetó sin que ella pudiese reaccionar. En ese instante entendió que había sido una mala idea dejarlo entrar. Cerró los ojos como si la oscuridad la protegiese de su agresor.

La muerte en la ciudad de la luz estaba presente más que en ningún otro lugar de la India. Pero ella tenía motivos para aferrarse a la vida con fuerza. No podía morir. ¿Qué iba a ser de su hermana adolescente y sobre todo de su madre enferma?

Las lágrimas ensuciaron de negro su rostro. Un pensamiento apareció como un rayo. La iba a matar, aquel cliente la iba a matar. Pero ¿por qué? No tenía enemigos, ni le debía dinero a nadie. A lo mejor era un ladrón y solo quería robarle. Eso la tranquilizó, hasta el momento en que él le golpeó en la espalda y la tiró al suelo. Abrió los ojos y vio el pañuelo amarillo. Sintió cómo le abrazaba el cuello y cómo se apretaba contra él con una intensidad que no dejaba ninguna esperanza. Cerró los ojos de nuevo. Pero esta vez no hubo oscuridad: contempló a Parvati sentado en un enorme tronco cerca del río. El dios la rodeó con un brazo mientras Shiva recitaba el mantra de los difuntos.

Lo que no pudo ver fue el gesto de alivio de su verdugo cuando la joven dejó de respirar.

Cuando llegaron a Kilconnell ya era tarde. Una lluvia delicada caía como una cortina transparente. Se colaba por las rendijas de las ventanas, entre los huecos de las puertas, resbalaba como pequeñas serpientes por las cañerías de las casas y entraba a hurtadillas entre los gorros de lluvia y los abrigos. Esos dedos diminutos, cual pequeñas agujas de pino, les acariciaban el trozo de piel de la nuca que quedaba expuesto a las inclemencias del tiempo. Bastó con andar los pocos metros que distaban entre el coche y la entrada principal del hotel rural para que Thomas se sintiera incómodo y helado. En cambio, Laura no notaba aquella sensación, caminaba distraída, atenta a los adoquines irregulares rodeados de pequeñas hierbas que sembraban el estrecho sendero.

Antes de dirigirse cada uno a su respectiva habitación, Thomas preguntó por su padre. El recepcionista le informó de que el señor Connors había salido temprano y que no había vuelto todavía. Interiormente, de una manera infantil, Thomas se sintió aliviado, eso retrasaba el encuentro. Después de una reconfortante ducha y de deshacer las maletas, se encontraron en el cálido comedor para tomar un refrigerio. Tras comer algo suave, fueron al salón en busca de un confortable sofá de orejas.

La tarde quedó sumida en una incipiente penumbra y hubo que encender las luces del salón en un intento de que pareciese más acogedor. Pequeñas lámparas colocadas estratégicamente en diversos rincones de la estancia creaban una atmósfera de recogimiento y paz. Puede que fuera el cansancio del viaje o la extraña sensación de bienestar que los rodeaba, el caso es que ambos miraban hipnotizados el fuego de la chimenea.

–Estaba pensando en Haggerty y en su trabajo en el laboratorio. ¿Qué es un principio activo? Tengo una ligera idea de lo que se trata pero quisiera saber más –dijo Thomas.

–Es la sustancia en la que se basa el medicamento. También se llama droga madre.

–Pero lo que no sabemos es qué sustancias se fabrican en ese laboratorio.

–Exacto. Ni qué medicamento. A veces, un principio activo se puede vender a bastantes empresas farmacéuticas y estas pueden comercializarlo hasta con treinta nombres distintos.

–Es decir, que si su muerte tuvo que ver con su profesión, será difícil encontrar el hilo del que tirar. El inspector Deruelle no ha vuelto a llamarme, pero quizá su madre lo sepa.

–Yo supongo que no será un laboratorio cualquiera, salvo que se dedique a la fabricación de unos pocos principios activos. O tal vez a uno solo. En España hay un laboratorio inmenso que se dedica exclusivamente a producir el ácido acetilsalicílico para Bayer.

–No creo que sea el caso. Casi me inclino a creer que se trata de un laboratorio menor. Espero que mañana sepamos más –dijo Thomas casi en un susurro.

La noche se extendía en el horizonte. Desde la ventana en forma de guillotina, a través de los cristales divididos en cuadrados, Thomas observó el cielo encapotado de color topacio. A su lado, Laura contemplaba la danza sensual de las llamas. El fuego se deslizaba por su perfil de formas suaves; matices naranjas y rojizos bailaban en su piel pálida.

–Vamos, estás cansada. Mañana será otro día –sugirió Thomas tocándole el brazo.

Laura salió de sus pensamientos y lo miró antes de preguntar:

–¿Perdona, has dicho algo?

–Decía que ya es hora de irnos a descansar. Al final, entre el avión y el coche, ha sido un viaje largo.

Para corroborar su afirmación, ella bostezó.

–¿Y tu padre?

–No sé dónde se habrá metido. Lo más extraño es que sabía que veníamos –dijo Thomas contrariado–. En fin, no quiero darle vueltas. Vamos a la habitación.

Se puso de pie y le tendió la mano. Ella la aceptó y se levantó del mullido sofá. Se apoyó en él para subir el tramo de escaleras que conducía al primer piso. Antes de separarse, Laura dudó un instante y siguió sujetando el brazo de Thomas. Él notó esa pausa y le preguntó:

–¿Estás bien? ¿Necesitas algo?

Sí, pensó Laura, sin atreverse a mirarlo por si esos pensamientos se reflejaban en su cara; necesito que me acompañes a mi habitación, me desnudes, te desnude y me hagas el amor locamente. Pero lo que respondió fue:

–No, nada. Que descanses –dijo antes de cerrar la puerta con más ímpetu de lo habitual.

Thomas se quedó parado, sorprendido ante la despedida tan brusca. Cuando se dirigía a su habitación, cambió de opinión y decidió dar un paseo por el pueblo.

Se detuvo un momento en el porche, el silbido de la lluvia era suave y el aire frío le despejó la mente. Cuando la cortina de lluvia le rozó la nariz, se planteó si salir a la intemperie. Contempló la oscuridad, apenas podía distinguir las siluetas de los árboles, los retazos de hierba. Pero la lluvia en el rostro lo reconfortó y salió al exterior.

La noche invernal permanecía rasgada por dedos de niebla, que en algunos lugares parecía tan próxima que imaginaba posible tocarla. Kilconnell dormía. Caminó por la calle principal con paso tranquilo; no tenía prisa. De manera inconsciente, llegó hasta el sencillo cementerio cercado por una pequeña tapia de piedras antiguas. Una débil luz, procedente de un farol en la puerta de la iglesia, iluminaba las tumbas alargando sus sombras, emitiendo reflejos dorados sobre las hojas mojadas. Pasó al lado de la tumba de su amigo de la infancia, Albert Olan, donde se detuvo un instante, lo justo para cerrar los ojos y recordarle. La luz se hizo más tenue cuando se dirigió hasta una sencilla lápida de mármol gris situada en la zona más alejada del cementerio. Se puso en cuclillas, se quitó el guante de la mano derecha y con el dedo índice recorrió las letras grabadas de color dorado, Úna Kovalenko Gallagher. Allí yacía su hija, aquella hija que no había conocido. Un inmenso pesar se adueñó de él.

No supo el tiempo que había estado en esa postura, pensando en sí mismo, en quién era en realidad y qué esperaba de su vida. Se levantó lentamente, cabizbajo, con las piernas entumecidas. Volvió sobre sus pasos.

En la mesilla de su habitación el teléfono móvil le avisaba que tenía mensajes. George lo había llamado. Thomas se despojó del abrigo y de los zapatos, se sentó en la cama y lo telefoneó.

–¿Qué tal, George? –preguntó nada más contestar su amigo.

–Me pillas arreglándome. Hay una fiesta extraoficial en las veintiuna divisiones de la DEA.

–¿Y se puede saber a qué se debe esa celebración? –le preguntó, y puso el teléfono en manos libres.

–CVS, la mayor cadena estadounidense de farmacias, ha llegado a un acuerdo con la Fiscalía General para pagar una multa de 77,6 millones de dólares para evitar un proceso judicial por haber vendido pseudoefedrina a traficantes de droga.

–Y es... –dijo Thomas mientras se cepillaba los dientes.

–Es un precursor químico para fabricar drogas sintéticas como la metanfetamina. Esos cabrones han contribuido directamente a aumentar la producción de esta droga en California. Es la mayor multa civil abonada jamás bajo la Ley de Control de Sustancias de Estados Unidos.

–Enhorabuena, campeón. Y aparte de la juerga desenfrenada de hoy, ¿qué más querías contarme? –preguntó, y se tumbó en la cama a la vez que colocaba un par de almohadones a su espalda.

–He husmeado un poco con respecto al fiambre del parque. Y la verdad es que he encontrado muy poca información sobre el tal Haggerty. Bueno, miento, sí he averiguado que estaba relacionado con Lobarty, una de las mayores multinacionales farmacéuticas que figuran este año en Fortune Global 500, la lista de las empresas más grandes del mundo. Las once más grandes acaparan un increíble 58,4 por ciento del mercado mundial de productos farmacéuticos, estimado en trescientos veintidós millones de dólares.

–No creí que Haggerty trabajara para una empresa tan enorme.

–Y no es así. A tu amiguito irlandés le pagaba la filial polaca. Le he dado vueltas a las siglas y números que me enviaste y, ni idea. VNS Z1-3 seguido de todos esos números puede ser cualquier cosa, y no digo que sea una tontería, ya que el tipejo está muerto, algo bastante serio, pero, por ahora, no hay por dónde buscar.

–Puede que sea algo relacionado con Lobarty. No sé, algún fármaco.

–Entonces, vamos apañados. Ese mercado mueve más dinero que la venta de armas. Es oscuro, opaco y muy difícil de investigar. Para que te hagas una idea de lo que es competir contra algunos de estos gigantes, GlaxoSmithKline pagará una multa de tres mil millones de dólares por lo que ha sido calificado en Estados Unidos como el mayor fraude de salud en la historia del país.

–Si no me equivoco, mintió sobre los riesgos de un fármaco contra la diabetes.

–Exacto, pero también trató de silenciar a los científicos que lo advirtieron. La FDA, ya sabes, la agencia que regula alimentos y medicamentos en Estados Unidos, calcula que este fármaco produjo ochenta y tres mil infartos entre 1999 y 2007.

–¿Qué me quieres decir, que si el asesinato tiene que ver con la farmacéutica Lobarty me olvide del asunto?

–Ya veo que me has entendido. Merck, otra de las grandes, se vio obligada a retirar del mercado uno de sus productos estrella, el antiinflamatorio Vioxx. Pero no te imaginas los años que pasaron hasta que eso ocurrió, incluso ante la evidencia de que el fármaco causaba riesgos cardiovasculares. Le salía rentable ignorar a gobiernos, abogados, médicos y pacientes. El fármaco le reportaba dos mil quinientos millones de dólares al año. Al final, tuvo que hacer frente a miles de demandas que le supusieron unos cincuenta mil millones de dólares.

–Quizá haya suerte y no tenga nada que ver –comentó Thomas, y consultó su reloj–. Es la una de la madrugada, una hora estupenda para dejarte ir al baile de la Cenicienta.

–No sabes cuánta razón tienes. Estará lleno de carrozas y calabazas.

–Pásatelo bien y disfruta que, aunque el cuerpo sea viejo, la noche es joven –le deseó Thomas antes de tirar las almohadas al suelo.

–Que te den, guaperas.

Dulal miró el reloj. Los dos nuevos policías se retrasaban. Una gota de sudor le caía desde el final de la patilla y recorría la mejilla camino del cuello. Hojeó los documentos que le habían enviado, nada menos que desde la central de la Policía en Delhi. La Brigada de Investigación Criminal iba a ocuparse de los casos de asesinato más complicados de la ciudad. Por ello, Dulal le había pedido al comisario Umed que le facilitase tres ordenadores nuevos. Sin dilación le contestaron afirmativamente. No se lo creía. Antes, para pedir unos paquetes de folios había que esperar dos semanas. Todavía conservaba la carpeta donde guardaba los usados; estaba hecha con trozos de cartones de la caja que envolvía la fotocopiadora.

Pensó en el futuro que le esperaba, en parte se lo debía al comisario y a Navala. Sin la ayuda de su novia no hubiese resuelto los crímenes y seguiría pegada a la pared como la resina al árbol. Le había comprado un móvil nuevo y una funda como agradecimiento. Para que la felicidad de Dulal fuese completa solo faltaba que aceptara ser su esposa. De momento, ella se mostraba reacia a discutirlo. «Ahora no es una de mis prioridades», le había dicho zanjando la conversación. Quizá pronto se armaría de valor y se lo pediría de verdad.

Con la seriedad que lo caracterizaba, el comisario apareció por el pasillo. Los agentes se levantaron de sus asientos y saludaron al responsable máximo de la comisaría.

En una silla desgastada por el uso y escondida del resto de los policías por la fotocopiadora y una estantería, Chanda, la secretaria, permanecía sentada sin saber muy bien qué hacer. Era una mujer pequeña de estatura, ojos de color almendra y de formas rectas y angulosas. Unas oscuras manchas de nacimiento le afeaban el rostro.

–¿Han venido los nuevos? –le preguntó Umed.

–Todavía no, debe de haberles pasado algo, porque ya llevan casi una hora de retraso.

El comisario, a instancias de Dulal, había pedido dos agentes expertos en informática. Desde la central les habían advertido que lo que necesitaban era dos policías experimentados en investigación criminal, pero Umed insistió en su solicitud. El encargado de personal que los escogió no había encontrado una palabra en hindi para definir a los dos elegidos, así que empleó la palabra en inglés, *freaks*.

–¡Chanda! Llame por favor a estos números.

La secretaria marcó el primer número de teléfono. En la India había más gente con móvil que con baño en sus casas. En las escaleras sonó la melodía de la película *Rounders*.

Dos jóvenes vestidos de calle aparecieron con la lengua fuera, la camisa empapada en sudor y cargados con dos enormes petates colgados de los hombros. A Dulal le pareció estar viendo a Laurel y Hardy en versión hindú.

—Lo sentimos, señor. El conductor del *rickshaw* nos ha llevado a la comisaría de Luxa.

—Pero si está en la otra punta de la ciudad —dijo el comisario.

Los jóvenes dejaron los petates en el suelo y lo siguieron. El despacho de Umed estaba en el fondo, separado por un tabique con una puerta en el centro, era luminoso, al contrario que la sala de los policías. Chanda apareció con unos vasos de agua que ofreció a los jóvenes.

—¿Sus nombres?

—Fahim —dijo el más delgado, pero para Dulal ya era Laurel.

—Yo soy Rishi.

Y aquí está Hardy, el gordo, pensó Dulal sonriendo para sus adentros.

Los dos habían estudiado ingeniería en computación e informática en la ciudad de Bangalore, conocida como el Silicon Valley de Asia. Al acabar la carrera decidieron hacerse policías por una cuestión práctica, el trabajo de funcionario les permitía tener suficiente tiempo libre para dedicarse a su pasión, jugar al póquer. Estaban convencidos de que con su método de probabilidades se convertirían en millonarios en poco tiempo.

—Bienvenidos a la Brigada de Investigación Criminal de Benarés. Antes que nada, les presento a Dulal. Él será su jefe de operaciones. Les enseñará a manejar el programa de investigación criminal. Todo está escrito en estos cuadernos. Estúdienlo de memoria porque a partir de ahora será su *Rig-Veda*.

El comisario les pasó los cuadernos.

—Su función principal será la de gestionar el programa informático que ha creado el superintendente. Introducirán datos, gráficas, análisis y presentarán evaluaciones y estadísticas de cada caso.

Los dos agentes se miraron. No parecía un trabajo difícil; sí un poco aburrido.

—¿Eso es todo? —preguntó Rishi, todavía sofocado.

–No, también se encargarán de parte del trabajo de campo. Preguntar a testigos, acompañar a Dulal en la recogida de información..., todo lo que conlleva una investigación.

–Estamos acostumbrados al trabajo de oficina, nos ocupábamos de poner al día las fichas de los detenidos, pero nada más –apuntó Fahim, el flaco.

–Aquí, su cometido va a ser tan importante como el de los demás. Quiero que se concentren en hacerlo lo mejor posible. A partir de ahora, los asesinos de la ciudad van a tener una preocupación más.

Los dos agentes se tomaron la advertencia como si se preparasen para jugar la partida de póquer más importante de sus vidas.

7

El aire frío y húmedo golpeaba sus mejillas. Sus botas se hundían en el terreno cubierto de barro. La brumosa mañana de invierno anunciaba una prematura oscuridad. Ambos caminaban despacio, relajados, como si esas tierras salvajes les transmitieran la tranquilidad que hasta entonces no habían alcanzado.

Se sentaron en un saliente natural. Thomas echó hacia atrás la cabeza para observar los gráciles movimientos de las aves.

–El extranjero que contempla este paisaje desolado piensa en lo fácil que es sentirte solo aquí, en medio de la nada; sin embargo, no es así.

Laura lo escuchaba alternando su mirada entre los pastos, las aves juguetonas y el rostro de Thomas. En un momento dado tomó una ramita y escarbó en la tierra húmeda. Retiró el musgo mullido dejando al descubierto la arcilla marrón.

–Cuando era niño venía a este lugar y dejaba que el viento me hablara y me contara historias que arrastraba desde el pasado. Solo aquí podía oírlo. Tiene una lengua propia, a veces tranquila, otras, impaciente.

–¿Y ahora qué te dice? –preguntó Laura, abrazada a sí misma, en un intento de protegerse del frío.

–Me habla de su pasado triste, de historias de lucha y derrota. Me habla de sacrificios y de la dignidad de un pueblo que nunca fue sometido, de su entereza. ¿No sientes la fuerza de la tierra?

Laura se estremeció ante una ráfaga más fuerte. Ese cambio la pilló desprevenida y la empujó para atrás. Thomas se acercó y le pasó el brazo por los hombros. Al instante ella sintió que el calor de su cuerpo le traspasaba la ropa, la piel, y se expandía hasta sus mejillas.

–Los irlandeses –continuó diciendo– son gente alegre y sencilla. Da que pensar después de tanto daño sufrido. Una cosa es perdonar, pero ellos lo han hecho de veras, sin rencor.

–¿Y tú? También eres irlandés.

–En esto no. Me considero incapaz de perdonar de ese modo.

Thomas se retiró y ella pudo sentir cómo el frío volvía a arremeter contra su espalda.

Se quedaron en silencio. Para distraerse de la tristeza de su voz, de la ternura que ese tono le provocaba, Laura dejó vagar la mirada a través de los campos de brezo, de los esqueletos encorvados de los árboles a causa del viento. Descansó los ojos en las pocas casas diseminadas que se veían en la lejanía como trocitos de pan blanco desperdigados al azar. Vio avanzar por el horizonte una lengua gris, amenazadora, sobre la luz metálica de la mañana.

–Este lugar tiene algo tan salvaje que sin querer te contagia su fuerza –dijo–. Si pudiera, lanzaría la muleta lejos y correría colina abajo golpeada por el viento como Catherine en *Cumbres borrascosas*.

–Eran tierras inglesas.

–Da igual –dijo dándole un codazo–. Por cierto, no puedo creer que tu padre haya cruzado contigo solo un par de frases antes de marcharse.

–Yo sí lo creo. Se ha levantado toda su vida a las cinco de la mañana y hoy no iba a ser una excepción. Aunque he madrugado, me lo he encontrado en recepción preparado para continuar la búsqueda de una casa.

–¿Y cómo le va? ¿Ha conseguido algo?

–No te pienses que me ha contado mucho, tan solo que todavía no ha visto lo que busca. Y me ha hecho saber de un modo muy poco sutil que no me necesita y que me podía haber ahorrado el viaje.

–Seguro que no lo dice en serio –afirmó Laura convencida –. Es una forma de defenderse, de mantener su dignidad intacta ahora que ha sido pisoteada.

–Vamos –dijo Thomas levantándose y extendiendo sus manos para ayudarle–. Hemos quedado con la señora Haggerty.

Conforme avanzaban, la belleza desoladora del páramo los envolvió en su inmensidad. Las nubes en constante movimiento les regalaron un trozo de cielo azul. Ambos quedaron extasiados ante el cuadro que se ofrecía ante sus ojos. El paisaje se tornó verde, violeta, tonos púrpura se reflejaron en el camino marcado por el sol entre los prados. Los campos se extendían infinitos hasta perderse en un horizonte revuelto por el poderoso viento. De repente, el espejismo de un día luminoso fue barrido por las nubes negras que llegaban desde el mar. No auguraban nada bueno.

Dulal miraba ensimismado a Navala. Estaba cubierta de una película de sudor que le daba a su piel un brillo especial. Hacía solo unos minutos que sus cuerpos habían estado enredados igual que dos lianas. Para Dulal, su vida giraba en torno a la comisaría, a las películas que tan buenos ratos le habían reportado y a ella. Navala era diferente. Desde que se conocieron no había pasado una semana sin que le sorprendiese. Trataba de acostumbrarse a su manera de pensar. Cuando comenzaron a vivir juntos creyó que su relación no duraría. Incluso se le ocurrió escribir en su agenda unos adjetivos que los definieran; los de Navala eran: inconsciente, desprendida, moderna, instintiva, comprometida, pasional, impredecible, valiente; en el otro lado de la página apuntó los suyos: inteligente, seguro, calculador, orgulloso, servicial. El deseo de hacer justicia para con los más débiles era una especie de máxima para ella. Sus adjetivos no eran sino una consecuencia de eso. Dulal pensaba que la personalidad del abuelo de Navala la había dotado de una sensibilidad diferente. Al fin y al cabo, la educación no era más que un mosaico de ideas que se adherían al cuerpo y que hablaban por cada uno. Para él, sin embargo, la justicia la marcaban las leyes, y no los deseos individuales de las personas o, como había aprendido en la academia de Freud, la eterna dicotomía entre el principio de realidad frente al principio de placer.

Para Dulal, las ideas de Navala agitaban sus chacras y le conferían una valentía que rayaba en la inconsciencia. Quería comprender su modo de ver la realidad, y aunque ponía de su parte siempre había un pero que no compartía. Por otro lado, tenía que reconocer que esa idea de repartir justicia que, como un sello en un documento, llevaba impresa en su carácter, lo atraía. Aún recordaba el *tsunami* que desencadenó en su familia el día que ella le propuso que vivieran juntos. «Va en contra de todas nuestras creencias. Vas a provocar el enfado de los dioses», le dijo su padre. Incluso su hermano le preguntó si se había vuelto loco de remate. Pero su amor pudo más que el malestar de su padre, los lloros de su madre y los consejos de su hermano. Navala era la mejor persona que había conocido y Dulal dejó a su familia para caer en sus brazos.

El móvil rompió la tranquilidad de la mañana. Se levantó de un salto y contestó. Era Umed.

–*Namaste.*

–*Namaste.* Le espero en una hora en la puerta del Templo de Oro.

–¿Qué ha pasado?

–Han encontrado a una mujer asesinada.

Su primer caso con la brigada. Automáticamente pensó en quién podía haberlo hecho: un prestamista, un mafioso, un novio.

Dulal conducía su pequeño Tata Vista a la velocidad que el tráfico imponía. Se abría paso a bocinazos entre un enjambre de motos, coches, *rickshaws,* carros, burros, vacas, vendedores y peatones. Dejó atrás las anchas arterias y aparcó frente al arco de Dasaswamedh Ghat. El resto del trayecto lo hizo a pie. Llegó cuarenta minutos después de la llamada. Umed aguardaba masticando betel.

–*Namaste.*

–*Namaste.*

–He ordenado a Fahim y a Rishi que se nos unan más tarde, ahora quiero que estemos a solas. Sé que no tiene la suficiente experiencia de campo pero un policía de la Brigada de Investigación Criminal de Benarés debe estar preparado para todo. Así que hoy voy a ejercer de maestro. Observe y pregunte si tiene dudas.

–*Namaskar.*

–Otra cosa: nos espera el oficial de la comisaría de Chowk, Chitán. Es un tipo especial.

Dulal abrió los ojos como platos. Navala le había contado cómo se las había gastado con el intocable que había salvado. Algo no funcionaba en la Policía si para obtener resultados había que torturar a los detenidos.

—Chitán es un viejo amigo de Navala —dijo Dulal irónico.

—Si hace algún comentario al respecto, no se le ocurra entrar en su juego. Es un hombre que lleva la ley hasta el límite de lo permitido.

—Tendré cuidado, señor.

—No me llame señor.

—Claro, comisario.

—Comisario Umed.

—Entendido, comisario Umed.

Se adentraron en el oscuro laberinto de callejones encajonados donde las bicicletas y las motos sustituían a los coches. Avanzar unos metros requería una buena dosis de paciencia. Callejuelas tan estrechas, en las que apenas cabía una vaca, llenas de comercios y templos pequeños, los más populares custodiados por policías con chalecos antibalas y fusiles por miedo a los atentados. Esquivaron pequeñas tiendas de cacharros de latón, de brocados, telares, puestos de instrumentos de música, láminas de dioses, juguetes de madera. Cubículos donde se vendían botellas de agua del Ghanges, *chai*, dulces o comida hindú, mezclados con otros de guirnaldas de flores y pulseras de cristal o madera. Todos ellos alimentaban y adornaban las casas, a los habitantes y a los muertos de Benarés.

Una multitud de curiosos se agolpaba en la entrada. Tres policías hacían guardia impidiendo que llegaran más allá; se cuadraron al ver al comisario.

—Soy el jefe de la Brigada de Investigación Criminal. ¿Dónde está Chitán?

—En la segunda planta, señor —contestó uno de ellos.

Recorrieron el angosto pasillo hasta las escaleras. Subieron, pero no había rastro del oficial. En el salón, un televisor de última generación contrastaba con la escasez y el deterioro del resto de los muebles de la vivienda. A su lado, una figura de Shiva, el dios de la destrucción, estaba rota en dos encima de una alfombra. Esparcidos por el suelo, granos de arroz, unas barras de incienso y el contenido de unos botes de especias. Dos hileras de hormigas transportaban los granos hasta desaparecer por el marco de una ventana. Entraron en la habitación de la prostituta. Alguien había vaciado el armario y había dejado la ropa tirada.

La mujer yacía tumbada boca abajo en la cama. Dulal se imaginó que se levantaba como en una película de miedo.

—Póngase estos guantes y no toque nada. No tardarán en llegar el fotógrafo y el forense, o eso espero.

—¿Tenemos un forense a nuestra disposición?

—Normalmente está ocupado y no suele desplazarse lejos de su cómoda sala de autopsias. A eso me refería cuando le comenté que un policía de Benarés tiene que saber un poco de todo. Me encargaré de tomar los datos.

—Algo que tendrá que cambiar a partir de ahora —dijo Dulal como quien posee el poder de dar órdenes.

Enseguida se dio cuenta de que se había excedido.

—Sí, ya he mandado un informe a mis superiores —contestó Umed para sorpresa de Dulal, que no esperaba ese comentario—. Pero ya sabe que la burocracia en la India va más lenta que un camello cojo.

—Pero, comisario, ¿cómo se las ha arreglado todos estos años para hacer este trabajo sin un equipo en condiciones?

—Hice un curso acelerado de investigación criminal; además, uno aprende a base de equivocaciones. Son ya unos cuantos cadáveres.

—No tenemos remedio. Somos capaces de mandar un cohete no tripulado a la Luna pero no hay dinero para contratar a más especialistas en criminología.

El comisario asintió. Apreciaba a Dulal. Le recordaba a él cuando tenía su edad. Con el tiempo, esa ilusión manifiesta desapareció ante la realidad de su entorno. Había quedado hecha jirones en la comisaría; uno en la entrada al lado de la bandera, otro junto a las pilas de papeles, otro en las manos de unos policías corruptos. Ese joven, con su método, había encontrado los trozos esparcidos y los había soldado de nuevo.

El dormitorio era sencillo, con una mesilla y un armario al fondo; en cambio, las paredes estaban profusamente decoradas con fotos de actores y actrices de Bollywood. El comisario recorrió lentamente con la mirada el cuerpo de la mujer. El sari era fino como papel de seda, cuando la ropa se acumulaba ocultaba su desnudez, pero los glúteos voluminosos se transparentaban tras la fina tela. Dulal sintió un golpe de pudor.

—Acérquese un poco. Mire. —Indicó con el dedo la nuca y el cuello de la prostituta—. ¿Qué ve?

—Un surco.

—Eso significa que la han estrangulado. El surco es continuo en esta zona. —Señaló con cuidado de no tocar la piel.

Dulal movió la cabeza a los lados. Escuchaba a su jefe sin perder detalle.

—Observe —dijo, y señaló el cuello de nuevo—: no tiene cardenales. Las marcas aparecen por la presión de los dedos del agresor y tampoco tiene erosiones de uñas. Estoy seguro de que cuando le demos la vuelta tampoco los encontraremos a la altura de la garganta. Lo más probable es que la estrangularan con una cuerda, un lazo o un pañuelo.

Dulal quiso preguntarle si había visto muchos asesinatos de ese tipo pero Chitán apareció de repente en la habitación.

—*Namaste*.

—*Namaste*.

Dulal no pudo menos que estremecerse ante el hombre que tenía ante él. Su cara del color de la tiza sucia cubierta de hoyuelos de diferente diámetro parecía la de la misma Luna. Los ojos pequeños y vidriosos, la boca ancha de expresión huraña y un bigote generoso le daban un aspecto amenazante.

Definitivamente, Navala era diferente, ¿cómo podía enfrentarse a ese tipo y no sentir temor?

—Aquí solo podéis estorbar —masculló Chitán refiriéndose a Umed.

—Te equivocas, venimos a investigar.

—Una prostituta *dalit* solo interesa a los periódicos más sensacionalistas, y solo si su asesinato resulta morboso y produce náuseas.

—¿Es lo que piensas?

–Pienso que no hace falta que le dediquemos nuestro tiempo. ¿Qué hay que investigar? No he encontrado nada de valor. Toda la ropa que utilizaba estaba en ese armario –dijo señalando el fondo de la habitación–, y fuera no hay más que cuatro muebles viejos.

–Sí, pero los muebles no están en su sitio y han registrado los armarios –comentó Umed.

–Muy observador, comisario –dijo Chitán irónico–. Entonces estamos ante un vulgar ladrón.

–¿Ha registrado la casa en busca de dinero? –le preguntó Dulal.

–Me imagino que tú eres el novio de la abogada.

–Es un buen policía –le contestó Umed, que sabía cómo acabaría la conversación si no intervenía.

–Ya, un joven policía de la Brigada de Investigación Criminal. Pues mira dentro del colchón a ver si encuentras algo –dijo a modo de burla.

–Las prostitutas suelen esconder el dinero en un lugar menos peliculero –dijo Dulal, que se había tomado en serio el comentario del oficial.

Chitán no contestó, se limitó a mirar al cuerpo de la mujer.

–Me interesa la opinión de un novato: ¿qué piensas de esta *chandala?*

Dulal bajó la cabeza. El comisario notó la turbación del joven y contestó por él.

–La estrangularon.

–¿Crees que el asesino se la tiró antes de matarla?

–Oficial, soy yo el que hace las preguntas aquí –interrumpió Umed–. Como ya ha sido informado, los casos de asesinato que requieren una investigación más minuciosa los lleva nuestra brigada.

Chitán cerró los puños de rabia. No estaba acostumbrado a recibir órdenes. En un acto de cólera apenas contenida apartó de su camino a Dulal propinándole un empujón. Tomó a la prostituta por los hombros y la giró. Dulal y Umed no podían creer lo que estaba haciendo. El comisario agarró a Chitán por la camisa y lo echó para atrás. El oficial lo fulminó con la mirada.

—Además de asesinarla le arrancaron la lengua, listillos –dijo como si escupiera las palabras igual que un perro rabioso.

Alrededor de la boca de la mujer había una mancha de sangre semejante a la marca que deja un pintalabios extendido fuera del contorno de los labios. Parecía la boca de un payaso. La costra roja resaltaba sobre el color lívido de su rostro. En el cuello tenía la marca de una segunda boca.

—¡Puedes haber destruido indicios importantes!

—¿Indicios? Vaya, vaya... ¿Desde cuándo te interesas por los indicios de una fulana?

—No voy a tolerar que vuelvas a inmiscuirte en mi investigación.

—Tolerar, ¿has dicho tolerar? –repitió el oficial con cara de asco–. Pero si utilizas las mismas palabras que los políticos... Ya veo que pasas mucho tiempo en los despachos. Ahora entiendo el porqué de la nueva brigada.

—¿Tú, precisamente, estás llamándonos corruptos?

—Llevo limpiando el estercolero de Chowk más de veinticinco años y no me han asignado ni una sola partida de dinero extra. La pintura de las paredes de mi comisaría se cae a pedazos, las ratas han hecho de ella su lugar de vacaciones y comparto despacho con las cucarachas. Y vosotros, un comisario venido a menos y un niño recién salido de la academia, creáis una brigada especial sin límite de recursos. No me tomes por idiota. Los dos sabemos cómo funcionan las cosas en este país.

Se volvió dándoles la espalda.

—Espera. Tienes que respondernos algunas preguntas –le gritó Umed cuando ya estaba a punto de desaparecer por la puerta.

—Soy un oficial, no lo olvides. Me voy a los *ghats,* tengo mucho trabajo que hacer –dijo con rabia.

—No te irás sin contestar.

—¿Y cómo vas a impedirlo?

—Le diré al comisionado que no deseas colaborar con la brigada. Y por lo que sé, están molestos con tus métodos. A lo mejor mis quejas sirven para trasladarte a un lugar más tranquilo. Se me ocurre el aeropuerto.

Los pequeños ojos del oficial se encendieron. Cerró los puños.

–¿Ves, comisario?, nos parecemos en algo. Yo amenazo a los ladrones con llevarlos a la cárcel y tú amenazas a un compañero con arruinarle la carrera.

Chitán había conseguido disminuir la delincuencia en Chowk hasta niveles desconocidos. Sus jefes habían hecho la vista gorda sobre los métodos que utilizaba porque les resolvía un peligroso problema: el control de la mafia. Hasta que una periodista publicó un artículo en un periódico local sobre el trato que el oficial daba a los *dalits*. Desde Delhi pidieron explicaciones. Sin embargo, él se creía un elegido por los dioses. Tenía que salvaguardar el orden de los *Vedas,* hacer cumplir la ley sagrada y perseguir a los criminales. Si para conseguirlo debía excavar con las manos en las miserias humanas y desenterrar los horrores, lo haría. No tenía reparos en mancharse de mierda las piernas y las manos de sangre.

Umed empezó a impacientarse. Sabía que el oficial era un hombre rudo, pero también que las calles estrechas de Chowk eran un buen refugio para los delincuentes. La ciudad atraía a maleantes de todos los rincones del país en busca de peregrinos y turistas. Y él, a su manera, los mantenía a raya.

–¿Cuándo y quién encontró a la chica? –le preguntó el comisario.

El oficial se mordió el labio inferior.

–Su hermana, hace dos horas. Está en la azotea. Acabo de hablar con ella. Dice que cuando llegó las cosas estaban revueltas.

–¿Has tocado las cosas sin guantes?

–Es lo que suelen hacer los investigadores: tocar, ¿no?

–Pero habrás dejado tus huellas.

–Siempre lo he hecho. Yo trabajo solo. El distrito de Chowk es un estercolero para los jefes y yo soy el único encargado de que el olor no salpique sus bonitos jardines. No me mandan especialistas, aunque tampoco los necesito, soy muy bueno en mi trabajo.

Umed sacó un pañuelo del bolsillo para secarse el sudor de la cara.

–Está bien, no es necesario que nos pongamos así –dijo en un intento por disminuir la tensión–. Todos queremos que esto se resuelva lo mejor posible.

En ese momento llegó el fotógrafo junto con Fahim y Rishi. El comisario mandó a los dos policías a la terraza para que interrogaran a la hermana de la prostituta y el fotógrafo comenzó a tomar fotos de la escena del crimen.

—Pero si tenéis hasta fotógrafo —dijo Chitán, y soltó una carcajada que resonó en la habitación.

Se dio media vuelta y encaró la salida.

—Una última pregunta antes de que te vayas: ¿tienes constancia de más muertes de este tipo?

—¿Te refieres a si les han cortado la lengua a más cadáveres?

Umed asintió.

—Hace dos semanas, una *chandala* fue a buscar agua al pozo y su marido la empujó. La mujer apareció sin lengua. Pero ese —dijo señalando a Dulal— te lo podrá explicar mejor que yo.

Umed miró a Dulal sin comprender qué había querido decir.

—*Namaste*. Es suficiente. Si te necesito, te llamaré.

—No lo hagas.

Chitán se marchó sin despedirse. El cuerpo de Dulal se relajó. Tenía la sensación de haber presenciado un duro combate de boxeo.

8

La casa de los padres de Sean Haggerty se hallaba a unos dos kilómetros al sur del pueblo, cerca del molino antiguo, sobre una pendiente que comenzaba a extenderse de manera abrupta hacia la montaña. La fachada presentaba un orden escrupuloso: destacaban las ventanas de madera recién barnizadas y la puerta. El jardín delantero aparecía limpio de hierbas, con varios arriates de rosales perfectamente podados que bordeaban el camino de entrada. Nada más tocar el timbre, la puerta se abrió. Era como si alguien les hubiese esperado al otro lado. Eso le confirmó a Thomas que el tímido movimiento de la cortina que había notado en cuanto abrieron la pequeña valla que circundaba la casa, pertenecía a la madre de Sean. Había cambiado poco con el transcurso de los años, salvo por unos kilos de más en la cintura y por el pelo teñido de rubio. Llevaba un discreto delantal a cuadros en el que se secó las manos antes de deshacerse de él colgándolo de la percha del recibidor. Les dio la bienvenida con un enérgico apretón de manos.

–Buenos días. Pasad, por favor, por aquí, hacia la salita –dijo señalando nerviosa–. He preparado unas galletas caseras que me salen muy ricas, son las preferidas de mi hijo.

Laura entró no sin antes agradecerle su gentileza.

–¡Oh! Qué encanto –dijo, al ver que estaba embarazada–. Thomas, no sabía que tuvieras mujer y que fueses a ser padre, enhorabuena.

Thomas iba a sacarla de su error cuando Laura movió la cabeza en sentido negativo para decirle que lo dejara estar.

–¿Cuándo sales de cuentas, querida?

–Para febrero.

—Es un mes estupendo para tener un hijo. Yo tuve a Sean el 23 de febrero. Es un mes todavía muy frío pero el niño irá bien calentito en el coche de capota y para cuando lo sientes en la silla de paseo ya lucirá el sol y será verano. Felicidades –dijo mientras la tomaba por detrás y la acompañaba al salón.

A Thomas no se le pasó por alto que hablaba de su hijo muerto alternando el presente con el pasado. Entraron en una sala agradable, muy acogedora, en la que flotaba un rico aroma a canela. Un leve olor a ceniza salía de la chimenea, Thomas echó en falta que no estuviera encendida; sobre la repisa se acumulaban fotografías familiares. Se sentaron a una mesa cuadrada situada cerca de la ventana. El juego de té estaba escrupulosamente colocado encima de una bandeja. Era de porcelana muy fina, decorada con pequeñas frutas silvestres con los bordes de las tazas pintadas con un detalle de hilo de oro. Laura y Thomas se acomodaron en las sillas, la señora Haggerty se quedó de pie dispuesta a servirles con una dulce sonrisa.

—¿Cómo está, señora Haggerty? –preguntó Laura con interés.

—Estoy bien. Gracias por preguntar. ¿Queréis el té con leche o lo preferís con limón? ¿O quizá lo prefieres con un chorrito de whisky? –Esto último lo dijo dirigiéndose a Thomas.

Ambos se decantaron por el limón.

Laura se dio cuenta de que la mujer no quería hablar de su hijo, estaba acostumbrada a servir y agradar a los demás y esta visita la reconfortaba, era una oportunidad para mostrar su juego de té, la pulcritud de su casa y lo buena anfitriona que era.

—Como ya le comenté por teléfono, hemos venido para intentar averiguar por qué Sean quería ponerse en contacto conmigo –explicó–. Lo primero que quiero decirle es que lamento mucho su pérdida. –Thomas se removió incómodo, se le daban mal este tipo de cosas–. Y no sé si le importaría que le hiciese algunas preguntas. Por supuesto, si se siente con fuerzas.

La mujer asintió con la cabeza.

—¿Sabe por qué su hijo quería verme?

—No.

—¿Hablaron en algún momento de mí? Puede que no fuera últimamente, quizá hace tiempo.

La mujer no dudó antes de responder.

—Solo te mencionamos durante una comida dominical. Recuerdo que había preparado un estupendo asado con patatas y verduras, del que, por cierto, Sean se comió tres platos. Fue después de acudir al entierro de Úna, la hija de Maire. Nos sorprendió verte allí, acompañando al cadáver, incluso lo sacaste del coche de la funeraria. Pensamos que era muy extraño que volvieras después de más de veinte años sin pisar Kilconnell y que lo hicieras para ese entierro.

Thomas bebió un sorbo de té, más que nada porque necesitaba estar ocupado. No sabía qué responder ni qué decir.

Laura lo miraba con interés y con gran curiosidad.

—¿Por qué le resultó tan extraño que Thomas estuviera en el entierro? —preguntó.

—Porque durante un tiempo la pequeña Maire habló francamente mal de él. Yo diría que con odio. Fue cuando Thomas la abandonó. Creo recordar que al poco tiempo ella se casó con un ruso que estaba de paso. En menos de nueve meses nació Úna. —Bajó la voz en tono conspiratorio.

A Thomas no le hacía ninguna gracia el cariz que estaba tomando la conversación. Hablaban como si él no estuviera, como si se tratase de otra persona.

—¿Podría decirme de qué más hablaron en esa comida? —le preguntó a la señora Haggerty.

La mujer lo miró como si acabara de descubrir que estaba allí.

—Creímos que quizá era un comienzo y que te planteabas regresar a tus raíces. Pero es lo mismo que le he dicho a la Policía. No recuerdo que volviéramos a hablar de ti.

—¿Tiene usted alguna idea de por qué alguien querría matar a su hijo?

—Todo el mundo quiere a Sean. Es bueno, el trabajo es su vida, y cuando no está trabajando viene a casa. Le encantaban mis guisos, salir a pasear acompañado de los perros. Lleva una vida muy sencilla y feliz.

—¿Qué hay de sus amigos?, ¿les comentó en algún momento si tenía algún problema, algo que le preocupara? ¿Tenía novia?

—Estás haciendo las mismas preguntas que la Policía. No noté ningún cambio en él, ni sus amigos, que yo sepa, los de aquí, claro, los de Polonia y los de Limerick no sé. Y no tenía novia.

Pronunció esta última palabra con un deje de decepción.

—Por favor, señora Haggerty, si no le importa, me sentiría más cómoda si se sentara y nos acompañara —sugirió Laura.

—Sí, por supuesto —dijo tomando asiento.

—¿Cuándo fue la última vez que habló con él?

—El jueves por la tarde. Lo llamé porque había recibido la factura del gasoil y era una barbaridad. Sean me había comentado que existe una caldera ecológica que utiliza una especie de pequeñas virutas de madera y que sería conveniente cambiarnos a ella. Lo telefoneé para que mirase esa caldera por si la comprábamos antes de los fríos.

—¿Y qué le dijo?

—Me dijo que lo miraría en cuanto tuviese tiempo, que estaba muy ocupado pero que no me preocupase.

—¿Le comentó en qué estaba ocupado?

—La verdad es que parecía tener prisa, así que quedamos en que me llamaría en cuanto lo hubiese mirado.

—¿Y cómo se despidió?

—¿Qué quieres decir?

—No sé... —dudó Thomas—, si le dijo que la llamaría al día siguiente o alguna cosa parecida. Me gustaría que recordase la despedida.

—Tengo bastante claro lo que me dijo, ya que fueron las últimas palabras que le escuché. Me explicó que iba estar un par de días ocupado en un asunto de trabajo, y que cuando lo acabase estudiaría por Internet las nuevas estufas de *pellet,* creo que se llaman. Él sabe que el invierno aquí es largo. Desde que murió mi marido hago vida en esta salita, así que no necesito mucho para calentarme, aunque mi pensión de viuda me obliga a ahorrar en todo. Mi hijo me manda cada mes un dinero...

La mujer se detuvo en ese instante, mantuvo las manos sobre el regazo, bajó la cabeza y, de manera discreta, se limpió una lágrima.

—Pero ¿está segura de que le dijo que estaba ocupado en un asunto de trabajo?

—Estoy segura. Y debía de ser muy importante, porque para Sean lo primero era yo y mi comodidad.

—¿Recuerda a qué hora lo llamó?

La señora Haggerty bebió un sorbo de té y mordió la punta de una galleta de canela antes de contestar:

—Serían las cinco menos cuarto. Me di cuenta de que tenía que darme prisa en telefonearlo si quería tomar el té antes de ir al servicio religioso de las cinco y media. La conversación duró menos de lo habitual y al final tuve tiempo de todo.

Thomas se sirvió una pasta. Verdaderamente era exquisita, se notaba la habilidad de la señora Haggerty como repostera. Ella lo miró con satisfacción y le acercó el plato, invitándolo a que comiera más. Laura permanecía callada en un discreto segundo plano.

—¿Lo visitó alguna vez en su casa de Polonia?

—Nunca, no me gusta viajar. Insistió en que fuera la pasada Navidad, debe de ser muy bonito con la nieve, la música, los árboles decorados, pero al final no me convenció y vino él.

—¿Cuánto tiempo llevaba en el trabajo? —preguntó Laura.

La mujer se quedó quieta mirando fijamente a través de la ventana. Con una mano se ahuecó el peinado. Tenía unos dedos cortos y anchos con la piel fina y manchada de pequeños círculos. A lo lejos se oyeron los ladridos de un perro. Respondió al cabo de unos instantes.

—No llevaba ni dos años.

—¿Podría decirme qué puesto desempeñaba en el laboratorio? ¿A qué se dedicaba?

—No lo sé muy bien, creo que al principio de los medicamentos.

—¿Cómo?

—Sí, hay algo que es el principio de los medicamentos. Antes de que se comiencen a fabricar.

—Quiere decir usted que fabricaba principios activos —la corrigió Laura.

—¡Eso es! Y no os puedo decir nada más porque no lo sé.

—¿Quizá el nombre del laboratorio? ¿O lo que fabricaba?

La mujer negó con la cabeza, pesarosa.

—Eran nombres muy raros y yo nunca presté atención.

–¿Sabe si estaba contento con su trabajo o últimamente...?

La señora Haggerty la interrumpió:

–Mi hijo estaba feliz en su trabajo, era su pasión. Se dedicaba a él incluso los fines de semana. Solo dejaba de trabajar para venir aquí.

Se quedaron en silencio. Thomas y Laura se miraron. Él deseaba echar un vistazo a la habitación de Sean pero se contuvo y no se lo pidió; le parecía que era demasiado pronto.

–Perdone, pero ¿cómo era el tono de voz de su hijo? Quiero decir, ¿sonaba igual que las demás veces, o notó algo diferente? –preguntó Laura de repente con su precario inglés.

Volvió el silencio. La mujer bajó la cabeza y permaneció así durante unos instantes.

–No, no sonaba igual.

–¿Qué quiere decir? ¿Podría describir cómo era? –insistió.

Thomas la tocó con la pierna por debajo de la mesa. Era demasiado impetuosa, tenía que dejarle tiempo para pensar.

–Impaciente, quizá un poco enfadada.

Parecía que no iba a decir nada más.

–Nerviosa, tal vez excitada –añadió de repente–. Al final, cuando se despidió, se le notaba más tranquilo. Pero en ese momento no le di importancia. Ya ven, una nunca se imagina que será la última vez que va a hablar con su hijo. –Comenzó a llorar.

Laura alargó la mano y tomó la de la señora Haggerty en un intento de consolarla.

–Quizá os gustaría ver la habitación de Sean. Está tal cual la dejó. Era muy limpio. Por supuesto, estuve presente cuando los policías la registraron, nunca se sabe si pueden romper algo, no tienen fama de cuidadosos. Aunque ya da igual –dijo conforme subían las escaleras–. Solo quiero saber qué desgraciado mató a mi hijo. Ahí fuera hay un asesino que sigue comiendo, riendo, respirando, mientras que mi hijo llega mañana en una pequeña urna de mármol. –La señora Haggerty tomó aire en el rellano–. Si fuera más joven no dudaría en utilizar la cuerda que tengo en el garaje para colgar al culpable en el castaño del jardín trasero. –Su voz era áspera y dura, llena de odio–. Contemplaría con placer desde la habitación de mi hijo cómo se balancea mientras los cuervos le comen los ojos.

El comisario Umed sacó una libreta del maletín y escogió la plantilla del dibujo de un cuerpo femenino. Luego observó las manos, los brazos, el pecho, el cuello y el rostro de la mujer estrangulada en busca de signos de forcejeo, lucha o defensa. Tenía un hematoma en las rodillas. Extrajo unos botes de plástico y buscó restos orgánicos. Encontró unos pelos, los metió en uno de los botes e introdujo en una bolsa la tela que hacía de sábana. Observó la cara y el torso.

—El rígor mortis de los músculos de la cara y del cuello se ha extendido a los grandes músculos del torso, lo que indica que lleva muerta más de cuatro horas.

—¿Puede saber la hora exacta de la muerte?

—Hasta que el forense no tome la temperatura del hígado, no se puede saber con exactitud. Pero por la rigidez cadavérica calculo unas cuatro o cinco horas.

—Eso nos lleva hasta las cuatro de la mañana.

—¿Sabe una cosa, Dulal? Casi todas las personas mienten, pero los muertos no.

Se quedó pensando en lo que había dicho Umed.

—¿Qué quiere decir, comisario?

—Que solo hay que saber mirar en la dirección correcta para que los muertos te hablen.

Dulal se acordó de la película *El sexto sentido,* pero estaba claro que su jefe no se refería a esa clase de muertos.

—Lo primero que hago cuando llego a la escena de un crimen es fijarme en pequeños detalles, como la posición del cadáver, la forma de las heridas, los objetos que lo rodean..., todo tiene una historia detrás. Aquí no tenemos dibujantes ni peritos en balística o en química, así que yo me encargo de la inspección ocular, de dibujar los croquis y del procedimiento escrito.

—Ya entiendo.

—Por fortuna, ahora contamos con más medios, aunque no es fácil encontrar buenos profesionales. Esto lleva su tiempo, y acabamos de empezar. Hasta que nos asignen más efectivos, nosotros nos ocuparemos de las escenas de los crímenes.

El comisario acabó la conversación y se paseó por la habitación ante la atenta mirada de Dulal.

–Que sea una prostituta nos complica un poco más las cosas. El forense no va a hacer acto de presencia, así de simple. Cada día mueren decenas de *dalits* en las calles. La mayoría son ancianos y enfermos a los que les llega la hora, pero alguna vez hay un asesinato que se sale de lo normal. Desgraciadamente, muchos de los cuerpos van al crematorio público y se elimina toda posibilidad de descubrir quién los ha matado –dijo Umed a un Dulal que no hacía más que anotar en una pequeña libreta lo que su jefe decía.

–El asesino pudo ser un cliente habitual –dijo Dulal.

–No sé. Si la mató por un impulso pasional, no entiendo por qué registró la casa.

–¿Y si lo hizo para despistarnos?

La mente del comisario se puso en marcha.

–No descartaremos ninguna hipótesis. Pudo ser un amante, un novio, un prestamista, incluso otra prostituta.

Dulal estaba impaciente por introducir los datos en el ordenador a ver qué le contaba su programa.

–Examine el estado de puertas y ventanas. Necesitamos saber cómo entró en la casa.

El comisario tomó las huellas digitales de la muerta y, acto seguido, de los objetos que el asesino podría haber tocado. Cuando acabó, sacó una tarjeta especial y la ató al pulgar del pie derecho del cadáver. En ese momento apareció Dulal por las escaleras.

–No hay signos de que se hayan forzado puertas y ventanas. O el asesino la conocía o sabía cómo abrir una cerradura sin dejar rastro.

–O entró por la terraza –añadió Umed–. Preguntaremos a los vecinos. En uno de los países más poblados de la Tierra, no importa la hora que sea, siempre hay ojos observando.

–No hay crimen perfecto.

–Prosiga con la inspección. Nunca se sabe qué podemos encontrar debajo de las alfombras.

Empezó por la cocina. No encontró nada relevante. Se dio cuenta de que en toda la casa no había sillas, solo unos pequeños colchones que servían de asiento. Agarró un pozal de metal que la joven utilizaba como cubo de la basura y se subió encima. Tanteó con la mano la parte superior del armario y sus dedos tocaron algo. Era una caja de madera con un pequeño candado. Dulal llevó su descubrimiento al comisario.

—Veamos qué hay dentro.

Umed abrió el candado con una ganzúa. Había joyas: pulseras, pendientes, anillos, y al fondo unos papeles.

—¿Qué tendrán de importante estos papeles para que los guarde escondidos en un altillo?

Se los repartieron. Después de unos minutos habían acabado de comprobarlos.

—La mayoría son facturas de medicamentos, a nombre de su madre. Hay hojas con los servicios que hacía a diario y el dinero que le pagaban. Por lo que veo era muy popular.

—¿Algún nombre?

—No.

—Aquí hay un papel a nombre de la prostituta —dijo Dulal.

El superintendente comenzó a leer.

—Consentimiento legal. Nada más. Es como si hubiesen borrado el resto.

—Nunca había visto nada parecido —añadió Umed—. ¿Quién es el emisor?

Dulal miró el membrete.

—Sir Ganga Hospital, Benarés.

—¿Algo más?

—Nada. La firma de la joven.

—Ya tenemos un lugar en el que preguntar. Por cierto, ¿a qué se refería Chitán con lo de que una mujer apareció en un pozo?

Dulal le contó lo que sabía. Su novia había defendido a un hombre acusado de la muerte de su mujer. Al cadáver le faltaba la lengua. El comisario estuvo unos segundos pensando mientras acababa de rellenar el informe.

—Ese cadáver era asunto de la brigada. ¿Por qué no me lo hizo saber antes?

—Se produjo antes de la formación de la brigada —confesó Dulal mirando al suelo, avergonzado.

El comisario hizo un gesto de contrariedad.

–Ya veremos qué tiene que ver con este caso. De momento, creo que al asesino no le gustan las mujeres *dalits*.

–Navala me dijo que la familia vivía en el *slum* que está al lado de la estación.

–Mandaré a Fahim y a Rishi a buscar al marido y lo interrogaremos.

Subieron a la terraza. Era un espacio abierto a los cuatro vientos rodeado de un mar de azoteas. La quietud contrastaba con el caos y el bullicio que había unos metros más abajo. Los gestos reposados de las mujeres que charlaban, tendían la ropa o recogían el grano invitaban a la contemplación silenciosa, como si el observador estuviese presenciando un fenómeno extraordinario. Dulal se acordó de la escena final de la película *The International,* que transcurría sobre los tejados de Estambul. Clive Owen corría de tejado en tejado persiguiendo al asesino. Su hombre podía haber escapado del mismo modo.

La hermana de la prostituta se secaba las lágrimas con el sari. Era muy joven. Hubiera pasado por una niña si no hubiese sido por la manifiesta acumulación de grasa en las caderas y en los pechos que la dotaba de forma de mujer. Estaba claro que toda la belleza se la había llevado la muerta. Fahim y Rishi estaban a su lado. Umed y Dulal se acercaron.

–Me llamo Umed y soy el encargado del caso de tu hermana.

La chica no dijo nada y se limitó a mirar al suelo.

–¿Cuándo fue la última vez que estuviste con ella?

–Ayer, sobre las seis de la tarde.

–¿Aquí, en su casa?

–Sí.

–¿Tuvo tu hermana alguna discusión en los últimos días? No sé, con alguien con quien se llevase mal. Quizá un amigo, un novio, otra prostituta...

La chica dejó de sollozar. Dulal supuso que Chitán no había sido precisamente amable con ella.

–No nos contaba con quién iba, ni lo que hacía, pero que yo sepa no se llevaba mal con nadie y no tenía novio.

—¿Nos?

—Sí, a mi madre y a mí.

—¿Tu madre sabe a qué se dedicaba tu hermana?

—Sí, aunque mi hermana pensaba que no.

—Seguramente a tu madre no le gustaba. Es deshonroso.

—Nos mantenía. Mi madre estaba orgullosa de poder subsistir sin hombres.

—Y tú, ¿qué pensabas de tu hermana?

—Era muy buena.

—Y muy guapa. Seguro que causaba admiración por donde fuera.

—Sí.

—Debe de ser duro tener una hermana tan guapa que gane dinero y os mantenga. Seguro que era la preferida de tu madre.

La joven alzó la mirada y el comisario constató que había dado en el clavo: un destello de furia apareció para desaparecer enseguida.

—Los dioses reparten los dones y no queda otra que aceptar. Yo quería a mi hermana. Qué va a ser de nosotras ahora.

—¿Qué hiciste ayer de madrugada?

—Estaba en casa, durmiendo.

—¿Alguien puede atestiguarlo?

—Mi madre.

Umed decidió comprobarlo de inmediato y ordenó a Rishi que interrogara a la madre cuando concluyesen las preguntas.

—¿Por qué fue tu hermana al hospital privado Sir Ganga?

—No lo sé.

—Intenta recordar.

—Tenía buena salud. No lo sé.

Umed cambió de tema.

—Mis hombres me han dicho que vives a unos metros de aquí.

—Sí.

—Oirías cosas sobre tu hermana. ¿Qué decían de ella?

—Sobre todo que era muy guapa, y se extrañaban de que no tuviera pretendientes. Algunos sabían que era prostituta y nos evitaban.

—¿Recuerdas algún antiguo novio?

La chica se encogió de hombros en señal de que quizá lo tendría pero que ella no estaba al corriente.

–Quizá algún cliente especial... –sugirió Umed.

–No nos contaba con quién iba. Cuando no estaba trabajando, pasaba todo el tiempo con nosotras.

–¿Os comentó si estaba preocupada por algo o si alguien la molestaba? –preguntó por primera vez Dulal.

La chica lo miró.

–No. Era muy alegre y lo hubiéramos notado; era raro el día que no cantaba y bailaba para nosotras. –Las palabras de la chica eran sinceras. Se tapó la cara con las manos y volvió a echarse a llorar.

–¿Sabes si tenía dinero ahorrado?

–No lo sé. Nos daba la misma cantidad cada semana, no sé si ganaba mucho o poco.

El comisario miró a Fahim, que le hizo un gesto de resignación. Ellos tampoco habían tenido suerte. Los cuatro policías la dejaron sola y bajaron por las escaleras.

Se estaban llevando el cadáver.

–¿Y el forense? –preguntó Umed al de la funeraria.

–Está fuera de la ciudad, jugando un torneo de golf. Nos ha dicho que la llevemos al depósito.

El comisario soltó un taco. Ahora que había recuperado la ilusión por su trabajo no iba a mirar para otro lado. Sacó su teléfono móvil y marcó el número del forense. Conforme pasaban los segundos se incrementaba su enfado. Cuando por fin contestó, se encontró con toda la rabia acumulada durante años. Aquella misma tarde, el forense tenía una prostituta sobre la mesa de autopsias.

Fahim y Rishi salieron al exterior. Los policías que custodiaban la puerta habían desaparecido al mismo tiempo que Chitán. La calle estaba abarrotada de curiosos, para la mayoría de ellos era un gran acontecimiento. Avanzaron entre la gente. Rishi, el Gordo, hablaba con Fahim sobre la última partida de póquer que había visto en la televisión. Se adentraron en la calle Ganga Mahal. Apenas tenía dos metros de ancho. Era corriente ver a *sadhus* y prostitutas compartir un *chai* en los puestos de ambos lados de la calle.

–¿Adónde vamos? –preguntó Fahim.

–Allí –dijo su compañero señalando unas prostitutas que acababan de entrar por una callejuela.

Llegaron a un arco. Era la entrada de una bocacalle aún más estrecha. Avanzaron hasta que una amalgama de colores y olores se les vino encima sin avisar. Los dos policías se asombraron ante la visión de las mujeres vestidas con coloridos saris, adornadas con pulseras, collares, y con los brazos y la cara cubiertos de maravillosos tatuajes de hena. Parecían actrices de Bollywood en medio de un rodaje. Algunas permanecían en el zaguán de sus destartaladas casas. Cuando ellos pasaron comenzaron a charlar en voz baja, ese murmullo los acompañaría el resto de la visita.

Las casas tenían las paredes desgastadas por el roce de los cuerpos, la pintura se había desprendido en las zonas inferiores y al lado de las ventanas cables eléctricos recorrían las fachadas como serpientes adormecidas. Algunos muros estaban abombados y se veían con claridad las marcas que había dejado la lluvia al precipitarse desde el tejado.

Fahim llevaba una fotografía de la mujer estrangulada. Una de las prostitutas de más edad, viuda por el *bindi* de la frente, se les aproximó. Un pañuelo cubría su cabeza rapada, símbolo de que su marido había fallecido recientemente.

–*Namaste.*

–*Namaste.*

–¿Buscan un poco de compañía?

–Estamos trabajando.

La mujer se encogió de hombros en señal de indiferencia. Fahim le enseñó la fotografía. La prostituta la observó.

–Esa clase de mujeres no viene por aquí si no es para buscar a su marido.

Rishi esbozó una sonrisa.

–Tenía su propia casa cerca de los *ghats* –dijo Fahim con un tono de voz profesional.

Dos hombres que iban del brazo por poco chocaron con ellos. Acababan de salir de una de las casas. Apestaban a alcohol y a sudor.

–Era una prostituta.

La viuda volvió a mirar la fotografía, esta vez con más interés.

–No la conozco.

–La han estrangulado esta madrugada.

La mujer cerró los ojos y recitó una oración.

–No era de las nuestras. Estoy segura. Somos más de mil pero nos conocemos todas.

Fahim abrió mucho los ojos, perplejo.

–¿En esta calle?

–Sí, muchas compartimos la misma habitación y eso tiene sus ventajas. Nos protegemos y ayudamos. Un asesino como el que buscan tiene difícil cometer un crimen aquí sin que las demás se enteren. Esa tenía su propia casa y ya ven cómo le ha ido –afirmó, cruel.

Continuaron su particular interrogatorio callejero. El ruido de las mujeres, los llantos de los niños y la música de las radios se amplificaba al chocar contra las paredes de la calle, y los policías debían levantar la voz al realizar sus preguntas. Entraron en una vivienda de cuatro plantas. Los escalones estaban desgastados y había suciedad en los rincones. En el rellano del primer piso jugaban unos niños pequeños. Un bebé chupaba lo que a Rishi le pareció un condón usado. Cuando vieron a los agentes, los chicos se levantaron a toda prisa y desaparecieron en la oscuridad. El Gordo apartó con el pie el preservativo con un gesto de asco. Fahim enseñó la foto a varias de las mujeres que había en la primera planta. La reconocieron.

–¿De qué la conocéis?

–Algunos clientes nos piden su baile antes de tener sexo. Si quieren saber más, suban al último piso y pregunten por Nadia.

Los policías tomaron las escaleras y comenzaron a subir. En el cuarto piso apenas se veían ya los escalones. Distinguieron unas siluetas pegadas a la pared.

–¿Cuál de vosotras es Nadia?

–Yo.

Una adolescente salió de la penumbra y se acercó a un rayo de luz que provenía de un hueco del tejado.

–¿La conoces? –le preguntó Rishi enseñándole la fotografía.

–Baila como una profesional. Tuve que aprender el dichoso baile por la insistencia de algunos clientes que la conocían pero querían algo más barato.

–¿La visitaste alguna vez?

–¿Para qué? Era una pérdida de tiempo. No me iba a enseñar ni un paso.

–O sea, es una rival.

–No, sus clientes no tienen nada que ver con los nuestros. Más quisiéramos.

–La han asesinado esta noche.

La joven no dijo nada pero su cara habló por ella. Rishi tuvo un presentimiento y le dio unas cuantas rupias.

–Cuéntame lo que sepas de ella, rumores, lo que sea.

–La consideraban una *devadasi,* una bayadera –dijo la joven de repente.

Una de las prostitutas se acercó y le dio un empujón. La adolescente la miró con asco y la apartó con la mano.

–¿Y eso qué es? –preguntaron los policías al unísono.

–Las bayaderas eran unas bailarinas que pertenecían a un templo de por vida. Se dedicaban a servir a los dioses y a entretener a los fieles con sus danzas. Pero las prohibieron hace años y desde entonces se las considera unas proscritas.

–Según su hermana, el baile estaba copiado de una famosa película de Bollywood, no de una ceremonia religiosa –comentó Rishi.

–Las coreografías de Bollywood tienen, en muchas ocasiones, elementos de danzas de las bayaderas –aclaró la chica.

Los agentes cruzaron una mirada y a continuación bajaron a la calle. Fahim se paró.

–Hasta ahora, el asesino ha matado a una intocable que se dedicaba a limpiar las calles de basura y a una prostituta.

–Puede que las dos hubieran sido bayaderas antes... –se preguntó Rishi.

–Deja las elucubraciones para los jefes. Y acelera el paso, que todavía tenemos que ir al hospital, interrogar a la madre de la prostituta y llevar a comisaría a un tal Manju.

Rishi hizo un gesto de agobio ante el día que le esperaba. Pensó en que tendría más probabilidades de sacar un as en el *river* que de seguir el ritmo de su amigo.

9

La habitación de Sean Haggerty era cuadrada, con tres ventanas blancas de madera, techos altos y paredes cubiertas por un papel blanco salpicado de pequeñas flores azules. Thomas se fijó en que era el cuarto de la esquina. Tenía unas bonitas vistas de los prados y del jardín trasero, donde destacaba un enorme castaño. En los días despejados habría sol durante bastantes horas y sería, con toda seguridad, la estancia más cálida de la casa. Ahora estaba fría. Thomas se alegró de llevar el abrigo. Le intimidaba la presencia de la señora Haggerty, se sentía incapaz de tocar algún objeto o de abrir un cajón. Observó la habitación.

Cada objeto estaba en su sitio; los libros ordenados, los escasos muebles en el lugar correcto. En medio de la estancia se encontraba la cama, cubierta por una colcha en tonos grises pulcramente estirada, con un cabecero de latón a todas luces pasado de moda. A ambos lados de la cama había una mesita de madera oscura; una tenía una lámpara de lectura, un despertador y un libro. Bajo una de las ventanas destacaba un robusto escritorio sin adornos, salvo por un bote que contenía bolígrafos. Su superficie relucía, olía a cera. A un lado de la mesa había una estantería baja de cuatro baldas alargadas repletas de libros. Thomas se acercó y vio que estaban en orden alfabético. No reconoció ninguno. Un armario antiguo de roble, de puertas gruesas, sobrias, en las que destacaban los tiradores de bronce con arabescos, ocupaba la única pared sin ventana. Thomas quería ver lo que contenía el armario, y la señora Haggerty, adivinando sus intenciones, le invitó a hacerlo:

–No te preocupes. Puedes abrirlo sin miedo.

Thomas se lo agradeció y así lo hizo. Las camisas colgaban de sus respectivas perchas y los zapatos estaban perfectamente alineados en la zona de abajo. Abrió la otra puerta y se encontró con una serie de estantes donde jerseys y camisetas aparecían pulcramente doblados. No se atrevió con los cajones, pero estaba seguro de que la ropa interior estaría igual. De repente, el teléfono sonó abajo. La señora Haggerty se disculpó antes de bajar. Thomas aprovechó su ausencia para abrir los cajones y comprobar lo que ya había supuesto: parecía el escaparate de una tienda de ropa. Mientras tanto, Laura hojeaba los libros. Casi todos eran de consulta excepto un par de novelas de ciencia ficción.

–Creo que Sean era un hombre al que le apasionaba su trabajo y poco más.

–¿Y te parece mal? –preguntó Thomas examinando con más detenimiento el armario.

–Mal no, quizá un poco triste. Da la impresión de que no tenía hobbies, ni pareja. No sé, esta habitación es un poco extraña.

–¿En qué sentido?

–Parece una habitación de hotel. Si tenemos en cuenta que ha vivido en ella casi cuarenta y cinco años de su vida, las huellas que ha dejado, los recuerdos acumulados, son mínimos, por no decir nulos.

–A algunas personas les gusta vivir sencillamente, sin grandes complicaciones, y tal vez ese fuera su caso.

–Tuvo que descubrir algo muy gordo para que esa aparente tranquilidad con la que le gustaba conducir su vida quedara aparcada –sugirió Laura; luego continuó–: Quiero decir que, para que una persona tan recta y ordenada, ya vemos que le encantaba la rutina, rompiera con ese orden establecido, es que algo fuera de lo común debió de pasar.

–Tienes toda la razón, yo estaba pensando en lo mismo. El escritorio de una persona es un fiel reflejo de su personalidad. Este no está ordenado, está vacío. El armario aparece dispuesto de una forma escrupulosamente lógica y práctica, pero el escritorio está limpio de todo rastro y ello me habla de una personalidad muy rígida, con escaso sentido del humor y que huye de la improvisación. Se adivina que Sean era muy celoso de su vida privada y para llegar a ese estado de control tenía que ser muy meticuloso.

Ambos contemplaron el conjunto desde una esquina de la habitación. Laura se acercó al escritorio y abrió los tres pequeños cajones, que estaban a la izquierda. En el primero no halló más que unos auriculares pequeños de los que se introducen en el oído y algunos bolígrafos. En el segundo, más de lo mismo, pequeñeces de una vida solitaria; el tercero resultó más interesante, varias revistas *National Geographic,* un documento de identidad caducado y unas fotos de un grupo de amigos. Laura tomó las fotografías y se sentó en la silla para observarlas con tranquilidad.

—Puede que la señora Haggerty limpiara la habitación después de que muriera su hijo y, en realidad, fuera un basurero. Cuando suba le preguntaré —dijo Thomas.

—Es una buena observación, pero creo que era su estilo. Por mucho que ella pensase que iba a venir gente a husmear entre las cosas de su hijo y quisiera dejarla impoluta, es imposible que quitara toda la decoración, además no hay una sola marca de chinchetas o clavos en las paredes —argumentó antes de seguir mirando las fotos.

Thomas se acercó a Laura y ella, sin decir palabra, le fue dejando sobre la mesa de escritorio cada foto que ya había visto. El silencio del entorno solo era roto por un tractor en algún prado cercano y por la voz de la señora Haggerty en el piso de abajo. Thomas pasó las fotografías con rapidez y se las devolvió.

Laura se quedó pensativa y volvió a mirarlas.

Oyeron los pasos de la madre de Sean por las escaleras. Un suave rubor le aparecía en las mejillas. Thomas se fijó por primera vez en su ropa. Vestía una falda de *tweed,* un jersey de lana gruesa con una flor del mismo tejido cosida a la altura de uno de los hombros, medias blancas y unos zapatos anchos gastados en las puntas. La desazón sustituyó sus ansias de investigar; esa mujer acababa de perder a su único hijo, y aunque se veía que era una luchadora, supo que la razón más importante que tenía para vivir había desaparecido. ¿Cómo podría ser de nuevo la de antes? Él mismo no conocía la respuesta. Todavía no sabía la manera de dejar a su hija atrás.

—Lo siento mucho, soy una anfitriona pésima. Me he entretenido demasiado al teléfono. Pero era la señora del vicario, que me pedía ayuda para la pastoral del sábado que se celebrará en recuerdo de mi hijo. —Bajó la cabeza y comenzó a llorar—. Se ha acordado de mis galletas y me ha pedido muy amablemente si podía hacer unas cuantas bandejas de sabores variados para acompañar el té que se va a ofrecer. Yo, por supuesto le he dicho que sería un honor –dijo, a la vez que se limpiaba las lágrimas con un pañuelo arrugado.

»Tengo que hacer la lista de todo lo que necesito y, por si acaso, llamaré a la tienda para que me guarde unos cuantos kilos de harina, levadura, canela, limones, bastante mantequilla y huevos, aunque seguramente le pediré a la señora Hunt que me venda alguna docena de esos tan buenos que ponen sus gallinas –dijo llorando de nuevo.

Laura acudió, solícita, a consolarla y la abrazó con fuerza.

–Gracias, querida, no sabes qué pena más grande tengo. ¿A que era muy guapo? –preguntó después de deshacerse del abrazo.

–Muy guapo, de veras. Hemos estado viendo estas fotos tan bonitas. Thomas ha intentado reconocer a alguno de sus amigos, pero la verdad es que no lo ha logrado. Me parece que ninguno es de Kilconnell –explicó Laura antes de guiñarle un ojo a Thomas.

–Tienes razón, cuando salía se iba a Limerick. Aquí no se relacionaba prácticamente con nadie. Ya os he dicho que le gustaba estar con los animales y ayudarme con las reparaciones de la casa. Era muy manitas y se le daba bien –dijo sonándose discretamente.

–¿Podría decirme el nombre de esta persona?

La Señora Haggerty tomó la foto entre sus dedos gruesos.

–Déjame que la vea –dijo entornando los ojos y acercando la fotografía a la ventana–, sin gafas apenas veo. Me es difícil saber quién es, pero espera un segundo, voy a mi habitación a por ellas.

Thomas dirigió una mirada interrogativa a Laura y ella le respondió con una sonrisa.

–Este joven se llama James, y su apellido... –dijo la mujer desde el pasillo, deteniéndose un momento a pensar antes de reunirse con ellos– no lo sé. Seguramente acudirá al entierro, que se celebrará mañana por la tarde. Sean dejó por escrito que no quería una ceremonia religiosa, deseaba que lo incinerasen, algo que se ha hecho hoy en Lyon. Yo, muy a mi pesar, voy a cumplir lo que mi querido hijo quería. Las cenizas vendrán mañana por la mañana y las enterraré junto a mi marido en el cementerio. Allí se dirán unas pocas palabras en su recuerdo. No será lo mismo que en la iglesia, con el coro y la música del órgano, pero creo que hay que respetar el deseo de los muertos.

La señora Haggerty se tapó la boca con una mano para ahogar el llanto, pero el sonido que se escapó entre los dedos fue de una tristeza absoluta. Laura se acercó y volvió a abrazarla.

–Lo siento mucho, es una pérdida muy grande.

Ambas bajaron por las escaleras sin soltarse del brazo. Thomas se sintió fuera de lugar y las siguió a cierta distancia.

–Perdone mi atrevimiento pero ¿le importaría que me llevase unas pocas galletas? –preguntó Laura intentando animarla–. Están riquísimas y sé que no voy a volver a probar algo tan rico –afirmó pronunciando las palabras con lentitud; su inglés no era tan avanzado como para construir frases complicadas.

La señora se recompuso durante un instante.

–Por supuesto que sí, querida, ahora mismo te preparo una cajita de cartón con las que acabo de sacar del horno. Cuando una está embarazada tiene que comer todo lo que le apetece, porque lo que es bueno para la madre es bueno para el hijo.

–¡Oh, no, con un par tendré suficiente!

–Tonterías. Con un par no tienes ni para empezar.

La acompañaron hasta la pequeña cocina. Era una estancia con mucha luz y con unas alegres cortinas de cuadros verdes y blancos. Debajo de la ventana había cuatro macetas de pensamientos con varias mariposas de tela de vivos colores clavadas en la tierra con finos alambres. Una pequeña mesa rectangular se encontraba pegada a la pared, de debajo de ella extrajeron un par de taburetes de madera. Laura agradeció que tuvieran un cojín mullido atado con unos pequeños lazos a las patas. La cocina estaba inmaculada, nada se encontraba fuera de lugar, incluso un trapo colgaba de un pequeño gancho de la puerta de debajo del fregadero. Un enorme reloj de pared marcaba con ritmo cadencioso los segundos. Estaba flanqueado por retratos de una vida más feliz. En todas aquellas imágenes, Sean aparecía luciendo siempre una gran sonrisa. La mayoría eran escenas de la vida cotidiana: Sean con los perros y su padre, Sean en un tractor, Sean de rodillas plantando semillas en el huerto o bañándose en el lago Acalla; su pelo rubio brillaba bajo el sol del verano. Había pocas de la etapa adulta: en su graduación y junto a su madre en dos bodas distintas.

Una idea le rondaba a Thomas por la cabeza. Sabía que algo se le había escapado de todo lo que había oído y hablado. Había estado a punto de adivinarlo en el dormitorio, pero ahora no se acordaba de cuándo había sido el momento exacto. Volvió atrás mentalmente y trató de recordar cuanto había hecho en la habitación: vio la cama, las mesitas de noche, él husmeando dentro del armario, le vino a su mente la imagen de Laura abriendo los cajones del escritorio. ¡Allí estaba la clave! Las *National Geographic*.

–Señora Haggerty, dice usted que su hijo vivía para el trabajo, entonces, ¿no le pareció extraño que se hubiera tomado unas vacaciones?

La expresión de sorpresa de su rostro respondió a la pregunta.

–Mi hijo utilizaba sus vacaciones para estar conmigo en Navidades, en mi cumpleaños, y en verano para ayudar en las tareas del campo. Venía a visitarme un fin de semana al mes, los demás trabajaba.

–¿Tiene usted alguna idea de qué pensaba hacer esos días libres?

–No acierto a entenderlo. Él nunca había hecho nada igual, y menos sin decírmelo. Solo nos teníamos el uno al otro. Era muy buen hijo, el mejor –añadió antes de darle la espalda y seguir con las galletas.

–Señora Haggerty, ¿cuándo fue la última vez que Sean vino a casa? –se interesó Thomas.

–Hace tres semanas. Estuvo el fin de semana y luego se marchó.

–¿Cómo lo encontró? Quiero decir, ¿le pareció preocupado?

–Al contrario, estaba muy contento. Andaba silbando por la casa, jugaba con los perros, nunca lo había visto tan alegre.

Esa respuesta los sorprendió. Nada encajaba con el final que había tenido Haggerty.

–Perdone que le haga otra pregunta: ¿limpió la habitación de Sean cuando se enteró de su muerte?

La mujer estaba despegando una galleta de la bandeja con ayuda de una espátula y sin volverse respondió:

–Sean es, quiero decir, era –rectificó con un suspiro–, el hijo más ordenado que una madre pudiera tener. Todo lo quería limpio y en su sitio. Opinaba que así como tenías tus cosas tenías tu cabeza.

Creo recordar que lo único que hice fue quitar el polvo, barrer y vaciar la papelera.

Ambos se pusieron de pie al oír esto último.

–¿Se acuerda de qué contenía?

–Algunos papeles, no les di importancia.

–¿Se lo comentó a la Policía?

–¿Para qué?

Se sentaron de nuevo, decepcionados.

–Pero si os interesan –dijo de repente la señora Haggerty–, os los puedo dar. Todavía no he llenado la bolsa para reciclar el papel. En cuanto acabe con las pastas, lo miro.

Laura estaba nerviosa, no dejaba de mover las piernas. Sus dedos tamborileaban sobre la superficie de la mesa con ritmo frenético. Thomas agradeció que el exterior lacado de la mesa estuviera cubierto por un mantel de paño grueso protegido a su vez por un plástico transparente que amortiguaba los golpes. Puso la mano encima de la suya para tranquilizarla. Notó que la mano de Laura se volvía a crispar cuando vio que la señora Haggerty buscaba entre los cajones un bonito lazo con el que atar la caja.

Satisfecha con el trabajo realizado, se dirigió hacia el lado izquierdo de la cocina, donde abrió la puerta que daba a la despensa. De un gancho descolgó una bolsa de plástico amarilla que llevó con solicitud hasta la mesa.

–No hay mucho donde buscar. Si retiráis los folletos publicitarios encontraréis lo que había en la papelera.

Thomas vació el contenido. Apartaron la publicidad no sin antes echarle un vistazo. Enseguida vieron algo que les llamó la atención.

–Señora Haggerty –dijo Thomas sin ocultar su emoción–, ya sabemos para qué quería su hijo las vacaciones. Se marchaba de viaje a la India.

Thomas le mostró una impresión de un billete de avión. La parte inferior estaba mal impresa y había tenido que repetirla. No solo sabían ya por qué se había tomado unos días libres, sino también qué significaban las letras del documento que Sean llevaba el día que lo mataron.

VNS eran las siglas del aeropuerto de Benarés.

El vestuario de los policías de más rango estaba situado en la segunda planta de la comisaría. Dulal dejó el pantalón en la taquilla. Era un cajón rectangular apoyado en el suelo. Una barra, en la que había colgadas tres perchas, lo traspasaba de lado a lado. La pintura azul que recubría la madera estaba en el mismo estado que los muros exteriores del edificio. Fibras, astillas y suciedad descansaban en los espacios de las taquillas. Un olor mezcla de sudor, colonia barata y ropa húmeda flotaba en el ambiente.

Dulal se sentó en el banco de madera y se cambió las zapatillas por los zapatos negros de trabajo. En ese momento escuchó unas voces que se acercaban desde el pasillo. Entraron el Gordo y el Flaco.

—Buenos días, superintendente Dulal.

Este levantó la cabeza. Los dos policías parecían sacados de una película muda. Les sonrió a modo de saludo. Los tres se dirigieron al despacho del comisario.

—¿Cómo han ido las pesquisas? —preguntó Umed.

—No sé por dónde empezar —dijo Fahim.

—Pues dese prisa, que no tenemos todo el tiempo del mundo.

—Sí, señor —dijo Fahim, que se olió el malhumor de su jefe—. Hablamos con los vecinos de la joven. No hemos tenido mucha suerte. Dicen que no conocían a los clientes que frecuentaba. Solo una mujer mayor que vive en la casa contigua a la suya oyó música y voces a esas horas. Pensó que sería lo de siempre y no prestó más atención. Dice que está harta de escuchar la misma canción día tras día. Nos confesó que esperaba que la hermana no ocupase su lugar.

—¿Y en los tejados?

—Encontramos a unos jóvenes que durmieron a la intemperie esa noche. Su terraza está cerca de la de la prostituta. No vieron ni oyeron nada.

—Es una mala noticia —añadió Dulal.

—Luego hablamos con los propietarios de las tiendas cercanas. Dicen que era muy reservada. Nos repitieron que era diferente a las demás.

—¿Os comentaron si tenía novio?

–Nos dijeron que acostumbraba a ir sola o acompañada de su hermana o de su madre, y que se maquillaba y se vestía de una manera discreta.

–¿Y qué descubristeis en la casa de su madre? –preguntó Umed.

–Poca cosa. Estaba destrozada. Apenas hablaba. Nos contó que era muy buena hija, que se ocupaba de cubrir todas sus necesidades. Está enferma. Corroboró la coartada de la hermana: tiene el sueño muy ligero y hubiera oído a su hija marcharse de casa o levantarse. Duermen juntas.

–¿Qué le pasa?

–Es diabética. Apenas ve lo que tiene delante.

–¿Y en el hospital Sir Ganga?

–Preguntamos por el gerente pero estaba fuera de la ciudad. Un tipo que se presentó como el encargado de las visitas nos recibió en el rellano, y parecía tener prisa por acabar –dijo Fahim.

–Le mostramos el documento médico e hizo un gesto de sorpresa. Nos dijo que no era de su competencia, que debíamos esperar a que el gerente regresase.

–Bien, eso haremos –comentó el comisario.

–¿Y qué hay de las prostitutas? –preguntó Dulal.

Fahim les habló de las bayaderas.

–Tenemos que saber si la mujer del pozo había sido bayadera –dijo Umed.

–Quizá una de las prostitutas la estrangulara por celos –apuntó Dulal.

–¿Dónde está el marido de la otra mujer asesinada? –preguntó Umed.

–Vive en el *slum* de Charbhuja Shahid. Pertenece a la comisaría del oficial Chitán. Un policía nos dijo que el sitio es lo más parecido a un pozo sin fondo, y que él se encargaría de buscarlo y nos llamaría mañana.

–Algunos policías reciben dinero por hacer la vista gorda. –Umed se acordó de que él también había sido cómplice del sistema hasta que apareció el joven superintendente–. Diríjanse inmediatamente al *slum* de Charbhuja Shahid y no vuelvan sin ese hombre. No vamos a dejar que otros hagan nuestro trabajo.

Dulal se sentó a su mesa. Colgó el mapa de Benarés en la pared y situó con unas chinchetas los lugares de los dos asesinatos. Necesitaba más información para empezar a formular hipótesis. Esperaría al informe forense. Tenía la certeza de que estaban ante un caso fuera de lo común.

Thomas sabía que no podía posponer el encuentro con su padre. Aprovechó que Laura descansaba en su habitación después de comer para ir en su busca. Pensó que no le sería difícil hallarlo; a fin de cuentas, Kilconnell era un pueblo de menos de seiscientos habitantes. Lo primero que hizo fue dirigirse al pub Broderick´s y preguntar por él. El dueño le informó de que se había tomado un par de pintas antes de irse con Maire Gallagher. Aquel nombre lo descompuso y tuvo que apoyarse en el taburete.

La tierra le hablaba con palabras miles de veces escuchadas, con un murmullo débil y gutural. Un viento sombrío como el aliento de una casa cerrada durante años le rondaba reclamando su atención. Caminó con paso ágil hasta las afueras del pueblo. Abrió una pequeña valla de madera y se dirigió al lago Acalla. Llegó decidido a bordearlo sin detenerse, pero una bandada de pájaros le hizo cambiar de idea. Frente a la belleza del paisaje, el dolor del pasado se mitigaba, y por un segundo se recriminó su cobardía para afrontar el pasado. El aire contenía el aliento. La calma lo inundó y un sentimiento de solitaria belleza le llenó de felicidad. Pensó estremecido que solo por ese breve instante había merecido la pena volver a Irlanda.

El teléfono comenzó a sonar. Antes de descolgar miró quién llamaba. Era el inspector Deruelle.

–Buenas tardes, señor Connors. Siento llamar con tanto retraso, pero es que últimamente se acumulan los casos y no doy abasto.

–No se preocupe. Lo llamé porque quería saber para qué empresa trabajaba Sean Haggerty.

–Espere un momento que mire mis notas. –Se oyó un ruido y al poco el inspector volvió a hablar–: Trabajaba para un laboratorio llamado Zdrowie. –Deletreó el nombre–. Es una empresa especializada en la fabricación de antibióticos como la penicilina y la cefalosporina. Uf, vaya nombrecitos.

–¿Adónde iban esos medicamentos?

–Exclusivamente a la multinacional Lobarty, cuya sede está en Suiza.

–¿Tiene alguna filial en la India?

–Lobarty tiene filiales en prácticamente todos los países emergentes del mundo, incluida la India; concretamente tiene una fábrica en Bangalore.

–¿Sabe si Haggerty tenía algún motivo para ir a la India? No sé, quizá por trabajo.

–En la empresa donde trabajaba no saben nada. Hemos interrogado a sus compañeros de laboratorio pero no nos han aportado nada nuevo. Le han descrito como alguien callado, concienzudo en su trabajo y muy reservado, por lo que no han podido decirnos si habían notado algo diferente en él estos días. El gerente nos explicó que hace un mes le pidió diez días de vacaciones por un asunto familiar urgente, dijo que su madre estaba enferma, y él sin dudarlo se las concedió. Lo define como un magnífico bioquímico y un excelente trabajador. El miércoles le pidió permiso para ausentarse del trabajo porque no se encontraba bien.

–¿A qué hora?

–La conversación tuvo lugar el miércoles después del primer descanso de la mañana, sobre las nueve. El jueves ya no acudió a trabajar. Una vecina nos dijo que lo vio bajar la basura a las 18.15. Está segura de la hora porque esperaba a una amiga para jugar a las cartas a las seis y esta se retrasó. Es lo último que sabemos de él con certeza.

Thomas se sentó sobre un tocón cubierto de musgo y contempló la tarde perezosa, que se resistía a despedirse.

–Hemos averiguado que iba a tomar un avión con rumbo a la India, concretamente a Benarés. El vuelo salía de París el sábado a las dos menos diez. Lo que todavía no sabemos es por qué, ni para qué. Se ha limpiado concienzudamente la zona en la que se produjo el homicidio y no hemos encontrado nada más, ni su coche, ni tampoco ningún otro testigo que nos pueda dar alguna pista extra sobre el asesinato. Las cámaras de seguridad no han aportado ninguna imagen. Al tratarse de un parque no había muchas, y la mayoría pertenecían al edificio de la Interpol y apuntaban a su entorno más próximo. Poca cosa.

–Es extraño –murmuró Thomas– que viajara hasta Lyon para luego volver a París para tomar el avión.

–Así es. Cuanto más averiguamos de este caso, más complicado resulta seguir sus movimientos y entenderlos. Los zapatos de Haggerty tenían una capa gruesa de barro pegado a las suelas, tenemos a un biólogo examinando el contenido. Quizá podamos reconstruir sus últimos pasos antes de morir.

–En fin, inspector, gracias por su tiempo. Le he enviado una información por si le sirve de ayuda –dijo Thomas antes de despedirse.

Desde lejos vio la mata de pelo rojo sobre la ondulada colina que asomaba entre los prados. Los sonidos cesaron, como si de repente lo hubieran introducido en una campana de cristal. Sus piernas se negaron a seguir andando, todo su cuerpo estaba concentrado en mirarla. Por un momento dejó de respirar. Aquel bulto rojo fue cobrando vida conforme avanzaba, hasta que distinguió con toda claridad el precioso rostro de Maire. Thomas se paró de golpe, tragó, carraspeó. Comprobó que los botones de su abrigo estaban en su sitio. Se sintió ridículo y avergonzado. Dio media vuelta en un simulacro de huida. Se entretuvo durante un instante a contemplar las laderas de la montaña tapizadas de distintos tipos de brezo y, a sus pies, la mansiega, responsable del color violáceo del paisaje a lo largo de casi todo el año. Por primera vez desde que había llegado, su padre le prestó atención y caminó hacia él. Cuando estuvo a su altura le dijo en tono hosco:

–Creo que he encontrado la casa perfecta. Ven a verla.

Más que una sugerencia sonaba como una orden, y sin añadir más se dio la vuelta para marcharse colina arriba. Aquel gesto borró de golpe sus ganas de irse y lo plantó con fuerza en el momento y en el lugar. Sus pensamientos antes lógicos le parecieron ridículos. Por Dios, ya tengo una edad, puedo afrontar este encuentro, se dijo convencido. Torció el gesto y se obligó a acelerar el paso para acoplarlo al de su padre. Aunque mantenía la cabeza baja, la mirada fija en el suelo irregular, la leve mancha de color rojo del pelo de Maire se colaba por la parte superior de su visión. Se obligó a bajar aún más los ojos. Lo cierto es que el encuentro con el pasado le aterrorizaba. Con rabia, supo que no había cambiado. Seguía arrinconando sus sentimientos. Todos los logros que creía que había conseguido allí resultaban inútiles. Echó de menos cuando era joven y las cosas eran más sencillas y él más valiente. Un sentimiento de inmenso pesar barrió su cuerpo. Maire había sido su amor de juventud, la única mujer de la que se había enamorado, y ahora huía de ella. ¿Por qué tuvo que acabar su historia de aquella manera? Había tenido el peor final, el más triste. Todavía no se había repuesto, no había logrado reparar las ruinas, la destrucción había sido inmensa.

–¿Te acuerdas de la pequeña Maire? Mira qué guapa está.

–Es usted muy amable, señor Connors –respondió ella sin dejar de mirar a Thomas.

–Ay, no recordaba que os habíais visto hace unos meses. Thomas, ¿no trajiste a su hija desde Suiza para enterrarla aquí?

–Así fue. Así fue –repitió Thomas mirando al horizonte porque no era capaz de aguantar los ojos de Maire.

–Una forma muy dolorosa de encontraros después de tantos años. ¡Qué triste es la vida! Y ahora, aquí me tienes, a mi edad, teniendo que empezar una nueva –dijo su padre lamentándose.

–Siento las circunstancias que le han hecho volver –dijo ella con sinceridad.

Thomas se dio cuenta de que ambos habían vuelto por hechos trágicos a Kilconnell. Aprovechó un momento de descuido en el que Maire le entregaba las llaves de la casa a su padre para mirarla.

Vio en su rostro la cara de Úna. El fantasma pálido se presentaba tal y como lo contempló en el depósito de cadáveres. Aparecía difuminado, superpuesto con el de su madre, intentando esconderse en las facciones sonrosadas por el frío para seguir con vida, para que Thomas no pudiera quitárselo de la cabeza. Pero la tez amarilla, casi transparente de Úna, se perdía entre la claridad momentánea de la tarde. Hacía tiempo que el espectro de su hija muerta había desaparecido, y el rostro de Maire, aquel que tanto había amado, se instalaba en su lugar.

–No puedo perdonarte –soltó de repente lleno de rencor.

–Lo sé, yo tampoco. Me abandonaste –respondió Maire sorprendida por su tono áspero.

Su padre, ajeno a las circunstancias que rodeaban a la pareja, entró en la casa.

–No es verdad, tuve que irme –contestó Thomas con voz ronca.

El pasado, su juventud, estaban representados en aquella cara.

–No me llamaste –inquirió Maire en voz baja.

–Cierto, no lo hice.

–Me olvidaste.

–Nunca dejé de pensar en ti.

–Me abandonaste –volvió a decir a punto de que se le saltaran las lágrimas.

–Sí, lo hice. Fui un cobarde. Y tú me engañaste.

–Te equivocas, traté de que pudieras elegir.

–Me ocultaste que estabas embarazada, ¿cómo pudiste...? Ya sé que éramos unos críos, pero yo te adoraba.

–Te di la libertad de elegir. Creía que cuando estuvieras en América te arrepentirías de tu elección porque no podías olvidarme y regresarías. Entonces te contaría que estaba embarazada y nuestra felicidad sería completa, como en las novelas. Pero no fue así, no llamaste, ni me escribiste, no volví a saber de ti. Tuve que casarme. –Se detuvo, pensativa–. Ya sabes el resto.

–¿Por qué me dijiste que era el padre de Úna cuando ya estaba muerta? ¿Cómo pudiste ser tan cruel? –preguntó Thomas obligándose a bajar la voz en un intento de calmarse.

–No lo sé, quizá por odio, quizá por amor. Quise que compartieras mi dolor. Estaba cansada de hablar en singular de ella, después de veinticinco años quería decir: Thomas, hemos perdido a nuestra hija.

–Eso no es amor, es venganza.

–Puede.

Los suaves rizos del cabello de Maire bailaban al son del viento tardío. Alguno se aventuró cerca de Thomas y él tuvo la tentación de tomarlo entre sus dedos. Ese deseo fue tan fuerte que durante un instante dudó si lo había hecho. Como no se fiaba de sus impulsos, introdujo las manos en los bolsillos del abrigo.

Las sombras se imponían tras los montes grisáceos.

–No sabes cómo me siento desde entonces –dijo de repente, en un arranque de sinceridad–. Mi vida está destrozada. Úna se cuelga de mi cuello y me acompaña al trabajo o se retuerce en la almohada por la noche obligándome a revivir su rostro en el depósito de cadáveres. –Se detuvo pensativo recordando esa escena–. A veces me habla, me pregunta por qué no la busqué y no encuentro una respuesta y eso me mata. Si querías castigarme por haberme marchado, quiero decirte que lo has conseguido.

Maire lo miró serena, poderosa, como una guerrera vikinga dispuesta a claudicar y tirar sus armas al suelo.

–Yo... Siento muchas cosas, pero lo peor fue no darte la oportunidad de que conocieras a Úna. Te he odiado tanto... –susurró a la vez que cerraba los ojos–. Siento haberte echado la culpa durante todos estos años de mi soledad, mis penurias, de mi miseria, incluso de su muerte.

Un silencio denso se impuso entre los dos. No tenían mucho más que decirse. Quizá si continuaban, el daño que se habían hecho volvería con más fuerza. La pequeña tregua anunciaba una retirada digna por parte de ambos.

Maire podía haber sido muchas cosas, podía haber sido todo en su vida, pensó Thomas con tristeza. Había sido su gran amor, pero ahora se le deshacía entre los dedos. Dejó marchar sus recuerdos: el amor del pasado, la juventud perdida, el cuerpo deseado de Maire; retuvo el despecho, estaba fuertemente agarrado a su dolor. Con gran esfuerzo evitó mirarla, y desviando la cara subió el pequeño montículo dejándola atrás. Su padre, que había salido hacía un rato de la casa, esperaba sentado en un peñasco de granito en lo alto de la loma. Thomas supuso que tendría frío ya que parecía encogido sobre sí mismo. Vio su espalda encorvada protegida por un abrigo desgastado de paño.

–¿Te gusta esta casa?

–Aquí estaré bien. Vamos a tomarnos unas pintas al pub para celebrarlo y de paso invitamos a esa chica que te has traído tan guapa y embarazada.

Se levantó muy despacio y no pronunció una palabra más.

10

Fahim y Rishi se adentraron en el *slum* de Charbhuja Shahid. Unos niños vestidos con camisetas y pantalones rotos les dieron la bienvenida. Los llevaron a la tienda de la *dalit* estrangulada a cambio de unas pocas rupias. La tienda tenía menos de diez metros cuadrados. Por fuera era un amasijo de plásticos y cañas de bambú. Dentro se oía una canción. Encontraron a Manju y a su hija sentados en el suelo escuchando una radio moderna. Lo primero que pensó Rishi fue cómo un intocable podía permitírsela.

–Somos de la brigada de Benarés.

Manju se levantó y se acercó a ellos asustado. Rishi sacó la acreditación de uno de sus bolsillos y se la enseñó al *dalit*, que solo miró la foto porque no sabía leer. Apagó la radio.

–Primero registraremos la tienda y luego nos acompañarás a comisaría.

Manju se asustó. Rishi notó el miedo en los ojos del *dalit* y lo tranquilizó.

–No vamos a detenerte. Nuestro jefe, el comisario Umed, quiere hacerte algunas preguntas.

–¿Y mi hija?

Los dos policías se miraron. No habían pensado en ella.

–Que se quede con algún vecino.

–No. Tiene que acompañarme, tiene que acompañarme –repitió Manju.

Los agentes se miraron perplejos.

–Entonces, que venga –dijo Fahim antes de comenzar con el registro.

Fahim y Rishi aparecieron con un hombre y una niña en la segunda planta de la comisaría. Dulal puso cara al *dalit* que Navala había salvado de los malos tratos de Chitán. El aspecto de la niña era todo un remiendo. La camiseta mugrienta, los brazos y las piernas con llagas y alguna cicatriz que habría necesitado puntos. Solo los ojos grandes y el pelo parecían estar al margen de las puntadas que tejía la miseria.

Chanda se levantó de la silla y fue al encuentro de la pareja.

–El superintendente te espera. La niña mientras tanto se quedará conmigo –le dijo la secretaria en hindi, con un tono propio de una maestra estricta.

Manju miró a su hija y con un gesto le preguntó si había comprendido; ella respondió afirmativamente con la cabeza.

Dulal miraba a la niña como si se encontrara ante una aparición. No es que no estuviese acostumbrado a la miseria, en su niñez vivió con la certeza de no esperar nada del día siguiente. Se levantaba antes de salir el sol, se lavaba y luego oraba. La oración matutina alimentaba el hambre y lo distraía por unos minutos hasta que llegaba el desayuno. Otros días tocaba ayuno, y el hambre se hacía más presente. Cada mañana se colocaba un cordón sagrado cruzando el pecho y partía al colegio. No se quejaba, la mayoría de los niños eran como él.

Dulal aprendió el significado de la palabra «muerte» a los cinco años, cuando uno de sus amigos murió de apendicitis. Su padre le dijo que no llorara, que el dolor y la muerte eran una consecuencia natural de comportamientos pasados. Su padre creía ciegamente en los dioses y rezaba tres veces al día. Parte de la devoción que sentía pasó a sus dos hijos varones. La jornada de Dulal se repartía entre el colegio, la vida familiar, jugar al críquet en un descampado rodeado de edificios cochambrosos pero, sobre todo, imaginando que era un héroe de la gran pantalla. Las películas que veía en el restaurante lo sacaban de su rutina diaria. Su padre, un orfebre que trabajaba con latón, se especializó en fabricar pan de oro para las cubiertas de los libros. Una editorial de lujo lo contrató y ahí acabaron sus problemas económicos. En dos años, la familia se mudó de uno de los distritos más pobres y antiguos de Lucknow a otro en la zona moderna de la ciudad. Se acostumbraron pronto a la buena vida. Cuando Dulal entró en la adolescencia experimentó con el tabaco y el alcohol. Más tarde llegaron los besos furtivos auspiciados por la noche en los bancos de un parque. Pero todas esas incursiones en el mundo adulto no le reportaron más deleite que las horas que pasaba delante del ordenador viendo sus películas preferidas. Le gustaba adivinar quién era el asesino. Al principio, sus amigos lo miraban atónitos, pero pronto se cansaron de sus dotes de clarividencia: les arruinaba la película. Fue en esas tardes cuando aprendió que era mejor no decir nada. Se imaginó que era el mismísimo Vito Corleone y que tenía que mantener la boca cerrada, «por el bien de la familia», se decía.

Aprendió a llevar su pasión al territorio de la imaginación. Pensó que tal vez podría ser un buen detective de homicidios. Al principio, no fue más que eso, un pensamiento lanzado al aire. Pero pronto comenzó a leer libros relacionados con la investigación criminal. Un día, viendo *Seven,* le llamaron la atención estas palabras: «Ahora puedo decirte que tomé la decisión correcta, sin embargo, no hay un día que pase sin arrepentirme de no haber tomado una opción diferente».

Lo que había nacido como un pensamiento sin importancia se convirtió en una obsesión. Cuando le contó que quería ingresar en la academia de Policía su madre le dijo que no iba a permitir que malgastase su talento regulando el tráfico cuando podía ser un gran empresario. Lo que ella no sabía era que la decisión ya estaba tomada.

Dulal redactaba el informe de la última víctima. De vez en cuando levantaba la cabeza del ordenador y se fijaba en los grandes ojos de la niña, que pintaba en una hoja. Dentro del despacho, el comisario interrogaba al padre.

–¿Dónde vives?

–En el *slum* de Charbhuja Shahid.

El comisario Umed conocía de primera mano aquel *slum*. Era un monstruoso lodazal poblado de tiendas que no se diferenciaban mucho de los montones apilados de basura. Entre las chabolas había coches desguazados que los niños perdidos, abandonados, que se habían escapado o habían sido repudiados utilizaban como improvisada guarida. El abuso, el maltrato y la explotación se daban un banquete en aquel lugar. La Policía hacía la vista gorda. Eran los mismos niños los que sobornaban a los agentes. Al comisario no le extrañaba, no había más que ver los uniformes raídos para hacerse una idea de los sueldos que cobraban.

–¿Dónde estabas cuando mataron a tu mujer?

–Con mi hija, en la tienda.

–¿Cómo es que fuiste al pozo?

–No volvía, me preocupé y salí a buscarla.

Umed sacó un cuchillo.

–¿Lo reconoces?

–Claro, se lo han llevado de mi casa.

–Con este cuchillo se pueden cortar lenguas.

De repente, Manju rompió a llorar de un modo conmovedor y desesperado. Umed permaneció sentado al otro lado de la mesa y decidió esperar. Transcurridos unos minutos, el hombre recuperó la calma y se sonó la nariz con un trozo de plástico que llevaba en el bolsillo del pantalón.

–Perdone –se disculpó–, me he acordado de la cara de mi mujer cuando la sacamos del pozo.

–¿Quieres un vaso de agua?

–No, gracias.

–Hagamos una breve cronología.

–No lo entiendo.

–Es una manera de regresar al pasado con la memoria.

El comisario hizo una pausa. Interrogar era una de las tareas que tenía que volver a aprender.

–Yo te contaré lo que creo que pasó. Tu esposa se enfadó y se marchó. La seguiste y le cortaste la lengua para que pareciese un asesinato. –Llegado a ese punto, se dio cuenta de que lo que había dicho no tenía mucho sentido–. Luego regresaste al *slum*. Te quedaste en la tienda, para después salir a buscarla junto a más gente y tener una coartada.

–No sé qué es eso de una coartada pero si quiere puede preguntarle a mi hija. Los niños no mienten.

El comisario pensó que no hacía falta. Los ojos del hombre eran los de un inocente. Saber si una persona era culpable o inocente era una de las pocas cosas que no se le habían olvidado.

—La saqué del pozo con mis propias manos, ¿por qué iba a matarla? —dijo Manju con voz temblorosa.

El comisario calló.

—Nadie de los que estaban allí quería bajar, y fui yo quien se metió sujeto a una cuerda. Lo único que quería era...

Umed sintió un pellizco en el estómago, aunque procuró disimular su inquietud.

—¿Qué viste cuando llegaste al fondo del pozo?

—Al principio nada. Luego toqué el cuerpo de mi mujer, la até con una cuerda y la subieron.

—¿Después apareció el oficial Chitán? —le interrumpió el comisario.

—Sí. Me dijo que la había matado yo. Fue horrible. Le dio la vuelta y... no tenía lengua. No puedo entenderlo. ¿Por qué?

Era la misma pregunta que él se hacía.

—¿Cuándo conociste a tu esposa?

—De adolescente. Trabajaba desde que era una niña en un taller. Tuvo que pagar un *paishgee*.

Umed supo que la mujer no era una bayadera.

—¿Tenéis alguna deuda?

—Somos muy pobres pero no debemos nada a nadie. Nuestra chabola es nuestra —dijo con orgullo.

—¿A qué se dedicaba tu mujer?

—Era la casta de los *chuhras*.

—¿Era barrendera?

—Sí, limpiaba las calles de Chowk.

—¿Notaste algo extraño en su comportamiento en los últimos días?

—No sé lo que significa compartimiento.

—Es comportamiento, no compartimiento. Quiero decir si tu mujer estaba molesta o preocupada.

—No, estaba como siempre.

—Puede que haya algo a lo que no le des importancia. Tómate tu tiempo y trata de recordar algo fuera de lo común.

–¿Lo común?

–Sí, si hubo algo que no era normal. Quizá encontró algo mientras barría y se lo quedó. O puede que alguien no la quisiera.

Manju pasó unos minutos en silencio, con la mirada baja, como hacen los *dalits* cuando se dirigen a otra persona de casta superior. Le dolía la pierna y quería volver con su hija.

–No, no sé. Estoy cansado.

Umed pudo notar el desconsuelo en su voz.

–Perdone, ¿sabe si quemaron a mi mujer?

–Desgraciadamente para nosotros, la incineraron en el crematorio eléctrico.

El *dalit* hundió la cabeza entre sus brazos. Umed lo dejó tranquilo unos segundos. Había algo inquietante en los dos asesinatos. Dos mujeres *dalits,* con dos profesiones tan diferentes y sin lengua.

–¿La familia de tu mujer vive en Benarés?

–No tenemos a nadie aquí –dijo Manju con la voz quebrada–. Un tío mío vive en Kerala. Karuna tiene toda la familia en Bombay, pero no nos hemos visto desde que nos casamos.

–Tu mujer pasaba la mayor parte del día fuera de la tienda. Puede que estuviese en el lugar equivocado el día equivocado. Cuando estés en casa trata de hacer memoria. No sé, unas palabras sacadas de alguna conversación, algo que te pareciera extraño.

–Me lo hubiera contado.

–Todos tenemos secretos –afirmó el comisario con rotundidad.

Manju agachó la cabeza. Umed estaba en lo cierto. Guardaba un secreto que no le dejaba dormir. Pero solo confiaba en su hija y en la abogada que lo había salvado. Además su mujer había sido incinerada. Con el dinero que tenía había pensado marcharse de la ciudad.

–Te voy a tomar las huellas dactilares.

Umed le agarró uno a uno los dedos.

–¿Qué hiciste ayer sobre las cinco de la mañana?

–A esa hora estaba trabajando en el vertedero.

–¿Tienes algún testigo que lo confirme?

–Mi hija me acompañaba. Había otros cerca.

–Eso es todo. Te puedes marchar. Si te vas a mudar, pasas por aquí y nos lo dices.

–¿A mudar?

–Sí, si vas a dejar tu tienda para ir a vivir a otro lugar.

–Toda mi vida está en esa casa –mintió.

–Está bien, por hoy es suficiente. Si te acuerdas de algo, vienes a la comisaría y preguntas directamente por mí.

Cuando Tanika vio a su padre salir del despacho se levantó consciente de que su diversión había acabado. Puso el cuaderno y el lápiz encima de la mesa y fue a su encuentro.

–Vamos a casa –le dijo Manju con tono cansado.

Dulal recogió el cuaderno y el lapicero y se los ofreció a la niña como regalo. Ella miró a su padre esperando su aprobación. Este movió la cabeza a los lados. Tanika dejó escapar una tímida sonrisa.

Umed salió del despacho después de que se marcharan.

–Es inocente.

Dulal suspiró aliviado, Navala se alegraría.

–Su mujer no pudo ser bayadera. Desde niña tuvo que pagar un *paishgee* en una fábrica textil y después se dedicaba a barrer las calles. Dulal, ¿qué le dice su programa de la naturaleza del asesino al que nos enfrentamos?

–Creo que estamos ante un auténtico psicópata. No solo por el hecho de que la lengua pueda ser un trofeo, sino por el intervalo de tiempo entre los asesinatos.

–Exagera. Solo tenemos dos víctimas. Es demasiado afirmar que es obra de un psicópata.

–¿Quién nos dice que no ha matado antes? La mayoría de los muertos son incinerados sin autopsia; los familiares piensan que perjudica su *dharma*. Y el porcentaje sube si nos referimos a las castas inferiores –apuntó Dulal.

–Bien, entonces recabaremos más información. Preguntaremos en los hospitales, en el crematorio público y en el instituto forense. Además buscaremos noticias relacionadas con sucesos, crímenes cometidos fuera de la ciudad que tengan algo en común con los dos asesinatos –dijo un Umed resolutivo.

–Si Chitán fuese de otra forma, nos ayudaría. No hay muerto en Benarés que se le escape.

–Olvídese y céntrese en buscar evidencias.

–La verdad es que no puedo hacer un perfil serio sin más datos. Aunque creo que nuestro asesino es del tipo de *Seven*.

–¿Seven?

Dulal se dio cuenta de que su corazón lo había traicionado. No estaba dispuesto a que los demás se enterasen de su método de relacionar películas y casos reales.

–He querido decir tres. –No se le ocurrió otra cosa que proseguir con su discurso–. Para considerarlo como asesino múltiple tiene que haber matado al menos a tres o más en un lapso de treinta días.

–¿Por qué treinta días?

–Los asesinos en serie dejan un tiempo entre cada asesinato. Cada muerte les proporciona placer y disfrutan de su estado durante un período concreto, hasta que el placer se diluye y se ven obligados a matar de nuevo. Y ese período es de una semana, día arriba, día abajo.

El discurso de Dulal se quedó suspendido en el aire durante unos instantes hasta que Umed lo interrumpió.

–Si está en lo cierto, el asesino no ha tenido suficiente tiempo para haber matado a la tercera y ya podemos darnos prisa, o quizá ya hay un cadáver sin lengua escondido en alguna parte de la ciudad.

Dulal leyó con preocupación el informe sobre el tipo de asesino al que se enfrentaban.

–En cuanto a las motivaciones, me decanto por alucinaciones o voces que le ordenan matar.

–Alucinaciones, voces. Quizá un asesino bajo el efecto de las drogas. Interesante punto de vista.

–Si es un asesino en serie, elige a las víctimas con sumo cuidado. Además, muchos de estos psicópatas fueron maltratados de niños. Sienten la necesidad de satisfacer la impotencia que arrastran desde que abusaron de ellos. Esta pulsión está agarrada a su psique con tanta fuerza que se convierte en una obsesión enfermiza. La idea de que la vida los ha golpeado domina su existencia por completo y precisan de una catarsis para canalizar su malestar. Necesitan matar para vencer la batalla que libran contra la humanidad.

–Vaya con el estudiante de psicología –dijo Umed, que se sentía pequeño ante los conocimientos que mostraba su subordinado.

–Además mi intuición me dice que detrás de estas dos muertes se esconde un Patrick, el asesino de *American Psycho*.

–Dulal, no juegue conmigo, hable claro y deje de poner ejemplos de asesinos que solo usted conoce.

–La conclusión es que estamos ante un asesino en serie, sus víctimas son mujeres *dalits* y está guiado por pulsaciones que provienen de su niñez o su adolescencia.

–Hasta aquí se sostiene su teoría, pero estamos en Benarés. Una ciudad como esta no necesita psicópatas. La muerte está presente sin necesidad de actores que la invoquen.

–Tampoco yo paro de darle vueltas a lo mismo. Espero que haya una razón lógica para explicar los asesinatos y que resolvamos el caso pronto.

Una vez que los demás integrantes de la brigada se marcharon a sus casas, el comisario permaneció en su despacho y su mente empezó a funcionar con una rapidez que no recordaba desde hacía tiempo.

Se sintió afortunado de recuperar aquella aptitud analítica de antaño. Notaba que los herrajes y engranajes oxidados relacionados con su trabajo iniciaban las conexiones. No todos con igual cadencia, los de la imaginación todavía disputaban una batalla contra la inercia, mientras que los de la observación parecían desbocados.

Las consecuencias de aquel movimiento en su intelecto lo llevaron a cuestionarse su competencia como investigador y a inferir que Dulal quizá tuviese razón en sus suposiciones; Chowk y Whitechapel, empleando la misma jerga que Dulal, bien podían compartir una característica común.

11

Thomas compartía mesa con su padre y Laura. Un incómodo nerviosismo se había instalado en su interior ante la sospecha de que nada bueno podía salir de esa cena. Miró de reojo a su padre mientras se colocaba con torpeza la servilleta sobre las piernas. Era un absoluto desconocido. Escrutó su rostro en busca de alguna señal en la que reflejarse, pero no la halló. La piel morena, correosa, plagada de arrugas, le mostraba el semblante de alguien ajeno, de un viajero cansado que se había detenido en aquel hotel rural y casualmente compartía mesa con ellos. Ese pensamiento lo estimuló, le dio una pista del camino que había que seguir. Debía tratar a su padre como a un comensal al que probablemente no volvería a ver. Estaba seguro de que ello ayudaría a entablar una conversación.

Laura, por su parte, lucía una pícara sonrisa, parecía divertida ante la situación. Miraba de vez en cuando a Thomas y luego a su padre, como si se tratara de un partido de tenis. Apoyaba los codos sobre la mesa y se sujetaba la cabeza con las palmas de las manos en una actitud relajada. No se la veía con intención de ayudar a su amigo.

–¿Es que nadie piensa decirme cuándo voy a ser abuelo? ¿Para cuándo esperáis al pequeño Connors?

La pregunta fue tan inesperada que los pilló desprevenidos. Durante unos instantes ninguno contestó. Thomas bebió otro trago de cerveza fría y Laura se ruborizó.

–¡Oh!, perdone, señor Connors, pero está usted en un error –dijo Laura con su precario inglés–. Thomas no es el padre del niño que espero. Nosotros solo somos amigos.

–¿Y se puede saber dónde está el padre?

–No está.

–¿Cómo que no está? ¿Te ha dejado? Vaya sinvergüenza. Thomas, deberías ir y partirle la cara a ese tipejo.

En ese momento Thomas no pudo reprimir una sonrisa.

–No es lo que cree, he decidido ser madre soltera.

–¿Y eso cómo se hace?

–Mediante una técnica de inseminación artificial.

Laura no tenía por qué avergonzarse, es más, estaba orgullosa de la decisión que había tomado. Para ella era una muestra de valentía y determinación.

–¿Eres de esas que tienen el hijo con una maquinita en un laboratorio?

Laura necesitó que Thomas le tradujera la pregunta al francés.

–Podríamos decir que sí, más o menos –le contestó en inglés.

–Entonces has decidido que tu hijo sea huérfano.

–¿Perdón?

–Sí, tú solita le has condenado a nacer huérfano de padre. Me parece muy egoísta por tu parte.

Laura notó cómo nacía dentro de ella un remolino de ira, la sintió en su estómago, en los pulmones, en la garganta. Se fue haciendo más grande hasta que salió por su boca en forma de palabras. Antes le pidió a Thomas que se las tradujera. Estaba demasiado cabreada para pensar en inglés.

–Me está usted diciendo que soy una madre irresponsable, que no estoy preparada para criar yo sola a mi hijo. Quizá hubiera sido mejor elegir a cualquier gandul, da igual que fuera un borracho, un maltratador o que simplemente no me quisiera. Porque lo único importante es que este niño tenga un padre. Porque claro, los niños que crecen solo con la madre serán unos inadaptados con grandes carencias afectivas, y toda su vida llevarán esa marca de huérfano tatuada en la frente. Usted no tiene en cuenta que soy una mujer inteligente, independiente económicamente y... –Se detuvo, emocionada–. Y tengo mucho amor que dar.

Thomas hubiera querido aplaudir pero se contuvo y pidió otra pinta de cerveza al camarero. El silencio se instauró en la mesa. Su padre permanecía con la cabeza gacha mirándose con gran interés los dedos de una mano, hasta que dijo casi en susurro, muy lentamente:

–Perdona, hija, tienes razón. Recuerdo con gran cariño a mi abuela. Sacó adelante a toda la familia fregando suelos y criando niños que no eran suyos para llegar a la noche destrozada con la cena en una tartera y unas cuantas monedas. A lo largo de mi vida, mi padre me contó muchas historias de su niñez y juventud, algunas muy duras, la mayoría tristes, pero solo se emocionaba cuando hablaba de su madre. A veces uno olvida.

Laura tomó con suavidad la mano del anciano y la estrechó entre la suya.

El camarero trajo una pinta para Thomas y depositó otra al lado del señor Connors. Laura aprovechó para pedir un vaso de leche con cacao.

–¿Has encontrado muy cambiado Kilconnell? –preguntó Thomas, deseoso de romper el silencio y cambiar de tema.

–No han sido tantos años. Los lugares no cambian y eso es lo único que me importa. La gente me da igual. Algunos conocidos están más viejos; otros, muertos. He visto al final de la calle principal un montón de casas nuevas, pero me es indiferente. –Se encogió de hombros para reafirmar sus palabras–. Hoy he visitado el risco del norte, ese que tiene una piedra plana al resguardo de los vientos; me he sentado allí, hay una vista muy bonita del lago Acalla. Ese lugar es el mismo al que iba mi padre y mi abuelo, y ahí seguirá cuando yo me muera –afirmó, y alzó la mirada como si realmente lo estuviera contemplando.

–Señor Connors –dijo de repente Laura–. ¿Alguien de su familia sufrió la gran hambruna? He leído mucho acerca de aquella época pero nunca he conocido a nadie que me lo contase de primera mano.

–Ya lo creo, hija. –El señor Connors tenía por costumbre llamar a la gente más joven de esa manera, nunca utilizaba sus nombres–. Mi bisabuelo, y fue tan terrible que cambió la historia de nuestra familia. Su padre tenía un trabajo miserable que no le daba para comprar comida, tan solo para pagar la renta de la cabaña en la que vivía. Pero no os creáis que se parecían en algo a las de ahora, era una casa de barro con una sola habitación y unos pocos enseres. La cosa mejoró cuando alquiló un pequeño terreno para plantar patatas. Hubo un par de años muy buenos en los que la familia se alimentaba de patatas y leche.

Hablaba despacio, intentando vocalizar para que Laura le entendiera.

—No tenía ni idea —dijo Thomas, y bebió un sorbo de cerveza.

—Quizá es porque nunca te interesó —soltó su padre molesto—. En la vida hay que tener curiosidad y esa curiosidad lleva a preguntar, pero a ti solo te interesaba zanganear detrás de la pelirroja.

Laura advirtió que el rostro de Thomas se descomponía, comprobó cómo sus facciones se endurecían y la mano derecha que sujetaba el vaso de cristal se crispó hasta que los dedos se quedaron blancos. Antes de que la cosa fuera a mayores instó al señor Connors a que continuara.

—Todo iba bien y se apañaban con poco. Cuando llegaba la primavera, las patatas comenzaban a germinar, pero había tres o cuatro meses malos en los que no había patatas y tenían que salir adelante como fuera; mi bisabuelo salía a mendigar mientras su padre, una vez terminada la siembra, buscaba trabajo en Inglaterra. Siempre volvía en la época de la cosecha. Con muchos sacrificios pudo comprar una cabaña y tres acres de tierra. Era una cabaña de adobe con una sola habitación, sin ventanas y sin chimenea. Hoy lo llamaríamos un agujero, pero en aquel entonces era lo máximo a lo que podía aspirar un pobre.

La amargura quedaba patente en las últimas palabras pronunciadas. Un fuerte sentimiento removió el estómago de Thomas y el remordimiento comenzó a dar vueltas como una noria. Su padre estaba en lo cierto. ¿Por qué no le había interesado su familia? Se enfureció consigo mismo, con su falta de empatía hacia los demás. ¡Joder! Había leído con interés libros sobre la historia de Irlanda pero nunca se le había ocurrido preguntarse qué había sucedido con sus antepasados. Se sintió falso y hedonista, demasiado superficial. Se despreció. Deseó enmendarlo con una pregunta.

—¿Y qué pasó? ¿Gracias a ello evitaron el hambre?

—¡Qué va, hijo! —respondió su padre, que lo miró a los ojos—. Cuando la primera cosecha de patatas se perdió, vendieron los cerdos y las gallinas y, aunque el precio de la patata era muy alto, compraron para sembrar en primavera. Mi abuelo siempre contaba cómo su padre nunca olvidó el olor de las patatas pudriéndose a comienzos del otoño. Pero el hambre atroz no llegó hasta el invierno.

El silencio sobrevoló la mesa. Se adivinaba lo que seguiría a continuación. De manera inconsciente, Laura y Thomas aproximaron sus rostros en un intento de captar toda la atención para que nada se les escapase. Un tronco chisporroteó en la chimenea. Su fuego vivo los envolvió al igual que las palabras del señor Connors.

–El invierno de 1847 fue uno de los más duros que se recuerdan en Irlanda. No quedaban fuerzas ni para enterrar a los muertos. Los cuerpos yacían en cualquier lugar, solían aparecer tirados al borde de los caminos, en el mismo sitio donde habían encontrado la muerte. Llegó un momento en que los supervivientes estaban tan débiles que en las cabañas convivían los muertos junto con los vivos. Mi bisabuelo compartía casa con los cadáveres de su madre y sus dos hermanos pequeños. Hacía tiempo que su padre había desaparecido, seguramente estaría en algún campo, víctima del tifus o de cualquier otra enfermedad asociada al hambre. Un religioso lo sacó de allí y lo llevó a trabajar a una *workhouse*. Era imposible alcanzar la dignidad en esos lugares, los pobres trabajaban durante diez horas diarias a cambio de comida y alojamiento.

–Pero... –interrumpió Laura–, ¿qué hizo el Gobierno británico?

–Poca cosa. Al principio creó una comisión para estudiar el asunto, que llegó a la conclusión de que se trataba de un problema de humedad. La mayoría de los parlamentarios ingleses y los terratenientes pensaba que era culpa de los campesinos irlandeses, que solo habían cultivado patatas. Además, eso benefició a los especuladores británicos, que subieron las rentas y expulsaron a los habitantes de las tierras que les interesaban.

–Pero ¿qué le pasó a nuestra familia?

Laura se dio cuenta de que había utilizado una palabra que hasta ahora nunca le había oído: nuestra; porque una cosa era cierta: Thomas tenía antepasados, aunque renegase de ello.

–El heredero de la pequeña tierra y la cabaña era mi bisabuelo. Fue el único superviviente de la familia. Pero la propiedad fue embargada por un latifundista que luego se dedicó a la ganadería. Mi bisabuelo emigró a Canadá, como muchos otros, pero vino a morir aquí, a la tierra que tanto amó, al lugar que había matado a su gente.

–¿Cómo pudieron olvidar el daño causado por las autoridades inglesas, que les dejaron morir como a perros? –preguntó Thomas con una voz cargada de rencor.

–Algunos no lo hicieron. Tu tío abuelo perteneció al IRA en sus inicios y tu abuelo siempre fue simpatizante del Sinn Féin. Pero a mí todo eso siempre me dio igual. Aquellas miserias están muy lejos, y no digo que las olvidemos, pero pienso que nada se gana sin el perdón. Y... –El señor Connors se levantó–. Creo que ya he hablado suficiente y he bebido más de la cuenta, así que os dejo con vuestros asuntos. Yo ya soy demasiado viejo para entender esas cosas que ahora hacéis los amigos –añadió con sorna.

Laura bostezó sin querer y se despidió del padre de Thomas asegurándole que ella también se iba a la cama. La mesa se quedó en silencio. Durante un momento, observó a Thomas detenidamente. Su mirada oscura escrutaba el fuego de manera hipnótica. Deseó cortar con unas tijeras su mutismo y extraer sus pensamientos.

–Thomas.

–Dime –dijo él sin dejar de mirar el fuego.

–Si te pido algo, ¿me prometes que no te vas a molestar y que si no estás de acuerdo lo olvidas y ya está?

Thomas desvió la mirada de la chimenea y la posó en Laura.

–Ni hablar. Te conozco demasiado como para prometer tal cosa. No me fío de tus peticiones.

Laura respiró varias veces profundamente antes de decir:

–Quiero acostarme contigo.

Thomas abrió los ojos y una leve sonrisa se asomó por su comisura izquierda.

–¿Puedes repetirlo? Creo que no te he oído muy bien.

–Lo has entendido perfectamente. Lo único que quieres es humillarme y hacer que repita la frase. Ni hablar. Y olvida lo que te he dicho porque me voy a la cama, sola.

Se levantó todo lo rápida que pudo y para salvaguardar su dignidad caminó muy erguida con ayuda de la muleta.

Thomas se quedó sentado, inmóvil, sin hacer ningún ademán de seguirla. Su petición primero le había divertido, luego alarmado. Nunca había creído que Laura albergara esas intenciones. No podía corresponderla. No pensaba salir de su zona segura, el riesgo era demasiado grande y su cerebro le pedía prudencia. Laura era demasiado valiente, íntegra, y él no quería causarle ningún daño. Suspiró; no estaba siendo honesto consigo mismo. De momento, su relación con las mujeres se hallaba delimitada por el sexo, le parecía la mejor opción en esos momentos de su vida. Laura representaba un peligro para su corazón herido, era la única candidata para robárselo, y no estaba preparado para asumir el riesgo. Pero debajo de ese pensamiento tan prudente se escondía el hombre, el cazador, las ansias de poseer un cuerpo, de conocer y tocar una piel nueva. Deseaba verla desnuda, oír sus gemidos, contemplar su rostro excitado.

Llamó a la puerta con los nudillos. Le abrió inmediatamente.

–Estoy esperando que repitas tu petición –dijo Thomas desde el marco de la puerta.

Su voz calmada y profunda retumbó en el vientre de Laura, que alzó la barbilla y con una seguridad que no sentía dijo:

–Quiero acostarme contigo.

Thomas cerró la puerta tras de sí y se acercó a ella. De manera inconsciente, Laura retrocedió hasta que se topó con la cama y por el impulso se sentó.

–Vamos a ver. Tú significas mucho para mí, eres mi amiga.

–¿Y eso es bueno o malo? –preguntó ella con sarcasmo.

–Es bueno.

–¿Entonces?

–Es que sería más fácil si no te conociera tanto.

–¿Y eso es bueno o malo?

–Bueno.

–Entonces no veo el problema por el cual dos personas adultas, sin ningún tipo de compromiso, no puedan acostarse.

–Laura, tú quieres hacerme el amor porque quieres... –Thomas dejó la frase en suspenso para que ella la terminara.

–... Porque quiero sexo.

–¿Nada más?

—Nada más. Puedes estar tranquilo. Además creo que será bueno para nuestra amistad, ya que así no nos estaremos preguntando a cada momento cómo sería el sexo con el otro.

—Hombre, tanto como a cada momento... —argumentó Thomas irónico.

—Hablo en serio. Si eliminamos la curiosidad de cómo será el otro en la cama nos quedará una bonita amistad.

—Haces que parezca fácil, frío, sin complicaciones; me gusta.

—Entonces...

Laura no pudo terminar la frase porque Thomas se acercó, se arrodilló frente a ella y comenzó a desabrocharle los botones de la blusa.

—¿Ya empezamos? ¿No hablamos un poco? —murmuró nerviosa.

—¿Quieres que lo dejemos para otro día? —preguntó él deteniéndose.

—Oh, no, ahora está bien.

—¿Prefieres que me ponga arriba o abajo? Necesito saber cómo vas a estar más cómoda.

—Bueno, en mi estado, será mejor que yo esté encima.

—Claro, tienes razón, qué pregunta más tonta.

—Thomas, me gustaría que, antes de que me desnudaras, lo hicieras tú primero. Me encantaría contemplarte.

Thomas se sintió como un colegial, cohibido e inseguro, y esa sensación era nueva para él. Se puso de pie y comenzó a desnudarse frente a ella. No sabía bien hacia dónde mirar.

—¿Te han dicho alguna vez que eres preciosa? —preguntó en un intento de apaciguar su incomodidad.

—Muchas veces, gracias —respondió Laura con una sonrisa. Realmente estaba disfrutando del espectáculo.

Thomas se mostró ante ella desnudo, como un dios, hermoso y viril. Su poderoso pecho respiraba suavemente y sus brazos musculosos descansaban sobre sus costados. Laura lo observó con placer e imaginó cómo sería cuando estuviera dentro de ella. Se miraron durante un instante y el reflejo de ambos despidió la misma sensación: el deseo febril por el otro.

—¿Te importa que esté embarazada?

—En absoluto –dijo avanzando hacia ella.

—¿Te importa que mi pierna esté hinchada y llena de cicatrices?

—En absoluto –repitió, sincero, aunque esta vez con un matiz de amargura–. Eres poderosa, y eso es lo que más me atrae de ti, tu valor cubre todo lo demás.

Laura se tumbó en la cama y estiró el brazo hasta que alcanzó el interruptor de la luz. Cuando la apagó, la habitación quedó en penumbra, solo iluminada por el resplandor que provenía de las farolas de la calle.

—Lo siento, no estoy preparada para exponerme ante ti. Quiero que me sientas, no que me veas. Deseo cerrar los ojos y perderme en tu oscuridad. Ven a mí.

Thomas se tumbó sobre ella, con cuidado de no descargar todo su peso encima. Se apoyó en sus codos y con los dedos retiró suavemente el pelo de su cara. Pasó una mano bajo su nuca, la atrajo hacia él y posó con suavidad sus labios en los de ella. Su aliento cálido era una promesa de lujuria. Sin separarse, besó el labio superior, luego el inferior. Saboreó la boca carnosa de Laura dulcemente, y aunque su corazón le decía que fuera lento, su cerebro acostumbrado a la rutina de los cuerpos impuso su ritmo. Sintió cómo se excitaba y abrió la boca con urgencia pegándose más a ella. Pronto introdujo la lengua con avidez.

Muy a su pesar, Laura contuvo la respiración. Sabía que tenía que relajarse, dejarse llevar hacia ese cuerpo cálido y ansioso. Pero su mente estaba en otro sitio, tenía miedo de que le hiciese daño en la pierna, y ese temor no la dejaba disfrutar del momento.

Thomas notó esa tirantez y, con gran esfuerzo, se detuvo.

—¿Qué sucede? ¿Te hago daño?

—No, todo está bien.

Si algo no sabía Laura era mentir. Thomas se retiró y de una zancada encendió la luz. Ella cerró los ojos durante un instante, hasta que se acostumbró a la claridad repentina.

—Creo que tengo cierta experiencia con las mujeres, perdón, con las mujeres no, con el sexo, para saber que algo pasa. ¿Quieres que continúe o lo dejamos?

Laura no dijo nada. Se incorporó y comenzó a abrocharse los botones de la blusa.

–Estoy cabreada conmigo misma. Prácticamente te he forzado a que vinieras a mi habitación y ahora no quiero seguir. Parezco una cría tonta y caprichosa. La verdad es que no estoy preparada para tener un encuentro sexual.

Thomas la tranquilizó quitándole importancia y empezó a vestirse rápidamente. Fue a recoger su camisa del suelo cuando vio un papel encima de la mesita de noche.

–No me puedo creer que estés dándole vueltas a lo de Haggerty.

Laura volvió la cara y vio que Thomas llevaba en la mano sus apuntes del caso.

–Quiero saber por qué lo han matado –dijo a la defensiva.

–Pero ¿para qué?

–Estaba aburrida y me entretuve escribiendo lo que recordaba.

–No te creo.

–Me da igual lo que pienses.

–Mientes fatal. Estás embarazada. Estás reponiéndote de una paliza que casi te deja coja de por vida y me vienes con que tienes curiosidad por saber qué quiere decir este acertijo.

Desde donde estaba sentada, Laura alargó el brazo y le quitó con violencia el trozo de papel de las manos para guardarlo en un cajón de la mesilla de noche.

–Me encantaría que te marcharas de mi habitación.

–Será un placer, doña irresponsable –dijo Thomas con voz ronca abrochándose la camisa–. Lo único que he hecho ha sido preocuparme por ti, pero ya veo que quizá he sobrepasado tus límites y te he agobiado. Si ha sido así, perdóname. Mañana me vuelvo para Lyon, tengo demasiadas cosas que hacer –se excusó antes de marcharse.

Laura se quedó sola. Miró a su alrededor y, sin saber por qué, se detuvo a contemplar las esquinas del techo de la habitación antes de tumbarse en la cama y abrazar con fuerza la almohada. Esa noche soñó con el aliento cálido de Thomas en su boca.

El hospital lo conformaban modernos edificios conectados entre sí por unos pasillos cubiertos para evitar las lluvias monzónicas. Dulal se presentó a la joven que estaba en recepción con toda la pompa que requería la situación. Una mujer vestida a la europea lo acompañó hasta una sala con sillones de cuero y cuadros de jinetes montados en sus caballos ingleses.

El despacho parecía un museo. Tenía estanterías y mesas redondas atestadas de pequeños objetos. No pudo evitar compararlo con el despacho de su jefe y pensar de una manera jocosa que tal vez su madre tenía razón y se había equivocado al dejar los estudios de comercio y meterse en la Policía.

El gerente lo recibió detrás de su mesa. Era un hombre muy alto. Tenía unas extremidades largas y unas manos que envolvieron la de Dulal como si fuese la de un niño. Después de los saludos formales le ofreció un *chai* en una taza de porcelana. No le dio tiempo a rechazarlo.

–Lo siento, me han informado de que dos policías preguntaron por mí. Soy un hombre extremadamente ocupado. Una de mis obligaciones es la de viajar a Delhi cada semana.

–Los agentes que vinieron a verle son de la Brigada de Investigación Criminal contra el crimen de Benarés, de la que yo también formo parte.

–Soy todo suyo.

Dulal le mostró el papel que encontraron en casa de la prostituta.

–Lo hallamos en un registro. Quisiera saber qué es.

–Es un consentimiento –dijo el gerente sin inmutarse.

–¿Me puede explicar que hacía una *dalit* en un hospital como este? El hombre removió el *chai* con una cuchara.

–Seguramente formaba parte del programa.

Dulal notó una mirada de orgullo.

–Explíquese, por favor.

–Nuestro hospital es un referente en el país en muchos campos médicos. Colaboramos con la universidad de la ciudad, empresas privadas, Gobierno... –Dio un sorbo al té–. Fuimos de los primeros hospitales en la India que adoptamos el programa de beneficencia. Asignamos un cupo anual de pacientes sin recursos.

—¿Intocables?

—En su gran mayoría.

—¿Cómo los seleccionan?

—Los elegimos personalmente de entre los habitantes de los *slums,* pero también colaboramos con ONG, que aportan los que necesitan atención urgente.

—Sé que obtienen cuantiosos beneficios fiscales por parte del Gobierno.

—¿Y qué hay de malo en ello?

Dulal había leído informes sobre la financiación de los hospitales privados; muchos aprovechaban la falta de legislación al respecto.

—¿Podría mostrarme la relación de intocables que han pasado por el programa en los últimos meses?

El gerente dejó el *chai* en la mesa. Dulal apartó la mirada y se fijó en unas puntas de arpón que había colgadas detrás del hombre.

—Nuestra política es la de confidencialidad. Veré qué puedo hacer.

Cuando llegó a la comisaría, Chanda le dijo que el jefe quería verlo de inmediato.

El comisario había movido el escritorio y lo había colocado en un lado para aprovechar la luz natural. Dulal se dio cuenta de que no había una foto personal en toda la estancia. Sabía que estaba casado pero que no había tenido hijos. En muchas familias hindúes eso era motivo de divorcio. ¿Cómo habría sido su vida? ¿Qué lo llevó a meterse en la Policía?

—Superintendente, acompáñeme en la puja.

Umed bañó al dios en un recipiente de metal, luego lo adornó con telas de colores a modo de vestido.

—Dulal, páseme la fruta y las flores que hay en la caja.

Umed colocó la fruta a los pies de Ghanes y dejó caer desde lo alto las flores por toda la figura, luego encendió una lámpara de incienso con el fuego sagrado e hizo sonar una campana de latón. Recitaron una breve oración.

–Vamos con el trabajo. Llame a Fahim y Rishi.

El Gordo y el Flaco entraron.

–Tomen asiento. Tenemos trabajo que hacer –dijo el comisario–. El gerente del hospital ha mandado la lista con los intocables que formaron parte del programa de beneficencia.

–Pues sí que se ha dado prisa –murmuró Dulal.

–Nos ha pedido confidencialidad. Tengo a buena parte de la comisaría repartida por los *slums* de Charbhuja Shahid y de Sigra. No quiero que dejen un solo nombre de la lista sin comprobar.

–Aquí no está la prostituta –dijo Rishi contrariado.

–Tal vez diera otro nombre –intervino Fahim.

–¿Por qué iba a hacer eso? –preguntó Dulal.

–Habrá que averiguarlo –añadió Umed–. Por cierto, las huellas dactilares de la escena del crimen no coinciden con las de Manju. Y acaba de llegar el informe de la autopsia. Ya le he echado un vistazo.

–¿Ha encontrado algo interesante? –preguntó Dulal.

El comisario le pasó el fax con el informe.

–Léalo en voz alta.

Dulal asintió.

–Hora de la muerte: las seis de la mañana. Mujer de 1,59 m de altura. Peso: 48 kilogramos. Edad aproximada: 29 años.

Dulal no pudo resistir su curiosidad, se saltó el resto del examen del cadáver y fue directamente a las conclusiones. Leyó en voz alta:

–Se trata de una muerte violenta. Causa inmediata: muerte por asfixia. Causa fundamental: estrangulamiento. No presenta hematomas, ni excoriaciones compatibles con uñas. Presenta un hematoma en la rodilla derecha. Restos de cabellos de la víctima en la ropa así como numerosos restos orgánicos de, al menos, seis individuos distintos. Huellas dactilares pertenecientes a distintos sujetos en varias partes del cuerpo. No se aprecian signos de violación. La congestión del rostro es muy acusada y las hemorragias petequiales son abundantes. Amputación total de lengua; el corte llega hasta el arco palatogloso. A nivel del cartílago tiroides se observa una marca, un surco uniforme que rodea el cuello; el fondo presenta un aspecto blando. Se han encontrado fibras de algodón amarillas y blancas en la zona. Al examinar las marcas del cuello con una lupa, aparece una especie de dibujo. Se infiere que la impresión se ha realizado con algo parecido a un sello o una etiqueta metálica cosida a la tela. Adjunto un boceto de las marcas.

Dulal mostró el dibujo.

–Un círculo central y siete círculos rodeándolo –dijo Umed.

Dulal dio la vuelta a la página. Su cabeza explotó en una amalgama de imágenes.

–Yo he visto esto antes en algún sitio.

–Siete círculos concéntricos que rodean a uno central. Tiene que tener algún significado. La cultura hindú está llena de esa clase de símbolos –dijo Fahim.

–Puede que sea la marca del pañuelo –apuntó Umed.

–O del asesino –añadió Dulal.

–El círculo es el símbolo de la psique, mientras que el cuadrado es el símbolo del cuerpo y de la realidad –comentó Fahim.

Los demás se quedaron boquiabiertos.

–Lo veo muy enterado. ¿Qué más sabe? –preguntó el comisario.

–El círculo está presente en prácticamente toda nuestra cultura: en nuestra bandera, el *bindi* de las mujeres y el *tilak* de los hombres. Es símbolo de la reencarnación, la vida y la muerte en un ciclo continuo. Puede que el asesino quiera mandarnos algún mensaje relacionado con la manera de enfrentarse a la muerte.

Dulal se levantó de la silla y se puso a caminar por el despacho ante la atenta mirada de los otros policías. Ahora tenían una pista y muchos interrogantes. Su cerebro explosionó y decenas de imágenes corrieron en todas direcciones. De lo general a lo particular. Miles de películas entrelazadas unas con otras. Hechos, conversaciones, evidencias. Su extraordinaria capacidad para establecer relaciones hacía que solo las que tuviesen algo que ver con el caso alcanzasen su objetivo. Pero esta vez su cerebro estaba tan vacío de conclusiones como lo estaban los círculos en el dibujo. Algo tendrán dentro, pensó. No podían ser la marca de un pañuelo. Los pañuelos no llevaban etiquetas de metal tan grandes. Se coló una imagen entre sus pensamientos.

–¡Ya sé dónde lo he visto! –exclamó.

–¿A qué se refiere? –preguntó Umed.

–A la marca del cuello. La vi en una academia de sánscrito cerca de los *ghats*. No recuerdo exactamente cuántos círculos había alrededor del central, pero tenían la misma distribución.

–Está bien. Dulal, siga su pista. Fahim, recorra los hospitales. Pregunte por posibles víctimas con la lengua cortada. Rishi, busque en los periódicos y en Internet si hay alguna reseña de asesinatos no resueltos en los últimos meses. Yo miraré los informes de casos antiguos por si encuentro algo.

Chanda vio aparecer y desaparecer en un segundo a los policías delante de sus ojos. Algo importante se avecinaba. La tranquilidad en el segundo piso era cosa del pasado.

12

Thomas se levantó a las cinco de la mañana para desayunar con su padre. Desde la conversación del día anterior lo veía con otros ojos, lo sentía más cercano.

–¿Qué te parece si me enseñas dónde está ese risco desde donde se contempla el lago Acalla?

El señor Connors, sin dejar de comer las judías con huevos y beicon, aceptó encantado.

Le sorprendió el ritmo que impuso su padre en la ascensión al monte; solo descansó un par de veces. Cuando estuvieron sentados en el asiento natural que formaba la roca, Thomas se fijó en el pelo canoso de su padre y deseó pasar su brazo por los hombros encorvados del anciano, pero se contuvo. Una gruesa capa de frialdad, pudor y respeto, lo separaba todavía de aquel extraño. Se dedicó a contemplar el paisaje mientras compartían unas nueces con queso. Desde allí se divisaba el lago con su bonito color turquesa, los prados inmensos y las suaves colinas onduladas. Distinguió en la lejanía la casa de Sean Haggerty.

–¿Te acuerdas de los Haggerty? –preguntó de repente.

–¿Los del molino?

Thomas asintió con la cabeza.

–Cómo no voy a acordarme. El bueno de Flynn no tenía rival para arreglar toda clase de maquinaria, ni para jugar a los dardos. Recuerdo muy bien el día que murió. Había estado lloviendo durante un mes y los campos eran un lodazal. Su tractor volcó desde una pequeña pendiente y se quedó atrapado. Fue necesario un gran número de personas para sacarlo, pero cuando lo conseguimos ya era tarde.

Se quedó en silencio. Agarró una brizna de hierba y mordisqueó su parte blanca.

—¿Te acuerdas de su hijo?

—Un chaval muy callado. No derramó una sola lágrima y eso que no se separó ni un instante del lugar del accidente. Todo lo vio y nada dijo. Me sorprendió lo mucho que había cambiado al verlo el otro día en Limerick. Estaba hecho un hombre.

—¿Y cuándo fue eso? —preguntó sorprendido Thomas.

—El jueves por la noche. Estuve en la inmobiliaria de Maire Gallagher en Limerick y después me fui al pub a tomarme unas pintas. Sabía que me iba a liar con los muchachos, así que reservé una habitación en la casa de la viuda Flannagan. —Aquí su padre se detuvo en sus cavilaciones hasta que Thomas le dijo que continuara—. Perdona, sí, como te contaba, me dirigía allí cuando lo vi caminar hacia mí por la misma acera. Sé que me reconoció, pero se hizo el tonto y cruzó rápidamente la calle; casi lo pilla un coche.

—¿Recuerdas a qué hora fue?

—Ni idea, uno pierde la noción del tiempo cuando se toma unas cervezas.

—Por lo menos sabrás a qué hora dejaste la inmobiliaria.

—Serían las seis de la tarde.

—¿Estás seguro de que era Haggerty?

—Por supuesto —dijo molesto antes de levantarse—, ese crío es clavadito a su padre. Aunque en los modales no se le parezca en nada.

—¿Dónde lo viste?

—Al salir de la taberna de Glen, en la calle Glenworth.

—¿Y recuerdas hacia dónde se dirigió? —preguntó, siguiéndolo de vuelta al pueblo.

—Por la Henry Street hacia Bedford Row. Pero creo que lo hizo para no cruzarse conmigo.

—¿Por qué lo crees?

—Porque más tarde me lo encontré en el bar Flannery´s, en Shannon Street, que está en la dirección opuesta de donde él se dirigió.

—¿Pero no me has dicho que lo habías visto cuando ya te marchabas a dormir? —preguntó Thomas anonadado.

—Me apetecía tomarme una última pinta. Además, ¿a ti qué te importa? —espetó antes de saltar con torpeza un pequeño riachuelo—.

No te imaginas lo que he echado de menos esto –murmuró, y se paró a contemplar el paisaje.

Thomas no le hizo caso, estaba concentrado en lo que su padre le contaba.

–¿Hablaste con él?

–Claro, incluso lo invité a una copa. Parecía triste.

–¿Por qué te dio esa impresión?

–Si lo hubieras visto habrías pensado lo mismo. Ese chico estaba hundido. Yo creo que le habían dado plantón. Hay muchos rostros para el desamor, pero las huellas que deja la decepción son únicas. Para darle ánimos le hablé de mis problemas, de lo que tu madre me ha hecho.

Thomas iba a añadir algo, pero su padre alzó la mano para hacerle callar.

–No voy a hablar de ello contigo. Ni ahora ni nunca. Si quieres sigo con Haggerty, si no, dejamos esta charla.

Thomas le pidió que continuara. Mientras, el cielo empezó a descargar agua. Ambos aceleraron el paso, ya estaban cerca del pueblo.

–Me contó que estaba de paso en Limerick –comenzó el señor Connors levantando la voz–. Pensaba dormir allí esa noche porque al día siguiente se iba para Kilconnell. Quería darle una sorpresa a su madre, había encargado una estufa nueva para ella. Le dije que podíamos ir juntos, pero él rechazó mi propuesta. Dijo que tenía muchas cosas que hacer y que no sabía a qué hora volvería. Cuando me marché, él se quedó allí.

–¿Hablasteis de mí?

–Pues ahora que lo dices sí –dijo entrando en el hotel–. Me preguntó por ti, yo creo que solo por ser agradable. Le dije que te iba muy bien trabajando en la Interpol, que ganabas dinero, que parecías satisfecho con tu vida y que gracias al trabajo viajabas mucho pero que nunca tenías tiempo para visitarme.

Thomas se impacientó, ya estaba su padre con sus reproches. De repente se le ocurrió una pregunta:

–¿Le dijiste que me iba a la India?

–No lo sé. Puede que lo hiciera –respondió sin darle importancia.

–Trata de acordarte. Es importante.

Su padre no le prestó atención y se fue escaleras arriba. Antes de que entrara en la habitación, Thomas le dijo que Sean Haggerty había sido asesinado.

–Ahora, ¿te importaría hacer memoria?

–No estoy seguro, creo que sí –dijo desconcertado.

Laura, vestida con ropa cómoda, estaba haciendo algunos ejercicios de rehabilitación en el porche lateral cuando vio aparecer a Thomas. No esperaba encontrarlo, pensó que se había marchado a Lyon. Como leyendo su pensamiento, él aclaró:

–No podía dejar que viajaras sola con una muleta y el equipaje. No me lo perdonaría.

–¡Vaya tontería!

Laura esperaba que no hablara de lo sucedido la noche anterior. Estaba tremendamente avergonzada. Thomas le sugirió que almorzaran juntos y no mencionó su encuentro sexual fallido. Se sintió aliviada. Su padre descansaba en su habitación y no le agradaba la idea de comer solo. Después de una reconfortante ducha, ambos compartieron mesa envueltos en el persistente golpeteo de las gotas de lluvia en el cristal.

Thomas le contó las conversaciones mantenidas con el inspector Deruelle y con su padre. Ella le pidió al camarero una hoja en blanco y un bolígrafo.

–¿Para qué los quieres? –se interesó Thomas.

–Vamos a hacer una secuencia cronológica de los últimos días de Haggerty –dijo Laura resuelta.

Thomas sonrió.

–De acuerdo. Hay que ver cómo te gusta eso de anotar.

Laura comenzó a escribir:

«Sean Haggerty.

Hace un mes pide vacaciones.

Hace tres semanas está en Kilconnell y reserva un viaje a Benarés.

Hace una semana:

Miércoles 9 de la mañana conversación con jefe.

Miércoles 18.15 saca la basura en Cracovia.

Jueves 16.45 habla por teléfono con su madre.

Jueves 20.00 horas está en Limerick.

Jueves 21.00 horas sigue en Limerick.

Viernes piensa ir a Kilconnell.

Sábado sobre las 4-5 de la madrugada es asesinado en Lyon.

Sábado a las 13.50 salía su vuelo París-Benarés».

–¿Cómo fue hasta Lyon? ¿Y hasta Limerick? –preguntó Laura–. No podemos olvidar que Irlanda es una isla. O llegas en avión o en barco.

–Yo creo que viajó en avión –dijo Thomas después de mirar en su móvil si había vuelos directos de Cracovia a Dublín–. Hay un vuelo que sale a las ocho y diez de la tarde y llega a las once y cuarto. Es decir, el miércoles por la noche ya pudo dormir en Irlanda. Aunque lo único seguro es que mi padre estuvo con él el jueves por la noche.

–Pero tenía planeado ir el viernes a Kilconnell. Algo debió de pasar para que cambiara de idea y se dirigiera a Lyon.

Thomas asintió.

–Tengo claro que fue a Lyon en avión. He comprobado que no hay vuelos directos, pero, por ejemplo, Air France tiene un vuelo que sale todos los días desde Dublín a las doce y llega a Lyon, con escala en París, a las cinco y diez.

–Es decir, que Haggerty pudo tomar el avión el viernes por la mañana y plantarse en Lyon cinco horas después.

–Exacto.

–Y doce horas más tarde fue asesinado –apuntó Laura.

–Él sabía que me iba a la India, seguro que se lo contó mi padre, por eso se dirigía a la Interpol de Lyon.

–Entonces, lo seguían –añadió ella–. Y en el parque encontraron la oportunidad de acabar con su vida.

–¿Qué sabía Haggerty que fuera tan importante como para matarlo?

–La clave debe de estar en su trabajo, en la India o en el USB –argumentó Laura.

–Puede que las tres cosas estén conectadas. Pero algo me dice que la India es la clave. ¿Por qué, si no, querría verme?

–Porque sabía que tenías un congreso allí.

–Según mi padre, Sean esperaba a alguien en Limerick que no se presentó.

–¿Quién sería? –se preguntó Laura en voz alta.

El camarero trajo dos fuentes de colcannon, un plato elaborado con patatas, ajo y col verde y, en otro, un estofado irlandés compuesto de cordero, patatas, cebollas y perejil.

–¡Madre mía! –exclamó Laura–, este es el país de la carne y las patatas.

–Hay que comer bien para soportar este clima.

Ambos sonrieron y se sirvieron una generosa ración.

–Esta tarde tenemos que ir al cementerio. Es la ceremonia de Haggerty.

Thomas asintió sin pronunciar palabra; tenía la boca llena.

–He pensado comprar unas flores –añadió Laura.

–Me parece bien. Por cierto, mañana debemos volver a Lyon, yo no puedo alargar más mi estancia.

–Yo creo que me quedaré unos días. Tu padre quiere enseñarme su casa y desea que lo acompañe a Limerick para elegir unos muebles.

Lo que Laura omitió fue que quería averiguar la razón por la que Haggerty se encontraba allí el jueves y a quién esperaba.

–Si de verdad deseas quedarte y no te molesta, me iré esta tarde –dijo Thomas.

Le extrañaba que Laura quisiera permanecer en Kilconnell. No sospechaba sus verdaderas intenciones.

–Y respecto a lo de anoche en tu habitación...

–Te pido disculpas por mi actitud egoísta. Te aseguro que no volverá a pasar –le interrumpió Laura, deseosa de zanjar la conversación.

–Mujer, tampoco exageres. A mí no me importaría que volviera a ocurrir, pero esta vez con un final diferente, un final feliz –dijo mostrando una pícara sonrisa.

Las callejuelas del distrito de Chowk eran un hervidero de gente, animales y bicicletas. Dulal no parecía darse cuenta de la multitud

169

que pasaba a su lado. La representación de los círculos revoloteando en su cabeza captaba su atención. El paso de un difunto transportado en una camilla de bambú y cubierto con unas telas naranjas lo distrajo por un momento. «Este es el destino de todos. Solo el nombre de Rama es verdadero.» El cortejo fúnebre gritaba aquella letanía. Los cánticos de los familiares y amigos del difunto se perdieron definitivamente entre los callejones y los pensamientos de Dulal aparecieron como una nube de mosquitos.

–Un asesino que marca a sus víctimas con ocho círculos –dijo en voz alta–, y que además recoge su trofeo con cada muerte. Todos ellos *dalits,* mujeres. No deja notas ni pistas y elige a sus víctimas. Un asesino indio adaptado a los nuevos tiempos.

Se acordó de *Seven,* la película que le había hecho plantearse ser policía. El asesino elegía a sus víctimas siguiendo la lista de los pecados capitales. Si era un asesino en serie, Dulal tenía mucho ganado; su manera de actuar era siempre la misma: primero acechar, luego atacar y por último matar.

Pensó que podía renunciar temporalmente al sentido común y lanzar algunas hipótesis, como quien lanza una bola de críquet con los ojos cerrados y pretende hacer una buena jugada. Pero su mente analítica no estaba acostumbrada a las adivinanzas. Tenía que reconocer que estaba perdido. Se le aparecieron de nuevo los ocho círculos, esta vez ante sus ojos. Se paró delante del cartel que descansaba sobre un pie de madera. Efectivamente, un círculo central y siete círculos rodeándolo. Dentro había diversos símbolos. Dulal reconoció los de la esvástica, la representación del Sol y de Vishnu. Comparó la fotocopia con el cartel y, sí, coincidían. Sacó el móvil e hizo una foto. Leyó que era una academia para las ciencias aplicadas en sánscrito. Entró con decisión.

Se encontró en una estancia grande, vacía de muebles, con las paredes pintadas de blanco adornadas con cuadros con frases de los *Vedas* y fotografías de profesores y alumnos. Decenas de estudiantes masculinos de diferentes edades repetían en voz alta palabras en sánscrito. Llevaban el pelo rapado con tres rayas blancas pintadas encima de las cejas, distintivo de los adoradores del dios Shiva. Vestían los tradicionales *dhotis* envueltos en torno a las piernas a modo de pantalón. Dulal se preguntó si, como había leído una vez, las vibraciones de las cincuenta y una letras del alfabeto sánscrito eran las mismas que las vibraciones humanas. Observó las fotografías que lo rodeaban. En casi todas aparecía un hombre vestido con un *dhoti* naranja y un turbante del mismo color. Para su asombro apareció por una de las puertas. Los estudiantes se levantaron y comenzaron a recitar himnos del *Rig Veda* y del *Sama Veda* mientras el maestro movía la cabeza en señal de gratitud. Se fijó en Dulal.

–*Namaste.*

–*Namaste.*

–¿Le gustaría aprender sánscrito?

–No está entre mis aficiones.

–Entonces, ¿ha venido a relajarse con el eco de los sonidos?

–Soy miembro de la Brigada de Investigación Criminal de Benarés.

El maestro no alteró su expresión ni un ápice.

–¿Y qué viene a buscar un policía encargado de resolver crímenes a un lugar como este, una vibración asesina?

Dulal dejó escapar una sonrisa.

–No, algo más tangible. Quería preguntarle por el cartel que tiene en el exterior de su academia.

–Entonces busca un mandala asesino.

–Un mandala..., tenía que habérmelo imaginado –murmuró Dulal.

–La representación del orden, la armonía, el equilibrio, la simetría, el infinito, el cambio, el renacimiento y el universo. Como ve, todo lo opuesto a lo que anda buscando.

–Tiene razón.

–¿No ha hecho alguna vez garabatos curvos en un papel mientras hablaba por teléfono? –preguntó el maestro.

–Sí.

–Los seres humanos tenemos esos trazos grabados en el subconsciente. Cuando la parte consciente se relaja, el círculo aparece.

–He oído que los yoguis los utilizan para meditar.

–Los primeros mandalas datan en el hinduismo del año 1000 antes de Cristo, pero también se encuentran representaciones geométricas simbólicas en otras culturas, como los navajos, aztecas, aborígenes de Australia, los primeros cristianos o los musulmanes.

–¿Podemos ir a un lugar más tranquilo? Quisiera enseñarle algo.

El maestro arqueó por primera vez las cejas.

–Le puedo asegurar que no hay sitio en la ciudad donde se respire más paz que entre estas cuatro paredes. Pero si quiere...

Atravesaron un arco y llegaron a lo que parecía ser una vivienda. Se sentaron en el suelo.

Dulal sacó el informe de la carpeta y se lo mostró al maestro. Este lo miró con interés durante unos segundos.

–¿Qué me puede usted decir de esta representación? Es muy parecida a la que tiene en el exterior de la academia.

–Los mandalas responden a cuatro aspectos: ideológico, numérico, geométrico y figurativo. En su dibujo aparece el número ocho. Puede ser la representación de los ocho puntos del compás, de los ocho grandes dioses dirigidos por Shiva, de los ocho planetas principales, los siete *chakras* rodeando al dios creador. Eso a simple vista. Con los orbes vacíos no puedo decirle más. Para entenderlo necesitaría conocer las representaciones de las otras cuatro dimensiones.

–Entonces, ¿podrían representar cualquier cosa?

–Así es.

–¿Y los símbolos que hay encerrados en el mandala de la academia?

–El central es la esvástica y los que lo rodean son palabras escritas en dvnagari. Son muy comunes en las escuelas de sánscrito. Palabras que conectan la religión, *dharma,* con la perfección, *chakra*.

–¿Existe alguna relación entre el número ocho y el círculo?

–El círculo es el símbolo de la plenitud y la regeneración, existe una estrecha relación con los sistemas asociados al ocho.

–Veo que el ocho tiene mucho que ver con nuestra cultura.

–Conocí a unos individuos que creían en el poder de los números y los utilizaban como medio para justificar sus actos. Algunos números emitían vibraciones tan dañinas que enfermaron su mente. Después de unos meses de meditación, sanaron por completo. Las sílabas del sánscrito son un vehículo para restablecer el equilibrio en el ser humano.

—O sea, que si encuentro al hombre que busco, lo mando a su academia para que se recupere.

—Todos tenemos en nuestro interior la capacidad de hacer el mal. Nuestras células están llenas de malas vibraciones. Nadie se libra de esa dualidad, desde los marajás hasta los intocables.

A Dulal le pareció una forma muy interesada de explicar la maldad. Entonces se acordó de Chitán y de su manera de tratar a los *dalits*.

—Sabemos que el asesino que buscamos mató a sus víctimas con un pañuelo.

—¿Y luego dejó las marcas del mandala con un sello de metal?

—El forense cree que lo llevaba incorporado al pañuelo. Puede que cosido o adherido con un pegamento especial.

El maestro se quedó pensando. Al final dijo:

—Perdone, detective, pero no estoy acostumbrado a pensar sobre el mal.

—Le agradecería que me dijese dónde puedo encontrar un catálogo de mandalas.

—¡En Internet! Ahora todo está dentro de esa máquina que emite sonidos electrónicos, ondas enigmáticas y calor. Hasta mi imagen está dentro de esa caja.

Dulal sonrió.

—Entonces el mandala que tiene en la puerta lo sacó de Internet.

—No. Ese en concreto fue un regalo de uno de mis mejores discípulos.

—¿Sabe dónde puedo encontrarlo?

—La última vez que tuve noticias suyas estaba de peregrinación a Mathura-Vrindavan, el lugar donde nació Krishna.

—¿Le dijo cuándo regresaría a Benarés?

—No sé. Dejó el sánscrito y se convirtió en un yogui seguidor de Kali.

—Kali, la forma temible y feroz de la diosa madre.

—Exacto, Kali se muestra en su estado de ánimo más guerrero, combate cuerpo a cuerpo, con un pie sobre el pecho de Shiva y con su enorme lengua desplegada.

—Las mujeres estranguladas no tenían lengua —dijo Dulal en voz alta—. ¿Cómo se llama el yogui?

—Dada Sharma.

—¿Tiene alguna foto que me pueda mostrar?

—No pensará que Dada Sharma tiene algo que ver con sus acertijos...

—El pueblo de la India me paga un sueldo por dudar. Es una mera formalidad.

—Venga conmigo.

El maestro se paró debajo de una de las fotografías. Aparecían tres hombres sentados en el suelo con las espaldas apoyadas en unos cojines. Estaban frente a una gran multitud vestida con bonitos atuendos y adornada con pinturas y abalorios. Dulal reconoció al maestro en el centro.

—Es el que está a mi derecha.

Era un hombre joven con la barba cuidada y vestido con un gorro ceremonial. Le sacó una foto.

De camino a la comisaría pasó por las calles milenarias. El deterioro de la ciudad se apreciaba día tras día. Desde las cloacas hasta los edificios imponentes de los *ghats*. Una grotesca caricatura de lo que fue antaño. La ciudad estaba asolada pero el mundo miraba para otro lado. Dulal no era de esos. El continuo ir y venir de sus habitantes, el desorden de sus calles, el olor a carne quemada, a zotal, junto con el ruido de los motores de los vehículos, desesperaba al superintendente. Benarés era morada de santos, de holgazanes, de adictos al cannabis, de eruditos, de sinvergüenzas, de ladrones sin escrúpulos, de discípulos de Buda, de indolentes, de trabajadores, de esclavos, de corruptos, de rameras y de un sinfín de castas que se reconocían pero no se mezclaban. Y ahora, entre ellos, se escondía un psicópata coleccionista de lenguas. Un nuevo ser que añadía a Benarés un motivo más para el pesimismo.

13

Thomas se dirigió directamente desde el aeropuerto de Saint-Exupéry hasta el edificio opaco de cristal y acero de la Interpol. Allí le esperaba Newton, el oficial de Inteligencia Criminal, con la información que necesitaba. Lo había llamado antes de tomar el vuelo desde Dublín. Dejó la maleta a un lado de la puerta de su despacho, se quitó la gabardina y fue hasta la máquina de café, donde se preparó un cortado que acompañó con varias pastas de chocolate. Rose conocía su gusto por el chocolate negro y siempre estaba bien abastecido.

La planta en la que trabajaba se hallaba desierta a esas horas. Casi echó de menos el murmullo de los trabajadores y los corrillos que se formaban alrededor de la cafetera.

–¿Te preparo uno? –preguntó a su colaborador.

–Ni hablar, que no duermo –respondió con su leve acento italiano–. Por cierto, estamos de enhorabuena, nos han llegado ya los datos de la operación Tuy en Burkina Faso.

Thomas le animó a que hablara mientras saboreaba el café sentado cómodamente en una butaca. El oficial hizo lo propio en la de enfrente.

–En los dos días que ha durado la operación, se ha descubierto a trescientos ochenta y siete niños que trabajaban en condiciones extremas. Los obligaban a trabajar en minas de oro, dentro de galerías estrechas y sin aire, situadas a una profundidad de hasta setenta metros. Los menores no recibían ningún sueldo ni educación y, en el caso de las niñas, sufrían a menudo abusos sexuales. Algunos no tienen ni seis años. –Llegado a este punto, se aclaró la garganta.

Thomas dejó el café en una pequeña mesa redonda situada entre las butacas, encorvó su espalda hasta tocar con los codos las rodillas y se cubrió la cara con las palmas de las manos.

–A veces me cuesta imaginar cómo pueden existir personas tan malvadas. Porque está muy bien verlo en las películas pero, diablos, esto es la vida real. Y que violen a las niñas... Deberían caparlos.

Se frotó la cara como si se la lavara y preguntó:

–¿Qué ha pasado con los niños rescatados?

–Han regresado a sus hogares o han sido acogidos por los servicios sociales.

–Guida Blemin, del departamento de trata de personas, ha realizado un estupendo trabajo.

–Así es. La clave de este éxito ha sido que, antes del inicio de la operación Tuy, más de cien funcionarios de la Policía Nacional, la Gendarmería, los Servicios de Aduanas, Bienestar Social, Aguas y Bosques, participaron en un curso impartido por especialistas del Grupo Internacional de la Interpol especializado en la trata de personas, además de por burkineses expertos en asuntos policiales, sanitarios y educativos.

–Es crucial que existan las infraestructuras y los conocimientos necesarios: de ahí que la formación sea tan importante como el trabajo sobre el terreno. Si los funcionarios no poseen los conocimientos precisos, no pueden desempeñar su labor.

–Para eso estamos nosotros. En esta operación han participado ciento sesenta y cinco funcionarios de Policía –explicó hojeando sus notas– junto con personal de los Servicios Sociales, Sanitarios y de Aduanas. A raíz de la operación, se ha detenido a setenta y tres personas por trata de menores e infracciones de la normativa laboral.

–Esta noticia, en vez de un café, bien merece un buen whisky –sugirió Thomas–. Espero que nos lo tomemos cuando terminemos con el congreso de Bombay.

–Eso está hecho. Con respecto a lo que te interesaba saber sobre la operación Pangea... Fue una intervención mundial coordinada por la Interpol contra el mercado negro internacional del medicamento en la que estuvieron implicados cien países y llevó al cierre de más de dieciocho mil sitios de Internet vinculados a farmacias ilícitas en línea. Se decomisaron, a escala planetaria, 3,75 millones de unidades de fármacos potencialmente perjudiciales para la salud, valorados en diez millones y medio de dólares.

–¿Cuáles eran los medicamentos más demandados? –preguntó Thomas despojándose de la corbata.

–Fármacos contra el cáncer, antibióticos, productos para tratar la disfunción eréctil, fármacos adelgazantes, suplementos alimenticios y medicamentos para el asma.

–¿Y qué hay de los laboratorios?

–Hasta la fecha, se ha detenido o se está investigando a setenta y nueve personas por diversos delitos, entre los que figura la gestión de laboratorios clandestinos que producen medicamentos falsificados. Ha sido clave el apoyo de empresas como Legiscript, Visa, Mastercard y PayPal, ya que invalidaron los sistemas de pago de farmacias fraudulentas en línea, e interrumpieron el envío de grandes volúmenes de *spam* y publicidad de redes sociales. ¿Te sirve de algo esta información?

–Si te soy sincero, no tengo ni idea. Estoy tratando de entender cómo funciona el mundillo farmacéutico –admitió Thomas juntando las manos.

–Lo que hay que tener claro es que cuando una persona está enferma y no puede pagarse los medicamentos, sus familiares, o ella misma, están dispuestos a todo.

De camino a casa recibió la llamada de una Laura decepcionada que le contó que James, el amigo de Sean que aparecía en las fotos, no se había presentado al entierro. También le confirmó que a la mañana siguiente se iba con su padre a mirar unos muebles a Limerick. Por un momento, asociar el nombre de Laura a su padre lo descolocó. La vida creaba extrañas uniones, pensó. Tuvo que cortar de manera brusca su conversación con ella porque le llamaba el inspector Deruelle.

–Buenas noches, inspector, si espera a que pague al taxista y suba a casa, le atiendo encantado.

Ya en el salón, Thomas se quitó con gesto rápido los zapatos y el abrigo y activó el manos libres del teléfono móvil.

–Perdone por la espera.

–La culpa es mía por llamar a estas horas. Pero tenemos noticias. ¿Se acuerda de que le comenté que estábamos analizando el barro de los zapatos de Haggerty?

–Sí, lo recuerdo –respondió Thomas mientras se preparaba algo de cena en la cocina.

–El biólogo aisló los granos de polen de la tierra con ácido fluorhídrico. Encontró veinte tipos distintos de polen. Pudo identificar la mayoría, pero había uno que no conocía.

–No me extraña. Tengo entendido que hay millones de especies diferentes. –Mordió un trozo de queso.

–Exacto. El caso es que, después de mucho buscar, averiguó que se trataba de un árbol no muy común, un castaño de Indias, una especie originaria de Asia. Lo bueno es que se trata de un polen muy pesado que no se transporta demasiado por el aire, sino que tiende a caer cerca. Barajamos posibles localizaciones y aislamos una zona. Hemos encontrado un coche aparcado cerca de un castaño de Indias. Resulta que fue alquilado por un tal James Moore en el aeropuerto de Lyon.

–¿Podría tratarse de Haggerty? –preguntó Thomas anonadado.

–No solo podría, es Haggerty. Por eso no encontrábamos ningún dato. Con esta nueva identidad hemos podido reconstruir sus pasos desde que salió de casa. Encontramos su coche aparcado en el aeropuerto Juan Pablo II de Cracovia. De ahí tomó un vuelo con el nombre de James Moore hacia Dublín, donde alquiló un coche. Suponemos que se dirigió a Limerick, estamos tratando de averiguarlo, así como el lugar donde durmió. El viernes voló de Dublín a Lyon. Alquiló un Renault Clio azul metálico que aparcó en una zona apartada del parque la Tête d'Or. La Policía Científica la ha acordonado y en estos momentos está buscando pruebas. Un primer vistazo a su interior apunta a que durmió en él, el asiento del copiloto todavía se encuentra en posición horizontal.

–Pero ¿de dónde sacó un pasaporte falso? ¿Y por qué? ¿Qué quería esconder?

A Thomas se le agolpaban las preguntas en la mente. Conforme avanzaba el caso, más raro se volvía. El Sean de la habitación de Kilconnell, ordenado, escrupuloso, reservado, más bien anodino y gris, nada tenía en común con este.

–Quizá quería esconderse de sí mismo. La paradoja es que el billete para Benarés lo reservó con sus datos reales. Tenemos varias líneas de investigación abiertas, entre ellas seguir la pista del pasaporte falso. Espero disponer pronto de más noticias. En fin, queda mucho trabajo por delante, me espera una larga noche. Solo lo llamaba para informarle del resultado de nuestras pesquisas.

–Se lo agradezco enormemente. Por favor, cualquier cosa que esté en mi mano no dude en pedírmela.

–Le tomo la palabra.

Cuando Thomas colgó, un extraño remolino comenzó a girar en su interior. Se hallaba dentro de él y percibía que, aunque tratara de escapar, era tarde; ya lo tenía atrapado.

Dulal llamó a la puerta del despacho de su jefe.

–Pase.

La estancia estaba iluminada por la luz cenicienta de las bombillas sucias del techo. Dulal no podía creer lo que veía: el comisario había colocado una pequeña pecera en una de las esquinas, dentro, unos peces de colores se movían de un lado al otro. Es algo inaudito, pensó mientras los observaba atónito.

El Gordo y el Flaco estaban sentados frente a la mesa de Umed con unos papeles entre las manos. Rishi había encontrado un remedio contra el calor sofocante: abanicarse con las dos hojas del informe.

–Hablábamos de su conversación con el maestro de sánscrito –explicó Rishi–. En varias tradiciones espirituales, los mandalas se usan como herramienta espiritual para llegar al trance.

Umed se movió inquieto en la silla. Miró en dirección a la ventana. La luz de los focos de la fachada se filtraba por el cristal y le iluminaba la cara.

–El creador del mandala está en paradero desconocido. Es un seguidor de Kali.

–La esposa de Shiva. ¿Sabe que la primera vez que me fijé en ella fue cuando era un niño y leí la saga de Sandokán? Aparecía adorada por unos asesinos –dijo el comisario.

–Parece ser que estamos ante una especie de psicópata religioso –afirmó Fahim.

–Si esto es realmente la representación de un mandala, y todo apunta por ahí –argumentó Dulal–, el psicópata religioso busca la aceptación de su dios. Es como el hijo con su padre, necesita la aprobación constante de su conducta. Esta búsqueda de la aceptación le lleva a cometer todo tipo de actos. Algunos psicópatas están plenamente convencidos de que hay una relación directa entre la dificultad de cometer el acto y la recompensa.

–Y el asesinato se contempla como el sacrificio más espinoso de todos los actos –añadió Fahim.

Dulal se acordó de la película *El asesino de los números*. Un fanático religioso servía a un dios reconstruyendo su cuerpo con los trozos que les cortaba a sus víctimas. Todas debían tener la edad de Cristo, treinta y tres años, llamarse igual que los apóstoles y trabajar en lo mismo que ellos.

–Veo en el informe que en los hospitales no tienen constancia de ningún cadáver al que le faltase la lengua –comentó Umed.

–Así es, señor comisario –dijo Fahim.

–No me llame señor. Mi nombre es Umed.

–Sí, comisario Umed.

–Mejor así. Rishi, por lo que veo, tampoco usted tiene más información.

–Eso es, señor..., comisario Umed.

–No he hallado en los archivos ningún caso que se le parezca. Eso hace que las únicas pistas fidedignas que tenemos sean las marcas en el cuello de la prostituta y las huellas encontradas en su casa. Perspectivas nada halagüeñas, por otra parte –murmuró el comisario.

–Si no le importa, yo me encargaré de seguir la pista del mandala. También me pasaré por el crematorio eléctrico. Puede que hayan recibido algún cadáver con la lengua cortada –comentó Dulal.

–De acuerdo. Ustedes husmeen por si encuentran algún testigo que estuviera en los momentos previos a la muerte de la mujer del pozo. Por cierto, un periodista de Benarés me llamó para hacerme unas preguntas sobre el asesinato de la prostituta. Esos tipos tienen confidentes hasta en la morgue. Tendremos que nombrar un nuevo responsable de prensa, el actual es un inepto. A partir de ahora, nos van a mirar con lupa desde Delhi. No todo el mundo ha recibido la creación de la brigada con alegría. En este breve espacio de tiempo ya nos hemos forjado enemigos. Pero recuerden que no hay árbol que el viento no haya sacudido –dijo Umed alzando la voz.

A Dulal le cambió la cara, le horrorizaban los proverbios.

–Ya tengo un candidato para ser el nuevo responsable de prensa –anunció el comisario.

Todos miraron a Dulal.

–¿Yo? Pero...

–¿Quién mejor que usted?

Dulal pensó en Fahim y Rishi pero enseguida se quitó la idea de la cabeza.

–Si es una orden, entonces no tengo elección.

–Usted va a ser nuestro salvavidas –dijo Umed sofocando una ligera sonrisa.

El comisario se levantó, agarró un bote con alimento para peces y echó un poco del contenido en la pecera.

Dulal conducía por la carretera de Sornapura en dirección al *ghat* de Harishchandra, donde se encontraba el crematorio eléctrico. Propiedad del Gobierno indio y ampliado en 1980 con otro horno más, no tenía mucha aceptación entre los creyentes pero era una alternativa para aquellos que no podían permitirse comprar los trescientos kilos de madera necesarios para quemar un cadáver. La otra opción era arrojar los cuerpos al agua atados a una piedra y así evitar pagar las trescientas rupias, unos seis euros, que costaba la incineración en el crematorio público. Se arriesgaban a que los cadáveres saliesen a flote por la acumulación de gases y que la corriente los llevara a la otra orilla, la impura, donde eran alimento de perros y buitres.

Dulal se desesperaba por el tráfico de aquellas horas de la mañana. Conducía con todos los sentidos alerta, buscando un hueco para seguir avanzando sin percances. A veces estaba a punto de rozar a otro vehículo, otras se le cruzaba un *rickshaw,* una bicicleta o una moto y tenía que frenar bruscamente. El calor era asfixiante. Una nube de partículas caía igual que la lluvia y tapaba la visión de la carretera.

Las motas de polvo y hollín se pegaban al parabrisas como salamandras a un muro. Los rayos del sol que las atravesaban aumentaban la sensación de ceguera. Accionó el limpiaparabrisas pero solo logró que la visión empeorara. Se pasó el cruce de la carretera de Tribhandeswar Colony y su mal humor fue en aumento. Frenó en seco.

–¿Dónde has aprendido a conducir, sudor del culo de un lagarto? –le gritó el conductor de atrás con bocinazos y gestos de enfado–. ¿Es que no te gusta ir en asno y te has comprado un coche?

Dulal fingió indiferencia. Giró a su derecha obligando a frenar a los coches que venían en sentido contrario. Aparcó bajo un gran depósito de agua. Desde allí se respiraba un fuerte olor a carne quemada. Caminó hacia el *ghat* de Harishchandra. Vio a cientos de aves posadas en el agua, venían de Siberia para pasar el invierno. El edificio estaba en lo alto del *ghat*. A ambos lados había escaleras que conducían al río. Una barca maltrecha reposaba en lo alto de la pendiente. Dulal se apoyó en la roda de popa y acarició la madera de la quilla. ¿Cuántas veces habrían tocado esa madera las aguas sagradas?, se preguntó.

El edificio estaba construido con grandes bloques de tierra rojiza; los pilares desnudos, las dos chimeneas de latón estrechas y los cables que traían la electricidad colgados de los postes, recordaban a una fábrica de cemento abandonada. Tenía cuatro alturas pero solo las dos superiores albergaban el crematorio. Las de abajo carecían de paredes, como si estuviera inacabado. En la segunda planta descansaban unas vacas y un perro famélico y en la primera había un tenderete con objetos que se utilizaban en el ritual de la cremación.

En el lado derecho del crematorio, pegada a un muro de contención, se acumulaba una enorme pila de troncos. Destacaba por su altura una hornacina donde ardía la llama sagrada que se empleaba para encender las piras. Era custodiada y alimentada las veinticuatro horas del día. La llama pasaba de generación en generación como una joya de incalculable valor. De la tierra salía una tubería que expulsaba las cenizas al río. A escasos metros, varias personas lavaban ropa golpeándola contra las losas de cemento de la ribera. La vida no existe sin la muerte, pensó Dulal.

No había turistas. Era un *ghat* pequeño y alejado del centro.

Dulal caminó por la rampa de subida preparada para el paso de los coches fúnebres. Como la entrada de urgencias de un hospital, la del crematorio estaba tapada por una cubierta que impedía ver los cadáveres cuando se descargaban.

Un hombre de aspecto gris, vestido con un traje barato a juego con su cara, le dio la bienvenida.

–Pusan, a su servicio.

–Soy Dulal, jefe de investigación de la Brigada de Investigación Criminal de Benarés.

–¡Vaya! Tan joven y ya superintendente. Llegará lejos.

Dulal conocía de sobra a esa clase de funcionarios. Solo se arrimaban para sacar algo de provecho.

–No sabía que había una brigada criminal en Benarés. Pero claro, yo solo conozco al responsable de la comisaría de Chowk, Chitán, un excelente policía.

El tipo le provocaba una repulsión que iba en aumento.

–¿Y qué viene a buscar un agente tan importante a mi crematorio?

Muchos de los altos funcionarios con los que había tratado Dulal tenían la mala costumbre de adueñarse de los edificios propiedad del Estado. Desde los ministerios era tolerado, daba la impresión de que gestionaban mejor los recursos. A Dulal le parecía que producía el efecto contrario: los «dueños» arrastraban una dejadez programada de sus funciones para pedir más dinero y quedarse con una parte.

–Me gustaría saber si tiene constancia de cadáveres a los que les faltara la lengua –preguntó Dulal sin ambages.

El responsable eructó de una manera sonora durante varias ocasiones antes de responder.

–Desde que estoy aquí he visto cadáveres sin extremidades, sin nariz, sin orejas, sin órganos, ya me entiende, pero ninguno sin lengua. Será porque la necesitan para despedirse antes de morir –dijo y soltó una carcajada.

En ese momento sonó el teléfono del despacho. El responsable contestó. Dulal miró hacia la salida y se escabulló sin despedirse.

Caminó a ciegas. De una de las puertas salió un hombre con una bata verde tan sucia como las aguas del Ganges.

—Soy agente de policía y he venido para recabar información sobre el estado de algunos cadáveres.

Le mostró la acreditación. El hombre la miró con interés.

—Yo me encargo de preparar los cuerpos antes de incinerarlos.

A Dulal se le abrieron los ojos de la emoción.

—¿Quiere decir que por sus manos pasan todos los cadáveres que reciben en el crematorio?

—No todos, no soy el único que trabaja aquí, pero sí muchos de ellos.

—¿Podemos ir fuera un momento? Me gustaría hablar sin respirar este olor a...

—A carne humana. Yo ni lo huelo.

Un perro salió de su escondite cuando los vio aproximarse. El funcionario chasqueó la lengua repetidamente y el animal huyó al resguardo del sol. Se sentaron mirando el río. La pira estaba casi completa. En la orilla, un lisiado con barba larga y el pelo enmarañado vestido solo de mugre y cal pedía algo de comer a todo el que se acercaba. El trabajador del crematorio abrió un paquete de betel, se lo metió en la boca y comenzó a masticarlo.

—¿Ha visto en los últimos meses algún cadáver sin lengua?

El hombre casi se atraganta. Escupió sin haberle dado tiempo a saborear el betel.

—Yo diría que seis.

Dulal notó que se le paraba el corazón. Incrédulo, se levantó y le preguntó:

—¿Está seguro de que no tenían lengua?

—Seguro. Cuando vienen suelen llevar una mortaja alrededor de la mandíbula y yo se la quito. Entonces la boca se abre y...

—¿Eran todas mujeres?

El trabajador escupió la saliva rojiza por la nuez de betel. Dulal había leído que era cien veces más fuerte que la nicotina.

—No, había mujeres y hombres.

Dulal cerró los ojos, hinchó los pulmones con fuerza. Se estremeció. Si decía la verdad, y no había motivo para sospechar que

184

mentía, estaba ante un asesino en serie, tal como había adelantado.

Seis, pero podían ser más. Y no solo mataba a mujeres. Asesinaba sin importarle el género. Era un descubrimiento que daba al caso un giro inesperado. Un giro preocupante. Desde que apareció la segunda víctima, Dulal creía que la línea de investigación debía encaminarse al perfil de un psicópata religioso. Una especie de ángel vengador. Pero ahora no estaba tan seguro.

—¿Por qué no llamó a la Policía? —le preguntó al hombre.

—Porque nadie vino aquí. Soy un simple trabajador del crematorio, hago mi trabajo y me voy a casa. ¿Lo entiende?

—¿Tampoco le comentó nada a su jefe?

—A ese solo le interesa que se paguen las trescientas rupias que cuesta incinerar un cuerpo.

—¿Recuerda cuándo vio el primer cadáver?

El hombre se levantó y trató de recordar.

—No con seguridad. Yo diría que hace un mes.

—¿El crematorio dispone de un registro de los cuerpos incinerados?

—Claro, pero no hay forma de saber los que no tenían lengua. Solo escribimos los nombres y de dónde vienen.

—Menos es nada. Volvamos dentro. Quiero la lista completa de los últimos tres meses y necesito hablar con los demás trabajadores que tienen acceso a los cadáveres.

—Tendrá que pedir permiso al dueño.

—¿Al dueño?

—Así es como nos ha dicho que lo llamemos cuando hablemos de él con otras personas.

—Lo que hay que oír.

A Dulal no le importó verlo de nuevo. Esta vez iba a ponerlo en su sitio.

14

Thomas llegó al aeropuerto de Bombay cansado del viaje. Lo primero que vio antes de aterrizar fueron los *slums* que se arracimaban hasta el muro que separaba la pista de aterrizaje del exterior. El olor a humedad de la moqueta verde que cubría el suelo impactó en sus fosas nasales. Mientras esperaba para recoger la maleta de la cinta transportadora, vislumbró las cristaleras que daban a la calle cubiertas de vapor. El aeropuerto era un caos comparable al primer día de rebajas en Harrods. Unos policías con uniformes de color caqui realizaban sus labores de vigilancia acompañados de unos perros pastores alemanes. Thomas se sintió intimidado. Una vez con su equipaje en el carrito, se dirigió a la ventanilla oficial de cambio de moneda. Aunque no cambió demasiados euros, le devolvieron un fajo enorme de billetes. En torno a él, otros hombres gritaban desde sus ventanillas de cambio ofreciendo sus servicios y, durante un momento, el ruido fue ensordecedor. Se dirigió a la salida de la terminal internacional y se sentó en unas butacas negras que estaban cubiertas por un porche. Miró sus mensajes en el móvil. Algunos trabajadores del aeropuerto dormían sobre algunas sillas.

Había demasiada humedad, regresó al interior y se encaminó a la entrada del aeropuerto. Antes de salir quiso ir al baño. Se encontró con un agujero en el suelo, con la zona donde apoyar los pies marcada. A un lado había un cubo verde de plástico lleno de agua con una jarra en su interior, a la izquierda, una especie de teléfono de ducha situado a baja altura. Cambió de opinión y decidió esperar a estar en la habitación del hotel. Vio que unas personas pagaban por acceder al interior del aeropuerto. Buscó a su contacto. Entre el tumulto, un hombre sujetaba un folio blanco con su apellido escrito en grandes letras negras. Thomas le hizo la señal de que era él. Con gran solicitud, el chofer vestido de uniforme recogió su equipaje.

Las puertas automáticas del aeropuerto se abrieron y una gran cantidad de gente lo envolvió. Aquellos que no querían pagar por entrar se agolpaban contra las barandillas a la espera de ver esa cara conocida. La humedad lo golpeó de nuevo. El aire espeso lo sorprendió y por un momento dejó de respirar. Se sentó en el taxi Ambassador aliviado.

Contempló desde la comodidad de su aire acondicionado la noche, que, vertiginosa, gritaba a su alrededor. Pasó al lado de motos, bicis, carros, perros que mordían algo que no logró adivinar al lado de una pared. En una oquedad de un edificio en ruinas varias personas dormían sobre unos cartones. Vio a dos niños descalzos y mugrientos charlar animados sobre la acera recalentada por el calor del día. El sonido de las bocinas se sucedía continuamente incluso a esas horas. En un semáforo, una mujer se acercó y le mostró a un bebé, después con un gesto se llevó la mano a la boca; Thomas no sabía si le pedía comida o dinero. El chofer, que hasta ahora había permanecido silencioso, le advirtió que no bajase la ventanilla ya que en un instante el coche quedaría rodeado de mendigos.

El hotel Sofitel Mumbay se encontraba cerca del aeropuerto, en Barma. Se había inaugurado hacía poco y era perfecto si no deseabas alojarte en la ciudad. Las habitaciones eran amplias, la cama confortable, el baño enorme y tenía una magnífica piscina. Thomas salió de la ducha y se tumbó, desnudo, no sin antes subir los grados del aire acondicionado. El reloj marcaba las 3.15 de la madrugada. Pensó que no estaría mal llamar a George; calculó que en Washington serían las cuatro de la tarde.

—No me lo puedo creer, si me llama el azote de las mujeres..., el justiciero que con su enorme espada las tiene a todas locas...

—Ya veo que hoy estás en plan cómico.

—No me hagas caso, solo es envidia. ¿Desde dónde llamas?

—Ya estoy en Bombay. Pasado mañana comienza el congreso.

—No veas qué lujo... Por cierto, ¿qué sabes del fiambre? ¿Hay algo nuevo?

—Poca cosa. El tal Haggerty utilizaba un pasaporte falso a nombre de James Moore con el que reservó los vuelos a Irlanda y Lyon, además de alquilar algún coche.

–Vaya con el animalillo que te parecía inofensivo. Nos ha salido bastante espabilado.

–Sí, es desconcertante. Si hubieras estado en su casa, hubieras pensado lo mismo.

–Mira, Thomas, si algo se aprende en la Policía es que casi todo lo que ves por fuera es mentira. Te sorprenderías de lo que se descubre en cuanto rascas un poco.

–No puedo creerme que te dé la razón. Pero la tienes. Este angelito posee una parte oscura que debemos desentrañar.

–¿Debemos? ¿A quién te refieres?

–Tranquilo, jefe, hablo de mí. Ahora que estoy en la India espero conseguir algo de información después del congreso. Me he enterado de que un comisario de Benarés está entre los participantes. Pienso pedir su colaboración.

–Estupendo, guapetón. Tú, ya sabes, si me necesitas, allá voy.

–*Okay* –respondió sonriente.

–Oye, Thomas, he pensado que me voy a hacer un tatuaje, ¿qué te parece? –dijo George de repente–. Pero lo quiero en alguna parte del cuerpo donde nadie lo vea.

–¿Ni tan siquiera tu mujer?

–Ni ella.

–¿Qué tal en el pene?

–Me parece que últimamente te estás volviendo un cabrón andante.

–Perdóname, es una broma.

–No, creo que tienes razón, será en el pene. A este paso nunca lo verá. Es el mejor sitio.

–¿En qué has pensado?

–Ni idea.

Thomas dobló la almohada detrás de su cabeza y se incorporó un poco.

–Ahora hablando en serio, ¿qué tal estás, George?

–Sigo bastante fastidiado. Nada ha cambiado. Hay días que me desespero porque, la verdad, es muy duro dormir con alguien a quien quieres y deseas y no poder hacer el amor. A veces creo que me voy a volver loco. He pensado que quizá me acerque a la India y así te ayudo con la investigación. Tú eres, digamos, un poco incompetente. Aunque lo suples con tu don natural para el sexo y las mujeres.

–Gracias, pero ¿tú en la India? Me da que no es una buena idea. Este país está bastante alejado del tipo de cultura que tú amas.

–Me da igual. Todo el mundo habla de ese rollo que tiene la India tan espiritual, de encontrarse uno mismo, el sexo tántrico...

–Me parece que estás viendo demasiado porno en Internet –le interrumpió Thomas.

–Qué va, cada vez menos. Me parece terrible andar así, a mi edad. Creo que te voy hacer una visita.

–¿Huyes?

–Desde luego. El ambiente en casa no es el mejor que digamos. Necesito alejarme para reflexionar.

–¿Sobre qué?

–No sé, sobre por qué los *nuggets* del KFC no saben igual que antes, por qué mi perro ya no hace pis en su árbol favorito, por qué no tengo el valor para irme con otra.

–Ya, ¿y en ese orden de importancia?

–Sí.

–De acuerdo, amigo, me has convencido. Mañana, cuando haya dormido un poco y esté más descansado, te llamo y lo hablamos.

–Ok, campeón, que duermas con las conejitas *Playboy*.

–Lo siento, pero no son mi tipo. A mí me va lo natural...

Thomas se durmió al instante. Fuera, el cielo negro parecía un cielo invernal, un rostro sin ojos cubierto por una tela de seda de color topacio. Entre la luz ciega viajaba una sombra amante del silencio, de ese silencio inmenso y gélido tan difícil de encontrar en la India; solo entre los muertos se revelaba.

Después de nadar un buen rato en la piscina, decidió tomar un taxi y visitar la ciudad antes de que el congreso comenzase por la tarde.

Algunas avenidas tenían las tripas reventadas porque, según le explicó el conductor, estaban construyendo una red de metro en la superficie. Llevaban unos años de retraso ya que paraban las obras cada vez que llegaba el monzón. Una familia de cuatro miembros montados en una moto que parecía salida de la segunda guerra mundial, los adelantó por la derecha; llevaban un casco cochambroso sujeto a la parrilla. Thomas se preguntó por qué estaba allí si ninguno de los ocupantes llevaba casco. Vio coches último modelo al lado de carros tirados por bueyes. En las aceras, perros y humanos callejeros se mezclaban en armonía. Los sonidos eran diferentes a los de la noche. Lo que le había parecido una ciudad ruidosa hoy se asemejaba a un concierto de *thrash metal*. Los bocinazos de los *rickshaws,* los gritos de los niños, los vendedores, la mezquita desde la que se llamaba a la oración. Le sorprendió la vista del mar y la playa de arena amarilla en medio del cemento y los edificios enormes. Quiso salir y pasear por ella. El taxista se detuvo sin importarle obstaculizar el tráfico, atroz a esas horas. Los pitidos caóticos que se intercambiaban los automovilistas parecían obedecer a un lenguaje común.

Juhu Beach estaba atestada de gente como salida del atrezo de una película de la época de los marajás. Turbantes, saris brillantes bajo una luz aplastante, metros de tela vaporosa azotada por el viento y la arena. Vendedores de globos, de flautas, de cocos, de maíz y quiromantes y mujeres empeñadas en pintar la piel de los turistas con *hena,* se apiñaban en la playa. El calor y la humedad eran agobiantes. El taxista, muy sonriente, le señaló que lo esperaría ahí, en el mismo lugar donde se había detenido. Se le veía relajado en medio del caos que él mismo había creado. Una mujer se ofreció a limpiarle los oídos a cambio de unas pocas rupias. La rechazó con una sonrisa.

Le sorprendió que los indios se bañaran con la ropa puesta. Unos jóvenes se acercaron al agua hasta que les mojó los pantalones a la altura de las rodillas. Cientos de cometas de las más dispares formas bailaban sobre un cielo blanco por el calor y la contaminación. Una pareja de adolescentes sentados muy apretados el uno contra el otro, hacía manitas en una escalera. Se arrepintió de no llevar la ropa adecuada y, con pesar, se dirigió en busca del aire acondicionado del coche.

El cóctel de bienvenida era en el bar del Hyatt, un hotel de cinco estrellas al que solo se podía acceder por una calle privada donde la matrícula de los vehículos debía figurar en una lista. Pasó un arco detector de metales y lo cachearon. Entre los asistentes reconoció varias de las personas que participaban en el congreso. Su mirada se cruzó con la de una mujer que tomaba una copa apoyada en la barra del bar. Ella alzó su copa a modo de saludo y le hizo un gesto con el dedo índice para que se acercase.

—Me llamo Carla —dijo demasiado relajada, y él supuso que era fruto del cansancio o de que llevaba unas copas de más—. Esta ciudad es un muermo y hace calor. Antes se me ha ocurrido dar un paseo pero nadie me avisó de que aquí una rubia occidental con tetas es una puta.

—Bueno, creo que esa afirmación es demasiado radical —respondió Thomas pidiendo una cerveza para él y otra copa de lo que estuviese tomando su interlocutora.

—Ya, lo que tú digas, guapo. Gracias por la copa —agradeció asintiendo con la cabeza—. Creo que toda la panda de extranjeros estamos en el mismo hotel, el Sofitel, así que, si te apetece, desde mi cama tengo unas vistas preciosas.

Thomas sonrió ante el descaro de aquella rubia despampanante.

—Me parece que a estas horas de la noche poco se podrá contemplar de la ciudad.

—¿Quién te ha dicho a ti que la vista desde mi cama es del exterior? —inquirió antes de bajarse del taburete—. Estoy en la habitación...

Dudó un instante, abrió el bolso, sacó la cartera y comprobó el número.

Thomas vio una foto familiar de un hombre y al menos tres niños.

—En la 513. Espero que me quites el mal genio que llevo.

—Soy un caballero y no puedo permitir que abandones la ciudad disgustada. En cuanto termine con un asunto, me tienes a tus pies.

Entre la gran cantidad de asistentes, encontró al hombre que buscaba. Thomas pidió una copa en la que la parte de alcohol la sirvieron con jeringuilla. Su acompañante bebía una Kingfisher sin alcohol, la marca de cerveza más popular en la India.

–Esa copa cuesta mil rupias. –Hizo un cálculo mental rápido–: Unos doce euros, que viene a ser la mitad del sueldo de un ciudadano indio.

–Me llamo Thomas, de Interpol Lyon, y se me acaba de atragantar el trago.

–Le pido mil disculpas, no era mi intención. Es la primera vez que acudo a un congreso y, la verdad, no estoy acostumbrado a moverme en este tipo de situaciones. Soy el comisario Umed, jefe de la comisaría de Chetganj en Benarés. Acaban de concederme la creación de una brigada de homicidios y uno de mis objetivos es modernizar la comisaría. Una de las claves es adaptarnos a los nuevos tiempos. Como ha podido comprobar, tengo mucho camino por andar. Me resulta difícil comprender los caprichos que conlleva el dinero.

Thomas miró con curiosidad al comisario. Era de complexión fuerte, estatura media, piel oscura, y le sorprendió que no luciese el bigote típico de los policías indios. Le agradaba su inglés con aquel acento indio tan marcado. Tenía que acostumbrarse a las diferencias de pronunciación; sobre todo le costaba entender las palabras que llevasen la letra uve doble, que desaparecía para convertirse en uve.

–Nunca he estado en su ciudad, pero tengo que reconocer, por lo que he visto y leído, que parece impresionante y única –dijo Thomas.

–Debería aprovechar su estancia en el país y visitarla. Le aseguro que no le defraudará.

–Si no le importa, quisiera comentarle un caso de asesinato que se está investigando en Lyon, que en cierta manera me afecta, y que tiene ramificaciones en Benarés.

–Busquemos un lugar más tranquilo y me cuenta –sugirió Umed interesado.

Salieron del bar y se sentaron en un par de sillas situadas en uno de los laterales del pasillo.

–Bien, dígame de qué se trata.

–Un ciudadano irlandés, que trabajaba para un laboratorio farmacéutico en Cracovia que abastece a la multinacional Lobarty, fue asesinado la madrugada del sábado cerca del edificio central de

Interpol Lyon. Se halló un USB con una serie de letras y números que llevaba mi nombre. Me he aprendido las primeras series. –Las escribió en la parte superior de un folleto publicitario.

El comisario miró las notas con interés.

–Esta persona había reservado un vuelo a Benarés. Lo tomaba el mismo día que murió. Antes de ello realizó varios viajes, uno de ellos a Dublín, con un pasaporte falso a nombre de James Moore. El vuelo a la India lo reservó con sus datos personales auténticos, Sean Haggerty.

–Desconozco su significado. VNS es el código del aeropuerto de Varanasi, Benarés para los extranjeros, pero ignoro qué es Z1-3 922318877. Si había reservado con antelación el lugar donde se alojaría en Benarés, será fácil averiguarlo. ¿Puedo quedármelo? –preguntó el comisario agitando el folleto.

–Por supuesto, aunque le pido discreción. Ya hay una investigación abierta en Francia y no quiero problemas.

–No se preocupe. Y, si me permite la sugerencia, debería visitarnos. Dispongo del anfitrión perfecto para que le enseñe la ciudad y sus costumbres, es un crimen estar en la India y no pasar por Vanarasi. Conocería de primera mano nuestros intentos por modernizarnos y nuestra recién creada brigada.

–Creo que me va a ser imposible rechazar su generosa oferta. Además, si a ella se le une que compartan sus medios para que logre averiguar por qué Haggerty iba a viajar a su ciudad, será perfecta –sugirió Thomas aprovechando la invitación.

–Tiene a su disposición las modestas instalaciones de la comisaría de Chatganj. El superintendente Dulal, jefe de nuestra brigada, será su anfitrión durante su estancia.

A veces la naturaleza humana es de lo más caprichosa, pensó Dulal. El asesino no solo mataba a mujeres; también a hombres. La mayoría de los asesinos seguían una secuencia lógica, había una relación entre causa y efecto. Si descubrías la naturaleza del asesino, descubrías las causas de su comportamiento. Únicamente se necesitaban unos buenos detectives, un programa actualizado de investigación, un ordenador potente y una mente entrenada que descifrase los datos. Pero en ocasiones aparecía una distorsión a esas leyes, un error en la secuencia tipificada que escapaba a toda lógica científica; un ser arrogante, insensible y manipulador. Y ese error, como ocurría con los animales salvajes, asesinaba a su antojo. Para nuestros ancestros, esa mutación era una necesidad de supervivencia, pero hoy en día se convertía en una amenaza. El *homo homini lupus* podía compartir contigo la mesa en un restaurante o cederte el sitio en la cola de entrada a un templo sin que adivinases sus perversas intenciones.

Atravesó la primera planta de la comisaría con paso firme y la cabeza alta. Fahim y Rishi, en silencio, se encontraban delante de sendos ordenadores. Los integrantes de la brigada criminal estaban inquietos tras el descubrimiento del día anterior. Al ver aparecer a Dulal, Rishi, el Gordo, lo saludó.

–Tenemos suficientes datos de los familiares de las personas de la lista del crematorio como para ir a interrogarlos. Así que, en marcha –dijo el superintendente.

–Siento darle una mala noticia –le dijo Rishi con cara de circunstancias–. En la lista que nos dio el gerente del hospital tampoco aparecen los nombres de los que fueron incinerados en el crematorio eléctrico.

Dulal se detuvo, estupefacto.

–No me lo esperaba, pensaba que podía existir alguna relación entre los pacientes del Sir Ganga y los *dalits* asesinados. Pero parece que no es así.

–Nosotros nos vamos –dijo Fahim antes de dirigirse a la puerta de salida.

Dulal deseó suerte a los investigadores antes de maldecir por el poco personal con el que contaban. Y por si no bastaba, el comisario se había ido a un congreso en Bombay.

Se sentó a su escritorio y sacó una carpeta azul de un cajón. Era el informe engordado con los últimos hallazgos. Encendió el ordenador y abrió el buscador de Internet. Introdujo las palabras «clasificación de los mandalas» y clicó la pestaña de imágenes. Decenas de ellos aparecieron ante sus ojos como multitud de figuras caleidoscópicas. En la primera página encontró varios con un círculo en el centro y otros rodeándolo, pero ninguno con el número que buscaba. El más parecido fue uno llamado «ocho medicinas budas», aunque nada tenía que ver con la posición de los círculos del cuello de la prostituta.

Buscó en el informe el nombre que le había dado el maestro de la academia de sánscrito. Lo escribió en el ordenador: Dada Sharma. Aparecieron unas cuantas fotografías de una guapa actriz india desconocida para Dulal. Probó con «experto en sánscrito Dada Sharma».

En blanco. Nada. De las escaleras surgió un hombre de unos cincuenta años, enjuto y sonriente. Llevaba una camisa de seda marrón muy elegante que no casaba con su andar, torpe y poco firme; parecía que en cualquier momento fuese a tropezar con alguna de las esquinas de los muebles.

–*Namaste*.

–*Namaste*.

–Ram, del *Times of India*. ¿Podría hablar con el portavoz de la brigada?

Chanda y Dulal lo miraron de arriba abajo. La secretaria se levantó de la silla y fue a su encuentro.

–*Namaste*.

–Me han enviado desde Delhi para cubrir otra noticia, pero un informador nos habló del asesinato de una prostituta a la que le cortaron la lengua. He estado en la comisaría de Chowk y el oficial encargado me ha dicho que encontraron a otra mujer a la que también se la habían cortado. Me ha asegurado que aquí obtendría toda la información.

–Si no me equivoco, el oficial se llamaba Chitán –dijo Dulal.

–Exacto. ¿Podrían darme un vaso de agua?

–Claro. ¡Chanda, un vaso de agua! ¿Qué quiere saber? –preguntó Dulal al periodista.

–Todo. Dos víctimas con la lengua cortada es algo que no había visto en mis años de reportero. Mi olfato me dice que estamos ante algo muy serio.

La secretaria le dio el vaso y el periodista lo bebió de un trago.

—Reportero. Me gusta más que periodista. Es como policía y agente, ¿ve la diferencia? Suena de otra manera. Menos corriente.

—Llevo informando de todo tipo de asesinatos más de dos décadas y este caso se me antoja que dará que hablar.

—La brigada está trabajando sin descanso. Cuando tengamos resultados lo llamaré.

—No haga como los políticos, joven. El oficial de Chowk me ha contado que son los protegidos de Delhi.

Dulal sintió cómo su malestar crecía. Respiró profundamente varias veces antes de contestar:

—Barajamos diversas hipótesis, pero es muy pronto para sacar conclusiones. Como le he dicho, cuando tengamos algo más que indicios y sospechas, le informaré.

—El oficial también me comentó que no hay un asesino, que es un asunto entre intocables. ¿Qué opina la brigada? ¿Informo a mis lectores de que anda suelto un asesino en serie?

¿Un asesino en serie?, pensó Dulal, vaya con estos periodistas que se meten a policías. Hasta el momento solo había recibido esta llamada de los medios, pero en cuanto *Times of India* publicase la noticia, iban a venir en bandadas.

—¿Cuándo sale su artículo?

—Dentro de tres días.

—Bien. —Intentó que no se le notase el nerviosismo—. ¿Qué le parece si espera unos días más? Entonces tendremos algo. Le prometo que será el primer periodista en enterarse. Una exclusiva.

El hombre pareció sopesarlo.

—De acuerdo. Pero en cuanto sepa algo del coleccionista de lenguas de Benarés, me llama.

—¿El coleccionista de lenguas de Benarés?

—Sí. ¿No le parece ingenioso? Igual que el carnicero de Rostov, el vampiro de Sacramento o el estrangulador de Boston.

—Mire, solo tenemos dos casos —mintió Dulal—, y no sabemos si tienen relación entre sí.

—Dos mujeres asesinadas con la lengua arrancada, desde luego no hay que ser muy listo para relacionar las muertes. ¿Cree usted que ha habido o habrá más crímenes? –dijo Ram anotando la pregunta en su libreta.

Sabía que dependiendo de la respuesta tendría que dar explicaciones a sus superiores.

–Tenemos la certeza de que pronto atraparemos al asesino o asesinos.

Ram le ofreció una sonrisa que significaba algo así como «no me estás diciendo la verdad».

–¿Ha dicho los asesinos?

–No descartamos que sean varios.

–Eso cambia las cosas. Una secta asesina de mujeres *dalits*. La bomba.

–Yo no he dicho que sean una secta.

–No se preocupe –dijo el periodista–, solo tendré que cambiar mi titular por el de «Los coleccionistas de lenguas de Benarés».

15

Thomas consiguió uno de los pocos billetes de avión que quedaban para el vuelo de Jet Airways que conectaba Bombay con Benarés. Llegó cinco horas después, tras una parada técnica en Nueva Delhi. El aeropuerto estaba a unos treinta kilómetros de la ciudad, así que guardó pacientemente la cola de viajeros que esperaban a la salida para contratar un taxi prepago. Costaba cuatrocientas cincuenta rupias. Calculó, sorprendido, que al cambio eran solo unos seis euros. Durante el trayecto por una carretera polvorienta y sin arcenes, empezó a tomar contacto real con el país. Un autobús tan lleno que sus puertas iban abiertas, y en el que un par de pasajeros viajaban con medio cuerpo fuera, los adelantó. Divisó campos de cultivo extensos, entrelazados con tierras yermas, y por doquier vacas tumbadas o rebuscando en las montañas de basura. Dejó atrás pequeñas casas de adobe, algunas de ladrillo, pero todas destartaladas, con parte o la totalidad del techo caído. Había gente que lo saludaba, unos niños harapientos y descalzos le regalaron una sonrisa deslumbrante. Vio mujeres que secaban boñigas de vaca, que según el taxista luego venderían como combustible; otras quemaban montañas de basura. Thomas miraba hipnotizado las escenas cotidianas de la vida rural.

El tráfico era cada vez más denso y anárquico, lo que indicaba que se aproximaban a Benarés. Al igual que en Bombay, la gente conducía sin reglas y los dos carriles de la carretera se transformaban en cuatro al antojo de los conductores. Comprobó que no había sentido de la circulación ni preferencia; en los cruces ganaba el más osado. Unas vacas ocuparon la calzada sin que nadie se sorprendiera. Durante un cuarto de hora decidieron interrumpir la circulación mientras comían algo que Thomas no pudo identificar.

Por recomendación del comisario Umed, se alojó en el hotel Surya, un lugar alejado del caos de Benarés, antiguo, algo caduco, de estilo colonial, con amplios jardines y una impoluta piscina en la que refrescarse.

Después de comer algo se tumbó con una bebida en la mano en una de las hamacas, a la sombra y junto al frescor de la piscina solitaria. La noche se adivinaba fuera y el sonido del exterior llegaba amortiguado tras los enormes muros que rodeaban el hotel. Pensaba en lo extraña que era la vida, ante sus ojos se extendía una cálida noche estrellada, estaba en Benarés, pero no disfrutaba del momento y, si lo hacía, resultaba demasiado efímero. Hacía tiempo que se había acostumbrado a llevar encima sus recuerdos, aquellos recuerdos que se comían la paz de sus noches, que vaciaban su cabeza de sueños.

El móvil rompió la quietud del instante.

—Llego pasado mañana a las ocho de la noche, hora de Benarés —anunció George sin ni tan siquiera saludar.

—Sigo pensando que te equivocas. La India no es un buen sitio para ti —replicó Thomas—. ¿Qué puedo hacer para que cambies de opinión?

—Nada. Ya he pagado el billete. Solo tienes que reservarme una habitación. ¿Sabías que el harén del rey Tamba de Benarés tenía más de dieciséis mil mujeres? Debo conocer una ciudad con esa historia tan rica.

—Aún conservo la esperanza de que te arrepientas.

—Tonterías. Juntos vamos a vivir un sinfín de aventuras. Desentrañaremos el caso del irlandés asesinado, sondearemos los bajos fondos benarasianos, o como se llamen, quedaremos extasiados al contemplar la danza de los siete velos...

—Ese baile es árabe —le corrigió Thomas con una sonrisa.

—Da igual, todos son parecidos. Seguro que hay uno que se llama la danza de los cuatro saris.

—De acuerdo, George, me has convencido. Lo vamos a pasar en grande. Por cierto, ya había reservado una habitación contigua a la mía. ¿O quieres que compartamos una?

—Me parece que todavía no he llegado a ese estado de intimidad contigo. Pero no te preocupes, si algún día estoy muy necesitado, te lo haré saber.

Amanecía sobre el Ganges. Thomas buscaba entre la multitud a alguien asombrado, quizá temeroso, una persona con quien intercambiar un gesto de empatía. Escrutaba los rostros con los que se cruzaba, intentaba adivinar qué secreto escondían aquellas caras macilentas y desgastadas. Se sintió ridículo por su curiosidad, fuera de lugar entre esa muchedumbre que parecía recién rescatada de un naufragio: hombres esqueléticos y pálidos, mujeres sonrientes en cuclillas con sus hijos de tripas abombadas y ojos enormes, asustados, ansiosos por escapar no sabía dónde; ancianos de pelo blanco acostados sobre cartones junto a un pequeño cuenco donde depositar las limosnas. Unos hombres se bañaban unos a otros. Se enjabonaban de arriba abajo. Brillaban. Y entre todos viajaba el olor. Era un olor denso, ocre, polvoriento. Le recordó a la cerveza tostada, a las ruedas de los coches deshaciéndose en el asfalto, a la humedad de la piedra evaporada al sol.

Se sentó en una de las escarpadas escaleras. Se sorprendió por el frío reinante a esas horas de la mañana. A su derecha, los escalones de los muelles ya se vestían de vida: unas telas de colores recién lavadas se abrían como alas de mariposas al sol todavía tímido. Un par de vacas que rumiaban la basura se acercaron peligrosamente a ellas, hasta que un barbero que repasaba una calva recién pelada las espantó con un movimiento del brazo. Había algo en los rostros de aquellos parias, de esos pobres entre los más pobres, que le oprimía el pecho y lo incomodaba. En sus miradas se transparentaba una sabiduría altiva, una serenidad pasmosa. Advirtió una dignidad insultante en los cuerpos duros y oscuros de piel correosa. Esos cuerpos con la piel colgada de los huesos como ropa tendida al sol tenían el porte de los sabios, de los resignados. Thomas se alejó de los *ghats* por pudor, percibía su ignorancia como un agravio hacia ellos. Esas miradas portaban historias que lo humillaban, contemplaba de primera mano la lucha por la vida, la aceptación de la muerte en medio metro cuadrado, y él, que lo tenía todo, no podía afrontar una única lección, la desaparición de su hija.

Volvió sobre sus pasos hasta el chofer del hotel, que lo esperaba apoyado en una pared. La temperatura, que había ascendido con brusquedad, descendió en el momento en que se introdujo en las pequeñas calles contiguas a los *ghats*. Parecían senderos entre un bosque de seres humanos, animales y basura. Los árboles se asomaban en los muros de los edificios de varias plantas, las mismas raíces serpenteaban entre los cimientos, enormes, como asientos en donde el viajero pudiera detenerse a descansar. El frescor lo animó, sintió una especie de euforia infantil, de asombro, ante un mundo tan irreal y mágico. Las calles estrechas eran todo sombra. Descubrió con placer que no necesitaba un mapa ni un guía para moverse por esa zona de la ciudad. Aunque las callejuelas no tenían placas con el nombre, siempre podía bajar a los *ghats* y comprobar en qué parte se encontraba.

Cuando llegó al hotel, un joven indio vestido de uniforme caqui aguardaba en el hall.

–¿El señor Connors?

Thomas asintió.

–Me llamo Dulal y soy el superintendente de la comisaría de Chetganj. Formo parte de la nueva brigada criminal de Benarés –dijo con un acento indio muy marcado.

Thomas no pudo evitar una sonrisa ante la solemnidad con que se había presentado.

–Yo me llamo Thomas y trabajo para la Interpol en Lyon –se presentó, y le tendió la mano.

Dulal sintió un leve estremecimiento al observar aquella figura alta que lo saludaba. Un agente de la Interpol en Benarés que le tendía la mano. No se lo podía creer. Era la viva imagen de Clive Owen en la película *The International,* donde un agente de la Interpol valiente, íntegro y audaz se proponía llevar ante la justicia a uno de los bancos más importantes del mundo. Yo quiero ser como él, pensó emocionado.

Thomas mantuvo el brazo en posición horizontal más tiempo de lo normal a la espera de que el saludo se concretase. Por un momento dudó, quizá en la India la gente se saludaba de otra manera, pero pronto lo desechó, no se veía frotando la punta de la nariz como en Laponia. Al final, el superintendente le estrechó la mano, con los ojos y la boca muy abiertos, como si viera una aparición.

–Agente Connors...

–Thomas –le corrigió.

–Claro, sí –dijo Dulal confundido–. Agente Thomas, como le he comentado por teléfono, mi novia, Navala, ha insistido en que le mostremos la hospitalidad india, así que nos espera en casa para comer. Por aquí, por favor –dijo señalando la puerta del hotel y tocándole en la espalda con veneración.

El tráfico era ensordecedor. A esa confusión se le sumaba que hubiera que conducir por la izquierda. Se incorporaron a una arteria principal en la que, por extraño que resultase, reinaba un caos ordenado. Thomas contempló la maraña de cables que, a duras penas, parecían sujetarse a las paredes de los edificios. Le asombró ver a unos obreros trabajando sobre unos andamios de una altura de cinco pisos hechos de bambú y atados con cuerdas. Dulal permanecía en silencio concentrado en la conducción. Sortearon puestos de frutas, carros cargados de leña, autobuses destartalados abarrotados de personas que expulsaban espesas nubes de humo del tubo de escape. Observó a varios niños repeinados vestidos con uniforme escolar; dos niñas llevaban trenzas atadas con unos enormes lazos amarillos.

Thomas no quería molestar, ya que tenía la firme convicción de que al más ligero despiste tendrían un accidente, pero su curiosidad pudo más y al final preguntó:

–¿En qué caso estás trabajando? Perdona que te tutee, pero me resulta imposible no hacerlo, somos compañeros, y pareces tan joven que podría ser tu padre.

Dulal irguió los hombros, nervioso ante la perspectiva de que pudiese tratar con tanta familiaridad a un agente de la Interpol.

–Hay un asesino en Benarés que estrangula a las víctimas y después les corta la lengua.

La rotundidad de aquellas palabras, la gravedad de su significado, hizo que Thomas lo mirara seriamente.

–¿Desde cuándo actúa?

–No lo sabemos. En la última semana tenemos constancia de dos asesinatos, pero creemos que ha matado a más de diez personas, no estamos seguros. Solo se ha realizado la autopsia a un cadáver, lo cual es desesperante.

–¿Existe algún patrón común?

–De momento poca cosa –respondió, y pitó a una motocicleta cargada con cajas llenas de fruta que triplicaban su tamaño–. Las víctimas son de ambos sexos, no parece que exista un móvil sexual, lo único en común es que eran intocables, la casta más baja de la India. Puede que se trate de algún fanático religioso, y por ahora estamos siguiendo esa línea de investigación.

–¿Crees que ha sido algo cíclico? Es decir, que ha podido hacerlo otras veces.

–Lo dudo, aunque no tengo ninguna prueba para confirmar mi respuesta. Esto es la India, esto es Benarés. Aquí se respira la muerte, es uno de los mejores lugares para que un asesino pase inadvertido: los cuerpos se incineran, las personas mueren en sus casas, no existe un gran control para los que llegan a Benarés a morir, hay niños que no existen porque no se los inscribió en el censo cuando nacieron y, si fallecen, en el mejor de los casos los quemarán en el crematorio municipal con el consiguiente registro de su huella dactilar; en el peor, flotarán en el Ganges metidos en una bolsa de plástico. Esta ciudad es una pesadilla para un investigador.

La dureza de sus palabras era tal, que Thomas no pudo evitar taparse la boca con la mano como si pudiera, con ese simple gesto, distanciarse de la realidad.

La casa de Dulal era una sencilla edificación de una planta, pintada de rosa y rodeada de altos muros. Varios escalones anchos y alargados conducían a la puerta principal. Entraron directamente en el salón. Era amplio, con suelos de mármol y ventiladores en el techo. Estaba decorado a la manera occidental, con una mesa y sillas, y a la derecha, un sofá con multitud de cojines frente a un pequeño televisor.

—Le presento a Navala —dijo Dulal levantando la barbilla sin poder evitar su orgullo.

Navala tenía unos rasgos delicados, ojos almendrados, pómulos altos y un hermoso cabello azabache recogido en una trenza lateral.

—Bienvenido a Benarés, señor Connors.

—Por favor, llámame Thomas.

Dulal se hizo a un lado cambiando el peso del cuerpo de un pie hacia el otro. Tenía los brazos cruzados detrás de la espalda y jugueteaba con los dedos de las manos. Estaba nervioso, sentía una gran curiosidad por el trabajo del agente de la Interpol, tenía cientos de preguntas, quería saber tantas cosas que no encontraba el momento para sentarse en torno a la mesa y charlar. La hermana María apareció de improviso portando una fuente de *baigan bharta,* un plato vegetariano a base de verduras picadas, berenjena, cilantro fresco, pimiento y cebolla. Dulal torció el gesto, no quería compartir la visita con nadie más.

—Thomas, quiero presentarte a la hermana María, es una querida amiga que dirige un orfanato con gran dedicación —explicó Navala.

—Hermana —dijo Thomas sin saber qué hacer, por lo que no se atrevió a tocarla.

—Vaya, Dulal, nos has traído un hombretón a casa. Tiene los brazos fuertes —aseguró mientras estrechaba con firmeza la mano de Thomas—. Eso nos servirá de gran ayuda, tengo unos sacos de arroz donados por un par de viudas cristianas que, a cambio de unas migajas, esperan tener la puerta abierta al cielo. Yo estoy encantada, cuanto peor tengan sus conciencias, mejor tendré mi despensa.

Thomas no pudo reprimir una carcajada. El pragmatismo de la monja lo había desarmado. La hermana María llevaba una especie de bata blanca, una cofia del mismo color sujetada con horquillas al pelo y unas chanclas. Como único adorno destacaba un sencillo rosario de cuentas de madera. Era una mujer robusta, de estatura media, fibrosa; se veía que estaba en buena forma física; cuando andaba, los gemelos se delineaban en sus piernas.

Dulal preguntó con la mirada a Navala qué hacía la monja allí. Ella respondió con una sonrisa encogiéndose de hombros.

Se sentaron a la mesa. La hermana explicó a Thomas las diferentes comidas.

–Este es un *paratha,* un pan plano que acompaña al *baigan bharta* así como al arroz con salsa de yogur. Esto es *uthathaappam.*

–No creo que sea capaz de repetir el nombre –aseguró Thomas de buen humor.

–Tranquilo, también es conocido como la «pizza india». Es una base de masa fina de harina de lentejas y harina de arroz y suele estar rellena. Ya ves, esta lleva tomates y salsa de cebolla con una mezcla de verduras. Benarés es la ciudad vegetariana por excelencia y Navala es una excelente cocinera.

–¿Qué te trae por Benarés, Thomas? –preguntó Navala.

–Esto está buenísimo –aseguró antes de contestar–. Una persona fue asesinada en Lyon. Descubrimos que había reservado un billete a Benarés. Y no tengo mucho más que añadir. He aprovechado que participaba en un congreso en Bombay para visitar vuestra ciudad. El comisario Umed fue muy amable al invitarme y ofrecerme sus medios.

–Pero ¿tendrás alguna pista? –preguntó la monja.

–En absoluto. Ni tan siquiera he podido averiguar dónde se iba a alojar, ni el motivo de su visita. Tengo que reconocer que no soy investigador. Mañana llega un amigo que ocupa un alto cargo en la DEA, confío en su ayuda y en la de Dulal para obtener algún resultado.

Dulal trató de controlar su emoción. Siglas como DEA, FBI, CIA acudieron a su cabeza. En su mente apareció Robert Redford en *Los tres días del cóndor.* Un oscuro funcionario de la CIA que trabajaba como lector de libros. A la vuelta de una comida, encuentra a todos sus compañeros muertos y se ve obligado a huir. Para Dulal, aquello sonaba a persecución, justicia, vivir al borde del abismo. Thomas acababa de hablar de él como colaborador. Se estaba convirtiendo en un personaje de película.

–Pero alguna relación tendría el muerto con la India. ¿O podría tratarse de un viaje de placer? –preguntó Dulal.

–Por ahora no hemos podido establecer ninguna conexión.

La hermana María se removió incómoda en su asiento.

–Ya veo que está impaciente por terminar la comida –observó Navala.

–Cierto, tengo una niña a la que debo inscribir en el registro. La descubrimos ayer sobre la una de la madrugada. Estaba envuelta en una tela en la cuna que dejamos en la entrada del orfanato.

–Un momento, ¿me está diciendo que tienen un lugar para que se depositen los niños no deseados? –preguntó Thomas anonadado.

–Desgraciadamente, así es –respondió pesarosa–. Esto es la India. Tenemos pocos medios y muchos niños. El bebé, creemos que solo tiene unos pocos meses, está ahora en el hospital luchando por sobrevivir. La encontramos inconsciente, con graves lesiones y contusiones en la cabeza, los brazos fracturados y marcas de mordeduras en el cuerpo. No es de extrañar que estén prohibidas las ecografías. La tentación de abortar es demasiado grande, el varón es el que aporta dinero a la casa familiar y no necesita dote para contraer matrimonio.

–Una encuesta de TrustLaw –explicó Navala– situaba a nuestro país en el cuarto lugar más peligroso del mundo para las mujeres. Por ejemplo, cien millones de mujeres y niñas están involucradas en el ejercicio de la prostitución.

–Poco a poco las cosas van mejorando –dijo Dulal tímidamente.

–Cierto, pero casi el cuarenta y cinco por ciento de las niñas son obligadas a contraer matrimonio antes de alcanzar la mayoría de edad. Mientras la mujer sea considerada una propiedad, una mercancía, estaremos muy lejos de mejorar. La India necesita leyes más rigurosas, así como mecanismos más severos para hacer cumplir la legislación.

La tensión se hizo patente en la mesa. Un murmullo de aprobación la recorrió. En ese instante Navala se dirigió a la cocina; Dulal la siguió.

–Cada vez somos más los que luchamos contra la injusticia en la India –comentó la monja con la mirada fija en Thomas–. Aunque personalmente hay días que me cuesta, no solo caminar, sino ya levantarme.

–¿Qué cree que se puede hacer?

—Lo primero que se me ocurre es que las mujeres deberían dejar de tener hijos como si fueran gallinas ponedoras. Se necesita una planificación familiar eficaz.

—Pero ¿no se supone que hay que tener los hijos que manda Dios? Hermana, perdone si la molesto.

—Tonterías —dijo, y levantó la mano quitándole importancia—, estoy segura de que si Jesús se paseara por la India estaría de acuerdo conmigo.

En ese momento apareció Navala con una fuente de cristal azul. La acompañaba Dulal con unos pequeños cuencos.

—Cortesía de la hermana María.

—Adoro el dulce. Menos mal que Dios me ha dado poco dinero para poseer un coche y unas piernas fuertes para andar, si no, me convertiría en una rueda de carro, redonda y pesada. Este postre es un *gulab jamunes,* un dulce elaborado con una masa de leche en polvo y harina endulzada con azúcar, agua de rosas, cardamomo y coloreado con hebras de azafrán.

Thomas probó una de las pequeñas bolas acompañadas de helado de cardamomo.

—Estoy en el cielo —murmuró, mientras saboreaba el dulce.

—¿Es usted creyente? —preguntó la monja.

—En absoluto.

—¿Y la expresión anterior?

—La costumbre adquirida. Mi herencia católica irlandesa a veces me sorprende y se abre paso a puñetazos.

—En eso estoy de acuerdo. Hay momentos en que la única manera de salir hacia delante es a puñetazos. Vamos a brindar con té bien frío por este estupendo hombretón ateo que ha llegado a nuestras humildes vidas hindúes-católicas. Ya sabemos que los designios de Dios son desconocidos e insospechados. De momento, es el elegido para descargar los sacos de arroz.

El timbre sonó y Navala dio un respingo. Todos los comensales dirigieron la vista hacia la puerta. Dulal la abrió y se encontró ante la mirada cabizbaja de Manju. Iba acompañado por su hija; era difícil olvidar aquellos ojos.

—¡Navala, es para ti! —gritó Dulal, molesto.

207

Ni comiendo podía estar tranquilo. Había días en que su casa parecía el camarote de los hermanos Marx.

Navala los hizo pasar sin tardanza y los invitó a unirse a la mesa. Buscó con la mirada la aceptación de Dulal, mientras pasaba la mano por el hombro de Tanika. Dulal tuvo que asentir.

Thomas miró a los recién llegados con interés. El hombre estaba muy delgado, prácticamente se le adivinaban los huesos; de edad incierta, la delgadez avejentaba su rostro. Iba peinado con raya al lado de una manera muy formal y, aunque se había esmerado en asearse, hacía tiempo que sus ropas parecían más trapos que otra cosa. Miró a la niña y la niña miró a Thomas. Ambos se sostuvieron la mirada. Le pareció increíble que alguien tan pequeño desprendiera tanta osadía. Sus ojos grandes lo escrutaban, curiosos. Thomas no pudo evitar sonreír. La niña continuó impasible, hierática, hasta que retrocedió para situarse detrás del hombre, que en ese momento estaba hablando con Navala en un idioma desconocido para Thomas y le entregaba un paquete pequeño envuelto en papel de periódico. Se dio cuenta de que la niña se asomaba entre las piernas de su padre y movía la nariz y entornaba los ojos. La pequeña tenía hambre. El cuerpo de Thomas se estremeció ante aquella súbita revelación y, como un resorte, se levantó de improviso. Una mano lo detuvo adivinando sus intenciones, era la monja, que le sonreía. Ella fue la que se puso de pie y condujo a la niña hasta la cocina. El padre rechazó la invitación. Dulal permanecía absorto mirando el móvil. Al poco rato, la pequeña salió con una caja entre las manos y una amplia sonrisa. Thomas pensó que hacía tiempo que no veía una sonrisa tan alegre y la imitó.

Padre e hija se marcharon como habían venido, sin hacer ruido. Navala desenvolvió el paquete. Eran unas pulseras.

—Es costumbre regalar a una embarazada muchas pulseras. El tintineo de las pulseras imita el sonido de la risa y se dice que traerá felicidad a la vida del bebé que las oye en su interior. Como este acontecimiento todavía no ha llegado a mi vida, y ni me lo planteo por el momento —dijo, y miró de reojo a Dulal, que no la oyó— irán a un cajón.

Thomas se levantó de improviso y salió a la calle.

—¿Habláis mi idioma? –preguntó al padre y a la hija.

Ambos asintieron.

—¿Podría acompañaros?

—Vamos al templo a hacer una ofrenda. Eres bienvenido –dijo Manju.

—¿Me esperáis? Debo despedirme. –Y dicho eso, Thomas entró de nuevo en la casa.

Thomas sabía que Navala y la hermana María estarían ocupadas con el papeleo del bebé abandonado hasta bien entrada la tarde, momento en el que se había comprometido a acercarse al orfanato para ayudar a descargar los sacos de arroz. Y el superintendente tenía una reunión en media hora. A Dulal le sorprendió la repentina marcha de Thomas, pero acordó con él que se encontrarían en la comisaría.

El extraño trío se dirigió al templo de Mrityunjay Mahadev.

—Este es un templo muy famoso –explicó Manjú con orgullo–. Está dedicado al dios Mahadev.

—¿Cuál es su significado?

—Mrityunjay Mahadev es el dios que gana a la muerte. El *lingam* de este templo mantiene lejos de la muerte a los devotos. El dios Shiva es adorado como Mrityunjay Mahadev. Representa el triunfo sobre la muerte no natural.

—¿Qué es un *lingam?*

—Esto –contestó Manju señalándose el pene.

Thomas asintió asombrado. Cerca del templo observó un pozo y una gran cantidad de personas alrededor.

—Se dice que su agua es mezcla de arroyos subterráneos y tiene propiedades para quitar enfermedades. Es un pozo mágico porque Dhanvantari, el padre de la medicina ayurvédica, echó todas sus medicinas al pozo, y por eso el agua cura las enfermedades.

En el templo reinaba un gran bullicio. La gente hablaba, comía, rezaba, incluso algunos niños jugaban. Se descalzaron antes de entrar. Tocaron una campana avisando al dios de su presencia. Thomas permaneció a un lado mientras el padre y la hija bañaban la estatua con aceite y leche. Encendieron unas lamparitas de incienso ante la imagen a la vez que se movían en círculos. Un sacerdote que portaba una lámpara se colocó delante de ellos. Manju y su hija recogieron el humo sagrado con las manos y se lo acercaron a los ojos como símbolo de luz y entendimiento. El sacerdote marcó con ceniza sagrada sus frentes antes de ofrecerles el *prasâda*, una comida bendecida.

Se sentaron en el suelo fuera del templo para comérsela, y Thomas los imitó.

–El sacerdote también da el *prasâda* para los familiares que no han podido venir a la ceremonia –explicó Manjú–. Esta comida da paz y cura las enfermedades del cuerpo y de la cabeza.

–¿Puedo invitaros a un *chai?*

Tanika asintió. A Thomas aún le sorprendía esa costumbre india de asentir horizontalmente.

Era un local bullicioso y caluroso, de techos altos, con unas pequeñas molduras pintadas de color verde chillón. Se sentaron en una larga mesa compartida con otros clientes. Thomas agradeció sentarse en el lado donde un ventilador insuflaba aire. Un mostrador, que abarcaba la anchura del establecimiento, ofrecía una gran variedad de dulces. Tanika los miraba de reojo sin hacer ninguna petición. Thomas la animó a que eligiera lo que quisiera. Su padre le dio permiso.

El *chai* estaba muy caliente y dulce. Desde su llegada, Thomas se había convertido en un adicto a esa bebida. Se servía en pequeños vasos de metal, que guardaban el calor durante más tiempo.

–¿Ha venido para encontrar a quien mató a mi mujer? –preguntó Manju de forma inocente–. Alguien la tiró a un pozo pero antes le cortó la lengua.

Thomas no se atrevió a decirle la verdad, no a aquellos ojos desesperados.

–Lo intentaré.

–¿Está usted casado?

–No.

–¿Tiene hijos?

–No.

–Entonces, usted es una persona muy pobre –aseguró en un tono de voz lastimoso.

–Tenía una hija –dijo de repente Thomas–, que murió. Era preciosa, le gustaba correr y tenía el pelo rojo y la cara llena de pecas igual que su madre.

Aquella revelación salió de manera natural. Las palabras parecieron surgir de su boca. No le pareció extraño que la primera persona a la que confesaba que había tenido una hija fuera alguien desconocido.

–La echa mucho de menos.

No era una pregunta, ni una respuesta, tan solo una afirmación.

–Sí. Todos los días. La vi por primera vez en el depósito de cadáveres, cuando ya estaba muerta. Su madre me lo había ocultado. No pude conocerla, ni despedirme.

El hombrecillo bajó la cabeza pensativo, tomó un sorbo de té y comenzó a hablar:

–Brahma creó el universo. La vida en la Tierra era un regalo. Pero pasó un tiempo y oyó unos ruidos y percibió un olor fétido. Vio que muchos hombres se habían vuelto viejos y estaban débiles y podridos. La cara de Brahma se puso oscura y de dentro le salió una sombra que se convirtió en mujer. Era su hija, la Muerte, hecha para llevarse los cuerpos. Ante esa tarea tan horrible, la Muerte empezó a llorar y de esas lágrimas salieron unas cosas malas, eran las Enfermedades, que desde ese día se convirtieron en sus ayudantes. Brahma se apiadó de ella y la hizo ciega para que no viera a la gente morirse y sorda para que no oyera los lamentos de los hombres. Desde entonces, las Enfermedades la llevan de la mano para que se lleve los cuerpos. La muerte es lo contrario al nacimiento, no a la vida. Solo es un viaje hasta la siguiente vida. –Tomó con parsimonia otro sorbo de *chai*–. Te encontrarás con tu hija, solo tienes que esperar y tener paciencia.

Thomas no lo creía, pero se abstuvo de opinar. En ese momento, la niña llegó dando saltitos con unos dulces naranjas envueltos en papel de periódico. Parecía como si le hubieran clavado la sonrisa con unos alfileres a ambos lados de la cara. Thomas carraspeó. Un persistente picor acompañado de una leve tos había aparecido nada más aterrizar en la India. Extrajo un caramelo de una bolsa amarilla y descubrió con pesar que era el último. Buscó una papelera donde tirar el envoltorio; no encontró ninguna. Tanika seguía con la mirada cada uno de sus gestos, no le quitaba ojo. Habló por primera vez:

—¿Puedo quedármelo?

Ante la visible confusión de Thomas, Manju le explicó la afición de la niña de coleccionar los diferentes envoltorios.

—Este es muy bonito —dijo muy contenta observando el papel—. Tiene dibujos de hierbas y debajo pone cómo se llaman: pimpinela, flores de saúco, verónica, menta, salvia, malvavisco, tomillo, pie de león, milenrama y malva —siguió leyendo sin dificultad—, es muy apreciada por los consumidores de todo el mundo para aliviar los resfriados, la tos y la afonía.

—Muy bien. Eres una chica muy lista.

—Desgraciadamente es niña, es pobre, y *dalit* —comentó el padre.

—No le entiendo.

—Yo soy de un pueblo donde una vez una joven *dalit* iba a ir a la universidad. Eran muchos los kilómetros que debía andar y decidió ir en bicicleta. Las castas altas nos amenazaron; solo podíamos ir andando y descalzos. Estamos contaminados, somos impuros. La joven hizo caso y dejó la bicicleta. Cuando pasaba por el pueblo iba andando y descalza.

—¿Qué fue de ella?

—Acabó siendo maestra, pero en el pueblo seguía siendo una paria. Un día, un hombre de una casta más alta la invitó a una boda, para que lavara los pies de los invitados.

Thomas se quedó en silencio, pensativo.

—Yo me haré cargo de la educación de tu hija —dijo con voz decidida—. Elegiremos, con ayuda de Navala, si te parece bien, un buen colegio. Lo mejor sería que estuviera de lunes a viernes en régimen interno y el fin de semana contigo.

—¿Qué es el fin de semana? —preguntó Tanika.

—Son los días que no tienes que ir al colegio —contestó su padre—. Los que tienes libres, me ayudas a recoger los plásticos de la calle.

—¿Y podré leer todo lo que quiera?

Thomas soltó una carcajada.

—Hay habitaciones con las paredes llenas de libros, ni en mil vidas podrías leerlos.

–Lo intentaré –respondió Tanika segura de sí misma.

–¿Por qué quieres ayudarnos? Somos pobres, no podemos devolver el dinero.

–Quiero hacerlo. No hay otra explicación.

Y aquella niña flaca, con el tórax hundido y los ojos graves llenos de hambre soltó un grito y aplaudió. Se levantó con rapidez de su asiento y, de una manera espontánea, abrazó a Thomas.

El calor del mediodía hacía que la camisa de Dulal se pegase al asiento del coche de policía. Estaba de mal humor. La comida había resultado un desastre y el agente de la Interpol se había marchado sin que hubiesen podido entablar una conversación. A ello se le sumaba el cochambroso coche oficial. No tenía más remedio que inclinarse de vez en cuando hacia delante para no quedarse adherido al respaldo. Soñaba con el aire acondicionado de su coche particular. Bajó la ventanilla y el dióxido de carbono entró abruptamente como una nube tóxica, la cerró con rapidez y el calor se le hizo insoportable. Esta situación cotidiana le trajo una angustia sorda cuando se acordó de la cifra que le habían dado los funcionarios del crematorio. Entre los tres empleados habían contado diez cadáveres sin lengua. Con la mujer del pozo y la prostituta, las víctimas eran doce. Algo que solo había visto en las películas.

Entró en la comisaría. Rishi estaba en un rincón de la sala de la segunda planta, comiendo unas galletas de chocolate. Se saludaron. Dulal se sentó y encendió su ordenador.

–¿Qué tal han ido las pesquisas? –preguntó Dulal.

–Hemos encontrado a la familia de uno de los muertos de la lista del crematorio. Su mujer nos ha confirmado que lo estrangularon, le cortaron la lengua y lo quemaron –dijo con la boca llena.

–¿Dónde fue?

–Hallaron el cuerpo a las afueras de la ciudad. Había ido a buscar cañas de bambú.

Dulal se levantó del asiento y se acercó hasta la mesa de Rishi.

–Vamos, deje de comer de una vez y cuénteme lo que ha averiguado.

El Gordo se llevó la mano a la boca y con un gesto nervioso se quitó el rastro de chocolate, que quedó pegado a la mano.

—El *dalit* había sido paciente del hospital Sir Ganga.

Dulal soltó una exclamación que se oyó en toda la segunda planta de la comisaría.

—Es fantástico. Por fin un poco de azúcar entre tanta amargura.

—Eso no es lo mejor —añadió Rishi, animado—: se le oscureció la lengua antes de morir.

—Por Ganesha. Ese puede ser un motivo para que el asesino se la corte. ¿Qué más tiene?

—Le hicieron firmar un papel con la huella del dedo pulgar.

—Es muy común que los sujetos utilizados en ensayos clínicos sean analfabetos. ¿Conservaba el papel?

—No.

—Una lástima. ¿Se fijó su esposa si su marido tenía marcas en el cuello? ¿Le mostraste el dibujo del mandala?

—No, y sí se lo mostré. Su nombre tampoco estaba incluido en la lista que nos mandó el gerente del hospital.

Dulal movió la cabeza decepcionado.

—Estoy seguro de que me mintió.

—Pero ¿por qué? ¿Quiere decir que hay relación entre los *dalits* asesinados y el hospital Sir Ganga?

—Tal vez... Esto comienza a tomar forma —murmuró Dulal entusiasmado.

16

A unas cuantas calles de los *ghats* y no lejos del mercado se encontraba un pequeño restaurante familiar. Un letrero colgado de una viga y rodeado de una maraña de cables anunciaba con grandes letras rojas el nombre del establecimiento, Dosa Cafe. Dos escalones separaban el restaurante de la calle. Dentro, las paredes estaban pintadas con unas extrañas figuras parecidas a las pinzas de una venus atrapamoscas sobre un fondo rojo rubí. Rodeando el perímetro de la pared se extendía una cenefa con imágenes que recordaban la piel de una mofeta secada al sol.

El calor menguaba a aquellas horas de la tarde. Aun así, dos enormes ventiladores removían el aire y emitían un zumbido intermitente, un sonido que en otra parte del mundo podía resultar incómodo pero que en Benarés pasaba inadvertido.

Después de un día agotador, Dulal y Navala se sentaron en una de las pocas mesas con que contaba el local. Había un marco de grandes dimensiones cuyo lienzo no era otro que el papel de la pared. Le faltaba la lámina y el cristal que la protegía. Dulal pensó que habría sido la de un dios. No había lugar en la India, por muy aislado o pequeño que fuese, que no tuviera su deidad presidiendo el lugar.

La afición por resolver las tramas de las películas lo había dotado de una mente analítica. Empezó a reflexionar sobre la historia que encerraba aquel marco desnudo. Su imaginación se vio azuzada ante la inesperada presencia del que parecía ser el propietario del establecimiento. El reflejo de la luz sobre las gotas de sudor confería a su tez un color metálico. Su expresión era la de un hombre feliz. Dulal pensó que era esa clase de hombres que no daban un paso sin consultar con los dioses. Sus gestos y su manera de expresarse le recordaron a su padre.

–*Namaste.*

–*Namaste*. Que los dioses les sean propicios. Bienvenidos al Dosa Cafe.

El hombre les pasó un cuaderno blanco de anillas. Dulal miró la carta pero Navala ya tenía en mente lo que iba a pedir.

–Una *masala dosa* aunque no sea la hora del desayuno.

–Yo pediré *cheese uttapam*.

Dulal se fijó en dos jóvenes turistas sentadas a menos de un metro de su mesa. Una de ellas acababa de darle un bocado a una samosa y, de inmediato, su rostro lechoso se volvió del color de las brasas ardientes. La chica hizo un gesto visible de malestar agitando las manos y abriendo la boca como un pez fuera del agua para advertir a su compañera que no lo probase. Dulal se preguntó qué motivo había llevado a esas dos chicas hasta su país.

El propietario atrajo de nuevo su atención cuando apareció con las bandejas redondas de metal. En uno de los lados reposaban los cuencos con las salsas; entre ellos la *garam masala,* una mezcla de especias y la causante del ataque de picor de la muchacha.

–Dos *chapatis,* por favor –pidió Navala.

Cenaron sin prisas. Dulal aprovechó el momento antes del postre para regalarle el móvil que le había comprado como agradecimiento por su ayuda en las investigaciones.

–Dulal, ¡debe de haberte costado un montón de dinero!

–Ya iba siendo hora de que jubilases ese trasto anticuado.

–Mi trasto ha sobrevivido a toda clase de percances y no se ha muerto. Le había tomado cariño.

–En lo de los percances tienes razón, he sido testigo de algunos, como cuando le pasó la rueda de un coche por encima. Me has convencido, lo devuelvo.

Navala rio como una niña antes de guardarlo en su bolso.

–¿Cómo va el caso?

–Uff, cada día más enrevesado. Tenemos doce muertos a los que les faltaba la lengua y un número mayor de interrogantes que contestar.

–Doce asesinatos son una barbaridad –murmuró ella sorprendida–. ¿Has comprobado si las víctimas tenían algo más en común aparte de ser intocables y no tener lengua?

Dulal no quería hablar del tema pero Navala era así: una vez que se interesaba por algo era difícil pararla.

–No ha habido suerte. La barrendera y la prostituta no habían nacido en la misma ciudad. Solo disponemos de la autopsia de la segunda, es decir, los otros casos son como si prácticamente no hubiesen existido.

Dulal empleó un tono formal que a Navala no le pasó desapercibido, como si en vez de estar hablando con ella estuviese dirigiéndose a su jefe.

–No me gusta saber que comparto las calles con un asesino. Podrías haber comentado el caso a Thomas –apuntó Navala.

–Lo intenté, pero tus invitados fastidiaron mis intenciones, y al final ha cancelado lo de esta tarde –respondió entre gruñidos.

Navala se acordó de la niña de los ojos enormes. Todavía sentía su abrazo desconsolado. Se obligó a no pensar en ella.

–¿Por qué era tan famosa la prostituta asesinada? –preguntó interesada.

–Por lo que sabemos, imitaba uno de los bailes de Madhuri Shankar.

–¡Madhuri Dixit! Me encantan sus películas, sobre todo *Beta* y *Dil*. Ya sé que no te gusta esa clase de cine.

–Con las películas de Bollywood me pasa lo mismo que con los occidentales, todos se parecen como granos de trigo.

–Eso no es un obstáculo para que pongas de tu parte; podrías aprender unos pasos de baile. Te iría bien soltar esa seriedad.

Navala movió los hombros imitando a las actrices de Bollywood. Dulal agachó la cabeza, avergonzado ante el desparpajo de su novia, que enseguida dejó de moverse.

–No te preocupes, el asesino cometerá un error y ahí estarás tú. Pagará por lo que ha hecho.

–Manju, el viudo de la muerta del pozo, cree que todo Benarés trabaja para encontrar al asesino; pobre iluso.

–Es una persona sencilla. Ya ves, todo su anhelo era que el cuerpo de su mujer se quemase en los *ghats*.

–Son muy pobres, ¿de dónde iban a sacar el dinero para comprar la leña?

–Tenía miles de rupias escondidas en la tienda. Me las enseñó el día que lo acompañé a casa. Pensaba que tal vez yo podía devolverle a su esposa.

–Pero ¿por qué no me lo contaste? –preguntó Dulal molesto.

Navala se dio cuenta de que había cometido un error.

–No le di importancia.

–¿Te dijo cómo las consiguió?

A Dulal se le ocurrieron varias maneras de que un *dalit* obtuviese esa cantidad de rupias. La más verosímil era pedírselas a la mafia.

–No. Pero aunque lo interrogues, después del trato que recibió por parte de Chitán, dudo mucho de que confíe en ti. No sé cómo permitís que haya policías como él.

–No todos los oficiales se comportan así.

Dulal se acordó de Robert de Niro en su papel de Al Capone. El gánster se creía por encima del bien y del mal.

–Es más complicado de lo que parece. –Dulal le tomó las manos–. Debes ser cautelosa. Esa clase de policías no está acostumbrada a escuchar y menos a alguien que, como tú, se interpone en su camino.

Se hizo un silencio incómodo.

–¿Y qué hay del yogui del que me hablaste? ¿Piensas que puede tener algo que ver con las muertes?

–Dibujó un mandala que se parece mucho a las marcas del cuello de la prostituta.

Dulal inclinó la cabeza hacia un lado y dejó su mirada suspendida en algún punto imaginario. Navala conocía ese gesto.

–Dulal, si algo te preocupa, sabes que puedes contármelo.

Él asintió.

–La mujer de una de las víctimas que incineraron en el crematorio nos contó que su marido estuvo en el hospital Sir Ganga y que antes de que muriera su lengua se volvió negra.

Una vaca se asomó por una de las puertas e interrumpió la conversación, movió la cabeza y golpeó el marco del cuadro. El propietario del establecimiento salió a recibirla.

–Viene a por su ración de dosa, solo que a ella no le cobro treinta rupias.

Dulal pensó que el misterio estaba resuelto: la vaca había tirado el cuadro.

Aprovecharon y pidieron el mismo postre, al unísono:

–Dos *chena murki*.

Navala retomó el asunto.

–¿Qué significa eso de la lengua negra?

–No lo sé. Tendré que consultarlo con un médico.

–Entonces, ¿crees que el hospital tiene algo que ver?

Dulal empezaba a sentirse molesto ante la insistencia de Navala. Lo que había pretendido que fuera una cita para hablar de sus sentimientos, se había convertido en una prolongación de su jornada de trabajo. A regañadientes le contestó:

–Sospecho que el gerente del hospital nos dio una lista equivocada. Si te soy sincero, no encuentro una explicación lógica a por qué lo hizo. A menos que oculte algo que tenga que ver con el caso.

–Por ejemplo, que los *dalits* formaban parte de ensayos clínicos ilegales.

Dulal suspiró; ya no había vuelta atrás: Navala no le iba a dejar en paz.

–¿Qué sabes de ensayos clínicos? –le preguntó rendido ante la evidencia.

–ONG como la Casa de Gente Anciana y Empobrecida o Jurista Social denunciaron que muchos de los intocables que formaban parte de ensayos clínicos no eran informados de las pruebas, que se obtuvieron consentimientos de manera fraudulenta, o que se había pasado a la fase de experimentación con humanos sin haber completado la de animales. Alguna vez, la Corte Suprema ha confirmado ensayos ilegales y ha dado la razón a los pacientes, pero las farmacéuticas están por encima de tales acusaciones.

A Dulal le vino a la cabeza la película *El jardinero fiel*.

–No creo que mi caso tenga que ver con grandes empresas; me inclino por un asesino solitario.

Navala miró a Dulal con ternura.

–Hay una cosa que tienes que hacer. Averiguar quién mató a la madre de Tanika. La niña no puede crecer con la idea de que la Policía no hizo nada por ella.

Su abuelo la había educado sin ningún tipo de prejuicios. Repetía que las mujeres eran el cambio y el progreso en el mundo a pesar de un famoso proverbio hindú: «Criar a una hija es como regar el jardín del vecino».

—Haré lo que pueda –contestó Dulal con sinceridad.

—Si quieres, puedo preguntar a los *dalits* sobre lenguas negras. Se me dio bien en el caso de la chica asesinada. –Sonrió y le acarició la mano.

Esta vez Dulal no la quería a su lado en este asunto. Si iba por el barrio de Chowk haciendo preguntas, Chitán se enteraría.

—De momento puedes visitar a Manju y preguntarle por el dinero que te mostró y si su mujer estuvo en el hospital Sir Ganga.

—Eso está hecho.

—Y ahora cuéntame a quién estás salvando –se interesó Dulal, consciente de que era lo mejor para desviar su atención.

—¡Oye! Esa pregunta ha sonado a burla –replicó ella.

—No era mi intención. Ya sabes que te apoyo, pero a veces pienso –dudó un instante– que estás desperdiciando tu talento como abogada.

Navala lo miró con dureza.

—Lo mismo digo. Esta es mi vida, lo sabías cuando me conociste, y mientras tenga fuerzas voy a seguir por este camino. Y ya que lo preguntas, aparte de a los niños de la hermana María, ahora estoy ayudando a una familia de la tribu Musahar.

—No los conozco. ¿Dónde viven?

—A unos cuarenta y cinco kilómetros de la ciudad. En un campamento, en la misma tierra del terrateniente que los contrata.

—Ya sé quiénes son: los comedores de ratas.

—Serás igual de estúpido que los demás si los llamas así –afirmó visiblemente molesta.

Dulal no entendía por qué le había llamado estúpido. Todo el mundo los conocía por ese nombre.

—Se ven obligados a cavar debajo de las plantaciones de arroz en busca de las ratas. El propietario de las tierras no les paga lo suficiente y necesitan comer una cantidad mínima de proteínas para continuar con su duro trabajo –dijo Navala.

Dulal se dio cuenta de que Navala estaba cada vez más guapa. Su belleza no solo tenía que ver con su físico, sino también con su forma de pensar. En un país donde para la gran parte de sus habitantes no había lugar para el mañana, donde cada día era una carrera por la supervivencia, gestos como los de su novia tenían un significado que traspasaba el entendimiento de la mayoría de los indios, y Dulal se incluía entre ellos.

Dulal apartó la mirada de la cara de su amada por un momento. Sentía gratitud hacia ella y no quería desnudar sus sentimientos. Ser su compañero le hacía sentirse único en el mundo. Su sola presencia bastaba para alegrarle el día. Ella era la enfermedad y la cura al mismo tiempo. Creyó que la frase formaba parte de alguna película, pero no acertó a ponerle título.

Laura utilizó el paraguas para apoyarse mientras se dirigía a la casa de la madre de Sean Haggerty. La lluvia, que hacía poco había caído de forma torrencial, había dado lugar a un bonito arcoíris que se asomaba poderoso entre las nubes. Sentía los pasos del aire frío tras ella.

Abrió la pequeña puerta de madera blanca. Encontró a la señora Haggerty en el jardín lateral.

–Buenos días, querida, qué maravillosa visita.

–La veo muy entretenida.

–Qué remedio. Tengo que proteger las plantas delicadas, las que no soportan el frío. Estas –dijo, y señaló unos geranios– las pondré en el cobertizo. He dejado sobre la mesa los bulbos que florecieron en verano y ahora los voy a envolver en papel de periódico para guardarlos en un sitio seco.

–Yo le ayudo –se ofreció Laura.

–Déjalo, querida, te vas a manchar. No vas vestida para trabajar en el jardín.

Laura desoyó las razones y comenzó a envolver los bulbos. Mientras tanto, la señora Haggerty eliminaba las partes verdes de las dalias.

–El otro día estuve mirando las fotos que tenía mi hijo en la habitación –comentó de improviso–. Ese chico por el que te interesaste...

–James –apuntó Laura.

–Exacto. Recordé que se hicieron amigos durante la estancia de Sean en la Universidad de York. Lo sé porque solía hablar bastante de él. Luego, un día, de repente, dejó de hacerlo.

–No sabía que su hijo hubiera estudiado en Inglaterra.

–Tenía muchas ganas de salir de Irlanda, de vivir en un país más moderno.

Y, sin decir una sola palabra más, comenzó a llorar.

–Yo soy la culpable de que mi hijo haya muerto.

Laura soltó lo que tenía en las manos y fue a consolarla.

–¿Por qué dice eso?

–Porque mi hijo no era feliz. Llevaba una vida muy desgraciada y todo por mi causa. Creo que no le gustaban las mujeres. Por eso venía tan poco por casa, por eso se fue tan lejos a trabajar, para que yo no me avergonzara; y tenía razón, lo hacía, sentía rabia, y odio de que no fuera como los demás. Yo quería que se casara, que tuviera hijos, que me diera nietos.

–¿Cree que James era algo más que un amigo?

La mujer se desplomó en una silla blanca oxidada. Asintió mientras bajaba la cabeza. Extrajo una foto del gran bolsillo del delantal.

–La necesitarás si quieres encontrar a James. Quizá él sepa la razón por la que mataron a mi hijo. Puede que incluso sea el asesino.

En cuanto Laura llegó al hotel visitó la página web de la Universidad de York. Nerviosa, no acertaba a escribir correctamente el apellido Haggerty. Pronto obtuvo la información apuntada desde el Departamento de Químicas, otra cosa era encontrar al tal James. Comprobó con pesar que era un nombre muy común. No conocía su fecha de nacimiento o de ingreso en la universidad, ni sabía con certeza si ambos habían estudiado lo mismo. Optó por observar detenidamente los anuarios de fin de carrera. Calculó mentalmente la fecha aproximada en la que Sean la habría acabado y se centró en los cinco años anteriores y posteriores. Las fotos en blanco y negro no ayudaban. Desesperada al no obtener ningún resultado, trató de serenarse y pidió al camarero una infusión de manzanilla y tila. Mientras esperaba, miró por la ventana. Un alargado y sombrío banco de nubes se movía rápidamente entre la bruma cargada de humedad. Sin saber por qué recordó los labios cálidos de Thomas sobre los suyos, el gemido de placer cuando la tuvo entre sus brazos. Qué poder tenía ese hombre para arrastrarla hacia él sin el menor esfuerzo. No lograba apartar de su cabeza aquel cuerpo poderoso, el olor de su piel. Era un olor peligroso, ligero, un olor a madera, a torrente de agua, a montaña, igual que aquella tierra agreste y salvaje... El té la sacó de sus pensamientos y, después de endulzarlo con miel, se obligó a volver su mirada hacia la pantalla del ordenador.

La señora Haggerty le había asegurado que habían ido a la misma universidad, pero quizá habían cursado carreras diferentes. De nuevo observó las fotos de los anuarios de Químicas para asegurarse de que no se le pasaba por alto la de James. Cuando comprobó que no existía ningún James que se le pareciera, eligió otra carrera. Comenzó con el anuario de Medicina de 1987. Escrutó los rostros detenidamente hasta llegar a 1997, el año que se había fijado como tope. Nada. Eligió la carrera de Económicas y obtuvo el mismo resultado, después llegaron las caras de los licenciados en Derecho, y los de Informática. A esas alturas, su cabeza estaba llena de caras, que en muchas ocasiones se asemejaban unas a otras, se superponían, la llevaban a engaño. Se detuvo un instante a pensar. Si James y Sean se habían conocido en Limerick entonces podían haber cursado carreras completamente diferentes, pero si lo hicieron en la universidad, lo más normal es que cursaran carreras similares. Pensó cuáles se parecían más a Químicas y llegó a la conclusión de que eran Farmacia y Biología. Comenzó por esa última; observó con interés los rostros risueños de los recién licenciados hasta que al llegar al año 1991 soltó un pequeño grito de triunfo: allí estaba, James Marcus Owen. Muy atractivo y risueño. Lucía una hermosa mata de pelo rubio ondulado. Era la viva imagen de un héroe griego. Buscó más información. Se había graduado el mismo año de Haggerty y, por lo demás, no había ninguna otra mención. Escribió su nombre en el buscador. Era el autor de un tratado de bioseguridad de un laboratorio de bioquímica. Lo hojeó por encima. Hablaba sobre cómo manipular, identificar y almacenar productos químicos. Se extendía bastante sobre los equipos de protección individual, de ojos, de manos, sobre la necesidad de tener mantas ignífugas, tierra absorbente, campanas extractoras, duchas, lavaojos. Luego daba consejos sobre qué hacer con los derrames. El ensayo, en su conjunto, estaba bien planificado, era concienzudo y poco pedante.

Buscó en Internet la diferencia horaria entre Irlanda y la India: cuatro horas y media. Deseaba llamar a Thomas para comunicarle su descubrimiento. Lo cierto es que lo echaba de menos. La boca se le torció en una mueca de disgusto; no quería complicarse la vida y tampoco deseaba que le hicieran daño. Debía concentrarse en su bebé, todo lo demás carecía de importancia. Todavía no era consciente de su estado, su mente no admitía aún que iba ser madre, que llevaba una vida en su interior. Ella no asociaba el embarazo con un estado óptimo, o como decían algunas, un estado de buena esperanza; para Laura era un mero trámite fisiológico antes de tener un hijo. Se encontraba en el segundo trimestre de embarazo, había notado un gran cambio en su cuerpo, las hormonas se habían disparado y se sentía llena de energía y vitalidad; salvo por la pierna, hubiera podido correr, saltar, e incluso escalar, pensó de manera muy optimista.

Entonces, si su embarazo era una prioridad, ¿qué estaba haciendo allí, en ese pueblo perdido de Irlanda? Conocía la respuesta de antemano: su cuerpo estaba anclado a una muleta pero su mente no, y necesitaba acción.

17

Una corneja sobrevolaba la tienda donde dormían Manju y su hija. El sueño profundo de ambos no se vio alterado por el graznido del ave que, en solitario, no era más que un leve murmullo apenas apreciable en la mañana que comenzaba. El eco se convirtió en estruendo cuando decenas de cornejas aparecieron alborotando el silencio y el sueño de los habitantes del *slum*.

El vertedero de Benarés era una especie de enorme paisaje marciano construido con basura. Poco antes de que el sol barriese la oscuridad y se alzase como un círculo hecho de cuerpos ardiendo, Manju y Tanika se adentraron entre las montañas de desperdicios, pisando las charcas infectas de moscas, revolviendo con sus manos mugrientas la podredumbre en busca de plásticos. El sonido del batir de las alas de las águilas junto con los graznidos de los cuervos distorsionaban sus palabras.

–¡Por aquí! –le gritó el padre mientras hacía un gesto con la mano.

Aquel día no estaban solos. Alguien había hecho guardia a la salida de la tienda detrás de una montonera de sacos llenos de plásticos. Había pensado en acabar con ellos mientras dormían, pero en el último momento decidió seguirlos hasta el vertedero. Supuso que no había mejor tierra para soterrarlos que las capas de detritus. Las larvas de los insectos, asiduas a la suciedad, acabarían con sus cuerpos en poco tiempo. Aprovechó que la niña estaba oculta tras una pequeña montaña de basura para acercarse sigilosamente.

Manju estaba agachado, concentrado en una madeja de plásticos e hilos de algodón.

Se plantó detrás.

El *dalit* percibió la presencia de otra persona y levantó la cabeza. No le dio tiempo a ver cómo el *rhumal* le abrazaba el cuello. La tela del pañuelo le apretó la nuez. Dejó de respirar y cayó sin vida encima de la basura.

Cuando terminó con el *dalit,* se volvió a colocar el *rhumal* en la cara. Luego agarró la cabeza del hombre, le colocó un abrebocas de plástico, le extrajo la lengua, la estiró con todas sus fuerzas y se la cortó de un tajo con el hacha. Con las manos ensangrentadas excavó un hoyo hasta que llegó a tocar la charca de agua putrefacta. Movió el cuerpo y lo enterró entre la basura. Se giró y vio a la niña, quieta, observando desde la distancia.

Fue a por ella.

Tanika se dio la vuelta y corrió con todas sus fuerzas en dirección opuesta. Miraba el suelo para no tropezar. De uno de los lados del vertedero venía un olor nauseabundo. No dudó y se dirigió hacia allí. El río de detritus en descomposición brotaba de debajo de la montaña como un manantial. Tanika se lanzó al agua infecta sin pensar en las consecuencias. Los vapores le dañaban los ojos, los insectos zumbaban alrededor de su cuerpo. Infinidad de desperdicios flotaban sobre el líquido negruzco y pestilente.

Los trozos de lodo pútrido se le agarraron a las piernas impidiéndole avanzar. Salió de aquel lodazal al mismo tiempo que el sol de su escondite. No sabía que unos minutos después sus rayos hubiesen calentado las aguas y los vapores la hubiesen matado. Volvió la cabeza. No vio el rostro de su perseguidor porque permanecía oculto tras un pañuelo amarillo. En una de las manos llevaba colgando la lengua de su padre. Su poco peso, las delgadas piernas y las ansias de vivir le dieron la ventaja que necesitaba para salir del vertedero.

Respiró con alivio cuando, después de un tiempo que se le hizo eterno, las estrechas callejuelas de la ciudad vieja la acogieron como una madre complaciente. Estaba asustada. No entendía lo que pasaba. ¿Quién podía querer hacerles daño? Miró atrás, no había rastro del pañuelo amarillo. Se dirigió hacia el río. Debía quitarse ese olor. Tenía el cuerpo lleno de mugre. La gente se apartaba de su lado como si tuviese lepra. Su padre le había enseñado que el agua del río lo curaba todo. Se sentó al cobijo de las escaleras de los *ghats.* Le temblaban las manos. Bajó unos escalones hasta que las piernas se sumergieron por completo en el agua. En ese momento fue consciente de lo que había ocurrido. Su padre estaba muerto. Un sentimiento parecido al que había experimentado con la muerte de su madre se propagó por su pequeño cuerpo y la hizo llorar.

En las escaleras, los santones se protegían del sol con unas sombrillas. Algunas madres lavaban la cabeza de sus hijos tal como su madre lo hacía con ella.

¿Y si todo había sido un mal sueño? ¿Y si su padre aún estaba vivo? ¿Se podía vivir sin lengua? Ella creía que sí. Aquello la tranquilizó, sumergió la cabeza en la corriente y comenzó a frotarse las costras de suciedad que llevaba pegadas a la piel. Cuando hubo acabado, se quitó la camiseta y la falda y las lavó dejándolas extendidas en el suelo. Su pequeño cuerpo estaba agotado y tenía frío. Se tumbó en el escalón buscando el contacto cálido del cemento. Imaginó que los peregrinos que se bañaban en las aguas sagradas eran fantasmas que esperaban ser resucitados. A lo mejor sus padres estaban suspendidos en la orilla esperando que Ganga los tocase con su manto hecho de gotas de agua y los devolviese a la vida.

Se puso la camiseta y la falda, todavía húmedas. De repente, una pincelada amarilla cruzó su lado derecho. No se lo pensó, subió los escalones con rapidez y se adentró en la ciudad vieja. Su corazón latía con fuerza. Esquivaba a los transeúntes, las bicicletas, los animales. Pensó que si llegaba al templo de Vishwananth no la mataría. Allí podía escabullirse entre la gente y escapar. Una vaca salió de una de las callejuelas y le cortó el paso.

Miró hacia atrás. La figura estaba a diez metros escasos. Tanika se echó al suelo. Pasó por debajo del cuerpo de la vaca, que se había plantado en mitad de la calle y olisqueaba una bolsa con restos de comida.

Se dirigió a toda velocidad al templo conocido por los turistas como el templo de oro; a Tanika no le hubiera importado tener un poco de los setecientos cincuenta kilos de oro que conformaban sus cúpulas. Atravesó varios tramos de sombríos pasadizos abovedados hasta llegar al exterior del templo. Los peregrinos se amontonaban en la puerta y se perdían más allá de la vista, en dirección a los *ghats*.

Tanika se coló entre la multitud. Buscó entre las cabezas el turbante amarillo. No lo vio. Se agazapó entre los cuerpos de una familia numerosa. Una mujer llevaba un bebé en los brazos e iba acompañada por tres niños más. Se colocó al final del grupo procurando quedar oculta. Por suerte tenía detrás a una pareja de extranjeros que tomaron la ocurrencia de Tanika como un juego.

Al final de la fila, unos ojos se movían nerviosos en busca de la niña. Un mendigo se le puso delante e hizo sonar un cuenco lleno de monedas. Recibió un manotazo. Un macaco robó un manojo de plátanos a un vendedor ambulante y el hombre le lanzó una vara que fue a parar a la espalda de un peregrino. Este tomó la vara y se la lanzó al vendedor, pero no calculó bien y cayó dentro de la prensadora de ruedas dentadas que utilizaba otro comerciante para exprimir cañas de azúcar y extraer el jugo. El de las cañas de azúcar abandonó su puesto y, enfadado, empujó al peregrino que, a su vez, acabó encima de una mujer que freía dulce de leche de búfala y se quemó. Nada que no fuese lo habitual a aquellas horas de la mañana.

La fila avanzaba despacio. Uno de los niños miró a Tanika con cara de no saber de dónde había salido. Ella miró hacia atrás.

El turbante amarillo se movía deprisa. De repente, la gente comenzó a avanzar a un ritmo más rápido; dos policías habían ordenado hacer otra fila.

–¿Hablas inglés? –le preguntó una joven francesa que parecía pronunciar las palabras con la nariz.

–Sí, lo he aprendido en el colegio.

–¿Y tus padres? –Esta vez la joven pronunció con fuerza la erre.

–Mis padres han muerto.

La chica borró la sonrisa de la cara y la sustituyó por una boca bien abierta en señal de asombro.

–Lo siento, pequeña.

Se agachó hasta que los ojos de las dos estuvieron a la misma altura.

–¿Cuántos años tienes, preciosa?

–No lo sé –mintió.

La chica, compungida, le preguntó:

–¿Dónde vives?

–En la estación principal de ferrocarril –mintió de nuevo.

La joven hizo una mueca sonora con los labios, se volvió y habló con su acompañante. Tuvieron una pequeña discusión. Tanika podía ver que el turbante amarillo estaba a escasos metros, esperando su momento.

–Hola, venimos de Francia.

Tanika no sabía dónde estaba ese país. Para ella todos los occidentales venían del mismo sitio, de Hollywood.

–Nos os van a dejar entrar en el templo. Solo los indios pueden visitarlo.

–Ya nos parecía extraño que fuéramos los únicos occidentales en la fila –le dijo la chica con una voz dulce.

–Si queréis, puedo llevaros a un sitio desde donde podréis ver el templo. Desde las terrazas se ve el interior.

La joven la tomó de la mano. El novio parecía molesto por tener que acarrear con una niña.

Unos ojos la siguieron. Cuando los tres desaparecieron por la puerta de una de las casas que rodeaban el templo, se dirigió a un puesto de *chai* desde donde se veía la entrada al edificio. No la iba a dejar escapar ahora que estaba tan cerca.

Laura sujetaba el teléfono dispuesta a llamar y hablarle de su descubrimiento. Pero algo la detuvo. Se acordó de la reprimenda y el enfado de Thomas al encontrar sus apuntes sobre Sean Haggerty en la habitación del hotel. Ya no era una niña, era una mujer adulta y podía hacer lo que le diera la gana, pensó al marcar el prefijo de la India. Además, averiguar la identidad de James Marcus Owen había sido puro azar y Thomas no podía achacarle nada. Aunque algo en su interior le decía que no lo hiciera, acabó por marcar todos los números. No obtuvo respuesta. Frustrada, torció la boca en un gesto de contrariedad. La información le quemaba y sentía la necesidad de hacer algo con ella. Se acordó del inspector que llevaba el caso en Lyon. Buscó en Internet el número de teléfono de la jefatura policial, llamó y preguntó por el inspector Deruelle.

Una voz fresca, casi juvenil, respondió al cabo de unos instantes.

–Al habla Deruelle, dígame qué desea.

–*Bon après-midi,* perdone que le moleste, mi nombre es Laura Terraux y soy amiga del agente de la Interpol Thomas Connors.

Tengo entendido que usted lleva el caso del asesinato de Sean Haggerty.

–Exacto. Dígame en qué puedo ayudarle.

–Estoy en Irlanda, más concretamente en Kilconnell, el pueblo natal de Haggerty.

–Y del señor Connors, según tengo entendido –interrumpió el inspector–. Aunque creo que en estos momentos está en la India, ¿o ya ha regresado?

–No, todavía sigue allí. Yo estoy ayudando a su padre, que está de mudanza. –La explicación le sonó extraña incluso a ella–. El caso es que esta mañana he estado con la señora Haggerty y me ha comentado que su hijo no era feliz, sospecha que su inclinación hacia el sexo masculino lo volvió retraído, cree que llevaba una doble vida en un intento por ocultar, a los ojos de ella y del pueblo, sus preferencias sexuales. He podido identificar a una de sus parejas, de hecho, el fallecido tenía varias fotos con él en el cajón de su escritorio.

–Sí, mis agentes las encontraron e hicieron copias. Espere un momento, voy a buscarlas.

Laura permaneció a la espera, contemplando el exterior grisáceo, parecía como si un mar embravecido se hubiera colocado sobre el cielo. La lluvia arreciaba y golpeaba con fuerza los cristales de la ventana. Enrolló un mechón de cabello en su dedo índice y de manera inconsciente le dio vueltas pensativa hasta crear un tirabuzón. Volvió en sí cuando se dio cuenta de que una voz le hablaba:

–*Excusez-moi,* señora Terraux, continúe, por favor.

–Entre las fotos que Haggerty guardaba en su escritorio, hay una en la que está en medio de dos personas; no es difícil reconocerla, es la única en la que aparecen tres, las demás son de grupos más numerosos.

–Sí, la estoy viendo.

–Bien. El hombre de pelo rubio que pasa el brazo por los hombros de Haggerty es James Marcus Owen. Estudiaron juntos en la Universidad de York. Haggerty, Químicas; y Owen, Biología. Creo que eran pareja, o que lo habían sido, y que la persona que Haggerty estaba esperando en Limerick cuando el padre de Thomas lo vio era James.

–Es una información muy valiosa. Le agradezco enormemente que me haya llamado. Voy a enviar a un par de agentes a Limerick que hablen inglés. Intentaremos averiguar el paradero de ese tal James Marcus Owen.

–Su madre esperaba que apareciera para la ceremonia civil que se realizó en el cementerio, se extrañó de no verlo –apuntó Laura.

–Aunque ya lo hicieron los agentes de la localidad, volveremos a interrogar a la madre. Me gustaría saber si este es el número donde puedo localizarla a usted.

Laura respondió afirmativamente y, con un torbellino, en su interior colgó presa de la emoción.

Dulal trabajaba con gesto concentrado en el ordenador sobre la mesa de la cocina. Navala hacía lo mismo al otro lado. De repente, el pasado apareció como una sucesión de fotogramas. Tenía la certeza de que la vida lo había tratado con justicia. Por eso daba gracias a los dioses dos veces al día. El hijo de un orfebre que había llegado a superintendente. Estaba convencido de que, en gran medida, era por su forma de ser, y una muestra de que el trabajo y la honestidad tenían su recompensa en la India.

Se sobresaltó cuando sonó el móvil. Vio en la pantalla el número de la comisaría.

–¿El superintendente Dulal?

–Sí, soy yo.

–Tiene que dirigirse sin falta al vertedero. Un hombre que recogía basura ha encontrado un cadáver.

Cuando acabó de hablar, su rostro estaba crispado.

–¿Qué sucede? –preguntó Navala preocupada.

–Otro asesinato. Han encontrado a un hombre al que le falta la lengua.

Faltaba media hora escasa para que anocheciese. Detestaba los meses de invierno, a las cinco y media ya estaba a oscuras.

El vertedero ocupaba una vasta extensión de tierra en una depresión del terreno a las afueras de la ciudad antigua. Dudó si detener el coche y seguir a pie. El camino estaba en muy mal estado y su cabeza también; le inquietaba la manera en la que se estaban produciendo los asesinatos.

Un camión Tata amarillo que le precedía le pitó y los pensamientos de Dulal se disiparon como la bandada de cuervos que en ese momento levantó el vuelo ante el paso del vehículo. Miró por el retrovisor. El camión tenía las cartolas laterales bajadas y en la caja se acumulaban los montones de basura. Se apartó, lo dejó pasar y decidió seguirlo.

La tierra del camino era negra y se pegaba a los neumáticos. Notaba los trozos de marga golpeando insistentemente los bajos del automóvil. En uno de los charcos el coche se ladeó peligrosamente. Maldijo su suerte.

Vio que el camión se alejaba hasta perderse entre los montones de basura. Oculta por los desperdicios, apareció una hilera de tiendas hechas de ramas. Las paredes y el tejado estaban cubiertas por grandes lonas de colores superpuestas. Las puertas eran simples aberturas tapadas con mantas. Un grupo de búfalos cruzó por delante del coche. Dulal frenó justo a tiempo. Después del incidente, condujo con más cuidado hasta que llegó a una torre de depósito de agua, una gran estructura de cemento que soportaba un tanque. Un tubo salía de uno de los laterales, bajaba pegado a una de las patas y desaparecía en el suelo. Un grupo de águilas reposaba en lo más alto. De repente, un fuerte olor a plástico quemado hizo que Dulal se tapase la nariz con la manga de la camisa. Hombres empujaban carros repletos de basura. Perros tan sucios como sus dueños aparecían y desaparecían entre la porquería.

Dulal esquivaba los charcos de agua putrefacta e intentaba conducir lo mejor que sabía a través de las montañas de basura. A lo lejos vio a Fahim, que le hacía señales con un pañuelo.

Se acercó. Rishi, el Gordo, buscaba pistas en los alrededores. Hileras de humo salían de entre las montañas de residuos. Una niebla de partículas se mezclaba con los insectos y, a más altura, con las águilas y los cuervos. Bajó del coche y sin tiempo para taparse la cara se vio envuelto por una nube de moscas.

–Superintendente. Tome este pañuelo o se lo comerán los bichos.

Se colocó el pañuelo alrededor de la cabeza.

–Le presento al médico forense.

Dulal movió los brazos para abrirse paso entre el enjambre.

–*Namaste*.

El forense llevaba puesta una máscara especial, como la que usan los apicultores cuando recolectan la miel.

–Esto es una mierda –dijo como respuesta al saludo–. Es imposible trabajar entre toda esta cantidad de basura.

Dulal ignoró su comentario.

–¿Cuánto hace que ha muerto? –preguntó.

–Parece ser que esta madrugada. Póngase estos guantes antes de tocar nada. Aunque no creo que sirvan de mucho en este estercolero.

El cadáver estaba en el borde del camino. Una sensación, que tenía que ver más con su falta de experiencia que con la desagradable visión del cuerpo, retrasó el momento de inspeccionarlo. Dulal levantó la cabeza hacia las aves que sobrevolaban el desfiladero en busca de comida; sus graznidos daban al escenario una tensión dramática.

El fotógrafo acabó con el cadáver y empezó con los alrededores.

–¿Va a venir el comisario Umed? –preguntó Dulal a sus compañeros.

–Mañana quiere vernos en su despacho a primera hora –le contestó Fahim.

Era su segundo cadáver y el comisario le dejaba toda la responsabilidad. No le agradó la decisión de su jefe. Fahim escupió una mosca que se había colado en su boca.

–Ya te decía yo que necesitas comer más, así me gusta, que seas selectivo con tu alimentación –comentó Rishi antes de soltar una carcajada.

–Ese hombre se ha topado con él cuando rebuscaba entre la basura –dijo Fahim, y señaló una figura a la vez que seguía escupiendo los restos del insecto.

Al principio Dulal no lo vio. Luego se dio cuenta de que en uno de los montones, mimetizado con las entrañas de toda clase de aparatos electrónicos, había una persona. Se acercó sin dejar de mirar dónde pisaba. El hombre agarraba con fuerza un saco.

–*Namaste*.

—*Namaste.*

—Me llamo Dulal, soy el encargado de la investigación.

—Yo soy Nigam.

—Nigam, ¿a qué hora encontraste el cadáver?

—Serían las tres.

Dulal observó la cima de una de las montañas de basura y vio a un grupo de niños. Se encontraban literalmente metidos en la porquería y miraban el cuerpo del muerto. Les gritó que se alejasen de allí.

—¿Cuál es tu trabajo?

—Busco metales: plomo, mercurio, estaño, cadmio.

Dulal sabía que afectaban al sistema nervioso y que el cadmio era el peor porque dañaba los riñones hasta dejarlos inservibles. Se fijó con detalle en el *dalit.* No tendría más de quince años. Vestía una camiseta blanca mugrienta de tirantes y unos pantalones deshilachados. Tenía cicatrices ya curadas en brazos y piernas y en un codo una herida supuraba pus.

—¿Dónde vives?

—En una de las tiendas que hay a la entrada del vertedero.

—¿Las de las mantas en las puertas?

—Sí.

—¿Moviste el cadáver?

—Primero creí que era un animal, había decenas de cuervos picándole, después vi su cara. Removí la porquería —dijo, y señaló un montón de plásticos— y apareció el resto del cuerpo.

—Fahim, Rishi —ordenó Dulal—, id a las tiendas de la entrada e interrogad a sus ocupantes.

Un perro con tiña se acercó. El *dalit* le dio una patada sin ningún miramiento.

—Acompáñame, vamos a ver el cadáver.

Dulal, al ver el estado en que se encontraba, volvió la cabeza en un gesto espontáneo. Parecía que le habían arrancado la cara con una tenaza de herrero.

El forense estaba agachado sobre el *dalit.*

—Está muy deteriorado. Los cuervos lo han dejado irreconocible.

—¡Una pena! —exclamó Dulal.

—Además está lleno de insectos. Para las moscas, un cuerpo humano es una nevera llena de comida, sin contar que toda esta basura desprende gases que al fermentar aceleran el proceso de descomposición. ¿Quiere una mascarilla? Vienen con olor incorporado.

—*Namaste*.

—¿Es su primer cadáver?

—No, vi unos cuantos en la comisaría de Lucknow, pero no les faltaba la carne de la cara. —Se puso la mascarilla—. Huele a mentol —observó aliviado.

Al *dalit* parecía no afectarle el olor.

—¿Reconoces sus ropas? —le preguntó Dulal.

—Este —dijo señalando el cadáver— no vive en el vertedero.

—¿Cómo lo sabes si está desfigurado?

—Por los pantalones. Conozco a todos los que vivimos en el vertedero, nací aquí. Ninguno de nosotros llevamos los pantalones tan nuevos.

—¿Tienes idea de qué hacía aquí?

—No, puede que fuera solo uno de tantos que vienen de vez en cuando.

—¿De dónde crees que procede?

—De la parte rica seguro que no.

—No te hagas el gracioso.

—Ya.

—¿Tienes constancia de si ha habido algún muerto parecido a este?

—¿Constancia?

Dulal replanteó la pregunta:

—¿Sabes si existen más muertos troceados?

—El vertedero es un lugar de muerte.

—Me refiero a muertes no naturales —aclaró Dulal, impaciente.

El *dalit* se quedó pensando.

—No que yo sepa.

—¿Has visto algo extraño estos días?

—No le entiendo.

—Si has visto algo que te ha llamado la atención —repitió Dulal.

Esta vez el *dalit* contestó sin pensárselo mucho.

–No, todo está como siempre.

–Bien. Puedes irte a casa. Si te necesitamos, mis compañeros vendrán a buscarte.

–¡Ayúdeme! –gritó el forense a Dulal como si fuese uno de sus empleados–. Voy a tomar muestras de debajo del cuerpo. Este lugar me pone de los nervios. ¿Dónde están los otros dos?

Dulal estaba acostumbrado a las maneras que tenían los superiores de dirigirse a los demás.

–Trabajando en el caso.

–El caso está aquí. Ayúdeme.

Dulal asió los pies del cadáver, el forense lo agarró por los hombros y, con cuidado de no mancharse los pantalones, lo levantaron del suelo y lo dejaron a un lado. El forense tomó una pala y la hundió en el líquido hasta que tocó la tierra. Introdujo unas muestras dentro de unos botes.

Llegó un furgón. Salieron dos empleados del instituto forense.

–Ya he acabado. Lo pueden llevar a la morgue –ordenó el forense a la vez que se sacudía la tierra de los pantalones–. Voy a tener que cambiarme de ropa y darme una buena ducha.

–¿Cree que lo mataron en este lugar?

–Es posible. Hasta que no practique la autopsia no le puedo decir nada más. Y ahora me largo que, por hoy, ya he tragado suficiente mierda.

–¿Podrá tomar las huellas del cadáver?

El forense no le escuchó, se marchó hacia su coche. Dulal se quedó mirando cómo el vehículo se alejaba a toda velocidad entre los montones de basura. En su huida, una de las ruedas pisó un charco y el agua putrefacta salpicó al fotógrafo, que protegió la cámara con la camisa. Lo maldijo a él y a toda su descendencia.

Había luna llena y la luz invadió el vertedero. Unos niños se acercaron hasta Dulal y le pidieron unas rupias. Desprendían el mismo olor que la cloaca en la que vivían. Dulal desconocía por qué debajo de la capa negruzca que manchaba sus caras había lugar para una sonrisa. Los ignoró y siguió con la inspección.

18

Tanika deambulaba por las calles como una autómata. No tenía adonde ir y lo único que sabía es que debía encontrar un lugar para dormir. Un grupo de hare krishna la adelantó por la izquierda. Cantaban y bailaban sin cesar causando un gran estruendo. Uno de los integrantes portaba un altavoz y los demás hacían sonar sus panderetas de un modo frenético. Un cántico sustituía a otro sin descanso. Tanika los acompañó hasta el templo. Olía a incienso y los ídolos tenían ofrendas de leche, frutas y dinero. Su estómago gruñó ante la visión de los alimentos. Pensó en colocarse en una esquina y pasar allí la noche. Desolada, comprobó que el templo era un cuadrado pequeño, difícilmente podría pasar inadvertida cuando cerrase. Un par de lágrimas cayeron, se las limpió con el dorso de la mano. Se sonó con la parte inferior de la camiseta.

Todavía desconfiada, antes de salir a la calle escrutó entre la muchedumbre por si veía un pañuelo amarillo. Amodorrada por el cansancio se dejó caer sobre un pequeño escalón y se envolvió las piernas con la falda, varias tallas más grande. A los ojos de los transeúntes, Tanika parecía un trozo de tela tirado en el suelo. Intentó descansar con un ojo entreabierto hacia la calle que se abría a los *ghats*. Permaneció así, doblada sobre sí misma en aquella piedra.

Tenía sed. De reojo, vio un puesto de zumo de caña de azúcar. Un zumo costaba siete rupias, demasiado dinero. Se acercó a un turista que se había quedado un poco rezagado de su grupo y le pidió una moneda, pero en ese momento una mujer con un paraguas abierto de color morado lo conminó a que siguiera al grueso de la gente y no se distrajera. La mujer, al ver a la niña, la espantó con la mano como si se tratase de una mosca. Antes de marcharse, el hombre de tez sonrosada y entrado en kilos le lanzó una moneda y le guiñó el ojo. Tanika conocía las monedas extranjeras, esa era de un euro. Con ella podría comprarse doce zumos de caña de azúcar. Una vez satisfecha su sed, se encaminó a uno de los lugares donde estaría segura.

Cientos de niños vivían junto a la estación de tren de Benarés. Más de trescientos mil pasajeros la cruzaban a diario, esto hacía que la mendicidad y el robo tuvieran los clientes asegurados. A espaldas de la estación se extendía Charbhuja Shahid, el hogar de Tanika. Era un enorme lodazal sembrado de chabolas levantadas con basura sobre basura, donde la pobreza, el maltrato, la falta de esperanza y la explotación imperaban entre el olor nauseabundo. Entre esas casuchas se esparcían esqueletos de coches, vehículos desguazados hasta su mínima expresión; jaulas retorcidas y enmarañadas cubiertas de óxido. Dentro de aquellos hierros vivían grupos de niños perdidos, no reclamados, abandonados, huidos, o repudiados por una minusvalía, y niñas, muchas niñas.

Tanika conocía a los habitantes de las vías, a los pandilleros del tren que se ganaban la vida recogiendo desperdicios y escombros, robando o mendigando. Lo que desconocía es que también se utilizaban como conejillos de Indias, o se ganaban veinte rupias víctimas de turistas nacionales o visitantes ocasionales, algunos obligados por sus padres. Pequeños a los que se les exigía volver con una cantidad de dinero al día sin importar lo que tuvieran que hacer para conseguirlo.

Fue hacia un grupo de niños que se agolpaban en el interior de una furgoneta. El que parecía el líder inhalaba un bote de pegamento. Llevaba un trapo en la mano, los demás lo tenían pegado a la nariz. El olor a disolvente hizo toser a Tanika hasta que se le saltaron las lágrimas. El olor del líquido con el que empapaban los retales lo inundaba todo y cubría el hedor de las heces y de las montañas de desperdicios que se acumulaban alrededor. Sorteó un charco de orina antes de dirigirse al chico de mirada vidriosa.

–¿Eres el jefe?

El niño asintió y reafirmó su posición cruzando orgulloso los brazos sobre el pecho.

–¿Qué tengo que hacer para pertenecer a vuestra familia? –Tragó saliva, compungida; la sola mención de aquella palabra bastaba para recordarle que estaba sola.

–Tienes que darme cuarenta rupias. No, cincuenta –dijo pensándoselo mejor; había visto un resquicio por el que obtener un dinero extra.

Tanika miró a su alrededor, más allá de las cunetas de desperdicios, hacia los cerros de botellas de plástico. Adivinando sus intenciones, el niño le aclaró que debía obtener el dinero fuera de su territorio. Asintió desanimada.

–Intenta conseguir el dinero y así te unirás al grupo –le dijo el líder–. Después podrás recoger basura con nosotros, o rellenar y vender botellas de agua en los vagones. Nosotros te protegeremos. Eso sí, deberás pagar tu parte a los policías para que hagan la vista gorda.

Tanika asintió, agradecida por la oportunidad que le daba.

–Tienes el pelo muy largo –añadió–, deberías cortártelo. La barbería del otro lado de la calle paga bastante bien. Además, aquí te vas a llenar de piojos, te rascarás hasta hacerte heridas y se pueden infectar. También es bueno que parezcas un chico.

–¿Por qué? –preguntó confusa.

–Ya te enterarás –respondió, y dio la conversación por concluida, llevaba demasiado tiempo sin inhalar; hundió la nariz en el bote ya casi vacío.

Unos niños pasaron corriendo al lado de Tanika, llegaron hasta el andén y se colgaron de un tren todavía en marcha. Metían sus delgados y pequeños brazos entre los barrotes sin cristal tratando de alcanzar cualquier cosa aprovechando un despiste. Todo se podía vender, todo era poco para conseguir unas rupias.

La luz naranja se tornaba gris, el día resbalaba entre los tejados. Nubes de insectos zumbaban en torno a unas vacas. Los tonos ceniza se volvían acerados engullidos por la lengua metálica de la noche. Las siluetas de los edificios parecían encogerse como alfombras enrolladas, plegarse sobre sí mismas dando lugar a formas nocturnas nuevas.

Corrió hasta la barbería, quizá todavía estaba a tiempo para vender su pelo. Sin darse cuenta chocó contra una persona. Era una mujer alta, muy pintada, con labios rojos, el pelo largo, aretes de oro en las orejas y en la nariz y pulseras en tobillos y muñecas.

–¿Adónde te crees que vas? –la increpó–. Me has manchado mi precioso sari, pequeño insecto mugriento. Serás puerca...

Tanika se sobresaltó al oír aquella voz tan grave, se parecía a la de su maestro.

–Quédate con mi perra. Guárdala hasta que vuelva –le ordenó la mujer–. No se te ocurra desaparecer porque te encontraré. ¿Queda claro?

La niña asintió y miró de reojo la luz de la barbería. Con un suspiro se sentó en cuclillas cerca del pequeño chucho famélico.

La mujer de voz grave comenzó a cantar y a saltar de una manera bastante ostentosa. Subió al tren que acababa de entrar en el andén molestando e incluso despertando a los viajeros. Lo curioso es que no pedía dinero, lo exigía. Cuando volvió a aparecer increpó a un viajero cargado de maletas. El hombre las depositó con rapidez en el suelo y le dio una moneda. Con total desfachatez, le exigió un mínimo de diez rupias. Lo mismo hizo con dos mujeres jóvenes, incluso las amenazó con provocarles la esterilidad.

Tanika contemplaba asombrada la escena. El perro permanecía alerta con sus tres pequeñas patas erguidas y una encogida en forma de muñón. Alargaba el hocico como si fuera un cazador y movía la cola a un ritmo frenético. La niña se rio, parecía un limpiaparabrisas limpiando la luna del coche en un día de lluvia. Solo cuando su dueña se alejó entre grandes aspavientos y escándalo, el chucho se relajó y se tumbó en el suelo. Tanika lo imitó.

La luz de las farolas iluminaba en círculos la estación. Los primeros murciélagos comenzaron a barrer el aire. Presa de un temor creciente, se obligó a pensar en otra cosa, y la máquina de pesar de la estación le ayudó. La tenía enfrente. Era un artefacto de hierro con bombillas rojas, engranajes que giraban y espirales amarillas. Esas básculas no solo marcaban el peso sino que también predecían la fortuna. La rupia que llevaba en la mano le quemaba. La acariciaba entre el dedo pulgar y el índice. Sabía que no debía gastarla en la máquina, su padre se lo había advertido en multitud de ocasiones, pero al fin y al cabo era una niña.

Acompañada del perro, se subió a la máquina e insertó la moneda en la ranura. De repente la báscula cobró vida: luces caleidoscópicas comenzaron a girar, un gran estrépito de chatarra sonó en el interior y las luces parpadearon como si fuera un semáforo enloquecido. El ruido de las palancas moviéndose dentro la asustó, parecía que la báscula se dispusiera a despegar. Entonces se oyó un chasquido y la máquina expulsó un pequeño cartón de color verde. Tanika leyó el mensaje: «Peso: 18 kilos. Para alcanzar la fortuna deberás convertirte en pájaro».

Un hombre de mediana edad se acercó de improviso y le ofreció sesenta rupias si lo acompañaba a los baños. Le habló con amabilidad, mostrando su hilera de dientes blancos bien alineados. Le sonrió mientras pasaba la mano sobre sus largas trenzas. Su rostro cambió levemente cuando, sujetándolas con ambas manos, las acercó hacia él.

–¿Y qué tengo que hacer para conseguir ese dinero? –preguntó Tanika.

–¿No lo sabes? –respondió incrédulo el hombre. Un brillo amenazador había aparecido en sus ojos.

Tanika negó con la cabeza.

–No te preocupes, bonita, yo te voy a enseñar lo que tienes que hacer –dijo acariciándole la mejilla con el dorso de la mano.

–¿Puedo ir con el perro?

–Por supuesto que sí –contestó con dulzura–. Lo dejaremos atado al lado de la puerta para que no nos moleste.

Tanika no podía creer su suerte. El hombre la invitó a pasar mientras apoyaba una mano sobre su hombro.

Dulal llegó a la comisaría de Chetganj de bastante mal humor. Era incapaz de recordar la última vez que se había sentido tan irritado. Quedaba poco para que el periodista publicase la noticia.

Umed salió de su despacho.

–*Namaste*, superintendente.

–*Namaste*, comisario.

–¿Ha vuelto a hablar con el gerente del hospital?

–Está de viaje.

–¿Y qué hacemos con el yogui?

—El manual de la academia de Policía no decía nada de cómo tratar con esa clase de personas —contestó Dulal—. Deberíamos localizarlo y detenerlo.

—¿Por dibujar un mandala? El fiscal no lo permitiría. Además, tiene amigos influyentes. Es el gurú de un grupo de jóvenes de buena familia. ¿Cuáles serán sus próximos pasos?

Dulal ni siquiera oyó la pregunta. Estaba absorto en sus pensamientos. «Un caos seductor», así llamaba Dulal a esa manera de pensar. Tomaba como punto de partida una inspiración relacionada con el caso que investigaba. Ello lo conducía a acumular una cantidad de observaciones y deducciones, para después especular de un modo analítico hasta finalmente encontrar la solución. Había visto películas donde los protagonistas se dejaban arrastrar por ese caos seductor para resolver sus *blackouts*.

Dulal miró al comisario.

—Hay un asesino múltiple en Benarés. Un criminal perverso con un trastorno de personalidad, una especie de doctor Jekyll indio dominado en sus episodios feroces por su correspondiente míster Hyde.

—Ya estamos de nuevo con personajes que solo usted conoce.

—Lo siento, comisario, no puedo evitarlo.

—¿Tiene alguna idea sobre quién puede estar detrás de los asesinatos?

—Con las dos primeras muertes pensé que podía ser un misógino con un problema de impotencia. Pero tras la visita al crematorio cambié de opinión. Creo que el asesino pudo empezar a matar después de sufrir una especie de crisis violenta, por ejemplo, una paliza o la muerte de alguien cercano sobrevenida por una injusticia, o una crisis de identidad que despertó su crueldad latente y en consecuencia se erigió como vengador.

—Eso queda muy bien en los informes, pero yo quiero pruebas.

Dulal decidió salir al patio exterior. Por primera vez sintió que el caos era el protagonista indiscutible de su vida hasta el punto de sumirlo en un nerviosismo perenne. Se preguntó si no había tomado una senda equivocada.

Levantó la cabeza y observó las ramas altas de los ficus. Las hojas cordadas filtraban los rayos del sol. No le extrañó que Buda encontrara el Nirvana después de haber estado sentado debajo de uno. Tampoco le extrañó que los policías de más edad buscasen su cobijo.

Necesitaba dejar atrás la inseguridad que lo invadía. Tenía que vencer esa férrea resistencia a dejarse llevar. No todo en una investigación estaba supeditado a las normas y los datos, y a sus películas. No había sido capaz de avanzar al ritmo esperado, ni siquiera para conjeturar una teoría esperanzadora sobre un posible sospechoso. ¿Tenía que olvidarse de su método? Estuvo pensando qué hacer durante unos minutos. Esta vez sin echar mano de su catálogo cinematográfico. Pero una fuerza que salía desde algún lugar de su cuerpo arrastraba su intelecto hacia aquella pantalla descolorida y hacia el rincón del restaurante donde, oculto, escuchaba las conversaciones sobre los personajes de ficción. Sin su compañía su vida tendría otro sentido.

No. No iba a cambiar. Él era así. Por eso se había hecho policía. No era momento de dudar de su método. De hecho, se había implicado en cada hallazgo y había seguido el manual paso a paso. Solo tenía que eliminar, como se hace con los hongos que atacan las hojas de los ficus, las partes enfermas.

¿Qué se le escapaba? De repente un pensamiento se le pasó por la cabeza, ¿y si el método era el correcto pero fallaba el marco en el que se aplicaba? Benarés nada tenía que ver con las ciudades que servían de ejemplo en los libros que había estudiado.

Para empezar, muchos habitantes de la ciudad no estaban inscritos en el censo, así que, a efectos de las estadísticas, no existían. La mayoría de los cadáveres eran incinerados antes de que se les pudiese practicar la autopsia, con lo que se destruían las pruebas. Benarés era un continuo ir y venir de peregrinos, yoguis, *sadhus* y grupos de intocables, que pernoctaban allí pocos días y seguían su camino sin dejar rastro. Una gran parte de las calles de la parte vieja no tenía nombre, y en medio de aquel laberinto atestado de toda clase de seres humanos pertenecientes a castas y miles de subcastas, nadie se fijaba en lo que hacía el vecino. Luego estaban los *dalits*, los descastados, que no tenían derechos, vivían en condiciones de esclavitud y muy pocos estaban registrados. Su impureza los hacía invisibles. En otro nivel se encontraba la mafia, que controlaba desde la venta de madera hasta la prostitución, y a la que resultaba difícil investigar debido a su estructura cerrada y a los apoyos que recibía desde las más altas esferas. Por último, otro grupo que Dulal conocía muy bien: el de los policías, cuyos sueldos no les daba para vivir y aceptaban sobornos. No todos se conformaban con unas pocas rupias, existían individuos que, como Chitán, habían sabido nutrirse de la mierda para crecer en poder y autoridad; el entorno había esculpido su lenguaje, su valor, su carácter, hasta límites que sobrepasaban los de cualquier agente. Porque la mierda en la India podía ser algo muy útil.

Dulal llegó a la conclusión de que el método no era lo erróneo, era Benarés la variable que hacía que su investigación no fuese por el buen camino.

Lleno de optimismo subió de dos en dos los escalones. Tenía que hacer algo y lo haría sin más dilación.

Thomas fue al orfanato al día siguiente para ayudar a la hermana María. Era un edificio cuadrado de dos plantas, de formas sencillas, y rodeado de una tapia blanca. En su interior, las habitaciones se abrían a un amplio patio de suelo pulido de cemento gris y con un bonito pozo en una de las esquinas. Una niña limpiaba el suelo de rodillas con un cepillo de cerdas duras; iba descalza.

—Esta niña vive con nosotros desde hace tres años, al igual que sus dos hermanas. Eran cuatro hermanos. Nos los entregó un policía; llevaban un mes viviendo en la estación de tren.

La monja la miró con ternura.

—Como marca la ley, antes de darlos en adopción, pusimos un cartel con sus fotos en los periódicos. Una de sus tías los reconoció y vino para hacerse cargo de ellos, pero varios días después devolvió a las tres niñas y se quedó solo con el niño. El problema es que el abuelo no quiere firmar los papeles de adopción, así que estarán aquí hasta que cumplan los dieciocho años.

—¿Y luego? —Al instante se arrepintió de su pregunta, no estaba seguro de querer conocer la respuesta.

—Simplemente tendrán que irse —respondió con frialdad la hermana María—. En este orfanato hay sesenta niños, ¿sabes lo complicado que es nuestro día a día? Tratamos de casarlas antes de que lleguen a la mayoría de edad. Por ahora tenemos cierto éxito con los indios que viven en Inglaterra. Ya ves —añadió con cierta amargura—; también ejerzo de casamentera.

—¿Por qué no se agilizan las adopciones? Creo que estarían mejor con una familia que aquí.

—Tienes razón. Por ejemplo, Europa envejece, hay matrimonios que quieren adoptar; aquí los niños viven en orfanatos y el Estado se gasta un dinero que no tiene en mantenerlos. Ya ves, el mundo al revés.

—¿Y usted qué haría?

—Yo facilitaría la adopción, la agilizaría. Con el dinero que el Gobierno se ahorra contrataría supervisores para realizar un seguimiento de los niños adoptados. Resultado, todos ganan. Esos pequeños podrían tener un hogar, unos estudios; luego podrían volver a la sociedad como abogados, médicos, electricistas, no como mendigos o prostitutas.

—Estoy de acuerdo con usted, una ley internacional común.

—En fin, dejemos de soñar. Vamos, te enseñaré lo que tienes que hacer. Hoy toca cargar con patatas.

La hermana María trabajó codo a codo con Thomas hasta que los sacos estuvieron en el almacén; al finalizar, Thomas sudaba copiosamente. Oyó un crujido cuando irguió la espalda dolorida. Se sintió ridículo: ella no parecía inmutarse por el esfuerzo físico. La monja se disculpó, tenía asuntos urgentes que atender. Una de las niñas lo condujo hasta el patio donde, con gestos, lo invitó a que se refrescara. Thomas soltó un gemido de placer cuando se descalzó, tomó el cubo lleno de agua y se la echó por encima. La pequeña se tapaba la boca con la mano en un intento por aplacar la risa. Le entregó un retal impoluto para que se secase. Una joven con los ojos fijos en el suelo le acercó un vaso de cristal lleno de té y se marchó silenciosa. Thomas se lo bebió de un trago. La niña volvió a reír.

El sonido del teléfono rompió la quietud del momento.

–Buenas tardes en la India, inspector, ¿cómo va la investigación? –preguntó antes de tomar asiento en una silla de mimbre.

–Poco a poco vamos avanzando –contestó Deruelle–. Lo llamaba porque hemos investigado la información que nos dio la señorita Terraux...

–Perdone, ¿de qué está hablando?

–Creía que estaba al tanto –respondió confundido–. La doctora Terraux me llamó para comunicarme el nombre de un supuesto amante de Sean Haggerty, James Marcus Owen.

–¿Sean Haggerty no utilizó el nombre de James en el pasaporte falso? –recordó Thomas de repente.

–Exacto. James Moore. Hemos averiguado que Owen estuvo trabajando hace un año en un laboratorio en Benarés. No puede ser casualidad.

–¿Qué quiere decir con que estuvo?

–Ahora desconocemos su paradero. Esa es la razón por la que lo llamo. Quisiera pedirle ayuda. Ya que está allí, quizá podría acercarse al laboratorio Analytical B. Chemistry y ver qué puede averiguar. Evidentemente, hemos informado al superintendente Dulal y a su superior, el comisario Umed, para que pongan los medios necesarios, como por ejemplo transporte o traductor de hindi si fuera necesario.

–¿Ha comprobado si guarda alguna relación con el laboratorio polaco en el que trabajaba Haggerty?

–De momento no tenemos nada.

Thomas dudó. No tenía competencia ni autoridad para detener a nadie. Los cuerpos policiales de los ciento noventa países que formaban la Interpol habían realizado más de mil millones de consultas en sus bases de datos para utilizarlas en la lucha contra el delito, y aunque más de nueve mil personas habían sido arrestadas ese año en el mundo gracias a la red, él no era policía. Su único cometido era la organización y formación de funcionarios.

Se oyó el sonido de un tren, también llegaron ecos de unos cánticos monótonos y repetitivos que debían de provenir de algún templo. El llanto solitario de un bebé contagió a otros. Antes de que el alboroto fuera a más, Thomas aseguró al inspector que se pasaría por el laboratorio y cortó la comunicación. En ese instante se acordó de que tenía una llamada perdida de Laura.

Se sentía bien después del ejercicio físico. Se recostó en la silla disfrutando del frescor de la tarde en el patio y marcó el número de su amiga. La niña se había marchado con el primer aviso para la cena.

—Te sigo recordando que estás embarazada. Ya sé que no estás enferma, pero deberías cuidarte un poco.

—Hola, Thomas, supongo que ya has hablado con el inspector Deruelle.

—Exacto, y he llegado a una conclusión: eres una entrometida. Ten cuidado.

—Vamos, esto no tiene nada que ver con el caso anterior de dopaje y mafia. Solo hablé con la señora Haggerty porque pasaba por allí. Por pura casualidad —mintió sin asomo de culpa.

—No me engañas, en ti las casualidades nunca existen.

—Mira, solo me falta que me llames para sermonearme. Te aseguro que este no es el mejor momento.

—¿Va todo bien?

—Nada va bien. Tengo todos mis muebles y objetos personales en un almacén. Ya he vendido la casa y ahora me llaman diciendo que hasta dentro de una semana no darán de alta el gas de la otra. Es decir, soy una sin techo. A ello podemos sumarle que estoy embarazada, sin trabajar, coja, y que no me acuerdo de la última vez que tuve relaciones sexuales que no fuera conmigo misma.

Thomas soltó una sonora carcajada.

—Está bien, vayamos por partes: lo de la casa se soluciona rápido, puedes ir a la mía. Ahora mismo llamo a Lupe, mi asistenta, que tiene las llaves. Con respecto a tu embarazo, poco puedo hacer, salvo recordarte que dentro de cuatro meses habrá terminado. Con la pierna, tienes que ser positiva, sí, ya sé que eres hiperactiva y echas de menos tu trabajo, pero va mejorando, y llegará un momento en que haya sido solo una pesadilla, un recuerdo. Y la última queja, el último problema, es el de más fácil solución: en cuanto llegue a Lyon lo arreglamos.

Laura notó que la saliva se acumulaba en su garganta, retiró el móvil para que él no oyera cómo tragaba.

—Vaya, gracias, Thomas.

—De nada, doctora. Por las amigas con derecho a cama, cualquier cosa.

A esas horas se comenzaba a oír el trasiego de cubos, platos y cazuelas que se trasladaban de un lugar a otro. El patio se llenó de niños y niñas que se aseaban para la cena al tiempo que miraban con curiosidad al extranjero. Thomas no pudo evitar entristecerse; la alegría y la miseria lo conmovieron en lo más profundo. Se sorprendió ante un deseo repentino: que Laura estuviera a su lado. Desgraciadamente, la soledad nunca tenía testigos.

19

Dulal entró en el despacho de su jefe.

–Señor, creo que tenemos que mirar la investigación con otros ojos.

–¿Qué quiere decir?

–Estamos aplicando unos datos en un marco equivocado.

–Explíquese.

–Seguimos unos patrones sacados de un manual que nada tienen que ver con los de nuestra ciudad.

–Me está diciendo que su método es erróneo.

–El método no, pero sí el marco en el que se aplica.

–¿Qué propone?

–Adaptar el modelo a las peculiaridades de nuestra ciudad.

–Si lo dice porque no encuentra a su sospechoso, no tiene más que enviar una foto a las comisarías de la ciudad. Y si no funciona, a los medios de comunicación ofreciendo una recompensa.

–Ya mandé la foto a las comisarías de Uttar Pradesh. Pero sospecho que descubrir su paradero será tan difícil como hacer un árbol genealógico de todas las divinidades de la India.

–Mire, Dulal, su método resolvió los casos anteriores, resolverá este. No es momento de hacer experimentos.

–Sé que el tiempo se nos echa encima y que hay urgencia por encontrar a un sospechoso pero...

–Pero nada. Es una orden. Ya hará los cambios que quiera cuando hayamos resuelto este caso. Y rece a los dioses para que lo hagamos. Por ahora, usted se ocupará del yogui. Fahim, díganos qué ha averiguado en el vertedero.

–Una mujer nos contó que se estaba convirtiendo en un lugar muy apreciado por las mafias. Las familias que viven en el basurero se creen con el derecho de ocupar los puestos más codiciados, y los saqueadores, que es como se conoce a los intrusos, abogan porque la basura es de quien la recoge. Por lo visto las mafias están detrás de los saqueadores. Han descubierto que los despojos de los humanos son muy rentables.

–Desde luego, la mafia no actúa como lo hace nuestro asesino. No necesita de esa puesta en escena tan teatral –comentó Dulal.

–Eso lo dice por la mafia de Lucknow, aquí llega hasta lugares tan tétricos que ni las ratas se atreven a ocuparlos.

–Lo dice por Keshau Cherasia, el Señor de la madera.

–Veo que todos estos meses no ha perdido el tiempo –dijo con admiración Umed.

–Tuve que introducir en el ordenador los nombres de las personas más ricas de la ciudad, y el Señor de la madera ocupa el primer lugar. Además es devoto de la misma diosa que nuestro principal sospechoso.

–Le haría personalmente una visita, pero tuvimos nuestras diferencias. No me queda más remedio que pasarle el testigo –añadió Umed.

–Es una gran responsabilidad.

Dulal se acordó del protagonista de *American Psycho* y luego pensó en el Señor de la madera. La comparación le hizo tanta gracia que no pudo evitar sonreír.

–Rishi, ¿qué ha averiguado sobre los saqueadores?

–Pedí los informes sobre los altercados del último año. Hubo más de cincuenta enfrentamientos entre buscadores y saqueadores.

–¿Los buscadores sabrían reconocer a los saqueadores? –preguntó Dulal.

–Tenemos los rasgos físicos de unos cuantos.

–¿Nombres?

–No, apenas tienen contacto entre ellos, pero sí sabemos que la mayoría viven en el *slum* de Charbhuja Shahid.

–No veo relación entre los saqueadores y nuestras dos mujeres asesinadas –murmuró Dulal.

–¿Y si el asesino que buscamos es un miembro de los saqueadores? –dijo Fahim.

–No tiene ningún sentido –comentó Dulal–. No es el perfil que buscamos. Los buscadores y los saqueadores son *dalits,* y un *dalit* no tiene la naturaleza para llevar a cabo unos asesinatos como estos.

–Entonces, ¿qué hacemos? –preguntó Rishi.

–Descartamos a los buscadores y a los saqueadores, y me atrevo a decir que a todos los *dalits* –dijo Dulal decidido.

–¿No es un poco arriesgado? –preguntó el comisario Umed.

–Estoy convencido de que no es un *dalit.*

–Si está en lo cierto, desechamos como sospechosos a buena parte de la población –dijo Fahim.

–Insisto –añadió Umed–. ¿No cree que deberíamos controlar el vertedero por unos días?

–Sería una pérdida de tiempo. Nuestro asesino no se mancha las manos de basura.

–De acuerdo. Lo primero que hay que hacer es descubrir la identidad de la víctima. En algún lado la echarán de menos. ¿Qué hay de los *slums?*

–No hemos tenido éxito –apuntó Rishi.

–No hay que rendirse. Cada vez que sale el sol, los ojos lo ven de una manera diferente –dijo Umed.

Fahim pensó que por mucho que el comisario se empeñase no podía tapar el sol con un solo dedo. Necesitaban más efectivos si querían obtener resultados inmediatos.

Por otro lado, Rishi también tenía una opinión diferente de la de su superior. Él sí creía que el estrangulador era un intocable y que se escondía en los *slums,* el lugar más parecido a un ecosistema hostil, desconocido y cambiante. Un asesino podía perfectamente permanecer oculto entre la inmundicia. Si era así, ni todos los efectivos de la comisaría trabajando en cuadrículas bastarían para dar con un psicópata que no quiere ser encontrado.

Thomas no podía dormir. Desde la ventana del hotel se divisaba un pequeño campo de cultivo y diversas edificaciones de diferentes alturas. Un gallo cantó en algún lugar y poco a poco se sumaron otros, al tiempo que se añadían los balidos de las cabras, el graznido de los cuervos y una multitud de aves que celebraban la proximidad del amanecer. Agradecía las noches sin sueños, los días sin recuerdos. La India era un buen lugar para olvidar el pasado. Su realidad era tan abrumadora, tan real, que lo dejaba exhausto de emociones. De un plumazo lograba eliminar sus temores, ridiculizaba los remordimientos convirtiéndolos en algo banal y sin sentido. La cara de su hija muerta se deshacía en Benarés.

Sin prisa, tomó un taxi rumbo al aeropuerto.

Fue fácil distinguir la silueta de George entre el caos de turistas perdidos, niños, ancianos, familias musulmanas y personal: empujaba un carro atestado de maletas. Se fundieron en un caluroso abrazo.

—Me parece que todavía no te has enterado de dónde estás. Aquí hay poca vida social —comentó Thomas con sorna.

—Catherine insistió en que debía ir preparado para todo. Una de las maletas está llena de medicinas; las que no use, las dejaré en algún hospital.

—¿Estás enfermo?

—No, son medicamentos de por si acaso.

—Madre mía, contigo las farmacias se hacen de oro. ¿Qué tal tu primera noche en Delhi?

—Nefasta y horripilante. Necesito comprar urgentemente pastillas para dormir y tapones para los oídos. He descubierto que los perros tienen una vida nocturna muy intensa. Por la noche se escuchan infinidad de ladridos, aullidos y quejidos con matices sonoros muy diversos; de hecho, podrían formar un coro mejor que algunos otros por los que he pagado cincuenta dólares.

—Yo solo he visto perros tumbados en cualquier lugar donde no peligre su vida.

—Amigo, te estás volviendo blando.

Llegaron a la zona de taxis, donde Thomas había dejado uno en espera.

—Pero lo mejor sucede cuando sale el sol —prosiguió George—, entonces empiezan a escucharse los primeros sonidos, y, por decir algo bonito, diría que parecen sonidos humanos. Se oyen toses a diferentes escalas, hasta que alguien consigue expectorar la flema atascada en la garganta, la escupe sin miramientos y abandona el concierto.

—Eres asqueroso.

—¿Que yo soy asqueroso? ¿A que te da asco que te lo cuente? Pues no veas despertarse con ello.

Thomas miró al cielo en un gesto de impotencia antes de entrar en el coche.

—Si no estás muy cansado, me gustaría que nos acercáramos a un laboratorio en el que trabajó una persona muy cercana a Sean Haggerty.

—¿Cómo de cercana?

—Creo que eran pareja. Se llama James Marcus Owen.

George lo miró con una media sonrisa.

—Vamos, George, no seas idiota. A estas alturas creo que somos lo suficientemente maduros para aceptar que existen otras relaciones. Así que no me pongas esa cara. Resulta ridículo.

—Entonces fingiré. Pero no creas que me acostumbro a estas cosas.

—¿Qué cosas?

—Me parece extraño que un hombre quiera estar con otro hombre. Con lo bonito que es el cuerpo femenino, esas curvas, esos pechos, esos...

Thomas ignoró los comentarios y le dio la dirección al taxista.

—Se trata de un laboratorio farmacéutico. Espero averiguar el paradero del tal James. Creo que Haggerty pensaba visitarlo y por esa razón quería viajar hasta aquí.

—¿Es un laboratorio independiente, o trabaja para una compañía?

—Está subcontratado por Pfizer.

George silbó.

—Pfizer no pasa por su mejor momento. Ha tenido que pagar una suma exorbitante como compensación por intentar promocionar uno de sus fármacos para tratar enfermedades para las cuales no se había aprobado.

—Bueno, de alguna manera, muchas empresas farmacéuticas incentivan a los médicos para que receten sus productos.

—Cierto, pero eso no quiere decir que sea una práctica legal. En Estados Unidos han husmeado entre los contactos del mundo académico y las compañías y han descubierto que un montón de científicos habían olvidado mencionar en sus artículos quién les pagaba las facturas.

—No entiendo que un médico publique un estudio sobre los efectos beneficiosos de un fármaco si la empresa que lo fabrica le está proporcionando un sueldo. ¿Dónde está la ética?

Thomas observaba a un anciano que planchaba ropa con una vieja plancha de carbón en una mesa instalada junto a un descampado. Su gesto pausado, meticuloso, transmitía dignidad.

—Eres un idealista —le contestó George, ajeno a lo que ocurría en la calle—. GSK fue hallada culpable de sobornar a médicos para que recetaran sus productos. Ofrecían todas las formas imaginables de entretenimiento de alto nivel: vacaciones en Hawái, miles de dólares por participar en conferencias o entradas para conciertos de Madonna.

El taxi se detuvo, aprisionado entre dos motos, un carro con bidones y una vaca.

—Madre mía, qué lugar para sacarse el carné de conducir —murmuró George.

—Ni que lo digas —asintió Thomas divertido al ver los aspavientos del taxista intentando pasar entre el atasco.

—Volviendo a lo de antes, nuestra buena amiga Pfizer ha sido acusada de promocionar el antiinflamatorio Bextra para usos y con dosis que la Agencia del Medicamento de Estados Unidos había rechazado.

—Pero, si no recuerdo mal, el fármaco fue retirado debido a las dudas sobre sus efectos secundarios, especialmente cardíacos.

—¿Y tú cómo sabes eso?

—Tuve una amiga que lo tomaba.

—Tú nunca has tenido amigas, solo amigas con derecho a roce. Pero tienes razón, Pfizer y su filial van a abonar 1,3 miles de millones de dólares para zanjar el pleito penal y casi la misma cantidad para el civil; una cifra récord, según el Departamento de Justicia estadounidense.

El ruido de las bocinas subió de tono hasta volverse ensordecedor. El taxi logró avanzar unos metros.

–¿No es la misma compañía que realizó un ensayo clínico contra la meningitis en Nigeria con el antibiótico Trovan?

George asintió mirando estupefacto a dos gallos que picoteaban la calzada.

–Once niños fallecieron durante las pruebas y otros muchos sufrieron secuelas. Pero lo mejor es que el medicamento llegó a aprobarse y se comercializó en Europa. A los tres meses se retiró del mercado porque causaba «dolores en el hígado».

De un cobertizo minúsculo salió una niña vestida con un uniforme de colegio. Su camisa era de un blanco impoluto, la falda, azul marino, los zapatos relucían, e iba peinada con dos trenzas. Caminó por un pequeño sendero de tierra que transcurría paralelo a la calle y en un momento dado sorteó unos excrementos para no mancharse los zapatos. A su lado, unas mujeres hablaban y reían mientras intentaban cruzar la carretera. Se detuvieron en un puesto de pulseras; sus saris centelleaban al sol.

–Algo bueno habrá –murmuró Thomas.

Thomas ya no ve a esa niña. Piensa en Tanika, la hija del *dalit*.

–Claro que sí, pero la manipulación es imperdonable. En Italia, la Fiscalía de Verona investigó malas praxis y quedó patente que los médicos italianos recibían regalos y grandes sumas de dinero de GSK.

–Sería una minoría. Para mí un médico es alguien entregado a su trabajo –dijo pensando en Laura.

–Si te parece una minoría más de cuatro mil doctores...

Como por arte de magia el tapón desapareció del carril y continuaron su camino.

–El problema es la falta de unidad en la persecución de estas prácticas. Por ejemplo, Pfizer creó un fármaco para la depresión con la reboxetina como principio activo. Un grupo de investigadores alemanes denunció no solo que el medicamento no era efectivo, sino que la compañía farmacéutica había ocultado a la comunidad médica aquellos test que le eran desfavorables. Pero, inexplicablemente, en España la reboxetina sigue siendo comercializada bajo los nombres Norebox e Irenor. Menos mal que en Estados Unidos nunca se aprobó.

–Bueno, haga lo que haga Pfizer, siempre será recordada como la compañía que comercializó la Viagra. Algo de lo que tú sabes mucho.

George hizo amago de pegarle en el estómago. El taxi se detuvo.

–Sería genial si saliéramos de aquí con una dirección –comentó Thomas.

El laboratorio se encontraba en la parte norte de Benarés, dentro de un entramado de avenidas anchas, de edificios modernos con amplios ventanales y varias plantas. Esos edificios de nueva construcción se mezclaban con casas deterioradas, solares cubiertos de arena y piedras donde los niños jugaban y se amontonaba la basura.

El gerente, que vestía una bata blanca impoluta, los hizo pasar con gesto sumamente educado y amable a una pequeña habitación donde el aire acondicionado expulsaba una brisa helada.

–Por favor –dijo, y los invitó a que se sentaran–. Ayer recibí la llamada del comisario Umed advirtiéndome de su visita. Será un placer ayudarles en lo que pueda. Es todo un honor para mí recibir a personas tan importantes.

Ante tanto boato, George le propinó a su amigo una pequeña patada por debajo de la mesa.

–Quisiéramos que nos proporcionara toda la información de la que disponga sobre un antiguo empleado, James Marcus Owen.

–Sí, por supuesto. Aquí está lo que he encontrado en nuestros ordenadores y en los archivos. Si me permiten –murmuró antes de colocarse las gafas–. El señor James Marcus Owen trabajó con nosotros durante dos años, hasta que le ofrecieron un puesto como investigador en una ONG internacional. Las referencias que tengo apuntan a que se trata de una persona seria, recta, y muy capacitada para su trabajo.

–¿Alguna información sobre su domicilio? –preguntó George.

El gerente le pasó una hoja con los datos personales.

–Tenga.

Thomas la miró. La dirección era indescifrable. Una *guesthouse* con nombre indio. Le pediría a Dulal que la investigase.

–Perdone, pero ¿tienen intereses en Polonia o alguna relación con ese país?

George había lanzado la pregunta al azar y se sorprendió ante la respuesta.

–Por supuesto. Colaboramos con una empresa de Lodz.

–¿De qué manera?

–Es muy sencillo: una multinacional necesita un principio activo y hace el pedido a Polonia, pero a veces a la empresa le sale más rentable que lo fabriquemos aquí.

–¿Le suena el laboratorio llamado Zdrowie, ubicado en Cracovia?

El hombre no dudó ni un segundo:

–Hay más de cincuenta mil personas vinculadas al sector farmacéutico en Polonia. Yo solo conozco a la empresa con la que colaboramos.

–Disculpe, ¿me podría dar el nombre de la ONG? –pidió Thomas.

–Faltaría más. Nos pidieron referencias, así que tengo su tarjeta. Creo que contrataron al señor Owen como investigador en la lavandería de Benarés.

–¿Podría decirme qué puesto desempeñaba aquí? –preguntó Thomas.

–Nos asesoraba en materia de riesgos laborales. Aunque, si les soy sincero, le hubiera ido mejor si hubiese aplicado su sabiduría a la vida cotidiana.

–¿Por qué lo dice? –preguntaron a la vez.

–Sus gestos amanerados molestaban bastante al personal. Más de uno solicitó que lo despidiéramos.

–Y usted, ¿cuál era su postura?

–A mí me era indiferente. Acometía su trabajo con tesón. Lo que fuera o aparentase, solo podía acarrear desgracias a su familia. Gracias a mis dioses protectores –dijo, a la vez que extendía las palmas de las manos hacia arriba–, todos mis hijos han salido normales.

Thomas se removió inquieto en la silla. Aquella conversación lo incomodaba. George, en cambio, lucía un extraño gesto que Thomas no fue capaz de descifrar.

–¿Le dicen algo estas letras y estos números? –preguntó George mostrándole la lista del USB de Haggerty.

–No.

Su respuesta fue tan rotunda que no daba lugar a insistir.

–¿Conoció usted a algún amigo suyo? No sé, alguien que lo esperase a la salida del trabajo.

El hombre hizo un movimiento afirmativo con la cabeza.

–¿Puede describírmelo? –preguntó George.

–George, te equivocas. Eso significa que no. En la India es al revés.

–Madre mía, qué país... –murmuró.

Regresó al interrogatorio. Thomas permaneció en silencio.

–¿Se relacionaba con el personal, salía con los compañeros?

–Nadie hubiera corrido el riesgo de que lo vieran con él por la calle.

–¿Le suena esta cara? ¿La ha visto alguna vez? –preguntó, mostrando la foto de Sean Haggerty.

El gerente volvió a negar.

–¿Hay alguien con quien tuviera un contacto más estrecho? ¿Tal vez un ayudante, o colaborador?

–Solía charlar con una auxiliar de laboratorio.

–¿Podríamos hablar con ella?

–No veo la razón. Creo que ya les he prestado la atención suficiente.

El corpachón de George se incorporó acercándose al gerente de manera intimidatoria.

–Tiene que entender que venimos de lejos, estamos cansados, de hecho, yo estoy sin dormir, y eso me provoca mal genio. No estoy dispuesto a marcharme de aquí sin obtener toda la información que sea posible. ¿Estamos de acuerdo?

El hombre retrocedió mirando con cara asustada a Thomas, que en ese momento observaba con interés una litografía de un tigre. Viendo que no iba a encontrar ayuda por su parte, asintió resignado.

–Voy a llamarla, pero debo decirles que su comportamiento es sumamente indecoroso.

–Eso es que no me ha visto después de comerme unas judías con cerveza.

La joven se quitó las calzas y el gorro de papel que le cubría el pelo antes de entrar en el despacho del gerente. Miraba nerviosa a los presentes en la habitación. Thomas se dio cuenta de que se detenía un poco más en la persona de su jefe y que lo miraba con temor, así que le pidió que se ausentara mientras durase la conversación. Su tono autoritario no admitía una respuesta negativa. Cuando se quedaron a solas la tranquilizó.

—Solo queremos averiguar el paradero de James Marcus Owen. Creo que no os unía la amistad pero sí que tenías más relación con él que el resto del personal. Cualquier cosa que recuerdes nos ayudará mucho. Nos urge hallarlo porque un amigo tiene problemas y pensamos que podría sernos útil –mintió Thomas.

La joven puso cara de sorpresa y retrocedió unos pasos.

—Sé exactamente dónde se encuentra James, porque murió hace dos semanas.

20

A esa hora Benarés mostraba un aspecto indolente. Las carreteras estaban atestadas de vehículos y peatones. Dulal se dio cuenta de que no tenía la paciencia de otros días. En cuanto el periodista publicase la noticia, los habitantes de la ciudad comenzarían a murmurar, correrían falsos rumores que, como cuervos, batirían sus alas llevando consigo el mal y esparciéndolo por todos los rincones.

Llegó a la avenida que desembocaba en el barrio de Chowk. Acababa de producirse un accidente. Un camión había volcado y unos enormes fardos habían caído sobre varios *rickshaws* dejando malheridos a sus conductores. Impotente, se secó el sudor de la frente, chasqueó la lengua y esperó a que retiraran a los heridos. Reanudó la marcha media hora después. Conducía tan ensimismado que por poco choca contra un puesto de cebollas que se encontraba en la linde de la carretera.

Aparcó el coche en la entrada de la ciudad vieja y caminó despacio hacia su destino. Se adentró en las calles embadurnadas de tiendas y atravesó pasadizos hasta que la multitud alborotada le anunció que estaba llegando al *ghat* de Dasashvamedha, el lugar más sagrado de Benarés.

Entró en el *ghat* de Manikarnika hasta donde estaban los *doms,* los encargados de la ceremonia de la incineración. Apilaban la madera en unos grandes pesos. Dulal sabía que eran maestros expertos en calcular la madera necesaria para convertir un cuerpo en cenizas. Varios de ellos salieron con la madera cargada en la espalda. Uno de los trabajadores se sentó en un banco; se había hecho una herida en la mano y se estaba aplicando una pomada. Dulal se acercó y le preguntó por Keshau Cherasia, el Señor de la madera. El *dom* le indicó con la mano sana que se dirigiera a la orilla del río.

Tres piras funerarias ardían. Desde donde él estaba, parecían cortinas de humo y fuego elevándose hacia el más allá. Estaba acostumbrado a ver cremaciones desde pequeño, pero ese lugar trascendía cualquier recuerdo pasado. Podía sentir la espiritualidad que sus padres le habían inculcado. Era como si estuviese compartiendo el alma con los muertos. Varios cuerpos amortajados yacían sobre camillas de bambú. Los varones de las familias de los difuntos esperaban en silencio.

Unos *doms* acababan de bañar el cadáver de una mujer y le quitaban las ropas de colores. El cuerpo quedó envuelto en una tela blanca. Dulal reconoció al Señor de la madera: estaba cerca de un pozo, en el lugar que Vishnú excavó con su disco antes de que el Ganges fluyera del Himalaya. Vestía como un *dalit,* con un pantalón gris y una camisa blanca. No había renegado de su condición de intocable a pesar de ser el hombre más poderoso de la ciudad. Se acercó a él.

Los *doms* acababan de construir la pira. Colocaron a la mujer encima. A su lado estaba el primogénito de la familia. Vestía una fina tela blanca en señal de luto y se había rasurado la cabeza.

—Soy el superintendente Dulal, de la Brigada de Investigación Criminal. Me encargo de investigar los casos de asesinato más difíciles de Benarés.

—Tenía entendido que era el comisario Umed —dijo con desdén.

—Él es el jefe de la brigada —le interrumpió Dulal.

—He oído hablar de ella. Les deseo lo mejor.

El primogénito dio cinco vueltas a la pira en dirección contraria a las agujas del reloj como símbolo del retorno del cuerpo a los cinco elementos de la naturaleza.

—¿Qué quiere de mí? —preguntó sin rodeos.

—Sé que, además de la madera, controla la basura. Una mujer y un hombre han sido asesinados y estaban relacionados con la recogida de la basura.

—Si piensa que sé algo, es que no me conoce, que no es de por aquí, o las dos cosas. Me paso doce horas al día en Manikarnika. Cada día quemamos entre setenta y cien cadáveres solo en este *ghat.*

Yo vivo, como y duermo en este lugar. Desde que murió mi padre soy la única persona encargada del fuego sagrado de Shiva.

Un *dom* se acercó y le habló en urdu.

–Espere aquí.

El primogénito de la muerta y él discutieron acaloradamente ante la mirada de Dulal. Al cabo de unos segundos llegaron a un acuerdo y le prestó la llama para prender la pira. El hombre regresó con el superintendente.

–Según todo el mundo, no se mueve una piedra en la ciudad sin que usted lo apruebe.

–No me haga reír, me concede un poder que no tengo.

–Solo le pido que pregunte a sus hombres. Puede que alguno de sus empleados haya comentado algo, quizá tenga en el vertedero un capataz demasiado obsesionado con la diosa Kali –apuntó con amabilidad, intentando mostrarse conciliador.

Un *dom* partía con un palo enorme las articulaciones y los huesos de un cadáver en una de las piras. Tantos años de trabajo les habían enseñado el momento preciso de efectuar los golpes.

–¿Sabe si han quemado en los dos últimos meses a alguien al que le faltase la lengua? –prosiguió Dulal.

–Si se refiere, por los rumores que me llegan, a algún *dalit,* muy pocos pueden permitirse pagar las treinta mil rupias que vale la ceremonia más sencilla.

Varios *doms* recogieron con un cesto las cenizas de una de las piras y las echaron al agua. Era el momento en que el cuerpo quedaba libre del Moksha, el ciclo de la vida y la muerte.

El Señor de la madera recogió la llama de uno de los *doms* y la abertura de su camisa dejó parte de su pecho al aire. Tenía un tatuaje. Un triángulo negro invertido. La ciudad entera parecía estar relacionada con Kali de uno u otro modo, pensó Dulal.

–¿Adora a la diosa?

–¿Qué hay de malo? Media ciudad adora a Kali. ¿Cuál es su dios preferido? ¿Hanuman?

–Lo ha adivinado.

–Lo suponía. Es muy popular entre la juventud.

–¿Conoce a Dada Sharma? Un yogui devoto de Kali.

Keshau pareció sorprendido ante la pregunta.

–Claro que lo conozco. Sus enseñanzas han calado en una parte de la juventud más poderosa de la India.

–¿Sabe dónde se encuentra ahora?

El Señor de la madera negó con la cabeza.

–¿Cuándo fue la última vez que lo vio?

–Hará unos dos meses.

–Le dejo mi tarjeta por si lo ve.

El hombre agarró la tarjeta y se la metió en un bolsillo del pantalón sin echarle ni un vistazo.

–Le deseo suerte.

Dulal se despidió y desapareció entre las calles. Chitán, que había observado la escena desde uno de los lados del *ghat,* fue al encuentro del Señor de la madera.

–¿Qué quería ese niñato?

–Me ha preguntado si sabía algo de los asesinatos.

–¿Qué le has dicho?

–Lo que sé.

–¿Has encontrado al hombre que ando buscando? –preguntó Chitán sin rodeos.

–Todavía no. Pero solo es cuestión de tiempo.

El hombre que conducía a Tanika a los baños cayó como un fardo al recibir el impacto de un bolso de cuero.

–Desgraciado, mal nacido de una hiena putrefacta. Cómo te atreves a abusar de una niña tan pequeña.

La dueña del perro volvió a pegarle con el bolso, y esta vez una de las hebillas metálicas rajó la mejilla del pederasta.

–Si te vuelvo a ver por los baños, te capo, ¿queda claro?

El hombre, atemorizado, se levantó rápidamente y huyó.

–No tienes ni idea de lo que te iba a hacer, ¿verdad? –preguntó quedándose a la altura de la niña.

Tanika negó con la cabeza, estaba asustada.

–Era amable.

El rostro de la mujer cambió y tras el grueso maquillaje que agrietaba la piel se adivinó una mirada de ternura y resignación.

–Ven conmigo.

La pequeña comunidad donde vivía Kajol eran unos cuartuchos diminutos dispuestos en línea a lo largo de una galería interior en una tercera altura. La componían siete personas que aportaban una cantidad para su mantenimiento. Varias de estas *foyers* dependían de una casa madre, que a su vez dependía de una de las siete casas que existían en la India.

La mujer suspiró con alivio cuando entró en el espacio reducido, lo justo para un colchón, una mesa con botes para el maquillaje, un gran espejo. Pósters de actrices famosas empapelaban las paredes, donde colgaba la ropa en multitud de clavos. Se desvistió con rapidez y se puso una bata de raso. Tanika comprobó sorprendida que era un hombre.

–Me honra que me hayas confundido con una mujer –dijo la *hijra* al ver la cara de la niña–. Pronto será así. Y espero que tú me ayudes. Y ahora, dime, ¿de dónde sales?

–Del *slum* de Charbhuja Shahid. Creo que a mi padre lo ha matado una sombra amarilla y quiere hacer lo mismo conmigo. Te ayudaré en lo que desees, pero no me eches a la calle –dijo, y cayó de rodillas antes de ponerse a llorar.

Kajol observó a la niña detenidamente mientras se desmaquillaba. Delgada, pequeña, todo ojos y un pelo precioso. Seguro que la persona que la perseguía se habría enterado de que era huérfana. Un proxeneta podría ganar veinte mil rupias con su virginidad. Suspiró.

–En fin, otra boca más que alimentar. *Mala,* tendrás que compartir tu comida.

La perra movió la cola y dio varias vueltas sobre sí misma.

–¿Por qué la llamas *Mala?* –preguntó la niña entre hipidos.

–Porque significa «mierda» en hindi. La encontré enterrada entre montones de mierda de vaca. Varias ratas estaban comiéndole una de las patas, así que la elección del nombre fue fácil.

Depositó las pulseras dentro de un tubo vertical.

–Aquí hay unas reglas muy estrictas –dijo cambiando de tema–. El *kayak* es el santón de más alto rango, el más viejo, el más sabio, el más honrado. Nuestro jefe supremo. Como brazo ejecutor del *kayak* está el gurú que se encarga de la administración y ejecución de las normas; también dirime los conflictos entre los miembros de la comunidad *hijra*. A él le entregamos prácticamente la totalidad de lo que ganamos.

Tanika se secó las lágrimas. Estaba extasiada con la ropa de vivos colores, el maquillaje, las pulseras. Kajol se le aparecía como una actriz de Bollywood.

–Pronto estaré bajo la protección de la diosa Bahuchara Mata. Acudiré a su templo para agradecerle que me haya permitido sobrevivir a la castración. Solo entonces podré ser una verdadera *hijra*.

La niña contemplaba sus movimientos, aquellas uñas pintadas tan largas, el sonido de sus aros al mover la cabeza. Era fascinante.

–No entiendo por qué quieres ser una chica, y esa operación tiene que doler mucho, ¿no tienes miedo?

–Mi madre era bailarina, todavía hoy puedo escuchar el sonido de sus cascabeles atados a los tobillos. Quiero ser como ella.

–¿Murió?

–No, no entendía que su hijo quisiera ser mujer. Me llevó ante una gran cantidad de santos, a templos; quería asegurarse de que cambiaba. Pero yo estaba condenada desde que nací. Algún día llevaré en mi pasaporte la E de eunuco. ¿Sabes que la India es el único país de la Tierra que reconoce el tercer sexo? Fíjate qué suerte, yo voy a formar parte de él.

Una repentina sensación de soledad y miedo hizo que la *hijra* abrazara con fuerza a Tanika. La pequeña perra de tres patas se unió a ellas con entusiasmo.

–Querida niña, eres toda huesos. Aquí vas a estar bien. Yo te voy a cuidar y tú me vas a cuidar. Y *Mala* nos cuidará a las dos.

Al día siguiente, Tanika la acompañó a otorgar bendiciones a varios recién nacidos. Después se dirigieron a una boda. Nada tenía que ver la persona de casa con la que salía a la calle. Contempló cómo Kajol bailaba y cantaba canciones obscenas en esa boda a la que no estaban invitadas. Nadie dijo nada. El padre del novio se apresuró a pagarle para que se marchara cuanto antes. Kajol se aprovechaba de la creencia de que si una *hijra* era rechazada podía traer la impotencia, la falta de salud o la ruina financiera a un hombre, o hacer a una mujer joven estéril.

–Ahora vamos a un semáforo donde los coches paran bastante tiempo. Ya verás como sacamos unas cuantas rupias. Quédate con *Mala,* porque estoy segura de que algún día la van a atropellar. Para los hombres, los machotes, peor que una maldición es que me exhiba delante de ellos.

–¿Y si no te dan dinero?

–Entonces los avergüenzo. Hago gestos obscenos, uso lenguaje profano, trato de tocarles o les enseño mis partes íntimas.

Tanika no recordaba haberse reído tanto. Kajol era realmente escandalosa. Volvieron a casa satisfechas, contentas por el dinero ganado. Nada más llegar, Kajol retiró una parte para el gurú.

–Tú serás desde hoy la que me depile el pelo de la cara. Como no soy un hombre, no puedo hacerlo.

Después de cenar, Kajol se sentó frente a Tanika y casi en un susurro le dijo:

–He tratado de ahorrar los mil dólares que cuesta la cirugía de castración, pero ni en mil vidas lo conseguiría. Quiero ser una linda mariposa, quiero dejar de sufrir, y para ello necesito tu ayuda. Mañana es el día elegido. Estarás tú y el *dai ma,* que es como una especie de partera, ya que me permitirá acceder a una nueva vida.

Tanika escuchó atenta las instrucciones que le daba. Cuando terminó sus explicaciones, aceptó ayudarle con una seguridad que no sentía.

Navala se adentró en el *slum* donde vivían Tanika y su padre. A esa hora, las mujeres estaban cocinando y en el ambiente flotaba olor a comida.

Apareció un hombre montado en un carro tirado por un burro. Transportaba grandes fardos de un tamaño tres veces mayor que el carro. El burro se paró delante de una construcción amorfa y vieja. Era el único edificio de cemento entre las chabolas hechas con ramas y recubiertas de lo mismo que daba de comer a sus habitantes, la basura. Vio decenas de carros y carretas que esperaban a ser descargadas. En un rincón, unos niños seleccionaban los plásticos atendiendo a su dureza. Lo hacían con una destreza y una velocidad asombrosas. Otros ensacaban los plásticos y los acarreaban hasta unos molinos trituradores y después los cargaban hasta una compactadora. El final de la cadena consistía en cargarlos de nuevo en cochambrosos camiones adornados con bombillas de colores y pinturas estrambóticas de los dioses más populares.

Navala se acercó hasta donde estaba el conductor de un carro y le preguntó si sabía dónde estaba la tienda de Manju. El hombre le indicó el camino que debía seguir. Avanzó a paso ligero. Pronto comprobó que se había perdido. Volvió sobre sus pasos y pagó a un chiquillo para que la guiase.

Llegó a la tienda. No se oían voces en el interior. Entró. Lo primero que vio fueron los botes vacíos tirados por el suelo junto con unas mantas en muy mal estado. Parecía como si hubiesen abandonado el lugar a toda prisa. Se fijó en el templo, que era lo único que estaba en pie. Su corazón dio un vuelco: un *dalit* no se mudaba sin su templo. Pensó inmediatamente en que Chitán estaba involucrado en la desaparición.

Salió al exterior. Vio a una mujer con la radio nueva de Manju. Era inconfundible, llevaba atado en la antena uno de los lazos amarillos de Tanika.

–Mujer, esa radio no te pertenece –inquirió Navala levantando la voz.

La intocable se volvió. Había resquemor en su mirada.

–¿Quién eres tú para decirme eso?

–Soy amiga suya.

–Esos no tenían amigos.

La mujer continuaba plantada en la entrada de su tienda. Navala se acercó hasta tocar la sombra de la *dalit* con el pie. Esta retrocedió y tomó un leño del suelo.

–Mi marido es superintendente de Policía.

Una anciana surgió del interior de la tienda.

–La radio es prestada –dijo–. No llame a la Policía. Si quiere, la dejamos donde la encontramos, pero otros la robarán en cuanto se vaya.

–¿Qué sabes de Manju y su hija?

–Nada.

Navala había sido testigo de situaciones parecidas. Los *slums* no tenían corazón. Era una cuestión de supervivencia.

–¿Dijeron adónde iban?

–No.

–¿Sabes si la mujer de Manju estuvo en el hospital Sir Ganga?

La anciana pareció dudar.

–No le puedo decir, pero vinieron de un hospital ofreciéndonos dinero si poníamos nuestro dedo manchado de tinta en un papel. Mi marido pensó que era una mala idea.

–¿Conservas el papel?

–No lo firmé. Eso es todo lo que sé, eso es todo lo que sé –repitió la mujer como un mantra antes de desaparecer tras las mantas.

Navala sacó el móvil del bolso y marcó el número de Dulal.

Una sombra acechaba la tienda con la seguridad de que la niña regresaría. Reconoció a la abogada desde su atalaya. Se acercaban. Tenía que darse prisa.

Laura resoplaba mientras subía la colina sobre la que se asentaba la casa del padre de Thomas. Hacía varios días que se había mudado y, salvo una tarde que habían quedado para cenar juntos, no lo había vuelto a ver. Una algarabía la recibió. En el establo, ya limpio de aperos y antigua maquinaria agrícola, se oían voces y cantos. Laura abrió la vieja puerta de madera, que crujió de forma aparatosa.

–*Fàilte!* –Fue la primera palabra que oyó al entrar.

Laura vio una especie de olla unida a una espiral de condensación, varios recipientes tirados en el suelo y unos tubos de cobre.

–Señor Connors, ¡está montando una destilería ilegal! –exclamó Laura indignada–. Si lo mezcla con alcohol puro puede ser muy perjudicial.

Los tres viejos rieron como niños pillados en una travesura.

–Anda, Tyron, toma un poco más de Jameson –dijo un anciano de mejillas rubicundas, y rellenó hasta la mitad el vaso del padre de Thomas. Después le pasó la botella de agua.

–¿Sabes, hija? Hay un dicho irlandés que dice: «Nunca robes la mujer a otro, y nunca añadas agua al whisky de otro».

–Amén –dijeron los tres amigos al unísono y alzaron sus vasos.

Laura no lograba aguantar la risa. Le dio pena no poder unirse a ellos en la fiesta.

–¿Se puede saber qué pretenden?

–Queremos destilar *poteen*. Un aguardiente que se hace mezclando agua, azúcar, cebada y levadura. Se destila de forma clandestina en Irlanda desde hace mucho tiempo. Los ingleses lo prohibieron pero solo consiguieron que aumentase el número de destilerías ilegales en todo el país. Fue incluso una forma de resistencia del pueblo irlandés.

–*Slàinte!*

Laura comprobó que cualquier excusa era buena para volver a echar un trago.

–Y ahora me voy a Limerick porque tengo que comprar más tubos –explicó el señor Connors.

Laura vio una oportunidad para investigar los pasos de Haggerty. Le preguntó si podía acompañarlo.

–Pero ¿está bien para conducir?

–Tranquila, hija, no soy un inconsciente. Este era mi primer whisky y solo he tomado un pequeño sorbo. Harían falta bastantes más para tumbarme.

Una niebla fría y densa se había instalado sobre Limerick. La humedad se introducía entre la ropa y la piel dejando una sensación de malestar.

A petición de Laura, el señor Connors le enseñó el lugar donde se había encontrado con Sean Haggerty.

–La primera vez que lo vi, yo venía de esta calle. –Señaló con su dedo artrítico al frente–. De la inmobiliaria de Maire Gallagher. Por cierto, si no te importa, nos acercamos. Tengo que recoger las escrituras de la casa.

Laura se encontró con una mujer atractiva que trataba de ordenar el papeleo de la mesa. Le pareció haberla visto en el entierro de Haggerty.

Maire interrogó con la mirada al señor Connors después de saludarlo.

–Esta es... –Miró a Laura tratando de encontrar una palabra adecuada–. Esta es –repitió– una amiga de Thomas.

La mirada de Maire cambió y sus ojos se desviaron hasta la curva que se adivinaba bajo el jersey de Laura. Sus facciones se contrajeron en una mueca de dolor y su piel palideció.

–¿Se encuentra bien? –se interesó Laura.

–Es una médico suiza –apuntó el anciano.

–Es una suerte que Thomas tenga amigas tan glamurosas –dijo Maire mientras observaba la familiaridad con la que la doctora y el señor Connors se trataban. Una punzada de celos apareció. La saludó de manera cortés.

A Laura, que entendía el inglés con esfuerzo, se le escapaban muchas expresiones.

–Perdone, pero me gustaría saber a qué hora salió el señor Connors de su inmobiliaria la última vez que estuvo –dijo ajena a la frase mordaz de Maire.

–Seguro que lo tengo apuntado en la agenda. Vamos a ver... –Pasó las hojas hasta que encontró la correspondiente a ese jueves.

–Es importante –aseguró Laura impaciente.

–¿Puedo saber por qué? –preguntó Maire con los brazos en jarras.

Su pelo brillaba bajo la luz del mediodía. Laura pensó que se había equivocado, que era más joven que ella; su tez clara surcada de pecas y los rizos rojos que caían desordenados por los hombros le daban un aspecto juvenil.

–Tratamos de reconstruir los últimos momentos de Sean Haggerty.

–¿El hijo de Rosemary?

El señor Connors asintió.

–Es terrible. Estuve en la ceremonia del cementerio. Sean estaba tan enamorado. No lograba contener su emoción por el viaje a Benarés. Nunca había viajado tan lejos. Lo tenía todo preparado. Me dijo que su novio trabajaba en un laboratorio.

–¿Podría decirme el nombre del laboratorio, o alguna dirección en la India? –preguntó Laura.

—No recuerdo ningún nombre, pero tengo una foto en la que sale su novio y creo que detrás de él se ve el nombre del lugar donde trabaja.

Abrió uno de los cajones de la mesa de despacho y extrajo una carpeta. La abrió, quitó un clip que sujetaba la foto a un folio y se la enseñó a Laura.

—Sean quería que le encontrase una casa. Habían decidido vivir en Limerick. Comenzar una vida juntos.

—¿No le resultó extraño que James no se presentase al entierro?

—Mucho. No lo conocía personalmente, pero Sean me había hablado de él. No sé, parecía que la cosa iba en serio. Tal vez no sepa que Sean ha muerto. Aunque imagino que la policía se habrá puesto en contacto con él.

—¿Le parece que era una relación pública, conocida por sus familiares?

—Por parte de Sean no, escondía que era gay; de James, ni idea. Creo que su familia más cercana vivía en Canadá, pero me parece que hacía años que no se veían.

—¿Le comentó algo más? No sé, planes en la India, si estaba preocupado por algo.

—¿Qué es esto? ¿Además de médico franchute es policía? —preguntó en gaélico al padre de Thomas.

Laura aprovechó para echar un vistazo a la foto. Efectivamente, detrás de un sonriente James se encontraba el rótulo con el nombre de Lobarty.

—Tú contéstale. No te cuesta nada. Te aseguro que es la última.

Maire farfulló algo y respondió:

—Al revés, la última vez que lo vi fue hace dos meses y estaba feliz. —Bajó la voz hasta que tan solo quedó un hilo—. Pobre Rosemary. Uno nunca debería enterrar a un hijo.

—Ánimo, hija, todo se supera. Sé que todavía es pronto, pero ya verás cómo cada día duele menos —murmuró el padre de Thomas dando vueltas a la gorra.

Laura quiso hablar pero algo le decía que se callara, que se contuviera. Pero era impetuosa, y aunque Thomas no le había querido contar nada sobre su relación con Maire, ella intuía que algo había

271

pasado entre los dos. Aquella pelirroja con cara espabilada lo había herido, tal vez porque Thomas estaba enamorado de ella... Ese último pensamiento fue el impulso que necesitaba para hablar:

–Yo soy la forense que practicó la autopsia a tu hija.

Maire palideció. Sin disimular, se apoyó con fuerza en la mesa hasta que los dedos perdieron color.

Laura continuó:

–Allí conocí a Thomas, cuando fue a reconocer el cadáver para repatriarlo a Irlanda.

Viendo el cariz que tomaba la conversación, el señor Connors se marchó fuera con la excusa de tomar el aire.

Maire alzó la cabeza y la miró fijamente.

–Si en algún momento has llegado a pensar –dijo arrastrando las palabras– que Thomas va a hacerse cargo del hijo que esperas, te equivocas. Él no es de esos. Es de los que huyen.

–Si tú piensas –contestó Laura molesta– que yo soy de las que buscan un hombre para que me mantenga, te equivocas. No he llegado a ser forense jefe de un gran hospital dejando que algún hombre me ate una correa al cuello y me saque a pasear. No sé qué le hiciste a Thomas, pero lo que fuera le hizo mucho daño. Y te aseguro que no se lo merecía.

Dijo la última frase con la mano en la manilla de la puerta. La abrió con rapidez, salió y, antes de cerrarla a sus espaldas, Maire gritó:

–¿Eso crees? ¡Pregúntale por qué no volvió! ¡Pregúntale por qué desapareció de nuestras vidas!

21

Navala solía acercarse hasta un pequeño puesto de pulseras regentado por una joven. Fue su ONG la que le prestó el dinero para montarlo. Pero aquella mañana era la hermana pequeña la que ocupaba su lugar. Cuando la chica vio a Navala comenzó a llorar.

–¿Qué ha pasado?

–Mi hermana se ha quemado en la cocina de sus suegros.

–Serán malnacidos –musitó la hermana María, que la acompañaba.

Navala cerró los ojos. Había presenciado casos parecidos. De hecho, cada hora se producía uno similar en la India.

–¿Y la Policía?

La niña miró al suelo. Navala conocía la respuesta. No había aparecido. El caso se resolvía con una pequeña reseña en el periódico local.

–Si quiere decirle adiós por última vez, la llevarán al crematorio público antes de medianoche –dijo entre sollozos.

Navala no daba crédito a lo que oía. Tenían que hacerle la autopsia.

–¿Dónde viven sus suegros?

–En el barrio de Chowk. La tercera casa después del templo Shir Kashi Vishwanath.

Al pronunciar el nombre de Chowk, Navala pensó en Chitán.

–Olvídate –musitó la monja–, tenemos que ocuparnos de las ancianas que necesitan un lugar donde vivir. Ella ya no sufre, está en un lugar mejor.

Navala no la escuchó.

–¿A qué hora la incineran? –preguntó.

–A las doce.

—Aún se puede hacer algo. Hermana, estoy segura de que les encontrará un lugar adecuado sin mi ayuda.

Navala esperaba a Dulal. Como hacen los artistas de teatro antes de una representación, ensayaba las palabras que tenía que decir. Una tragedia más con caras diferentes pero algo en común: las mujeres asesinadas llevaban el *bindi,* el punto rojo en medio de la frente, símbolo del matrimonio. Mujeres quemadas por el marido o sus familiares. Sus asesinos derramaban lágrimas, gritaban su nombre, pero se reían por dentro esperando que pasasen los días. Después, la familia del viudo elegía otra esposa. No había remordimientos, ni miedo a ser descubiertos. Era la manera más común de deshacerse de una esposa cuya familia no había cumplido con la totalidad de la dote o con la que no había podido tener hijos.

Navala pensó que debía escoger bien las palabras.

Dulal llegó a casa. Al saludarla la encontró compungida y nerviosa. Auguró que no iba a ser una tarde como las demás.

—Tenemos que hablar.

Navala le contó lo que había pasado.

—Tomemos un *chai* y lo discutimos...

—No tenemos tiempo. Van a incinerarla.

—¿Pero qué quieres que haga?

—Que le hagan la autopsia.

—Como de costumbre, te dejas llevar por el corazón.

—No es mi corazón, es justicia para una familia. Una familia como la tuya o la mía.

—Yo me encargo de asesinatos sin resolver, no de muertes accidentales.

—No es una muerte accidental, es un crimen a sangre fría.

—Aunque sea un asesinato, no me compete. Umed no daría el visto bueno. Nuestra brigada solo se encarga de los casos más complicados. Ya sabes que necesitamos todos los recursos. Y encima la joven vivía en territorio de Chitán.

—Entonces..., no vas a hacer nada —murmuró Navala conteniendo las lágrimas—. Si tú no quieres ir, ordena que vayan tus ayudantes. No te pido más.

—No seas ingenua. Acaban de estar en un vertedero lleno de moscas y tienen otro asesinato más del que ocuparse. Además, asuntos como este no se resuelven así.

—Ya veo. Una mujer ha sido asesinada, pero como es una intocable se lo merece. Si no haces nada, estás participando de una injusticia. ¿Para eso te has hecho policía?

Dulal estaba cansado. El caso que llevaba entre manos estaba haciendo mella en el control de sus emociones. Solo faltaba que Navala cuestionase su integridad como policía.

—Aquí un *dalit* vale menos que una vaca —dijo enfadado—. No solo para la policía, incluso ellos mismos lo creen. Yo no imparto justicia, yo no he creado el sistema de castas, me encargo de obedecer las leyes y a mis superiores. Y no me vengas con que no sé de qué hablo. He visto morir a amigos de enfermedades que se podrían haber curado con unos antibióticos que no costaban más que unas pocas rupias.

—Dulal, no te conozco. Antes que el sistema de castas están los derechos humanos.

—Ya vale. No es asunto mío. No puedo hacer nada.

Navala no se iba a rendir. Su desesperación la llevó a pensar con rapidez y encontrar una alternativa.

—Puedes implicarte si está relacionado con el caso que investigas.

Dulal desechó la idea con la mano, era una solemne tontería.

—Umed lo descubriría tarde o temprano.

—Que tu jefe se enfade es una nimiedad.

Tomó las manos de Dulal y lo miró a los ojos.

—Tienes una oportunidad para hacer algo por los más indefensos. Si crees en la honestidad y en la justicia, tienes que estar dispuesto a sufrir las consecuencias.

Dulal pensó que esa justicia iba en contra de sus creencias. Navala le pedía que se saltara la norma, y con la norma, los valores que habían hecho de él lo que era. La norma le daba seguridad. Como los cantantes, que se apoyaban en la respiración, él se apoyaba en la ley. Si perdía ese sostén, el suelo se deshacía bajo sus pies. Y para atrapar a su asesino necesitaba pisar suelo firme.

—Lo que no es justo es que te aproveches de mi trabajo para aplicar tu particular visión de la justicia.

—Te pido algo que sé que te va a hacer mejor persona. Soy tu novia y te quiero.

—Si acatas las normas, encuentras soluciones razonables. Si por el contrario te dejas llevar por el corazón, las soluciones, en la mayoría de los casos, agravan el problema.

—Las normas no las hacen los intocables.

Ante su insistencia, se le ocurrió que era el momento de apostar fuerte.

—Si fueras mi mujer sería distinto.

—¿Qué estás insinuando? —preguntó Navala, que se retiró como si Dulal quemara.

—Si pongo en peligro mi carrera y mi integridad, al menos me gustaría que tú te saltases las tuyas con respecto al matrimonio.

Navala cerró los puños de rabia. Dulal jugaba con su desesperación. Le dio la espalda para que no adivinase sus sentimientos. No creía que fuese capaz de presionarla de ese modo. Dio unos pasos, apartándose de él. Le había provocado una mezcla de rabia e impotencia. Últimamente había percibido un alejamiento progresivo, una ausencia de admiración hacia ella, un olvido a la hora de complacerla. Por primera vez desde que comenzaron a vivir juntos, se sintió sola y abandonada.

El hospital Sir Ganga estaba en la zona pudiente de Benarés. La ciudad vieja y la nueva tenían la misma madre, Ghanga, pero no los mismos principios. Como si las dos partes mamaran de ubres distintas. Sus vástagos participaban de las dualidades que acompañaban al país: la riqueza y la pobreza; las callejuelas mal trazadas frente a las avenidas amplias; los palacios decrépitos de piedra rojiza traídos de las canteras de Chunar y las mansiones deshechas que los terratenientes bengalíes construyeron, frente a las modernas oficinas de cristal y las recién construidas villas con piscina de la ciudad nueva. El lado rico estaba separado de la zona pobre solo por unos metros de distancia.

—No se moleste. Ya sé el camino —dijo Dulal de mal humor a la joven de recepción sin mirar atrás.

La chica puso cara de sorpresa pero no movió un músculo de sus bonitas piernas. Dulal no tomó el ascensor, necesitaba movimiento para olvidar la discusión con Navala, y subió las escaleras de dos en dos. Relajó su respiración antes de llamar a la puerta.

—Pase, superintendente. Lo estaba esperando.

El gerente se encontraba tras su mesa. Esta vez no te servirá de parapeto a tus mentiras, pensó Dulal.

—¿A qué debo su visita?

—En la lista que nos dio no aparecen los nombres de los intocables asesinados.

—Le di exactamente lo que me pidió.

A Dulal le extrañó la seguridad con la que había respondido.

—No puede ser.

—Varios miembros del consejo me advirtieron de que la lista era confidencial y que cometía un error al mandársela. Empiezo a pensar que tenían razón.

La respuesta dejó a Dulal sin argumentos.

—La lista que me dio tiene que estar incompleta. Hay otra víctima que pasó por aquí que tampoco aparece.

—¿Y?

—Al menos dos de los muertos estuvieron en el hospital.

—Eso no demuestra nada.

En esos momentos, Dulal sabía que todos los protocolos sociales se derribaban como las sombras con la proximidad de la luz y había que sustituirlos por otra clase de procedimientos menos reglamentarios.

—No me deja otra opción que pedir una orden judicial.

—Usted sabrá.

Dulal se acordó de un refrán indio que le repetía su padre: «Hay que desconfiar siete veces del cálculo y setenta del calculador».

–Y si me disculpa, tengo mucho trabajo pendiente.

Dulal se marchó desconcertado y lleno de rabia.

–No me acostumbro a este tráfico –murmuró George de mal humor–. Si fuera solo de coches, como ocurre en el resto del mundo, lo entendería, pero aquí la calle se comparte con vacas, carros, motos... Mira ese señor, se ha parado en medio de la calzada para atarse el zapato y los coches lo esquivan sin reducir la velocidad, y esa mujer, cruza sin mirar cargando un fardo con alfalfa.

–¿Quieres relajarte? Acepta las diferencias.

–Pero ¡cómo! Tocan el claxon, para todo: para girar, adelantar, cuando van a parar o a iniciar la marcha. Es de locos.

El tráfico se detuvo y los coches se quedaron atascados.

–Lo que nos faltaba –gruñó George.

En medio del caos salió un hombre y comenzó a organizar el tráfico moviendo los brazos. Se acercaron dos más e iniciaron una discusión. Agitaban los brazos indicando que tenían prioridad los coches de la derecha. Otro decía que los de la izquierda. Mientras, todos tocaban el claxon.

–Por Dios, ¿es que aquí no existen normas de circulación?

–No. Pero el porcentaje de accidentes es mínimo –informó Thomas–. Eso sí, se tarda una barbaridad. A este paso llegaremos con retraso a nuestra cita con el representante de la ONG.

–Pues es un buen momento para repasar el caso y recapitular los datos que conocemos –sugirió George.

–Me parece bien.

–Tenemos a Haggerty, que hace un mes pide vacaciones, suponemos que para viajar a la India y visitar a Owen.

–Exacto. Porque una semana después reserva el viaje a Benarés. Un detalle interesante es que este viaje está a su nombre, no como los que reserva tres semanas más tarde: Cracovia-Dublín, y Dublín-Lyon, al igual que el coche de alquiler, a nombre de James Moore. ¿Por qué utilizaría un nombre falso?

–Muy sencillo –contestó George–, algo pasó, desde el miércoles que habló con su jefe en Cracovia hasta el sábado que fue asesinado en el parque cerca del edificio de la Interpol, para querer ocultarse y no dejar pistas.

El coche comenzó a moverse entre el estrépito de los cláxones.

—Creo que Haggerty esperaba a alguien cuando mi padre se lo encontró en Limerick. Sabemos que el jueves por la tarde telefoneó a su madre. También que mi padre lo vio sobre las ocho de la tarde y que a las nueve volvió a coincidir con él y se tomaron unas cervezas. Allí debió de enterarse de que me iba a la India.

—No olvides que al día siguiente planeaba ir a Kilconnell, así que el jueves es el día clave, y si me apuras, esa noche —apuntó George.

El taxi se volvió a detener. Un hombre le afeitaba la cabeza a otro en plena calle. Los mechones de cabello cortado caían al suelo y se mezclaban con la basura. Una vaca orinó cerca del pelo, no parecía importarles mucho a dos hombres que, al lado, comían arroz con las manos de una hoja de platanero sentados en el escalón de la puerta de una tienda de comestibles.

—Luego, y no menos importante, lo de James Marcus Owen, que según nos ha contado su excompañera de trabajo, está muerto. Y casualidad, las fechas coinciden con el asesinato de Haggerty.

George asintió y dijo:

—Mi teoría es la siguiente: Haggerty está enamorado, compra un billete a Benarés para ver a su amor, pero, por alguna razón que todavía desconocemos, viaja por sorpresa a Limerick porque espera a alguien o algo. Allí obtiene el USB. Haggerty no sabe qué hacer con esa información, entonces se encuentra a tu padre, que le dice que trabajas para la Interpol y que vas a viajar a la India. Ve la oportunidad de que le ayudes, pero antes de verte es asesinado.

—Pero ¿por qué no lo mataron antes? —preguntó Thomas—. Está claro que el asesino le seguía la pista y sabemos que Sean durmió en el coche que alquiló.

—Me juego lo que quieras a que hay alguna cámara que, aunque sea de refilón, abarca la zona donde estaba el coche. Estamos hablando de un asesino profesional, a sueldo. Esperó el momento adecuado. De hecho, la Policía está dando palos de ciego.

—Cierto. He hablado con el inspector de Deruelle y no tienen nada. Lo que no me cuadra es la manera en que lo mató. Ese ensañamiento... –Se quedó pensativo–. Normalmente, los asesinos a sueldo son fríos, matan de una puñalada certera, un tiro, un corte limpio en el cuello, algo aséptico. Pero este...

–Tal vez se le ponga dura. Puede que tenga una vena sádica. El inspector debería buscar asesinatos con ese perfil: un arma blanca y repetidas cuchilladas.

Thomas estuvo de acuerdo.

–El hecho es que tenemos poca cosa. Una persona asesinada, otra desaparecida, ya que no se tiene constancia de su muerte; Deruelle ha hablado con la embajada y el consulado, y nada. Hay una serie de números y letras de los que desconocemos el significado, pero suponemos que son la causa de la muerte de Haggerty –resumió Thomas.

Una voz amplificada por un altavoz llamaba al rezo desde una mezquita cercana.

–Algo sabemos. Sabemos que las primeras letras corresponden a las iniciales de Benarés –dijo George mientras golpeaba con su anillo de casado el cristal del coche–, pero desconocemos el significado del resto de la serie. Introduje los números en los ordenadores de la DEA con la esperanza de que se tratara de algún medicamento, un compuesto químico, pero no obtuve ningún resultado.

–Quizá en la lavandería sepan algo. Enseñaremos la foto de Haggerty y la lista y veremos qué obtenemos. Solo hay que tener paciencia.

–Ya, pero esto es la India. He visto a una niña que no tendría más de dos años detrás de una vaca recogiendo sus excrementos. La mierda le llegaba hasta los hombros. Aquí no se busca a las personas por la matrícula del coche, pocos tienen un domicilio fijo. La gente no lleva un documento de identidad en el bolsillo, por no tener, no tiene ni bolsillo –señaló George.

–Te olvidas de algo, no buscamos a un indio, buscamos a un occidental, gay y blanco. Tenemos su nombre, su foto, e incluso su nombre falso, porque apuesto a que el pasaporte a nombre de James Moore fue obra de nuestro escurridizo James Marcus Owen.

Cuando Dulal llegó a la segunda planta de la comisaría reinaba una tranquilidad que nada tenía que ver con su estado anímico. Fahim y Rishi conversaban sobre su poco éxito recopilando datos sobre los asesinatos de los últimos años. Chanda estaba ocupada con unos papeles. Umed había salido.

Dulal no tenía ganas de hablar y se sentó a su mesa. Encendió el ordenador, abrió su correo y encontró lo que buscaba. Había pedido al forense que le informase sobre cuál podía ser el desencadenante de que la lengua se tornase oscura. Abrió el mensaje sin perder tiempo:

El síndrome de la lengua negra puede causarlo el subsalicilato de bismuto; a veces reacciona con la saliva. El subsalicilato de bismuto se usa para tratar la diarrea, la pirosis (acidez) y el malestar estomacal, en adultos y niños mayores de ocho años. Pertenece a una clase de medicamentos llamados agentes antidiarreicos. Funciona al disminuir el flujo de líquidos y electrolitos hacia las heces, reduce la inflamación de los intestinos y puede matar a los microorganismos que causan la diarrea.

Un saludo.

Interesante, pensó Dulal.

Recopiló lo que sabía del Sir Ganga. La prostituta había firmado un papel en el hospital. El *dalit* incinerado en el crematorio eléctrico también estuvo allí, sufría dolores de estómago y antes de morir la lengua se le puso oscura. Se levantó y miró por la ventana. Si se probaba que las víctimas habían estado en el hospital, la investigación tomaría un giro nuevo. Ante la falta de más indicios y a la espera de que Umed pidiese una orden judicial, decidió centrarse en el único sospechoso que tenía, el yogui.

Buscó en Internet quién era el mayor experto en Kali de la India. Para su sorpresa, era un profesor de la Universidad de Benarés.

Había más referencias a su erudición sobre la diosa negra que a su trabajo como director del Centro de Inmunodiagnosis de la universidad. Entre las entradas destacaba una que explicaba minuciosamente su colaboración como asesor en la película *Indiana Jones y el templo maldito*.

Dulal también descubrió que era uno de los miembros de la sociedad para la conservación del santuario dedicado a Kali en Benarés. Igual que el Señor de la madera. Toda la gente importante parecía adorar a la diosa negra.

Decidió llamarlo y concertar una cita.

–*Namaste*. ¿Es usted el profesor Elid?

–*Namascar*. ¿Con quién hablo?

La voz del hombre lo sorprendió, era melodiosa y enérgica.

–Me llamo Dulal. –Decidió ir al grano–. Soy superintendente de la comisaría de Chetganj y jefe de investigación de la Brigada de Investigación Criminal de Benarés. Necesito su ayuda en relación con un seguidor de la diosa Kali.

El profesor se dignó a contestar.

–¿Qué quiere exactamente de mí?

–Su ayuda como experto.

Dulal le informó grosso modo de los casos. El profesor lo interrumpía de vez en cuando para preguntarle algunos detalles.

–Sea discreto, por favor, no quiero que una filtración alarme a la población –pidió Dulal.

–Puedo entender que esté preocupado. Tiene mi palabra, si eso lo deja más tranquilo.

Dulal solo podía fiarse. Le contó lo de las marcas en el cuello.

Cuando el superintendente hubo acabado la exposición de los hechos, Elid comenzó su particular interrogatorio.

–Me ha contado que las muertes se produjeron por estrangulamiento y que las víctimas aparecieron sin lengua.

–Así es. Al menos eso nos consta de las dos últimas, las demás fueron incineradas, pero tenemos el testimonio de sus familiares.

–¿Sabe si se las cortaron antes o después de la muerte?

–De las anteriores lo desconocemos, a la prostituta y al cadáver del vertedero, después. Estamos a la espera de la autopsia de este último.

–¿Sabe si sufrieron alguna herida o corte antes de ser estranguladas?

–No.

El profesor suspendió la conversación durante unos segundos antes de decir:

–Necesitaré las autopsias.

Dulal estaba perdiendo la paciencia. Una cosa era que tuviese cierta información y otra que se apropiase de las autopsias.

–Las necesito para confirmar mi teoría. Tengo una corazonada. Está relacionada con la manera de asesinar y con las marcas en el cuello.

Dulal dudó de nuevo pero no tenía elección. Necesitaba su ayuda.

–De acuerdo, por ahora solo contamos con la de la prostituta.

–A lo mejor estamos ante la constatación de un hecho extraordinario, un gran imitador.

–¿Podría ser un alto mando de la Policía?

Dulal pensaba en Chitán. Se acordó de una de sus películas preferidas, *L. A. Confidential,* donde había un capitán corrupto y despiadado.

–No sé a quién tiene en mente, aunque todo es posible. De momento, le dejo a usted las especulaciones, las probabilidades y las deducciones.

–Profesor –dijo Dulal antes de que Elid colgara–, este asunto urge mucho.

–Cuente con mi dedicación. Pronto tendrá algo más por lo que preocuparse.

La tarde había llegado a la segunda planta tan pesada y marchita que cayó sobre los policías con una gravedad cansina. Los agentes de la brigada trabajaban en silencio. Dulal esperaba impaciente la llamada del profesor.

Sacó la libreta. Detrás de la palabra *caos* apareció un buen número de adjetivos: *seductor, hiriente, pacificador, perpetuo.* Decenas de fragmentos de películas acudieron a su mente. Tenía que hacer algo o se volvería loco.

Se dejó llevar por el ambiente tranquilo de aquellas horas e intentó apagar sus pensamientos. Así estuvo unos minutos, sin circunvoluciones, sin imágenes, con la mirada desenfocada dirigida a una parte concreta de la mesa. Llamaron a su teléfono móvil.

—¿Inspector Dulal?

—Al habla.

—Soy el forense. He estado estudiando las fotografías de la prostituta. La marca del pañuelo en la garganta estaba inclinada unos grados hacia arriba, exactamente veintiséis.

—¿Qué quiere decir?

—Que la mujer asesinada medía un metro sesenta, y teniendo en cuenta que la base de su carótida estaba a uno treinta del suelo, la estatura del asesino tiene que rondar el metro sesenta.

—La media de la población masculina en la India es de metro sesenta y uno.

—Eso hará que la búsqueda sea más fácil —respondió con humor el forense.

—¿Algo más?

—De momento es todo.

—Necesito el informe preliminar del hombre del vertedero para ya.

—Me parece que ve usted muchas películas —contestó con sorna antes de colgar.

Dulal pensó en la estatura del único sospechoso, el yogui. No tenía una referencia clara. Se acordó de la foto que había hecho en la academia de sánscrito. Buscó la carpeta que contenía la fotografía, la sacó y se la envió al forense por fax para averiguar si concordaba con la estatura del asesino. Sonó el pitido característico de un mensaje. «Soy el profesor Elid, no hay tiempo que perder. Lo espero en la universidad. Departamento de Ciencias. Pregunte por el Centro Avanzado para el Estudio de la Inmunodiagnosis. Mis sospechas eran fundadas.»

En ese momento apareció Umed por la puerta.

—Vamos. Todos a mi despacho.

Traía cara de haber estado peleándose con lo peor de sí mismo.

—Me acaba de telefonear el comisionado. El gobernador en persona se ha interesado por el caso porque recibió una llamada del presidente de los hospitales Sir Ganga.

Umed miró a Dulal.

—¿Sabe algo que nosotros no sepamos?

Dulal tragó saliva.

–De eso quería hablarle.

–No se moleste, ya me han dado los detalles, en concreto cuando llamó mentiroso al gerente del hospital y le amenazó con inmiscuir al fiscal. El hijo del dueño del hospital se presenta a las próximas elecciones como líder del partido de la oposición.

–Eso no cambia mis sospechas.

Umed se puso de pie y levantó la voz:

–Por Ganesh. Pues que sepa que el fiscal no va a mover ni un dedo. ¿No ve que no tenemos motivos para una orden? Unas diez mil personas se han sometido este año a tratamientos experimentales en la India y usted tiene dos muertos que han estado en el Sir Ganga. Es ridículo, el nexo no se sostiene. Rishi, necesito que investigue a un tal James Marcus Owen. Parece ser que se alojó en una *guesthouse* en Chowk. Ya sé que andamos mal de personal, pero no le llevará mucho tiempo. Es un favor para el agente de la Interpol. Nos lo han pedido desde la Gendarmería francesa –dijo Umed, y se irguió con orgullo.

22

En la lavandería más grande de Benarés trabajaban unas dos mil personas. Al salir del coche, Thomas y George se encontraron con el aire cargado del polvo de las calles sin asfaltar y el olor de los gases de los coches.

En el interior de un recinto tapiado con altos muros, los recibió un laberinto de estanques circulares y piedras enormes, de montañas de sábanas y canales de agua. Thomas sorteó un charco de agua multicolor envuelto en vapor.

A su alrededor vio a niños de ojos grandes y mujeres haciendo la comida porque, según comprobó, además de trabajar, allí vivían familias enteras. El encargado de la ONG los esperaba en la entrada. El padre Gregorio Alegría era un misionero paúl español, navarro, fuerte, de manos grandes, con abundante pelo canoso y mirada amable. Llevaba toda la vida sirviendo a los demás, luchando contra las injusticias, peleando donde hiciera falta.

–La mayoría de las lavanderías de la ciudad, los hoteles y los hospitales mandan aquí su colada. En este lugar viven unas diez mil personas.

George lo miró con incredulidad.

–Asombroso.

En un extremo se encontraba la zona de secado, donde miles de prendas se secaban al sol tendidas mediante un original sistema sin pinzas. Dos cuerdas entrelazadas y tensadas entre dos palos y en medio las prendas enganchadas. Thomas abrió la boca y de ella salió un gesto de admiración. Se tendía por colores, y ante él se extendían interminables hileras de camisas, de sábanas y de toallas tan blancas que la luz se reflejaba en su superficie y dañaba los ojos. Saris de mil colores bailaban con el viento como mariposas.

–La vida en la India es muy difícil, pero podríamos decir que aquí son unos privilegiados –explicó el misionero.

Unos niños bailaban en un rincón. Un bebé seguía a gatas a un perro hasta que logró alcanzarlo y le tiró del rabo. El perro, resignado, se dejaba arrastrar por la tierra.

–Marc solo trabajó para nosotros un par de meses. Necesitábamos un biólogo que realizara un estudio de campo. En los últimos tiempos había crecido de forma alarmante el número de trabajadores enfermos y pensamos que quizá tenía que ver con el agua, las condiciones sanitarias de los trabajadores, o con la ropa.

Pasaron por una calle sin asfaltar. La mayoría de las casas tenían dos pisos y estaban construidas con cemento y chapas de uralita. Para subir a la planta superior se utilizaban escaleras portátiles de bambú. Las mujeres cocinaban y se lavaban en la calle; al lado, unas cabras subidas en lo alto de un montón de basura orgánica movían las mandíbulas satisfechas; en la parte baja, unas gallinas rojas picoteaban un trozo de tomate.

–Por aquí, por favor. Esta es mi casa.

El único lujo de la casa-habitación, ya que solo se componía de una estancia, era un ventilador en el techo que en esos momentos, y para desconsuelo de los invitados, estaba apagado.

–¿Quieren un té?

Thomas asintió y George le preguntó si tenía algo más fuerte.

–Tengo un licor dulce que he traído de mi tierra que se llama pacharán. Está muy rico. Ya verá qué bien entra.

Una vez que trajo las bebidas, entre ellas esa extraña bebida de color granate, Thomas le preguntó:

–¿Cuál fue la conclusión a la que llegó el señor Owen después de su investigación?

–Halló unos componentes químicos llamados nonilfenoles. Son utilizados como detergente en industrias o para la producción de textiles naturales y sintéticos. Es una toxina peligrosa que causa trastornos hormonales.

–Según tengo entendido, Greenpeace detectó esa toxina en marcas conocidas como Calvin Klein, Ralph Lauren, Cortefiel, Lacoste, Nike, Puma y muchísimas más –añadió George.

–Cierto, incluso en niveles bajos, esta toxina representa una gran amenaza para el medio ambiente y la salud humana. No es casualidad que su uso esté totalmente restringido en Europa.

–Ya, pero qué más les da, se van fuera. Adidas es una de las causantes de la contaminación de los principales ríos de China.

Para alivio de George, el padre Alegría accionó el interruptor del ventilador.

–El caso es que Marc hizo un estupendo trabajo. Desgraciadamente sirvió para bien poco, ya que ningún trabajador de esta lavandería está dispuesto a rechazar una prenda por su origen o marca. Aun así, es bueno conocer al enemigo, ponerle rostro.

–¿Ha seguido en contacto con el señor Owen? –preguntó Thomas.

–No, cuando terminó su trabajo se marchó a un laboratorio.

–¿Podría decirme su nombre?

–No lo sé. En realidad fue un comentario que hizo de pasada. Yo me sentía mal porque solo habían sido dos meses de contrato y él me tranquilizó diciéndome que ya tenía trabajo.

–¿Sabe de alguien en este lugar que mantenga contacto con él? –preguntó George al tiempo que bebía un trago del licor.

–Hay un anciano con el que solía pasar horas charlando. Mientras duró la investigación se alojaba en su casa. De hecho, creo que le compró una de las pilas para lavar.

Aunque conocía la respuesta, Thomas le mostró la foto de Haggerty y la serie encontrada en el USB.

El anciano era todo pellejo. Un anatomista hubiera podido contar no solo las costillas sino los demás huesos que casi se transparentaban a través de la piel correosa. Estaba terminando el último hato de ropa. Antes de lavarla, la marcaba con una señal que solo conocía él, en forma de cuernos, y la dejaba en remojo con agua y detergente, luego la golpeaba contra la piedra, la enjuagaba, la tendía y por último la planchaba antes de devolverla a sus propietarios. El enjuto individuo se pasaba el día, la vida entera, lavando ropa por el equivalente a cincuenta euros al mes.

–*Namaste* –dijo el anciano juntando las dos manos y haciendo una reverencia.

–*Namaste* –contestó Thomas.

El misionero actuaba como traductor de hindi.

–Me ha dicho el padre Alegría que quieren hablar conmigo sobre Marc.

–Exacto.

El viejo se acuclilló. Parecía sentirse cómodo en esa postura. Con un palo deshilachado se limpiaba los dientes.

–Marc es el hijo que nunca tuve. Hoy por la mañana he tomado arroz y *dhal* acompañado de té. Alrededor del mediodía comeré arroz con curry y *chapati*. Cuando anochezca descansaré hasta la madrugada siguiente. Esto se lo de debo a Marc. Antes me alquilaban la pila y el tendedero por mil ochocientas rupias al mes. –Thomas calculó que equivalían a unos treinta euros–. Me quedaban mil doscientas rupias para vivir. Soy un *dhobi wallah,* no sé hacer otra cosa, toda mi vida he lavado ropa. Marc compró la piedra donde lavar y un lugar donde tender. Ahora, cuando termino mi trabajo, alquilo mi piedra a tres hombres.

A Thomas le asombró la facilidad con que había pasado de ser casi un esclavo a casi un capitalista.

–¿Cuándo fue la última vez que vio al señor Owen?

–Yo no conozco a nadie que se llame Owen. Se llama Marc.

George se arrodilló en el suelo con dificultad. Thomas prefirió quedarse de pie. El padre Alegría traducía con agilidad. Thomas lo miraba de reojo agradecido; además, sin él difícilmente encontrarían la salida de ese hormiguero.

–Vino a visitarme hace poco.

Los dos investigadores cruzaron una mirada.

–¿Recuerda qué día? ¿Fue esta semana o la semana pasada?

–¿Qué es una semana?

George cerró los ojos y se pasó la mano por la frente.

–¿No sabe qué es una semana? –preguntó incrédulo–. Una semana está compuesta por siete días. Empieza en el lunes y acaba en domingo.

–¿Para qué necesita saberlo? –inquirió el padre–. ¿Acaso es necesario para lavar? Es una pregunta tonta.

Thomas intervino.

–Tiene usted razón. Se la haré de otra manera. ¿Podría decirnos, según usted, cuándo lo vio?

El hombre tiró el palo cerca de la entrada de su chabola y respondió:

–Hará una luna.

–De acuerdo, hace un mes –dijo Thomas conciliador–. ¿Recuerda de qué hablaron? ¿Estaba preocupado o contento?

–Estaba enfermo y asustado.

–¿Le dijo por qué? –preguntó George ansioso.

–Era normal. Sabía que pronto moriría –respondió sin inmutarse.

Dulal dejó el coche en el aparcamiento principal de la universidad y avanzó entre majestuosos árboles y flamantes pistas deportivas. Después de preguntar a unas cuantas personas llegó al edificio que albergaba el Centro de Inmunodiagnosis.

El profesor tenía la piel muy oscura y arrugas muy marcadas, como esos cartones doblados varias veces y luego desdoblados en un intento por devolverlos a su forma primigenia. Iba vestido con una camisa clara y un sencillo pantalón vaquero. Dulal se fijó en el cinturón: una sucesión de cabezas humanas en miniatura entrelazadas conformaban la cinta. La hebilla era un triángulo negro invertido.

–*Namascar,* superintendente Dulal.

–*Namaste,* profesor Elid.

–Me alegra que haya venido. Como le comenté, tenía una corazonada. Gracias a los informes que me mandó puedo decir que se avecina algo grande.

Los movimientos de sus manos denotaban seguridad. Sin embargo, su mirada apuntaba unos centímetros por debajo de los ojos de Dulal y transmitía cierta timidez. Dulal pensó que podía ser esa clase de profesores adictos al trabajo, con una escasa vida social y un montón de manías. Muy lejos de la imagen de Indiana Jones, más bien un Hércules Poirot.

–No creo que el asesino sea un demente. Lo mueve otra fuerza que nada tiene que ver con la psique –dijo el profesor yendo al grano.

–¿Cómo dice?

–En octubre del año 1812, un teniente indio se topó con un ejército de asesinos. Un grupo ancestral bien organizado, con su lenguaje, sus normas, su dios, al que obedecían incluso por encima de sus propias familias. Son los asesinos más prolíficos de la Historia. Los ingleses desataron una especie de cruzada que llevó a la detención del grupo.

–Los thugs.

–Ya veo que sabe de qué hablo.

–Nos dieron una breve charla en la academia. Se dan por desaparecidos desde hace más de ciento cincuenta años. Su guía espiritual era un barrendero, un *dalit*.

–No se consideraban a ellos mismos *dalits*. No se regían por el sistema de castas. Eran una anacronía. Y no se confíe, no por ello eran enemigos despreciables. Eran expertos asesinos criados en el secreto y el engaño, dispuestos a todo por conseguir sus fines. Tenían hasta su propia jerga, llamada Ramasi.

–¿Cree que el asesino que busco puede ser un thug?

–Los thugs tenían prohibido derramar la sangre de sus víctimas antes de quitarles la vida. Por eso utilizaban un *rhumal*.

–¿Un *rhumal?*

–Es como llamaban ellos al pañuelo con el que estrangulaban a sus víctimas.

–Pronto recibiremos la autopsia de la víctima del vertedero y sabremos si lo estrangularon. Aunque todo apunta a que así ha sido.

–Entonces tiene motivos para preocuparse. Me consta que asistimos a un florecimiento de los thugs y que está auspiciado por grupos de poder con profundas raíces en la oligarquía india. Se habla incluso de lazos con la mafia.

–No entiendo qué tienen que ver los oligarcas y los mafiosos con los thugs.

–Existe un sector de políticos, empresarios y religiosos que lleva generaciones adorando a la diosa Kali.

Dulal se acordó de una película en la que el actor Pierce Brosnan se veía atraído por esta secta de asesinos.

–¿Qué hace a Kali tan especial?

–Su significado. Yo soy uno de los guardianes de su templo en Benarés. Para la mayoría de la gente solo es la consorte de Shiva, pero para sus seguidores está llena de matices e interpretaciones. De hecho, en su representación está la clave para entender sus enseñanzas.

Dulal le conminó con un gesto para que continuara.

–Por ejemplo, los cuatro brazos de la diosa representan el círculo completo de la creación y la destrucción. Sus manos derechas son los *mudras* del no miedo, que representan el aspecto creativo; las manos izquierdas sostienen espadas ensangrentadas y representan la destrucción de la ignorancia. Destruyen la falsa conciencia mostrando una cabeza cortada. Una verdadera invitación para el renacer de nuevos adeptos.

La manera de hablar del profesor era solemne y llena de epítetos aprendidos durante años de paciente lectura. Estaba ante un ratón de biblioteca, pensó Dulal.

–¿Una nueva religión?

–La Biblia ya recoge esta idea de destrucción de la falsa conciencia y la ignorancia. Los seres humanos hemos reinterpretado los libros sagrados y la religión ha perdido parte de su esencia. La sabiduría del Dios cristiano no se ha tenido en cuenta. Por ejemplo, en la era cristiana, la muerte en la cruz no fue más que una enseñanza, un sacrificio para calmar a los dioses.

Dulal se acordó de la película de terror *La cabaña del bosque*, donde los gobiernos ofrecían la vida de jóvenes para apaciguar la ira de los antiguos dioses.

–La enseñanza del sacrificio como vía para combatir el mal.

–Exacto. «Mirad que ninguno os engañe con filosofías y vanas sutilezas según las tradiciones de los hombres, conforme a los elementos del mundo, y no según Cristo», Coloneses 2, versículo 3 al 8.

Dulal miró las estanterías que rodeaban el despacho. Tenía una foto enmarcada con el mismísimo Steven Spielberg.

–Según usted, un día me toparé con Raktavija –afirmó Dulal.

El profesor soltó una carcajada.

—Los demonios viven en nuestro interior. Esperan pacientemente su momento. Conocen la naturaleza humana y su respuesta ante el caos.

Dulal se estremeció al oír esa palabra. El profesor prosiguió:

—Volviendo a los informes. Los thugs tenían entre su código de honor no matar a mujeres porque eran la encarnación de su diosa, ni a sacerdotes porque eran puros. No podían matar a enfermos y niños porque eran sacrificios incompletos, ni a occidentales e intocables porque eran impuros e indignos.

—Entonces, ¿qué le hace pensar que estamos ante un thug?

—Puede ser un imitador. Pero tiene razón, la prohibición de matar a mujeres y *dalits* se ha incumplido. Solo en muy raras ocasiones mataban a intocables.

—¿Cuáles son?

—La más evidente es cuando suponían un peligro para su supervivencia o la de su organización.

—¿Insinúa que el asesino mata porque les tiene miedo?

—No porque les tenga miedo, sino tal vez porque pueden reconocerlo.

Por primera vez desde que entró, Dulal sintió que la distancia mental que tomó había desaparecido. Lo que contaba el profesor podía encajar.

—Por cierto, ¿qué me puede decir de las marcas en el cuello de la víctima y del dibujo que le adjunté?

—No lo había visto antes. Y no tengo constancia de nada parecido que tenga que ver con los thugs.

Dulal se sintió decepcionado, tenía la esperanza de que el profesor le ayudase.

—Si quiere encontrar a su asesino, debe entenderlo. Vaya a Jobalpur. La ciudad fue el cuartel del general de Sleeman, el oficial inglés que logró derrotarlo. Allí estableció una escuela para la rehabilitación de los thugs y sus descendientes. El edificio todavía existe. Tienen un archivo con los nombres de todos los que capturaron. Podría serle de ayuda si encuentra un apellido que coincida con el de un ciudadano de Benarés. También en Jobalpur vive un descendiente del que era considerado el thug más despiadado de aquella época, se llama Devdas –apuntó el profesor.

–Sirviente de dios, un nombre muy apropiado para un thug.

–El viejo se sabe de memoria todas las familias de los asesinos que poblaban las cinco antiguas regiones en las que los thugs dividían su territorio. Le aportará un poco de luz, si es que todavía puede hablar.

–*Namaste* –dijo con energía Dulal–. Una última pregunta, como investigador que es, ¿conoce algo de ensayos clínicos con *dalits?*

El profesor no mostró sorpresa.

–Sí. Claro que los conozco.

Todo el mundo parecía enterado menos él, pensó.

–¿Qué sabe del Sir Ganga?

–Colaboramos con ellos.

A Dulal le dio un vuelco el corazón. Se acordó de que el gerente del hospital le había comentado algo sobre la Universidad de Benarés.

–¿Qué clase de colaboración?

–Estudiamos el impacto de virus y parásitos en los *dalits* enfermos. Ellos son los más expuestos a las infecciones.

–¿Y qué opina de que se utilicen como cobayas?

–Mire, superintendente Dulal, en lo que se refiere a mi campo, gracias a estos pacientes hemos avanzado enormemente en la detección y tratamiento de enfermedades infecciosas.

–¿Y qué me dice de los efectos colaterales?

–Todas las decisiones llevan consigo efectos no deseados. Nuestro equipo ha descubierto que algunos *dalits* son inmunes a ciertos parásitos. Estudiamos el mecanismo que hace que no enfermen y gracias a ellos salvamos miles de vidas cada año. No sé a dónde quiere llegar, pero es imprescindible esa colaboración entre la población más vulnerable y los investigadores.

Al llegar a casa, Dulal se sintió a merced de la suerte, como si jugase una partida de dados. Ya no era el policía con la seguridad de antaño y menos aún atesoraba la inequívoca creencia de estar revolucionando los métodos de investigación de su país. Por primera vez desde que convirtió su afición en trabajo, pensó que estaba delante de un guión equivocado. En ese instante se acordó de la película *El beso mortal* y del asesino Hammer, que machacaba a los marginados sociales como si fueran clavos baratos. Había algo parecido en este caso que lo desconcertaba, y ese algo desconocido lo estaba cambiando por dentro.

Tanika temblaba y no era por el frío. La pequeña habitación de chapa y caña acumulaba el calor del día y alcanzaba a esa hora de la madrugada los veintisiete grados. Kajol descansaba entre sus brazos adormecida con opio. La habían bañado y ahora yacía desnuda en un camastro. Mientras, el *dai ma* preparaba su cuchillo y repetía obsesivamente «Mata, Mata, Mata» como en una especie de trance. El anciano ordenó que se sentara en un taburete. Tanika se apresuró a ayudarle y, como único anestésico para su sufrimiento, le ofreció morder, como mandaba la tradición, sus propios cabellos. Una imagen de la diosa Bauchara Mata presidía la escena, era la última imagen que Kajol debía ver antes de su sacrificio.

El *dai ma* seccionó los testículos y el pene con un rápido corte. Kajol aulló de dolor. Fuera de la casa, las demás *hijras* que pertenecían a su comunidad tocaron la trompeta en señal de fiesta. El anciano dejó que la herida sangrara en la creencia de que la hemorragia era un depurativo, una forma de expulsar al exterior el veneno de la masculinidad.

Tanika lloraba en silencio. Las lágrimas caían sobre el rostro de Kajol, que en ese momento yacía inerte en un enorme charco de sangre. Por lo que le había contado, la niña sabía que este era el momento crítico, un «tira y afloja» entre la diosa que le permitiría sobrevivir, Bauchara Mata, y su hermana mayor, Chamundeswari, que la haría perecer.

Cuando el *dai* creyó conveniente tomó un ascua al rojo vivo y quemó la herida abierta, que no se cosía. Kajol exhaló un sonido tan triste y desgarrador que Tanika hubiera preferido que gritara. El *dai ma* tomó un palo pequeño, lo untó de aceite de sésamo y lo introdujo en el orificio de la uretra para que no se cerrara al cicatrizar. Después de dos horas, el chamán dio por concluida la operación sin más contemplaciones. Entre lloros y grandes gestos de dolor, las *hijras* llevaron a Kajol a su pequeño cuarto.

Tanika ignoraba qué debía hacer. No podía darle líquido ya que el dolor de la micción se haría insoportable. Antes de marcharse, el *dai ma* le había metido una cánula para que no se cerrara el agujero. Sabía que ese dolor duraría meses. Las demás *hijras* parecían gallinas cacareando alrededor como si se tratase de una fiesta. Al final Tanika las echó fuera de la habitación. *Mala* lamía la cara de su dueña, que se retorcía y aullaba. Desesperada, la niña extrajo del cajón el opio que quedaba y se lo dio. Antes de perder la conciencia Kajol susurró:

–No te preocupes, mi preciosa hija, viviré y cumpliré con el último rito: vaciaré leche en un arroyo como símbolo de la pérdida de mi fertilidad.

Umed convocó a los componentes de la brigada. Había llegado la autopsia de la joven quemada. Dulal tomó el informe con el corazón como una tetera en ebullición. Sabía de antemano el resultado pero no las consecuencias que podía traer a su carrera como policía.

–Los datos extraídos del examen –leyó Dulal– del cadáver de la joven son concluyentes. –A continuación, inició la lectura del informe de la autopsia–: La cabellera situada en la región frontal está quemada completamente mientras que la zona occipital muestra signos de haber sido arrancada antes de la muerte.

–Un hecho que prueba que estamos ante un caso de violencia doméstica –apuntó Umed con doble intención.

Dulal tragó de manera aparatosa, Fahim tomó la palabra.

–Eso parece. El cuerpo estaba en la típica posición pugilística. Con la boca parcialmente abierta. La lengua se asomaba y estaba atrapada por las mandíbulas.

–Tenía lengua. Eso confirma que no es obra de nuestro asesino –dijo Rishi.

–Además tenía fuertes contusiones por toda la cara –comentó Fahim.

–La golpearon antes de matarla. No es el proceder de nuestro hombre. Dulal, continúe, por favor –pidió Umed.

–Las vísceras todavía no han sido analizadas pero se ha detectado material inflamable procedente de la cabellera.

–¿De que tipo? –preguntó el comisario.

–Queroseno del barato –contestó Rishi.

–Me lo imaginaba. Los *dalits* no están para comprar gasolina. Por cierto, Chitán se enteró de nuestra intervención y pidió una copia del informe. Han detenido al marido y a su hermano –dijo Umed.

–El marido nos contó que su mujer quiso suicidarse quemándose con queroseno. Pero el equipo forense dictaminó, al primer vistazo, que el noventa y ocho por ciento de las quemaduras epidérmicas fueron producidas post mórtem, con lo que no se sostiene su versión –apuntó Fahim.

–Aligere, Dulal. Estoy impaciente por saber si está relacionado con nuestro caso –añadió el comisario.

Dulal asintió.

–No se detectó hemoglobina carboxilada en la sangre de la víctima, por lo que no inhaló humo.

–Bien –dijo Umed dando un puñetazo en la mesa–. Caso resuelto. Nada que aportar a la investigación. Dulal, ¿qué le hizo pensar que la muerte de esta mujer tenía que ver con el estrangulador?

Dulal sabía que estaba en juego mucho más que la confianza de su jefe. Entonces recordó una frase de la película *V de Vendetta*.

–Fue una corazonada. Solo eso, una corazonada.

–Chitán ha presentado una queja contra la brigada por intromisión. A partir de este momento, déjese de corazonadas y dedíquese a las evidencias. No podemos perder el tiempo con asesinatos que no tienen nada que ver con el caso.

–No volverá a ocurrir. Fue un exceso de celo por mi parte –mintió Dulal.

–Por el bien de la brigada, eso espero –le reprendió el comisario–. Por cierto, ha llamado el forense. La estatura del yogui coincide con la de las marcas.

Dulal cerró los ojos y dio gracias al dios Hanuman por haberse librado de una buena. En ese momento, el ruido del fax cortó la conversación. Los cuatro miraron cómo el aparato escupía las hojas.

—La autopsia de la víctima del vertedero –dijo Umed.

Agarró el papel y leyó para sí el informe.

—Lo han estrangulado y le han cortado la lengua. Es obra de nuestro asesino, no hay duda.

El comisario sabía lo que eso significaba para la brigada.

—Hay algo que le va a gustar, Dulal. Se han encontrado fibras de dos colores, blancas y amarillas. Según los expertos, se empleó una técnica de coloración que no se utiliza en esta zona. Se usa en el estado de Madhya Pradesh. Jobalpur está ahí.

—Estoy pensando en mandar una foto del yogui a la prensa. No hay tiempo que perder –añadió.

—¿Y si no es él? –preguntó Dulal.

—Lo dejamos libre. La población india olvida pronto. Mire qué ocurrió con los británicos y ahora los recibimos con los brazos abiertos.

Dulal notó urgencia en las palabras de su jefe pero no quiso preguntar nada más al respecto.

—No podemos descartar otras opciones. Como ya le expliqué, voy tras la pista de lo que puede ser un imitador de los thugs.

—Me parece bien su punto de vista, pero necesitamos pruebas y, de momento, solo tenemos sospechas.

—Comisario, cada vez veo más claro que nuestro hombre es un thug.

Umed estaba leyendo el informe de la autopsia y no prestó atención a las últimas palabras de Dulal. Comenzó a teclear en el ordenador. Los tres miembros de la brigada esperaban expectantes a que su jefe acabase.

Dulal fue el primero en preguntar.

—¿Qué ocurre, comisario?

—Tengo las huellas dactilares de la víctima encontrada en el vertedero. Estoy cotejándolas con las de la base de datos –dijo Umed–. De momento nada.

El cerebro de Dulal tuvo uno de esos instantes de lucidez que aparecen después de días de desconcierto.

–¿Ha probado con las huellas de Manju? Ha desaparecido y no sabemos nada de él, ni de su hija.

Umed las comparó y miró a Dulal con una expresión de incredulidad.

–Lo tenemos. Las huellas coinciden. Es Manju.

Un silencio que parecía llevar detrás un eco nervioso planeó por la habitación. Ese silencio se volvió urgencia y se apoderó de Dulal.

–Tengo un presentimiento. Hay que encontrar a la hija del intocable. Prioridad número uno.

23

Laura se dirigió al cementerio de Kilconnell. A aquellas horas, el sonido de la mañana se componía de una sinfonía interpretada por los cantos de los pájaros. Un pequeño muro de piedra acolchado por el musgo daba calidez y recogimiento al lugar. Un hombre con un gorro amarillo recogía las hojas caídas. Le pareció que era el enterrador por las herramientas que había junto a él apoyadas en el suelo. Su cabeza parecía un sol sobre el cielo gris. Laura lo miró de reojo antes de encaminarse a la tumba de Sean Haggerty. Las lluvias de los últimos días habían aplastado los pétalos de las flores depositadas tras el entierro. Un fango disperso y oscuro cubría la losa de mármol blanco. Solo las cintas de colores con las que estaban atados los ramos lucían exuberantes. La visión resultaba deprimente.

Laura levantó la vista y gritó hacia el enterrador:

—Perdone, ¿podría decirme dónde está la tumba de Úna Kovalenko?

El grito de Laura acabó con el concierto de pájaros que, sobresaltados, alzaron el vuelo. De repente todo quedó sumido en una especie de letargo, hasta el persistente viento, que no había dejado de soplar desde que había llegado, se detuvo. Laura aprovechó la ocasión para desatarse la bufanda, siempre había detestado cubrirse el cuello y con el embarazo se había incrementado ese rechazo, los accesos de calor se sucedían sin previo aviso. Ante la extrañeza mostrada por el hombre, se acercó a él.

—Murió hace cinco meses. Su madre se llama Maire Gallagher.

—¿La pequeña Gallagher?

Laura asintió sin tener la certeza absoluta.

—Su cuerpo descansa en esta parte derecha, casi al final del cementerio. ¿No es usted la doctora que se aloja en el hotel? La mujer del hijo de Tyron, ¿no? Recuerdo a la pequeña Úna siempre saltando y corriendo, luego, cuando se marchó a Suiza, le perdí la pista. Venga, la acompaño. Tengo que estar muy pendiente de ese lugar ya que es la zona más cercana al bosque, se llena de semillas y, en cuanto te descuidas, salen pequeños brotes de árboles. Las raíces pueden dañar las tumbas.

Laura persistió en su costumbre de asentir mientras él hablaba. Al hombre le gustaba explicarse, a ella, escuchar. Con paciencia lo llevaría hasta donde le interesaba.

—La madre no ha tenido suerte en la vida. Siempre creímos que acabaría con el chico de los Connors, es decir, su marido, pero desapareció después de la muerte del otro amigo.

—¿Qué amigo?

—Tuvieron un accidente con la moto del carnicero. La tomaron sin permiso. El chico murió de un golpe en la cabeza. Al poco, su marido se marchó.

Recordó las palabras de Maire Gallagher cuando le preguntó por qué Thomas las había abandonado. Ese plural la tenía obsesionada. ¿Qué quería decir Maire con «las»?

—Ella se quedó preñada del ruso y se casó embarazada.

—Supongo que después de un largo noviazgo. Sé que aquí gustan de esas cosas.

El enterrador la miró con gesto adusto.

—Otra que ha visto *El hombre tranquilo*. No creo ni que llevasen una semana juntos. El ruso se marchó enseguida a su país y la dejó sola con la niña. Una vergüenza y un escándalo para la familia.

Una idea perturbadora comenzó a rondar la mente de Laura. Si partía de la base de que Thomas y Maire estaban enamorados desde pequeños, ¿por qué se echaría ella en brazos del primero que pasase? Irlanda era un país católico con costumbres arraigadas, muy alejado de la frivolidad e inconsciencia de aquella acción. A menos que... Laura deseó no seguir con aquel pensamiento.

Llegaron a la tumba donde reposaban los restos de Úna Kovalenko Gallagher. En un gesto mecánico, el enterrador arrancó unas hierbas y limpió con un trapo viejo la lápida.

Una pregunta pugnaba por salir de la boca de Laura. Se mordió el labio barajando diversas posibilidades. Decidió no ir directa al grano. Supuso que había sido la madre de Sean Haggerty quien había hablado en el pueblo de ella, así que siguió con la farsa:

–¿No le pareció extraño que mi marido volviera después de tantos años solo para el entierro de la hija de Maire?

–Algo sí.

Laura esperó a que continuara, pero para su frustración el hombre se detuvo ahí. Ella sabía que una de sus virtudes no era la paciencia y quedó demostrado con su pregunta:

–¿Recuerda qué se decía en el pueblo cuando Maire Gallagher se quedó embarazada?

El enterrador se sonó la nariz con el trapo que antes había usado para limpiar la tumba. Laura reconoció las huellas del alcoholismo en el rostro del hombre. Vio los ojos rojos, la dilatación de capilares, la cara hinchada, así como la nariz llena de pequeñas venas rojas.

–Todo lo que usted está pensando. Pero la boda acalló las habladurías. Me alegro de que el viejo Connors haya vuelto al pueblo. Pero al hijo, perdone usted que se lo diga, no se le ha perdido nada aquí. Siempre me pareció que iba con la barbilla demasiado alta, siempre un poco por encima de los demás. Quizá pensó que una chica preñada que trabajaba en la fábrica de pescado era poco para él. Y creo que ya he hablado demasiado. Que tenga un buen día –le dijo, de repente y, a modo de despedida, se quitó el gorro amarillo.

Lo observó mientras se alejaba. Su gorro era como un faro encendido en medio de la noche. En una de las tumbas más antiguas, el enterrador se detuvo y de un lateral sacó un periódico enrollado del que extrajo una botella. Laura bajó la cabeza, le pareció una indiscreción contemplar cómo se la bebía. Con la sospecha instalada en su cabeza, se marchó para acabar de hacer el equipaje.

El anciano de la lavandería de Benarés hablaba con una tranquilidad pasmosa. Las preguntas se agolpaban en la cabeza de Thomas. Trató de formularlas lo más sencillas posible. El padre Alegría esperaba atento.

–¿Por qué Marc creía que estaba tan enfermo?

–No lo sé. Me dijo que se moría y yo creo que eso es lo único que importa. El cómo, el porqué, da igual.

–Pero algo le contaría.

–Poca cosa. Me dijo que se lo tenía merecido, que había puesto en grave peligro a otras personas y que antes de morir debía ayudarles.

–¿Está seguro de que esas fueron sus palabras?

El viejo asintió.

–¿Sabe qué quería decir con que las había puesto en grave peligro?

–Supongo que podían morir.

Un torbellino de emoción se revolvió en el interior de Thomas. Algo estaba a punto de ocurrir. Debían ir con mucho cuidado, preguntar de manera inteligente, extraerle toda la información al hombre. Se colocó en cuclillas frente al anciano, y para advertirlos colocó una mano encima del muslo de George y miró al misionero. Este movió la cabeza en señal de que comprendía la situación.

–¿Le dijo algo de esas personas? Por ejemplo, ¿dónde vivían, cuántas eran?

–Si quizá eran extranjeras... –sugirió George.

–No, no. Vivían aquí, en Benarés.

–¿Cómo lo sabe, se lo dijo?

El viejo asintió. Thomas notó que empezaba a impacientarse.

–¿Puede decirnos todo lo que sepa sobre esas personas?

–No sé nada. No las he visto nunca.

De pronto, George lo vio con claridad, sabía lo que debía hacer.

–¿Conoce a esta persona? –preguntó, a la vez que le mostraba la foto de Sean Haggerty.

–Sí, es el novio de Marc –dijo sin intentar reprimir una sonrisa–. Él era de esos raros. Le consiguió trabajo en un hospital. Pero no sé en cuál.

–¿Le dice algo esto? –preguntó, y le tendió la lista del USB.

Thomas notó que la hoja temblaba, George no podía reprimir su emoción.

–Es el papel que me enseñó la última vez que lo vi. Yo sé leer –dijo orgulloso–, me enseñó el padre.

El misionero posó su mano sobre la cabeza del hombre con ternura.

–¿Y sabe qué significa? –preguntaron los dos al unísono.

—Es la lista de las personas que iban a morir —dijo mientras espantaba un par de moscas de la nariz.

El teléfono de Thomas sonó repetidamente a lo largo de la madrugada. Con los ojos entornados miró quién era, su madre. Como las otras veces, no contestó. El rencor persistía, la manera como había dejado a su padre era imperdonable. Sabía que tenían una conversación pendiente, pero ahí quedaba, en el rincón de las cosas a las que debía enfrentarse.

Un mensaje llamó su atención, era de Laura. Le decía que James Marcus Owen trabajaba en Lobarty Laboratories en Benarés. No quiso ni pensar en cómo Laura había conseguido esa información. Desde luego era francamente valiosa. Sin embargo, no sabía qué hacer para que se mantuviera al margen. Le preocupaba su forma de ser. Era intrépida, valiente, bastante salvaje. Sonrió ante este último pensamiento: parecía irlandesa. La echaba de menos, pero desconocía si ese sentimiento podía llegar a algo más que una buena amistad. Su petición de un encuentro sexual entre ellos hacía que ambos se metieran en un terreno pantanoso y oscuro. No estaba seguro de que fuera una buena idea.

Thomas y George se dirigieron al orfanato de la hermana María a última hora de la tarde sin haber hecho durante el día nada más que charlar y bañarse en la piscina. George se había abierto y Thomas supo de su tristeza, de su desesperación al pensar que la relación con su mujer se le escapaba de las manos. Le habló del pánico que sentía, no concebía su vida sin ella, no deseaba otro cuerpo, la verdad es que la quería. Thomas no supo qué decirle, no conocía esos sentimientos, le era ajeno ese amor que perduraba después de más de veinticinco años juntos. Le parecía ciencia ficción.

Dulal los esperaba con gesto preocupado en la puerta del orfanato. No hablaron demasiado puesto que la monja los ocupó desde el primer minuto. Debían vaciar un trastero y montar varias literas donde se acomodarían seis niñas rescatadas de un burdel; la mayor no tendría más de trece años. Sobre los tres hombres planeaba un sentimiento de inmenso pesar, trabajaban en silencio. George tenía dos hijas y veía sus caras en el rostro de aquellas niñas. A Thomas le hubiera gustado hacer justicia por su cuenta y hacerles, no solo a los que las retenían sino a los que las habían violado, lo mismo que les habían hecho a ellas. Dulal, por su parte, se había puesto en contacto con la comisaría responsable de aquella zona y esperaba que su prioridad fuera encontrar a los culpables y detenerlos para que cayese sobre ellos todo el peso de la ley.

A esas horas el calor era notable. Se refrescaron con el agua del pozo y la hermana María dispuso un refrigerio en una pequeña mesa.

–¿Por qué esas caras tan abatidas? Si es por las niñas, ahora están bien, si es por las que quedan fuera, poco podemos hacer –comentó despreocupada.

–Esto es la India, es difícil acabar con la pobreza –murmuró Dulal.

–No me fastidies –objetó George indignado–, es una excusa. Hay dinero para mandar satélites y para una carrera espacial.

–Es de *low cost* –apuntó Dulal.

–Claro, la última misión solo ha costado ochenta millones de dólares. Y luego se rasgan las vestiduras porque no hay dinero. Por ejemplo, el tema de los medicamentos: demandan a grandes compañías farmacéuticas aduciendo que son tan caros que no pueden costearlos –dijo George.

–Es que el sistema de patentes es injusto. Contra el sida, Pfizer mantenía su monopolio y cobraba veinticinco dólares por el medicamento; en los países donde existían genéricos costaba un dólar. La India está orgullosa de la compañía Cipla: el coste anual por paciente en un tratamiento antisida es de unos cuatrocientos dólares, los laboratorios occidentales exigen más de once mil. –Dulal miraba a los demás buscando la aceptación de sus palabras–. Solo se dedica el diez por ciento de los recursos sanitarios a investigar las enfermedades que afectan al noventa por ciento de los enfermos del mundo. No es justo. Y yo ya estoy harto de injusticias.

–Tienes toda la razón. Actualmente los esfuerzos de las grandes farmacéuticas están destinados a investigar la impotencia, la obesidad, el insomnio, la depresión –argumentó la monja–. La mayoría son enfermedades que ha creado el desarrollo.

–Es verdad –adujo Thomas–, ahora a la tristeza al volver de vacaciones se la llama síndrome posvacacional.

–Tonterías. Yo tomo pastillas para todo y mira qué bien estoy. Vivimos más y mejor gracias al progreso. El omeoprazol es una auténtica maravilla, ¿es que ya nadie se acuerda de las grandes cirugías de estómago que se hacían antes? –apostilló George antes de mordisquear un buñuelo de naranja con miel.

–Eso es el pasado. Ahora, ante la falta de ideas y de investigación, la mayoría de las compañías farmacéuticas se dedican a imitar sus propios medicamentos antes de que caduque la patente. Cambian el formato y la marca, y a cobrar –dijo Dulal.

–Hablando de medicamentos nuevos, hoy he leído en el *Daily Mail* que los funcionarios de aduanas incautaron diecisiete mil píldoras en Corea del Sur –comentó Thomas mientras tomaba de un cuenco semillas de anís y otras especias mezcladas con menta, una especie de chicle indio que se masticaba después de las comidas.

–¿Y qué tipo de droga era? –preguntó George imitándolo.

Thomas sonrió antes de contestar.

–No os lo vais a creer, las píldoras estaban rellenas de carne humana en polvo.

Todos lo miraron incrédulos.

–Se hacía en China, donde personal médico proveía de fetos abortados o criaturas que nacían muertas a las empresas que se dedicaban a la fabricación de estas pastillas. Los diminutos cadáveres eran comprados, almacenados en refrigeradores domésticos y luego llevados a unas clínicas donde los colocaban en microondas médicos de secado. Los chinos creen que lo curan todo.

–Por Dios, qué sacrilegio –dijo la hermana María santiguándose.

–Me juego lo que quieras a que el polvo de fetos se vende por Internet, ahí no hay barreras –apuntó George.

–Aunque los chinos aseguran que se trata de la panacea, las píldoras son restos humanos y, al contrario de lo que se dice, contienen bacterias y son muy dañinas –explicó Thomas.

–¿No me digas? –preguntó George irónico–. Estos chinos son muy raros. Recuerdo cuando pulverizaban cuernos de rinoceronte.

–Históricamente, la población de este país ha consumido placentas humanas para mejorar la circulación y aumentar la cantidad de sangre –intervino Dulal–. Lo que nos lleva otra vez al punto de partida de antes, la necesidad de que los gobiernos se gasten menos en cuestiones ridículas y más en lo que atañe a la gente. Si yo tuviera más personal... –murmuró, y cerró los ojos.

–Tienes razón, Dulal. Yo soy una simple monja, pero es tanto el esfuerzo que me supone sacar adelante el orfanato, que cuando oigo las cifras que se gastan en algunas cosas, me desespero. Ahora mismo ya estoy enfadada. Mejor hablamos de otros temas.

Todos coincidieron. El zumo de mango estaba frío y muy dulce. George se lo bebió de un trago y repitió.

Dulal carraspeó antes de hablar.

–Hoy hemos sabido que el muerto del vertedero era Manju, el padre de Tanika.

–El caso se complica día a día –dijo Thomas.

De repente se acordó de algo, dejó la comida sobre el plato y preguntó con urgencia:

–Y la niña, ¿dónde está?

–No lo sabemos –respondió Dulal con gesto sombrío.

–Pero la estaréis buscando, ¿no? –inquirió la hermana María, preocupada–. Alguna información tendréis de su paradero...

–Nada. No me atrevo a contárselo a Navala, pero lo más seguro es que alguien la esté prostituyendo o ya esté muerta.

–O quizá un alma caritativa la haya recogido. Puede que una ONG, una iglesia, un centro de acogida –añadió la monja–. Ahora mismo voy a llamar a todas las que conozco para que den la voz...

–Nos hubiéramos enterado –interrumpió Dulal.

–Vamos a ver, corregidme si me equivoco –dijo George con tono pausado–: tenemos a una mujer asesinada a la que le han cortado la lengua, casualmente su marido también aparece muerto. –Se detuvo un momento–. Dulal, ¿el hombre tenía la lengua cortada?

Dulal asintió.

–Pero la causa de la muerte fue diferente. El hombre murió estrangulado, la mujer presentaba marcas en el cuello pero falleció ahogada en el pozo.

–Supongo que el asesino pensó que estaba muerta cuando la tiró allí después de cortarle la lengua –apuntó George–. Así que dos miembros de una familia han sido asesinados por la misma persona y la hija de ambos ha desaparecido. Llego a la misma conclusión que Dulal: esa niña está muerta.

–No estoy de acuerdo –contestó vehemente la hermana María–. Benarés es un buen sitio para esconderse. No debemos dejar de buscarla.

–Voy a llamar a las oficinas de la Interpol para que emitan un código rojo en todas las oficinas del estado de Uttar Pradesh. Enviaré la foto de Tanika. –Dicho esto, Thomas se levantó de la mesa y se dirigió a un lugar más discreto.

–Hermana, ¿sabe algo de un laboratorio llamado Lobarty? –preguntó George de repente.

–No, ¿por qué te interesa?

–Creemos que fue el último lugar de trabajo de James Marcus Owen. Hablo en pasado porque una persona allegada nos ha dicho que está muerto, aunque oficialmente no haya constancia de ello –explicó George antes de tragarse una bola de arroz.

–Si queréis, nos podemos acercar cuando regrese de mi viaje –sugirió Dulal.

Thomas, ya de vuelta, le preguntó:

–¿Te acuerdas de la lista de letras y números?

Dulal asintió.

–Según nos comentó un anciano que conoce a James, parece que es una lista de personas que están en peligro.

–La primera vez que me la enseñaste no me dijo nada, pero ¿puedo echarle un vistazo ahora?

Thomas le enseñó una foto del móvil. La amplió con los dedos. La hermana María se acercó a Dulal y juntos movieron la pantalla.

–Ni idea –señaló la monja antes de retirarse.

Dulal permaneció inmóvil, pensativo, hasta que dijo:

–Puede que lo que sale en la lista sean expedientes médicos, ¿lo habéis comprobado?

Eran las 5.40. Maa Ganga reflejaba el fuego de las piras de las plataformas de su cauce derecho. En la orilla opuesta, los perros buscaban restos humanos.

Las casas próximas a la ribera del río atraparon las miradas de una madre y su hija. Llevaban cuatro días de peregrinaje. El corazón de la anciana no cabía de gozo. A lo lejos, la centelleante imagen del crepitar de las piras revelaba que, por fin, estaban cerca de su destino.

La hija se separó del camino. Echó la mano al suelo en busca de unas hierbas con las que limpiarse, cuando sus dedos tocaron algo blando. Pensó que era una rata muerta. Un trozo de carne humana sobresalía de la tierra como las raíces de un árbol.

El aviso llegó a las seis de la mañana a la comisaría de Ordeli Bazar.

Una patrulla se presentó en el lugar. Una hora más tarde apareció el comisario Umed con el fotógrafo. Ya se había congregado un buen número de curiosos. Después de unos minutos de conversación con el oficial de la comisaría de Ordeli Bazar, el caso pasó a la brigada. Umed estaba convencido de que se trataba de su asesino.

Apareció el forense y dos de sus colaboradores. Llegaron más policías y precintaron el lugar. La muchedumbre que se agolpaba alrededor dejó espacio libre. A esa hora ya había cientos de pisadas a escasos metros de donde estaba el cuerpo.

Umed apartó a dos periodistas y junto con el equipo forense se acercó al cadáver. Estaba descuartizado. En un lado se hallaba la cabeza y el torso; cerca, las piernas y los brazos. A la cabeza le faltaba la lengua, tal como el inspector de la comisaría de Ordeli Bazar le había comentado.

Se trataba de un hombre, sin duda un *dalit* por el color de la piel oscura. Debía de rondar los treinta años. Al lado del cuerpo había ropas manchadas de lo que parecía sangre coagulada y tierra.

—¿Quién ha desenterrado el cuerpo? –preguntó Umed al oficial.

—Aquellos tres hombres.

—No hay manera de trabajar en condiciones en esta ciudad. Esto es un desastre –murmuró el comisario.

—Creyeron que era el hermano de uno de ellos. Lleva más de dos semanas desaparecido.

—¿Han sido interrogados?

—Fue lo primero que hice. También interrogué a la mujer que lo encontró cuando hacía sus necesidades. Afirma que se puso muy nerviosa. Eso llamó la atención de los hombres que pasaban por allí.

—¿Qué le han dicho sobre la desaparición del hermano?

—Que era un vendedor ambulante de fruta. Se marchó a trabajar y no ha regresado.

—¿Algo más?

El inspector negó con la cabeza.

—¿En que posición estaba el cuerpo?

—Con el torso boca abajo.

—¿Han peinado la escena del crimen?

—No. Lo estábamos esperando.

Umed abrió el maletín y sacó las marcas con los números. Colocó varios alrededor de las huellas de las pisadas. Luego las rodeó con un *spray* de color blanco.

Llegaron varios coches de la prensa. El fotógrafo de la brigada tomó instantáneas de los alrededores. El descampado era muy extenso. No había signos de civilización en cuatrocientos metros. El cuerpo estaba próximo a una de las muchas sendas que atravesaban el lugar.

Umed contempló el cadáver, los cabellos manchados de tierra parecían de plastilina. Los técnicos de laboratorio recogieron en una bolsa las ropas; el pantalón, la camisa y un jersey de algodón. No encontraron la ropa interior, ni las sandalias.

El comisario se quitó la chaqueta. La mañana empezaba a caldearse. El fotógrafo sacó primero unas fotos de las marcas que había colocado Umed y luego del cuerpo. El forense inspeccionó la cabeza y el torso. No presentaba signos de violencia. Le dieron la vuelta. Tenía marcas de arañazos en la espalda.

Llegó el coche del laboratorio. Los técnicos reconstruyeron el cadáver como si fuese un rompecabezas. El forense sacó un metro, lo midió. Lo metieron en una bolsa y lo cargaron en el coche ante la atenta mirada del comisario.

24

Dulal partió de la estación de Mughal Sarai de Benarés a las 22.05 y llegó a Jobalpur a las 6.20. Recibió la noticia del nuevo asesinato en un puesto de comidas. Se tomó la noticia como un estímulo para sacar lo mejor de sí mismo. Estaba decidido a descubrir un nombre, un apellido, que diese sentido al caso. Si el asesino era descendiente de los thugs, tenía que estar en los registros que guardaban en la escuela.

Había traído su cámara y el dibujo de las marcas del cuello de la prostituta. Recordó las palabras de Séneca que leyó en un manual: «No ha habido un crimen sin antes un precedente». En Jobalpur tenía que estar su precedente.

La comisaría de Jobalpur era un enorme complejo. Entró en la garita de control. Se presentó y el oficial no tardó en aparecer. Era un hombre de abundante pelo blanco y cara ancha. Tenía las cejas altas, lejos de los ojos. Cuando sonreía lo hacía de una manera forzada, sin embargo, su mirada era directa y su apretón de manos firme.

–*Namaste*. Es un placer.

–*Namaste*. El placer es mío.

El oficial se paró debajo de las ramas de una acacia.

–Espero serle de ayuda. Estamos tan agradecidos al general Sleeman que los aspirantes a agentes de los distritos de Jobalpur, Sagar y Narsinghpur siguen estudiando sus métodos.

–Me gustaría saber más acerca de los thugs.

–Empecemos por la vieja comisaría, que fue construida bajo la dirección de sir Sleeman en 1843. En el tribunal donde el general juzgó a más de dos mil thugs se puede ver la base de piedra donde se sentaban los detenidos mientras eran interrogados. La luz de tres ventanas enfocaba directamente a los ojos del que estaba sentado. Los ponía nerviosos.

—Muy inteligente por su parte.

En la entrada de la antigua comisaría, Dulal se detuvo para leer la placa incrustada en el muro: «AL GRAN GENERAL SIR W. H. SLEEMAN C. B., general superintendente de operaciones para la represión de THUGGEE Y BANDIDOS».

Le dio un vuelco el corazón: estaba delante del lugar donde se propició el final de la asociación criminal más importante que había existido en todo el planeta. Era como estar ante una parte de la historia de la Policía.

—Puedo asegurar que sir Sleeman no solo revolucionó el trabajo policial, fue además un gran lingüista, el primero en descubrir fósiles de dinosaurios en la India, un agrónomo de prestigio y un apasionado de la cultura india.

—Todo un personaje.

El oficial tenía la costumbre de impresionar a sus interlocutores con datos y no hacer caso de las apreciaciones de los demás. Solo cuando había acabado de exponer su disertación parecía receptivo a las opiniones ajenas.

Entraron en un recinto amurallado. Había varios edificios y patios de diferentes tamaños. Una maraña de plantas crecía sin orden en su interior.

—Como ve —continuó el oficial—, soy un devoto de sir Sleeman. Cuando usted me dijo que un descendiente de los thugs podía estar detrás de los asesinatos de Benarés, me emocioné. Fue como desenterrar el hacha de guerra, puede que como la que utilizaban ellos para descuartizar a sus víctimas.

Subieron unos escalones hasta llegar a la puerta de entrada del edificio principal. Dulal lo miraba interesado.

—Creían que procedía de un diente de la diosa. La veneraban con todas sus fuerzas. La escondían hasta que localizaban una caravana de peregrinos, soldados o comerciantes. Conocían el terreno mejor que nadie y sabían de antemano los lugares más propicios para ocultarla. Se ganaban la confianza de los viajeros y los acompañaban. Cuando el líder de los thugs, o *bhuttote,* daba la orden de «tráeme tabaco» se desenrollaban el *rhumal* de la cintura o de la cabeza y...

—Y los estrangulaban.

–Exacto. Iban en pequeños grupos y como estrategia fingían no conocerse. Pasaban semanas en compañía de los viajeros antes de encontrarse con otro grupo, y entonces actuaban juntos. Por último, el líder desenterraba el hacha y comenzaba el ritual de enterramiento.

–¿Y los supervivientes?

–No dejaban testigos. Si había niños pequeños, los adoptaban.

–Sorprendente. He leído que preparaban los cuerpos de una manera ceremonial, una especie de ritual sagrado.

–Tenían reglas muy estrictas al respecto. Sentían un profundo respeto por sus tradiciones. Para ellos, Kali era la diosa del tiempo y la transformación, de la muerte y la creación. Creían que su ansia por la sangre humana no tenía límites, que demandaba constantes sacrificios para satisfacer su apetito y fortalecer su poder.

El oficial hablaba como el profesor Elid. Dulal no sabía por qué los thugs despertaban tanta admiración. Había leído que antes de que sir Sleeman empezara su particular cruzada, muchos habitantes de las aldeas respetaban a los thugs y aceptaban sus asesinatos. Unos, por atribuirles parte de los poderes de la diosa, otros, por el miedo al castigo si los delataban. Las autoridades y las fuerzas del orden tampoco escapaban al influjo sobrenatural de la diosa negra, y si se enteraban de una desaparición, la achacaban a las fieras.

–Lo primero que hacían era extraer los ojos al cadáver –continuó el oficial–. Luego abrían el cuerpo en canal, rompían las articulaciones y doblaban las extremidades con el objeto de enterrar el cuerpo en el menor espacio posible. La desmembración completa era un caso menos habitual. Una vez enterrado el cuerpo, se llevaba a cabo el ritual del hacha. Se impregnaba de azúcar, agua, leche y estiércol de vaca seco, marcaban el mango con siete puntos rojos y lo pasaban por el fuego siete veces.

Entraron en el edificio. Los techos eran altos. Las pocas ventanas y los cristales sucios apenas dejaban pasar la luz del exterior. Olía a rancio. Se pararon de nuevo.

–Sabemos de la existencia de células thug en Liverpool y, por lo que ha llegado a mis oídos, también existen en Londres y Nueva York –dijo el oficial–. Por la información que nos llega desde Delhi, la creencia en Kali ha calado en algunos líderes políticos importantes del país.

Dulal se acordó de Keshau Charasia, el Señor de la madera.

–Superintendente Dulal, si quiere que le sea sincero, espero que no tenga que lidiar con un grupo de thugs. Según los datos existentes, fueron responsables de aproximadamente dos millones de muertes. Rezo a los dioses para que el asesino de Benarés sea solo un loco que quiere salir en la prensa y apodarse a sí mismo el nuevo Thag Burham, considerado hasta la fecha el asesino más letal del mundo; mató nada menos que a novecientas treinta personas.

Dulal soltó un grito de sorpresa. Avanzaron hacia el cuarto de los interrogatorios.

–Cuando fueron encerrados se delataron unos a otros. En algunos casos no tenían reparos en comprometer a sus parientes más cercanos –comentó–. Para ellos no había castigo mayor que el infligido por la propia diosa. Pensaban que su captura no era sino la consecuencia de haber perdido su protección.

–¿Puede enseñarme los libros?

–Los tengo preparados en la biblioteca. Acompáñeme.

La estancia era una habitación oscura con una gran mesa en el centro. En las paredes había nichos con libros del período colonialista inglés. Dulal supuso que sir Sleeman había sido el encargado de adquirirlos. Imaginó al coronel inglés sentado en una de esas sillas clasificando los volúmenes que le traían sus colaboradores.

–Si no le importa, tengo una cámara.

–Puede sacar las fotos que quiera, pero le he hecho fotocopias. He procurado no dejarme nada. Tenga.

Dulal extendió las hojas sobre la mesa y leyó: «En 1834 veintitrés presos escaparon gracias a que serraron los barrotes de la celda con un hilo mojado en aceite y polvo de piedra».

	En 1840	1847	1848
Colgados	466	33	15
Trasladados fuera	1.504	171	–
Prisioneros de por vida	933	122	34
Prisioneros por períodos cortos	81	27	41
Libres tras fianza	86	5	7

Absueltos sin juicio	563	125	12
Muertos al intentar escapar	–	2	–
Muertos en cautividad	–	–	2
Reformados	56	46	9
	3.689	531	120

Dulal pasó hoja tras hoja hasta que llegó a la última.

–¿Puede indicarme dónde figuran los nombres y apellidos de los thugs?

–En la carpeta de color verde.

Dulal abrió la carpeta y su corazón se aceleró. Delante de sus ojos estaba lo que había venido a buscar. Las hojas amarilleaban por el efecto del tiempo. La tinta aparecía diluida como si quisiera desaparecer, aun así se podían leer los nombres con claridad. Después de más de ciento cincuenta años iban a formar, de nuevo, parte de una investigación.

El crujido se aproximó desde la esquina de la habitación y avanzó por el suelo lentamente, como un cristal que se rompe. Un quejido gris, parecido al del sonido del viento que se cuela entre las rendijas, llegó hasta Tanika. Se despertó con un escalofrío, los ojos hinchados, los párpados pesados, le resultaba difícil mantenerlos abiertos. Arrugó la frente tratando de comprender dónde estaba y qué sucedía.

Kajol yacía a su lado con los ojos abiertos como dos grandes girasoles. Su piel se asemejaba al color de la luna muerta, hecha de mármol reluciente y vetas grises. Sus manos parecían hojas de otoño. La niña la tocó. El frío la sorprendió y se arrastró tres pasos hasta toparse con la puerta. Esta se cerró al contacto con su espalda. Desesperada, buscó a su alrededor a *Mala,* la llamó pero no obtuvo respuesta. Se puso de pie rápidamente, abrió la puerta y golpeó con rabia cada una de las puertas de las demás *hijras*. Cuando estas se dirigieron hacia la habitación de Kajol entre lloros y gritos, Tanika corrió en busca de *Mala*. No pensaba en nada más. La llamaba fuera de sí, de camino a los *ghats*. Sabía que a su querida perrita le gustaba mordisquear las ofrendas.

En la puja nocturna del Dasawamedh, un anciano con la piel pintada de blanco pedía limosna. A una mano le faltaban cuatro dedos y, por supuesto, era esa la que exhibía a la hora de pedir dinero. Tanika miró su mano fijamente, hipnotizada por las cicatrices que quedaban donde una vez hubo dedos. El viejo era un asceta kapálika. La niña sabía que merodeaba por los campos de cremación por la energía que estos desprendían y que utilizaba las cenizas de los cuerpos quemados para embadurnarse el suyo. También sabía que nada se escapaba a sus ojos.

–Viejo, ¿has visto a una perrita pequeña de color canela que solo tiene tres patas?

El anciano negó con la cabeza. Su pelo largo y enmarañado no se movió. Pequeñas motas de polvo se le desprendieron de la piel.

–Le gusta comerse las flores que quedan aplastadas en las escaleras. Incluso alguna vez se ha lanzado al agua para atrapar una. Es una perra muy valiente. Estoy preocupada porque le haya pasado algo.

El anciano la miró con interés y pronunció dos breves frases:

–Cuídate tú. La muerte te busca.

Navala llevaba dos días buscando a Tanika en la parte vieja de la ciudad. Llamó a puertas, visitó patios, entró en subterráneos, recorrió los *ghats* principales, enseñó su foto a barrenderos, a *dalits* y a trabajadores de oenegés. La encontraría, y si para ello era necesario visitar los ochenta y cuatro *ghats,* allí iría. Tenía la certeza de que algo le había sucedido. El tiempo jugaba en su contra. Una niña de esa edad era un faro encendido para las mafias.

A pesar del cansancio debía continuar.

El sol había descendido su vertiginoso camino hacia el oeste. El viento, que venía de las montañas del Himalaya, parecía surgir del interior de las casas y formar un remolino a su alrededor. La temperatura se había desplomado y el roce del aire con la piel la hizo estremecer. Estaba perdiendo la esperanza cuando una mujer que vendía pétalos le contó que había visto a una niña de esa edad acompañada de una *hijra*. Le dijo que fuese hacia Brahma, el barrio musulmán de la ciudad. Se dirigió allí a grandes zancadas.

Llegó a las puertas de Mehrotra, la fábrica de seda situada cerca del Brahma Ghat. Atardecía y la escasa luz no dejaba ver con claridad los rostros. En unos minutos el sol desaparecería por completo. Una vez que hubiese oscurecido su tarea sería más difícil. Tenía que darse prisa.

Navala no se había dado cuenta de que alguien la seguía a unos metros de distancia.

De repente creyó ver a Tanika corriendo entre unos puestos de fruta. Salió a toda velocidad tras ella. La niña entró en una plaza que bullía de gente a esas horas de la tarde. Desapareció por una de las bocacalles. Navala aceleró el paso. La niña se paró en el borde de la puerta de una vivienda. La alcanzó por detrás.

−¡Tanika! −gritó.

La niña se dio la vuelta.

No era ella.

Navala agachó la cabeza. Un hombre montado en una bicicleta la golpeó con el manillar y la abogada cayó de rodillas. De pronto el cansancio se hizo insoportable. Tuvo ganas de llorar. La luz del sol desapareció y enturbió los contornos de las cosas provocando un efecto parecido al de los cristales de unas gafas mal graduadas.

Se puso de pie. Se preguntó qué hacer. Tenía que decidir si seguir otra noche más o volver a casa, comer algo y descansar hasta la mañana siguiente. Nadie la esperaba, Dulal estaba fuera. Eso la empujó a continuar. Intentando dominar el cansancio, echó a andar y se adentró en el corazón del barrio. Las calles se volvieron tan estrechas que no pasaba ni una vaca. El número de personas que paseaba disminuyó a medida que avanzaba la oscuridad.

Escuchó unos pasos detrás. Se paró y volvió la cabeza. No había nadie.

Preguntó a una mujer dónde vivían las *hijras*. Le dijo que fuese tres calles en dirección norte. Allí se dirigió. Contó tres calles. Escuchó de nuevo el ruido de unos pasos, esta vez amplificados por el hueco de un patio interior. Se volvió y vio una sombra ocultarse. Llegó al final de un callejón. Se había perdido. La oscuridad era casi total. Daba la impresión de que las paredes se habían inclinado hasta tocarse y que formaban una especie de cueva. Advirtió un destello tras ella. Le dolían las piernas y con lentitud comenzó a caminar en dirección a la luz.

–*Namaste* –la saludó una voz conocida.

Cuando Laura llegó a Lyon lo primero que hizo fue recoger las llaves de la casa de Thomas en la panadería cercana. Sintió verdadera expectación cuando abrió la puerta. El taxista depositó su maleta en el descansillo y Laura le dio una generosa propina sin prestarle ya demasiada atención; le comía la curiosidad. Estaba segura de que iba a descubrir el mundo secreto de Thomas. Pensaba que dentro de su guarida estaría la explicación a por qué era tan hermético. No se anduvo con tonterías y fue directa al dormitorio. Sabía que no era correcto, se aprovechaba de la situación invadiendo su intimidad, sabía que se comportaba como una esposa celosa. Se recriminó por ello, aun así tenía claro que continuaría.

Era una habitación espartana claramente masculina. Una televisión plana de grandes dimensiones colgaba de la pared frente a la enorme cama. Su mano recorrió con placer el cabecero de cuero marrón. Tomó el portarretrato que había sobre una de las mesillas de noche. Un Thomas adolescente sonreía a la cámara. Sus brazos descansaban relajados sobre el mango de lo que parecía ser un rastrillo. Tenía el pelo revuelto por el viento. Parecía satisfecho de su trabajo con aquellos montones de hierba que aparecían tras él diseminados por un extenso prado.

–Ya entonces eras muy guapo –murmuró en voz alta mientras se mordía el labio inferior–. ¿Qué pasó para que te fueras y dejaras el lugar donde eras tan feliz? ¿Sabías que ibas a ser un padre adolescente y te asustaste?

Laura desechó la idea por estúpida. Recordó el momento en que Thomas reconoció el cadáver de Úna en el depósito, estaba segura de que no sabía que era su hija. Entonces, ¿qué provocó su huida? ¿Por qué se volvió tan cínico y frío?

Abrió el armario y lo que vio le recordó al de Sean Haggerty, pulcro e impoluto. A un lado ropa de trabajo, en las baldas, la ropa de deporte; olía a él. Se desnudó, se dio una ducha y luego se vistió con una camiseta de Thomas. No fue consciente de su acción hasta que sintió la caricia del algodón sobre su piel, su contacto le hizo cerrar los ojos y pensar que era Thomas quien la tocaba.

Dulal y el oficial fueron a almorzar. El restaurante Garden Cafe estaba en medio de un descampado rodeado por una malla metálica. Un toldo enorme de color amarillo y blanco protegía a los comensales del sol en la estación seca y de la lluvia en la húmeda. Las baldosas esmaltadas del suelo habían perdido su color rojo original. Había diez mesas de madera con pies de metal y sus respectivas sillas a juego.

–Si quiere, yo pido por los dos.

–Soy su invitado.

–Entonces dos *lassis* para beber y unos *thalis*.

El camarero tomó nota y desapareció por la puerta del cobertizo.

–Estoy impaciente por saber más del yogui –aseguró el oficial.

–No hay mucho más que contar, todavía no lo hemos localizado.

–¿Qué le hace suponer que es su hombre?

El camarero regresó y dejó varias hogazas de *naan,* una especie de *roti* con mantequilla clarificada que utilizaban a modo de cuchara.

–Yo diría que más que el asesino en sí, puede ser el inductor de los asesinatos.

–¿Cómo va la investigación sobre su paradero?

El camarero apareció con una bandeja metálica con varios huecos rellenos de comidas y salsas.

–No muy bien. El asesino o los asesinos ponen mucho cuidado en no dejar huellas o hacerse notar. Elige a sus víctimas, las sigue y espera el mejor momento para estrangularlas.

Dulal tomó un *naan,* lo dobló y lo llenó de la masa de lentejas del Papadum, después añadió salsa de yogur y de pimiento.

–No hay manera de seguir una pista en este país.

–No se rinda.

Dulal se acordó de una película donde el detective estuvo dando palos de ciego hasta que descubrió que todas las víctimas habían estado en el mismo bar y habían presenciado un hecho fortuito que, sin saberlo, las llevó hasta la muerte. Puede que los *dalits* estuviesen en el lugar equivocado a la hora equivocada.

–No, soy de los que creen que primero necesitamos saber el motivo. Si encontramos el motivo, encontraremos al asesino –dijo intentando convencerse.

Abrió la cartera y sacó los dibujos del mandala.

–Tengo el dibujo que estaba marcado en el cuello de una de las víctimas. He llegado a la conclusión de que podría ser un sello metálico copiado de un mandala con varios símbolos: la cruz gamada por un lado, el ombligo de Vishnu por otro; en el centro una flor y una fruta fresca que se ofrece en los altares de los dioses como ofrenda.

El oficial estudió el dibujo con detenimiento. Lo colocó boca arriba, boca abajo, lo acercó todo lo que pudo y lo alejó lo que le permitió la longitud de sus brazos.

–Las dos palabras que aparecen están escritas en dvnagari, son *Shubh* y *Labh,* los hijos de Ganesa. En teoría traen al que las lleva la bondad, la suerte y el beneficio. También aparece el símbolo del On, purificador del alma. Creemos que este dibujo es la marca del asesino.

–¿Una especie de sello?

–Pensamos que el *rhumal* tenía cosida una chapa metálica o algo parecido.

El oficial de Jobalpur se quedó unos segundos pensando.

–No estoy de acuerdo. Un verdadero thug no introduce cambios en sus rituales. Es una moneda.

–¿Cómo dice? –preguntó sorprendido, y dejó de comer.

–Una moneda que lleva impreso este dibujo. Los thugs colocaban una dentro del *rhumal,* justo en la parte que presionaba la tráquea. Así no hacían tanta fuerza y acortaban el tiempo de agonía de la víctima.

Dulal no daba crédito a lo que acababa de escuchar. Lo que estaba buscando no era un mandala, sino una moneda.

Notaba que el sudor le corría por la espalda. Como si se tratase de una secuencia narrativa, dividió en partes los hechos, desmenuzando cada dato. Tenía que encontrar la moneda que imprimió las marcas en el cuello de la prostituta y comparar la lista de los thugs con el censo de la ciudad de Benarés.

Se puso de pie.

–No se lo tome a mal, pero tengo que llamar a la comisaría de Chetganj. Le agradezco su ayuda.

*M*ala, su perrita, no regresaba. Tanika volvió abatida a última hora de la tarde. No se atrevió a subir hasta la habitación que compartía con Kajol y se quedó en el patio interior. El edificio estaba silencioso. Jamás lo había visto así. La muerte había conseguido acallar el alboroto que en ese lugar reinaba hasta altas horas. Supuso que se habían marchado a la ceremonia de incineración de su amiga. La voz de Kajol la arrulló mientras su cabeza cansada, sus brazos, se descolgaban inertes sobre el suelo. Su presencia la acompañó lejos de la tristeza. Dejó de sentirse sola.

Mala no volvió al anochecer, ni con el nuevo día. No apareció olisqueando el suelo, mojando con su hocico húmedo y frío la mejilla de la niña. La echaba de menos. Ya se había acostumbrado a que se durmiera acurrucada entre su pelo, a notar su respiración en el hueco de la nuca, y a veces le lamía la oreja haciéndole cosquillas. Aquel animal con el muñón comido por una rata, de pelaje chocolate con leche, era su única familia. Alguien a quien querer y cuidar. ¿Dónde estaba su perrita de ojos tristes y caídos? Recordó cómo seguía con la mirada sus gestos, siempre alerta, con las pequeñas orejas en guardia como si fuera una leona protegiendo a su prole. Espiaba cuanto sucedía a su alrededor y solo se recostaba cuando Kajol y ella se tumbaban en el suelo. Juntas habían ido a los *ghats*, juntas habían velado el sufrimiento de Kajol, y en los peores momentos Tanika se había abrazado a la perra, que no se había movido de su lugar ni un segundo, tan solo una oreja erguida delataba su posición de guardiana.

25

Dulal tomó un *rickshaw* en la puerta del restaurante. Durante el trayecto a casa del descendiente de los thugs, se acordó del profesor Elid. ¿Por qué no le había dicho nada sobre la moneda? Se suponía que era un experto en el tema. Un remolino giraba en su interior. Las manos le temblaban de la emoción. Se estaba acercando al asesino.

El anciano vivía con su nieto en una casa a las afueras de la ciudad. Una estatua de Kali del tamaño de un niño presidía la entrada. Frente a la diosa, en una hornacina de cristal, estaba el hacha sagrada. A Dulal lo invadió una sensación extraña. Esa misma hacha se utilizó hace ciento ochenta años para descuartizar los cuerpos de personas indefensas. Los *rhumales* colgaban como trofeos en las paredes. Eran de color blanco y amarillo. Dulal contó hasta doce. En el lado izquierdo, una vela enorme rodeada de un cristal rojo los iluminaba.

–Mi bisabuelo era conocido como el Sanguinario –dijo el joven de carrerilla, como si estuviese orgulloso de lo que su antepasado había hecho.

Entraron en una habitación en penumbra. Al principio Dulal no vio al anciano, lo descubrió cuando tosió, detrás de un sillón. Su espalda estaba inclinada, la cabeza baja, las manos temblorosas.

–Tienes una visita. Es el policía. Quiere hacerte unas preguntas sobre los thugs.

El anciano giró la cabeza y miró por debajo del hombro. Sin pelo, la piel había perdido el color oscuro y su cara amarilleaba como la de un pollo despellejado. Varias manchas oscuras tatuaban el contorno de la boca.

Dulal tomó una silla y se sentó a su lado. Le explicó quién era y a qué venía. El hombre apenas podía respirar. Si tenía que decir algo, hinchaba sus pulmones y dejaba salir las palabras ayudado por el flujo de aire.

–Dice que un thug está matando en... –susurró con una voz que parecía salir del estómago.

–... Benarés.

Dulal lo miró con inquietud.

–Creemos que es un thug o que al menos lo imita muy bien.

–¿Sabe de qué color es... el *rhumal* que utiliza? –Había tenido que tomar aire de nuevo para poder acabar la frase.

–Encontramos unas hebras blancas y amarillas.

–Dice que les corta... la lengua.

–Así es, y utilizó una moneda para acelerar el estrangulamiento.

–¿Qué tipo de moneda?

–No lo sabemos todavía.

El anciano le dijo algo a su nieto, que se marchó y regresó con una moneda.

–¿Como esta?

La mano le temblaba.

–Sí, la misma –afirmó Dulal asombrado–. ¿Sabe si algún descendiente de los thugs vive en Benarés?

El anciano comenzó a toser violentamente.

–Dos o tres –contestó con voz ronca.

Dulal cerró los ojos. El profesor Elid estaba en lo cierto.

–¿Cómo puedo localizarlos?

El hombre inclinó la espalda hacia delante y apoyó la cabeza entre las manos. Dejó caer unas lágrimas.

–Creo que es suficiente. Si continúa con el interrogatorio, temo por su vida –dijo el joven.

–Perdone –dijo Dulal sin tomar en consideración el estado de su interlocutor–, pero tengo que saber el nombre de los descendientes. Podría salvar vidas.

El anciano pareció recuperarse al oír las palabras de Dulal.

–Mata a *dalits* –dijo de repente.

–Sí.

El hombre hizo un gesto de contrariedad.

–¿Los apellidos? ¿Sabe los apellidos de los thugs que emigraron?

El anciano cerró los ojos. Dulal creyó que se había dormido. Su respiración iba acompañada de un estridor.

–Esperaré aquí hasta que despierte.

–No creo que sea una buena idea. No le queda mucho tiempo de vida.

–Por eso mismo.

Devdas abrió los ojos. Se quedó mirando a Dulal.

–Soy Dulal. El policía de Benarés.

–*Khoon tum Khao... Khoon tum Khao* –repitió el anciano.

–Kali se come la sangre, sí, entiendo lo que dice, pero necesito saber los apellidos de los thugs que dejaron Jobalpur y se fueron a Benarés.

–¿Sleeman?

–Sleeman ha muerto. Yo soy un policía de Benarés.

El viejo alzó unas cejas inexistentes. Levantó sus huesudas manos, miró a Dulal con gesto de terror y soltó una palabra.

–Ellora.

Dulal se levantó de la silla como impulsado por una catapulta.

–¿Ellora era su apellido?

–Ellora, Ellora, Ellora... –Tomó aire–. Ellora.

El nieto extendió el brazo, agarró un cojín y se lo colocó detrás de la espalda. Tocó sus manos exangües antes de sentarse a su lado.

–Ahora, por favor, márchese. Es suficiente.

El anciano dijo entre un frío hilo de voz:

–No te enfrentes a la diosa, no sobrevivirás...

Thomas miró la hora. Pensó que era apropiada para llamar por teléfono.

–Hola, Laura, ¿cómo estás? Te llamaba para saber si ya te has instalado y si todo va bien.

–Hola, Thomas. Gracias y mil gracias. No estaba preparada para soportar más días en un hotel. Aunque, si quieres que te sea sincera, esto se parece un poco.

–¿A qué te refieres? –preguntó él, confundido.

–No sé, ¿no te has dado cuenta? En cierta manera, tu casa no es un hogar. No creo que lo sientas así.

–Mi casa es práctica –contestó Thomas un poco molesto–, tiene lo imprescindible y necesario. Espero que no hayas curioseado demasiado entre mis cosas personales.

Laura enrojeció, se sentía culpable.

–Por favor, ni que me importaran... Solo me he adueñado del sofá relax. Lo he volteado hacia tu precioso jardín urbano e imagino que ya es primavera. En estos momentos es lo que estoy haciendo.

Laura se detuvo un instante a pensar en su pregunta y la soltó:

–¿Alguna vez te sientes solo?

Thomas tardó en responder algunos segundos.

–Alguna vez. Pero ¿hay algún problema? Me encuentro a gusto cuando estoy solo y echo de menos a alguien. Creo que esa sensación me une más a esa persona, ya sea una amante, un amigo o mi madre. No deseo evitarlo liándome con una mujer o huir formando una familia.

Laura se sintió dolida.

–¿Lo dices por mí? No necesitas ponerte a la defensiva.

–En absoluto. Lo digo por mí. Nunca quise ser padre. Me hice la vasectomía hace muchos años consciente y seguro de mi acción.

–Thomas, tú no eres tan frío. Hablas como si fuera tan fácil vivir sin rozar a los demás, sin relacionarse, siempre marcando la frontera de tu interés; nunca más allá. Tu contacto con las personas es como el mobiliario de tu casa: lo imprescindible y necesario.

–No sé por qué me estás atacando. No me veo volviendo a casa y que una mujer me espere con el delantal y me pregunte qué quiero para cenar.

–Ya, pero si te espera desnuda, solo cubierta con el delantal..., la cosa cambia, ¿no?

–Venga, Laura, estoy hablando en serio. Lo primero que se aprecia es lo de fuera, y la carcasa no está mal para un rato. Pero si hablamos de comprometerse, de iniciar una relación que dure más allá de una noche, elijo la inteligencia y la independencia. No soporto esas canciones con letras como sin ti me muero, eres mi vida y esas sandeces.

–Qué bien que me hayas dado pistas de tu mujer ideal, quizá tenga alguna conocida con esas características.

–Te puedo dar una más, mi mujer ideal tiene que tenerlo casi todo, y digo casi, porque la perfección resulta aburrida e insoportable.

—Si a tus cuarenta y cuatro años sigues solo, es que pides demasiado.

—Lo mismo digo, doctora.

—*Touché*.

Se hizo un silencio. No resultó incómodo. Los dos se abstrajeron al otro lado de la línea. Thomas fue el primero en hablar y su tono suave acarició el oído de Laura.

—Tienes una facilidad asombrosa para desarmarme. La verdad es que te he llamado porque me sentía solo y había una persona con la que quería hablar, y esa eras tú. Me gustaría que estuvieras aquí conmigo. Todo lo veo a través de mis ojos, pero también a través de los tuyos. Pienso qué sentirías sobre muchas escenas que parecen sacadas de un cuadro del siglo pasado, cómo te encararías con algunas personas. Me encantaría ver tu rostro la primera vez que, a través de las callejuelas estrechas y oscuras, llegas hasta los escalones que desembocan en el Ganges... Lo cierto es que te echo de menos.

Laura escuchaba anonadada. Sin poder evitarlo, las lágrimas comenzaron a resbalar por sus mejillas. Thomas seguía hablando:

—... He visto situaciones terribles, pero también historias maravillosas de lucha, de vida, de fuerza, y los protagonistas de esas historias maravillosas me recuerdan a ti. En estos momentos hay una niña valiente, lista, que se llama Tanika, que está perdida, o raptada, o muerta, y no saber qué le ha pasado me está destrozando.

—Lo siento, Thomas. Yo... no sé qué decir. Sea lo que sea que pueda hacer, por favor, dímelo —dijo, intentando disimular su emoción.

Thomas se recompuso y soltó una carcajada.

—Ni lo sueñes, que eres capaz de hacerlo. Contigo todo es posible. Solo necesitaba oírte. —Hubo otra pausa, esta vez más corta—. Gracias... por escucharme... —Y de repente colgó.

Laura se quedó con el móvil en la mano deseando llamarlo. Había algo en el tono de voz de Thomas, en esas palabras finales entrecortadas, que le hablaban de sufrimiento, de pesar, de preocupación; una nueva faceta hasta ahora desconocida que la conmovía intensamente. Sujetó con fuerza el teléfono, quería volver a oír esa voz rota, pero las lágrimas se lo impidieron.

Chitán llevaba una linterna colgando de la hebilla del pantalón.

–Vaya, vaya. Ahora haces de policía en mi barrio.

La voz retumbó en las paredes. Levantó la linterna y su cara se iluminó; las cicatrices parecían más profundas.

–Busco a una niña.

–¿Por qué?

–Quiero saber qué le ha pasado. Han asesinado a su padre y ella ha desaparecido –dijo Navala esforzándose por hablar.

–Estará muerta como su padre. ¿No sabías que vivimos en la ciudad de la muerte?

–Creo que tú tienes algo que ver –dijo sin pensar.

Chitán soltó una carcajada que llenó toda la calle.

–¿Qué razón tendría?

–El odio.

–No tienes ni idea de lo que dices. Salvo más vidas en una semana de las que tú salvarás en toda tu existencia. Aunque te des crema blanqueadora en la piel y te vistas como las extranjeras, no eres más que polvo de los pies de Brahma.

Navala pensó en cómo zafarse de su presencia, pero Chitán le cerraba el paso y ella estaba cansada, muy cansada. Su visión se volvió borrosa.

–No mereces ser bendecido por los dioses.

–Hablas como lo que eres, una *dalit* vanidosa. Qué sabrás tú de violencia, si tus ojos no están preparados para entender su significado, solo los de mi casta tienen el derecho de ejercerla.

–Has perdido el juicio. Te crees un elegido, pero no eres diferente a los demás.

–Te equivocas, soy un *ksátriyas*, y gracias a mis métodos he conseguido que Chowk sea el lugar más seguro de la ciudad. Desde un intocable hasta un brahmán sabe que aquí hay un orden divino que respetar.

Navala advirtió cierto orgullo en sus ojos.

–Los *Vedas* son los que dan sentido a la idea de justicia y las castas no son más que la manera más justa de organizar la vida entre los hombres –continuó Chitán blandiendo la linterna como si fuera una porra.

–En muchos de los casos, la vida puede ser peor que la muerte.

–Los *dalits* con estudios sois una molestia. Si reniegas de tu casta, estás renegando de tu propia naturaleza y no mereces el beneplácito de los dioses.

Levantó la linterna y dirigió el foco a la cara de la joven. Los ojos de la abogada se cegaron. Pensó que ahora la estrangularía e intentó zafarse de la luz pero no pudo. Sintió que el suelo se derretía y formaba ondas.

Oyó una voz.

–Jefe, ¿todo bien?

–Todo bien, esta señorita se había perdido. Le señalaba el lugar por donde salir.

Los policías se marcharon. Navala se apoyó en la pared. Las piernas dejaron de soportar su peso y la vista la abandonó.

Dulal llegó a Benarés y se dirigió al hospital con la urgencia de los que creen que la ausencia lleva aparejada un empeoramiento del paciente. La sala tenía dos hileras de camas pegadas a la pared, grandes ventanales dejaban entrar la luz y el aire fresco de la madrugada. Los familiares de los pacientes estaban sentados en los bordes de las camas. Entre cama y cama no había más de un metro de separación. Dulal creyó reconocer a la madre de su novia. Se acercó hasta ella.

Navala estaba profundamente dormida.

–*Namaste* –dijo la madre al verlo.

–¿Qué tal se encuentra?

–Le han dado un tranquilizante. No había dormido en dos días, pero ahora está bien. Por lo visto estaba buscando a una niña. Al cansancio se le ha sumado la deshidratación.

–¿Por qué no la habéis llevado a un hospital privado?

–Navala no quiso utilizar el seguro.

–Navala y sus ideas.

–Ya sabes como es, igual que su abuelo.

–¿Qué os han dicho?

–Que si todo va bien saldrá mañana. Estará en mi casa unos días, hasta que se encuentre mejor. –Las dos últimas frases sonaron afiladas y cortantes.

Dulal asintió mientras observaba el rostro que tanto amaba. Tuvo el impulso de protegerla con sus brazos. Su personalidad era fuerte y su carácter tan decidido que no se dejaba cuidar. Pero ahora parecía necesitarlo.

–En cuanto despierte, llámame.

–Dulal, encuentra a la niña, no hace más que preguntar por ella –dijo la madre mirándolo a los ojos.

En la comisaría hubo una reunión de urgencia. Los principales componentes de la brigada se sentaron alrededor de una mesa. El primero en hablar fue Umed.

–En los últimos días se han producido novedades y estaría bien compartirlas y resumir qué sabemos del caso. Dulal, empiece.

–La primera víctima que tenemos constancia de que le faltara la lengua es la mujer del pozo. Dejemos aparte a los cadáveres del crematorio eléctrico, al haber sido incinerados no existen pruebas. La segunda es la prostituta, en ella se encontró la marca de, ahora lo sabemos, una moneda. Después Manju, el marido de la mujer del pozo. Y luego el hombre descuartizado.

–Si no me equivoco –apuntó Rishi–, buscamos como sospechosos a un yogui y a un thug. Tal vez estén relacionados y puede que el thug sea el brazo ejecutor del yogui.

Le llegó el turno a Fahim:

–Entonces abandonamos la vía de investigación del hospital Sir Ganga. La única lista que tenemos no conduce a nada, y sin una orden judicial –miró de reojo a Umed– no hay nada que hacer. Tampoco nos lleva a ningún sitio la lengua negra de algunas de las víctimas.

–Vamos a recibir refuerzos –dijo Umed con satisfacción–. Ello hará más fácil el trabajo. Debemos esperar la autopsia del cadáver desmembrado.

–He quedado con el agente de la Interpol y su amigo de la DEA para hacer una visita al laboratorio Lobarty. Casualmente pertenece al hospital Sir Ganga. Puede que a ellos les hagan más caso que a mí.

Umed envió a Rishi al depósito y a Fahim a buscar a la niña. Él se propuso encontrar pistas sobre la maldita moneda.

Thomas, George y Dulal fueron en el coche privado del policía al último lugar donde había trabajado Owen. El laboratorio Lobarty era una construcción reciente, moderna, pintada de blanco, separada del hospital Sir Ganga por unos parterres.

–Este hospital es muy popular, suele acudir gente necesitada, pagan bien por utilizarlos para sus pruebas –apuntó el subinspector–. De hecho, dos de las víctimas estuvieron aquí. Aunque ni yo ni mis agentes hemos obtenido ninguna información por parte del gerente. Tampoco hemos hallado más pistas que confirmen un nexo entre los asesinatos y el hospital.

Thomas detuvo a sus acompañantes antes de entrar en el edificio del laboratorio.

–Debemos tener claro lo que buscamos. Sospechamos que en este edificio sucede algo turbio. En tu caso, Dulal, puede que sea una casualidad que algunos a los que les cortaron la lengua se los tratara aquí, pero merece la pena averiguarlo. Y de momento, mi pista sobre el escurridizo Owen acaba en este laboratorio.

–Yo tengo otra manera de investigar, que es dar con la persona idónea. Esta suele ser el ayudante del ayudante del ayudante, es decir, el pringado. Siempre arrastra una dosis de rencor hacia sus superiores que resulta de gran ayuda.

–A veces, George, me sorprendes –afirmó Thomas admirado.

–Calla, gigoló. Seguro que encontramos pistas sobre el paradero de Owen en el laboratorio y quizá sepan algo de las cobayas humanas del caso de Dulal.

–Será mejor que yo me quede en un segundo plano –sugirió el superintendente–. Os harán más caso a vosotros: sois extranjeros y blancos.

Ante la mirada atónita de sus compañeros, Dulal se encogió de hombros en un gesto de resignación.

Se sentaron en una especie de zona de descanso situada en una amplia galería interior que rodeaba el edificio, aséptico y sin ningún encanto. Dos grandes máquinas expendedoras de bebidas y tentempiés custodiaban el lugar. Una atractiva joven peinada con una trenza que le llegaba hasta la cintura salió de una de las puertas del fondo del pasillo. Los tres la observaron detenidamente. Dulal se encontraba de pie, algo apartado del resto. Cuando llegó a su altura, la chica los saludó con un gesto de cabeza y, de espaldas a ellos, comenzó a contar las rupias extendidas sobre la palma de la mano. Frustrada, volvió a contarlas. Thomas se levantó.

–Permíteme que te invite, ya que somos compañeros. Me llamo Thomas y soy el nuevo encargado de la seguridad del recinto. Este es mi ayudante –dijo presentando a George.

–Acepto encantada tu invitación. Aunque no te había visto antes.

–Hoy es mi primer día y, si te digo la verdad, no ha sido muy bueno, llevo toda la tarde discutiendo con mi predecesor en el puesto –dijo, y señaló a Dulal.

–Espero que no sea por nada importante –susurró a la vez que se sujetaba la trenza y, en un gesto de coquetería, la acariciaba con sus dedos.

–Dime qué quieres tomar.

La joven se decantó por una coca-cola y una bolsita de anacardos. Thomas eligió lo mismo. George se decidió por un *lassi* de mango y unas patatas de *tikka masala*.

–Desde que he llegado aquí no puedo dejar de comer estos yogures –dijo a modo de excusa.

La joven rio tapándose la boca, no por pudor, sino por una costumbre largamente adquirida.

–Como te decía antes, he estado discutiendo con mi predecesor. Abandoné un trabajo magnífico por este puesto. Una de las razones por las que elegí este lugar fue porque era un prestigioso hospital privado. Y mi sorpresa ha sido mayúscula cuando me he topado con multitud de personas que no tenían pinta de poder pagar un tratamiento. Y por experiencia te diré que esa clase de gente solo trae problemas.

Thomas terminó la frase muy cerca de la joven. Su aliento casi podía rozar su mejilla.

–Si es por eso, ya puedes estar tranquilo –comentó la chica mientras se retiraba sonrojada y se sentaba en una silla–. Se trata de un programa subvencionado por la multinacional Lobarty. La fase dos ya ha terminado. Todavía hay algún paciente al que se está tratando por los efectos adversos. Pero yo no sé mucho de eso, la que sabe es mi compañera Denali. Si quieres le digo que salga.

Thomas asintió exagerando su alivio.

Nada más observar a Denali, Thomas y George supieron que era la persona adecuada para obtener información. Había pasado de los cuarenta hacía tiempo. Poco agraciada, llevaba al extremo de la exageración su maquillaje, demasiado claro para su piel oscura, así como la bisutería, que le hacía parecer un árbol de Navidad. Sin embargo, los zapatos tenían la punta desgastada y los tacones necesitaban unas tapas nuevas. Esta mujer, pensó Thomas, necesita la admiración para sentirse aceptada, y eso la lleva a vestir ropas y joyas que no puede permitirse, por lo que estará descontenta con su salario.

—Me ha dicho mi compañera que están interesados en conocer los pormenores del procedimiento en el que hemos estado trabajando estos meses —dijo mirando únicamente a Thomas—. Estaré encantada de tranquilizarlos —añadió mientras extraía un café de la máquina.

—¿Está segura de que ya han terminado las pruebas? —preguntó Thomas.

—Nos falta la última fase. Los médicos, enfermeros y asistentes sociales están trabajando en ella. Es la fase que menos quebraderos de cabeza da.

—¿Y de qué se trata? —preguntó intentando transmitir una despreocupación que no sentía.

—Tras la fase uno..., la fase uno se refiere a la primera vez que se utiliza una molécula en etapa experimental en una población humana para estudiar su seguridad y sus efectos biológicos —explicó anticipándose a la pregunta de Thomas—, sigue la dos.

—¿De cuánta población estaría hablando?

—La primera fase suele incluir estudios de dosis y vías de administración y, generalmente, involucra a menos de cien voluntarios. Pero esta fase se realizó el año pasado. Las personas que usted ha podido ver en el hospital son de la fase dos. Esta vez, los ensayos han sido para determinar la eficacia de la molécula en un número limitado de voluntarios, unos quinientos. Nos hemos centrado en la inmunogenicidad.

Dulal se apoyó en la pared, pensativo. Si lo que decía era cierto, allí se producía un enorme movimiento de personas que eran utilizadas como cobayas. Lo más seguro era que solo se tratara de una casualidad que dos de las personas asesinadas hubieran estado en el hospital.

—¿Qué quiere decir? —preguntó George ajeno a los pensamientos de Dulal.

—Establecer una probabilidad razonable de eficacia del medicamento.

—¿Qué clase de molécula han probado? —inquirió Thomas tomando un sorbo del refresco.

El rostro de la mujer se contrajo.

—Lo siento, pero no se me permite revelar nuestros ensayos.

—Por supuesto, perdone. Solo deseaba saber si ya se han terminado los ensayos y no me tenía que preocupar por esos parias que rondan el hospital —explicó Thomas en un intento por enmendar su error.

Por el gesto de la mujer vio que no lo había conseguido. Se reprendió por su torpeza, supo que ya no hablaría, y que él ya no averiguaría nada más del caso de Dulal. La tensión del momento se difuminó cuando se sumaron a la reunión improvisada un médico alemán y un técnico indio.

—Pero qué animado está hoy esto —comentó el médico marcando las erres fuertemente.

—Es el nuevo jefe de seguridad y sus ayudantes —dijo la chica de la trenza—. Y —añadió tras el gesto que le hizo la otra mujer— nosotras ya nos vamos.

Thomas no podía dejar pasar la ocasión.

—Por casualidad, ¿no conocerán a un viejo amigo de la infancia que trabaja aquí? Su nombre es James Marcus.

—¿Se refiere a Marc? —preguntó la mujer cuya cara parecía un pergamino.

—Exacto.

—Se despidió hará —se detuvo a pensar un instante— unas dos semanas.

—Qué raro. Hablé con él hace un mes y no me comentó nada. ¿Se lo dijo él?

–No. Nos lo comunicó el jefe de personal. No nos extrañó. Hace algún tiempo Marc le daba vueltas a crear un pequeño laboratorio en su país de origen.

–¿Estáis hablando del rubiales marica? –preguntó el ayudante indio.

Las dos mujeres asistieron. George tiró de manera disimulada de la chaqueta de Thomas para que se retirara y dejara que la conversación entre los trabajadores del laboratorio fluyera.

–No hay porqué ser tan despectivo –amonestó el médico a su ayudante–. El hombre tenía buenas ideas. Quería montar un laboratorio para dedicarse a los excipientes. Y os aseguro que tenía razón. Puedes contar con el principio activo de un medicamento, pero el santo grial del negocio es averiguar cómo actúa en la sangre.

–Yo tengo una amiga –añadió la joven pizpireta– a la que le dio por sintetizar vitamina E. Pidió un crédito y ahora tiene un laboratorio pequeño que sintetiza algunas vitaminas. El principio activo se puede comprar, hay laboratorios que lo compran a toneladas. Cuando dicen que el Clamoxil es lo mismo que la amoxicilina, en parte es verdad, ya que tienen el mismo principio activo, pero no son iguales. Hay unos márgenes para la absorción en la sangre, para la liberación de medicamento, y ahí entra el excipiente.

–Y ese es el negocio –apuntó el médico–. Aunque los excipientes son la parte con menor coste en un medicamento, son cruciales para el almacenamiento y calidad. Marc quería fabricar medicamentos y obtener al menos un uno por ciento de la cuenta de países emergentes. Quería conseguir una marca blanca de calidad.

–Yo lo pillé un día en el laboratorio –inquirió la mujer enjoyada alzando los hombros en un intento de darse importancia–. Creo que lo utilizaba para sus investigaciones privadas.

–Perdonad, pero ¿de qué estáis hablando? ¿Que Marc realizaba experimentos por su cuenta? Y ¿qué es eso de los excipientes? –preguntó Thomas.

–Es muy sencillo –dijo el joven indio–: la aspirina Bayer contiene maicena, que se utiliza para darle la forma, el tamaño y el peso que el fabricante quiere. También se utiliza cera de carnauba para recubrirla, hipromelosa que ayuda a tragarla, celulosa en polvo que se compone de glucosa, lo que hace que se unan los otros ingredientes activos e inactivos, y triacetina, que estabiliza el contenido de la tableta para que no se pegue al envase. El ácido acetilsalicílico es el principio activo de la aspirina, medio gramo, lo demás son excipientes. Y sí, Marc realizaba ensayos extraoficiales. A mí me daba igual. Siempre lo hacía fuera de su horario de trabajo y solo experimentaba con diluyentes como sacarosa, lactosa o almidón, recubridores que protegen la cápsula de los efectos del aire, de la humedad. Ya ve, poca cosa, tonterías.

—Pero ¿dónde está Marc?

Todos los allí reunidos esbozaron un gesto de ignorancia.

—Tendrá que hablar con el jefe de personal, aunque deberá esperar a que vuelva de vacaciones. En estos momentos está disfrutándolas con su familia a costa de la farmacéutica Lobarty.

—¿Y eso es normal?

—Claro, son nuestros jefes. El laboratorio está financiado con fondos donados por Lobarty. Los voluntarios acceden a los ensayos clínicos por medio del hospital. Allí se les hacen las pruebas pertinentes, se vigila la frecuencia de reacciones adversas, además de elegir al azar los grupos a los que se les administra un placebo.

—Se comenta por el hospital que, hasta que salga al mercado, la vacuna habrá costado ochocientos millones de dólares americanos —comentó la mujer madura con orgullo antes de despedirse.

—No se crea que es una cifra exorbitante —apuntó el médico al ver la cara que ponía Thomas—. Si un hospital o laboratorio completa con éxito las fases de estudio preclínicas de una nueva molécula, llevando a cabo los estudios bajo su absoluta responsabilidad, la cifra que puede llegar a pagar un gran laboratorio por esa molécula supera los cuatrocientos millones de dólares.

El grupo dio por terminada la conversación tirando los envases de sus bebidas a la papelera.

En ese momento, Dulal, que había permanecido en silencio, enseñó una fotocopia ampliada de la lista que Haggerty llevaba cuando lo mataron en Lyon.

—Perdonad, pero el otro día el jefe de personal me dio esta lista para que encontrara a las personas que la integran. Desgraciadamente, no he podido descifrar el significado para su seguimiento y, como bien habéis dicho, ahora está de vacaciones. ¿Alguno sabría cómo puede encontrarlas mi sucesor? La verdad es que me preocupa pasarle este marrón.

Los cuatro trabajadores del laboratorio la ojearon con interés. El primero en hablar fue el médico alemán:

—Es la primera vez que la veo. Ni idea. Buenos días, señores —dijo antes de marcharse.

Los demás fueron de la misma opinión e imitaron a su compañero dirigiéndose hacia la puerta de entrada de su departamento, todos, salvo la joven de la trenza, que con la excusa de que se le había caído una moneda se demoró buscándola. Cuando comprobó que la puerta del laboratorio se cerraba, se levantó y le dijo a Dulal:

—Esa es la lista que Marc me enseñó poco antes de desaparecer. Estaba muy preocupado. Algo había salido mal en el laboratorio y quería encontrar a estas personas.

—¿Te dijo cómo la había conseguido?

La joven negó con la cabeza.

—No, pero sé qué significa.

Tomó la lista y la observó un instante antes de hablar.

—Por ejemplo, en la primera cifra: VNS Z1-3 922318877; VNS se refiere a la ciudad de Benarés, Z1 es la zona de Benarés en la que viven estos voluntarios, en este caso la uno, y el número 3 indica la cantidad de personas que viven en esa zona. La cifra, 922318877, corresponde a la identidad de estos voluntarios.

—Perdona que te interrumpa —dijo Dulal, que intentaba reprimir su nerviosismo—. Si ese número de tantas cifras corresponde a la identidad de una persona y me dices que el número tres indica tres personas que viven en la zona uno de Benarés, no puedo entender la razón por la que no hay tres números diferentes de expedientes, salvo... —Se detuvo durante un instante.

—Salvo... —Thomas continuó la frase—. Salvo que el número pertenezca a los miembros de una misma familia...

26

Se zambulleron en la atmósfera cálida y pesada de Benarés, entre las callejuelas de paredes negras que dejaban entrever el cielo estrellado. Como por arte de magia, aparecieron en una avenida ancha con bastante tráfico que los conducía hasta el hotel. Había tiendas débilmente iluminadas, sus escaparates hubieran deprimido a cualquier occidental, los cristales estaban sucios y la mercancía expuesta sin orden, casi desparramada. Ya no se veían las estrellas.

Thomas pudo oír el suspiro de alivio de George cuando avistaron su calle. Se despidieron de Dulal con pocas palabras, todos parecían vestirse con el mismo cansancio, un cansancio denso, demasiado enorme como para llevarlo a cuestas.

–Creo que nos hemos ganado una copa –dictaminó George.

–Estoy de acuerdo contigo.

En el interior, a un lado de los jardines centrales, se encontraba un bar de aspecto playero, hecho de cañas y maderas y adornado con grandes flores. Se dejaron caer en uno de los sofás de mimbre.

Era muy tarde; salvo por el camarero, estaban solos. De repente se oyó un silbido terminado en un sonido sordo, como un fuego artificial de poca potencia que explota antes de tiempo.

–Thomas.

–Ummm.

–Acaban de dispararme.

Thomas se incorporó con rapidez y miró con incredulidad a su amigo. En efecto, su cara pálida no admitía dudas. Se sujetaba con fuerza el brazo del que manaba abundante sangre.

–¡Joder! –exclamó antes de telefonear a Dulal–. No puede estar muy lejos, acaba de irse. Él sabrá a quién avisar.

–Creo que voy a pedir un whisky doble –afirmó George mientras levantaba la mano para llamar al camarero, que no parecía darse cuenta de la situación.

El superintendente respondió al primer tono, para alivio de Thomas, que estaba poniéndose nervioso; veía con estupor cómo la sangre resbalaba por el brazo y caía en forma de gotas entre los dedos de George. Con rapidez le explicó la situación. Tuvo que repetir dos veces lo sucedido para que Dulal lo entendiera.

–No dejes de apretar.

Se despojó de la camisa y la enrolló en la parte superior del brazo. Utilizó las mangas para hacer varios nudos.

–¿Estás seguro de que es un disparo?

No sabía qué hacer. Le tranquilizó que George se lo tomara con tanta calma; se bebía el whisky a pequeños tragos.

–Amigo, de esta no salgo –afirmó en un tono solemne–. No me han pegado un tiro en la vida, y tengo que venir a la India para recibirlo. Esto no es normal.

–Tienes razón, y lo primero que deberíamos hacer es ponernos a cubierto.

Le ayudó a levantarse y entraron en el bar hawaiano. Al oír ruido, el camarero se asomó por detrás del mostrador. Después de que George se sentara, Thomas le pidió unos trapos. El hombre no lograba entenderlo, así que Thomas bordeó el mostrador y se metió dentro. Vio una pequeña esterilla tirada en el suelo y un par de jerseys enrollados a modo de almohada; el camarero dormía allí. Tomó unas servilletas de tela y otra botella de whisky. Le pidió que lo cargara a su habitación y que continuara durmiendo.

–Voy a llamar a Laura. Es médico. Igual puede aconsejarme sobre los primeros auxilios.

George agarró el móvil con la mano sana y rebuscó entre sus archivos.

–En situaciones desesperadas se necesita una banda sonora adecuada que anime y dé esplendor al momento. Tengo el grupo perfecto para ello: Barón Rojo.

–Pero ¿de qué leches estás hablando?

–Tú no tienes ni idea, gigoló de las narices, pero yo he sido roquero y mi alma lo sigue siendo. Y me gusta este grupo porque su música es potente y porque no entiendo una mierda sus letras y porque me recuerdan a la primera chica a la que me tiré.

Laura le contestó con voz alegre mientras en el móvil de George se oía una guitarra eléctrica.

–¡Hola, Thomas! Ahora mismo estoy en tu preciosa terraza con una taza de chocolate en la mano.

–Me parece fantástico. Oye, Laura, a George le acaban de disparar.

–Eso es ridículo. Por Dios, estáis en la India –dijo incrédula.

–Hemos llamado a emergencias pero mientras vienen quisiera saber si se puede hacer algo. Está sangrando bastante.

–¿Dónde?

–En el brazo.

–¿Le has tomado las constantes vitales?

–No.

Laura exhaló un suspiro.

–Cuenta sus pulsaciones. Quiero saber a qué velocidad le late el corazón. No utilices el dedo pulgar, que tiene pulso propio.

–¡Apaga ese maldito chisme! –le increpó Thomas a George antes de tomarle el pulso en la garganta.

–Tiene ochenta pulsaciones por minuto –informó a Laura.

–¿Ochenta? ¿Cómo puede estar tan tranquilo?

–Creo que le ayudan bastante los whiskys que lleva.

–¿Has taponado la herida?

–Sí.

–¿Recuerdas qué forma tiene el orificio?

–Creo que redonda, pero si quieres le saco una foto y te la envío.

–¡No, no! –dijo Laura escandalizada–. Has hecho bien en taponar la herida, si quitas el vendaje sangrará y no habrá servido para nada.

–D´accord.

Thomas miró de reojo el aparatoso vendaje improvisado compuesto por los trapos del bar y la camisa.

Laura trató de recordar la época en que estudió las lesiones por armas de fuego.

–Si el orificio es redondo, le han disparado a una larga distancia; los disparos de corta distancia o de contacto suelen dejar un orificio de forma estrellada, mientras que los disparos lejanos crean orificios de entrada en forma ovalada. El grado de elasticidad del tejido donde contacta la bala condiciona el tamaño del orificio de entrada.

Thomas accionó el manos libres del móvil.

–Te aseguro que la bala ha encontrado una piel muy elástica.

–¿Recuerdas si tenía agujero de salida?

–No.

–¿No, que no recuerdas si tiene, o no, que no tiene agujero de salida?

–Lo último.

–Entonces es un problema. Es probable que haya chocado con alguna parte del cuerpo, quizá un hueso, que la ha retenido.

George permanecía ajeno a la conversación; hablaban en francés.

–Tienes un acento muy bonito y muy *sexy,* Thomas. No me extraña que ligues tanto. Eres un chico muy listo.

–Dile a George que se calle. Estoy pensando y me molesta –ordenó Laura.

–Vamos, Laura, no seas tan dura, al chaval le han pegado un tiro.

–No puedo creer que estés bromeando. Trato de ayudar. Las características de una herida por arma de fuego, su entrada y salida, así como la extensión de la lesión, dependen de un gran número de variables, como el tipo de arma usada, el calibre de la bala, la distancia al cuerpo y su trayectoria, y por ahora lo único que sabemos es que no tiene orificio de salida.

–¿Estás hablando con la doctora? –preguntó George con voz pastosa–. Dile que te dé instrucciones para que me saques la bala, porque de ningún modo quiero ir a un hospital indio. Seguro que me infectan algo, me entra gangrena, pillo la malaria o el tétanos. Yo creo que tú podrías extraer el proyectil; luego lo limpias con alcohol y listo.

–Solo te falta añadir lima, unas hojas de hierbabuena y tenemos un mojito.

Ambos rieron al unísono cuando, entre la luz tenue de las farolas, adivinaron una forma que corría hacia ellos. Dulal apareció jadeante.

—¿Es una herida superficial, en sedal o perforante? —preguntó preocupado.

—Tranquilo, amigo, todo está controlado —le dijo George hablándole muy despacio—. Entre todos, seguro que podemos extraer la bala y solucionar el problema con rapidez y eficacia.

—No te preocupes, George, la ambulancia ya viene de camino —lo animó Dulal compungido.

—Entonces ya empiezo a ponerme nervioso. Debemos hacer algo, rápido.

—¿Qué quieres decir?

—Que no quiero ir al hospital.

—Deja de decir sandeces —le regañó Thomas.

Laura permanecía a la escucha, anonadada por el cariz que estaba tomando la conversación. Salvo alguna expresión, entendía lo que hablaban.

—Podemos untar la herida con pegamento. Así no saldrá más sangre —sugirió Dulal.

Thomas lo miró con los ojos como platos. Extendió las palmas de las manos hacia arriba y las movió como si fuera a dar un discurso.

—Pero ¿qué dices?

—En mi pueblo las heridas no se cosen, se cierran con pegamento. No digo ninguna tontería.

—Deja al chico que hable. Tiene buenas ideas.

—¿Y si extraemos la bala con un imán? —le preguntó Dulal a George ignorando a Thomas.

—Creo que ya no las fabrican de plomo.

—¿Por qué? —preguntó Dulal.

Se despojó de la camisa y la colocó alrededor del brazo de George. La sangre había empapado los trapos.

—Porque daban malos resultados, iban a distintas velocidades. Las balas no son magnéticas, a excepción de algunas, como las FMJ, que tienen cobertura de acero —explicó George.

—Una vez leí que intentaron desviar una bala usando imanes. Decidieron que podía hacerse con imanes muy potentes. Aunque en la tele se vio que la bala salió del cuerpo del cerdo, rebotó por la velocidad que llevaba y trazó una parábola inesperada.

—Es decir, que si probamos tu invento, puede entrar, hacer otro caminito por dentro y empeorar la situación. Creo que la munición de armas ligeras lleva un núcleo de plomo, las que no lo llevan son las de artillería y las anticarro, pero dudo de que me hayan disparado con una de esas y siga hablándote.

—Una cosa con respecto a la pregunta de los imanes y la bala de plomo, ¿el plomo no era un elemento no imantado como el oro? He oído que el plomo no se pega con un imán como el hierro —apuntó Dulal dubitativo, antes de añadir—: creo que esto sería un buen diálogo para una película de Tarantino.

—Podemos calentar un cuchillo al rojo vivo, sacar con él la bala, desinfectar con alcohol y cerrar la herida quemándola —sugirió Thomas, uniéndose a la broma.

La voz de Laura se oyó a través del altavoz del teléfono:

—¿Os estáis volviendo locos? En un hospital te la sacarán, solucionarán cualquier daño que pueda haber causado, como roturas, hemorragias internas; te mirarán si quedan trozos de bala o hueso para extraértelos y te tratarán cualquier posible infección.

—Anda, Laura, guapa, no seas aguafiestas, que al que le han pegado un tiro es a mí, así que si puedes aportar alguna idea, habla, y si no, corta.

—¿Ah, sí? ¿Con que esas tenemos? —contestó ofendida—. Muy bien, yo tengo una solución estupenda: amputar el brazo. Fácil, rápido y efectivo.

George soltó una tremenda carcajada. Dulal y Thomas se unieron a él. Oyeron el sonido de una sirena a lo lejos.

—Podemos meter una cucharilla de café en la herida y hacer palanca. Si está muy superficial saldrá —dijo Thomas echando un trago de la botella de whisky antes de pasársela a George.

Dulal rehusó la botella y George la sujetó entre sus muslos antes de hablar.

—Quizá podamos extraer la bala con unas pinzas, se limpia bien con alcohol, se cose la herida y se cubre con una gasa. ¿Alguien tiene unas pinzas?

–¿Qué son unas pinzas? –preguntó Dulal.

–Eso que utilizan las mujeres para quitarse los pelos de las cejas –informó George.

–Yo no tengo –le respondió Dulal con seriedad.

–Tu problema se soluciona con otra bala entre ceja y ceja –apuntó Thomas.

George se sujetó la tripa. Cada movimiento producido por las carcajadas le causaba un gran dolor.

–Rezando –apuntó Dulal–. Rezar es algo bueno en estas circunstancias.

–Creo que lo mejor es que me masturbe. Se concentrará la sangre en el pene y así no moriré desangrado.

–¡Qué bruto eres, George! –exclamó Thomas.

Una risa tonta se había instalado en ellos. Las ideas florecían con rapidez y las soltaban en cuanto les venían a la mente.

–¿Habéis visto *Rambo?* –preguntó de improviso Dulal–. Stallone bebe un trago de whisky y se echa otro en la herida. Toma su cuchillo, ese tan grande dentado, y lo introduce en el orificio hecho por la bala, en el que escarba hasta sacarla. Luego echa la pólvora de algunas balas dentro de la herida y mete en el agujero el puro que se estaba fumando. La herida se cauteriza enseguida. Otro chorrito de whisky y listo.

–Demasiado sofisticado –murmuró George.

–Pégate un tiro en el mismo sitio en el que te han disparado la primera y una bala sacará a la otra –sugirió Laura.

–Al Pacino –dijo Dulal– en la película *Atrapado por su pasado* decía: «Los hijos de puta siempre te disparan de noche, cuando lo único que hay es un médico de guardia novato con un cerebro somnoliento».

Se hizo un silencio sepulcral, y a continuación todos estallaron en carcajadas.

–Gracias, Dulal, has sido de gran ayuda –confirmó George cerrando los ojos deslumbrado por las luces de la ambulancia–. No me vais a dejar solo, ¿verdad? –preguntó temeroso cuando vio sacar la camilla.

–Por supuesto que no. Te seguimos con el coche.

En cuanto cerraron la puerta de la ambulancia, Thomas se despidió de Laura no sin antes prometerle que la mantendría informada. Los rostros de Thomas y Dulal se endurecieron. El primero en hablar fue el superintendente.

–Esto ha sido un aviso. A alguien no le gusta que investiguéis, porque, si hubiera querido, te hubiese disparado a ti también. Erais un blanco fácil, tú con la camisa blanca y George con esa de colores chillones.

–Lo sé –respondió Thomas con un tono gutural y sombrío.

Por la mañana, un Dulal agotado entró en casa. Estaba solitaria y vacía. Echaba de menos a Navala. No se había dado cuenta de lo que llenaba su presencia hasta ahora. Lo mejor era tener la cabeza ocupada. Habló con los policías encargados de investigar la agresión al americano. Después leyó el papel con los nombres de los thugs. Había trabajado en la lista mientras operaban a George. No había encontrado ningún apellido que coincidiese con Ellora. ¿Qué podía significar?

Seleccionó el buscador de Internet en el móvil y escribió: «Ellora y los thugs». Aparecieron las famosas cuevas de Ajanta y Ellora.

–Claro, cómo no se me había ocurrido antes.

Clicó en una página.

La representación de los thugs ocupa un lugar predominante en las paredes de las espectaculares cuevas. Se puede distinguir claramente escenas de sus rituales. Desde la manera en que estrangulaban a los viajeros, pasando por el traslado a las fosas, el modo de enterrar a sus víctimas y por último la ceremonia sagrada del hacha. No hay paso que no esté representado en las paredes de las cuevas de Ellora.

Cerró la página y escogió la siguiente entrada. Movió el cursor y siguió leyendo.

Una vez al año, los jamadares de los cinco territorios, y algunos de sus más honorables discípulos, se reunían en las cuevas de Ellora para representar una ceremonia que solo ellos conocían.

Dulal, visiblemente excitado por lo que había descubierto, continuó:

El encargado de las cuevas auguró la restitución de la consciencia perdida para los habitantes de las cinco regiones.

Se dio una ducha y se dirigió a la comisaría de Chetganj. Cuando llegó a la primera planta se encontró a un policía que leía el titular del *Times of India*: «La Policía no tiene un sospechoso del asesinato del *dalit* desmembrado que apareció a las afueras de Benarés». Luego se fijó en dos hombres esposados que esperaban sentados en un banco. Uno de ellos era un *sadhu*.

–¿Qué han hecho esos hombres? –preguntó.

–Han confesado que son los asesinos.

Dulal no reprimió su mal humor.

–Los interrogáis y que pasen la noche en el calabozo.

Seis periodistas aguardaban en otra sala. Dulal se escabulló sin que lo viesen.

La segunda planta ya no era el remanso de paz de días anteriores.

–Bienvenido de nuevo, Dulal –lo saludó Umed asomado a la puerta del despacho.

–¿Qué ocurre?

–He decidido pasar a la acción. He llamado a los agentes de tráfico y a los de calle para que nos ayuden. También han llegado refuerzos desde Delhi. Están en mi despacho.

El aire que se respiraba en la habitación era de una pesadez plomiza. Los ventiladores no resultaban suficientes para mover el calor de tantos cuerpos juntos.

–Agentes –dijo Umed–, muchos de ustedes son nuevos. Nunca han trabajado en un caso como el que nos ocupa. Les paso la documentación, las imágenes son duras, acordes con el trabajo que van a realizar. Con esto les quiero decir que se tomen en serio su trabajo y, si hace falta, actúen con toda la dureza que permite el reglamento. Si me entero de que se dejan llevar por la desidia, o por los sobornos, les aseguro que no volverán a pisar una comisaría el resto de sus vidas.

Los agentes asintieron mientras miraban con interés las hojas.

–Les voy a presentar a los componentes de la brigada. Yo dirigiré y supervisaré cada información por pequeña que sea. Dulal es el jefe de investigación y el responsable de atender a los medios de comunicación. Por último, Fahim y Rishi son los detectives y se encargan del trabajo de campo. Ustedes estarán bajo nuestras órdenes.

Umed explicó los pormenores del caso.

–A las afueras de la ciudad, un *dalit,* un *chandala,* un paria, un *panchama,* un intocable, como quieran llamarlo, apareció descuartizado, sin lengua y con signos de haber sido estrangulado. Fue descubierto por una mujer que iba de peregrinación hacia el río sagrado. El cuerpo se encuentra actualmente en la mesa de autopsias. A la espera del resultado, podemos decir que, con este, son varias las personas asesinadas mediante un procedimiento parecido.

Umed vio a Dulal sentado al lado de Rishi. El comisario miró a los ojos del superintendente.

–Ahora les hablará el jefe de la investigación.

Dulal se puso de pie.

–*Namaste.*

–*Namaste* –contestaron todos al unísono.

–Antiguamente existía un grupo criminal, desaparecido hace más de ciento cincuenta años, con un modus operandi similar, y tenemos la sospecha de que una especie de imitador ha empezado la guerra por su cuenta. Da igual si a quien buscamos es un descendiente o un demente; lo que importa es identificarlo y saber si actúa en solitario o si ha recibido un encargo del hospital Sir Ganga.

–¿Qué relación hay? –preguntó un joven policía.

–De momento poca cosa. Puede que sea un trabajador que odia a los intocables y tomó una lista de pacientes al azar. Dos de los muertos estuvieron en el hospital. Una de ellos tenía la lengua negra, síntoma relacionado con la ingesta de bismuto, un preparado para el estómago. Esta es la única pista que tenemos de por qué el asesino podría llevarse las lenguas. Los indicios que apuntan a un imitador de los thugs son más claros.

—El cuerpo descuartizado estaba enterrado de forma similar a como lo hacían los thugs, y el pañuelo con que los estrangula también es parecido. Y no podemos olvidar que la moneda marcada en el cuello de la prostituta es de la época —añadió Umed.

—Pero ¿por qué lo descuartizó? —preguntó el mismo agente.

—Creemos que para que las alimañas no lo desenterraran —apuntó Umed—. La zona circundante no ayuda. Las casas más cercanas están a gran distancia y se trata de un lugar poco transitado. El asesino sabía lo que hacía.

—Nuestro hombre ha ido cambiando el modus operandi. Al principio no se molestaba en ocultar los cuerpos, pero desde la intervención de la brigada se ha vuelto más cauto —explicó Dulal.

Pensó que, si estuviesen en un lugar con calles asfaltadas y casas adosadas, ya tendrían alguna pista con la que empezar a trabajar. Pero esto era la India. Por no tener, no tenían ni un archivo actualizado de personas desaparecidas.

—¿Qué pistas tenemos?

—No hay huellas de neumáticos. Lo que sí tenemos son infinidad de pisadas pero, desgraciadamente para nosotros, han pasado muchas personas desde que encontraron el cuerpo. Aunque no hay pruebas que apoyen el hecho, suponemos que el asesino o los asesinos trasladaron el cuerpo hasta la zona —dijo Umed.

—De momento, tenemos un sospechoso principal, un yogui, que está en busca y captura. —Los agentes comenzaron a susurrar entre ellos—. Se cree el brazo ejecutor de Kali y puede que tenga seguidores dispuestos a hacer cualquier cosa por él. He adjuntado una foto al final del informe —dijo Dulal—. Para resumir les diré que, además del cuerpo mutilado, tenemos a una mujer arrojada a un pozo después de estrangularla y cortarle la lengua, no vimos el cadáver y no se le practicó la autopsia pero interrogamos a su marido; una prostituta estrangulada y sin lengua; a uno de los cuerpos incinerados en el crematorio eléctrico se le había vuelto la lengua negra, según la versión de su esposa; el marido de la mujer del pozo, asesinado de la misma manera que los otros y, por último, un empleado del crematorio eléctrico dice que contaron hasta diez cadáveres a los que les faltaba la lengua.

Los policías se miraron atónitos.

–Un equipo buscará pistas en los alrededores de los asesinatos y otro se dedicará a averiguar la identidad del cadáver mutilado. Junto al informe están los nombres de los integrantes de los diferentes grupos. Y nada de tomarse descansos.

En ese momento se oyó un pasar de hojas y una sucesión de exclamaciones de sorpresa. Algunos suspiraron de alivio cuando se enteraron de que su cometido consistía en escribir informes y atender llamadas. No se mancharían los zapatos.

–He acondicionado una sala en el piso de abajo como puesto de mando y hemos colocado una pizarra donde colgaremos la agenda del día. Cada turno iniciará la jornada con un resumen de los progresos así como de las tareas a realizar. Todos deben rellenar un informe al terminar su día de trabajo. Cualquier información pasará telefónicamente por esta sala y será registrada por el superintendente Dulal. –Umed levantó la voz para concluir–: De acuerdo, en marcha, tenemos mucho trabajo por delante.

Los policías abandonaron la sala con las miradas en el informe, en fila de a uno. Umed miró por la ventana esperanzado, había recibido la orden de dejar la investigación. Ya le habían buscado un sustituto y un nuevo destino, el aeropuerto. Su relevo llegaría desde Delhi en unos días. Aún tenía tiempo de resolver los asesinatos.

27

George se había dormido, así que Dulal y Thomas salieron del hospital. El superintendente estaba desanimado ante la falta de indicios. Thomas tampoco sabía qué pensar sobre lo sucedido. Se había ofrecido a ayudarlo en un intento por distraerse. Dulal le mostró con reverencia los informes de la investigación. Se sentaron en el coche y se tomó su tiempo en leerlos. Después fueron a los lugares de los asesinatos.

Thomas se dedicó a tomar notas y a hacer preguntas tales como adónde llevaban los caminos cercanos a la escena del último crimen, cómo era el entorno de las víctimas, dónde trabajaban o dónde residían. Dulal le respondió como pudo ya que la información que tenía era mínima. Al llegar al pozo donde había muerto la mujer de Manju, Thomas observó la zona. Una *dalit* tiraba de una cuerda y subía agua a la superficie. Una fila de mujeres esperaba su turno, cargadas con toda clase de recipientes. Se acercó al pozo. Las casas más próximas estaban a unos cien metros de distancia. Algunas niñas acompañaban a sus madres. Sin querer pensó en Tanika.

Continuaron hasta el descampado donde habían encontrado a la víctima descuartizada. Una ráfaga de aire levantó el polvo del camino. Thomas se cubrió la cara con el brazo pero no pudo evitar que un poco se le adhiriese a los labios. Sacó un pañuelo y se limpió. Algunas partículas se colaron en el interior de su boca. Nada más notar el gusto a tierra, escupió.

Buscó restos de pisadas alrededor de la zona donde había estado enterrado el hombre; había decenas. Ni rastro de huellas de vehículos en las proximidades.

En el vertedero, Thomas tuvo que utilizar su pañuelo para defenderse del olor nauseabundo. Lo que más le sorprendió no fueron los niños recogiendo desperdicios, sino la lucha que mantenían por los trozos más grandes de comida con los cuervos, águilas y perros. Allí poco se podía hacer, pensó. Los montones aparecían y desaparecían como las dunas en un desierto, y la zona donde habían encontrado el cuerpo de Manju estaba cubierta por toneladas de basura. Le pareció increíble que Tanika y su padre trabajaran allí.

En la casa de la prostituta, la libreta de Thomas se llenó de datos. Dulal observaba en silencio. Se dedicaba a hacer de guía y a contestar sus preguntas; estaba convencido de que Thomas iba a aportar sentido a lo que parecía no tenerlo.

El sol que los había calentado durante el día dejó paso al frescor del atardecer. Los dos investigadores abandonaron la casa de la prostituta y se adentraron en el laberinto de calles que llevaba a los *ghats*. Las barcas se preparaban para albergar a los espectadores de la ceremonia de la puja. Los devotos encendían las velas, que dejaban a merced de la corriente.

–Debo advertirte que fui perfilador para el FBI de la nueva escuela y que hace años que lo dejé. Mi método se basaba en la lógica inductiva apoyada en estadísticas.

–En este país, por desgracia, carecemos de los más elementales registros –explicó Dulal con pesar–. He empezado un proyecto de recogida de datos de los últimos años de la ciudad. Es un trabajo que tendrá su recompensa en el futuro; por el momento habrá que conformarse con este presente.

Los cánticos, los tambores y las campanillas de la puja retumbaron en las paredes de las estrechas callejuelas y llegaron a los oídos de Thomas. Por un momento, se sintió como si hubiese sido transportado a otro tiempo y lugar. Dulal le hablaba del caso, y se obligó a escucharlo.

–Tengo la impresión de que he vuelto a mi primer año de perfilador, cuando aún utilizaba la lógica deductiva para resolver los casos. Seguro que alguna de mis conclusiones estará por debajo del percentil tomado como seguro.

–Nos arriesgaremos. Es mejor que nada.

–La lógica deductiva tiene sus pegas. Muchas veces se basa en silogismos y estos pueden llevar a confusión si no se interpretan correctamente.

—Quieres decir que sin estadísticas no hay forma de hacer un perfil seguro.

De repente, un olor a sándalo barrió la calle.

—Los silogismos sin datos que los corroboren pueden tender al disparate. Te pongo un ejemplo: Stalin tenía bigote. Stalin era ateo. Stalin mató a millones de personas. Luego los ateos con bigote son asesinos en masa.

Dulal sonrió.

—Tengo otro. Una medusa es un noventa y nueve por ciento de agua, así que un vaso de agua es un noventa y nueve por ciento medusa.

—Lo he entendido a la perfección.

Dulal pensó que su método estaba basado en datos reales mezclados con otros sacados de películas. Había una correlación entre su manera de trabajar y la de su amigo; si Thomas empleaba deducciones y los silogismos del entorno de la víctima, él utilizaba fotogramas.

—¿Quieres cenar en mi casa?

—Claro. Por cierto, ¿qué tal Navala?

—Sigue con sus padres —respondió Dulal compungido—. No habla más que de la niña.

—Espero que la encontréis pronto —deseó Thomas sin demasiada seguridad.

Ya en la casa, Dulal se cambió de ropa y se descalzó.

—¿Te apetece un arroz indio? Si quieres, te lo preparo a lo occidental.

—¿Qué es a lo occidental?

—Arroz indio con la centésima parte de picante que le suelo poner.

Thomas rio.

—Lo siento, pero no tengo nada de alcohol para ofrecerte. —Dulal tenía la imagen de las películas policíacas en las que el alcohol era un protagonista más en la vida cotidiana de los policías—. Navala me contó una vez que los vinos europeos siguen un complejo sistema de denominaciones de origen con el que los indios no estamos familiarizados. Esa es la razón por la que en la India lo poco que se beba sea de Chile, Australia o Sudáfrica. No nos complicamos la existencia. Vamos a lo práctico.

—Agua estará bien.

Thomas imitó a Dulal a la hora de comer el arroz. Lo hacía con mucha destreza; con la mano derecha formaba una pequeña bola. Pronto comprobó que tenía picante suficiente para unos cuantos tacos mexicanos. Bebió un buen trago de agua para mitigar la quemazón en su garganta.

—No se te da nada mal. Y pronto te acostumbrarás a ese leve picor.

—¿Esto te parece leve? No quiero ni imaginarme cómo sabrá lo que para vosotros es fuerte.

Dulal sonrió.

—Eso sí, nunca comas con la mano izquierda, ya que es la impura, la que se utiliza para limpiarse en el baño.

—Entonces los zurdos lo tienen bastante mal —respondió Thomas con humor—. Bien, si te parece, vamos al caso.

Dulal recogió rápidamente la mesa.

—El primer asesinato fue en el pozo, un lugar público. El asesino, sin duda, estuvo vigilando a la mujer con anterioridad. En el segundo caso era un lugar privado, una casa en el barrio de Chowk, por lo que conocía los horarios de la prostituta. La tercera víctima se encontró en un vertedero muy transitado y la cuarta en un solar a las afueras de la ciudad. Esto me dice que no son crímenes al azar. Tiene que ser un habitante de Benarés que siempre parte de un lugar concreto, de una zona segura.

—Entonces tiene un lugar fijo donde vivir.

—Exacto. Estoy seguro de que el estrangulador ha tenido contacto, por lo menos visual, con las víctimas. Las ha seguido, ha estudiado el mejor escenario para matarlas. No hay duda de que conocía sus rutinas.

—Me sorprende. Se aleja de mi sospechoso: el yogui.

—Los lugares de los crímenes no están escogidos por casualidad, siguen unos patrones determinados. Las evidencias me llevan a pensar que estamos ante un asesino a sueldo.

—Entonces, ¿no es un psicópata?

—No lo creo. Demasiado pulcro y concienzudo para la India. Aquí es fácil volverse descuidado con la confianza de que el crimen pasará inadvertido. Sus víctimas no son solo mujeres, también hombres de diferentes edades. Es aséptico y eficiente.

—Pero puede pertenecer a los thugs.

—Es posible. En nuestra jerga, se le conoce como asesino apostólico. Son los ejecutores de un dios que da órdenes claras y concisas. Estos psicópatas creen que sus actos están justificados porque eliminan de la sociedad elementos indeseables y les hacen un favor a los demás. Sus motivaciones no son de tipo sexual. El nuestro cumple con un ritual muy marcado: estrangula a sus víctimas con el *rhumal,* utiliza la moneda, les corta la lengua una vez muertas.

Dulal se acordó de Jon Doe, de la película *Seven.*

—Nuestro asesino no ha forzado a las víctimas sexualmente. Coincide plenamente con lo que dices.

—Cierto. Pero las evidencias no son tan determinantes como para asegurar que pertenece a un grupo religioso. El modus operandi parece que así lo indica, pero no se ha hecho una autopsia psicológica a las víctimas.

—Eso me parece de ciencia ficción aquí. ¿Y qué me dices de los lugares donde han aparecido las dos últimas víctimas?

—Pudo arrastrarlas hasta allí. Pero es extraño que no se hayan encontrado huellas de vehículos en los alrededores.

—Quizá las ha borrado.

—El estrangulador intentó esconder pruebas en la última víctima al cortarla en pedazos. Este tipo de criminales que aprenden y se adaptan son muy inteligentes. No estamos hablando de alguien violento en su vida diaria, tampoco de un loco o un asesino en serie típico. Sabe lo que hace y no quiere que lo atrapen. Puede formar parte de una comunidad religiosa pero si, como crees, pertenece a los thugs, habrá que tener paciencia y esperar a que cometa algún error. Tu asesino es competente en su interacción social y sexual.

—Si no es el yogui, puede que sea un thug que tenga alguna relación con el hospital Sir Ganga.

—¿Un trabajador?

—Exacto. En tu país tendrías hace tiempo la lista con los trabajadores del hospital, pero esto es la India y el juez no está dispuesto a colaborar. ¿Qué piensas sobre la posibilidad de que haya más de un asesino?

—Estoy casi seguro de que solo hay uno –afirmó Thomas.

Dulal inspiró; en ese punto coincidían.

–La última víctima tenía marcas en las muñecas. Si fuesen dos asesinos, tendría también marcas en los tobillos.

–¿Qué más me puedes decir?

–Los criminales que planifican la escena del crimen suelen tener un trabajo, y en ocasiones familia.

–Entonces, definitivamente, el yogui no es nuestro hombre.

–Necesitaría información personal del sospechoso para responder a esa pregunta.

–No sabemos nada de su vida. Mi teoría es que estamos ante un thug –añadió Dulal.

–Lo siento, pero no comparto tu punto de vista. Los asesinatos serían al azar, sin tanta preparación. Si son sacrificios para la diosa, le valdría cualquier persona, y, según tú, los thugs no pueden matar a intocables, ni a mujeres, por lo que tu teoría es incongruente. –Thomas se detuvo antes de preguntar–: ¿Qué otros sospechosos habéis considerado?

–De momento ninguno.

–Te aconsejo que hasta que no tengas una prueba limpia que inculpe a tu sospechoso no te centres por completo en él.

–No es tan sencillo. Tenemos mucha presión y nuestros superiores necesitan una cara visible para calmar a la población y a los medios de comunicación.

–Por desgracia, eso mismo ocurre en mi país.

–Lo que más me preocupa es que desconocemos los motivos del asesino.

–Yo me inclino por dos opciones. Una especie de hedonista intolerante que obtiene placer al estrangular a los intocables y no consiente que las víctimas compartan el espacio que frecuenta, o un asesino a sueldo cuya motivación es el dinero.

–¿Por dinero? No lo veo. Sigo pensando que es un thug que actúa en connivencia con grupos poderosos.

–El psicópata tipo suele usar un kit: cuchillos, cuerdas... El nuestro utiliza un pañuelo, una moneda y un hacha; igual que los thugs hace ciento cincuenta años. Pero lo de la moneda es otra prueba de que el estrangulador ha planificado la manera de llevar a cabo los asesinatos. Si la moneda sirve para evitar el sufrimiento, como así queda reflejado en los informes, entonces no disfruta con su posición de fuerza o al menos su intención no es causar dolor. Otra incongruencia en el perfil de psicópata tipo.

—Estamos ante un asesino nada habitual —sentenció Dulal.

—Puede que pretenda culpar al yogui.

—No había considerado esa posibilidad. Nuestros asesinos no son tan sofisticados como los vuestros.

Thomas sonrió.

—Hay otro dato interesante, y este sí que coincide con el de un psicópata tipo. El hecho de que les corte la lengua a sus víctimas denota un comportamiento fetichista. El asesino se lleva algo relacionado con la víctima como trofeo. Es su firma. Suele ser el momento propicio para mutilar el cadáver y llevarse algún trozo. Muchos de los psicópatas violan, descuartizan o entierran a las víctimas. El informe de los thugs dice que cortaban la lengua de los intocables porque la diosa a la que adoraban aparece representada con la lengua fuera de la boca.

—Exacto. Se la corta cuando ya están muertos. Los thugs tenían prohibido derramar sangre de las víctimas mientras estaban vivas. Todo ello procede de una leyenda atribuida a la diosa Kali.

—Si estuviésemos en mi país, te aconsejaría buscar un hombre de la zona, de raza caucásica, de entre un metro setenta y cinco o un metro ochenta de altura, de veinticinco a cuarenta y cinco años, complexión atlética, con un trabajo estable, con éxito laboral y una vida social activa. Pero estamos en la India, no tengo ni idea. A veces se necesita un golpe de suerte.

Dulal asintió.

—Mientras llega, tengo la lista de los descendientes de los thugs. El anciano que visité en Jobalpur me comentó que algunos emigraron a esta parte del país.

—No descartes que sea un asesino a sueldo. El motivo religioso no explica totalmente los asesinatos.

—El anciano me dio un nombre. Las cuevas de Ellora. Pienso ir mañana. Hay un vuelo que dura menos de cuatro horas hasta la ciudad de Aurangabad. Si quieres puedes acompañarme. He descubierto que es posible que los thugs se sigan reuniendo allí una vez al año. El puesto de guarda de las cuevas ha pasado de padres a hijos y deseo hablar con la persona que lo ocupa ahora.

–Gracias por el ofrecimiento, pero debo encontrar a James Marcus Owen.

–Uno de mis hombres estuvo en la pensión en la que se alojaba y no encontró rastro de él. Desapareció con sus cosas. No dijo a dónde se dirigía ni durante su breve estancia entabló amistad con nadie. No sé, quizá haya salido del país.

–No existe constancia de ello. En algún lugar tiene que estar. No es posible que no esté ni entre los muertos ni entre los vivos.

Al día siguiente, Thomas recibió una llamada de Navala. Ya estaba recuperada y se encontraba trabajando. En uno de los hospitales donde solía prestar servicios como voluntaria le habían dicho que no hacía mucho había trabajado allí un británico. Tal vez podía tratarse de Owen. Thomas pensó mandarle la foto vía móvil, pero en el último momento decidió acompañarla en su día de trabajo. Quería estar ocupado. Con su amigo ingresado y la niña todavía desaparecida, necesitaba abstraerse. Lo cierto es que algo lo atraía hacia ese mundo hostil tan alejado de su vida diaria. Se sentía un aprendiz hambriento de experiencias, deseoso de comprender. La India le parecía un curso acelerado de supervivencia.

El centro se alzaba sobre uno de los arrabales de Benarés. Esperaron en una gran sala donde se vio sometido al escrutinio de cientos de ojos, la mayoría campesinos que, como le explicó Navala, llegaban de muy lejos y esperaban durante días para ser atendidos. Sus miradas vidriosas se perdían en las paredes descascarilladas. Thomas sentía cómo lo traspasaban. Al fondo de la estancia se acumulaba instrumental roto y máquinas enormes en desuso. Las cucarachas se movían a placer entre los castillos de tecnología. Comprobó cuán diferente era el hospital americano donde estaba ingresado George.

–Tenemos que esperar, están tratando de localizar a mi contacto, una buena amiga que trabaja aquí. –Navala contempló la expresión apesadumbrada de Thomas–. No creo que esta parte del hospital se haya vuelto a pintar o reformar desde que se inauguró hace setenta años. Hay otra zona privilegiada en la parte Este donde, si es tu día de suerte, te eligen para tomar alguna medicina experimental.

–Trato de imaginar las historias de cada una de las personas que están aquí. Puedo tocar su desolación. Un compañero de la Interpol me dijo que cuando uno de los tuyos enferma eres capaz de cualquier cosa. Si me informaran minuciosamente de qué ensayo prueban y sus consecuencias, estoy seguro de que firmaría para largarme de este lugar a uno mejor.

Navala sonrió con amargura.

–Qué equivocado estás. Más de cuatro mil personas han participado en ensayos en este hospital. La mayoría son campesinos, intocables, miembros de las castas más bajas, menores, disminuidos físicos o psíquicos, que son reclutados en otros hospitales o centros de salud y sometidos a pruebas clínicas por las grandes multinacionales farmacéuticas. Muchos son analfabetos.

Thomas contempló aquellas cabezas cabizbajas y pensativas. Esos cuerpos delgados replegados en sí mismos, inmóviles, como resignados a su destino; incluso los niños permanecían en silencio envueltos entre las telas de sus madres. Sus ojos enormes brillaban por el dolor y la angustia de la espera.

–Al final –continuó Navala– es un negocio. La inversión en un ensayo clínico se reduce aquí a una tercera parte. En la India hay seiscientos mil médicos que malviven con unos sueldos miserables. Les pagan ochenta mil rupias por cada ensayo realizado, y muchos colaboran. Es difícil negarse por esa cantidad.

Thomas calculó que eran unos mil euros.

–Pero son libres de elegir si quieren o no someterse a los ensayos.

–Vuelves a equivocarte. Hay cuarenta millones de asmáticos, treinta y ocho millones de diabéticos, tres millones de enfermos de cáncer, la mayoría sin seguro médico. Qué pueden hacer: les ofrecen fármacos experimentales gratis. Algunos saben leer pero las hojas de consentimiento suelen estar en inglés, así que ni se enteran. Muchos firman con una cruz o con la huella dactilar. Cuando no tienes nada, lo poco que te ofrecen te parece mucho.

Un hombre con bata blanca abrió una puerta y leyó un nombre. Una familia entera se levantó acompañando a un anciano esquelético que, aun apoyándose en un bastón, arrastraba los pies y a duras penas lograba avanzar. Thomas hubiera podido alzarlo con un brazo y llevarlo en volandas. Le avergonzó estar observando cómo luchaba por andar, pero lo que más le incomodaba era que su exposición de la decrepitud humana encerraba enormes dosis de dignidad. Se esforzó en desviar la mirada y retomó la conversación:

–Pero existirá un comité ético que vigile las buenas prácticas.

–Los que vigilan reciben dinero de las mismas empresas que deben controlar. Hay pacientes que ni tan siquiera saben que están participando en tratamientos experimentales, pero incluso si lo conocen y firman su consentimiento y fallecen o algo sale mal, el médico lo oculta o falsifica su certificado de defunción.

–Pero ¿cuántos ensayos se realizan en la India?

–Se calcula que unas sesenta mil personas se han sometido a ellos en los últimos siete años.

Thomas la miró con incredulidad.

–De esas sesenta mil personas, aproximadamente murieron dos mil setecientas y unas veinte mil padecieron secuelas graves. Lo gracioso de todo es que solo veinte medicamentos experimentados se encuentran en las farmacias, eso sí, fuera de la India: los que verdaderamente funcionan se venden en los países desarrollados.

Thomas tenía calor, pero le pareció obsceno quejarse. Navala decidió averiguar por qué se retrasaba tanto su amiga. Al instante volvió acompañada por una mujer.

Llevaba el pelo alborotado y las mejillas sonrosadas como si acabara de disputar un partido de tenis, sus ojos brillaban. Pertenecía a una ONG austríaca.

–Me llamo Mathilde –saludó la médico con un correcto apretón de manos.

Thomas le mostró la foto de James Marcus Owen que Laura le había enviado.

–Lo siento, no es la persona que trabajó con nosotros. Y ahora, como veis –dijo señalando la estancia–, os tengo que dejar. El trabajo me llama.

Thomas acogió la calle con alivio. Sin darse cuenta, su cuerpo había permanecido en un estado de tensión.

–Tengo que acudir sin falta a una casa, ¿me acompañas? –le preguntó Navala.

A trescientos metros del hospital se hallaba la casa donde vivía el matrimonio Yadav, un espacio minúsculo sin ventanas ni baño situado frente al puesto de frutas que regentaban. En el interior una mujer acunaba a un niño. Thomas no sabía si entrar o quedarse fuera; Navala lo animó a entrar.

–Anand comenzó a tener fuertes dolores estomacales hace dos años. Lloraba y se retorcía entre fuertes convulsiones. En el hospital les dijeron que tenían una medicación adecuada para él. No mejoró pero los médicos insistieron en mantener la medicación. Cada dos días le extraían sangre. El dolor era cada vez peor, porque ya no lloraba, aullaba, hasta que seis meses después sufrió una parálisis y dejó de andar. Los médicos ya no volvieron.

Thomas miraba hipnotizado la escena, muy parecida a la *Piedad* de Miguel Angel.

–Se trataba de un ensayo clínico en niños con úlceras desarrollado por Jhon & Son. Lo peor es que existía un medicamento apropiado y no lo usaron. Al médico le pudo la avaricia. Suelo pasarme una vez al mes y comentamos cómo marcha el proceso judicial.

–¿Tenéis pruebas?

Navala asintió mientras acariciaba la delgada pierna del niño.

–Tenemos pruebas de que fue un ensayo clínico, la hoja de consentimiento estaba en inglés y firmada con la huella dactilar del padre. Y aunque los ensayos se han realizado a pocos metros del hospital, la farmacéutica que los ha encargado está registrada a miles de kilómetros y es casi imposible perseguirla judicialmente.

Thomas se puso en cuclillas y juntó las manos a la altura de la frente a modo de saludo.

–Estoy seguro de que algo se podrá hacer. La Interpol actúa donde las fronteras cierran los procesos.

–Hasta ahora, las multinacionales han logrado evitar no solo los procesos sino las indemnizaciones. En los últimos años, únicamente cuarenta y cinco pacientes han recibido alguna compensación. Bayer ha sido la más generosa. De los ciento treinta y ocho que murieron en los tres años que duraron los ensayos del Rivaroxaban, ha indemnizado a cuatro familias con cuatro mil euros. Si contamos que la multinacional alemana obtuvo cuarenta mil millones de euros en ventas solo en el año pasado, la cantidad es ridícula.

Navala habló con la madre mientras Thomas oía la respiración entrecortada del niño. No hace mucho, pensó, ese niño corría volviendo loca a su madre. Ahora no tenía otro futuro que la muerte. Agobiado, saludó y salió fuera de la chabola. La luz implacable del sol lo reconfortó y el alboroto de los niños jugando con una pelota hecha de telas enrolladas le hizo sonreír. Su sonrisa se amplió cuando compró un balón en un puesto cercano y se lo regaló. Su conciencia le martilleaba por dentro y tenía que aplacarla. El sentimiento culpable de ser un occidental con dinero tenía sus consecuencias en la India.

Navala salió al poco rato. Se detuvieron en un puesto de té.

—¿Cómo puedes soportar esto día tras día? —preguntó Thomas.

—Las victorias saben a gloria cuando se consigue algo, y te aseguro que es algo adictivo. Se están creando asociaciones contra los abusos médicos y poco a poco van surgiendo sentencias favorables. Por ejemplo, en Bombay, los pacientes tienen que dar su consentimiento a un ensayo delante de una cámara de vídeo para evitar los engaños a personas analfabetas.

—¿Crees que el caso que investiga Dulal tiene que ver con cobayas humanas? Me dijo que algunos de los muertos habían estado en el hospital Sir Ganga.

—No lo creo. Ya ves lo que les importa los errores médicos. Me inclino por un asesino que mata por placer o, como piensa Dulal, se cree un iluminado.

—Espero que tengas razón. Aunque mi instinto me dice que no, hay algo en su modo de actuar que no acaba de encajar. Desgraciadamente, Dulal necesita más cuerpos con la lengua cortada para detener al asesino.

28

En la comisaría de Chenganj no había policía que no tuviese las manos ocupadas, ya fuese con un teléfono, con un informe o un vaso de *chai,* como en el caso de los cuatro componentes de la brigada, que se habían reunido en el despacho del comisario después de una charla conjunta.

—Superintendente, hemos cotejado la lista de los thugs con la base de datos de delincuentes y no hemos encontrado un apellido que concuerde. Pero varios de ellos figuran en el censo —explicó Fahim.

—Es una buena noticia. No debemos abandonar esa vía de investigación —señaló Dulal con entusiasmo.

—Por otra parte, ha sido mucho más fácil encontrar el tipo de moneda. Está acuñada por la Compañía de las Indias Orientales en 1808. En una cara tiene los mismos símbolos que el mandala y en la otra la representación de la diosa Kali —dijo Rishi mostrándoles una foto.

Dulal miró con detenimiento.

—El asesino pudo copiar el dibujo de la moneda que usaban los thugs como una manera de identificarse con ellos. Aunque me cuesta creer que deje una pista tan clara —añadió Rishi mordiendo una galleta.

—Cada vez que avanzamos en el caso surge una pista que parece ir en dirección opuesta a la anterior. Es como si alguien estuviese interfiriendo en la investigación —comentó Umed.

—Se refiere a la diosa Kali —dijo Fahim mirando con desaprobación a su compañero Rishi, que cada día estaba más gordo.

—Me refiero a alguien de carne y hueso que no es fan de la brigada —afirmó Umed.

—Si está pensando en Chitán, ya puede olvidarse. No es su estilo. Nuestro asesino es cuidadoso —apuntó Dulal.

Se hizo un silencio incómodo que duró unos segundos.

–¿Y si alertamos a los habitantes de Benarés sobre el asesino? Podríamos ofrecer una recompensa –dijo Fahim.

–Eso provocaría alarma social –replicó Dulal.

–Por cierto, esta mañana me ha llamado el periodista del *Times of India* y me ha adelantado que mañana publicará un artículo que no nos deja en buen lugar. En gran parte porque nuestro superintendente no cumplió su promesa de informarle –apostilló Umed.

–No había nada que decirle –respondió Dulal.

–Lo peor y lo mejor que nos puede ocurrir es que el asesino mate de nuevo –dijo Rishi.

–Dulal, ¿qué se nos escapa? –preguntó Umed.

–En casos como este, la solución suele estar en un caso anterior que ha sido archivado como una muerte natural, en un nombre que hemos pasado por alto o en una pista que no hemos sabido interpretar –añadió Dulal.

–¿Qué relación puede haber entre el hospital y los thugs? Es una de las vías que todavía no hemos investigado.

–Uno de los muertos había estado allí y tenía la lengua negra –apuntó Rishi.

–Tal vez se las corta para despistarnos y que creamos que es un thug –dijo Umed.

–Pero los psicópatas suelen llevarse recuerdos de sus víctimas –añadió Fahim.

–Y sabemos que los thugs cortaban en pedazos a sus víctimas para honrar a la diosa. Por otro lado, Kali aparece representada con la lengua fuera en señal de burla –comentó Dulal.

–Se burla de nosotros –dijo Umed.

–Puede que sea un trabajador del hospital Sir Ganga que está jugando a ser un thug –añadió Rishi.

–Tenemos que averiguar si las víctimas estuvieron en ese hospital, pero sin una orden no hay manera –murmuró Dulal–. No queda otra que volver a intentarlo. Tomar la lista de los muertos e interrogar otra vez a familiares, vecinos, amigos, enemigos, todo. Algo tiene que salir.

La mente de Dulal era un pozo lleno de ideas, razonamientos, circunloquios, sentencias y personajes de películas. Se elevaban desde las profundidades como murciélagos hechos de palabras, la mayoría no llegaban a construir una idea razonable y se quedaban suspendidos en alguna parte del cerebro, en una especie de cueva llena de desperdicios mentales que por sí solos no conformaban una teoría.

¿Por qué alguien atentaría contra George?, se preguntó confuso. Esperaba que el informe de balística aclarara algo, pero su cabeza le decía que tenía que ver con la visita al laboratorio.

Condujo hasta el lugar del último crimen. Estaba rodeado por unos palos de diferentes alturas que servían de poste para las cintas que delimitaban las escenas de los crímenes. Apenas quedaban unos pocos. Vio que un niño agarraba uno y lo lanzaba al aire repetidamente. Un policía hablaba con un grupo de curiosos, pero cuando se percató de la presencia del superintendente no se inmutó y siguió con la conversación. Dos mujeres sobrepasaron el perímetro y se acercaron hasta el lugar donde encontraron el cuerpo. Dulal miró el hueco donde había estado enterrado el intocable. Qué difícil es trabajar de manera científica en este país, pensó.

Recordó las fotografías colgadas en el corcho, el hilo de sangre de la nariz en la cabeza separada del cuerpo, la ausencia de lengua, los brazos seccionados. Esto no le gustaba ni pizca. Se acordó de las últimas palabras del comisario: «Nuestra prioridad es detener al culpable. Pregunte otra vez al director de la academia de sánscrito, al profesor universitario, vaya al templo de la diosa Kali, visite el barrio de Chowk, estudie la escena de los crímenes, haga lo que sea, pero encuéntrelo cuanto antes».

A estas alturas, la escena del crimen ya estaba repleta de pisadas, basura y orines recientes. Trató de pensar como el asesino. Había una senda a unos metros de distancia. Tuvo que pasar por ahí, era la elección más fácil, pensó. Alrededor de ese camino, el lugar se volvía pedregoso y estaba lleno de baches, algunos de gran profundidad. Inspeccionó el sitio pero no encontró marcas de ruedas. Podía ser que lo esperase escondido y lo hubiese matado allí mismo, se dijo pensativo.

Volvió sobre sus pasos con la mirada puesta en unos matorrales. Más basura esparcida, sobre todo plásticos. Se notaba que algunos los había traído el viento, estaban agarrados a las matas de la senda. Allí, algo le llamó la atención. Se agachó, sacó un pañuelo de papel y agarró el objeto con cuidado. Era una bola pequeña de madera con un agujero en medio. La estudió con detenimiento. Se parecía a una cuenta de collar. La víctima no llevaba ninguno. No se hizo demasiadas ilusiones, los amuletos eran muy populares.

Tenía que encontrar más evidencias. Desde donde se encontraba hasta el lugar del enterramiento había dos pequeños surcos que habían pasado desapercibidos. El corazón le dio un vuelco. Buscó rastros de sangre en los alrededores. Nada.

Regresó y rastreó la zona, esta vez con especial minuciosidad. Encontró dos cuentas más.

El instituto forense de Benarés era un edificio pequeño, antiguo y mal conservado, con gruesos muros de color rojizo. Se presentó al portero como el jefe de investigación de la brigada encargada del caso. Preguntó por la sala de autopsias. El hombre lo miró con cara de desidia, se levantó de su asiento y, sin decir palabra, se puso en marcha. Atravesaron varios corredores y salas hasta llegar a una puerta. El hombre no dejaba de mirarse los zapatos. Había un interfono.

—Señor, un policía quiere verlo. Dice que es el encargado del caso de las lenguas cortadas.

La sala de autopsias era una habitación grande, con las paredes de baldosa blanca y nichos de metal en uno de los lados. En el centro había dos mesas metálicas, en una de ellas yacía un cuerpo cubierto con una sábana blanca. Dulal se estremeció.

El forense no tendría más de treinta años; de piel muy oscura, parecía un *dalit*. La India cambia, pensó Dulal con orgullo.

—*Namaste*.

—*Namaste*. Soy el superintendente de la comisaría de Chetganj.

—Claro, usted es el encargado de la investigación. Dicen por ahí que tiene un don para resolver los casos más complicados. He sido trasladado al instituto hasta que descubran al asesino. Una tarea que he aceptado de buen grado; a mí también me van los casos difíciles.

–Pues este se lleva el primer premio.

–Tómelo como la oportunidad de su vida. Si lo resuelve, se hará famoso.

–Y si no, ya puedo ir pensando en dirigir el tráfico.

–No tiente la suerte invocando a la diosa de la mala fortuna.

El forense le pasó unos pantalones y una bata blanca.

–Ahora cálcese los zapatos con estas fundas y póngase esta mascarilla.

Dulal obedeció.

–Acabo de estar en la escena del crimen y he encontrado estas tres cuentas en el suelo.

El forense las observó detenidamente.

–Parece que forman parte de un collar o una pulsera.

–Podrían pertenecer al asesino.

–Es una posibilidad.

El hombre metió las cuentas en una bolsa de plástico y la dejó en una mesa. Luego se acercó a la camilla metálica, levantó la sábana y aparecieron un torso y una cabeza.

Dulal vio el cuerpo reconstruido sobre la mesa de autopsias. Se le revolvió el estómago, y para evitar las arcadas clavó la vista en el espacio que había entre la cabeza del forense y la lámpara.

–Varón de origen asiático. Piel oscura, típica de los intocables. ¿Sabía, superintendente, que esta diferenciación de la piel fue obra de los invasores de procedencia europea? Las castas bajas tenían un tono de piel oscuro, mientras que las clases altas, portadoras de la sangre aria, tenían la piel más clara.

–Yo creía que era porque estaban más expuestos a trabajos al aire libre y su piel se oscurecía por el sol.

El forense no pudo evitar sonreír.

–El tono muscular indica que su edad está entre los veinte y los treinta años. La cabeza está seccionada del tronco con un objeto que por la morfología de los cortes bien pudiera ser un hacha o algo muy parecido. Desde luego no se hizo con nada mecánico, tampoco con un cuchillo; los cortes son característicos de ese tipo de instrumento.

El forense prosiguió con su informe.

–Se aprecian lesiones de amputación post mórtem...

Apagó la luz y la sala quedó en penumbra. Se colocó unas gafas de protección. Encendió un aparato con ruedas de potencia y pequeñas bombillas de colores no más grande que un horno pequeño. De la máquina salía una goma parecida a la de hinchar los neumáticos de los coches. Agarró una vara del tamaño de una batuta llena de un líquido transparente más denso que el agua. Poco a poco la goma abandonó la forma de una cuerda enrollada y se estiró.

Dulal miró el cadáver. Las partes del cuerpo reposaban en la camilla como si fuesen cebo para tiburones. Trozos de piel, músculos, huesos con escasa apariencia humana.

—Vamos allá.

El forense pasó la varilla por las distintas partes del cuerpo.

—Este aparato se usa para buscar fibras y detectar huellas dactilares, lo que ocurre es que, si los dedos no están manchados con una determinada cantidad de sustancia, no es posible tomar la muestra con fiabilidad. ¿Ve estos restos? Son heces humanas pegadas al pelo y a la piel.

Dulal pensó automáticamente en un pocero. Se encontraban tan abajo en el sistema de castas que casi no existían. Eran los intocables entre los intocables. Nadie les daba nada en mano. Vivían fuera de los núcleos habitados. La mayoría de ellos eran mujeres que desde que eran unas niñas retiraban las heces de las fosas sépticas con un pequeño cuenco que trasvasaban a un balde mayor para luego transportarlo sobre la cabeza a otro lugar.

—Puede que sea un recogemierda.

—Es una hipótesis bastante plausible. Acérquese un poco más.

Varias fibras, unas de color blanco y otras de color amarillo, se iluminaron como por arte de magia. Dulal cerró los ojos y contuvo las palabras que ya había pronunciado en otras ocasiones. Era el mismo asesino. No había duda.

El forense recorrió otras partes del cuerpo con detenimiento. Cuando llegó a uno de los brazos, a la altura de la muñeca, varias marcas se iluminaron. Brillaban entre el vello, las partículas de tierra y las heces secas. Se acercó para observar su hallazgo.

—He encontrado unas huellas dactilares.

Dulal no pudo reprimir su emoción.

–No se haga ilusiones. Necesito ver si son de calidad.

Agarró la bolsa con los polvos, la abrió y los esparció sobre las manchas. Luego las examinó con una lupa.

–Parece que la huella que hay por encima de la muñeca tiene el suficiente relieve. La altura entre las crestas y los valles está muy marcada.

Dulal se separó un poco de la camilla. Era tal la emoción que sentía que pensó que podía alterar las muestras solo con su presencia.

–El asesino, por suerte para nosotros, tenía las manos manchadas de un líquido. Eso ha hecho que las huellas desprendan calor en contacto con la luz estraboscópica.

–Los thugs limpiaban el hacha sagrada con leche y aceite después de matar a sus víctimas y descuartizarlas. Puede que sea eso.

Dulal se dio cuenta de que había hablado en voz alta.

–Por sus palabras entiendo que buscan a uno de ellos como posible sospechoso.

–Es una posibilidad que contemplamos –respondió con sinceridad.

El forense fue a por una cámara Canon EOS 5D, acercó el objetivo a las huellas y tomó unas cuantas fotografías. Miró la pantalla de la cámara y observó las imágenes con minuciosidad.

–De momento, son lo bastante buenas para cotejarlas en el ordenador.

–Solo hay que confiar en que sean las del asesino.

–Bien, eso es todo en el examen preliminar –dijo el forense–. En cuanto tenga el informe completo, se lo haré llegar.

En ese instante el móvil de Dulal vibró y las ondas se transmitieron hasta la piel que hacía contacto con el bolsillo del pantalón.

–*Namaste,* superintendente. Soy Fahim. Una mujer del *slum* de Sigra dice que hace dos días que su marido salió de casa y aún no ha vuelto.

–¿En que trabajaba?

–Era pocero.

–Lleve a la mujer a la comisaría inmediatamente –ordenó con una voz distorsionada por la falta de cobertura.

Thomas no podía seguir esperando que la Interpol o la Policía encontraran a la niña. Salió en su busca antes del amanecer. Le recibió un cielo negro amortajado de estrellas que resplandecían frías y hostiles. Atravesó una calle desierta salvo por varios perros esqueléticos que husmeaban en la basura y por un hombre que dormía en un cartón. Serpenteó entre el crucigrama de calles, todas iguales, todas diferentes. En algunas zonas necesitaba la linterna para iluminar los rincones donde se adivinaba la forma de algún bulto tumbado. El agua y el murmullo de la gente resollaba al final de un pasadizo.

Thomas se desesperaba. Se decía a sí mismo que debía tener confianza, que la niña estaría bien, sabía cómo moverse entre las calles, era pequeña y lista. Sí, se dijo, eso la salvará. Trató de ponerse en su lugar, de pensar como ella. ¿Dónde buscaría cobijo una niña pequeña? La respuesta era sencilla: en otros como ella. Un cuervo de grandes dimensiones más oscuro que la noche cruzó silencioso por encima de Thomas que, en un acto reflejo, agachó la cabeza; sintió el roce de sus plumas, el aire se movió a su paso.

De repente recordó haber visto muchos niños en la estación del tren.

El frío de esas horas de la mañana retenía a gran parte de los habitantes de la ciudad en sus casas; aun así, en la estación había movimiento. Se sentó en un lugar apartado, a salvo de miradas indiscretas, en un sitio donde era fácil pasar inadvertido pero desde el que podía observar el trasiego de la estación. Tras media hora, advirtió un grupo de críos comandados por un chico de edad incierta, todo huesos, de pequeña estatura, pegado a una lata; adivinó que se trataba de pegamento. La ira lo inundó. ¿Qué habían hecho esos niños para merecer esa vida? El azar, nacer en el lugar equivocado. Pensó en la hermana María, su coraje para afrontar los desafíos a los que su vida diaria la retaba; en Navala, ella sí que era una heroína; no aquellos que surcaban el mar a nado, marcaban un gol en el último minuto o paseaban ropa de diseño en la pasarela. Era difícil sustraerse a ese paisaje humano desolador y pretender que la forma de pensar no cambiase. Su ático, sus trajes, su coche, incluso el televisor, se le antojaron una banalidad. Se sintió mal.

En cuanto llegó hasta el chico, una nube de pilluelos se arremolinó a su alrededor.

–Estoy buscando a esta niña –dijo con voz amable, y le mostró la foto de Tanika.

–No inglés –respondió sin separar la nariz del fondo del bote.

Thomas volvió a insistir, esta vez mostrando la foto a los demás. Los ojos de varios se dirigieron de manera automática hacia el líder. Thomas retuvo el aliento; la conocían. Rápidamente sacó de la chaqueta su linterna y se la enseñó al jefe. La vida le había dado muchos palos y hacía tiempo que había dejado de ser un niño, pero, de algún modo, todavía quedaba un halo infantil en él. Su mirada se iluminó a la vez que mostraba una amplia sonrisa.

–Te diré donde está –dijo en un perfecto inglés.

La barbería estaba pintada de color naranja chillón y decorada con numerosos recortes de revistas de actores y actrices de Bollywood. El peluquero hizo una coleta al pelo de Tanika y de un tijeretazo la cortó por encima de la goma quedándose con el cabello en la mano. La niña no se había atrevido a mirar, permanecía con la cara escondida entre las suyas. De repente, oyó una voz que decía su nombre:

–¡Tanika!

El hombre que le había prometido llevarla a una escuela con las paredes forradas de libros estaba en el dintel de la puerta. Tuvo un instante de temor y su cuerpo reaccionó encogiéndose dentro del gran sillón de barbero.

Thomas se acercó y se agachó hasta quedar casi de rodillas frente a la niña. El alivio que sentía era indescriptible, una sensación extraña recorría su garganta, sus brazos, sus manos. Le había cerrado la puerta a la muerte, la misma que se había alzado poderosa en otros momentos de su vida. Tomó a la niña sin esfuerzo y la levantó antes de abrazarla.

–No tengas miedo. Estoy aquí para ayudarte. Vas a estar bien. Podrás aprender muchas cosas y leer todos los libros que quieras –le susurró emocionado al oído–. ¿Recuerdas lo que te prometí?

Tanika asintió todavía desconfiada mientras él la dejaba en el suelo.

–¿Dónde está mi padre?

El rostro de Thomas se oscureció. Se sintió incapaz de contarle la verdad.

–No lo sé –mintió–. ¿Viste que alguien le hiciera daño? Es muy importante que me lo cuentes todo –preguntó con urgencia.

La niña repitió la escena vivida días atrás con una tranquilidad asombrosa. La única descripción que hizo del asesino fue que era una sombra con un turbante amarillo. Thomas torció el gesto claramente disgustado.

–Seguro que está en algún hospital y lo han curado –dijo Tanika convencida, y Thomas no la contrarió–. Pero ahora tengo que encontrar a *Mala,* mi perra, no puedo irme a ningún sitio sin saber dónde está. Tienes que entenderlo, también es mi familia. Quizá le han dado una paliza o está herida aplastada por la rueda de una moto o me busca. Ayúdame, por favor –suplicó conteniendo las lágrimas.

Thomas escuchó con pesar la diminuta voz. La niña mostraba más tristeza por la desaparición de su perra que por su padre. Levantó la cabeza en un intento de alejarse de aquella voz desesperada.

Unas horas antes, Dulal leía con interés el artículo del periódico en el taxi que lo llevaba hasta la comisaría. Al asesino lo apodaban el coleccionista de lenguas de Benarés, un psicópata cuyos trofeos eran las lenguas de unos miserables *dalits*. Dulal sabía que esa información, por una parte, tranquilizaría a las castas más poderosas, pero, por otra, alertaría a los más pobres. Con todo lujo de detalles, el periodista explicaba la secuencia de asesinatos. Empleaba palabras a las que los indios no estaban acostumbrados, tales como *serial killer* o *sociópata*. También se había enterado de que la mayoría de las víctimas acabaron en la incineradora eléctrica. Dulal torció la boca en un gesto de contrariedad, era un duro revés para la brigada. En el artículo figuraban las entrevistas con algunas de las familias. Por suerte no mencionaba a los thugs, aunque sí al yogui, al que presentaba como un santo con poderes sobrenaturales y se le apuntaba como principal sospechoso. Esto molestaría a sus acólitos. Un quebradero más de cabeza, pensó.

Mientras la búsqueda del yogui ocupaba la mayor parte de los titulares, en la comisaría no paraban de sonar los teléfonos. Se verificaban todas las llamadas. La mayoría eran hombres que se creían con poderes para adivinar el paradero del sospechoso, también santones que buscaban notoriedad. Cuando Dulal llegó, entregó el documento con las huellas del hombre descuartizado al encargado de cotejarlas con las de las bases de datos. Nada. Su nombre tampoco figuraba en la lista del hospital.

La mujer del pocero estaba sentada en la sala de interrogatorios. Umed había mandado comprar dos cámaras de vídeo y las había instalado cerca de la mesa.

La *dalit* vestía con su mejor sari. Miraba al suelo consciente de que era la esposa de un recolector o un carroñero, como se les conocía. Cuando Navala le contó que en la India setecientos millones de habitantes hacían sus necesidades al aire libre le pareció de lo más normal; las autoridades desaconsejaban tener excusados dentro de las casas por la idea de pureza. Solo en la provincia de Uttar Pradesh existían treinta y cinco mil recolectores manuales.

Al principio, el interrogatorio fue una especie de representación de mímica. Acostumbrada a ser maltratada y vejada, contestaba a las preguntas con dos movimientos de cabeza. No aportó información hasta que de repente habló: dos días atrás su marido fue a trabajar de madrugada y aún no había vuelto. No tenía enemigos, ni disputas de tierras, ni cuestiones de dotes. Hacía bien su trabajo y guardaba los prefectos de su casta. Dulal le preguntó si había estado en el hospital Sir Ganga. Su respuesta fue afirmativa. Le habían pinchado varias veces, a cambio le habían curado una herida de la pierna que supuraba y le habían administrado antibióticos. Ya no había duda. Era un nexo. Quizá esta vez conseguiría la orden del juez.

Umed escribió una nota para la prensa. Después de varias opciones, redactó lo que iba a ser una petición a los habitantes de Benarés. Pasarían el comunicado en las noticias de la tarde, y al día siguiente aparecería en todos los periódicos. El texto iba acompañado de una foto de Dada Sharma. Se añadía que todo aquel que pudiese informar sobre su paradero sería recompensado.

—He mandado a las tres cuartas partes de los policías a buscar al yogui y a la niña por la ciudad. El resto de los agentes está en los teclados y al teléfono –dijo Umed.

—¿No cree qué deberíamos pedir más ayuda? –preguntó Dulal.

—No se preocupe. No tardaremos en ver a policías e investigadores merodeando por la comisaría, y nosotros nos dedicaremos a mirar desde un rincón cómo destrozan el caso. Los jefes nos hacen creer que somos policías, pero cuando se ven involucrados sospechosos con poder nos dan la patada.

—¿Está ya el informe de balística sobre el caso del americano? –preguntó Dulal, ignorando la actitud pesimista de su jefe.

Umed negó con la cabeza.

—Puede que se tratara de un hecho aislado, algo fortuito. He pasado el caso a otro departamento. Es algo que no nos compete y en estos momentos estamos desbordados.

Dulal torció la boca en una mueca de disgusto. En cierta manera se sentía responsable, pero poco podía hacer. El comisario tenía razón.

—Algo positivo hemos conseguido con los refuerzos, el forense ha encontrado una huella en la muñeca del cuerpo troceado.

—No hago más que pensar en Manju y en su hija. Estuvo en mi casa para regalarle unas pulseras a Navala como agradecimiento y no parecía en absoluto preocupado por su seguridad, ni por la de la niña. Y en el interrogatorio no sacamos nada nuevo. Pero la clave tiene que ser esa familia. Tenemos que conseguir la lista del hospital.

Dulal calló y Umed contempló la ciudad envuelta en el humo de la contaminación antes de murmurar:

—Algo une a esos muertos. Algo que se nos escapa. Ya no estoy tan seguro de que sean víctimas elegidas al azar. Tiene razón, pediré una orden judicial, pero no se haga ilusiones. Lo que me preocupa ahora es el tiempo que el asesino nos lleva ganado. Entre comprobar identidades de ciudadanos que creen haber visto al yogui, repasar informes, atender las llamadas de los jefes, la prensa, se nos van las horas que tanto necesitamos.

–No resulta nada fácil, comisario. Buscábamos a un simple asesino y nos hemos topado con un psicópata como no se había conocido antes en esta ciudad. Un ser arrogante, carente de remordimientos, insensible, cuidadoso. Alguien más propio de otras culturas.

–Yo no creo que sea un loco. Usted dice que nuestro hombre puede mostrar tendencia a las alucinaciones, a los delirios, a los razonamientos distorsionados, pero a mí no me encaja con este asesino, frío y racional –dijo Umed con sinceridad –. Lo único que me hace dudar de mi teoría es toda la ceremonia en los asesinatos, esa parte mística me confunde. Me preocupa qué relación puede tener con el hospital: antes he pensado que podría tratarse de un extranjero venido de otro país expresamente para limpiar las pruebas que incriminan al hospital; en este caso, seres humanos.

–No puede ser un extranjero. Hubiera llamado la atención. Es uno entre los nuestros –dijo, mientras pensaba en la película de De Niro.

Dulal se cubrió la cara, agotado. Sentía un deseo enorme de abandonar el caso y descansar. Umed se dio cuenta del estado anímico del superintendente y se dirigió a la pecera. No quería presenciar cómo su investigador principal se derrumbaba ante sus ojos.

Dulal estuvo unos segundos a merced de la compasión. Luego, como si se tratase del final de una serie, pareció recuperar la normalidad. Pensó que la vida real pocas veces tenía que ver con las películas.

–Ánimo. Los buenos policías dudan. Antes de conocerlo, pensaba que el interés era un mal compañero, que el esfuerzo no tenía recompensa y que la inteligencia era una enfermedad sin cura. Pero su ilusión y empeño hicieron que cambiase de opinión.

Las palabras de Umed sorprendieron a Dulal.

–Pero ¿y si fracasamos?

–No nos lo podemos permitir, sería darle la razón a gente como Chitán. Las cosas se pueden hacer de otra manera, la nuestra. Por eso lo quiero en plenitud de condiciones –dijo el comisario, que también pareció recuperar las fuerzas.

–Es verdad. Perdóneme. Llevo unos días sin descansar y mi vida personal no pasa por el mejor momento. Creo que me voy a casa.

Se hizo un incómodo silencio.

–Ser policía implica perder algo y usted no va a ser una excepción –dijo el comisario.

29

Se adentraron en la parte antigua de Benarés. Volvieron a recorrer las calles, los lugares que solía frecuentar el animal.

Thomas miraba con preocupación los pies descalzos de la niña moverse entre los desechos acumulados en las calles. Observó con estupor cómo en varias ocasiones pisaba los excrementos dejados por alguna vaca. En el primer puesto de calzado que vio le compró unas sandalias, haciendo caso omiso a las protestas de Tanika por la pérdida de tiempo.

Pasaron la tarde buscando a *Mala*. Preguntaron a los viandantes, a los tenderos, a los niños callejeros. Pronto llegaron hasta la calle que conducía al edificio de Kajol, la *hijra*. Thomas no quería soltar la mano de Tanika por miedo a perderla, pero la niña no estaba acostumbrada y se zafaba en cuanto tenía ocasión, lo mismo que él con sus parejas, pensó reconociéndose en aquel rechazo.

Una mujer que lavaba a un bebé en un cubo les aconsejó que preguntaran en el hospital. Hacía un par de días que había visto una pequeña camioneta con el dibujo de un sol naranja de un hospital cercano. Aunque no se encontraban lejos, Thomas se sentía cansado, débil, incluso pensó que tenía fiebre. La niña no estaba mucho mejor. No había querido parar para comer, solo había aceptado a regañadientes un *chapati*. Subieron a un *rickshaw* que los dejó en la puerta. Thomas no tenía ganas de protestar y le dio al conductor la suma astronómica que le pedía.

En cuanto entraron en el hospital, el olor a medicamentos y humedad lo golpeó y lo hizo retroceder. Se encaminó hacia la recepcionista, que miró con desconfianza a la pareja.

—Quisiera saber dónde se encuentran los animales recogidos en las calles.

La mujer dudó, y ese momento de duda, esa tardanza en negar su existencia, fue lo que convenció a Thomas para enseñarle su credencial de agente de la Interpol a la vez que ordenaba con voz autoritaria que le mostrara el camino del laboratorio.

Descendieron unas escaleras. La luz era escasa. El calor del exterior fue sustituido por un frío húmedo que se pegaba a sus cuerpos cansados. Se detuvieron delante de una puerta. Tanika no notó el olor ácido que intentaba colarse por ella; el olor negro y oscuro que les avisaba de lo que les aguardaba. Thomas sintió la muerte de lejos, a través del cristal roto que la puerta metálica enmarcaba. La abrió y entornó los ojos deslumbrado por la luz de los fluorescentes. La sala era pequeña, sin ventanas. Unos ventiladores que producían un sonido repetitivo movían el aire estancado. Thomas recibió el dolor detenido tras la puerta e intentó tomar la mano de Tanika, pero esta se escabulló como una anguila y corrió mirando nerviosa las jaulas que colgaban de las paredes como escabrosos cuadros decorativos.

El silencio era agobiante. El olor húmedo del sufrimiento, la luz amarillenta, pesada, caía sobre Thomas como una losa. Le costaba respirar. El color de la podredumbre se reflejaba en la mano que posó sobre el hombro de Tanika antes de que esta se encaminara hacia la encimera de mármol gris que bordeaba las paredes. La niña gritó el nombre de *Mala*.

Varios perros y gatos yacían boca arriba con los vientres abiertos, atados con cinchas que sobresalían entre unas ranuras realizadas en el mármol. Sus ojos como cristales oscuros miraban suplicantes a los recién llegados. Thomas vio que sus pequeños corazones aún latían. La pequeña llegaba a duras penas a la altura donde estaban situados los experimentos más sangrantes. Varios conejos, inmovilizados en el interior de una especie de cuna, trataban de zafarse de las pinzas que mantenían sus ojos abiertos, ya ciegos de las quemaduras. En ese momento entró un chico joven silbando una alegre melodía y se detuvo asombrado ante la presencia de los intrusos.

–¿Qué hacen aquí? –preguntó confundido.

Tanika se lo explicó con voz apresurada.

La mirada del joven lo dijo todo.

Mala yacía boca abajo con el lomo en carne viva. Una herida mal curada alrededor del cuello era testigo de lazo de acero con el que la habían capturado. Como todos los demás animales, estaba fuertemente atada, incluso el pequeño muñón estaba sujeto con una cuerda tirante a una especie de palo en vertical. Thomas alzó a la niña para que la viera. A través de la fina camiseta, sintió cómo el corazón de Tanika se aceleraba. La niña contuvo el llanto y posó su mejilla sobre el mármol frío quedándose a la altura de la mirada de *Mala*. La perra le lamió la cara.

–Suelte ahora mismo a esta perra –dijo Thomas con autoridad sin dejar de sujetar a Tanika.

El joven sonrió a cámara lenta.

–Trabajo para la Interpol. Sé que la manipulación solo puede ser efectuada por personal cualificado. Es obligatorio tener en plantilla a un experto en salud animal para que no sufran estrés. ¿Le parece a usted que este es un buen ejemplo?

–Se supone que ensayamos con animales criados para ello o que se ha establecido un linaje invertebrado –dijo el trabajador, todavía asombrado por la intromisión–. Solo soy un simple becario; ni me informan, ni pregunto.

–Quiero que le cure las heridas y le inyecte antibióticos. Trátela como si fuera la reina de Inglaterra, ¿ha quedado claro? Y quiero que a esos pobres animales con el vientre abierto les practique la eutanasia. Los he grabado y le aseguro que cuelgo el vídeo en Internet además de denunciarlo.

–No sé a qué viene tanto escándalo –replicó indiferente el joven–, ¿no ve que no sufren?

–No me tomes por tonto. Les has cortado las cuerdas vocales.

Dulal se movía como un caballo salvaje en un templo. Si no hubiera sido de naturaleza apacible, habría destrozado en un arranque de rabia parte de las vasijas de cerámica que decoraban el salón de su casa. No sabía qué hacer. Pensó en echar una mano a Thomas y averiguar qué nombres se escondían en la lista de Sean Haggerty. Una sospecha se había instalado en él y era crucial desecharla.

Dentro de las opciones que barajaba, se encontraba la de pedir una orden judicial, pero era un procedimiento burocrático demasiado largo y tedioso, y en esos momentos, debido a su estado de ansiedad, tenía claro que no era una buena solución. Necesitaba a alguien que tuviera los conocimientos adecuados para introducirse en los ordenadores del hospital y en los del laboratorio Lobarty y obtuviera la información que precisaba. Pensó en Rishi y Fahim; quizá conocieran a algún hacker que supiera cómo entrar en la base de datos del hospital Sir Ganga. Quedaron en un café. Los dos ayudantes acudieron con sus potentes ordenadores y asintieron sin parpadear cuando Dulal les explicó lo que quería de ellos y por qué.

–Es ilegal –afirmó Rishi.

–Lo sé –respondió Dulal–, pero no me queda otra opción. Te aseguro que ha sido una decisión meditada y asumo todas las consecuencias.

Ambos se colocaron frente a sus pantallas.

–Bien, lo que tenemos claro es que no vamos a asumir riesgos. Aunque sea algo más trabajoso, debemos optar por un ataque *man-in-the-middle*.

–Y es... –Dulal dejó la frase inacabada a la espera de que cualquiera de los dos la terminase.

Esta vez fue Fahim el que habló:

–Vamos a crear un intermediario, un espía que pueda leer los mensajes de una parte implicada, o de todo su conjunto, sin que nadie sepa que esa intimidad ha sido violada.

–Es decir, ver sin ser vistos –resumió Dulal.

–Primero vamos a averiguar qué lenguaje utiliza el sistema gestor de historiales del hospital.

Dulal contemplaba fascinado la coreografía que interpretaban los dedos del Gordo y el Flaco sobre los teclados.

–De acuerdo. Ya lo tengo –dijo Rishi sin despegar los ojos de la pantalla–. Es un lenguaje de marcas extensible. Los mensajes viajan cifrados a través de la red. Es extraño, podrían haber cifrado solo el material sensible, como el diagnóstico o motivo de la visita médica, y dejar a la vista los datos del paciente.

–Pero ya veo que no ha sido así. ¿Por qué? –preguntó Dulal interesado.

–Muy sencillo: para que no pueda ser manipulado por el personal no autorizado a visualizar todo el contenido. Si se criptografía todo el expediente, el acceso se restringe a una minoría.

–¡Mierda! –exclamó Fahim–. Hay un protocolo de inserción de datos en los historiales con el objetivo de protegerlos.

–¿De qué? –preguntó Dulal.

–De lo que nosotros estamos haciendo, por ejemplo –respondió Rishi con una sonrisa.

–Es un programa muy sofisticado y a la vez sencillo en su funcionamiento. Cuando el médico entra en el historial de un paciente, el gestor de datos verifica que esta entrada ha sido firmada con una serie de códigos por el médico asignado al paciente. Automáticamente, el gestor añade una marca temporal y un número de serie para dejar constancia del momento de la visita y su posición en el historial del paciente.

–¿Y a nosotros en qué nos afecta?

–Cada visita tiene asignado un número de serie. El atacante, es decir, nosotros, no disponemos de la clave. Si entramos en el historial, habrá una entrada no firmada. La base de datos detectará un salto entre la última visita y la siguiente que realice el médico o el personal autorizado.

–¿Entonces?

Los dos ayudantes se miraron antes de contestar:

–Entonces no nos queda otra opción que realizarlo abiertamente. En cuanto entremos, sabrán que lo hemos hecho.

Dulal se acordó de la película *La red,* en la que Sandra Bullock comprobaba de primera mano los peligros que conllevaba bucear en Internet.

–Adelante –dijo con determinación–. Correré el riesgo. Si quieren, ya saben dónde encontrarme.

Ante sus ojos aparecieron cientos de nombres que se escondían tras los números de historiales médicos que atesoraba el hospital.

–Hay miles. Tendremos que buscar uno a uno los números de Sean Haggerty –advirtió Dulal apesadumbrado.

—No creo que sea necesario, buscaremos la palabra *exitus* —explicó con tranquilidad Rishi.

—¿Qué significa? —se interesó Dulal.

Rishi no prestó atención a la pregunta formulada por su jefe. Fue Fahim quien resolvió su duda:

—Es un término que procede del latín y significa salida. Pero en medicina se utiliza la expresión «exitus letalis» para cerrar las historias clínicas de los pacientes cuya enfermedad ha derivado en muerte.

—He agrupado en una lista aparte todos los expedientes en los que aparece esta palabra en los últimos meses. Qué duda cabe que esto será una pista bastante reveladora sobre nuestra identidad para el gestor de datos. Le será fácil averiguar qué buscábamos.

Dulal se estremeció a la vez que cerraba los ojos ante la evidencia: la lista de Haggerty era la lista de las víctimas del cortador de lenguas.

Mientras discutían las repercusiones del caso con un té, llamaron por teléfono: Dada Sharma se había presentado voluntariamente en la comisaría. Dulal pensó en películas excepcionales donde el sospechoso se entrega, *Seven* continuaba como ganadora.

Dulal, Rishi y Fahim se dirigieron a la comisaría. Se toparon con un grupo de simpatizantes del yogui que gritaban en contra de la Policía y a favor de su líder. Antes de entrar, el superintendente contestó a una llamada de Thomas: había encontrado a la niña. Respiró aliviado. Todo parecía fluir y encajar.

Un agente de bajo rango le abrió la puerta.

—Estábamos esperándolos. Dada Sharma se ha presentado voluntariamente. Lo del periódico ha dado resultado.

—¿Le han tomado las huellas?

—Hace unos minutos, y no coinciden con las encontradas en el cadáver del pocero.

—No puede ser. ¿Dónde está?

—En la sala de interrogatorios, con el comisario Umed.

Dulal entró en la sala. La pose del yogui era la de un *sadhu* meditando. No hizo ademán de girar la cabeza.

Umed, de pie, leía unos papeles. Dejó de leer al percatarse de la presencia de Dulal.

—Acompáñeme fuera un momento —le dijo con un gesto de fastidio.

Los dos policías salieron de la sala.

—Me ha llegado esto desde Delhi. —El comisario le enseñó un fax enviado desde un importante bufete de abogados de la ciudad—. Al parecer, nuestro sospechoso tiene amigos influyentes: el Señor de la madera va a mandar a un abogado de gran prestigio. No tenemos mucho tiempo antes de que aparezca.

—¿Le ha contado algo sobre los asesinatos?

—Repite lo mismo una y otra vez: que es inocente y que tiene una coartada.

Entraron de nuevo. Umed encendió las cámaras de vídeo. Dulal se sentó frente al yogui y buscó el contacto visual.

—¿Dónde has estado todo este tiempo?

El yogui alzó las cejas.

—Meditando.

—¿Tienes testigos?

En ese instante el yogui dejó escapar una leve sonrisa.

—Estuve en el templo Kalighat.

Los dos policías se miraron. Ninguno conocía el templo.

—Ahora vuelvo. —Umed salió de la sala.

—Descubrimos que la prostituta tenía la marca de una moneda en el cuello. Casualmente se acuñó en 1808, en el período en que los thugs fueron más sanguinarios. ¿Qué sabes de todo esto?

Dada no contestó. Parecía dormitar. Dulal se fijó en su collar con el símbolo de la diosa. Se levantó de la silla y lo tomó entre sus dedos. Lo miró detenidamente. Aunque las cuentas se parecían mucho a las que encontró, no coincidían ni en el tamaño ni en la forma.

—Cuéntame por qué los mataste.

No contestó.

—¿Dónde vives?

El yogui le hizo un gesto con las palmas de las manos extendidas hacia arriba.

–Imagino que son tus seguidores los encargados de alojarte y darte de comer –dijo Dulal a punto de perder la paciencia.

Umed llegó con unos papeles.

–He sacado esto de Internet.

Dulal leyó:

–Cuando el cuerpo de la consorte de Shiva fue cortado en pedazos, un dedo cayó en el lugar donde más tarde se edificó el templo de Kalighat. Se dice que en el pasado los adoradores de Kali le ofrecían sacrificios humanos. En la actualidad se han sustituido por sacrificios de cabras de pelo negro. Después, los cadáveres de los animales se exponen para que sean purificados por el fuego del atardecer.

El yogui escuchaba imperturbable.

–Los brahmanes entregaron el templo a la Madre Teresa de Calcuta, que abrió un hogar para los moribundos, el Nirmal Hriday.

–Una muestra más del carácter de nuestro país –murmuró Dulal.

Umed relevó al superintendente en el interrogatorio. Era el momento de darle otra tensión.

–¿Por qué te escondías?

Dada Sharma cerró los ojos y comenzó a recitar en un susurro.

–*Khoon tum Khao...*

–¿Fue para cumplir una orden divina?

–*Khoon tum Khao...*

–¿Dónde tienes las lenguas?

El yogui levantó la voz:

–*Khoon tum Khao.*

–Nos está tomando el pelo. Son las mismas palabras que repetía el descendiente de los thugs en Jobalpur –apuntó Dulal.

–Seguro que no querías matarlos pero tu jamadar te lo mandó.

El yogui lo miró desafiante.

Los dos policías sabían que no les quedaba mucho tiempo.

De repente habló:

–La diosa sostiene en sus manos una espada y una cabeza cortada. La espada representa el conocimiento divino y, la cabeza humana, el ego humano, que debe ser abatido por el primero. Vosotros estáis llenos de él. Renegáis de los dioses y os ponéis al servicio de los ignorantes.

Fahim entró con cara de circunstancias.

—No miente. Mire las fotos.

Dada Sharma aparecía en las afueras del templo rodeado de devotos. En otra fotografía meditaba frente a la diosa negra. Las fechas de los periódicos coincidían con las de los asesinatos.

Dulal, visiblemente afectado, se apartó y miró a Umed, derrotado.

—¿Qué hacemos, comisario? —preguntó con claros signos de nerviosismo.

—Dejarlo libre.

—Pero ¿y si es el asesino intelectual?

—No tenemos más remedio. Mandaré que lo vigilen. Me ha llamado el fiscal —añadió Umed—. Me ha pedido que libere al yogui inmediatamente. Sus seguidores han pasado a la acción y han cortado la carretera que conduce a los principales *ghats*.

—Ya veo. La mierda ha llegado hasta sus jardines.

Mientras el veterinario practicaba la eutanasia a los animales que estaban en peores condiciones, Thomas llamó a Dulal para decirle que había encontrado a la niña. En un tono de excitación y urgencia, el superintendente le contó su hallazgo: los casos en los que ambos trabajaban eran uno. Aunque el presunto asesino estaba detenido, era crucial proteger a la niña, y por ello iba a mandar un coche con sus dos ayudantes de confianza para llevarla a un sitio seguro. Thomas calmó a Dulal asegurándole que estaban bien. Colgó, no sin antes prometerle que tomarían un taxi e irían a la comisaría.

Thomas no salía de su asombro, era difícil creer que las víctimas del caso de Dulal fueran las personas del USB de Haggerty. Tenía ganas de hablar con él y que le contara todo lo que habían averiguado, pero sabía que Tanika no se iría sin que las curas a su mascota hubieran acabado. Intentó serenarse y contempló la sordidez del momento. Se estremeció cuando el veterinario acabó con las vidas de los que más sufrían. La atmósfera cargada de pesar se relajó. Thomas apoyó la espalda contra la puerta del laboratorio. Mientras, en una camilla cercana a él, Tanika acariciaba la cabeza de *Mala*. Tenía puesta una vía con suero en una de las patas, era importante hidratar al animal, que lamía de manera insistente la nariz de la niña.

Después de introducir los cuerpos sin vida en unas bolsas de plástico estancas y etiquetarlas, el joven se acercó y le ofreció un té. Thomas lo rechazó. Se sentaron en unos taburetes viejos, en algunas partes la gomaespuma salía por el revestimiento de plástico marrón rajado por el uso.

—Debemos esperar a que le haga efecto el antibiótico. Calculo que en media hora habrá pasado el suero.

—¿Cómo puede trabajar aquí? Yo preferiría pasar hambre.

—Eso lo dice porque nunca la ha pasado. Es lo peor que hay. Es muy bonito luchar por unos ideales, por una bandera, por una causa grandilocuente, pero no hay ningún honor en luchar para conseguir comida; no hay nada más bajo.

Thomas vio que era más joven de lo que había creído. Se reprendió a sí mismo por sus palabras, el veterinario tenía razón, ¿qué sabía él de la miseria, de la vida en ese país? ¿Quién era él para juzgar?

—¿Qué experimentos se realizan en este laboratorio?

El chico se aclaró la garganta antes de contestar:

—Para la industria cosmética. Por ejemplo, utilizamos los ojos de los conejos porque son muy parecidos a los de los humanos.

Thomas estaba sumido en sus cavilaciones cuando alzó la cabeza:

—¿Lo dice en serio?

—Completamente. El primer mundo nos lo reclama. Siempre ha sido así. Yo por lo menos lo hago con animales. En la guerra fría, cincuenta clínicas de la Alemania del Este colaboraron con multinacionales farmacéuticas en unos seiscientos experimentos a gran escala. En las pruebas participaron las principales multinacionales que hoy tratan nuestras enfermedades: Bayer, Pfizer, Sandoz o Roche. A cambio, se calcula que por cada ensayo con cobayas humanas pagaban unos quinientos dólares a la RDA y regalaban a sus autoridades material clínico diverso.

–Eran otros tiempos.

–¿De verdad lo cree? He estudiado mucho sobre este caso. El jefe del archivo de la Policía Política de la RDA, Roland Jahn, denunció que la industria farmacéutica se benefició de las condiciones políticas. La temida Stasi estaba al tanto de todos esos manejos, la obtención de divisas era una de las prioridades del régimen. ¿Alguien ha sido juzgado por ello?

–No tengo ni idea –reconoció Thomas.

–Todo esto es una mierda, detesto experimentar con animales. Y creo que, salvo excepciones, no tiene una gran utilidad.

–¿Por qué lo cree? –preguntó interesado mientras veía que la niña se había quedado dormida junto a la perra.

–El clioquinol es una droga contra la diarrea que se probó en animales con buenos resultados; en personas, treinta mil se quedaron ciegas o paralíticas y miles más murieron. La talidomina actuaba como sedante para embarazadas y lactantes una vez probada su eficacia en animales, pero acabó en tragedia: diez mil niños nacieron con malformaciones severas. Ya ve, un éxito –dijo con una sonrisa irónica–. Con esto quiero decirle que puede que los ciento veinticinco millones de animales con los que se experimenta cada año no sean tan necesarios. La morfina es un sedante para nosotros, pero un estimulante para los gatos. El arsénico no es venenoso para las ratas o las ovejas. Pero poco tengo que opinar yo, un don nadie en este mundo de gigantes.

Se puso de pie para comprobar cómo estaba el lomo del animal. Una gruesa capa de pomada cubría la quemadura.

–La impunidad de estas farmacéuticas en el pasado es lo que les permite hoy tener ese poder y negar tratamientos al Tercer Mundo.

Thomas aprovechó la ocasión para preguntarle si conocía la asistencia de un hospital en el que unos *dalits* se habían prestado voluntarios como cobayas humanas.

–¿De qué hospital hablamos?

–Del Sir Ganga. El laboratorio fue construido íntegramente con fondos que provenían de la farmacéutica Lobarty.

–Sí, lo conozco –murmuró mientras se ponía unos guantes y aplicaba más pomada. La perrita entreabrió los ojos, lamió la nariz de la niña, que no se despertó, y volvió a cerrarlos–. Mal asunto. Se dice que llevan gastado medio millón de dólares. Todo había ido bien hasta ahora, pero, no se sabe por qué, en esta última tanda, algunos individuos han sufrido reacciones adversas.

–¿Quiere decir que el medicamento es un engaño?

–En absoluto. Todo apunta a que se trata de algo nuevo y eficaz. El problema es que, a veces, un hecho casual, una contaminación provocada por un error, una mala administración del fármaco, puede empañar el trabajo de años. El Gobierno indio es muy estricto con respecto a los protocolos de ensayos clínicos con humanos.

Thomas decidió jugársela.

–Pero me consta que algunas de esas personas han sido asesinadas.

El joven dejó la mano en suspenso, detenida en el aire. Lo miró incrédulo.

–¿De cuántas estamos hablando?

–No lo sé a ciencia cierta. Quizá –Thomas trató de recordar la lista de Haggerty– unas trece, tal vez más.

–¿Y todas ellas habían participado voluntariamente en el mismo experimento?

–Parece ser que sí. Probaron una molécula para una vacuna desarrollada en los laboratorios Lobarty. Un hombre que trabajaba allí ha desaparecido pero antes envió una lista a Europa, a una persona que también murió asesinada.

–Sé que algunos sufrieron efectos secundarios adversos, creo que fuertes dolores de estómago.

El silencio, la duda, se palpaba en el ambiente.

–Un tachón difícil de ocultar en, hasta el momento, un medicamento futuro con publicidad impoluta. Tenemos que preguntarnos a quién benefician esas muertes –apuntó el veterinario.

–A Lobarty.

El joven asintió.

–Entonces seguramente sean obra de un eliminador.

Thomas se incorporó con rapidez. Se mareó. Se sujetó al borde de la camilla en la que descansaba la perra. Con pasos lentos se situó frente al veterinario. Tocó suavemente el pelo de Tanika, que dormía en una silla.

–¿De qué está hablando? –preguntó confuso.

–La figura del eliminador es tan antigua como las mismas farmacéuticas. Es la persona especializada en eliminar, borrar, los errores causados por las malas praxis. La mayoría de las veces se soluciona con dinero, otras con extorsiones o chantajes. Puede que en esta ocasión se haya recurrido a métodos más extremos, a fin de cuentas, esto es la India. Tal vez crean que unos cuantos pobres menos no perjudican a nadie.

30

Era noche cerrada cuando Tanika y Thomas salieron del laboratorio en dirección a la comisaría. Había costado mucho convencer a la niña para que dejase allí al animal. Al final había accedido a regañadientes. Thomas había llamado a Dulal para tranquilizarlo y contarle que la persona que buscaban era un asesino a sueldo contratado por la farmacéutica. Todo encajaba a la perfección. El caso tomaba forma.

El joven veterinario les había indicado adónde tenían que dirigirse para encontrar un taxi; a pocas calles de allí había una larga avenida con paradas de taxis y *rickshaws*.

El cambio de temperatura supuso un puñetazo en la cabeza de Thomas. De repente se sintió indispuesto, caminó titubeante, confundido ante aquel creciente malestar. El haz brillante de los faros de un coche rozó unos escalones que descendían. Como una sinuosa serpiente la luz se movió hasta que se la tragó la oscuridad. Y a Thomas con ella.

Un golpe en el muslo lo despertó unas horas después. Alzó la vista, aturdido; estaba tirado en una callejuela. El movimiento de la gente era continuo. Un carro llevado por un hombre le pasó a unos pocos centímetros del brazo. Tenía calor y le costaba respirar. Le vinieron a la cabeza los prados fríos y húmedos de Irlanda, solo deseaba tumbarse en ellos y dormir. Un escalofrío recorrió su vientre al acordarse de Tanika. Trató de levantarse, pero a duras penas podía incorporar la cabeza sin sentir su peso antes de volver a caer sobre el suelo. Aunque los ojos se le cerraban, su mente le hablaba con urgencia. Intentó hacer algo pero las piernas no le respondían. Sudaba copiosamente pese al frío de la madrugada. Sabía que algo le pasaba, que algo no iba bien. Consiguió ponerse de rodillas y erguirse agarrándose al pomo de una puerta. Tenía la camisa y los pantalones mojados, se le pegaban al cuerpo, le pesaban, le impedían moverse. Quiso quitarse la camisa, pero sus dedos se torcían, se detenían, no aceptaban sus órdenes. Maldijo mientras luchaba contra sus manos y contra los botones que se negaban a dejarse manipular.

Una ráfaga de viento húmedo le pegó la camisa al pecho y Thomas sintió repulsión y volvió a marearse, pero sabía que si caía al suelo no podría levantarse de nuevo. Entre maldiciones, dio un paso. Todo estaba muy oscuro y tenía mucho calor. Comenzó a arrastrar los pies, barriendo con el movimiento la basura que encontraba a su paso. Por una extraña razón iba descalzo, esperaba que no hubiera cristales en el suelo. El corazón le latía fuertemente, estaba muy preocupado por Tanika, pensaba en todos los peligros que debía afrontar esa niña tan pequeña. Tenía la firme convicción de que en aquellos momentos él era el único que podía ayudarle. Cada inhalación, cada entrada de aire en sus pulmones, requería un esfuerzo mayor.

Comenzó a invadirle el pánico. Se obligó a continuar seguro de que había conseguido recorrer algunos metros. Pero se engañaba. La realidad era muy distinta y solo había arrastrado los pies unos centímetros. Sus dedos entumecidos dejaron de agarrar la pared.

Antes de caer, unos brazos lo sostuvieron.

Algo no iba bien. Thomas no contestaba a sus llamadas. El asesinato de Haggerty, la desaparición de Owen, el disparo a George..., todo aquello no podía tratarse de una casualidad. Laura observó a su alrededor los objetos personales de Thomas. Era la casa más parecida a un hotel en la que había estado nunca. Pocas cosas hablaban de él y, salvo el precioso jardín urbano que había en la terraza del ático y que aportaba un poco de calidez a la vivienda, lo cierto es que estaba rodeada de cosas frías, sin alma. La primera noche que durmió allí sintió una extraña sensación al meterse en su cama, y al abrir el armario donde colgaban de manera impoluta sus camisas se sintió cercana a él, algo la empujaba hacia Thomas, la atraía. Laura esperaba hallar pistas sobre cómo era, pero se topó con la misma pared, con el mismo enigma sin respuesta.

En un impulso decidió llamar al inspector Deruelle.

A poca distancia del ático, en el casco antiguo de Lyon, se encontraba el museo Gadagne. Siguiendo las instrucciones del inspector, Laura apretó el cuarto botón del ascensor. Situado en la planta superior, en las laderas de la colina Fourvière, el café Gadagne se abría a una pequeña terraza y a un jardín secreto resguardado por las viejas paredes renacentistas del museo.

El inspector la esperaba en una sencilla mesa circular de cristal cubierta con un mantel de hilo blanco y servilletas moradas.

—Es un placer conocerla en persona —dijo con gesto serio mientras le estrechaba la mano.

—Resulta difícil creer que la azotea de este museo alberga este paraíso —comentó Laura con satisfacción.

—Y para preservarlo debe continuar siendo secreto.

La apariencia del inspector la sorprendió. Su pelo rubio largo, la tez bronceada, y unas cuantas pulseras de estilo *hippy* le daban el aspecto de tener una profesión más liberal, no le pegaba la de policía.

—Si le parece pedimos y luego hablamos —sugirió el hombre.

Laura se decidió por una ensalada de fruta fresca y un pastel de espinacas; de postre, flan de verbena. El inspector optó por una crema de verduras y costillas de cordero con miel.

—Dispararon al acompañante de Thomas. Me parece que el caso está adquiriendo un cariz peligroso.

Deruelle se restregó la cara con la palma de las manos, después las unió como si fuera a rezar y dijo:

—El señor Connors está ingresado en un hospital de Benarés.

Laura dejó caer el tenedor, que golpeó el cristal de la mesa con gran estrépito.

—¿Qué le ha pasado?

—No lo saben. Su contacto en Benarés, un policía llamado Dulal, lo encontró arrastrándose por una de las calles cercanas al hospital desde donde realizó su última llamada. Unas horas antes, le había prometido presentarse en la comisaría pero, alarmado ante su tardanza, fue en su busca. Tiene dolores musculares y de cabeza muy intensos. También dolor en el pecho, tos y dificultad para respirar.

–¿Fiebre? –preguntó retirando el plato al centro de la mesa. De repente se había quedado sin hambre.

–Bastante, treinta y nueve grados, incluso cuarenta. Conforme han pasado las horas ha sufrido delirios, alucinaciones, incluso parálisis de algunos nervios. Y tiene los ojos rojos.

–Qué raro, alteraciones neurológicas... –murmuró pensativa– y hemorragia en la conjuntiva del ojo. ¿Qué diagnóstico barajan?

–No lo sé –respondió con sinceridad–. Tal vez sepan algo, pero como no soy médico no me lo han explicado.

–¿Con quién ha hablado?

El inspector se ruborizó. Laura no se dio cuenta.

–Con Rose, la secretaria del señor Connors. Está al tanto de todo. Habla inglés perfectamente y me sirve de intérprete.

–Quiero que la llame ahora mismo. –Laura pensó que se había mostrado demasiado autoritaria y suavizó el tono–: Por favor, quede con ella. Tengo que saber qué está pasando exactamente.

Rose jugueteaba con una goma elástica con gesto nervioso. El inspector posó la mano en su espalda y la dejó un instante detenida, lo justo para calmarla. Aunque Laura no se encontraba en su mejor momento, el gesto de intimidad no le pasó inadvertido y supuso que eran pareja.

Mientras el inspector Deruelle hacía las presentaciones, las dos mujeres se analizaron de arriba abajo. Rose se detuvo más de lo necesario en la curva del embarazo de Laura. Su cara mostró una mueca de dolor apenas perceptible, salvo para ella misma, que trató de disimularlo marcando los números del hospital americano de Benarés.

Laura se enteró de que Thomas había empeorado. La fiebre y las alteraciones de conciencia continuaban, además presentaba miocarditis y disminución de glóbulos rojos y de plaquetas. La ictericia fue el dato que más la alertó. La coloración amarillenta de la piel y de las mucosas, debido a la acumulación de bilirrubina, indicaba que algo importante sucedía. Estaban realizando más pruebas con el fin de determinar hasta qué punto estaban afectados los órganos.

Conforme pasaban las horas, el estado de Thomas empeoraba. Por la noche, Rose la telefoneó para informarle de que estaba muy grave. Sufría disfunciones renales, colapso cardiovascular y hemorragias pulmonares. Después de cortar la llamada, Laura supo qué hacer; en diez minutos había reservado un vuelo a primera hora para Benarés.

Dulal llegó temprano al aeropuerto de Auragabab. Poco podía hacer por Thomas, y si se quedaba en el hospital, se consumiría. Antes de marcharse a ese viaje relámpago ordenó a todos los efectivos que buscaran a Tanika.

Un policía de la ciudad lo condujo hasta Ellora y de allí a las cuevas: un impresionante conjunto de treinta y cuatro cuevas cavadas a martillo y cincel en las montañas y decoradas con pinturas y estatuas que representaban la cultura de tres religiones: budista, hinduista y jainista.

Se encontró con el guarda en el lugar acordado. Era un hombre de pequeña estatura, con cara de buena persona y sonrisa fácil.

–*Namaste*.

–*Namaste*.

Dulal miró anonadado el espectáculo que se presentaba ante sus ojos; una obra de arte de dos kilómetros, en forma de U, horadada en la pared. Avanzaron por el camino elevado del cauce del río formado por grandes bloques de piedra blanca que contrastaban con las paredes basálticas de la montaña y la vegetación verde de las cimas. En las paredes había columnas talladas de diferentes alturas, entradas con arcos de medio punto, ventanas alargadas y templos. En medio del complejo, una construcción majestuosa dedicada al dios destructor Shiva.

–Me interesan sus conocimientos sobre los thugs. Tengo entendido que sus antepasados eran los guardianes de este lugar en los tiempos en que sembraron la India de cadáveres.

El guarda y guía puso una cara de sorpresa que no pasó desapercibida para Dulal.

—Poca gente sabe que los thugs existieron con otros nombres mucho antes. El pensador romano Séneca ya recogió la existencia de un grupo de estranguladores en el antiguo Egipto. Luego se pierde la pista hasta que otro historiador los sitúa en el oeste de la India siglos después.

Dulal decidió ir al grano.

—Estoy más interesado en los contemporáneos. ¿Qué sabe de ellos?

El hombre lo miró con desconfianza.

—¿Ha venido por lo del asesino de Benarés?

—Ya veo que las noticias vuelan.

El guía conminó a Dulal a que lo acompañase. Ante ellos se alzaba el imponente templo budista de Kailashnath, montaña sagrada. Estaba construido en un solo bloque monolítico desde la cima hasta una profundidad de treinta metros. Su entrada estaba flanqueada por estatuas de quince metros de altura. En el ábside se encontraba la representación de un buda altivo.

—Es impresionante —dijo Dulal visiblemente emocionado.

Se imaginó a los thugs sentados alrededor de un fuego. Desde luego, sabían elegir los escenarios; era una morada digna de dioses.

—Se reunían en este lugar en los tiempos de mi bisabuelo.

La luz se filtraba por los huecos e iluminaba las galerías de columnas de tres pisos intercaladas con enormes relieves y adornadas con estatuas de dioses hinduístas. Dulal se sentía pequeño ante las proporciones del templo. El guarda tomó al superintendente por el brazo y se lo llevó lejos de los turistas.

—Se comenta que un elemento se ha corrompido y está actuando por su cuenta. El siseo de las serpientes y el aullido de las fieras es una señal de que la diosa ha sido traicionada por uno de sus seguidores. A veces me quedo a dormir en una de las cuevas; siento una unión muy poderosa con mis antepasados. Hace unos días, el ruido de los motores de unos vehículos me despertó. Se presentaron los jamadares de los cinco territorios. Me escondí detrás de la estatua de Shiva. Escuché una conversación entre dos de ellos, uno era el jamadar de Benarés.

Lo condujo a la cueva donde estaban las pinturas de los thugs.

–¿Dijeron el nombre del thug corrompido?

–Ellos no se dirigen por sus nombres.

Dulal hizo un gesto de decepción. Entraron en la cueva. La luz se filtraba por la puerta y los huecos superiores.

–Tan solo oí que detrás del estrangulador hay un brazo poderoso que le da las órdenes.

Dulal creía lo que decía. Se palpaba el miedo en su cara, un miedo que a él no le era del todo desconocido. El timbre del teléfono lo asustó, era Umed.

–Dulal, ya tenemos al asesino. Ha confesado su culpabilidad. No se lo va a creer, es un thug que actuaba por su cuenta.

Dulal soltó un «¿Qué?» tan fuerte que resonó en las paredes de la cueva.

–¿Quién lo ha atrapado?

–Ni se lo imagina, Chitán.

–No puede ser. ¿Cómo llegó hasta él? –preguntó confundido.

–El estrangulador trabajaba en el hospital Sir Ganga como jardinero. Una pena, era cuestión de tiempo que diéramos con él. Es un descendiente de los auténticos thugs.

–¿A quién obedecía, ha dicho algún nombre?

–Él dice que a nadie. Contactó con las víctimas en el hospital. Dice que no todas pasaron por el laboratorio.

Dulal se despidió del guarda y se dirigió al coche de policía. No quería perder el avión de vuelta. Si realmente el detenido era un descendiente de los thugs, tenía muchas preguntas que hacerle.

Cuando llegó a Benarés, la noche era más fría que de costumbre. Un viento molesto arrastraba el frescor de la nieve del Himalaya. Las ráfagas de aire se colaban en la cabina del *rickshaw,* pero Dulal no parecía advertirlo; pensaba en Chitán. Había puesto en peligro la continuidad de la brigada.

El guardia encargado de la barrera hablaba por el móvil en una esquina de la entrada y no se percató de la presencia del superintendente hasta que este le llamó la atención.

La segunda planta estaba tan desierta como el resto. La luz que procedía de la puerta del despacho de su jefe iluminaba parte del suelo. Dulal dudó si entrar o darse la vuelta. Se dejó llevar por el primer impulso y entró.

Umed estaba repasando los papeles del caso.

–Lo esperaba, superintendente.

–¿Por qué creyó que pasaría por la comisaría?

–Un buen policía siente una curiosidad innata por el cómo, el cuándo y el quién.

–¿Le han tomado las huellas?

–Fue lo primero que hicimos, y no coinciden con las que encontró el forense en el cuerpo del pocero.

–Era nuestra principal prueba. Ahora tendremos que ver si actuaba solo o en compañía, y qué implicación tiene en los asesinatos.

–No perdamos más tiempo y vayamos a verlo.

Umed introdujo los informes del caso en un maletín y abandonaron la comisaría, esta vez ante la atenta mirada del guardia de la puerta, que hizo el saludo de rigor.

Aunque la mayoría de los habitantes de la ciudad habían terminado su jornada, el tráfico era denso. Un elefante acompañado de un niño avanzaba pegado a un lado de la carretera. Los dos policías permanecieron en silencio durante el trayecto hasta la cárcel como si los acontecimientos hubiesen arrasado con todas las palabras. Dulal pensó que Chitán estaría celebrándolo.

La cárcel era un enorme complejo de edificios formado por dos grandes octágonos y la mitad del otro. Estaba rodeado por una tapia y una alambrada de espino. Uno de los funcionarios los acompañó hasta la celda donde se encontraba el detenido.

Estaba de espaldas. No tendría más de treinta años. Vestía pantalón gris y camisa blanca y llevaba un *rhumal*. Lo primero que hizo Dulal fue fijarse en su altura: coincidía con la que había determinado el forense. Sus rasgos no destacaban. Se sintió defraudado, no había nada especial en él. Pensó en Al Pacino cuando en el *Padrino II* decía: «Si hay algo seguro en esta vida, si la historia nos ha enseñado algo, es que se puede matar a cualquiera».

–¿Tu nombre? –preguntó Umed.

–Ramson Kapoor.

Dulal comprobó la lista de Sleeman. Nada.

–Si tu bisabuelo era uno de los thugs que capturó sir Sleeman, entonces, ¿por qué no está tu apellido en su lista?

–Mi abuelo se cambió el apellido. No quería que generaciones enteras estuviesen marcadas por lo que hizo su padre. Mi nombre auténtico es Rahul Mohan.

El superintendente comprobó el apellido de nuevo.

–Sí, figura en la lista.

Después de tanto tiempo persiguiendo una sombra, ahora que la tenía delante se resistía a asumir que el caso hubiera acabado.

–¿Actuaste solo?

–Sí.

–Tienes un problema, porque no hemos encontrado tus huellas en el último cadáver.

–Eso no prueba nada, pudieron tocar el cuerpo después. De hecho, lo dejé a medio enterrar porque oí varias voces.

–¿Por qué razón matas? –preguntó el comisario Umed.

El thug pareció extrañarse por la pregunta directa.

–Se lo conté todo a Chitán.

–Él tiene unos métodos y nosotros tenemos otros –dijo Umed.

El hombre se detuvo a pensar. Después de unos segundos se decidió a hablar:

–No tengo nada de qué avergonzarme. Mi familia perdió la confianza de la diosa Kali. Yo quería devolverles el honor, era descendiente de un thug, un guardián. Cuando mi padre murió, sabía que mi misión era aplacar la ira de la diosa.

–No te creo. Has matado a seres impuros en contra de las reglas de los thugs. Si tu bisabuelo estuviese vivo, renegaría de ti –afirmó Dulal impacientándose.

El thug apretó los puños con fuerza.

–Eso nunca. Lo dices para confundirme. Los maté porque eran una presa fácil. Tenía que perfeccionar mi técnica. La diosa me lo contó en sueños. Vosotros no lo entendéis, no sabéis nada de nuestra fraternidad.

–¿Por qué los mataste? ¿Quién te lo encargó? –preguntó Dulal.

Se produjo un silencio.

–¿Reconoces esta lista? –preguntó Umed enseñándole la copia del USB de Haggerty.

No contestó.

–¿De dónde la sacaste? ¿Quién te la dio?

–Escogía a los pacientes más pobres. Nadie se preocupa de sus vidas y menos de sus muertes.

Dulal preguntó:

–¿Cómo iba vestida la prostituta?

El detenido les explicó con todo lujo de detalles el maquillaje y la vestimenta. Respecto del seguimiento que hizo hasta matarla fue más ambiguo.

–¿Y la niña?

–No sé dónde está. Es muy escurridiza.

Dulal respiró. Navala se alegraría, había esperanza.

–¿Dónde tienes el *rhumal* y el hacha?

–Los tiré. Mi misión de matar a los intocables ha concluido.

–¿A cuántos has matado?

–No llevo la cuenta.

–¿Por qué dices que ha concluido?

–Ya era suficiente.

A Dulal no le convencían las respuestas; además, en el registro de su casa no habían encontrado ninguna prueba incriminatoria.

–¿Conoces al yogui Dada Sharma?

–No.

Esta vez sonó sincero.

–¿Quién es tu jamadar?

–¡Jamás lo diré! –exclamó indignado–. No soy como mi bisabuelo, no delato a mis hermanos.

–¿Por qué les cortaste la lengua?

–¿No lleva usted ofrendas al templo? Yo también. Eran una prueba de mi lealtad y valor.

–¿Las tienes en tu poder?

–Las ofrendas a Kali son como las oraciones, se pierden cuando se ofrecen.

–Levántate la camisa –ordenó de improviso Umed.

Los dos policías comprobaron que las marcas que tenía en el cuerpo eran antiguas, no había signos recientes de tortura.

–¿Cómo dio Chitán contigo?

El sospechoso pareció relajarse.

–Se presentó en mi casa. No sé qué hice mal.

Dulal pensó que el jamadar bien podía ser el que llevó a Chitán hasta el estrangulador como castigo por haber matado a impuros. Pero no concordaba con lo que le había dicho el guarda de las cuevas de Ellora. Decidió presionarlo un poco más.

–Sabes, creo que te ha delatado tu jefe espiritual.

–Nunca. Ha sido ese policía con la cara de Shitala –contestó impávido.

–El jamadar pudo pensar que habías infringido demasiadas leyes sagradas.

–He cumplido con mi misión. Lo que suceda a partir de ahora me da igual.

–Dime el nombre de tu jamadar.

–Jamás.

–¿Es el Señor de la madera?

–No sabe lo que dice.

–¿O quizá Dada Sharma?

–No lo conozco.

–Creo que te ha utilizado para matar a los pacientes del hospital y luego te ha delatado.

–No me haga reír. Pueden preguntarme lo que quieran, no voy a hablar más.

Continuaron con sus preguntas pero el detenido cumplió su amenaza y no volvió a abrir la boca.

–Me parece que por hoy hemos terminado. Será mejor que

esperemos a mañana, una noche en el calabozo puede hacer milagros —concluyó Umed.

Dulal sintió la derrota y el cansancio sobre sus hombros. Los dos policías salieron de la celda y avanzaron por un pasillo ancho y largo. Una mujer venía en dirección opuesta acompañada de un policía. Umed supuso que era la madre del detenido: le llevaba una tartera con comida. Cuando estuvo a su altura se paró y les dijo:

—Puse la planta de albahaca y encendí una lámpara, pero esa casa tiene algo que ahuyenta a la diosa Lakshmi y tiene goteras. No me gusta.

Umed y Dulal se miraron con cara de no haber entendido nada.

31

Tanika había logrado apañárselas para dormir en uno de los anexos exteriores al laboratorio donde estaba *Mala*. Supuso que algo iba mal desde el momento en que su amigo se había derrumbado sobre el suelo. Para su alivio, pronto comprobó, escondida, cómo un policía lo recogía. La niña daba vueltas sin parar alrededor del recinto a la espera de que el amable veterinario que cuidaba a su perra acudiera a trabajar. El hambre la acuciaba de manera insistente. Intentó mendigar algo de comida en la puerta de un restaurante cercano.

Un hombre engalanado con collares de flores bajó de un *rickshaw* y se encaminó hacia donde ella estaba. A simple vista parecía el superviviente de una fiesta que se había alargado toda la noche. Se abalanzó sobre Tanika, que asustada giró sobre sí misma para librarse de su abrazo sudoroso. Al doblar la esquina entró en una calle estrecha y se encontró con un carro empujado por un hombre esquelético que llevaba ladrillos, una vaca que había resbalado por la humedad de la noche y la mezcla de mugre y varios hare krishna que le impedían el paso. Se pegó a las paredes para intentar evitar el tapón. Con los dedos y los tobillos rozaba el barro con el que estaba cubierta la pared. La basura acumulada le hizo perder el equilibrio y cayó pesadamente sobre un bulto tumbado en el suelo. Echó un vistazo hacia atrás y vio que el hombre borracho, tambaleándose, aún la seguía. Oyó que un pestillo se descorría y que se abría una puerta, y la repentina corriente de aire frío que acarició su rostro trajo consigo el olor a humedad. Tanika sorteó aquella boca oscura cuyo aliento amenazaba con tragársela, pero tropezó con algo tirado en el suelo que no se movió, pero sí rodó una botella, asustándola. No lo dudó. La agarró con rapidez del cuello y rompió el fondo con un golpe sordo y preciso. Cuando salió de la calle atestada se sintió bien, fuerte, tenía un arma con la que defenderse.

Dulal abrió la puerta de su casa con una terrible congoja en su interior. La salud de Thomas empeoraba y el caso parecía cerrado. La visión de la casa a oscuras cayó sobre él como un mazazo. Descalzo, se dirigió a la cocina. La comida precocinada había sido su compañera desde que Navala se había ido. Se sentó delante de la televisión a cenar. Un ronroneo extraño zumbaba dentro de su cabeza y no le dejaba concentrarse en el informativo. Repasó mentalmente el interrogatorio del detenido. No observó nada que le llamase la atención. Mientras lavaba su plato pensó en telefonear a Navala, pero comprobó desanimado que era demasiado tarde. En la cama el malestar persistía. No sabía a qué achacarlo, tal vez fuera el cansancio o el final del caso lo que no le dejaba descansar. La adrenalina de esos días, la emoción de pertenecer a una brigada, había hecho que estuviera ocupado todo el tiempo, y ahora el cuerpo quizá necesitase un período de adaptación. Una hora más tarde continuaba pensando en el caso. Qué habían hecho mal para no haber sido ellos los que habían dado con el sospechoso, se preguntó desolado. No tenía ninguna respuesta que le satisficiera. Se rindió ante la certeza de que no lograría dormir y se sentó frente al ordenador. Sentía como si un dedo se le clavara en la frente y le acuciara a pensar. Se dio por vencido, y desechando su lógica personal se dejó llevar por el amor a las películas. Enseguida le vino una frase de Clint Eastwood en *Infierno de cobardes:* «Alguien dejó la puerta abierta y entraron los perros equivocados». La anotó en una hoja. La repitió varias veces. ¿A quién beneficiaba la detención de ese hombre? ¿A quién perjudicaba? ¿Quién dejó la puerta abierta a los perros? De pronto lo vio claro. ¿Qué les había dicho la madre del detenido cuando se cruzó con ellos? Trató de reproducirlo en su mente: «Esa casa tiene algo que ahuyenta a la diosa Lakshmi y tiene goteras. No me gusta».

Dulal condujo a toda velocidad hasta la cárcel. Hizo que despertaran al detenido y lo condujeran a la sala de interrogatorios. Todavía adormilado, el hombre temblaba por el frío nocturno.

–¿Cuánto te ha dado Chitán para que te autoinculpes? La casa, ¿y qué más?

El detenido lo miró confundido y negó la acusación rápidamente. Dulal lo observó sin desviar la mirada.

–Voy a meter a tu madre entre rejas hasta que me digas la verdad, y si hace falta, a toda tu familia.

–No te atreverás, ellos no han hecho nada.

–Puedo hacer lo que me dé la gana. De momento, los voy a acusar de encubrimiento.

–Llama a Chitán –pidió nervioso.

Dulal negó con la cabeza.

–Aquí los únicos que van a venir a hacerte compañía van a ser tus familiares. Igual, hasta compartís celda.

El hombre se derrumbó y, entre sollozos, declaró que Chitán le había prometido una casa y un sueldo si se declaraba culpable.

Un torbellino de orgullo giró en el pecho de Dulal, primero al comprobar que su instinto seguía dentro de él; segundo, al saber que el asesino continuaba suelto.

Antes de tomar el vuelo, Laura visitó la consulta de un amigo ginecólogo. Le dijo que todo estaba en orden pero le dio una serie de consejos que debía seguir a rajatabla en la India.

Las horas a bordo del avión se le hicieron eternas. Los nervios la consumían. Su cabeza elaboraba posibles diagnósticos para el mal que aquejaba a Thomas.

Un miembro de la embajada francesa la esperaba a la salida del aeropuerto de Benarés. Había recibido una llamada desde la Gendarmería francesa para que hiciera cuando estuviese en su mano. Al fin y al cabo, podía tratarse de un caso francés con ramificaciones en la India.

Laura se negó a pasar por el hotel, prefirió acercarse primero al hospital y comprobar en persona el estado de Thomas.

Un hombre grueso, con una barriga prominente, la abrazó en el dintel de la entrada de la Unidad de Cuidados Intensivos.

–Se nos muere –murmuró George entre sollozos.

Laura se asustó al ver a ese hombretón llorando por Thomas. Lo apartó a un lado. Presa de la desesperación no acertaba a colocarse los guantes de goma y la mascarilla antes de entrar en la habitación.

Saludó a la doctora que se encontraba allí con un gesto de cabeza. Ella le hablaba de manera insistente. Laura entendió a duras penas que sufría alteraciones electrocardiográficas y bloqueos diversos.

–A la azoemia del día anterior... –explicó la médico encargada del caso.

–¿Cómo puede tener nitrógeno en la sangre? –la interrumpió Laura.

Su instinto de médico, en esencia práctico, se había impuesto en medio del ruido opresivo del respirador al que estaba conectado Thomas.

–Como le decía, la azoemia ha ido acompañada de náuseas, vómitos, obnubilación progresiva. Ingresó con un cuadro sintomático muy similar al dengue, la fiebre amarilla, la malaria y otras enfermedades tropicales, caracterizadas por fiebre, dolor de cabeza y dolor muscular. No hemos descartado nada. Es todavía muy pronto para realizar un diagnóstico preciso.

La doctora india se detuvo un instante, como sopesando lo que quería decir, hasta que anunció:

–Esta madrugada ha entrado en coma.

Esa última palabra fue volcada sin previo aviso y consiguió que Laura la mirara directamente. Sabía que no debía, que no era profesional, pero las lágrimas cayeron raudas por su cara para ser absorbidas por la tela de papel de la mascarilla que le cubría su nariz y boca.

–Creo que deberíamos avisar a la familia. Y si es creyente, buscar un religioso que lo acompañe en estos momentos.

Laura se acercó a Thomas y lo contempló. Parecía como si de repente fuera a abrir los ojos y decirle con expresión pícara que todo era una broma. El hombre que ella conocía no era el que estaba allí tendido, paralizado. Quería ver su sonrisa.

–Está hablando con su mujer –mintió.

No podía aceptar que el equipo médico empezara a cuestionar otro final que no fuera la curación. Para reafirmar su estatus se pasó lentamente la mano por la tripa para resaltar su embarazo.

La doctora puso cara de sorpresa.

–Perdone mi torpeza, señora Connors... Yo no...

–Quisiera saber qué tratamiento le han aplicado –preguntó limpiándose las lágrimas discretamente.

–Sí, cómo no. Ahora lo más importante es la hidratación, así que tiene una vía de suero las veinticuatro horas a ritmo rápido, también se le está sometiendo a diálisis y se le han administrado antibióticos. Los análisis tardarán de tres a cuatro días, esperemos que entonces sepamos algo concreto.

Laura dio su aprobación. Era consciente de que Thomas la necesitaba, pero poco podía hacer en esa habitación. No iba con ella quedarse en un rincón lamentándose. De ninguna manera iba a permitir que muriera. Estaba dispuesta a remangarse y trabajar duro.

Se mostró determinante en la reunión improvisada que tenía lugar en la sala de espera del hospital. George le dio la razón:

–Creo que hay que entrar en tromba ahí y detenerlos a todos. Alguien tiene que saber qué le está sucediendo a Thomas. Si es un veneno, tendrán el antídoto. Yo no me trago que sea una casualidad.

–Yo tampoco –confirmó Dulal agotado–, pero no es tan sencillo como lo planteas. Estamos más que perdidos en lo de tu disparo, George, y respecto a la lista de Sean Haggerty, el laboratorio Lobarty ha confirmado mediante un requerimiento judicial que corresponde a los individuos a los que se les inyectó el mismo día la molécula experimental. Uno de los que la prepararon era James Marcus Owen. Según ellos, el señor Owen dejó su trabajo hace diecisiete días.

–De acuerdo –dijo Laura intentando pensar pese al cansancio que comenzaba a acusar–, vamos a ver si lo entiendo: Owen trabajaba en un laboratorio de la farmacéutica Lobarty que realizaba una serie de ensayos clínicos en personas con poco poder económico, que el hospital Sir Ganga elegía previamente.

–Poco no. Pobres entre los pobres –corrigió Dulal.

–Bien. Sabemos que Owen realizaba por cuenta propia investigaciones sobre excipientes porque pensaba montar su propio laboratorio en Europa. Yo creo que algo debió de írsele de las manos ya que el hombre de la lavandería os dijo que por su culpa iba a morir mucha gente. De algún modo, tenía en su poder una lista de personas que estaban en peligro.

–O que iban a ser asesinadas por un eliminador –apuntó George.

–Exacto. Eso fue lo que Thomas me contó antes de desmayarse –aclaró Dulal.

–Y no olvidemos –añadió George– que no es una lista hecha al azar, sino que todas esas personas sufrieron efectos secundarios a causa de la molécula.

–Cierto. Los historiales que nos han proporcionado dicen que a esos individuos se les trató por problemas estomacales. A todos se les administró bismuto.

–Esta lista es la clave –comentó Laura convencida mientras la hojeaba–. James Marcus Owen desaparece, o muere, pero antes de hacerlo envía una copia a su novio Sean Haggerty y este es asesinado. Que sepamos, todos los miembros de esa lista, salvo la niña, han sido asesinados y les han cortado la lengua. A ti te pegan un tiro, Thomas está... –Se calló, no era capaz de acabar la frase.

Un silencio espeso, lleno de temor, se instaló entre los allí presentes.

–Bien –dijo Laura aclarándose la voz–, vamos a hacer lo siguiente: consigue una orden judicial, no sé, que sirva para muchas cosas, como los antibióticos de amplio espectro, para que se pueda entrar en el hospital Sir Ganga con cierta autoridad.

–Como muy pronto tardaré unas horas –informó Dulal colocándose la gorra y poniéndose en marcha.

–Perfecto, necesito dormir un poco, darme una ducha y comer algo consistente. Cuando la tengas, ven a buscarme al hotel. Debo encontrar un cuerpo que haya participado en ese ensayo clínico, que haya muerto en el hospital en el último mes y que no haya sido incinerado, algo bastante complicado en esta ciudad.

–Te llevo, me viene de camino –se ofreció Dulal.

Laura aceptó y se marchó esperanzada, no sin antes darle un fuerte abrazo a George, que era la viva imagen de la desolación.

–No te desanimes. Cuídalo por mí. Voy a encontrar un cadáver al que realizar la autopsia. Los muertos no mienten. Y mi trabajo es hacer que hablen.

Entró con fuerzas renovadas en el hospital Sir Ganga. Vestía una bata de médico, con el estetoscopio colgado al cuello y una actitud que mostraba profesionalidad y eficacia. Tenía en mente la sugerencia de George de que debía buscar al ayudante del ayudante del ayudante. La acompañaba un miembro de la embajada francesa para hacerle de intérprete. Después de pensarlo detenidamente, decidió ir al Departamento de Documentación, el lugar donde quedaban reflejados las altas e ingresos del hospital. Dulal no había podido acompañarla ya que todos los efectivos de los que disponía la brigada criminal estaban buscando a Tanika.

El sitio estaba extrañamente vacío para lo que Laura había visto desde que había llegado a la India. Un hombre mayor con la piel curtida como si fuera cuero caminaba pesadamente portando un carrito con lo que parecían historiales médicos.

–*Namaste.*

El viejo se detuvo.

–*Namascar* –contestó, y comenzó una perorata en hindi que a Laura le resultó difícil detener.

–Busco información sobre los pacientes que hayan fallecido en este hospital durante el último mes.

–A los historiales de las personas fallecidas se les estampa un sello con la palabra *Exitus* en rojo y se trasladan a otro departamento.

–¿En esos expedientes figura el modo en que murieron y el lugar donde han sido enterrados?

El viejo la observó sin comprender.

–No sé qué quiere decir con eso. –Miró al traductor para que le ayudara.

Laura pensó cómo replantear la pregunta. El tiempo corría rápido y no a su favor.

–Estoy buscando un paciente que haya muerto de alguna enfermedad extraña y que haya sido enterrado en este último mes.

El viejo meditó su petición antes de contestar:

–Espere que lo mire.

Volvió sobre sus pasos sin dejar de empujar el carrito metálico, torció a la derecha y anduvo hasta el final de un pequeño pasillo donde abrió una puerta cerrada con llave. Laura golpeaba la pared con los dedos, el suelo con los pies, y si hubiera podido, hubiera estrangulado alguna nube del cielo.

La puerta se abrió despacio y Laura acudió a su encuentro. El anciano le comunicó que no había encontrado nada.

–Todos los pacientes que murieron aquí fueron incinerados. Aunque no recuerdo si me ha preguntado por personas que no lo fueran.

–Como...

–Como empleados del hospital.

El cuerpo de Laura se tensó. Respondió de manera automática.

–Por supuesto que sí. Le he pedido información sobre todas las personas que han muerto en este hospital.

–Entonces tengo un cadáver para usted que fue enterrado hace tres semanas. Debía de llevar un crucifijo en el cuello, imagino que sería católico, ya sabe, una de esas religiones raras.

Laura exhibía la orden judicial entre grandes aspavientos. No podía permitir que el encargado del cementerio dudase de su autoridad, ni perdiera el tiempo en indagaciones que seguro echarían por tierra sus esperanzas de exhumar el cadáver. La tumba se hallaba situada al sur, dispuesta en una depresión respecto a los terrenos inmediatos. El cadáver estaba aislado en una sepultura particular.

Laura leyó las notas de los registros del cementerio. El cuerpo fue enterrado veintisiete horas después de la muerte. Hubiera preferido exhumarlo a primeras horas de la madrugada; no había nada peor que la humedad y las altas temperaturas a la hora de desenterrar un cadáver que llevaba tiempo bajo tierra.

El ataúd estaba construido de tablas viejas de encina y tenía muchos agujeros. La cabeza estaba descubierta, el resto se hallaba envuelto en un pedazo de sábana gruesa sobre la que había larvas y gusanos. El cadáver tumefacto tenía la piel negra, especialmente la de la cara. Laura habló a su grabadora, la primera inspección visual era de gran importancia. Al pasarlo a la camilla, la epidermis de la cara se desprendió con facilidad en grandes colgajos. Laura soltó una maldición y observó lo que quedaba de cara.

–Cabello rubio, barba poco poblada. Los ojos de color indeterminado, muy prominentes, la nariz deprimida, la boca muy abierta. Los dientes bien conservados. Aparentemente, ninguna señal de lesión externa.

Con mucho cuidado, iluminó con una linterna el interior de la boca; lo que sospechaba se vio confirmado.

–Ya te he encontrado, James Marcus Owen. Y ahora me vas a contar quién te ha cortado la lengua.

Tanika olió con placer las palomitas de queso que un anciano desdentado cubierto por una especie de taparrabos cocinaba en un caldero de hierro. Su estómago crujió y la niña se encogió de dolor. Un movimiento percibido con el rabillo del ojo llamó su atención. Su pequeño cuerpo se tensó; un policía la observaba desde el fondo de la calle. ¿Dónde había visto antes esa cara? ¿La buscaba a ella? Sin atreverse a mirar abiertamente, contempló de refilón aquella cara agujereada por la viruela, ese rostro contraído por una mueca de odio. De repente el hombre gritó:

–¡Tú, detente!

La niña dio un paso atrás asustada y sin pensarlo echó a correr en dirección contraria. Un pequeño arroyo se deslizaba por el terreno inclinado hacia una explanada semejante a una ciénaga. El suelo era como una pasta blanda. El agua, sin una salida por la que escapar, estaba retenida en aquel lodazal inmundo. Tanika continuó por el lado derecho del arroyo. La tierra se desmenuzaba bajo sus sandalias cada vez que trataba de correr. Para no caerse colocó los brazos en cruz en un intento de mantener el equilibrio.

Chitán resoplaba tras ella. Tanika podía oír los juramentos que salían de su boca. En un momento dado, una de las sandalias quedó enterrada en el fango. Cuando trató de extraerla, su pie resbaló y la niña con él. Cayó rodando por una ladera y al llegar abajo se golpeó el hombro con una piedra. Se puso de rodillas con rapidez y, ayudándose de las palmas de las manos, se incorporó. Le dolía el hombro y tenía sangre en la rodilla. Se quedó inmóvil un instante, observando cómo la sangre caía por la pierna. Unas piedras rodaron por la ladera y la avisaron de la presencia de su perseguidor. Desesperada, miró a su alrededor en busca del mejor lugar para escapar. Solo tenía una oportunidad. Se armó de valor antes de adentrarse en las aguas estancadas. El primer paso provocó que sus tobillos se hundieran en el barro. Una nube de mosquitos salió y la envolvió. Quiso andar deprisa, pero enseguida se dio cuenta de que, si no lo hacía con cuidado, sus pies quedarían inmovilizados en el barro. Confiaba en que el peso del policía lo detuviera en su persecución. Unos renacuajos nadaban en el charco que Tanika había dejado a su paso. Sudaba, y le escocían los ojos por los vapores que emanaban de las aguas putrefactas. Chocó contra una superficie dura, perdió el equilibrio y se hundió en el lodo. Al levantarse contempló angustiada cómo su piel estaba cubierta de picotazos y sanguijuelas. La mugre la invadía. Quería llorar, dejarse caer. Estaba muy cansada, no podía continuar.

Intentó dar un paso, pero se sintió mareada. Cayó de espaldas en el barro. Miró al cielo gris envuelto en la permanente niebla de Benarés. Ya no oía los sonidos que la rodeaban. A su lado, una corneja picoteó los pequeños gusanos que había enredados entre sus dedos. La niña la observó con curiosidad, pero el polvo se le había pegado a los párpados y le pesaban.

Sintió que el hombre la agarraba del pelo con fuerza y tiraba hacia él.

Tanika se dejó llevar.

Laura se lavó concienzudamente las manos antes de colocarse los guantes para realizar el estudio post mórtem. Un hilo de luz fluorescente recorría el techo del hospital americano. Entre los presentes se hallaba un representante del Ministerio Público, un perito fotográfico, un técnico y un policía.

Laura aspiró profundamente y trató de concentrarse. La presión que sentía podía con ella, y lo que antes le había servido, ahora se le antojaba estéril. Su corazón se aceleró, las manos le temblaban. Todas sus esperanzas estaban puestas en los resultados de la autopsia. Un pensamiento oscuro llegó de repente: quizá ya era tarde para Thomas.

Lo cierto es que no concebía la vida sin él. ¿Ese sentimiento era la revelación de que lo amaba? No lo sabía. Era fácil amar a alguien con quien no se convivía, la distancia hacía que todo fuera irreal. Era la vida cotidiana y compartida la que demostraba el amor. De momento, solo estaba segura de que era la persona que más le importaba. Trató de vaciar su mente de todo pensamiento que no estuviera relacionado con el análisis clínico. Desechó la implicación emocional y focalizó la poca energía que le quedaba en su profesionalidad como patóloga forense.

Leyó el informe médico. La primera sorpresa fue ver el nombre y el apellido: Marco Wen. Con razón no se tenía constancia de su desaparición ni de su muerte. Habían unido el nombre, Marc, y la primera vocal de su apellido, O, dejando aparte el resto, Wen. Resopló ante el equívoco y buscó la causa de la muerte. Su lectura la desanimó: inconclusa por falta de necropsia. Las carencias del sistema sanitario indio eran evidentes.

Fue directa a las partes del cuerpo que le interesaban. Al abrir el cráneo se desprendieron gran cantidad de gases. El pericráneo, los músculos temporales y la duramadre se despegaron fácilmente del hueso. El cerebro tenía la consistencia de una papilla ligera de color grisáceo al igual que el cerebelo. Los mandó congelar en glicerol. Los músculos del pecho y en general los de las demás partes del cadáver presentaban un color ceniciento. Cortó la piel del tórax y abrió el pecho, del que salieron gases fétidos; verificó una depresión notable.

El suministro eléctrico de la ciudad era deficiente y los cortes de luz se multiplicaban. Esta vez, fue un pequeño parpadeo el que avisó antes de que se pusiera en marcha el generador.

–Últimamente –comentó el policía– hay una gran cantidad de monos que se cuelgan de los cables. Creo que hoy habrá mono frito para comer en alguna casa de Benarés.

Laura no lo escuchaba, trabajaba con eficacia, aislada ya del exterior y de la urgencia que la acometía. Estaba segura de que en ese cuerpo estaba la respuesta a la cura de Thomas. Debería de ir con cuidado y no apresurarse, podía cometer algún error. Tomó muestras del riñón, hígado y bazo. Observó las muestras en un microscopio de campo oscuro. Era difícil discernir algo debido al gran número de bacterias. Pensó en los síntomas que tenía Thomas, ninguno era específico y se podía hablar de una meningitis aséptica, dengue, hasta de un diagnóstico de síndrome de dificultad respiratoria por causa aparentemente vírica. Le vino su imagen a la mente, intubado y acoplado al respirador artificial.

Venga, Laura, piensa, se dijo, ¿qué se te escapa? De repente algo llamó su atención: una bacteria helicoidal con la punta en forma de gancho: una leptospira. Se quitó los guantes rápidamente e hizo una llamada.

32

Dulal llegó al orfanato tan pronto como pudo. La hermana María lo esperaba en la puerta de entrada y lo condujo solícita a su despacho.

–Tengo buenas noticias: han visto a la niña en los alrededores del lodazal de Lanka, uno de mis ayudantes le sigue la pista. Tranquilo, en cuestión de poco tiempo ya estará entre nosotros.

Dulal sacó el aire que de manera inconsciente retenía a la espera de una mala noticia. Nadie podía imaginar el peso que se había quitado.

–Será mejor que la esperes aquí.

Se sentaron en torno a una pequeña mesa circular de madera oscura. La monja había preparado té frío y galletas con cardamomo y jengibre, las preferidas de Dulal.

Dulal tenía sed y enseguida apuró el vaso de té para servirse más de la jarra de cristal.

–¿Cómo está tu amigo, el agente de la Interpol?

–Mal –contestó desolado–, no parece que mejore con los días, es más, creo que va a morir.

–Eso le pasa por meterse donde no lo llaman –dijo la hermana María, y mordisqueó una galleta–. ¿A quién se le ocurre venir a investigar a un país que no es el suyo? Aunque tengo que reconocer que todo ha sido un cúmulo de mala suerte.

–¿Por qué lo dice? –preguntó Dulal dejando en su sitio la galleta; de repente ya no tenía hambre.

La monja miró su pequeño reloj de pulsera. Movía la boca contando los segundos hasta que quedó satisfecha y resoplando contestó:

–Por lo que sé, el señor Owen cometió un error garrafal en el laboratorio en el que trabajaba. En su tiempo libre enredaba con productos, y no hubiera sido un problema si no hubiera infectado una de las partidas de la vacuna, porque todas las personas a las que les fue inoculada se contaminaron. La gracia es que la molécula desarrollada por Lobarty es efectiva, pero la incompetencia de ese extranjero desviado casi echa por tierra el trabajo de años.

–Pero ¿cómo sabe todo eso? –preguntó confuso Dulal.

–Tranquilo, que ya llego. Owen tenía en su poder la lista con las personas que él mismo había infectado, pero también la tenían el director de proyecto y el responsable general de la multinacional Lobarty en Asia-Pacífico y jamadar de Delhi, Vinod Birla. Fueron unos ilusos al creer que la mejor manera de tapar ese error, ajeno a ellos, era dándoles dinero...

El semblante de la monja cambió y fue lo que la desenmascaró. La terrible sospecha de Dulal fue como un puñetazo en el estómago. El fogonazo de lucidez apareció con una claridad aterradora y supo que había cometido el error de su vida.

–... Nunca tendrían suficiente. Además, no saben mantener la boca cerrada. Siempre habría un pariente, un vecino o un amigo a quien contar la procedencia de ese dinero y estos se aprovecharían a su vez. Yo les dije que lo mejor era eliminarlos y que por cierta cantidad estaba dispuesta a hacerlo.

Dulal dejó caer el vaso y moviendo los ojos con incredulidad balbuceó:

–Pero..., por qué me lo cuenta..., no puedo creer que usted sea el eliminador.

Vio el rosario sobre la mesa, un nudo de hilo blanco sobresalía entre dos cuentas marrones. Recordó el cadáver sin cabeza del descampado, los miembros cortados de un hachazo certero, las pequeñas bolas diseminadas entre la tierra. De repente lo vio claro, el rosario se le había roto mientras realizaba esa carnicería en un intento por ocultar el cadáver.

–Te lo cuento porque tienes derecho a saberlo y porque... –Miró la esfera del reloj otra vez y prosiguió–: En unos minutos estarás muerto.

Dulal había achacado el hormigueo que notaba al cansancio, pero ahora sus músculos no le respondieron cuando trató de levantarse. Una llamarada se extendió por su interior. Como por arte de magia, los brazos cayeron a los costados como si fueran goma derretida. El pánico lo invadió cuando dejó de sentir las manos.

–Fue fácil acabar con ellos. Mi bisabuelo era el thug Salman Tendulkar. Llegó de Jobalpur hace doscientos años. Mi padre me llevó ante el jamadar cuando yo era todavía muy pequeña. Aprendí cómo matar con honor. Utilicé el pañuelo amarillo y el hacha sagrada. Conocí a Vinod Birla en una reunión de la fraternidad. Él sabía de mi secreto y no dudó en llamarme para solucionar el problema. Yo necesitaba con urgencia el dinero, demasiadas vidas a mi cargo...

Dulal intentó hablar pero solo logró exhalar un leve gruñido.

–Fíjate si serán tontos y codiciosos... Esos *dalits* no dudaron en prestarse a un experimento sin conocer las consecuencias. La ignorancia lleva a la avaricia. Los compraron por un transistor, o por un móvil que no iban a poder recargar. El marica debió de mandar la lista a su novio, pero enseguida se encargaron de él, supongo que otro eliminador.

La hermana María tomó una galleta.

–Lo siento por Navala, pero estoy segura de que estará mejor sin ti. Al fin y al cabo, sois bastante diferentes.

»Con el dinero que me han pagado podré acabar el otro orfanato y mantenerlo durante años. Alguna vez he pensado que yo también he caído en la codicia, pero sé que no, porque yo no quiero el dinero para mí, todo es para mis niños. ¿Qué es un puñado de muertos si a cambio salvo la vida de inocentes que no han tenido la oportunidad de elegir?

Dulal se desplomó como un fardo. Cada inhalación le requería un enorme esfuerzo, sus pulmones producían un silbido ligero. Solo se movía su pecho, cada vez más débil. Sus ojos miraban a los lados, nerviosos, buscando una salida.

–Le he dicho a Chitán que traiga a la niña aquí. Es la última pieza que falta de esta historia. Cuando acabe con ella el caso estará cerrado. Fue una pena que no pudiera matar al americano de la DEA. Cuando tu amigo Thomas dijo que venía para echarle una mano, supe que tenía que eliminarlo también, pero tengo que reconocer que las armas de fuego no son lo mío. Según una monja que trabaja en el hospital americano, el policía ya tiene billete para volver a su país.

Se aproximó a Dulal y se arrodilló a su lado. Acercó tanto su cara al rostro inmóvil que sus narices se rozaron.

—Este es tu final, un final digno de Hollywood. Para un amante de las películas no es una mala manera de morir.

La respiración de Dulal se detuvo. Una lágrima quedó retenida en la comisura de la boca.

Chitán hizo su entrada en el orfanato tirando del brazo de Tanika. La niña estaba tan cansada que no podía andar y dejaba que aquel hombre la llevara a rastras.

La hermana María lo esperaba de pie en el porche. Una gran sonrisa de satisfacción se dibujó en su cara al ver a la niña.

—Enhorabuena, Chitán, ¿estás seguro de que se trata de ella? Está tan sucia que no adivino su cara.

—Este lugar nunca había estado tan tranquilo, ¿dónde tiene a los mocosos?

La monja sonrió.

—Los he mandado al cine. Me encanta que las películas duren más de tres horas. Ayúdame a llevarla al baño para que la lave y compruebe que es ella.

Nada más entrar, la hermana María cerró la puerta con llave; Chitán se dio cuenta.

—No quiero que se vuelva a escapar —explicó.

El lavabo se encontraba al lado del despacho. Al pasar, el policía vio el cuerpo de Dulal tirado en el suelo. Corrió hacia la habitación y se arrodilló dispuesto a socorrerlo. El cuerpo estaba caliente, pero comprobó con estupor que no tenía pulso. El que fuera su contrincante yacía muerto. Una rápida mirada a la mesa con el vaso de té volcado le dio una clara idea de lo que había pasado.

—¿Esto es obra suya? —preguntó confundido.

—Vamos, Chitán, olvídate de eso y ayúdame con la niña —respondió la monja, que sujetaba a Tanika de las axilas, sin darle importancia al cadáver del despacho.

–Le he hecho una pregunta y estoy esperando una respuesta. –Su voz se tornó ronca.

La hermana suspiró mirando al cielo.

–Señor, dame fuerzas.

Dejó a Tanika en el pasillo, esta se encogió exhausta en el suelo.

–¿Cuánto dinero quieres?

–¿De qué habla?

La monja resopló impaciente.

–Sé muy bien el personaje que eres, sé que un eres ladrón, que aceptas dinero, que eres racista, y que pocas cosas valoras más que tu status. No te quepa duda de que, con la muerte de Dulal, va a crecer. Espero que no olvides que te he ayudado. Y encima, para darte las gracias por traer a la niña, te ofrezco dinero. Pon la cifra y acabemos con esto.

–¿Qué pretende hacer con ella?

–¿Acaso te importa? –preguntó altiva.

Chitán permaneció en silencio. Serio y rígido, los brazos colgando en los costados.

–Tengo que acabar el trabajo que se me ha encomendado. La niña es la última pieza que falta.

El cuerpo sudoroso del policía cambió el peso de una pierna a la otra mientras se atusaba el tupido bigote. De repente vio todo con suma claridad.

–Supongo que estoy delante de la cortadora de lenguas.

–Supones bien –admitió con algo de vanidad–. Espero que eso no te cause ningún problema, al fin y al cabo, solo se trata de parias, gente que tú detestas.

–¿Y él? –dijo señalando a Dulal.

–Se acercó demasiado. No me ha quedado otra opción. Sabía que por su manera de ser nunca hubiera descansado hasta encontrarme. Demasiado concienzudo para mi gusto. Podríamos decir que era un buen investigador. Y ahora, si no te importa, quiero acabar.

Le dio la espalda y arrastró a Tanika hasta el lavabo. Con una toalla empapada en agua limpió con brusquedad el barro para comprobar satisfecha que se trataba de ella. La niña, exangüe, la dejó hacer sin pronunciar palabra. La hermana María sacó de su bolsillo el pañuelo amarillo sagrado y lo colocó alrededor del cuello de Tanika. Chitán apareció de repente en el marco de la puerta, su envergadura provocó que la luz que llegaba a través del pasillo se apagara.

–Déjala –ordenó con autoridad.

La monja desoyó la orden y apretó con fuerza.

–Soy un corrupto, pero no soy un asesino.

Chitán apretó el gatillo de su pistola. La bala acertó de pleno en la cabeza de la hermana María, que cayó hacia atrás con gran violencia.

Laura se hundió en la silla de plástico de la sala de espera del hospital. Después de tres días allí, el agotamiento se acumulaba en su cuerpo. George se rascaba el vendaje del brazo.

–La lengua negra es por el bismuto, que se usa para tratar la diarrea, la acidez y el malestar estomacal. A veces reacciona con la saliva y colorea la lengua. Owen tenía restos en un trozo de lengua que la asesina no había cortado.

–Por favor, sin detalles –murmuró George.

Laura le sonrió y exhalando un gruñido de placer se quitó las sandalias antes de continuar.

–La leptospirosis es una zoonosis...

–... Perdón, ¿decías? –la interrumpió.

–Una enfermedad que se transmite por contacto de los animales a los hombres, entra por una herida o por las mucosas de los ojos y la nariz. De ahí pasa fácilmente a la sangre donde comienza a multiplicarse. Sobre todo vive en la orina de ratas infectadas, aunque está presente en más de ciento sesenta especies de animales salvajes y domésticos. Estos eliminan las leptospiras por la orina, por lo que la enfermedad suele estar asociada a condiciones higiénicas deficientes.

–Pero ¿cómo se contagió Thomas?

–No lo sé –respondió Laura preocupada–. Supongo que esa monja asesina se las ingenió de algún modo para que Thomas lo ingiriese, puede que la pusiese en una bebida. Tiene un período de incubación largo, seguramente hacía más de una semana que portaba la bacteria. La verdad es que es una enfermedad muy complicada de diagnosticar, una manera muy inteligente de matar; nunca hubiéramos pensado en un asesinato.

–Todavía no puedo creerme que Dulal haya muerto y que la hermana María sea su asesina –dijo George abatido–. A veces, el trabajo de policía es una mierda. Qué digo a veces, casi siempre. Espero que la monja se funda en el infierno. Me caía bien Dulal, era ingenioso, humilde, inocente. Aunque egoístamente prefiero que haya sido él, y no Thomas.

Laura se situó frente al ventilador. Se abrió un poco el cuello de la camisa para que el aire entrara.

George daba vueltas a una pelota de tenis.

–El tal Owen la jodió bien jodida con sus experimentos. ¿Cómo pudo entrar orina contaminada en ese laboratorio?

–Ni idea –admitió Laura.

–O sea, si no he entendido mal, contaminó esa partida y las personas que fueron inyectadas ese día se contagiaron con la bacteria. ¿Y la niña?

–En algunos casos, la infección pasa desapercibida. Aunque el período de incubación oscila entre cuatro y veinte días, habrá que esperar los resultados de las pruebas. La mayor parte de las veces hay una fase febril, cuando las bacterias están por todos los tejidos, entonces el cuerpo crea los anticuerpos contra la leptospira y muchos se recuperan. Si encuentran anticuerpos en la niña es que ya ha pasado la enfermedad y no corre peligro.

–Vaya mierda –murmuró George golpeando la pelota contra la pared.

–Ya lo creo. Además la concentración de estas bacterias en la sangre o en el líquido cefalorraquídeo es baja, así que es necesario cultivarlas para que se multipliquen, lo que conlleva su tiempo, por lo que la mayoría de los laboratorios esperan hasta que aparecen los anticuerpos para detectar de manera indirecta la enfermedad y hacer un diagnóstico.

–Y a nosotros se nos acababa el tiempo.

–Exacto –asintió Laura agarrando la pelota, la estaba poniendo de los nervios–. Hoy me ha llamado Rose, la secretaria de Thomas, y me ha dado el teléfono de una amiga de él. Da la casualidad de que actualmente vive en Tailandia y su novio tiene un jet privado. Se ha ofrecido a llevarnos a casa.

George no pudo evitar sonreír.

—Thomas no tiene amigas. Yo a eso lo llamo de otro modo.

Laura lo interrogó con la mirada.

—Aunque me matará cuando sepa que te he contado esto, si no me equivoco, la del jet privado es Claire, su ex francesa, actual y esporádica amante. Con Rose también tuvo un *affaire,* como decís en vuestro país.

Laura sintió que sus mejillas enrojecían.

—Me considero su amiga y no me he acostado con él.

—Lo habrás pillado sensible. Tú dale tiempo y verás.

Thomas abrió los ojos. Lo primero que vio fue a Claire y a Laura frente a su cama.

—Estoy seguro de que esto no es un sueño, porque, si lo fuera, estaríais desnudas practicando sexo entre vosotras. Y yo seguro que sería un participante más activo que no aquí postrado en la cama.

—Thomas, cariño, eres incorregible —murmuró Claire mientras se acercaba a él con movimientos felinos para plantarle un sonoro beso en la frente; su pintalabios rojo quedó marcado en ella.

Laura se removió incómoda. Echó un vistazo rápido a su vestimenta: llevaba un sencillo pantalón de algodón al igual que la camiseta. Sin embargo, la mujer que acariciaba el cabello de Thomas llevaba un precioso vestido vaporoso de seda azul a juego con unas simples manoletinas. Toda ella rezumaba *glamour.* Se sintió torpe y cansada. Balbuceó una excusa para retirarse de la habitación.

—¿Adónde crees que vas? ¿Se puede saber qué haces aquí, embarazada? Eres una irresponsable —la increpó Thomas—. No pienso dejar que te escapes sin que me expliques qué está pasando.

De repente, un pensamiento cruzó por su cabeza y se incorporó de golpe.

—¿Y la niña? ¿Dónde está Tanika?

–Tranquilo, está en buenas manos. Está con Navala, la novia de Dulal.

La puerta se abrió de repente. La manilla golpeó la pared y dejó una pequeña muesca.

–¡Aquí está el enfermo! –exclamó con alegría George–. El mundo entero hubiera llorado tu pérdida, sobre todo las féminas. Hubiera sido un clamor mundial de repercusiones semejantes a la muerte de Rodolfo Valentino. Maldita sea, ¡cuánto me alegro de verte despierto!

George apartó a un lado a Claire y estrujó con ardor a su amigo.

–Oye, que me estás asustando... –dijo Thomas–. Ni que hubiera estado a punto de morir...

Dejó la frase en suspenso cuando vio los rostros de los presentes, sus caras confirmaban el peor de los pronósticos.

–¿Tan grave ha sido?

–Casi te perdemos, querido amigo –susurró emocionado George abrazándolo de nuevo.

Le contó lo sucedido desde que lo encontraron en la calle. Omitió que Dulal había muerto, no creía que fuera buen momento para hacerle pasar tan mal trago. Le informó de lo grave que había estado y que gracias a la audacia de Laura estaba vivo.

Thomas escuchaba anonadado la explicación de George. Sus ojos pasaban de un rostro a otro, incrédulos.

–Así que, doctora, le debo la vida. Desde este momento soy su más fiel servidor y esclavo. Pídame lo que quiera. Ya sabe que estoy a su disposición.

–No te lo tomes a broma, te aseguro que no ha tenido ninguna gracia –respondió Laura.

Notaba cómo las lágrimas luchaban por salir. Se dio media vuelta y salió de la habitación.

Nadie advirtió su malestar y continuaron hablando.

–Y tú, princesa, ¿qué haces aquí? –le preguntó a Claire.

–He venido a rescatarte en el avión privado de mi novio. Creo que el papeleo ya está hecho. Pero antes te voy a dar una ducha que te va a dejar como nuevo. Te veo bastante flojo, así que relájate y disfruta.

La mirada lasciva de Claire no admitía dudas.

–Será un placer –contestó Thomas sonriendo.

George parpadeó de manera cómica y exagerada.

–Y yo que pensaba que estas cosas no sucedían en la realidad. Creo que eliges muy bien a estas novias tuyas, su sugerencia es lo más acertado que he oído hoy –dijo antes de irse.

Debía llamar a su mujer. Después de dejar a Thomas en Irlanda, un avión privado la llevaría a sus brazos.

Navala adivina que el bulto envuelto en una mortaja blanca es Dulal. No puede reprimir que un temblor intenso la remueva desde el estómago hasta la punta de los dedos. La barca desde la que contempla el rito funerario también se estremece. Observa la luz sagrada, la misma luz perenne que brilla desde los tiempos de los antiguos. Una figura se recorta entre las hogueras, ella sabe que se trata del padre de Dulal. El hombre da tres vueltas alrededor del cadáver y golpea con fuerza el cráneo hasta romperlo y liberar el alma de su hijo; solo entonces prende la pira.

El dolor hasta entonces agazapado ve su oportunidad y llega a través del viento, en la hora en que muere la luz, en que las sombras negras proclaman su dominio. Navala lo reconoce por su naturaleza sombría y viscosa. Reprime un grito, que queda encerrado dentro de ella, ese grito representa la angustia, la tristeza y la pena.

Atardece. El olor oscuro y corrupto del Ganges, mezclado con el aroma azul y transparente de la noche que avisa de su entrada por el horizonte, provoca que Navala tome la mano de Tanika que, a su vez, sujeta con fuerza a *Mala*. La perra no se inmuta y permanece dormida en el regazo de la niña.

Navala se aferra a sus creencias. Sabe que un alma tan pura y limpia como la de Dulal pronto encontrará el camino de vuelta a la vida, con otra forma, con otro cuerpo. El karma de ella será vivir sin él. Se extraña de levantarse por las mañanas y no ver su rostro serio y enamorado. La única salida que por ahora contempla es hacerse cargo del orfanato. Cuidará a todos esos niños con amor y entrega absolutos. Suspira aliviada ante esa oportunidad. El comisario Umed le ha asegurado que el hospicio pasará a sus manos con prontitud y que no descansará hasta que encuentre a quien contrató a esa perra asesina de... No quiere decir su nombre, no desea unirlo a él. Aprieta con fuerza la mano de la niña, ella no dice nada, nunca se queja. Navala la mira con ternura mientras la hoguera en la que se quema su gran amor se refleja en los ojos grandes y oscuros de Tanika.

La reunión entre los responsables de Asia-Pacífico se había programado en Praslin, la isla más espectacular de las ciento cincuenta que componían las Sheychelles.

Aquella tarde, Vinod y los demás directivos de la farmacéutica Lobarty charlaban de temas sin importancia mientras se dirigían a una carpa privada con unas vistas privilegiadas al océano Índico. Allí los esperaban varias jóvenes tailandesas.

–Tanto pescar no es bueno para mis músculos –le dijo Vinod a una de ellas–. Voy a necesitar uno de tus masajes nada más acabar la reunión.

La chica le sonrió. Vinod la conocía de otros años. No era un hombre al que le gustase cambiar de rutinas. Más de una vez había repetido que parte de su éxito en la multinacional era por la idea de que si algo funcionaba no había que tocarlo. Ello también era aplicable a las cuestiones personales.

Los responsables tomaron asiento y las jóvenes sirvieron platos con comida típica de las islas: vieira con mantequilla de ajo, pulpo con leche de coco y murciélago condimentado con frutas y curry.

–Como sabéis, os he convocado para tratar el asunto más difícil desde que en 2006 la justicia india nos negara la patente del fármaco contra el cáncer.

Los comensales dejaron de masticar.

–La cuestión es que, además de los intocables, han muerto nuestra eliminadora y un policía –explicó Vinod.

–Los medios nos han favorecido. Escribieron que las muertes de los *dalits* eran resultado de una psicópata, pero lo mejor ha sido que la atención y las portadas de los periódicos se las ha llevado el policía, ahora convertido en héroe. Lo han presentado como un mártir, un ejemplo de la nueva India.

–Lo que no entiendo es por qué la monja tuvo que cortarles la lengua –preguntó uno de los presentes.

–Yo le ordené que lo hiciese, no podía arriesgarme. El color de la lengua podía relacionarlos con el laboratorio por el bismuto que se les había administrado. En otras circunstancias esto hubiera quedado en nada.

–Que la novia del policía sea una acérrima defensora de los intocables pudo ser un motivo más para que él decidiese investigar a fondo.

–Sí, se han dado muchas casualidades –añadió uno de los responsables.

–Creía que teníamos en nómina a la Policía –intervino otro.

–Otra casualidad más. El comisario es un idealista –dijo Vinod–. Hemos hablado con Delhi para que lo releven, pero la muerte del policía ha truncado nuestro plan. Desde hoy ya no controlamos por completo Benarés, por ello, las prácticas quedan anuladas. En cuanto termine la fase cuatro cerramos el laboratorio.

Permaneció en silencio durante unos instantes. Después de dar una calada a su Cohiba volvió a hablar:

–Me pareció un plan perfecto. Uno de los nuestros, uno de la fraternidad, de los thugs, además mujer, y quería el dinero para su orfanato. Demasiado perfecto, ¡maldita sea!

–¿Crees que pueden dar con la fraternidad?

–No creo, si investigan no encontrarán nada. Se le pagaba con dinero negro. Como mucho, expedientarán a los médicos que captaron a los intocables para el ensayo. En estos casos se buscan culpables en los escalones inferiores. Es una manera de que los políticos puedan justificarse ante los medios y la opinión pública.

–Lo mismo se pensaba del asunto de los genéricos y el tribunal nos quitó la razón.

–Ese caso no tiene nada que ver, hubo una gran presión mundial y las farmacéuticas indias querían su trozo del pastel. –Vinod se levantó y alzó su copa–. Del asunto con Lobarty me encargo yo. Vosotros solo tenéis que apoyarme ante la fraternidad. La nueva era de los thugs empezará pronto y es lo único que debe importarnos.

33

Thomas se abrió paso entre el silencio denso y verde de la habitación. Como si estuviera en la jungla, intentó apartar a manotazos los tentáculos de pánico que pugnaban por ahogarlo. El aire espeso y dulzón se colaba por la boca y le apretaba el corazón. Inconscientemente se sujetó la garganta en un gesto inútil de detener aquella locura.

Se despertó sudoroso. Buscó con la mirada un objeto familiar en el que posar sus ojos, que se quedaron fijos en el cristal de la ventana, a través del cual divisó las sensuales colinas de un verde pesado, casi marrón, ahítas de agua, salpicadas de brezo morado. La niebla ocultaba las montañas y el campanario de piedra oscura se perfilaba en la tarde plomiza.

Habían transcurrido tres semanas desde que abandonara la India y todavía no se encontraba recuperado. Dormía mucho, daba largos paseos y sobre todo respiraba ese aire frío, vegetal, que tanto había echado en falta.

Miró el páramo y su vista recorrió los amplios horizontes yermos azotados por la lluvia. Sintió una profunda sensación de soledad, pero era una soledad agradable, cálida. Permaneció tumbado en la cama, relajado, oyendo el tictac del reloj de la pared que le recordaba que el día pasaba a pequeños saltos del segundero. De lejos le llegaban los sonidos domésticos de la planta baja y se dio cuenta de que le reconfortaba sentirse acompañado. Llevaba muchos años solo, y lo que antes había sido su elección, una manera grata de vivir ajena a los problemas de los demás, ahora pensar en su rutina lo asfixiaba. Contempló la habitación con ternura, a su alrededor estaban los objetos que su padre había acumulado a lo largo de su vida: la alfombra con escenas de caza, la mesita desgastada con la lámpara de pantalla granate del abuelo... La calidez de la colcha de lana que su madre había tejido tantos años atrás hacía que se sintiera bien. Era curioso que su padre todavía no conociera el edredón y su ligereza; aun así, Thomas reconoció que le agradaba la pesadez de la manta. Bostezó mientras se tocaba la barbilla, notó cómo raspaba a causa de la barba de un día.

La casa era amplia, sólida, amable. Le llegaba el olor a leña quemada de la chimenea, también olía a pan y a patatas asadas. Se oían retazos de una conversación entre Laura y su padre. Se removió perezoso. Atardecía. Los pequeños dedos astillados del platanero golpeaban el cristal al son del aire invernal. El viento rizaba las pocas hojas amarillas que todavía colgaban de las ramas. No tenía prisa por levantarse. Podría decirse que se sentía feliz. Se recreó por un instante en su niñez, en aquellos días largos y oscuros entre libros y música, siempre los mismos discos, las mismas canciones repetidas, mientras esperaba que Maire, aquella pelirroja apasionada, acabara de coser las redes con las que pescaba la familia. Se dejó mecer por los sonidos amortiguados de la casa que se colaban a través de la puerta cerrada. Por primera vez en mucho tiempo se sintió tranquilo, como cuando era pequeño, tumbado en su cama con algún libro, con las cortinas corridas que la separaban de la cocina, oyendo a su madre trajinar preparando la cena. Aún ahora, podía recordar el ruido de los platos, el agua del grifo, el sonido de la tapa que tamborileaba sobre el puchero hirviendo. Su madre... Cerró los ojos ante el recuerdo lleno de emoción de su madre, siempre entre las cazuelas, en el huerto, con la escoba, con la aguja de coser, abriendo ese pequeño monedero y contando el dinero que quedaba, tantas veces escaso. A pesar de ello, él nunca tuvo una clara consciencia de la pobreza, seguramente debido a los esfuerzos de sus padres. Se levantó, se vistió con ropa cómoda y la telefoneó.

—Tommy... —dijo su madre nada más contestar.

Thomas sabía que estaba llorando. En otro tiempo, hubiera buscado cualquier excusa para colgarle, o hubiera ignorado aquel sentimiento. Le costaba enfrentarse a las muestras de afecto sincero, prefería los afectos del cuerpo, del sexo, más fríos y fáciles de manejar.

–No llores mamá, todo está bien. He sido un estúpido, un estúpido egoísta, pero este hijo tan tonto que tienes...

Se detuvo y pensó cómo decir lo que quería decir. Optó por el camino más fácil: la verdad.

–... Te echa de menos.

Su madre lloró con más fuerza, aunque esta vez se mezclaba con la risa.

–Tommy –dijo sonándose la nariz–. Ya me han dicho que has estado muy enfermo y que te estás recuperando en Kilconnell.

–No te preocupes, ya estoy mejor.

–Es un mal sitio para curarse, hay muchas corrientes de aire, pero te puedo asegurar que lo peor de todo es la humedad. Hijo, abrígate bien, y todos los días antes de acostarte cuece cebolla, limón, romero y al caldo resultante le añades miel. Pero ojo, no una miel cualquiera, cómprasela a Peio, el bombero jubilado, hace la mejor miel de Galway y no le echa porquerías.

Hablaron largo rato, más bien fue su madre la que le contó sus planes, porque uno de los mayores regalos que le había traído el amor en la vejez era un futuro rebosante de primeras veces.

Cuando se despidieron, Thomas se sentía eufórico, sin darse cuenta había llevado todo ese tiempo el peso de la última conversación inacabada con su madre, y ahora esa cita postergada estaba tachada; podía pasar página. De repente, oyó que unos nudillos llamaban a la puerta.

Laura apareció asomando la cabeza.

–Te he oído hablar, ¿necesitas algo?

Thomas escuchó un coche que se alejaba.

–Es tu padre. Se va a Limerick. Parece ser que no hay suficiente alcohol.

Laura dirigió su mirada hacia el pecho de Thomas. Él la observaba atentamente y se sorprendió al descubrir en su rostro el deseo, pero también algo más, pudor. Se sintió intranquilo. Trató de explicarse la razón. Le parecía que estar con ella era una invitación al abismo, una caída libre sin posibilidad de vuelta atrás. Laura representaba lo que él no era, y esa fuerza, esa valentía, le resultaba inalcanzable. No creía poder estar a su altura. Pero ahora estaba cerca de él, con su cuerpo hecho una interrogación sensual y apetecible, muy difícil de rechazar. Decidió dejar de pensar, retiró la manta para que ella se tumbase a su lado y dio un par de palmadas en la cama en señal de invitación.

–Tenemos alguna cosilla pendiente que hay que solucionar. No es bueno dejar las cosas para mañana, a veces, no llega –dijo pensando en Dulal.

–He pasado mucho miedo por ti y por mí. He temido que desaparecieras de mi vida –confesó Laura mientras se acercaba.

–Teniéndote a ti, nada malo puede pasarme. Ya ves, eres capaz de viajar hasta la India, encontrar a Owen, hacerle la autopsia y curarme. Eres mi superheroína.

Laura se detuvo en el borde de la cama y con lentitud se deshizo de las zapatillas, los pantalones, el jersey de lana y se acostó junto a él.

Se abrazaron con fuerza, como dos náufragos que temen caerse por la borda. Laura gimió ante el placer que le supuso el cuerpo cálido de Thomas. Unas lágrimas rodaron por su bello rostro. Con rapidez se las limpió frotando su cara contra la almohada. Hacía tanto tiempo que no sentía el contacto de una piel que la emoción había sido intensa. Ese abrazo le había llegado hasta lo más hondo, había sido un gesto verdadero por parte de los dos, algo compartido. Un Thomas diferente la había acogido entre sus fuertes brazos, muy alejado de su calculada manera de actuar. Comprobó que necesitaba un cuerpo al que aferrarse, con el que sentirse plena.

–No quiero enamorarme de ti –dijo de repente.

Thomas se soltó del abrazo y tomó algo de distancia para mirarla.

–¿Puedo saber por qué? –le preguntó mientras enredaba entre sus dedos un mechón de su cabello.

–Voy a ser madre. Es lo único que deseo ser en este momento. No quiero ser amante, novia, o mujer de alguien. He deseado tanto tiempo ver la cara de mi hijo, que no quiero compartirlo con ningún otro sentimiento.

–Entonces, si entiendo bien, lo que deseas es utilizarme, que sea tu juguete erótico.

–No es tan frío como eso. No puedo negar que siento algo por ti, pero por ahora me niego a que despierte, a que crezca. Te deseo como hace tiempo no deseaba a un hombre y por ahora es lo único que quiero sentir. Y no te considero un juguete, yo no soy así, no pretendo jugar contigo, mi cuerpo te necesita y, si te soy sincera, me muero de curiosidad. He soñado tantas veces con este momento...

Thomas dejó caer el mechón oscuro, se incorporó y apoyó el codo en la almohada y la cabeza en la palma de la mano antes de contestarle:

–Puedes hacer conmigo lo que quieras. Me gusta eso de ser un hombre objeto, es una nueva experiencia que me apetece probar –dijo socarrón.

–Entonces, ¿todo claro entre nosotros? –preguntó Laura con un tono de culpabilidad.

–¿Por qué no cierras esa preciosa boca? Mejor, te la cierro yo.

Thomas la besó con dulzura, y esa suavidad hizo que Laura se volviera a emocionar. Esta vez no pudo esconderlo.

–¿Te he hecho daño? –preguntó él confuso.

Laura negó con la cabeza.

–Son las hormonas. Parezco una esponja llena de agua. Hace un instante he visto un anuncio de seguros en el que un padre arreglaba la bici a su hijo y me he puesto a llorar como una tonta. Cualquier cosa me conmueve.

–Perdona, pero mi beso no es cualquier cosa.

Laura rio después de limpiarse con el dorso de la mano.

–Puede que no haya sido muy objetiva. Necesito probar otra vez para juzgarlo.

–Será un placer.

Thomas sintió que una ola rompía en su pecho con toda la fuerza del mar de Irlanda. Su cerebro le advirtió que tuviera cuidado, la pasión de Laura lo empujaba hacia aguas profundas donde las corrientes lo alejaban de la tierra firme. Durante un instante pensó en dejarlo, estaba a tiempo, pero la India había cambiado su modo de conducir su vida, estaba saturado de esa imagen estricta y fría que no dejaba un resquicio por el que llevar sus sentimientos o la locura. Quería saber qué era aquello de sentirse vivo y no le cabía duda de que encontraría la respuesta en los brazos de Laura.

Y el tiempo se detuvo, y la pasión ocupó la habitación. El aire se volvió dulce y cálido en los labios de los amantes. Las caricias se alargaron, delicadas y ligeras, deteniéndose perezosas en los lugares más insospechados. Fuera, unas nubes sucias se resquebrajaron expulsando una luz rosada, pálida y efímera. Las sombras rotas de la tarde que terminaba alargaron sus dedos hasta flotar sobre aquellos cuerpos entrelazados.

Laura se balanceaba en la mecedora. Miraba satisfecha el árbol decorado y las guirnaldas de Navidad sobre la puerta y la chimenea. No paraba de sonreír, incluso por cosas que no tenían ninguna gracia. No recordaba haber disfrutado tanto con un encuentro sexual. Sabía que su estado hormonal influía en alto grado a ello, pero no se podía engañar, Thomas era un amante extraordinario, generoso y apasionado. Volvió a reír y a recrearse en los besos, gemidos, mordiscos y en el sonido de su orgasmo. Se sonrojó cuando comprobó que Thomas la estaba mirando con gran curiosidad.

—Aquí hace bastante calor, ¿no? —comentó Laura levantándose del sofá.

Thomas soltó una carcajada que la hizo sonrojarse más.

—Puede que necesites una ducha.

Ella le guiñó un ojo cómplice a la vez que le señalaba con la mirada a su padre. Thomas asintió rindiéndose ante la evidencia, no estaban solos, en estos momentos, tres era una multitud.

Colocó resignado la última guirnalda en la viga del techo en un intento de centrarse en otra cosa que no fuera el cuerpo de Laura. Había vuelto a sentir lo mismo que cuando hacía el amor con Maire, la madre de Úna. Estaba confundido ante esa avalancha de emociones que Laura le había provocado, demasiadas como para asimilarlas en un instante. Decidió dejar las cosas como estaban, aceptar los deseos de Laura y no pensar demasiado si tenían un futuro juntos. Su padre interrumpió sus pensamientos.

—Creo que vamos a necesitar más comida.

–Pero ¿a cuántos invitados esperas?

–A todos.

La respuesta hizo que Laura y Thomas estallaran en risas. El señor Connors movió la cabeza y repitió:

–Hoy estáis la mar de raros.

Thomas no recordaba cuándo fue la última vez que había celebrado la Navidad. Una semana antes, su padre se había empeñado en invitar a Laura, Thomas supuso que con alguna oscura intención, y organizar una fiesta navideña con comida abundante y grandes dosis de alcohol casero. Aunque quedaban todavía un par de horas para la fiesta, los preparativos ya estaban dispuestos.

–Laura, ¿quieres que demos un paseo antes de la fiesta del siglo? –preguntó con ironía.

–Tú ríete –respondió su padre–, pero mis amigos te tumban no solo a beber...

–... Eso lo doy por hecho –interrumpió Thomas poniéndose el abrigo.

–Como te decía –prosiguió mientras colocaba en una mesita auxiliar cubos metálicos acompañados de cazos para servir–, a mis amigos nadie les gana a bailar, cantar y a pelear si es necesario.

–Espero que no –dijo Laura entre risas.

Thomas admiró las mejillas sonrosadas de la doctora, el brillo de sus ojos, donde le pareció ver un asomo de picardía. Se dio cuenta de que echaba de menos las cálidas bienvenidas, el que alguien le esperara en casa, los olores a comida recién hecha, las botas manchadas de barro en la entrada, el ruido de las pisadas, las risas.

Salieron al frío de la inminente noche. Laura se asió al brazo de Thomas con la complicidad que da el sexo. Decidieron acercarse a Limerick para recoger una carta certificada que aguardaba en la estafeta de correos. Aprovecharían para comprar los regalos de Navidad, además, se acercaba el día de Saint Stephen y Thomas quería evitar la ciudad, que se llenaba de gente disfrazada con máscaras y ruido de canciones tradicionales.

Thomas observó la casa por el retrovisor. Le gustaba mucho la casa que había elegido su padre: sólida y sencilla, construida con piedra de la zona, con su bonita terraza de baldosa y el tejado de pizarra. La hierba se arremolinaba en torno y unos rosales silvestres trepaban por la pared sur. Mientras se alejaban veía el humo que se elevaba verticalmente hasta perderse entre la suave curva de las colinas.

Thomas tuvo que esperar una hora antes de recoger la carta. Laura quiso ir a varios establecimientos cercanos. Su embarazo ya era evidente, así como sus antojos, esa semana tocaban panecillos de mantequilla rellenos de mermelada de ciruela y ponche caliente de zumo de manzana y canela.

Thomas se apoyó en la pared exterior de la estafeta de correos, las luces de Navidad ya estaban encendidas. Cruzó con despreocupación las piernas mientras abría el sobre, que adquirió un color violeta fruto del reflejo de una campana unida a un Papá Noel. Venía de Lyon, y alguien, seguramente Rose, lo había reenviado hasta Limerick.

Era un documento de un bufete de abogados de Benarés. Extrañado, leyó por encima la primera hoja: un testamento. Con estupor fue desglosando letra a letra, palabra a palabra, el contenido de los tres folios. Su mensaje no dejaba lugar a dudas: se trataba de la última voluntad de Manju, el padre de Tanika. En él hablaba de su deseo de que Thomas se convirtiera tras su muerte en el tutor único de su hija. Expresaba su confianza en la plena capacidad del señor Thomas Connors para criar, cuidar y velar por su bien más querido.

Los húmedos prados traían el sonido cercano del agua que chocaba entre las rocas. El olor del rocío de la campiña avivó sus sentidos mientras caminaban por los páramos cubiertos del brezo curvado por el viento. El aire de la mañana era limpio y frío.

Laura lo acompañaba meditabunda. El rostro contraído de Thomas le contaba la lucha que libraba, y ese esfuerzo se le antojó inútil. Habló por primera vez desde que dejaron el coche en la cuneta.

—No puedes negarte a la última voluntad de esa persona, o por lo menos, no deberías —matizó en un intento de suavizar sus palabras.

El rostro sombrío de Thomas no tradujo ninguna emoción. Impasible, contemplaba cómo las olas rompían estruendosamente salpicando de espuma las piedras negras de la orilla. Su ruido ensordecedor le produjo un escalofrío, así como el sonido de su retirada; las piedras chocaban entre ellas y rodaban arrastradas por la fuerza del agua, le pareció que se asemejaban al crujir de huesos rotos.

—No puedo hacerme cargo de una niña, no de la manera en la que está redactado el testamento —dijo con voz ronca mientras se agachaba a recoger una caracola.

—Pero hay muchas maneras —replicó Laura esperanzada—. Puede estudiar en un internado, o puedes contratar a una mujer para que la cuide hasta que os hagáis el uno al otro.

Thomas contemplaba el día desapacible, el ruido de las olas partiendo los acantilados, la humedad del mar en su cara.

—Vivo en un piso con una sola habitación, mi jornada laboral ronda las diez horas y cuando termino en la Interpol me llevo trabajo a casa. No tengo horarios. Y no quiero ataduras, ni responsabilidades.

—Mientes, el problema es que lo haces fatal. He visto la expresión de tu cara estos días. A mí no me engañas. Aunque lo niegues, eres un hombre familiar, te gusta estar con tu padre, te agradan las cosas sencillas. El hombre sofisticado que aparentas, es solo eso, pura apariencia, por dentro nunca te has alejado de estos prados. Si te niegas, el Estado indio pasará a hacerse cargo de Tanika, ¿podrás vivir con ese peso?

Era una buena pregunta, y aunque sabía la respuesta no quería admitir la obviedad de la elección. Nunca había elegido algo que tuviera unas consecuencias tan claras para su vida diaria y su tranquilidad. Pero ¿estaba dispuesto a asumir esa responsabilidad? Hasta ahora, había logrado huir de ataduras y decisiones que no tuvieran una caducidad, es decir, que no fueran fácilmente desechables. Lo cierto es que estaba cansado de la pose adoptada, del donjuán frívolo y superficial. El anuncio publicitario que hasta entonces había sido su vida se tambaleaba por la fragilidad con la que estaba hecho, puro papel.

–Olvida el daño que has sufrido. No puedes cerrarte a la vida. No importa lo que Maire te hizo –dijo Laura de sopetón–, o si Úna era tu hija.

Laura tragó saliva y esperó una reacción, pero la cara de Thomas permanecía inexpresiva.

–Thomas, por favor, háblame, dime algo, aunque sea que soy una entrometida y que fantaseo y que lo de tu hija es una invención ridícula. No sé por qué lo he dicho, la verdad, solo ha sido una suposición.

Thomas cortó el monólogo tomando el rostro de Laura entre sus manos y acercándolo al suyo. La besó con pasión. Laura gimió de placer, sorprendida. Una llamarada oscura recorrió su interior. Quería más, no deseaba que acabara ese instante. Se dejó llevar y su lengua recorrió con avidez la boca de Thomas. Sin pronunciar una palabra, él la abrazó por la cintura y la condujo hacia el coche. Laura apoyó la cabeza en su hombro poderoso. Se sintió flotar, como si una fuerza la elevara del suelo.

Inmóvil, con la mano detenida en la puerta del acompañante, Thomas dijo:

–No puedo huir. Esta vez no. Estoy cansado –murmuró, y miró a Laura con una expresión de desánimo.

El viento azotaba con fuerza la costa. Los chillidos de las gaviotas llegaban amortiguados por el fuerte oleaje. Laura tuvo que esforzarse para oírle.

–He preferido tapar con mis besos tus palabras, una forma bastante ridícula de acallar mi conciencia. Pero es lo que suelo hacer. No quiero venderte humo, no quiero utilizarte. El yo que conozco te llevaría a la cama en este preciso momento, pero no estoy seguro de si sería para evitar darte una respuesta, y el sexo es una buena manera de escapar de los problemas, o si sería porque te deseo. Estoy asustado, Laura. No sé si estaré a la altura.

Ella lo abrazó. Trató de consolarlo y darle ánimos, aunque su cuerpo ansiaba la fuerza de sus músculos, el calor de su piel. Se contuvo y besó su cuello con dulzura a la vez que le susurraba al oído:

–Vete a la India y trae a esa niña. Pocas veces la vida nos da otra oportunidad.

Thomas contempló el orfanato con pesar. Mentalmente, repasaba las opciones de cómo comportarse con Navala. Todo lo que conllevase mostrar sentimientos no se le daba nada bien. Si por él fuera, se hubiera marchado del país sin saludarla, pero Tanika lo esperaba allí. No tenía elección.

Todos sus temores se disiparon cuando Navala apareció y lo saludó efusiva. Tenía buen aspecto aunque estaba visiblemente más delgada.

El influjo del *chai* los unió en el mismo lugar donde Dulal había caído muerto.

–¿Cómo estás? –preguntó Navala interesándose por su salud.

–Cada día mejor, aunque todavía me quedan unos meses para recuperarme totalmente. Intento asimilar la idea de que un extraño me deje a su hija.

–Parece ser que la misma tarde que estuviste con ellos, Manju acudió a un abogado y pagó con el dinero obtenido como cobaya. El derecho anglosajón es muy laxo en estas cuestiones. Para realizar un testamento solo es necesario un abogado y dos testigos.

–Desde luego, ha sido una absoluta sorpresa. ¿Y tú, cómo estás? –preguntó Thomas con cautela.

Navala no contestó. Permaneció con la mirada fija en la ventana que daba al jardín delantero, donde un grupo de niños jugaba.

–Prefiero no pensar cómo estoy. Me gusta que mis días estén marcados por la rutina, tener cada momento ocupado, y eso es bastante fácil gracias al orfanato –respondió con sinceridad–. Quiero darte las gracias por el dinero, haz extensible mi agradecimiento a George y a Laura.

–Todos los meses recibirás una cantidad.

–Aquí el dinero se multiplica, nosotros lo exprimimos y le sacamos todo el provecho. Gracias. La comunidad de policías también ha hecho una gran aportación, y yo sigo trabajando en el bufete de abogados aunque ahora no voy al despacho; este es mi lugar de trabajo.

Thomas sorbió un poco de té antes de preguntar:

–¿Se sabe algo?

No tuvo que decir más, Navala sabía a qué se refería.

–Por ahora no hay grandes avances. No hay duda de que la autora material fue la monja, otra cosa es quién fue el inductor. Es bastante complicado luchar contra una gran multinacional, incluso un Gobierno lo tiene difícil, así que no digamos unos simples policías. En el laboratorio de Lobarty los ensayos siguen su curso y pronto empezará la fase tres. Ya ves, la vida no se detiene por la muerte de alguien.

–Eso es lo bueno, ¿no?

Navala no contestó.

Los niños cantaban una canción infantil mientras saltaban con una cuerda, el sonido llegaba a través de la ventana abierta.

–Sí, tienes razón, es bueno. La vida se abre paso de todas maneras. Por cierto, quiero que le des esto a Laura.

Le entregó una caja en cuyo interior estaban las pulseras que Manju le regaló en su día.

–Cada vez que suenen, el bebé reirá dentro de su tripa. Ya ves, todo muere y todo continúa.

Tanika apareció con *Mala,* la perrita cojeaba detrás de ella. Había estado llorando y se limpió con el dorso de la mano las últimas lágrimas.

–Mala y yo ya nos hemos despedido –dijo entre hipidos.

–Tanika, ya te he dicho que puedes traer a la perra contigo –comentó Thomas.

La niña se negó con rotundidad.

–*Mala* va a tener bebés y no puedo separarla de su enamorado. Aquí va a estar muy bien y Navala me ha prometido que se va a quedar con todos los perritos. Van a ser una gran familia.

Navala lo corroboró con un movimiento de cabeza.

–El jardinero tiene ya casi lista la preciosa caseta que ha construido junto a la puerta principal. *Mala* no te va a echar nada de menos –dijo en un intento por consolar a la niña.

Tanika la creyó.

Los grandes almacenes de Delhi tenían una gran sección dedicada al mundo infantil. Thomas necesitaba comprar algo de ropa, sobre todo de abrigo, para Tanika.

–Me vas a tener que ayudar porque yo de esto no sé nada.

La niña eligió con determinación un vestido rosa de volantes con purpurina en los bordes y mangas abombadas con detalles de color fucsia.

–Este es precioso.

–¿Tú crees? –preguntó Thomas dudando de su elección, le parecía el vestido más horroroso que había visto en su vida.

–Sí, es maravilloso. Es el de la Bella Durmiente.

Thomas se agachó a su altura y la miró detenidamente. Estaban conociéndose. Él trataba de darle espacio y que ella eligiera los momentos para acercarse o hablarle. Era una niña fácil de llevar, dulce e independiente. Siempre con una sonrisa, siempre con un libro entre las manos.

–Tienes razón, es muy bonito. Mira, lleva estrellas cosidas y purpurina de color plata. Eres una princesa. Ahora debemos comprar unos zapatos.

–No.

–¿No?

–Me hacen daño, me aprietan.

–¿Has llevado alguna vez?

–Una vez.

–¿Y?

–Me hicieron heridas.

–Seguro que no eran de tu número. No estás acostumbrada, pero creo que tengo la solución.

–Tenías razón, parece que floto. Y son muy cómodas.

La niña parecía feliz con su vestido de princesa y las zapatillas Nike con cámara de aire.

Thomas advirtió que Tanika se mordía repetidamente el labio inferior y miraba sin cesar una tiara que iba a juego con el vestido. Esperó a que se la pidiera, pero de la niña no salió ni una palabra.

–¿Qué tal esta corona? Una princesa debe llevar una corona.

Tanika comenzó a saltar y a aplaudir nerviosa.

–Madre mía, seguro que este trasto pita en el detector de metales del aeropuerto. Bueno, milady, creo que ya estamos listos para el viaje.

El viento sopla con fuerza y zarandea los arbustos. La hierba pesada de tanta lluvia parece un colchón encharcado que amortigua sus pasos.

Tanika va de la mano de Thomas, él la siente pequeña y caliente.

–¿Tienes frío? –pregunta preocupado.

Se ha acostumbrado a pensar primero en ella, a relegar sus deseos al cajón de las cosas poco urgentes.

La niña contesta que no. Desde que llegó no se queja por nada y todo la asombra: la cadena del váter, el papel higiénico, el grifo que saca agua, la luz eléctrica; se sienta hipnotizada frente a la lavadora. Pero la estrella de la casa es la bañera rebosante de agua caliente y espuma.

Tanika anda a trompicones, alegre como un caballito. Lleva unas botas de agua de color rosa con princesas Disney, y el gorro de lana de la niña de Gru, la película que ha visto tantas veces, le cubre las orejas y por mucho que se lo ate se le tuerce para el lado derecho.

Todo quiere abarcar con esos grandes ojos, esos ojos que ya son parte de la vida de Thomas. Cuando mira hacia su pasado le parece increíble que tuviera por perfecta una vida tan imperfecta y solitaria.

Thomas se detiene y reconoce el silencio del páramo que lo recibe. La luz grisácea, el olor de la tierra, de la hierba, de las hojas, del aire frío en la cara: todo parece actuar en una gran obra de teatro largamente ensayada para un público mudo y extasiado. El silencio lo envuelve llenándolo de paz.

Un hombre baja el prado renqueando y lo saluda con la mano. A su lado, un cachorro de collie negro con el pecho blanco al igual que las patas se desliza colina abajo acompasando sus ladridos a los pequeños saltos.

No parece sorprendido, y Thomas supone que su padre lleva largo rato oteando el horizonte. Lo nota torpe mientras se acerca a ellos, se ayuda de un palo. La perra lo mira y se queda detrás de su dueño temerosa de los visitantes.

Thomas respira profundamente, huele a sombra, a turba quemada, a libertad. Esa palabra le conduce a otra que tenía olvidada, *infancia*.

–Padre, te presento a tu nieta.

Su padre lo mira para luego desviar sus ojos hacia la niña. Se agacha despacio y posa sus manos callosas, arrugadas, en las rodillas. Endereza un poco su espalda encorvada y dice:

–Hola.

Una manada de ovejas se acerca. Tanika, asustada, da un traspié y agarra la mano del viejo.

–No tengas miedo, no te harán nada.

–¿Qué son?

–Son ovejas. Dan lana, leche y carne. Te enseñaré a hacer queso, verás qué rico.

Thomas contempla de reojo la vieja chaqueta raída de su padre. Le faltan dos botones y las mangas están deshilachadas en los extremos. Tiene un agujero en el bolsillo por el que se escapan algunos hilos. Observa sus arrugas, no las recordaba tan marcadas. Mechones de pelo blanco sobresalen bajo la gorra de *tweed*. Contempla la mano pequeña de Tanika sobre la mano, en otro tiempo poderosa, de su padre. Un hondo pesar se agolpa en su pecho y crece como una nube barroca, grande y espesa. Aspira de manera corta y rápida bocanadas de aire. No puede hacer otra cosa que desviar la mirada hacia las suaves colinas ahora sombrías, ya cubiertas por un velo lluvioso.

–Ven, hijo. Tengo unas patatas en la lumbre y una buena cerveza. Laura nos espera con un pudin de Navidad. De lo que no soy responsable es del resultado, es la peor cocinera que he conocido en mi vida.

Thomas observa la silueta de la casa aún lejana arropada entre las nieblas de la tarde, siente cómo se apagan las voces del pasado, las dudas, el miedo a sentir, a mostrar afecto. Contempla a Tanika jugar con el cachorro. La felicidad desciende y le abriga.

Entonces hace algo fruto de un repentino impulso: abraza a su padre. Primero tímidamente, siente pudor ante esa extraña intimidad entre ellos. Nota sus huesos frágiles, encogidos como los de un pájaro. Lo abraza más fuerte queriendo detener el tiempo huidizo, conservar ese momento, porque en ese preciso instante Thomas es consciente de que no quiere que su padre desaparezca, necesita conocerlo, tejer nuevos recuerdos.

Su padre responde emocionado al abrazo y le susurra:

—Bienvenido, hijo, bienvenido, hace mucho tiempo que te esperaba.

Glosario

bidi: cigarrillo de elaboración casera muy popular en la India. Las hebras de tabaco se envuelven en una hoja de ébano de Coromandel que se ata con un hilo.

bindi: elemento decorativo con el que muchas mujeres del sudeste asiático adornan el entrecejo. Puede tratarse de un punto de color, también de una joya o de un pequeño colgante.

chai: literalmente, «té», aunque en la India hace referencia al té negro especiado y con leche que se consume habitualmente.

chakra: en la filosofía hinduista, los *chakras* son los puntos de energía del cuerpo humano.

chandala: forma despectiva de referirse a la casta inferior en la cultura india, la de los parias.

chapati: un tipo de *roti* (pan indio) plano, hecho a base de harina integral, agua y sal, y cocido en una sartén.

chena murki: dulce bengalí hecho a base de queso fresco y azúcar.

chuhra: casta inferior en la tradición hindú. En algunos lugares del continente también se los considera intocables.

dalit: término que procede del sánscrito cuyo significado puede traducirse como «oprimido». Es el nombre que la casta inferior de la India, tradicionalmente considerada «intocable», eligió para referirse a sí misma cuando empezó a luchar por sus derechos.

dhal: guiso de lentejas.

dhoti: atuendo tradicional masculino que consta de un largo rectángulo de tela que se anuda a la cintura y cubre las piernas.

dharma: noción básica del pensamiento hindú que establece la ética y la moral.

dosa: tortilla plana muy típica del sur de la India hecha con pasta de arroz y lentejas.

devnagari: uno de los alfabetos más utilizados en la India, se usa para escribir idiomas como el sánscrito, el hindi, el marathi o el nepalí.

ghat: del hindi «escalinata»; hace referencia a las escaleras que descienden hasta el río Ganges en las ciudades santas como Benarés, de gran importancia en ceremonias y ritos religiosos.

harijan: literalmente, «hijo de dios», es un término popularizado por Ghandi para referirse a los *dalits,* aunque ahora se considera algo paternalista y el Gobierno desaconseja su uso.

Kali: diosa hindú que simboliza el cambio y la lucha contra el mal y la destrucción.

lassi: bebida fría originaria de Punjab hecha a base de yogur.

mandala: en sánscrito, «círculo» o «rueda»; los mandalas suelen ser dibujos, pinturas o bajorrelieves elaborados con formas geométricas a partir de un punto central o axial hasta formar una figura circular o concéntrica; representan un símbolo espiritual en el hinduismo y el budismo.

masala: significa «mezcla de especias» y hace referencia a la base de muchos platos indios. Existen innumerables combinaciones de *masala*, pero suele contener especias como el clavo, la canela, el cilantro, el cardamomo, la pimienta o la nuez moscada.

mudra: gesto sagrado que se hace con las manos y que se utiliza en prácticas religiosas como la meditación o el yoga.

Namaste: literalmente, «me inclino ante ti». Es un saludo que se emplea para la bienvenida y también para despedirse o dar las gracias.

Namaskar: alternativa de *Namaste*.

naan: otro tipo de pan ácimo.

paishgee: especie de préstamo que se devuelve mediante el trabajo, muchas veces se emplea para pagar gastos como bodas, etc.

papadum: tipo de pan, generalmente en forma de una oblea muy fina, hecho con harina de legumbres.

roti: nombre genérico que recibe el pan ácimo en la India, desde donde se ha extendido a muchos otros países del sudeste asiático, y que tiene muchas variaciones, como el *chapati*.

Rama: una de las encarnaciones del dios Vishnú.

rickshaw: voz originaria del japonés que se refiere a un vehículo ligero de dos ruedas con tracción humana (a pie o a pedales), y que suele usarse para desplazarse en las ciudades.

sadhu: literalmente «hombre bueno»; los *sadhus* son aquellos que renuncian a los vínculos materiales para emprender una vida ascética. Suelen convertirse en monjes errantes que viven de la caridad.

Shiva: uno de los dioses principales del hinduismo, esposo de Kali.

slum: voz procedente del inglés que actualmente se emplea para referirse a los barrios marginales situados alrededor de las grandes ciudades en los países en vías de desarrollo.

samosa: empanadilla frita, generalmente de masa de trigo y rellena de patatas, guisantes u otros vegetales especiados típica del sudeste asiático.

tilak: en el hinduismo, marca hecha con polvo o pasta roja que se pone sobre el cuerpo por motivos religiosos.

uttapam: plato parecido a los dosa, aunque, en lugar de relleno, lleva todos sus ingredientes cocidos directamente en la masa.

Varanasi: Benarés en sánscrito.

Vishnú: dios supremo del hinduismo.

wallah: sufijo empleado en la India para indicar algunas profesiones. Además de *dobhi wallahs,* o lavanderos, también hay *chai wallahs* (vendedores ambulantes de té), *dabba wallahs* (repartidores de comida para trabajadores), *auto wallah* (taxista), etc.

Agradecimientos

Para Gregorio Alegría, un misionero paúl inmune al desaliento. No me olvido de la fundación Vicente Ferrer, mi estancia en Anantapur fue toda una lección de humildad. Ambos ejemplos representan lo mejor de la cooperación internacional.

A Susana Olaetxea, esta bruja fue lo mejor de los años oscuros. Gracias por explicarme el funcionamiento de los historiales clínicos.

Al igual que en *Sangre de barro*, le doy las gracias a Cristina Fernández. La idea de la lengua negra y la zoonosis fue suya.

Mi gran amiga Lucía Esteban me inculcó su amor por el *chai* y las películas indias. A ella le debo las largas sesiones en su sofá de París. Gran conocedora de la cultura y sociedad indias, su visión optimista del país es contagiosa.

Hay un lugar de la Mancha de cuyo nombre sí quiero acordarme y se llama Miguel Esteban. Cervantes sigue vivo allí. En estos días el único molino contra el que luchar es el de la ignorancia.

Agradezco a «Garganta profunda», amigo y pez gordo en la multinacional Novartis, toda su información. Su aportación ha sido fundamental para conocer el funcionamiento de estos gigantes farmacéuticos. Él me habló de la figura del Eliminador. Una figura real y presente en todas las compañías.

Tengo que agradecer a Joaquín Pitarque, un amante de la historia metido a notario, su aclaración entre el Derecho romano y anglosajón.

En 2013 leí un extraordinario artículo firmado por David Jiménez en el periódico *El Mundo* titulado «Conejillos de India». Su crudeza me desgarró. Fue imposible olvidarlo.

Isabel Vega me estremeció y fue toda una inspiración gracias a su reportaje sobre el *slum* de Charbhuja Shahid en Benarés, «El lugar donde habita el olvido». En él supe de la ONG DARE, una de las pocas que opera en ese *slum*. Acoge a las niñas abandonadas y les da una educación.

En este apartado debo incluir a mi editora, Mathilde Sommeregger, su inteligencia y ternura me desarmaron nada más conocerla. Se asemeja a una heroína de novela.

Gracias a Pontas Literary & Film Agency, sois un equipo genial, me siento orgullosa de formar parte de vuestra agencia.

Por último, no puedo olvidarme del departamento de prensa de Interpol Lyon. Como en el anterior libro, su ayuda ha sido inestimable.